P. D. JAMES nació en Oxford en 1920. Publicó su primera novela en 1963, dando inicio a la exitosa serie protagonizada por Adam Dalgliesh, de la que forman parte, entre otros títulos, *Un impulso criminal*, *Muertes poco naturales*, *Muerte de un forense*, *Intrigas y deseos*, *Sangre inocente*, *Sabor a muerte* y *El pecado original*, todos ellos publicados por B.

Como reconocimiento por su trabajo en la facultad de Bellas Artes, en la Sociedad de Autores y en la BBC, de la que fue directora, en 1991 le fue concedido un título nobiliario. Además, ha sido merecedora del Grand Master Award concedido por los Mystery Writers of America, el Diamond Dagger concedido por la British Crime Writers' Association y el Premio Carvalho concedido por el festival de novela negra BCNegra, entre otros premios.

Con cariño, a mis nietos,
Katherine, Thomas, Eleanor, James y Beatrice

Nota de la autora

Me siento muy agradecida a los amigos médicos y abogados que han dedicado una parte de su valioso tiempo a ayudarme a escribir este libro, en particular a la doctora Caroline Finlayson y sus colegas, así como a Alderman Gavin Arthur, cuyo oportuno asesoramiento sobre los procedimientos del Tribunal Central de lo Criminal en Londres me ha salvado de algunos errores involuntarios. Si quedara alguno, la responsabilidad es enteramente mía.

En una ingrata compensación por esta amabilidad, he tenido el atrevimiento de derribar parte de Fountain Court, en Middle Temple, para erigir mi imaginaria Pawlet Court, que he poblado de abogados sin escrúpulos. Algunos de los lugares de la novela, incluida la bella e histórica iglesia del Temple, son auténticos; todos los personajes son ficticios y no se han inspirado en seres reales. En efecto, sólo la febril imaginación de una escritora de novela negra es capaz de concebir que un miembro de la Honorable Sociedad de Middle Temple albergue sentimientos tan poco caritativos hacia un colega.

Estoy informada de que esta habitual declinación de responsabilidades ofrece poca protección ante la ley; aun así la incluyo porque es la verdad, toda la verdad y nada más que la verdad.

P. D. JAMES, 1997

LIBRO PRIMERO

ABOGADA DE LA DEFENSA

1

Los asesinos no suelen avisar a sus víctimas. Esta muerte en particular, por terrible que fuera el último segundo de pasmosa comprensión, llegó misericordiosamente libre de terror anticipado. Cuando en la tarde del miércoles 11 de septiembre Venetia Aldridge se puso en pie para repreguntar al principal testigo del fiscal en el caso del Estado contra Ashe, sólo le quedaban cuatro semanas, cuatro horas y cincuenta minutos de vida. Después de su fallecimiento, las numerosas personas que la habían admirado y las pocas que la habían apreciado, al tratar de ofrecer unas palabras más personales que los trillados adjetivos de ira y horror, afirmaron que Venetia se habría alegrado de saber que su último caso de asesinato se había juzgado en el Tribunal Central de lo Criminal de Londres, escenario de sus victorias más sonadas; en concreto, en su sala favorita.

De hecho había algo de cierto en esa necedad.

La Sala Primera había fascinado a Venetia desde que había entrado en ella por primera vez, en su época de estudiante. Siempre había procurado disciplinar esa parte de su mente que sospechaba seducible por la tradición o la historia; sin embargo, la satisfacción estética y el bienestar que le inspiraba este elegante anfiteatro con las paredes de madera constituían uno de los mayores placeres de su vida profesional. El tamaño y las proporciones de la sala eran perfectos; sobre el tribunal, el escudo de armas labrado con suma exquisitez poseía la debida dignidad, y la resplandeciente Espada de la Justicia colgada debajo producía un asombroso contraste entre la tribuna de los testigos, endoselada como un púlpito en miniatura, y el cómodo banquillo donde el acusado se sentaba frente al juez. Como todos los sitios perfectamente diseñados para su propósito, sin nada innecesario ni superfluo, infundía una paz infinita, e incluso creaba el espejismo de que era posible ordenar o controlar las pasiones humanas. En una ocasión, la curiosidad había empujado a Venetia a ocupar durante unos minutos las gradas del público para observar el recinto vacío, y entonces le había asaltado la idea de que sólo allí, donde solían apiñarse los espectadores, el aire estaba cargado de terror, esperanza y desesperación. Ahora se encontraba una vez más en el sitio que le correspondía. No había previsto que aquel caso se presentaría en la sala más famosa del tribunal ni que lo juzgaría un magistrado del Tribunal Superior, pero tras la anulación de un juicio anterior le habían reasignado juez y sala. Lo consideraba un buen presagio. Si bien había perdido algún caso en la Sala Primera, no recordaba sus derrotas con amargura. Las victorias las superaban con creces.

Ese día, como de costumbre, reservó sus miradas para el juez, el jurado y los testigos. Rara vez consultaba con su ayudante, conversaba con el abogado de Ashe, que estaba sentado frente a ella, o se demoraba buscando una nota entre sus papeles. Ningún defensor acudía a una vista tan bien preparado como ella. Apenas si dirigía la mirada a su cliente y, cuando lo hacía, evitaba en la medida de lo posible que fuera demasiado evidente. Con todo, la presencia silenciosa del procesado acaparaba sus pensamientos y, como bien sabía Venetia, los de todos los presentes. Garry Ashe, de veintiún años y tres meses de edad, había sido acusado de degollar a su tía, Rita O'Keefe, con una única y limpia incisión en el cuello que había seccionado los vasos sanguíneos. Luego el presunto asesino había asestado varias puñaladas frenéticas al cuerpo medio

14

desnudo. Como de costumbre, el encausado tenía un aspecto vulgar, patéticamente impropio de la brutalidad de su crimen; un aire de penosa incompetencia que parecía en franca contradicción con el violento ensañamiento del acto. A pesar de ello, este acusado no tenía nada de vulgar. Venetia no necesitaba volverse para recordar cada detalle de su rostro.

Era moreno, de ojos sombríos bajo las cejas rectas y pobladas, nariz fina y puntiaguda, boca ancha, con labios finos de gesto impasible. Su cuello largo y delgado concedía a la cabeza la hierática apariencia de un ave de rapiña. No se inquietaba; es más, apenas si se movía y permanecía sentado muy erguido en el centro del banquillo, flanqueado por los auxiliares de sala. Rara vez miraba al jurado, situado a su izquierda. Sólo en una ocasión, durante el discurso inicial del fiscal, Venetia lo había visto dirigir la mirada hacia la tribuna del público, pasearla por las distintas filas con una ligera expresión de repugnancia, como si lamentara la clase de auditorio que había atraído, antes de volver a fijarla en el juez. Su inmovilidad no reflejaba ansiedad ni tensión. Más bien parecía un hombre acostumbrado a exhibirse en público; un pequeño príncipe escoltado por sus súbditos durante una ceremonia oficial que, lejos de disfrutar, soportaba con resignación. Venetia veía al jurado, la habitual miscelánea de mujeres y hombres reunidos para juzgarlo, como un curioso grupo de bellacos congregados para dictar sentencia. Cuatro de ellos, con jerseys y camisas con el cuello desabrochado, lucían un atuendo más adecuado para lavar el coche.

El acusado, por el contrario, vestía un impecable traje azul marino a rayas y una camisa tan inmaculada que parecía salida de un anuncio de detergente. El traje, aunque bien planchado, tenía un corte vulgar, con exageradas hombreras que conferían al cuerpo joven y fuerte la desgarbada esbeltez de un adolescente; una elección acertada, pues sugería una mezcla de confianza en sí mismo y vulnerabilidad que Venetia esperaba explotar.

Respetaba a Rufus Matthews, el fiscal, aunque no acababa de simpatizar con él. Los días de ostentosa oratoria en los tribunales habían pasado a la historia, y en cualquier caso las arengas nunca habían sido el punto fuerte de la acusación, pero a Rufus le gustaba ganar. La obligaría a pelear a brazo partido por cada tanto que se apuntara. En su discurso inicial Rufus había reseñado los hechos con lacónica pero enfática claridad, con lo que había dado la impresión de que no se necesitaba un alarde de elocuencia para probar una culpabilidad tan palmaria.

Garry Ashe había residido con su tía materna, la señora Rita O'Keefe, en el número 397 de Westway durante un año y ocho meses antes del crimen. Había pasado su infancia bajo la tutela de los servicios sociales y, entre los diversos períodos en orfanatos, había vivido con ocho familias de acogida. Antes de mudarse con su tía, se había alojado en dos casas de «okupas» de Londres y trabajado una temporada en un bar en Ibiza. La relación entre tía y sobrino no podía en modo alguno considerarse normal. La señora O'Keefe tenía la costumbre de recibir a hombres en su casa y Garry, ya fuera por obligación o por voluntad propia, solía fotografiarlos mientras mantenían relaciones sexuales con ella. Algunas de estas instantáneas se presentarían como pruebas durante el juicio.

La noche del asesinato, el viernes 12 de enero, la señora O'Keefe y Garry habían sido vistos en el pub Duke of Clarence —situado en Cosgrove Gardens, a aproximadamente dos kilómetros de Westway—, entre las 18.00 y las 21.00. Al parecer, tía y sobrino habían reñido, y Garry se había marchado poco después de las 21.00 para regresar a casa, según había afirmado. Su tía, que estaba bebiendo en exceso, había permanecido en el local. A las 22.30, el propietario se había negado a servirle otra copa, y dos amigos la habían acompañado a un taxi. Pese a su ebriedad, era capaz de valerse por sí misma, razón por la cual los citados amigos consideraron que podía viajar sola. El taxista la había dejado en el número 397 de Westway y la había visto entrar en su domicilio a las 22.45.

A las 00.10, Garry Ashe había telefoneado a la policía desde la casa de su tía para comunicar que había hallado el cadáver al regresar de un paseo. A las 00.20, cuando la policía llegó al lugar, encontró a la señora O'Keefe tendida en un diván de su salita dormitorio, medio desnuda. La habían degollado, y su cuerpo presentaba un total de nueve puñaladas. En opinión del forense que examinó el cadáver a las 00.40, la señora O'Keefe había muerto poco después de regresar a casa. No había indicios de que hubieran forzado la puerta ni de que la mujer hubiera recibido o esperara una visita.

Encima de la bañera, en la alcachofa de la ducha, la policía había encontrado una mancha de sangre, que más tarde se identificaría como perteneciente a la señora O'Keefe, y dos más en la alfombra de la escalera. Asimismo había descubierto un cuchillo grande de cocina en el seto de ligustro de un jardín, a menos de cien metros del 397 de Westway. Tanto el acusado como la asistenta habían reconocido que el cuchillo, que tenía una característica desportilladura triangular en el mango, procedía del cajón de los cubiertos de la cocina de la señora O'Keefe. El asesino había limpiado el arma con sumo cuidado para borrar sus huellas dactilares.

El procesado había declarado a la policía que al salir del pub no se había dirigido a su domicilio, sino que había paseado por las calles del sur de Westway hasta Shepherd's Bush, antes de regresar a casa a medianoche y hallar el cadáver de su tía. Sin embargo, la sala oiría el testimonio de la vecina del inmueble contiguo, que afirmaba haber visto a Garry Ashe salir del 397 de Westway a las 23.15 de la noche de autos. En efecto, la acusación sostenía que al salir del pub Garry Ashe había ido a su casa, donde había esperado a que su tía regresara y la había asesinado con el cuchillo de cocina. Probablemente estaba desnudo, luego se había duchado, vestido y abandonado el escenario del crimen alrededor de las 23.15 con el fin de dar un paseo que le sirviera de coartada.

Rufus Matthews terminó su discurso con las palabras de rigor. Si el jurado consideraba convincentes las pruebas que apuntaban a que Ashe había matado a su tía, era su obligación pronunciar el veredicto de culpabilidad. Si por el contrario al final del juicio albergaban dudas razonables al respecto, el acusado tenía derecho a ser absuelto de los cargos que se le imputaban.

Durante el tercer día de la vista, el interrogatorio del testigo de cargo Stephen Wright, propietario del pub Duke of Clarence, había planteado pocas dificultades a Venetia, que en realidad no esperaba ninguna. El tabernero había subido al estrado con la jactancia propia de un hombre resuelto a demostrar que no lo intimidaban ni las pelucas ni las túnicas carmesíes, y había prestado juramento con una indiferencia que dejaba muy clara su opinión sobre este arcaico rito. Venetia había respondido a su sonrisa ligeramente lasciva con una mirada larga y fría. La acusación lo había llamado a declarar para confirmar su teoría de que mientras Ashe y su tía se encontraban en el pub la hostilidad existente entre ambos había ido en aumento y que ésta tenía miedo de su sobrino. Sin embargo, el propietario del pub había ofrecido un testimonio parcial y poco convincente que no había conseguido refutar el de otros testigos, según los cuales el procesado había hablado poco y bebido aún menos.

—Solía sentarse y permanecer muy tranquilo —explicó Wright pasando de la altanería a la estupidez mientras se volvía hacia el jurado—. En mi opinión, peligrosamente tranquilo. Y la miraba con esa expresión tan suya. No necesitaba beber para ser peligroso.

Venetia había disfrutado con el interrogatorio de Stephen Wright y, cuando éste hubo terminado, no pudo evitar dirigir una mirada de conmiseración a Rufus, que se ponía en pie para tratar de reparar parte de los daños. Ambos sabían que en los últimos minutos se había perdido algo más que la fiabilidad de un testimonio. Cada vez que un testigo de la acusación quedaba desacreditado, la causa de la Corona perdía credibilidad. Venetia era consciente de que, desde el principio, jugaba con una gran ventaja: la víctima no inspiraba compasión alguna. Cuando el jurado ve fotografías del cuerpo violado de una criatura tierna como un pajarillo, una voz atávica en su interior susurra: «Alguien debe pagar por esto.» El deseo de venganza, tan fácil de confundir con los imperativos de la justicia, siempre beneficia a la acusación. El jurado no quiere condenar a un inocente, pero necesita condenar a alguien; de modo que se empeña en creer en las pruebas del fiscal. Sin embargo, en este caso las crudas fotografías policiales de la víctima, con el vientre prominente, los pechos flácidos e incluso las venas seccionadas que recordaban a un cerdo colgado de un gancho en la carnicería provocaban más asco que piedad. Su reputación había sido destruida con eficacia, lo que no resultaba difícil en un caso de asesinato; al fin y al cabo, la víctima no estaba allí para defenderse. A sus cincuenta y siete años, Rita O'Keefe había sido una mujer de escaso atractivo, borracha y pendenciera, con una insaciable sed de sexo y ginebra. Cuatro de los miembros del jurado eran jóvenes (de hecho, dos de ellos apenas si tenían la edad necesaria para cumplir su función), y los jóvenes no suelen mostrarse indulgentes con la vejez y la fealdad. Sin duda, su voz interior les susurraba un mensaje muy diferente: «La mujer se lo había buscado.»

En la segunda semana y séptimo día del juicio, por fin compareció un testigo de la acusación cuyo testimonio, en opinión de Venetia, era crucial. Se trataba de la señora Dorothy Scully, vecina de la víctima, una viuda de sesenta y nueve años que había declarado a la policía, y ahora a la sala, que la noche del crimen había visto a Garry Ashe salir de su casa a las 23.15.

Venetia la había observado durante el interrogatorio del fiscal con la intención de detectar sus puntos fuertes y débiles. Había tomado la precaución de informarse de todo cuanto necesitaba saber sobre la señora Scully. La mujer era pobre, aunque no indigente; una viuda que a duras penas conseguía sobrevivir con su pensión. Al fin y al cabo, Westway había sido un barrio relativamente próspero y confortable, habitado por la clase media baja, respetable y respetuosa de la ley; modestos propietarios orgullosos de sus impecables cortinas de encaje y sus cuidados jardines, que representaban un pequeño triunfo del esfuerzo individual sobre la tediosa conformidad de su clase. Sin embargo en los últimos tiempos el mundo de estas personas se estaba desmoronando junto con sus viviendas, deshaciéndose en inmensas nubes de polvo ocre. Sólo unos pocos inmuebles se mantenían en pie mientras las obras para ampliar la carretera avanzaban de forma inexorable. Hasta las pintadas de protesta en las tapias que separaban los solares de la calle comenzaban a decolorarse. Pronto no quedaría nada más que asfalto y el incesante rugido del vertiginoso tráfico que salía de Londres en dirección oeste. Con el tiempo, ni siquiera la memoria conseguiría evocar la pretérita prosperidad del barrio. La señora Scully sería una de las últimas en marcharse. Sus recuerdos se erigirían en el aire. Esta mujer había llevado consigo al estrado, junto con su respetabilidad y su honradez, un pasado a punto de desaparecer y un futuro incierto; sin duda un arsenal insuficiente para enfrentarse a una de las letradas más astutas del país.

Venetia advirtió que la señora Scully no se había comprado un abrigo nuevo para el juicio: constituía un gasto extraordinario que sólo justificaría un invierno particularmente frío o el mal estado del que tenía. Sin embargo, era evidente que la ocasión había merecido la adquisición de un sombrero de fieltro azul claro de ala estrecha, adornado con una gran flor blanca que añadía un toque de incoherente frivolidad al humilde abrigo de *tweed*.

La señora Scully había prestado juramento con nerviosismo y voz casi inaudible, hasta el punto de que el juez le había rogado en dos ocasiones que la alzara. Sin embargo, en el curso del interrogatorio la mujer había ido adquiriendo confianza. Rufus le había repetido las preguntas con el fin de ayudarla, lo que en opinión de Venetia había contribuido de hecho a confundir a la mujer. Además, sospechaba que a la señora Scully no le gustaba la voz atronadora y un tanto intimidante del fiscal, con su acento aristocrático y su costumbre de lanzar sus comentarios al aire, a unos pocos palmos por encima de las cabezas de los miembros del jurado. Rufus solía crecerse en las repreguntas de testigos hostiles, y la señora Scully, vieja, patética y algo dura de oído, desenterraba al pequeño matón que había en él. No obstante, había sido una buena testigo, que había ofrecido respuestas concisas y convincentes.

La señora Scully había cenado a las siete y luego se había reunido con la señora Pierce, que residía a cinco casas de la suya, para ver *Sonrisas y lágrimas*. Ella no tenía vídeo, pero su amiga alquilaba uno todas las semanas y solía invitarla a ver una película. La señora Scully no acostumbraba salir de noche, pero como su amiga vivía tan cerca y la calle estaba bien iluminada no le importaba recorrer la corta distancia que la separaba de su domicilio. Estaba segura de la hora, pues al acabar el filme ambas habían comentado que había durado más de lo que suponían. El reloj de la chimenea marcaba las 23.10, y la señora Scully había consultado el suyo, sorprendida por la rapidez con que había pasado el tiempo. Conocía a Garry Ashe desde que éste había ido a vivir con su tía. No le cabía duda de que era el mismo hombre que había visto aban-

21

donar el número 397 de Westway. Éste había recorrido el corto sendero del jardín y doblado a la izquierda de Westway alejándose con paso raudo. La señora Scully, asombrada al verlo marchar tan tarde, lo había observado hasta perderlo de vista. Luego había entrado en su hogar, situado en el número 396. No recordaba haber visto luces en el inmueble contiguo. Más bien creía que estaba a oscuras.

Hacia el final del interrogatorio de Rufus, Venetia recibió una nota. Ashe debía de haber hecho una seña a su abogado consultor, que se acercó al banquillo para entregar el recado a Venetia. El mensaje —escrito en bolígrafo negro, con letra firme, pequeña y recta— no tenía nada de impulsivo o confuso: «Pregúntele qué gafas llevaba puestas el día del asesinato.»

Venetia evitó mirar al banquillo del acusado. Sabía que aquél era un momento crucial que podía determinar el resultado del juicio y que exigía respetar la primera regla del turno de repreguntas, aprendida en sus tiempos de estudiante: nunca formules una cuestión a menos que conozcas la respuesta. Disponía de cinco segundos para tomar una decisión antes de comenzar a interrogar a la testigo. Si planteaba esa pregunta y la respuesta no era la adecuada, Ashe se hundiría. No obstante dos hechos le infundían la confianza necesaria para actuar. En primer lugar, ya conocía la respuesta, pues Ashe no habría escrito la nota si no hubiera estado seguro. En segundo lugar cobraba gran importancia; debía hacer todo lo posible para desacreditar a la señora Scully, ya que su testimonio, sincero y seguro, había perjudicado sobremanera a su cliente.

Guardó la nota entre sus papeles, como si se tratara de un asunto sin relevancia que podría atender más adelante, y se tomó su tiempo antes de incorporarse.

—¿Me oye bien, señora Scully?

La mujer asintió con un gesto y murmuró:

—Sí.

Venetia sonrió. Era suficiente. La pregunta, la sonrisa alentadora, la calidez de su voz daban a entender: «Soy una mujer; estamos en el mismo bando. No nos dejaremos intimidar por estos hombres pomposos. No tiene nada que temer de mí.»

Venetia repasó el testimonio de la testigo con serenidad, de modo que cuando llegó el momento de entrar a matar la víctima ya estaba entregada. Había oído peleas en la casa contigua; una voz masculina y otra con marcado acento irlandés, que sin lugar a dudas pertenecía a la señora O'Keefe. La señora Scully creía que la voz masculina era siempre la misma, pero la señora O'Keefe solía recibir a hombres en su casa, o quizás hubiera sido más correcto decir «clientes». ¿Estaba segura de que se trataba de la voz de Garry? No; la señora Scully no podía asegurarlo. Venetia sembró con astucia la semilla de la duda de que la natural animosidad de la testigo contra la tía podría haberse extendido a su sobrino. La señora Scully no estaba acostumbrada a esa clase de vecinos.

—Ahora bien, señora Scully, usted ha identificado al acusado como el hombre que vio salir del número 397 de Westway la noche del crimen. ¿Acaso veía a Garry salir a menudo por la puerta delantera de la casa?

—No. Solía usar la trasera y la verja del jardín, porque allí dejaba su moto.

—De modo que en más de una ocasión lo vio cruzar con la moto la verja del jardín trasero.

—Sí. A veces lo veía por la ventana de mi habitación, que está al fondo.

—Y puesto que estacionaba la moto en el jardín trasero, ¿solía salir por allí?

—Supongo que sí.

—¿Alguna vez lo vio alejarse por el jardín trasero, aunque no condujera la moto?

—Sí; un par de veces.

—¿Un par de veces en total? ¿O un par de veces a la

semana? No se preocupe si no puede contestar con precisión. Después de todo, no tenía por qué fijarse en ese detalle.

—Yo diría que lo veía salir por la puerta posterior dos o tres veces a la semana, no siempre con la moto.

—¿Con qué frecuencia lo veía salir por la puerta principal?

—No lo recuerdo. En una ocasión llamó a un taxi, y entonces se marchó por la puerta principal.

—Es lógico. Pero ¿lo veía usar la entrada principal a menudo? Verá, intento averiguar, porque creo que podría ayudar al jurado, si Garry solía usar la puerta principal o la trasera.

—Creo que los dos utilizaban más la puerta trasera.

—Ya veo. Utilizaban más la puerta trasera. —A continuación, siempre con voz serena, y tono que reflejaba interés y comprensión, añadió—: ¿Son nuevas las gafas que lleva, señora Scully?

La mujer se tocó la montura, como si hubiera olvidado que se las había puesto.

—Casi. Me las compré para mi cumpleaños.

—¿Y cuándo fue su cumpleaños?

—El 16 de febrero. Por eso lo recuerdo.

—¿Está muy segura de la fecha?

—Sí, claro. —Se volvió hacia el juez, ansiosa por explicarse—. Fui a tomar el té con mi hermana y las recogí cuando me dirigía a su casa. Quería que me diera su opinión sobre la montura nueva.

—Y está muy segura de la fecha; el 16 de febrero, cinco semanas después del asesinato de la señora O'Keefe.

—Sí; estoy completamente segura.

—¿Su hermana pensó que las gafas nuevas le favorecían?

—Las encontró un poco extravagantes, pero yo quería un cambio de estilo. Estaba cansada de llevar siempre las mismas, me apetecía probar algo diferente.

Había llegado el momento de la pregunta más arriesgada, cuya respuesta ya conocía Venetia. Una mujer con problemas económicos no paga para que le gradúen innecesariamente la vista ni considera sus gafas un accesorio de moda.

—¿Por eso cambió de gafas, señora Scully? ¿Porque deseaba probar una montura diferente?

—No. Con las viejas no veía bien. Por eso acudí al oculista.

—¿Qué es, en concreto, lo que no veía bien?

—Bueno, sobre todo la televisión. Casi no distinguía las caras.

—¿Y dónde ve la televisión, señora Scully?

—En la sala.

—¿Que es del mismo tamaño que la de la casa contigua?

—Seguramente. Las casas son todas iguales.

—Entonces no es demasiado grande. El jurado ha visto fotografías de la sala de la señora O'Keefe. Tendrá unos cuatro metros cuadrados, ¿no es cierto?

—Sí, supongo que sí.

—¿Y a qué distancia de la pantalla se sienta usted?

La señora Scully mostró la primera señal de inquietud —una mirada de angustia al juez— antes de contestar:

—Me siento junto a la estufa de gas, y el televisor está en el rincón opuesto, junto a la puerta.

—No conviene situarse demasiado cerca de la pantalla, ¿verdad? En cualquier caso procuremos precisar más la distancia. —Miró al juez—. Con la venia de su Señoría... —El magistrado asintió con una seña y Venetia se inclinó hacia el asesor de Ashe, Neville Saunders—. Pediré a este caballero que avance despacio hacia su Señoría, y usted le indicará que se detenga cuando se halle a una distancia similar a la que existe entre usted y el televisor.

Neville Saunders se mostró un tanto sorprendido, pero adoptó una expresión seria, acorde con el papel decisivo que había adquirido en el procedimiento, se puso en pie y comenzó a caminar con lentitud. Cuando llegó a unos tres metros del juez, la señora Scully asintió con la cabeza.

—Más o menos ahí.

—Algo menos de tres metros. —Venetia volvió a mirar a la testigo—. Señora Scully, me consta que es usted sincera. Desea decir la verdad para colaborar en el juicio y es consciente de la importancia de esa verdad, pues de ella depende la libertad, el futuro de un hombre joven. Ahora bien, ha afirmado ante el jurado que no veía con claridad la televisión a tres metros de distancia. Sin embargo, ha asegurado bajo juramento que reconoció al acusado cuando se hallaba a seis metros en una noche oscura, con la única luz de la farola de la calle. ¿Está segura de que no se equivoca? ¿Podría aseverar sin sombra de duda que el hombre que vio salir de la casa aquella noche no pudo ser un individuo de aproximadamente la misma edad y estatura que el acusado? Tómese su tiempo, señora Scully. Trate de recordar. No hay ninguna prisa.

La testigo sólo necesitaba pronunciar ocho palabras: «Era Garry Ashe. Lo vi con absoluta claridad.» Un delincuente profesional las habría pronunciado, consciente de que durante el turno de repreguntas es preciso ceñirse de forma obstinada al primer testimonio, sin alterar o añadir nada, pero los delincuentes profesionales conocen el sistema, mientras que la señora Scully tenía como desventaja la honradez, el nerviosismo y el deseo de complacer. Tras un breve silencio declaró:

—Me pareció que era Garry.

¿Lo dejaba ahí o avanzaría otro paso? Ése constituía uno de los mayores dilemas del interrogatorio a los testigos de cargo.

—Puesto que Garry vivía allí, es lógico que usted supusiera que era él. Pero ¿lo vio con claridad, señora Scully? ¿Tiene la certeza de que era él?

La mujer la miró con fijeza.

—Supongo que pudo ser alguien que se le pareciera —respondió por fin—, pero en su momento pensé que era Garry.

—En su momento pensó que era Garry, pero pudo haber sido alguien que se le pareciera. Un error lógico, señora Scully, y sospecho que fue sólo eso; un error. Muchas gracias.

Por supuesto, Rufus no podía dejar las cosas así, y puesto que tenía derecho a repreguntar sobre cualquier punto que exigiera aclaración, se puso en pie, se recogió la toga e inspeccionó el aire por encima del estrado con la expresión entre ceñuda y perpleja de un hombre que espera un súbito cambio de clima. La señora Scully lo observó con el nerviosismo propio de una criatura culpable que sabe ha defraudado a sus mayores. Rufus intentó suavizar su tono y casi lo consiguió.

—Señora Scully, lamento entretenerla, pero intuyo que el jurado está confundido sobre un punto de su testimonio. Durante mi interrogatorio, usted aseguró que estaba convencida de haber visto a Garry Ashe salir de la casa de su tía a las once y cuarto de la noche de autos. Sin embargo, durante el interrogatorio de mi célebre colega, usted ha dicho literalmente: «Supongo que pudo haber sido alguien que se le pareciera, pero en su momento pensé que era Garry.» Sin duda sabrá que ambos testimonios se contradicen, y es muy probable que al jurado le cueste comprender qué ha querido decir exactamente. Admito que yo también estoy confundido. Por lo tanto le ruego que me responda, ¿quién cree que era el hombre que vio salir del número 397 de Westway la noche del crimen?

A estas alturas la señora Scully sólo quería bajar del estrado, escapar al acoso de dos personas que le exigían una respuesta clara, pero diferente en cada caso. Miró al juez como si esperara que contestara por ella o al menos la ayudara a tomar una decisión, y por fin la respuesta surgió con la desesperación característica de la verdad.

—Me parece que era Garry Ashe.

Venetia sabía que Rufus no tenía más remedio que citar a la siguiente testigo, la señora Rose Pierce, para confirmar la hora en que la señora Scully se había marchado de su casa. Era un dato fundamental. Si la señora O'Keefe había sido asesinada inmediatamente o poco después de llegar a casa del pub, Ashe habría dispuesto de treinta minutos para matarla, ducharse, vestirse y salir de paseo.

La señora Pierce, una mujer rechoncha de mejillas rubicundas y ojos brillantes, vestida con un abrigo negro de lana y un sombrero achatado, se sentó con absoluta confianza en el banquillo de los testigos, como si fuera la esposa de Noé en el arca de su marido. Venetia pensó que, aunque sin duda habría sitios donde aquella mujer se sentiría intimidada, la sala principal del Tribunal de lo Criminal no era uno de ellos. Cuando se le preguntó por su profesión, afirmó ser niñera retirada.

—Una tata, señor —añadió, y dio la impresión de que era capaz de lidiar con las felonías de los adultos del sexo masculino tan bien como había hecho con las travesuras de sus pupilos.

Hasta Rufus, situado delante de ella, pareció invadido por desagradables recuerdos de disciplina infantil. Las preguntas fueron breves y las respuestas seguras. La señora Scully había salido de su casa poco antes de que el reloj de pared que le había regalado uno de sus patrones marcara las once y cuarto.

Venetia se puso en pie de inmediato para formular una sola pregunta:

—Señora Pierce, ¿recuerda si aquella noche la señora Scully se quejó de que no veía bien la pantalla?

Sorprendida, la señora Pierce demostró una inesperada locuacidad.

28

—Es curioso que lo pregunte, respetable letrada. Ese día Dorothy se quejó de que la imagen no era clara. Claro que entonces llevaba las gafas viejas. Hacía tiempo que decía que debía graduarse la vista, y yo le había aconsejado que cuanto antes lo hiciera, mejor; incluso discutimos si debía conservar la montura o probar una diferente. «Cómprate otras —le dije—. Arriésgate. Sólo se vive una vez.» En fin, se compró las gafas nuevas para su cumpleaños, y desde entonces no ha tenido más problemas con la vista.

Venetia le dio las gracias y se sentó. Rufus le inspiraba un poco de pena. Al fin y al cabo, la señora Scully podría no haberse quejado de su mala vista precisamente la noche del crimen. Sin embargo, sólo los incautos creen que el azar no desempeña ningún papel en el sistema de justicia.

Al día siguiente, jueves 12 de septiembre, Venetia se puso en pie para iniciar el turno de preguntas de la defensa. Ya había demostrado de sobra su posición durante el turno de repreguntas. Ahora, a primera hora de la tarde, sólo le faltaba llamar a un testigo: el acusado.

Sabía que Ashe debía subir al estrado. Él había insistido en ello. Desde el principio de su relación profesional, Venetia se había percatado de la vanidad del hombre, de la mezcla de desprecio y arrogancia que, incluso a esas alturas, podría echar por la borda los buenos resultados de los interrogatorios a los testigos de la acusación. Sin embargo, él jamás permitiría que lo privaran de la oportunidad de realizar una última aparición pública. Las horas pasadas pacientemente sentado en el banquillo constituían sólo el preludio del momento en que por fin podría hablar y decidir su victoria o su derrota. Venetia lo conocía lo suficiente para adivinar que lo que más había detestado del proceso era la obligación de permanecer callado mientras los demás trataban de su caso. Ashe era la persona más importante de la sala. Por él el magistrado de la

Corte Superior, con su toga escarlata, estaba sentado a la derecha del escudo de armas; por él doce hombres y mujeres habían permanecido innumerables horas allí, escuchando testimonios; por él los distinguidos miembros del Colegio de Abogados, con sus togas y pelucas, preguntaban, repreguntaban y discutían. Venetia comprendía que era fácil que el acusado se sintiera objeto vano de las preocupaciones de otros, que tuviera la impresión de que el sistema lo había acorralado, que no era más que una excusa para que otros demostraran su astucia y su pericia. Por fin Ashe tendría su oportunidad. Era un riesgo; si el desdén y la arrogancia del acusado vencían a su autodominio, se plantearían dificultades.

No obstante, pocos minutos después de iniciar el interrogatorio Venetia comprendió que sus temores eran infundados. La representación de Ashe —a la abogada no le cabía duda de que no era más que eso, una actuación— estaba planeada a la perfección. Era evidente que estaba preparado para la primera pregunta, aunque Venetia no estaba preparada para la respuesta.

—¿Amaba usted a su tía, Garry?

Tras un breve silencio, el joven contestó:

—Le tenía cariño y me inspiraba compasión, pero nunca he entendido a qué se refiere la gente cuando habla de amor.

Eran las primeras palabras que pronunciaba en el juicio desde la inicial declaración de inocencia, efectuada en voz baja y firme. Las palabras resonaron en el silencio de la sala, cargado de expectación. Venetia intuyó la reacción del jurado. Era natural que ignorara qué era el amor, ¿cómo iba a conocerlo? Un niño que nunca había conocido a su padre, que había sido abandonado por su madre antes de cumplir los ocho años, y educado bajo la tutela de los servicios sociales; un niño que había pasado de familia en familia y de orfanato en orfanato, que había sido considerado una carga desde su nacimiento. Nunca había recibido ternura, seguridad o afecto desinteresado. ¿Cómo había de conocer el significado de la palabra amor?

Durante el interrogatorio, Venetia experimentó la curiosa sensación de que ella y su cliente trabajaban en equipo, como dos actores que habían coprotagonizado una obra durante años, capaces de reconocer las señales del otro, de realizar las pausas precisas para crear dramatismo, procurando no frustrar el momento culminante de la actuación del compañero, no por afecto o respeto mutuo, sino porque se trataba de una interpretación conjunta cuyo éxito dependía de ese entendimiento intuitivo con el que ambos contribuían al resultado deseado. La historia de Ashe poseía el mérito de la coherencia y la sencillez. Se limitó a repetir ante el jurado lo que antes había contado a la policía, sin alteraciones ni comentarios superfluos.

En efecto, su tía y él habían reñido en el pub Duke of Clarence. Había sido un episodio más de una vieja disputa: ella pretendía que él continuara fotografiándola mientras mantenía relaciones sexuales con sus clientes; él quería dejar de hacerlo. Más que una pelea había sido una discusión, pero dado que ella estaba ebria, él había juzgado prudente marcharse, dar un paseo para decidir si había llegado la hora de mudarse.

—¿Deseaba dejar a su tía?

—No estaba del todo convencido. Le tenía cariño. Creo que me necesitaba, y por otro lado me había dado un hogar.

De modo que había deambulado por el sur de Westway hasta Shepherd's Bush antes de regresar. No había mucha gente en la calle. No se había fijado en nadie en particular, ni siquiera recordaba bien qué camino había seguido. Poco después de medianoche había llegado a casa, donde había encontrado el cadáver de su tía tendido en el diván de la sala, y había llamado a la policía. Tan pronto como entró en la habitación se había percatado de que la mujer estaba muerta.

Durante el turno de repreguntas se mantuvo impasible y admitió sin vacilar que no estaba seguro de algunas cuestiones o no las recordaba. En ningún momento miró al jurado, aunque sus miembros no apartaban la vista de él. Cuando por fin bajó del estrado, Venetia se preguntó por qué había dudado de él.

En el alegato final de la defensa, la abogada recapituló los argumentos de la acusación y los rebatió uno tras otro de forma persuasiva. Se dirigió a los miembros del jurado como si les confiara la verdad de un asunto que, con motivo, había preocupado a todos y que por fin podía observarse desde una perspectiva sensata y lúcida que despejaba cualquier duda sobre la inocencia del acusado. ¿Cuál había sido el móvil? Se había sugerido que Ashe esperaba cobrar la herencia de su tía; sin embargo, ésta sólo habría podido legarle el dinero procedente de la venta forzosa de la casa, cuando se llevara a cabo, y esa suma no bastaba para cubrir las deudas de la señora O'Keefe. Su sobrino sabía que la mujer gastaba en exceso, sobre todo en bebida, que los acreedores la apremiaban y que los cobradores acudían a diario a su domicilio. ¿Qué clase de herencia cabía esperar? La muerte de su tía no le había reportado ningún beneficio y lo había dejado sin hogar. Por otra parte, estaban la mancha de sangre en la ducha y las dos salpicaduras en la escalera. Se había conjeturado que Ashe había matado a su tía estando desnudo y que se había duchado antes de salir de la vivienda para dar un paseo que le serviría de coartada. No obstante, cualquier visitante, sobre todo si se trataba de un cliente habitual, conocería la casa, sabría que del grifo de la pila del lavabo salía poca agua. ¿No era natural, en consecuencia, que usara la ducha para lavarse las manos?

La acusación había basado su argumentación fundamentalmente en el testimonio de la señora Scully, vecina del procesado, que en un principio había declarado haber visto a Garry salir de casa por la puerta principal a las once y cuarto de la noche. El jurado había tenido ocasión de escuchar a la testigo y sin duda, como todos los presentes en la sala, la habían considerado una persona honrada, dispuesta a decir toda la verdad. Sin embargo, esta mujer sólo había atisbado de forma fugaz una figura masculina en la oscuridad, a la luz de unas farolas que habían sido diseñadas para iluminar la transitada calle, pero que podían arrojar engañosas sombras sobre las fachadas de las casas. Por aquel entonces llevaba unas gafas que ni siquiera le permitían distinguir con claridad las caras en la pantalla de un televisor situado a menos de tres metros. Durante el turno de repreguntas la señora Scully había afirmado: «En su momento pensé que era Garry, pero pudo haber sido alguien que se le pareciera.» Por consiguiente, el jurado dudaría de la identificación de la señora Scully, fundamental para los argumentos de la acusación.

Venetia concluyó:

—Garry Ashe ha declarado que esa noche salió a dar un paseo porque no se atrevía a enfrentarse con su tía cuando ésta regresara del pub Duke of Clarence. Necesitaba tiempo para pensar en la convivencia con ella, en su propio futuro y en si había llegado la hora de marcharse. En sus propias palabras: «Debía decidir qué hacer con mi vida.» Es muy probable que al recordar esas fotografías obscenas, que lamento haberles obligado a ver, ustedes se pregunten por qué el acusado no se marchó antes. El señor Ashe ya ha explicado sus motivos. Su tía era su única pariente viva. La casa que le ofreció era el único hogar que había tenido. Él pensaba que ella lo necesitaba. Distinguidos miembros del jurado, han de reconocer que es difícil abandonar a alguien que nos necesita, por incómoda o perversa que sea esa necesidad.

»De modo que el acusado dio un paseo en plena noche, sin ver a nadie y sin ser visto, y cuando regresó se encontró con la pavorosa escena de una sala cubierta de sangre. No existen pruebas forenses que lo incriminen.

La policía no encontró sangre en sus ropas ni en su persona. No se detectaron sus huellas digitales en el cuchillo. Y esa noche la víctima podría haber recibido a cualquiera de sus numerosos clientes.

»Señores del jurado, ninguna persona merece que la asesinen. Una vida humana es una vida humana, independientemente de si la víctima es una prostituta o un santo. Todos somos iguales ante la ley, tanto en la vida como en la muerte. La señora O'Keefe no merecía morir. Sin embargo, esta señora, como todas las prostitutas... porque ésa era su profesión, miembros del jurado... corría un riesgo especial debido a su particular oficio. Están ustedes al tanto de la clase de vida que llevaba. Han visto las fotografías que animó u obligó a tomar a su sobrino. Era una mujer promiscua, capaz de ciertos gestos de generosidad y afecto, pero agresiva y violenta cuando se encontraba embriagada. Ignoramos a quién dejó entrar aquella noche y qué ocurrió entre ellos. No hay pruebas médicas de que tuviera relaciones sexuales poco antes de morir, pero es muy posible, señores del jurado, que fuera asesinada por uno de sus clientes. ¿Acaso por celos, ira, frustración, odio o por el simple placer de matar? Fue un crimen brutal. La señora O'Keefe, en estado de ebriedad, abrió la puerta a su asesino. Ése fue su gran error y su tragedia, pero también es una tragedia para el hombre que hoy se sienta en el banquillo de los acusados.

»En su discurso inicial, mi brillante colega expuso el caso con cristalina claridad. Si están ustedes convencidos, más allá de cualquier duda razonable, de que mi cliente asesinó a su tía, es su deber declararlo culpable, pero si después de considerar las pruebas les queda alguna duda de que la mano del señor Ashe empuñara el arma asesina, entonces es su obligación dar un veredicto de no culpabilidad.

Todos los jueces son actores. El papel que solía representar el juez Moorcroft, papel que había interpretado durante tantos años que se había vuelto instintivo, se caracterizaba por una amable sensatez de vez en cuando animada por arrebatos de ingenio mordaz. Durante la recapitulación de las pruebas acostumbraba inclinarse hacia los miembros del jurado, con un lápiz sujeto con delicadeza entre los índices, para hablarles de igual a igual, como a unos colegas que habían tenido la bondad de perder su valioso tiempo con el fin de ayudarlo a resolver un problema que entrañaba ciertas dificultades pero que, como cualquier asunto humano, podía someterse al arbitrio de la razón. Como era habitual en este magistrado, la recapitulación de las pruebas constituyó un ejemplo de mesura y justicia. Las apelaciones debidas a fallos de instrucción eran inadmisibles en cualquier juicio y este juez nunca había merecido ninguna.

Los miembros del jurado lo escucharon impasibles. Al mirarlos, Venetia pensó —como tantas veces— que aquél era un sistema curioso, pero que funcionaba asombrosamente bien siempre y cuando se antepusiera la protección de la inocencia a la condena de los culpables. El sistema no se había creado —¿cómo iba a ser de otro modo?— con el propósito de sacar a relucir la verdad, toda la verdad y nada más que la verdad. Ni siquiera el sistema inquisitorial del continente conseguía tal objetivo. De haber sido ésa la meta, su cliente habría tenido todas las de perder.

Su misión había concluido. El jurado recibió las instrucciones pertinentes y se retiró para deliberar. El juez se puso en pie, el público lo imitó y aguardó en silencio a que abandonara la sala. Venetia oyó los murmullos y los pasos de la gente que salía de la tribuna. Ahora sólo le quedaba esperar el veredicto.

2

En Pawlet Court, situado en el límite oeste de Middle Temple, las farolas de gas empezaban a encenderse. Como cada tarde desde hacía cuarenta años, cuando había comenzado a trabajar en las cámaras, que ahora presidía, Hubert St. John Langton contemplaba desde la ventana su momento favorito del día. La pequeña plazoleta, una de las más bonitas de Middle Temple, adquiría el suave y refulgente resplandor de un atardecer otoñal, las ramas del grandioso castaño de Indias parecían solidificarse mientras las miraba, los rectángulos de luz en las ventanas georgianas realzaban el clima de una paz dieciochesca armoniosa, casi doméstica. A sus pies, los adoquines situados entre las aceras de piedra de York brillaban como si los hubieran encerado. Drysdale Laud se paseaba por el despacho. De repente se detuvo y permanecieron unos instantes en silencio. Al cabo Langton dio media vuelta.

—Esto es lo que más echaré de menos —declaró—; las luces de las farolas, aunque ahora que son automáticas ya no es lo mismo. Me gustaba esperar la llegada del farolero. Cuando desaparecieron, tuve la impresión de que había acabado una era.

Así pues, se marchaba; por fin se había decidido. Laud se esforzó por disimular cualquier vestigio de sorpresa o pena en su voz cuando replicó:

—Y este lugar te echará de menos a ti.

Laud pensó que no podrían haber mantenido un diálogo más banal sobre una decisión que aguardaba con

37

impaciencia desde hacía más de un año. Aunque Langton todavía no era viejo —no había cumplido los setenta y tres—, en los últimos meses los ojos críticos y expectantes de Laud habían advertido un gradual e inexorable deterioro de sus facultades físicas y mentales. Ahora observó cómo Langton se dejaba caer pesadamente ante su escritorio, que había pertenecido a su abuelo y hubiera deseado legar a su hijo, pero esa esperanza, junto con tantas otras, la había aplastado una avalancha en los Klosters.

—Supongo que con el tiempo también derribarán el árbol —comentó—. La gente se queja de que quita luz en verano. Por fortuna no estaré aquí cuando empuñen el hacha.

Laud sintió un amago de crispación. El sentimentalismo no era propio de Langton.

—En todo caso no lo talarían con un hacha, sino con una sierra eléctrica. De todas formas dudo de que lo derriben. Ese árbol es un monumento histórico protegido. —Tras una breve pausa preguntó con fingida indiferencia:

»¿Y cuándo piensas marcharte?

—A fin de año. Cuando se toma una decisión como ésta, carece de sentido posponer su ejecución. Te lo he anunciado ahora porque tenemos que buscar un sucesor. Celebraremos una reunión en octubre y he pensado que podríamos discutirlo entonces.

¿Discutirlo? ¿Qué había que discutir? Él y Langton habían dirigido las cámaras juntos durante la última década. ¿Acaso no los llamaban los dos arzobispos? Aunque ese mote lo empleaban sus colegas con ligero rencor, incluso con desprecio, reflejaba una realidad. Laud resolvió ser sincero. Langton se mostraba cada vez más ambiguo e indeciso, pero no debía andarse con medias tintas en este tema. Necesitaba saber cuál era su posición. Si se avecinaban disputas, debía estar preparado.

—Yo creía que deseabas que te sustituyera yo —repuso—. Supongo que los miembros de las cámaras lo dan por sentado.

—¿Que eres el príncipe heredero? Sí; sospecho que no dudan de ello, pero quizás el relevo no sea tan automático como yo esperaba. Venetia también está interesada.

—¿Venetia? Es la primera noticia que tengo. Nunca ha demostrado el menor interés por presidir las cámaras.

—No hasta ahora, pero se rumorea que ha cambiado de opinión, y como ya sabes tiene más antigüedad, aunque no mucha más; fue nombrada un período de sesiones antes que tú.

—Venetia dejó bien clara su posición hace cuatro años —replicó Laud—, cuando tú estuviste dos meses de baja debido a la fiebre glandular y se celebró una reunión de las cámaras. Entonces le pregunté si deseaba asumir tu puesto y ella respondió: «No tengo intención de ocupar ese escaño temporalmente, y tampoco cuando Hubert decida dejarlo.» ¿Cuándo ha participado ella en la organización, en las tareas más monótonas o en las finanzas? No negaré que acude a las sesiones y critica las propuestas de los demás, pero ¿qué hace en concreto? Siempre ha considerado prioritaria su carrera de abogado.

—Tal vez esta decisión guarde relación con su carrera. Quizás ambicione convertirse en juez. Está satisfecha con su trabajo de asesora de la magistratura. En tal caso, reemplazarme como presidenta de las cámaras constituiría un paso importante para ella.

—Y para mí. Por el amor de Dios, Hubert, no puedes permitir que se interponga en mi camino porque sufrí una apendicitis en el momento menos oportuno. Tan sólo la nombraron antes porque por aquel entonces yo estaba en el quirófano. Gracias a eso goza de cierta ventaja sobre mí. Con todo, no creo que la elijan porque entró en la temporada de San Miguel y yo me vi forzado a esperar hasta la de Cuaresma.

—Aun así te aventaja en antigüedad. Si quiere el puesto, resultará embarazoso negárselo.

—¿Porque es una mujer? Debí suponer que se trataba de eso. Bueno, es probable que ese detalle amilane a los miembros más aprensivos de las cámaras, pero presumo que sabrán anteponer la idea de justicia a la de la corrección política.

—No se trata de que sea políticamente correcto o no —repuso Langton con suavidad—. Tenemos unas normas, un código tácito sobre la discriminación sexual. Si no la nombramos, se considerará un acto discriminatorio.

Laud se esforzó por contener su creciente ira antes de preguntar:

—¿Ha hablado contigo? ¿Te ha dicho que quiere el puesto?

—A mí no, pero alguien, creo que Simon, me comentó que se lo había insinuado.

Tenía que ser Simon Costello, pensó Laud. Pawlet Court, la sala número 8, como todas las cámaras, era un nido de cotillas, y Simon se destacaba por propagar rumores infundados. Quien quisiera información fiable no debía pedírsela a Simon Costello.

—Simples conjeturas —dijo Laud—. Si Venetia hubiera pretendido iniciar una campaña a su favor, no habría recurrido a Simon, que es una de sus *bêtes noires*. Debemos evitar en la medida de lo posible que esto se convierta en una lucha. Sería terrible que nos rebajáramos a una contienda entre personalidades. Las cámaras se transformarían en un circo.

—No lo creo —replicó Langton con el entrecejo fruncido—. Si hemos de votar, lo haremos, y se aceptará la decisión de la mayoría.

«A ti te trae sin cuidado porque ya no estarás aquí —pensó Laud con amargura—. Después de diez años de trabajar a tu lado, de encubrir tus indecisiones, de aconsejarte sin que se notara, te niegas a ayudarme. ¿No te das cuenta de que no podría soportar la humillación de una derrota?»

—Dudo de que Venetia cuente con apoyos —declaró.

—Yo no estaría tan seguro. Es nuestra abogada más distinguida.

—¡Por favor, Hubert! Desmond Ulrick es nuestro abogado más distinguido, sin lugar a dudas.

Langton señaló lo obvio:

—Sin embargo Desmond no querrá mi puesto cuando llegue el momento. Hasta dudo de que se percate del cambio.

Laud conjeturaba en silencio.

—El personal del anexo de Salisbury y quienes colaboran desde casa quizá se interesen menos que los que trabajan en las cámaras, pero estoy convencido de que Venetia sólo contará con el apoyo de una minoría. No es una mujer conciliadora, que digamos.

—¿Acaso necesitamos eso? Se avecinan cambios, Drysdale. Me alegro de no estar aquí cuando se produzcan, pero sé que llegarán. Se habla de la necesidad de gestionar el cambio. Habrá gente nueva, sistemas nuevos.

—«Gestionar el cambio», la consigna de moda. Es probable que Venetia realice bien esa tarea, pero ¿serán los cambios que desean los miembros de las cámaras? Es capaz de dirigir un sistema, pero bien podría ser un desastre dirigiendo a la gente.

—Creía que te caía bien. Siempre os había considerado... bueno, amigos.

—Y me cae bien. De hecho, si tiene algún amigo en las cámaras, ése soy yo. Compartimos la afición por el arte de mediados de siglo, de tanto en tanto vamos juntos al teatro y salimos a cenar una vez cada dos meses. Disfruto con su compañía y creo que ella con la mía, pero eso no significa que pueda ser una buena presidenta de las cámaras. Además, ¿para qué queremos una abogada criminalista? Nunca habíamos pensado en un criminalista como presidente de las cámaras.

Langton replicó a la objeción tácita en ese comentario:

—¿No te parece una postura esnob? Creía que habíamos superado esas actitudes. Si la ley tiene que ver con la justicia, con los derechos y las libertades de las personas, ¿no es más importante la labor de Venetia que las preocupaciones de Desmond por las minucias del código marítimo internacional?

—Tal vez sí, pero no se trata de discutir su importancia en términos relativos, sino de escoger a un presidente de las cámaras. Venetia sería un desastre. Y podría convertirse en un obstáculo en un par de cuestiones pendientes de resolución. Por ejemplo, en lo referente a los estudiantes que nombraremos meritorios. No aceptará a Catherine Beddington.

—Ella misma la ha apadrinado.

—Precisamente por eso planteará objeciones, pero hay algo más. Si pensabas prorrogar el contrato de Harry, olvídalo. Quiere deshacerse del secretario general para nombrar a un administrador. Ése el es menor de los cambios que introducirá si consigue salirse con la suya.

Se produjo un silencio, durante el cual Langton permaneció sentado a su escritorio, con aspecto cansado.

—En las últimas semanas la he notado distinta. No es la de siempre. ¿Sabes si le ocurre algo?

Conque se había percatado. Ése era el problema de la senilidad prematura; uno nunca sabía cuándo los engranajes de la mente volverían a ponerse en marcha para permitir que se impusiera el Langton de siempre.

—Su hija ha vuelto a casa —respondió Laud—. Octavia dejó en julio el internado donde estudiaba, y creo que no ha hecho nada desde entonces. Venetia le ha cedido el apartamento del sótano para evitar conflictos de convivencia, pero no basta con eso. Su hija todavía no ha cumplido los dieciocho y necesita que la controlen, que la guíen. La educación en un convento no es la preparación ideal para vivir sola en Londres. Venetia está demasiado ocupada y no tiene tiempo para vigilarla. Además, nunca se han entendido. Venetia no es una mujer maternal. Sería una madre estupenda para una hija bonita, brillante y ambiciosa, pero la suya carece de esas virtudes.

—¿Qué fue de su marido después del divorcio? ¿Sigue en contacto con él?

—¿Con Luke Cummins? Tengo entendido que hace años que no se ven. Ni siquiera sé si él ve a Octavia. Ha vuelto a casarse y vive en algún lugar del oeste. Contrajo matrimonio con una ceramista o una tejedora; en fin, una artesana. Tengo la impresión de que no nadan en la abundancia. Venetia nunca lo menciona. Siempre se le ha dado muy bien negar sus fracasos.

—Entonces ¿se trata sólo de eso? ¿Que está preocupada por su hija?

—Me parece suficiente, pero no es más que una conjetura. No suele hablarme del tema. En nuestra amistad nunca ha habido lugar para las confidencias personales. El hecho de que de vez en cuando visitemos juntos una exposición no implica que la entienda... ni a ella ni a ninguna a otra mujer, dicho sea de paso. Sin embargo, me sorprende el poder que posee en las cámaras. ¿Te has planteado alguna vez que una mujer, cuando es poderosa, es más poderosa que un hombre?

—Quizás en un sentido diferente.

—Es un poder basado en parte en el miedo —señaló Laud—, quizás en un miedo atávico, relacionado con los recuerdos de la infancia. Las mujeres nos cambian los pañales, nos dan el pecho o nos lo niegan.

—Al parecer ya no es así —replicó Langton con una sonrisa—. Ahora los padres también cambian pañales, y los niños suelen tomar biberón.

—Aun así estoy en lo cierto en lo referente al poder y al miedo, Hubert. Nunca lo reconocería fuera de estas paredes, pero la vida en las cámaras resultaría mucho más sencilla si Venetia encajara en esa conveniente imagen de la mujer tradicional. —Tras una breve pausa, formuló la pregunta que le inquietaba—: ¿Cuento con tu apoyo? ¿Puedo dar por sentado que me respaldarás como tu sucesor?

Langton lo miró con expresión de agobio y pareció encogerse en la silla, como si se preparara para recibir un golpe. Cuando por fin habló, Laud advirtió el tono titubeante y malhumorado de su voz.

—Si ésa es la voluntad de las cámaras, contarás con mi apoyo, desde luego, pero si Venetia quiere el puesto, no encuentro ninguna razón sensata para negárselo. La antigüedad manda, y Venetia tiene más que tú.

«Eso no basta —pensó Laud con amargura—. Por Dios, eso no basta.»

Observó al hombre a quien consideraba su amigo, y por primera vez en su larga relación su mirada fue más crítica que afectuosa. Contemplaba a Langton con los ojos objetivos e imparciales de un extraño, notando con distante interés los primeros estragos del implacable paso del tiempo. Sus rasgos fuertes y armoniosos se tornaban más indefinidos, la nariz parecía más puntiaguda que antes, y un par de concavidades habían aparecido bajo los pómulos prominentes. Los ojos hundidos eran menos claros y comenzaban a reflejar la perpleja resignación de la vejez. La boca, otrora firme e imperturbable, se aflojaba en ocasionales y húmedos temblores. En un tiempo aquella cabeza había parecido creada para llevar la peluca de juez, y sin duda ésa había sido la ambición de Langton. A pesar de su éxito, de la satisfacción de suceder a su abuelo como presidente de las cámaras, siempre había pendido sobre él la incómoda sombra de esperanzas incumplidas, de un talento que había prometido más de lo que había logrado. Al igual que su abuelo, había tardado demasiado en retirarse.

Ambos tenían también en común la mala suerte con sus únicos hijos. El padre de Hubert había regresado de la Primera Guerra Mundial con los pulmones destrozados por los gases y la mente atormentada por horrores que nunca había conseguido expresar con palabras. Había tenido fuerza suficiente para hacerse cargo de su hijo, pero no había vuelto a trabajar y había fallecido en 1925. El único hijo de Hubert, Matthew, un joven tan inteligente y ambicioso como su padre, con quien compartía su pasión por las leyes, había perecido bajo una avalancha de nieve durante una excursión de esquí, dos años antes de terminar sus estudios de derecho. Después de esa tragedia, la última chispa de ambición de Langton se había consumido.

«En cambio la mía no se ha consumido —pensó Laud—. Lo he apoyado durante los últimos diez años, he ocultado sus errores, lo he aliviado del peso de las tareas más tediosas. Es evidente que desea sacudirse las responsabilidades, pero por Dios que no se sacudirá ésta.»

Sin embargo, con todo el dolor de su corazón, sabía que aquella actitud era sólo una pose. No tenía modo de ganar. Si forzaba una elección en las cámaras, sus miembros se embarcarían en una acre disputa que podría provocar un escándalo público y prolongarse durante décadas. Y si ganaba por un pequeño margen, ¿qué legitimidad le otorgaría eso? En cualquier caso nunca se lo perdonarían. Con todo, si se abstenía de luchar, Venetia Aldridge se convertiría en la siguiente presidenta de las cámaras.

3

Resultaba imposible predecir cuánto tardaría en deliberar el jurado. A veces, en un caso que parecía demasiado claro para plantear dudas sobre la culpabilidad del acusado, se producía una espera de horas, mientras que en otro, incierto y en apariencia complejo, el veredicto se decidía con sorprendente rapidez. Los abogados tenían diversas formas de entretenerse durante ese lapso; unos hacían apuestas sobre el tiempo que emplearía el jurado en emitir un fallo, algunos jugaban al ajedrez o al Scrabble, otros bajaban a las celdas para compartir la expectación con su cliente, para alentarlo, apoyarlo o incluso prepararlo para lo peor, y unos pocos se dedicaban a repasar las pruebas con los colegas y planear posibles causas de apelación en caso de una sentencia desfavorable. Venetia prefería pasar ese período sola.

Al inicio de su carrera profesional solía deambular por los pasillos del Tribunal de lo Criminal, pasando del barroco eduardiano del viejo edificio a la simplicidad del anexo nuevo, y por fin bajaba al Great Hall, con su lujoso esplendor de mármol, para caminar bajo los lunetos y los mosaicos azules de la bóveda, y contemplar una vez más los familiares monumentos mientras procuraba olvidar tanto lo que podría haber hecho mejor como lo que podría haber hecho peor y se preparaba para el veredicto.

Ahora estos paseos se le antojaban una defensa demasiado obvia contra la ansiedad. Prefería sentarse en la biblioteca, donde, dada su insistencia en permanecer sola casi siempre la dejaban en paz. Cogió un libro al azar de un estante y se lo llevó a una mesa sin intención de leerlo.

«¿Amaba usted a su tía, Garry?» Esa pregunta le recordó otra semejante formulada... ¿cuándo?... quizás ochenta y cuatro años antes, en marzo de 1912, cuando se había declarado a Frederick Henry Seddon culpable de la muerte de su inquilina, Eliza Barrow. «¿Apreciaba usted a la señorita Barrow, Seddon?» ¿Cómo responder de forma convincente a esa cuestión, referida a la mujer a quien había despojado de su fortuna y enterrado en una fosa común? Aquel caso había fascinado al Sapo, que había usado esa pregunta como paradigma del efecto devastador que podía ejercer una simple interpelación en el resultado de una vista. Había puesto también otros ejemplos: el de un perito presentado por la defensa en el caso del incendio del coche de Rouse, cuyo testimonio se había desestimado porque no recordaba el coeficiente de expansión del cobre; el del juez Darling, que había intervenido en el juicio del mayor Armstrong para preguntar al procesado por qué, si aseguraba haber comprado arsénico para destruir las malezas de diente de león, había fraccionado y envuelto el veneno en pequeñas porciones. Venetia, con quince años, sentada en la pequeña y austera salita dormitorio, había preguntado: ¿sólo porque un testigo olvida un dato científico o el juez decide intervenir? ¿Eso es la justicia?

Por un instante el Sapo se había mostrado ofendido, porque necesitaba creer en la justicia, en la ley. El Sapo, Edmund Albert Froggett, con una incierta licenciatura en letras obtenida en una universidad desconocida. Edmund Froggett, el hombre que la había convertido en abogada, lo que agradecía a aquel extraño, misterioso, patético hombrecillo, aunque pocas veces le permitía penetrar en sus pensamientos. El recuerdo del día en que la relación entre ambos había terminado resultaba tan doloroso que la gratitud se cubría de miedo, bochorno, vergüenza. En esos momentos pensaba en él porque, por un curioso truco de la memoria, volvía a tener quince años y estaba sentada en la salita dormitorio del Sapo, escuchando sus anécdotas, aprendiendo derecho criminal.

Solían tomar asiento a ambos lados de una estufa de gas con un solo quemador encendido, porque el Sapo tenía que introducir monedas en el contador para que funcionara y era un hombre pobre. Junto a ella había un hornillo donde él preparaba cacao caliente para ambos, fuerte y no demasiado dulce, tal como le gustaba a Venetia. Sin duda ella también acudía allí en verano, primavera y otoño, pero en su memoria siempre era invierno, las cortinas estaban corridas y no se oían ruidos procedentes del colegio, pues a esa hora los niños dormían. Sus padres se reunían en la sala del ala principal, seguros de que su hija estaba en su habitación, haciendo los deberes. A las nueve en punto Venetia interrumpía la conversación, bajaba para darles las buenas noches a sus padres y responder a las inevitables preguntas sobre sus estudios y el horario del día siguiente. Luego regresaba a la única pieza de la casa donde era feliz, al zumbido de la estufa, al sillón con los muelles rotos que a pesar de todo resultaba cómodo porque el Sapo colocaba una almohada de su cama en el respaldo mientras él se sentaba enfrente en una silla, con los seis volúmenes de *Insignes juicios británicos* apilados en el suelo, a su lado.

El Sapo había sido el profesor menos respetado y más explotado de la escuela primaria de su padre, Danesford, donde enseñaba literatura e historia inglesa, además de asumir cualquier otra tarea para satisfacer los caprichos del director. Era un hombrecillo pulcro, menudo, de nariz respingona, pequeños ojos brillantes detrás de las gafas de grueso cristal y un flequillo pelirrojo. Los estudiantes lo apodaron «el Sapo». Si le hubieran brindado la oportunidad, habría sido un buen maestro, pero los pequeños bárbaros eran capaces de olfatear a una víctima natural en su jungla juvenil, de modo que la vida del Sapo fue un infierno soportado con paciencia, plagado de insurrecciones y crueldades deliberadas.

Si un amigo o conocido preguntaba a Venetia por su infancia —cosa bastante inusual—, ella tenía la respuesta preparada, siempre en los mismos términos, siempre pronunciada con un tono de despreocupada resignación que de algún modo conseguía reprimir la curiosidad ajena.

—Mi padre dirigía una escuela primaria para chicos. No era como el Dragon o Summerfields, sino uno de esos sitios más baratos donde los padres envían a sus hijos para quitárselos de encima. No sé a quién le gustaba menos, si a los alumnos, al personal o a mí. De todos modos supongo que convivir con cien niños no ha sido una mala preparación para una abogada criminalista. De hecho, mi padre era un buen maestro. Aquellos niños podrían haberlo tenido peor.

Ella en cambio no podría haberlo tenido peor. El colegio, una pretenciosa construcción de ladrillos rojos que en el siglo XIX había pertenecido a un noble de la región, se erigía a unos tres kilómetros de la agradable ciudad de Berkshire, que entonces era apenas una aldea. Cuando en 1963 Clarence Aldridge lo compró con la magra herencia de su padre, la aldea ya se había convertido en un pequeño pueblo que aún conservaba cierto carácter e identidad propios. Diez años después se había transformado en una ciudad dormitorio que ganó terreno al campo y se extendió como un cáncer de cemento y ladrillo, con urbanizaciones para ejecutivos, pequeños centros comerciales, edificios de oficinas y bloques de pisos. El ayuntamiento compró los terrenos que separaban Danesford de la urbe para levantar viviendas sociales, pero se quedó sin dinero antes de concluir las obras y los solares restantes permanecieron desiertos, cubiertos de escombros y tocones de árboles, convertidos en parque de juego y basurero de la urbanización vecina. Venetia recorría el descampado en bicicleta cuando se dirigía al instituto, un trayecto que detestaba pero que invariablemente seguía porque el camino alternativo era el doble de largo y la obligaba a pasar por la carretera principal, que su padre le había prohibido tomar. En una ocasión le había desobedecido y un amigo de la familia la había visto desde su coche. El enfado de su padre había sido horrible, doloroso y prolongado. El trayecto diario por el terreno cubierto de matorrales, por el puente de ferrocarril que lo separaba de la ciudad y finalmente a través de la urbanización municipal constituía una ordalía. Cada día era objeto de burlas e insultos obscenos provocados por su uniforme escolar. Cada día buscaba los senderos más despejados, pendiente de los chicos mayores y más aterradores, acelerando o aflojando la marcha para evitarlos, despreciándose a sí misma al tiempo que odiaba a sus verdugos.

El instituto representaba un refugio, no sólo de la urbanización municipal. Allí se sentía feliz, o al menos todo lo feliz que podía llegar a ser. Sin embargo, la vida era tan diferente de la que llevaba en Danesford como hija única que tenía la sensación de hallarse a caballo entre dos mundos. Para uno de ellos se preparaba al ponerse el uniforme verde oscuro y anudarse la corbata escolar; tomaba posesión de él cuando bajaba de la bicicleta y la empujaba a través de las puertas del colegio. El otro la recibía cuando regresaba cada atardecer; era un mundo compuesto por las voces de niños, las pisadas sobre los suelos de madera, los golpes de los tableros de los pupitres al cerrarse, el olor a comida, la ropa tendida, la escasa higiene de los cuerpos jóvenes y, sobre todo, el olor a ansiedad, fracaso incipiente y miedo. Con todo, también allí tenía un refugio. Lo buscaba cada noche en la pequeña y austera salita dormitorio del Sapo.

Él se servía de los seis volúmenes de *Insignes juicios británicos* a modo de libros de texto y cuadernos de ejercicios. El Sapo actuaba de fiscal y ella de defensora; luego cambiaban los papeles. Venetia acabó familiarizándose con todos los personajes de los juicios. Cada asesinato proyectaba una imagen tan poderosa como vívida, alimentaba su fértil fantasía, siempre no obstante circunscrita a la realidad, y su necesidad de saber que aquellos hombres y mujeres desesperados, algunos de ellos enterrados en el cementerio de la prisión, no eran fruto de su imaginación, sino que habían vivido, respirado y fallecido; que era posible analizar, discutir y explicar sus tragedias. Alfred Arthur Rouse, cuyo automóvil ardió como un faro mortífero en una calle de Northampton; Madeleine Smith, que ofrecía una taza de cacao, quizá con arsénico, a través de las verjas de un sótano de Glasgow; George Joseph Smith, que tocaba el armonio en una pensión de Highgate mientras la mujer a la que había seducido y envenenado yacía muerta en el cuarto de baño del piso superior; Herbert Rowse Armstrong, que al tiempo que entregaba un bollo con arsénico a su rival se excusaba con las palabras «perdone que lo coja con los dedos»; William Wallace, que merodeaba por las afueras de Liverpool en busca de unos inexistentes Menlove Gardens East.

Ambos encontraban particularmente fascinante el caso Seddon. El Sapo efectuaba un resumen de los hechos antes de leer una vez más la transcripción del juicio:

—Año: 1910. Acusado: Seddon, Frederick Henry, con una rapaz y miserable obsesión por el dinero y el lucro. Vive en Torrington Park, Islington, con su esposa, Margaret Anne, sus cinco hijos, su padre anciano y una criada. Goza de una buena situación económica gracias a su empleo en la London and Manchester Industrial Insurance Company. Es propietario de su casa y ha adquirido varias viviendas en distintas zonas de Londres. El 25 de julio de 1910 acepta una inquilina, Eliza Mary Barrow, una mujer de cuarenta y nueve años, poco atractiva en su modo de ser y sus hábitos personales, que posee cierta fortuna. Además tiene a su cargo a un huérfano de ocho años,

Ernie Grant, hijo de una amiga, que se muda con ella y comparte su cama. Es probable que el niño la quisiera; en tal caso sería el único. El tío de Ernie, el señor Hook, también se instaló con su esposa en la casa de Seddon, pero no permanecieron allí mucho tiempo. Se marcharon después de una discusión con la señorita Barrow y una pelea con el propietario del inmueble, a quien acusaron de intentar apoderarse del dinero de Eliza. De hecho, durante algo más de un año Seddon se dedicó a eso. Recuerda que estamos en 1910. Mil seiscientas libras invertidas al tres y medio por ciento en acciones más los importes del alquiler de una hostería y una barbería. Doscientas doce libras en una cuenta de ahorro en un banco, y oro y billetes escondidos debajo del colchón. La señorita Barrow transfirió todo a Seddon a cambio de una pensión anual de algo más de ciento cincuenta libras. Eso significa que Seddon se quedó todo su capital y prometió pagarle anualmente esa suma durante el tiempo que a Eliza le quedara de vida.

—Estaba pidiendo a gritos que la asesinara, ¿no? —aventuró Venetia—. Una vez que él consiguió el dinero, ella se volvió un estorbo.

—Desde luego, ningún abogado le habría recomendado a esa señora semejante demostración de confianza. Sin embargo, la sangre fría y la avaricia no convierten a un hombre en asesino. Para preparar el alegato de la defensa es preciso mantenerse imparcial.

—¿Significa eso que tengo que creer en su inocencia?

—No; lo que creas carece de importancia. Tu trabajo consiste en convencer al jurado de que el fiscal no ha conseguido despejar las dudas acerca de la culpabilidad del acusado. De todos modos nunca debes llegar a una conclusión sin examinar previamente los hechos.

—¿Cómo lo hizo? Bueno, ¿cómo dice la acusación que lo hizo?

—Con arsénico. El 1 de septiembre la señorita Barrow se quejó de dolor de estómago, náuseas y otros síntomas desagradables. Avisaron a un médico, que la atendió durante las dos semanas siguientes. La mañana del 14 de septiembre Seddon llamó al doctor para anunciarle la muerte de la paciente.

—¿Y el médico no solicitó la autopsia?

—Supongo que no vio razón alguna para pedirla. Redactó un certificado de defunción, según el cual la señorita Barrow había fallecido de diarrea epidémica. Esa misma mañana, Seddon pagó cuatro libras para que la enterraran en una fosa común y exigió una comisión al sepulturero por haberle encargado el trabajo.

—Lo de la fosa común fue un error, ¿verdad?

—Sí. Y también el trato que dispensó a los parientes de la señorita Barrow cuando empezaron a plantearle preguntas. Se mostró arrogante, insensible y ofensivo. No es de extrañar que desconfiaran y decidieran comunicar los hechos a la Fiscalía del Estado. Se ordenó la exhumación del cadáver y se detectó arsénico en el cuerpo. Primero arrestaron a Seddon, y seis meses después a su esposa. Ambos fueron acusados de asesinato.

—Sin embargo, en realidad lo colgaron más por su codicia que porque la acusación demostrara su participación en el crimen, ¿no es cierto? En teoría, Seddon había enviado a su hija de quince años, Maggie, a comprar el arsénico, lo que ella negó. Me temo que el testimonio del boticario..., ¿se llamaba Thorley?, no era fiable. ¿Usted cree que podría haberlo salvado?

El Sapo esbozó una leve sonrisa no exenta de orgullo. Poseía cierta vanidad, y Venetia disfrutaba avivándola.

—Me preguntas si lo habría defendido mejor que Edward Marshall Hall, que era un estupendo abogado. Me habría gustado oírlo, pero murió en 1927. Quizá no fuera el mejor, pues se decía que se arredraba ante el Tribunal de Apelaciones, pero se contaba entre los mejores. Tenía una sorprendente facilidad de palabra, y ejercía la defensa de esa manera histriónica, espectacular, que ya no se ve en los tribunales modernos. En cierta ocasión dijo algo que nunca olvidaré. Te lo escribiré: «No cuento con un decorado que me ayude ni con un texto escrito especialmente para mí, aquí no hay telón, pero del vívido sueño de la vida de otro tengo la obligación de crear una atmósfera, porque eso es la abogacía.» Del vívido sueño de la vida de otro. Me gusta.

—A mí también —había coincidido Venetia.

—Creo que tendrás la voz adecuada —había declarado el Sapo—. De todos modos eres demasiado joven para asegurarlo.

—¿A qué clase de voz se refiere?

—A una voz agradable, nada estridente, sino versátil, cálida, bien modulada y controlada. Persuasiva; sobre todo persuasiva.

—¿Es tan importante?

—Es esencial. La de Norman Bricket poseía esas características. Ojalá hubiera tenido ocasión de oírla. Para un abogado, la voz es tan importante como para un actor. Si yo hubiera tenido buena voz, quizá me habría dedicado a las leyes, pero a la mía le falta fuerza; no llegaría siquiera hasta la tribuna del jurado.

Venetia había inclinado la cabeza sobre el volumen de *Insignes juicios* para ocultar su sonrisa. No se trataba únicamente de la voz —aflautada, pedante, con el ocasional falsete de roedor—; tan sólo imaginar una peluca sobre aquella mata seca de pelo rojo, o una toga sobre aquel cuerpo canijo y desgarbado, provocaba su hilaridad. Por otro lado, después de oír tantos comentarios despectivos de su padre acerca de la falta de cualificación del Sapo, había acabado por convencerse de que éste tenía pocas posibilidades en la vida. Sin embargo, le gustaban sus alabanzas, y el juego que practicaban juntos se había convertido en una adicción que satisfacía su necesidad de orden y certezas. La salita del Sapo, con su ligero olor a gas y sus dos sillones raídos, constituía un refugio aún más seguro que el pupitre del instituto. Ambos se complementaban: él era un maestro excelente, ella una alumna inteligente y entusiasta. Noche tras noche Venetia salía de su dormitorio para cruzar a hurtadillas la planta principal en dirección al anexo, subir las escaleras con baldosas de linóleo hasta la habitación del Sapo, donde escuchaba sus historias y se entregaba a la obsesión que compartían.

El juego terminó tres días antes de que cumpliera quince años. El Sapo había sacado de la biblioteca pública un informe del juicio de Florence Maybrick para que ambos lo discutieran. Había entregado el libro a Venetia la noche anterior, pero ella temía llevarlo al instituto o dejarlo en su habitación, donde podría despertar la curiosidad de alguna de las dos criadas del colegio o caer en manos de sus padres. Como no confiaba en que respetaran su intimidad, decidió guardarlo en el dormitorio del Sapo.

Aunque no esperaba encontrarlo allí, pues eran las siete y media de la mañana, hora en que el profesor supervisaba el desayuno de los niños, llamó a la puerta por pura costumbre y, tal como había previsto, descubrió que estaba abierta. Para su sorpresa, el Sapo se hallaba allí. Sobre la cama descansaba una gran maleta de lona con la abollada tapa abierta, además de un revoltijo de camisas, pijamas y ropa interior; sólo los calcetines estaban cuidadosamente doblados por pares. Venetia reparó a un tiempo en la expresión de horror que adoptó el Sapo al verla entrar y en unos calzoncillos sucios, manchados en la entrepierna, que tras seguir su mirada el hombre ocultó con manos temblorosas bajo la maleta.

—¿Adónde va? —preguntó ella—. ¿Por qué prepara el equipaje? ¿Se marcha?

El Sapo le dio la espalda y Venetia apenas si logró oír sus palabras:

—Lamento haberte afligido. No era mi intención...

No me di cuenta... Ahora comprendo que ha sido insensato y egoísta por mi parte.

—¿Por qué dice que me ha afligido? ¿Qué fue insensato?

Entró en la habitación, cerró la puerta y se apoyó contra ella, obligando al hombre a volverse para mirarla. En ese instante percibió en su rostro una vergüenza y una desesperada súplica de compasión que ella no acertaba a entender y él no lograba disimular. De pronto la embargó una terrible aprensión, un temor por sí misma que tiñó su voz de una brusquedad inesperada cuando añadió:

—¿Afligido? Usted no me ha afligido. ¿A qué viene todo esto?

El Sapo respondió con patética formalidad:

—Al parecer tu padre ha malinterpretado la naturaleza de nuestra relación.

—¿Qué le ha dicho?

—No tiene importancia; ya no hay remedio. Quiere que me marche antes de que empiecen las clases.

—Yo hablaré con él, le explicaré todo, lo arreglaré —anunció Venetia, aun consciente de que esas palabras encerraban una promesa falsa.

Él negó con la cabeza.

—No, por favor, Venetia; no lo hagas. Sólo conseguirás complicar aún más la situación. —Se volvió de espaldas otra vez, dobló una camisa y la colocó en la maleta. La muchacha notó que le temblaban las manos y advirtió un dejo de humillada resignación en su voz cuando agregó—: Tu padre se ha comprometido a escribirme una buena carta de recomendación.

Por supuesto. Sin referencias no conseguiría otro empleo de maestro. Su padre tenía el poder de hacer algo más que despedirlo. Aunque no había nada más que decir, Venetia permaneció allí, sintiendo la necesidad de hacer algún gesto, de pronunciar alguna palabra de despedida, de mencionar la esperanza de volver a encontrarse. Sin embargo no volverían a encontrarse, y lo que Venetia sentía no era afecto, sino miedo y vergüenza. El Sapo empaquetaba los volúmenes de *Insignes juicios*. La maleta ya estaba demasiado llena, y la joven dudaba de que resistiera más peso. Él le entregó un tomo que descansaba sobre la cama: el caso Seddon. Sin mirarla, dijo:

—Por favor, quédatelo. Me gustaría que lo conservaras. —Y todavía sin mirarla, añadió en un susurro—: Por favor, vete. Lo lamento mucho. No era consciente de lo que ocurría.

Los recuerdos se sucedían como una película con imágenes bien enfocadas, con el decorado adecuado en un plató brillantemente iluminado, los personajes dispuestos en su sitio, el diálogo aprendido e inmutable, pero sin enlaces entre las diversas escenas. Ahora, sentada con un libro de derecho mercantil que no leería abierto ante sus ojos empañados, volvía a estar frente a su padre, en el comedor abarrotado de muebles, oliendo el penetrante aroma a café, tostadas y beicon de todas las mañanas. Allí estaba otra vez la mesa de roble macizo, con el tablero adicional —que se abría cuando se necesitaba alargarla— contra las rodillas; las ventanas con parteluces que más que permitir el paso de la luz lo impedían; el aparador con las barrocas molduras traseras y las patas torneadas; los platos calientes y las fuentes tapadas. Su padre había visto una obra de teatro en la que los comensales de clase alta se servían el desayuno de una mesa auxiliar. Lo había considerado el epítome de la vida acomodada e introducido la costumbre en Danesford, aunque allí sólo se podía escoger entre beicon y huevos o beicon y salchichas. Resultaba curioso que ella aún sintiera un vestigio de resentimiento ante la estupidez de ese esnobismo y el trabajo adicional que había supuesto para su madre.

Ahora se servía beicon, tomaba asiento y se forzaba a mirar a su padre, que comía con avidez al tiempo que desplazaba la vista desde el plato lleno al *Times* doblado a su lado. Debajo del bigote ralo y discreto, su boca era rosada y húmeda. Cortaba pequeños cuadrados de tostada, los untaba con mantequilla y mermelada, y los introducía en esa abertura carnosa y palpitante que parecía poseer una voraz vida propia. Sus manos eran angulosas y fuertes y sus dedos estaban salpicados de vello negro. Venetia le tenía pánico. Siempre le había inspirado miedo y siempre había sabido que no podía contar con el apoyo de su madre, pues ella le temía incluso más. De niña la había azotado por cada pequeña infracción de las reglas domésticas, de su estricto código de conducta y obligaciones. Los golpes no eran fuertes, pero sí intolerablemente humillantes. En cada ocasión ella se hacía el firme propósito de no llorar para que los niños no la oyeran, pero sus esfuerzos resultaban inútiles, pues él continuaba pegándole hasta que prorrumpía en sollozos. Y lo peor era que Venetia sabía que él disfrutaba con su tormento. Al llegar a la pubertad, las palizas cesaron. Representó sólo un pequeño sacrificio para su padre; al fin y al cabo, aún le quedaban sus alumnos.

Ahora, sentada en silencio en la biblioteca, volvió a ver la cara de su padre, los pómulos prominentes bajo unos ojos que nunca la habían mirado con ternura o afecto. Tras recibir un premio de oratoria en el colegio, una maestra le había comentado que su padre estaba orgulloso de ella. Esa observación la había sorprendido en su momento y seguía sorprendiéndola en el presente.

Venetia procuró hablar con voz serena, despreocupada:

—El señor Froggett me ha dicho que se marcha.

—Acordamos que no os veríais antes de que se fuera —replicó su padre con la boca llena, sin levantar la vista—. Confío en que no hayáis prometido escribiros o seguir en contacto.

—Claro que no, papá. Pero ¿por qué se marcha? Ha dicho que tenía algo que ver conmigo.

Su madre, que había dejado de comer, dirigió una mirada asustada y suplicante a Venetia antes de comenzar a desmigar una tostada. Aún sin alzar la vista, su padre pasó una página del periódico.

—Me sorprende que lo preguntes. El señor Mitchel consideró su deber informarme de que mi hija visitaba a uno de mis maestros casi a diario y que se quedaba en su dormitorio hasta altas horas de la noche. Si a ti no te importa tu reputación en este colegio, al menos deberías tener en cuenta la mía.

—No hacíamos nada más que conversar. Charlábamos de libros, de leyes. Además, no es un dormitorio, sino una salita.

—Prefiero no discutir este asunto. Ni siquiera te he preguntado qué hacíais. Si tienes algo que confesar, te sugiero que hables con tu madre. En lo que a mí respecta, el caso está cerrado. No quiero volver a oír el nombre de Edmund Froggett en esta casa, y de ahora en adelante harás tus deberes en esta mesa, en lugar de en tu habitación.

Venetia no estaba segura de si fue aquel día o más tarde cuando cobró conciencia de lo que había ocurrido en realidad; su padre había buscado un pretexto para despedir al Sapo, que, aunque era muy trabajador, no sabía imponer su autoridad, era impopular entre los alumnos y torpe en las fiestas escolares. Resultaba barato, pero no lo suficiente. El colegio perdía dinero, algo de lo que ella sólo se enteró mucho más tarde. Alguien tenía que marcharse, y el Sapo era prescindible. Su padre había actuado con astucia al adivinar que éste jamás se habría atrevido a refutar en público su acusación, sin duda vaga en detalles pero terriblemente clara en lo esencial.

Venetia nunca más lo había visto ni había sabido de él. La gratitud por lo que él le había aportado siempre quedaba oculta bajo la vergüenza, pues tenía la impresión de haber sido débil y de haberlo traicionado. Ciertamente le había fascinado el inteligente pasatiempo al que se dedicaban, pero el hombre en sí la dejaba indiferente, y se habría sentido avergonzada si sus compañeras de clase los hubieran visto juntos.

La certeza de que no había luchado por él, de que no lo había defendido con energía, y mucho menos con pasión, de que había experimentado más vergüenza por sí misma y miedo de su padre que compasión por el Sapo no la abandonaba y teñía de amargura los recuerdos de sus noches juntos. Rara vez pensaba en él. En ocasiones se preguntaba si seguiría vivo o tenía fantasías desconcertantes y asombrosamente vívidas del Sapo arrojándose al río desde el puente de Westminster, mientras los incrédulos transeúntes se inclinaban sobre el parapeto para ver las aguas turbulentas, o lo imaginaba atiborrándose de aspirinas y vino barato sentado en la estrecha cama de una pensión.

¿Qué sentía por él aquella jovencita de quince años? Amor no, desde luego. Había habido afecto, necesidad, compañerismo, estímulo y la sensación de que alguien la necesitaba. Quizás estuviera más sola de lo que creía. Con todo, se avergonzaba de algo que siempre había sabido: lo había utilizado todo el tiempo. Si se lo hubiera encontrado en la calle mientras paseaba con sus compañeras de instituto, habría fingido no conocerlo.

Una persona supersticiosa habría relacionado la partida del Sapo con la rápida decadencia del colegio. Sin embargo, la institución podría haber sobrevivido e incluso prosperado, pues los padres, cada vez más decepcionados de la escuela pública y en pos de una falsa idea de prestigio, disciplina y buenos modales, consideraban a Danesford una solución relativamente barata para los problemas familiares. Sin embargo, un suicidio segó toda esperanza para el centro. Aquel cuerpo joven colgado por el estirado cuello de la barandilla de la escalera del anexo, la nota cuidadosamente escrita con la escrupulosa corrección de la palabra «vergüensa», como si la ira del director gravitara incluso sobre este último acto de patética rebelión... ninguno de estos hechos podía encubrirse o explicarse. Venetia había tenido la impresión de que al cortar el nudo del apretado cinturón del pijama habían dejado caer algo más que un cadáver. En las semanas siguientes, las pesquisas policiales, el entierro, los comentarios de los periódicos y las acusaciones a un régimen autoritario y violento se mezclaron con las imágenes de coches que se alejaban, de niños acarreando maletas que se dirigían, con expresión avergonzada o triunfal, a los vehículos que aguardaban fuera. El colegio murió poco a poco con el insalubre hedor del escándalo, la tragedia y, por último, el alivio de que la agonía hubiera terminado y el furgón fúnebre hubiera llegado a la puerta.

La familia se mudó a Londres. Venetia suponía que para su padre, como para tantos otros hombres, la gran ciudad era una especie de jungla urbana donde la soledad al menos se acompañaba de la seguridad del anonimato, donde nadie formularía preguntas indiscretas y donde a los predadores no les costaría encontrar presas más valiosas que un maestro de escuela caído en desgracia. La venta del edificio, que más tarde se convertiría en hostería y motel, les proporcionó dinero suficiente para comprar una pequeña casa detrás de Shepherd's Bush y para abrir una cuenta que su padre engordaba de vez en cuando con los ingresos de algún empleo temporal. Al cabo de unos meses consiguió un trabajo mal pagado calificando exámenes para unos cursos por correspondencia, tarea que realizaba con la misma diligencia que la de maestro. Cuando la academia cerró, buscó alumnos particulares. Algunos supieron valorar la calidad de sus enseñanzas, mientras que otros encontraron desoladora la pequeña sala oscura que ni Aldridge ni su esposa tenían fuerzas para reformar y que a Venetia se le había prohibido arreglar.

Venetia caminaba a diario hasta el instituto público

del barrio. Era uno de los primeros de Londres y pretendía convertirse en ejemplo de la implantación de la reforma educativa. Aunque el entusiasmo de los primeros años de optimismo doctrinario se desvaneció ante los habituales problemas de una gran escuela urbana, era un buen sitio para una joven perseverante e inteligente como ella. Abandonar el antiguo instituto femenino de provincias, con sus pretenciosas convenciones y sus tradiciones locales, se reveló menos traumático de lo que esperaba. Resultaba tan fácil ser una solitaria en el centro nuevo como lo había sido en el viejo. Se enfrentaba a los matoncillos de rigor con una lengua viperina que los dejaba sin habla; al fin y al cabo, había más de una forma de ganarse el respeto. Trabajaba con ahínco durante las clases, y más aún en casa. Sabía muy bien adónde quería llegar. Sus brillantes notas en los exámenes finales le aseguraron una plaza en Oxford, su éxito académico continuó hasta que se licenció en derecho. Cuando viajó a Oxford, ya sabía todo cuanto necesitaba de los hombres: los fuertes solían ser demonios; los débiles, cobardes morales. Quizás algunos le despertaran deseo sexual, admiración, afecto o incluso deseos de casarse, pero nunca volvería a estar a la merced de un hombre.

Cuando la puerta se abrió, Venetia regresó al presente. Miró su reloj. Habían transcurrido casi dos horas. ¿Realmente hacía tanto tiempo que el jurado se había retirado para deliberar? Su ayudante trató de controlar su nerviosismo.

—El jurado ha vuelto.

—¿Para una consulta?

—No. Ya tienen el veredicto.

4

Los asistentes al juicio volvieron a ocupar sus sitios despacio, evitando muestras de dramatismo o ansiedad, y aguardaron al jurado y al juez. En ese momento Venetia recordó a su tutor. Era un conservador, para quien la imagen de una mujer con peluca de abogado constituía un anacronismo que debía soportarse con estoicismo, siempre y cuando el rostro bajo la peluca fuera bonito, los modales de la letrada dulces y respetuosos y el cerebro no rivalizara con el suyo. En las cámaras todo el mundo se había sorprendido de que aceptara una pupila, lo que sólo podía considerarse una penitencia por una ofensa demasiado grave para expiarla por medios menos draconianos. Venetia lo recordaba con más respeto que afecto, pero le había dado un par de consejos que siempre le agradecería.

«Después de un juicio, guarda todos los cuadernos de notas, no sólo durante el tiempo reglamentario, sino para siempre. Resulta útil llevar un registro de los casos, pues de ese modo aprenderás de los errores del pasado.»

La segunda recomendación había resultado tan útil como la anterior: «Hay momentos en que es fundamental mirar al jurado, momentos en que resulta conveniente hacerlo y momentos en que es preciso evitar incluso una mirada fugaz. Uno de estos últimos es cuando regresan con el veredicto. No permitas que la ansiedad te delate y si has librado una dura batalla y ellos te defraudan, mirándolos sólo conseguirás avergonzarlos.»

Resultaba difícil seguir este consejo en la Sala Primera del Tribunal de lo Criminal, donde los asientos del jurado se hallaban frente a los de los abogados. Venetia fijó la vista en el juez y no la apartó cuando el secretario de la cámara, según dictaban las normas, pidió al presidente del jurado que se pusiera en pie. Un hombre maduro con aspecto de erudito y un atuendo más elegante que el de los demás se incorporó. Venetia pensó que era la persona más adecuada para el papel de presidente.

—¿Han llegado a un veredicto? —preguntó el secretario.

—Sí, señor.

—¿Consideran que el acusado, Garry Ashe, es culpable o no culpable del asesinato de la señora Rita O'Keefe?

—No culpable.

—¿Y el veredicto es unánime?

—Sí, señor.

No hubo un solo ruido en la zona de los letrados, pero de la tribuna del público surgió un murmullo, una mezcla de gruñido y exhalación, que podía significar sorpresa, alivio o disgusto. Sin embargo, Venetia no miró hacia arriba. Sólo ahora, después del veredicto, pensaba por primera vez en el público, en los bancos abarrotados donde se habían sentado los parientes y amigos de la víctima y el acusado, los aficionados al crimen, los visitantes ocasionales y los habituales, los morbosos y los curiosos. Todos habían contemplado impasibles el solemne despliegue de avances y retrocesos del tribunal. Ahora que la vista había terminado, descenderían por las sombrías escaleras sin alfombra, respirarían el aire puro y apreciarían más su libertad.

Venetia no miró a Ashe, aunque sabía que tendría que verlo. Era difícil evitar aunque sólo fuera un breve cambio de palabras con un cliente que había sido absuelto. La gente necesitaba expresar su alegría, y en ocasiones su gratitud, aunque Venetia sospechaba que ésta no duraba mucho y nunca se prolongaba más allá del día en que recibían la minuta. Ella, por su parte, sólo albergaba un atisbo de afecto o compasión por los clientes convictos. En sus momentos de mayor lucidez se preguntaba si no sentiría una culpa inconsciente después de una victoria —sobre todo cuando ésta era inesperada—; una culpa que transfería a su representado. La idea le interesaba pero no le preocupaba. Cualquier otro abogado habría considerado su deber alentar, apoyar o consolar a su defendido. En cambio Venetia se mostraba menos hipócrita al respecto; su obligación era ganar.

Bien, había ganado y, como solía ocurrir después del momentáneo sentimiento de euforia, la invadió un cansancio abrumador, tanto físico como psíquico. Nunca duraba mucho pero en ocasiones, cuando un caso se había prolongado varios meses, la reacción del triunfo y el agotamiento la vencían y debía realizar un esfuerzo sobrehumano para recoger sus papeles, levantarse y responder a las felicitaciones de ayudantes y colegas. No obstante hoy no había oído felicitaciones. Su ayudante era demasiado joven y le resultaba difícil alegrarse por un veredicto que consideraba injusto. Al menos esta vez la lasitud duró poco y Venetia pronto notó una oleada de fuerza y energía en sus músculos y venas. Sin embargo, ningún cliente le había provocado tanta repulsión. Esperaba no volver a verlo nunca más, pero el último encuentro era inevitable.

Ahora su defendido se dirigía hacia ella con su abogado consultor, Neville Saunders, que lucía un gesto de reprobación propio de un maestro de escuela, como si estuviera a punto de advertir a su cliente que no reincidiera en los hechos que lo habían llevado allí. Con una media sonrisa, Saunders tendió la mano a la letrada y dijo:

—Enhorabuena. —Luego se volvió hacia Ashe—. Es usted un hombre de suerte. Le debe mucho a la señora Aldridge.

Al posar la vista en los oscuros ojos de Ashe, Venetia creyó detectar por primera vez una chispa de ironía. El mensaje tácito era claro: «Nos entendemos. Los dos sabemos a qué debo mi libertad.»

Sin embargo, lo único que dijo Ashe fue:

—Recibirá lo que se le debe. Me correspondía un abogado de oficio. Y para eso están, ¿recuerda?

Saunders se ruborizó y cuando se disponía a protestar Venetia habló:

—Buenas tardes a los dos. —Dio media vuelta y se marchó.

Le quedaban menos de cuatro semanas de vida. No tuvo ocasión de preguntar a Ashe, ni aquel día ni ningún otro, cómo sabía qué gafas llevaba la señora Scully la noche del asesinato.

5

Esa misma tarde Hubert Langton salió de su despacho a las seis en punto, la hora habitual. Si bien en los últimos años se había vuelto obsesivo con los pequeños y reconfortantes ritos de la vida, ese día no veía razón para regresar a las eternas horas de soledad que le esperaban en su casa. Casi sin pensarlo, dobló a la derecha, cruzó Middle Temple Lane, la arcada de Pump Court y los claustros en dirección a la iglesia. Estaba abierta, y entró por las grandes puertas normandas atraído por el sonido del órgano. Alguien estaba practicando. Aunque la música era moderna, ensordecedora, Langton se sentó junto a la zona del coro, como había hecho todos los domingos durante cuarenta años, y permitió que el cansancio y el tedio que lo habían amenazado durante todo el día se apoderaran por fin de él.

—Setenta y dos años no son tantos —dijo en voz alta. Sus palabras resonaron en el aire como un gemido desesperado más que como un pequeño desafío.

¿Era posible que aquel pavoroso episodio ocurrido tres semanas antes en la Sala Doce lo hubiera despojado de tantas cosas en un instante? El recuerdo y la angustia lo atormentaban durante todas sus horas de vigilia. Incluso ahora su cuerpo se tensaba con la reminiscencia del horror.

Estaba presentando sus conclusiones en un caso más interesante que difícil desde el punto de vista técnico; un lucrativo pleito de una compañía internacional, tan importante para crear jurisprudencia como para resolver el conflicto de intereses. En un segundo y de improviso había perdido el habla. Las palabras que quería pronunciar no estaban allí, ni en su mente ni en su lengua. La familiar sala, a la que había asistido durante más de cuarenta años, se convirtió en una desconocida cueva de los horrores. No recordaba nada; ni el nombre del juez, ni el de las partes, ni siquiera el de su ayudante o del abogado contrincante. Por un instante tuvo la impresión de que todos los presentes contenían el aliento y lo miraban con sorpresa, desprecio o curiosidad. Sin embargo, de algún modo consiguió terminar la frase y sentarse. Por lo menos fue capaz de leer; las palabras todavía poseían un significado. Cogió el resumen con manos tan temblorosas que todos debieron de advertir su pavor. No obstante nadie habló. Tras un breve silencio y una mirada, el letrado de la parte contraria se puso en pie.

No debía volver a ocurrir. No soportaría otra humillación semejante, otro momento de pánico. Había visitado a su médico de cabecera, le había mencionado las lagunas de la memoria a corto plazo y su temor de que pudieran ser síntoma de algo grave. Se había obligado a pronunciar la palabra maldita: «Alzheimer.» El examen físico no había revelado ninguna anomalía. El doctor le había hablado con tono reconfortante del estrés, de la necesidad de tomarse las cosas con calma, y le había aconsejado unas vacaciones. Como era de esperar, las conexiones cerebrales perdían eficacia con la edad. Asimismo le había recordado las palabras del doctor Johnson: «Cuando un hombre joven no sabe dónde ha puesto su sombrero, lo expresa en esos términos, pero el anciano dice: "He perdido mi sombrero. Estoy haciéndome viejo."» Langton sospechó que el médico consolaba a todos sus pacientes ancianos con la misma cita, pero él no se había dejado consolar; no había consuelo posible.

Sí, había llegado la hora de retirarse. No había pretendido comprometerse con Drysdale Laud y se había arrepentido de sus palabras tan pronto como las hubo pronunciado, considerando que se había precipitado. Con todo, había sido más sabio de lo que suponía. Convenía que accediera a la presidencia un hombre más joven... o una mujer; Drysdale o Venetia, no le importaba quién de los dos lo sustituyera. ¿De verdad quería continuar? Hasta las cámaras habían cambiado. Ya no eran una hermandad, sino una práctica, aunque atestada, serie de habitaciones donde hombres y mujeres llevaban una vida profesional independiente y a veces no se reunían durante semanas. Añoraba los viejos tiempos, cuando ingresó como un miembro más, cuando había menos especialización y un colega se presentaba en el despacho de otro para discutir un auto o los puntos más complejos de la ley, para pedir consejo o ensayar su argumentación. Un mundo más benévolo. Ahora habían asumido el mando los técnicos, con sus calculadoras, su tecnología, su obsesión por la administración y los resultados. ¿No estaría mejor fuera de allí? Pero ¿adónde iría? Para él no existía otro mundo, ningún sitio aparte del cuadrilátero de callejuelas estrechas y tribunales de Middle Temple, por donde deambulaba el fantasma de un niño con sus sueños románticos y sus ingenuas aspiraciones.

Su abuelo, Matthew Langton, había decidido que Hubert sería abogado el mismo día en que nació. A pesar de la resonancia de dignidad eclesiástica del apellido, la familia había sido pobre. Su bisabuelo había atendido una pequeña ferretería en Sudbury, Suffolk, y su bisabuela había trabajado al servicio de unos aristócratas de Suffolk. No pasaban apuros económicos, pero el dinero no les sobraba. Su único hijo, un joven brillante y ambicioso, había decidido ser abogado. Habían solicitado becas, realizado grandes sacrificios, y la familia que empleaba a la madre había apadrinado al muchacho. A los veinticuatro años, Matthew Langton había sido admitido en Middle Temple.

Ahora la memoria, como un proyector de luz, se paseaba con deliberada lentitud por el desierto de la vida de Hubert, se detenía para iluminar con prístina claridad un momento en el tiempo que por un segundo permanecía fijo e inmóvil, y luego, como activada por un interruptor del pasado, seguía avanzando. Se vio a sí mismo a los diez años, caminando por los jardines de Middle Temple con su abuelo, procurando seguirle el paso al tiempo que escuchaba la lista de nombres famosos, hombres y mujeres que habían pertenecido a la antigua cofradía: sir Francis Drake, sir Walter Raleigh, Edmund Burke, el patriota estadounidense John Dickinson, los cancilleres, los presidentes del Tribunal Supremo, los escritores, como John Evelyn, Henry Fielding, William Cowper, De Quincey y Thackeray. Se detenían delante de cada edificio para identificar la insignia de los miembros del Temple: el Cordero de Dios portando la bandera de la inocencia sobre una cruz roja y un lecho de nubes blancas. Recordó la sensación de triunfo cuando la descubría encima de una puerta o una tubería del agua. Su abuelo le explicaba la historia, las leyendas. Juntos contaban los peces de colores de la fuente y permanecían cogidos de la mano bajo el techo de cuatro siglos de antigüedad, repujado y con vigas, del porche de Middle Temple. Durante los tiernos años de la infancia había bebido la historia, el romántico atractivo, las gloriosas tradiciones de esa antigua sociedad, convencido de que algún día formaría parte de ella.

Debía de tener ocho años, o quizá menos, cuando su abuelo le enseñó por primera vez la iglesia del Temple. Habían caminado juntos entre las efigies de caballeros del siglo XIII, y Hubert se había aprendido sus nombres de memoria, como si fueran amigos: William Marshall, conde de Pembroke, consejero del rey antes de que se dictara la Carta Magna, y sus hijos William y Gilbert. Geoffrey de Mandeville, conde de Essex, con su casco cilíndrico. Hubert complacía a su abuelo con su alarde de memoria mientras recitaba los nombres con su aguda voz infantil y luego, en un acto de osadía sin par, apoyaba sus manitas contra la piedra fría, como si aquellas caras impasibles y planas ocultaran un gran secreto y se dispusiesen a legárselo. La iglesia había sobrevivido a ellos y sus agitadas vidas, como también le sobreviviría a él. Sobreviviría al incansable ariete del milenio contra sus muros, como había resistido la noche del 10 de mayo de 1941 a las llamas que habían rugido con la furia de un ejército atacante; entonces la capilla se había convertido en un horno, los pilares de mármol se habían agrietado y el techo había estallado en una erupción de fuego para caer en fragmentos ardientes sobre las efigies. El incendio pareció devorar siete siglos de historia, pero se construyeron nuevas columnas, se restauraron las efigies, se instalaron bancos en orden colegial para sustituir los victorianos de madera tallada, y lord Glentanar donó su magnífico órgano para reemplazar al que se había quemado.

Ahora, en su vejez, Hubert sospechaba que su abuelo había tratado de disciplinar el apasionado orgullo por la brillante carrera que había realizado, su veneración por la antigua sociedad de la que formaba parte, y que sólo ante un niño se había sentido libre de expresar unos sentimientos de cuya intensidad se avergonzaba. Le narraba aquellas historias sin intentar embellecerlas, pero a medida que la ardiente imaginación de la adolescencia reemplazaba la ingenua aceptación infantil, Hubert las había ido impregnando de romanticismo. Había creído percibir el roce de las lujosas ropas de Enrique III y sus nobles mientras recorrían el pasillo de la iglesia el día de la Ascensión, en el año 1240, para bendecir al nuevo coro; le había parecido oír los sollozos cada vez más débiles de un caballero condenado que había muerto de hambre en la celda de metro y medio de la prisión de las cámaras. Para un chico de ocho años, el relato resultaba más interesante que terrorífico.

—¿Qué había hecho, abuelo?

—Había roto una de las reglas de la Orden; había desobedecido al Señor.

—¿Y todavía hoy encierran a las personas en la celda? —Al mirar por las dos rendijas de la ventana le había parecido ver unos ojos desesperados.

—No; hoy no. La Orden de los Templarios se disolvió en 1312.

—¿Y qué hay de los abogados?

—Por fortuna, el canciller mayor se conforma con medidas menos draconianas.

Hubert sonrió al recordar esa escena. Seguía inmóvil, como si él también estuviera tallado en piedra. La música del órgano había cesado no sabía cuándo, y tampoco sabía cuánto tiempo llevaba allí sentado. ¿Qué había sido de aquellos años? ¿Adónde habían ido las décadas transcurridas desde que había caminado con su abuelo entre los caballeros de piedra, los tiempos en que se sentaba junto a él todos los domingos durante las oraciones matinales? La belleza simple y armoniosa de la ceremonia y el esplendor de la música simbolizaban la profesión para la que había nacido. Todavía acudía a la iglesia todos los domingos, un hábito tan arraigado como comprar los mismos dos periódicos en el mismo puesto de camino a casa, como sacar su almuerzo del frigorífico y calentarlo siguiendo las instrucciones escritas de Erik, como el breve paseo por el parque a primera hora de la tarde, la siesta y la velada ante el televisor. Ahora pensaba que su práctica religiosa, que nunca había sido más que la afirmación formal de unos valores heredados, constituía en la actualidad un ejercicio fútil realizado para conferir una semblanza de orden a la semana. La fascinación, el misterio, la sensación de vivir la historia... todo había desaparecido.

El tiempo, que tantas cosas le había robado, lo había despojado además de esos sentimientos, y ahora también de sus fuerzas e incluso de su mente. Pero no, por favor,

Dios, la mente no. Cualquier cosa menos eso. Se oyó rezar junto a Lear: «¡Oh, no permitáis que me vuelva loco, loco no, dulces cielos! ¡Mantened mi templanza; no quiero volverme loco!»

De pronto recordó una oración más resignada y serena: «Escucha mi plegaria, oh, Señor, y responde a mi súplica, pues yo soy un forastero y sólo estoy de paso, como todos mis antepasados. Compadécete de mí y permite que recobre las fuerzas antes de marcharme para no regresar jamás.»

6

Eran las cuatro de la tarde del martes 8 de octubre cuando Venetia se arregló los hombros de la toga, recogió sus papeles y salió por última vez de una sala del Tribunal de lo Criminal. En el anexo construido en 1972, con sus filas de butacas tapizadas en cuero, no había nadie. La atmósfera conservaba la calma expectante de la atestada concurrencia, pero ahora, liberada de la discordia humana, se asentaba en la habitual paz vespertina.

El juicio que acababa de terminar no le había exigido demasiado esfuerzo, pero se sentía más cansada que de costumbre y sólo deseaba ir al vestuario de las abogadas para deshacerse de las ropas de trabajo hasta el día siguiente. No había previsto que aquel caso se presentaría en el Tribunal de lo Criminal. En un principio la causa contra Brian Cartwright, acusado de agresiones físicas, debía verse en los tribunales de Winchester, pero se había remitido a Londres debido a los prejuicios de los lugareños contra el procesado. Éste se mostraba más apenado que agradecido por el cambio, y durante las dos semanas que había durado la vista no había dejado de protestar por el dinero y el tiempo que perdía al viajar desde su fábrica hasta Londres. Venetia había ganado, y su cliente había olvidado todas las molestias. Exultante e indiscreto en la victoria, no parecía tener prisa por marcharse de la sala. En cambio Venetia, que ansiaba perderlo de vista, se sentía insatisfecha con aquel caso, en su opinión mal preparado por la acusación, presidido por un juez que a todas luces no la apreciaba —y que había dejado muy claro su desacuerdo con el veredicto decidido por mayoría— y particularmente tedioso por culpa de un fiscal convencido de que el jurado no comprendería los hechos a menos que los expusiera tres veces.

Ahora Brian Cartwright caminaba a su lado por el pasillo con la bulliciosa persistencia de un perrito faldero, eufórico por un triunfo que no se había atrevido a imaginar ni en los momentos de mayor optimismo. Sobre el cuello almidonado y la corbata escolar anudada con esmero, los dilatados poros de su rostro rubicundo rezumaban un sudor tan oleoso como un ungüento.

—Bien, nos hemos cargado a esos cabrones. Buen trabajo, señorita Aldridge. He estado bien en el banquillo, ¿verdad?

Él, el más arrogante de los hombres, de repente se comportaba como un niño necesitado de aprobación.

—Sí. Consiguió responder a las preguntas sin delatar su intenso odio hacia los grupos contrarios a los deportes sangrientos. Hemos ganado porque no había pruebas concluyentes de que fuera su látigo el que cegó al joven Mills, y porque se consideró a Michael Tewley un testigo poco fiable.

—¡Claro que no es fiable! Y Mills sólo ha perdido la vista de un ojo. Lo lamento por el chico, claro, pero esos tipos no se cortan un pelo a la hora de atacar a otros y luego lloran cuando les hacen daño. Tewley me detesta. Hubo animosidad, usted misma lo dijo, y el jurado la creyó. Animosidad. La información a la prensa, las llamadas telefónicas... Usted demostró que iba a por mí, lo puso en su sitio, y me gustaron sobre todo las palabras del alegato de la defensa: «Si es cierto que mi cliente tiene un genio tan incontrolable y fama de haber participado en actos violentos injustificados, ¿no encuentran extraño, señores del jurado, que no tenga antecedentes penales a los cincuenta y cinco años?»

Venetia trató de apartarse, pero el hombre no se despegó de ella. Casi podía oler su exaltación.

—No creo que sea necesario volver a juzgar el caso, señor Cartwright.

—Sin embargo, usted no dijo que yo no había estado nunca ante un tribunal, ¿no?

—Habría faltado a la verdad, los abogados no podemos mentir en una sala de justicia.

—Pero sí omitir verdades, ¿eh? Entonces me declararon no culpable, al igual que ahora. Una suerte. No me habría beneficiado en absoluto tener antecedentes. Supongo que el jurado no se fijó en las palabras que usted empleó. —Se echó a reír—. O en las que no empleó.

«El juez sí se fijó —pensó Venetia—, y también el fiscal.»

Como si le hubiera leído el pensamiento, Cartwright prosiguió:

—No podían decir nada, ¿eh? Porque me declararon no culpable. —Tras echar un vistazo al vestíbulo semidesierto, susurró—: ¿Recuerda lo que le conté sobre la forma en que salí libre la última vez?

—Lo recuerdo, señor Cartwright.

—No se lo he contado a nadie más, pero pensé que usted debía saberlo. La información es poder.

—Cierta clase de información es peligrosa. Espero, por su propio interés, que mantenga ese dato en secreto. Pronto recibirá mi factura. No necesito ningún pago adicional en forma de confidencias.

Los ojos porcinos e inyectados en sangre la miraron con astucia. Aquel hombre era un tonto para ciertas cosas, pero no para todas.

—Sin embargo, le interesa, ¿eh? Lo suponía. Al fin y al cabo, Costello es uno de los suyos. De todos modos no se preocupe, he guardado este secreto durante años. No soy un bocazas. Nadie prospera en los negocios si no sabe tener la boca cerrada. No es la clase de noticia que podría vender a los periódicos dominicales, ¿verdad? Claro que no conseguirían probar nada. Pagué bien la última vez y no me importa volver a hacerlo ahora. Como le dije a mi mujer: «He conseguido la mejor abogada criminalista de Londres. Pagaré lo que sea necesario. Nunca reparo en gastos cuando se trata de asuntos importantes. Nos cargaremos a estos cabrones.» No son más que escoria urbana. No se atreverían ni a montar en burro. Me gustaría verlos en una cacería. No saben nada del campo, y los animales les traen sin cuidado. Sólo les molesta que la gente se divierta. Maldad y envidia, eso es lo único que los mueve —añadió con una mezcla de sorpresa y triunfalismo, como si sus palabras fueran fruto de una súbita inspiración—. No es que amen a los zorros, sino que odian a los humanos.

—Sí, señor Cartwright. Ya he oído esa opinión antes.

Cartwright se arrimaba tanto a ella, que Venetia casi podía oler el desagradable calor de su cuerpo a través del traje de *tweed*.

—El resto del equipo de caza no estará muy contento con el veredicto. Algunos quieren que me largue. No les habría importado que ganara ese traidor. No corrieron a presentarse como testigos de la defensa, ¿verdad? Bueno, si quieren cazar en mis tierras, será mejor que se acostumbren a verme con la chaqueta escarlata.

Qué predecible era, pensó Venetia. El estereotipo del presunto hombre de campo: duro, bebedor, mujeriego. ¿Fue Henry James quien dijo aquello de «nunca creas que conoces el alma humana»? Al fin y al cabo él era un novelista y su tarea consistía en captar complejidades, anomalías, insospechadas sutilezas en la naturaleza humana. Venetia en cambio tenía la impresión de que a medida que se acercaba a la madurez los hombres y mujeres a quienes defendía y los colegas con quienes trabajaba se volvían cada día más previsibles. Rara vez la sorprendían con un acto inesperado. Era como si el instrumento, la clave, la melodía se decidieran en los primeros años de vida, y por muy ingeniosas y variadas que fueran las cadencias siguientes, el tema principal permanecía inmutable.

Sin embargo Brian Cartwright poseía ciertas virtudes. Era un próspero fabricante de piezas para maquinaria agrícola. Resultaba imposible crear un negocio de la nada si se carecía de ingenio. Proporcionaba empleos. Se le consideraba un jefe generoso y benévolo. Venetia se preguntó qué talentos y pasiones se ocultaban debajo de esa elegante chaqueta de paño. Al menos había tenido la prudencia de vestir con corrección en la sala, pues ella había temido que apareciera con tirantes y un llamativo traje a cuadros. ¿Era quizás un aficionado a los *lieder*? ¿Al cultivo de orquídeas? ¿A la arquitectura barroca? Resultaba poco probable. ¿Y qué demonios había visto en él su esposa? ¿No era significativo que no hubiera asistido al juicio?

Venetia había llegado a la puerta del vestuario de abogadas. Por fin se libraría de él. Al volverse, se sometió por segunda vez a su violento apretón de manos y lo miró alejarse. Esperaba no volver a verlo; de hecho sentía lo mismo hacia todos sus defendidos después de una victoria.

Un ujier se acercó a ella para anunciarle:

—Fuera hay un grupo de ecologistas contrarios a la caza. No están de acuerdo con el veredicto. Quizá sea mejor que salga por la otra puerta.

—¿Ha venido la policía?

—Hay un par de agentes. Creo que son más ruidosos que violentos... Me refiero a los ecologistas.

—Gracias, Barraclough —dijo—, pero creo que saldré por donde siempre.

Mientras caminaba junto a la multitud en dirección a la escalera principal, vio a Octavia y a Ashe, que, situados al lado de la estatua de Carlos II, observaban con atención el amplio vestíbulo donde se encontraba ella. A pesar de la distancia, Venetia adivinó que estaban juntos, que no se trataba de un encuentro casual, sino de una cita concertada a esa hora y en ese lugar. Ambos ofrecían una actitud relajada, inusual en su hija, pero habitual en Ashe. Titubeó un segundo antes de dirigirse hacia ellos con resolución. A medida que se aproximaba observó que Octavia tendía la mano hacia Ashe y, como éste no reaccionaba, la retiraba sin apartar los ojos de su madre.

Ashe llevaba una camisa blanca que parecía recién almidonada, pantalones tejanos y una cazadora que Venetia dedujo no era de las baratas, y se preguntó de dónde habría sacado el dinero para comprarla. A pesar de su natural elegancia y su seguridad en sí misma, Octavia parecía muy joven y patética. El largo vestido de algodón que solía ponerse sobre una camiseta parecía más limpio que de costumbre, pero aun así le otorgaba el aspecto de una huerfanita victoriana recién salida de un orfanato. Encima lucía la chaqueta de un traje de lana. Calzaba unas toscas zapatillas de deporte que parecían demasiado pesadas para los finos tobillos y las delgadas piernas, con lo que acentuaban su imagen de niña desvalida. La carita delgada y despierta, que con tanta facilidad adoptaba un gesto de engreída astucia o de indomable resentimiento, ahora se mostraba serena, casi feliz, y por primera vez en muchos años sostuvo la mirada de su madre con sus intensos ojos castaños, el único rasgo que había heredado de ella.

Ashe habló primero.

—Buenas tardes, señora Aldridge —saludó tendiéndole la mano—. Y enhorabuena. Estábamos en la galería. Quedamos impresionados, ¿verdad, Octavia?

Venetia hizo caso omiso de la mano tendida, aun a sabiendas de que él esperaba eso y lo quería. Sin mirarlo, con la vista fija en su madre, Octavia asintió, con una inclinación de la cabeza.

—Creí que estabas harta de los tribunales —declaró Venetia dirigiéndose a Octavia—. Por lo visto ya os conocéis.

—Estamos enamorados —le respondió Octavia—. Hemos decidido prometernos.

Pronunció estas palabras atropelladamente, pero a Venetia no se le escapó el inconfundible deje triunfal en aquella voz infantil.

—¿De veras? —preguntó con serenidad—. Entonces te sugiero que cambies de idea. Aunque no seas muy inteligente, supongo que no habrás perdido tu instinto de conservación. Ashe es la persona menos indicada para ser tu marido.

El hombre no protestó, aunque Venetia tampoco esperaba que lo hiciera. Se limitó a mirarla con una media sonrisa socarrona, retadora, teñida de desprecio.

—Eso tendrá que decidirlo ella —replicó—. Ya es mayor de edad.

Sin prestarle la menor atención, Venetia se dirigió a su hija.

—Pensaba dar un paseo hasta las cámaras y me gustaría que me acompañaras. Es evidente que tenemos que hablar.

Se preguntó qué haría en caso de que Octavia se negara. La joven miró a Ashe, que tras asentir con la cabeza inquirió:

—¿Te veré esta noche? ¿A qué hora quieres que pase por tu casa?

—Sí, por favor. Ven tan pronto como puedas. A las seis y media, por ejemplo. Te prepararé la cena —contestó Octavia.

Venetia interpretó la invitación como lo que era: un desafío. Ashe cogió la mano de Octavia y la besó. Consciente de que la formalidad del diálogo, la farsa e incluso el beso iban dedicados a ella, Venetia se vio dominaba por una ira y una repulsión tan grandes que tuvo que apretar las manos para evitar abofetear a Ashe. La gente pasaba a su lado; abogados que conocía y a quienes saludaba con una sonrisa. Debían salir del tribunal.

—Muy bien, ¿vamos? —propuso y echó a andar sin volver a mirar a Ashe.

La calle estaba casi desierta. O bien los manifestantes se habían cansado de esperar o se habían contentado con abuchear a Cartwright. Venetia y Octavia cruzaron la calzada sin dirigirse la palabra.

Venetia acostumbraba regresar a las cámaras después de terminar un caso en el tribunal. De vez en cuando variaba de recorrido, pero por lo general avanzaba por Fleet Street hasta Bouverie Street para bajar por Temple Lane y penetraba en el Temple por la entrada de Tudor Street. Luego cruzaba Crown Office Row y Middle Temple Lane hasta Pawlet Court. Esa tarde Fleet Street estaba tan bulliciosa y congestionada como de costumbre, la acera tan atestada que era difícil caminar al lado de Octavia e imposible oír algo por encima del ruido del tráfico. No era el momento más oportuno para una conversación seria.

Incluso cuando llegaron a la en comparación pacífica Bouverie Street, Venetia se guardó de hablar, pero una vez en Inner Temple, sin volverse hacia Octavia, dijo:

—Dispongo de media hora libre. Hablaremos en los jardines del Temple. Bien, cuéntamelo todo. ¿Cuándo lo conociste?

—Hace unas tres semanas. El 17 de septiembre.

—Supongo que se te ligó. ¿Dónde? ¿En un pub? ¿En un club? No pretenderás que crea que os presentaron formalmente en un mitin de los Jóvenes Conservadores.

En cuanto las palabras salieron de su boca, Venetia supo que había cometido un error. En sus enfrentamientos con Octavia, nunca había conseguido contener las burlas gratuitas, el sarcasmo fácil. Con una familiar opresión en el pecho, supo que aquella conversación —si así podía considerarse— estaba condenada al fracaso.

Octavia no respondió.

—Te he preguntado dónde lo conociste —repitió Venetia tratando de mantener la calma.

—Se estrelló con la bicicleta en la esquina de casa y me pidió permiso para dejarla en el sótano porque no podía subirla a un autobús y no tenía dinero para un taxi.

—Conque le prestaste diez libras y ¡sorpresa, sorpresa!, al día siguiente regresó para devolvértelas. ¿Qué pasó con la bicicleta?

—La tiró a la basura. No la necesita. Tiene una moto.

—Supongo que la bici ya había cumplido su servicio, ¿verdad? Qué coincidencia que chocara justo en la puerta de mi casa, ¿no crees?

Mi casa, no nuestra casa, otro error. Octavia guardó silencio. ¿Había sido una coincidencia? Sin duda las había más extrañas. Cualquier abogado criminalista se topaba casi todas las semanas con los caprichosos fenómenos del azar.

—Sí —respondió Octavia, enfurruñada—. Y volvió más veces porque yo lo invité.

—Así que lo conociste hace menos de un mes, no sabes nada de él, y dices que quieres prometerte. No serás tan estúpida como para creer que te ama. Ni siquiera tú puedes ser tan ingenua.

—Claro que me ama —replicó Octavia con tono plañidero—. Que tú no me hayas querido nunca no significa que nadie más me quiera. Ashe me ama, y lo sé todo sobre él. Me lo ha contado. Sé más de él que tú.

—Lo dudo. ¿Te ha hablado de su pasado, de su infancia y de lo que ha hecho en los últimos siete años?

—Sé que no tiene padre, que su madre lo abandonó a los siete años y que estuvo al cuidado de los servicios sociales. La madre ha muerto. Permaneció bajo la tutela del Estado hasta los dieciséis años, lo que para él fue un infierno.

—Su madre lo abandonó porque se veía incapaz de controlarlo. Aseguró a las asistentes sociales que le tenía miedo; miedo de un niño de siete años, ¿qué te parece? Su vida ha sido una sucesión de desastrosos períodos de convivencia con familias de acogida y en orfanatos que se lo quitaban de encima en cuanto encontraban a alguien que lo aceptara. Claro que nada de eso es culpa de él.

Octavia agachó la cabeza y habló con voz casi inaudible:

—Supongo que te habría gustado hacer lo mismo conmigo, dejarme bajo la tutela de los servicios sociales, pero para evitar las habladurías de la gente me enviaste a un internado.

Venetia se esforzó por mantener la calma.

—Debéis de haber pasado tres semanas maravillosas juntos, sentados en el apartamento que te he cedido, comiendo mi comida, gastando mi dinero e intercambiando historias de sufrimiento. ¿Te ha hablado del crimen? Supongo que sabrás que lo acusaron de degollar a su tía y que yo lo defendí. ¿Te das cuenta de que el crimen ocurrió hace apenas nueve meses?

—Me ha dicho que él no lo hizo. Ella era una zorra que siempre llevaba hombres a su casa. La mataría uno de esos tipos. Él ni siquiera estaba cerca de allí cuando ocurrió.

—Conozco bien los argumentos de la defensa. Los redacté yo.

—Es inocente, lo sabes muy bien. Dijiste al jurado que él no lo había hecho.

—Yo no afirmé nada semejante. Te he explicado todo esto muchas veces, pero nunca has querido escucharme. Al tribunal no le importa lo que yo piense. No me presento allí para dar mi opinión, sino para poner a prueba los argumentos de la acusación. El jurado ha de estar convencido de la culpabilidad del procesado sin una sombra de duda, y yo demostré que en su caso existía una duda razonable. Tenía derecho a que lo absolvieran y lo absolvieron. Tienes razón, él no es culpable, por lo menos de ese crimen. No lo es para la ley, pero eso no lo convierte en la persona indicada para casarse contigo... o con cualquier otra mujer. Su tía no era una buena persona, pero algo los mantenía unidos. Es muy probable que fueran amantes. Ashe era uno de tantos, pero sin duda él no pagaba por ello.

—No es cierto, no es cierto —exclamó Octavia—. Y no puedes impedir que me case con él. Ya he cumplido los dieciocho.

—Lo sé. Sin embargo, como madre tengo la obligación de advertirte de los riesgos. Conozco a ese joven. Mi trabajo consiste en reunir toda la información posible sobre mis clientes. Garry Ashe es peligroso y, con toda probabilidad, es también perverso, signifique lo que signifique esa palabra.

—Entonces ¿por qué lo dejaste en libertad?

—No has entendido una sola palabra de lo que he dicho, ¿verdad? Bien, entonces seamos prácticas. ¿Cuándo pensáis casaros?

—Pronto, quizá dentro de una semana... o dos o tres. Todavía no lo hemos decidido.

—¿Te acuestas con él? ¡Qué pregunta! Claro que sí.

—No tienes ningún derecho a preguntarme eso.

—No, lo siento. Tienes razón. Eres mayor de edad. No tengo derecho a preguntártelo.

—De todos modos no nos acostamos —afirmó Octavia con malhumor—. Todavía no. Garry cree que debemos esperar.

—Muy listo. ¿Y cómo piensa mantenerte? Puesto que va a ser mi yerno, creo que tengo derecho a saberlo.

—Trabajará. Además yo cuento con mi asignación mensual. Acordamos que me la pasarías y ahora no puedes quitármela. Y es probable que vendamos nuestra historia a la prensa. Ashe cree que quizá les interese.

—Sí, claro que les interesará. No os pagarán una fortuna, pero sin duda sacaréis algo. Imagino cómo plantearán el caso: «Joven marginado injustamente acusado de un horrible crimen. Defendido por una abogada brillante. Triunfal absolución. El nacimiento de un gran amor juvenil.» Sí, tal vez os ofrezcan algunas libras. Claro que si Ashe estuviera dispuesto a confesar que en realidad mató a su tía, obtendríais una suma millonaria. ¿Por qué no? No pueden juzgarlo dos veces por el mismo crimen.

Caminaron con la cabeza gacha en la creciente oscuridad, muy cerca y al mismo tiempo muy lejos. Venetia temblaba, sacudida por emociones que no acertaba a explicarse ni a controlar. Ashe vendería su historia al mejor postor. No guardaba ningún sentimiento de lealtad hacia Venetia, que a su vez no sentía aprecio alguno por él. Ashe la había necesitado, o quizá se habían necesitado mutuamente, pero en el último y breve encuentro ella había percibido desprecio en sus ojos, había intuido que no sentía gratitud, sino resentimiento. Sí; si estuviera en sus manos humillarla, Ashe lo haría de buena gana. Y estaba en sus manos. Pero ¿por qué le resultaba más duro imaginar el sentimentalismo y la vulgaridad de los artículos en la prensa, la compasión y las burlas de sus compañeros, que aceptar la idea de su matrimonio con Octavia? ¿Acaso una parte de su mente —esa mente de la que tanto se enorgullecía— se inquietaba más por su reputación que por el bienestar de su hija?

Tenía que hacer otro esfuerzo. Ya estaban saliendo de los jardines. Al cabo de unos minutos prosiguió:

—Ashe hizo algo que quizá no sea el peor delito que ha cometido en su vida, pero que en mi opinión resulta significativo; algo que explica por qué lo considero perverso, palabra que no empleo con frecuencia. Cuando tenía quince años, estaba en un orfanato en las afueras de Ipswich, donde trabajaba Michael Cole, un asistente social que se preocupaba de veras por él. Le dedicaba mucho tiempo, creía que podía ayudarlo e incluso es probable que lo quisiera. Ashe intentó chantajearlo. Amenazó a Coley, como él lo llamaba, con acusarle de abusos sexuales si no le entregaba una parte de su sueldo semanal. El hombre se negó y Ashe lo denunció. Se inició una investigación oficial, que no consiguió probar nada. De todos modos las autoridades juzgaron prudente trasladar a Cole a un puesto en el que no estuviera en contacto con niños. Vivirá bajo sospecha el resto de su carrera profesional... si aún sigue en la profesión. Antes de prometerte con él, piensa en Coley. Ashe ha roto el corazón de todas las personas que intentaron ayudarlo.

—No creo esa historia. Y a mí no me romperá el corazón. Tal vez yo sea como tú y no tenga corazón.

Octavia dio media vuelta y se alejó por el jardín en dirección al Embankment, corriendo con torpeza como una niña desolada, con la chaqueta al viento y las piernas delgadas como palillos sobre las toscas zapatillas de deporte. Al verla, Venetia experimentó una fugaz emoción que tenía algo de ternura y piedad, pero enseguida se desvaneció, reemplazada por una intensa ira y una sensación de injusticia que se manifestaron físicamente en un doloroso nudo en la boca del estómago. Pensó que Octavia nunca le había proporcionado un solo momento de auténtica satisfacción, y mucho menos de placer. ¿En qué se había equivocado? ¿Cuándo y cómo? Incluso cuando era un bebé, Octavia rechazaba los abrazos y caricias de su madre. Su carita angulosa, que siempre había sido una cara de adulta, se retorcía en una llorosa máscara púrpura de odio; las flacas piernas, que poseían una fuerza sorprendente, pataleaban para alejarla mientras el cuerpo se arqueaba y se ponía rígido. Más tarde, cuando comenzó a ir al colegio, sus crisis emocionales parecían programadas para dificultar la carrera profesional de Venetia. Todas las celebraciones, todas las representaciones escolares coincidían con momentos en que la madre no podía dejar su trabajo, lo que intensificaba el resentimiento de Octavia y los remordimientos de Venetia.

Durante uno de los casos de fraude más complicados de su vida profesional, el mismo viernes en que se abría la sesión habían expulsado a Octavia del segundo internado, con lo que se vio obligada a presentarse allí de inmediato. Recordaba con absoluta claridad cada palabra de su conversación con la señorita Egerton, la directora del centro:

—No hemos conseguido hacerla feliz.

—No la traje aquí para que la hicieran feliz, sino para que la educaran.

—No son dos cosas incompatibles, señora Aldridge.

—No; en todo caso me alegra saber cuál es prioritaria en su escala de valores. ¿De modo que el convento se encarga de recoger a los alumnos que ustedes rechazan?

—No existe un acuerdo formal, pero de vez en cuando lo recomendamos a los padres. No me gustaría que se formara una opinión equivocada. No se trata de un colegio para niños con problemas, sino todo lo contrario. Los resultados en los exámenes finales son bastante buenos, y por lo general, las jóvenes que salen de allí son admitidas en la universidad. El caso es que el convento se ocupa de niñas que necesitan una educación más pastoral, menos académica que la que podemos impartir nosotros.

—O que la que quieren impartir.

—Nuestro centro posee un gran prestigio académico, señora Aldridge. No educamos sólo la mente, sino a la persona en su totalidad, pero las jóvenes que sacan el máximo provecho de nuestro sistema suelen ser muy inteligentes.

—Ahórreme el ideario del colegio; ya lo he leído. ¿Le ha explicado Octavia por qué lo hizo?

—Sí. Para que la expulsáramos.

—¿Lo ha admitido?

—Bueno, no se expresó en esos términos.

—¿En qué términos, señorita Egerton?

—Dijo: «Lo he hecho para largarme de este colegio de mierda.»

Al menos esta vez fue sincera, había pensado Venetia entonces.

—El convento está dirigido por monjas anglicanas —le había informado la señorita Egerton—, pero no creo que deba temer que le inculquen ideas religiosas. La madre superiora es muy respetuosa con los deseos de los padres.

—No me importa que Octavia se arrodille ante el sagrado sacramento día y noche si eso le place y así obtiene buenas notas en los exámenes finales.

Con todo, la entrevista le había infundido esperanzas. Debía reconocer que una joven que se atrevía a emplear semejante vocabulario ante la señorita Egerton por lo menos tenía carácter. Quizás en algún punto de su mente árida y enmarañada Octavia tuviera algo en común con ella. Tal vez, aunque no se quisieran, llegarían a tolerarse o respetarse. Sin embargo durante el viaje de regreso a casa Venetia comprendió que nada había cambiado. Su hija seguía mirándola con la misma expresión ausente, cargada de obstinado antagonismo.

En el convento se las habían apañado para mantener a Octavia hasta los diecisiete años y para que consiguiera unas calificaciones aceptables, aunque insuficientes para ingresar en la universidad. Sin embargo, Venetia siempre se había sentido incómoda en sus visitas, en especial con la madre superiora. Recordaba la primera reunión:

—Señora Aldridge, tenemos que aceptar que Octavia, como hija de padres divorciados, estará en desventaja toda su vida.

—Puesto que es una desventaja que comparte con miles de niños, supongo que tendrá que aprender a afrontarla.

—En efecto, y nosotras intentaremos ayudarla a superarla.

Venetia había tenido que realizar un esfuerzo sobrehumano para contener la ira. ¿Cómo se atrevía a erigirse en fiscal esa mujer con cara de torta y pequeños ojos implacables detrás de las gafas con montura metálica? No obstante enseguida había comprendido que las palabras de la monja no encerraban crítica alguna, ni una invitación a la defensa o a la presentación de atenuantes. De hecho la madre superiora se regía por unas normas, y una de ellas dictaba que todo acto acarreaba sus consecuencias.

Ahora, obsesionada por el reciente problema, furiosa con Octavia y consigo misma ante una calamidad que parecía inexorable, Venetia apenas si recordaba la breve caminata desde Pawlet Court hasta las cámaras. Valerie Caldwell, sentada tras el mostrador de recepción, la miró entrar con cara inexpresiva.

—¿Sabe si el señor Costello está en su despacho?

—Eso creo, señora Aldridge. Llegó después de comer y no creo que haya salido desde entonces. El señor Langton me pidió que le avisara cuando usted llegara.

De modo que Langton quería verla. Iría a su despacho. Costello podía esperar.

Al entrar en el despacho de Hubert vio que Drysdale Laud estaba con él, lo que no le sorprendió. Los arzobispos siempre trabajaban juntos.

—Se trata de la reunión de las cámaras del treinta y uno —informó Laud—. ¿Asistirás, Venetia?

—¿Acaso no suelo acudir? Creo que sólo he faltado a una reunión desde que se programaron dos al año.

—Hay un par de asuntos sobre los que nos gustaría conocer tu opinión —intervino Langton.

—¿Queréis que nos pongamos de acuerdo para evitar las disputas durante la reunión? Yo no sería tan optimista.

Drysdale Laud habló de nuevo.

—En primer lugar debemos discutir a quiénes aceptaremos como meritorios. Habíamos acordado establecer dos plazas más. No es una elección fácil.

—¿No? Venga ya, Drysdale. No pretenderás hacerme creer que no tienes una reservada para Rupert Price-Maskell.

—Trae excelentes referencias de su tutor y es popular en las cámaras —señaló Langton—. Sus méritos académicos son indiscutibles: licenciado en Eton, licenciado en King's College con matrícula de honor...

—Sobrino de un noble abogado, bisnieto de un antiguo presidente de estas cámaras y nieto de un conde por vía materna —añadió Venetia.

Langton frunció el entrecejo y protestó:

—No insinuarás que nos... que nos... —Hizo una pausa y su rostro reflejó una fugaz expresión de vergüenza. Luego concluyó—: Que nos hemos dejado influir por esas cosas.

—No. Es tan absurdo discriminar a los ex alumnos de Eton como a cualquier otro grupo. Es lógico que apoyes a uno de los candidatos más cualificados. No necesitas convencerme de que vote a Price-Maskell, pues ya había decidido hacerlo. Dentro de veinte años será tan pedante como su tío, pero si descalificáramos a los pedantes, nunca escogeríamos a un miembro de vuestro sexo. Supongo que Jonathan Skollard es el segundo candidato, ¿verdad? No es tan brillante, pero creo que quizá demuestre mayor habilidad y capacidad de aguante.

Laud se acercó a la ventana.

—Habíamos pensado en Catherine Beddington —replicó en tono despreocupado y monocorde.

—Por lo visto los hombres de las cámaras piensan mucho en Catherine Beddington, pero esto no es un concurso de belleza. Skollard es mejor abogado.

Conque se trataba de eso. Lo sospechaba desde el momento en que entró en el despacho de Hubert.

—Dudo de que el tutor de Catherine esté de acuerdo contigo —terció Langton—. Ha presentado un informe muy satisfactorio. Es una mujer brillante.

—Desde luego. Si hubiera sido tonta, no la habríamos aceptado como pupila de estas cámaras. Catherine será un miembro eficaz y decorativo del cuerpo de abogados, pero no es tan buena profesional como Jonathan Skollard. Recordad que yo la he apadrinado, me he interesado por ella y he visto algunos de sus trabajos. No es tan extraordinaria como pretende hacernos creer Simon. Por ejemplo, cuando estoy en una clase discutiendo los pormenores legales del homicidio sin premeditación, espero que mis alumnos comprendan la importancia de los casos de Dawson y Andrews. Catherine debería haberlos asimilado antes de entrar en las cámaras.

—Tú la intimidas, Venetia —repuso Laud con suavidad—. Conmigo se muestra muy competente.

—Si yo la intimido, ¿qué será de ella cuando tenga que presentarse ante el juez Carter-Wright un día en que las hemorroides le incordien?

¿Cuánto tiempo más seguirían dando rodeos? Cómo detestaba las discusiones, las discrepancias, en las cámaras. Y era muy propio de Hubert buscar el apoyo de Drysdale. Los dos arzobispos trabajaban en equipo, como de costumbre. ¿No era una forma de demostrarle a ella que Drysdale era su heredero y que más le valía olvidar sus aspiraciones de convertirse en presidenta? Al menos en ese particular ambos sabían que la voz de Venetia tenía peso; más aún, que tal vez resultaría decisiva.

Los hombres intercambiaron una mirada y luego Drysdale dijo:

—¿No es una cuestión de equilibrio? Si no me equivoco, en la reunión de la primavera del año noventa y cuatro, acordamos que si se presentaban dos candidatos para una vacante en las cámaras, un hombre y una mujer, y ambos tenían las mismas cualificaciones...

—Dos personas no tienen nunca las mismas cualificaciones —interrumpióa—. No existen los clones.

Laud continuó como si su colega no hubiera hablado:

—Si llegábamos a la conclusión de que no había diferencias entre ellos, escogeríamos a una mujer para mantener el equilibrio.

—La gente argumenta que no hay diferencias cuando pretende declinar la responsabilidad de elegir.

—Acordamos que escogeríamos a una mujer —terció Langton con cierta obstinación. Tras una pausa añadió—: O a un negro, si teníamos un pupilo negro.

Aquello era demasiado. Venetia dio rienda suelta a su indignación.

—¿Una mujer? ¿Un negro? ¡Qué oportuno meternos en el mismo saco! Es una pena que no contemos con una candidata negra, lesbiana y madre soltera con una discapacidad física, ya que de ese modo cumpliríamos con cuatro requisitos políticamente correctos a la vez. Esa postura me parece condescendiente y repugnante. ¿Creéis que a las mujeres de éxito nos gusta pensar que hemos llegado a donde estamos porque los hombres han tenido el detalle de brindarnos una ventaja injusta? Jonathan Skollard es mejor abogado, y vosotros lo sabéis. Y él también. ¿Se ayudará en algo a Catherine Beddington si a Jonathan se le ocurre decir que ella le robó el puesto sólo porque nosotros queríamos una mujer, aunque fuera menos capaz? ¿En qué contribuye esa actitud a la lucha por la igualdad de oportunidades?

Langton miró a Laud antes de observar:

—No creo que beneficie en nada a la reputación de las cámaras que nos vean como un nido de misóginos ajenos a los cambios que se producen en la sociedad y en la profesión.

—Nuestra reputación se basa en la eficacia profesional. Formamos una sociedad pequeña, pero no existe ningún inútil en nuestras filas; al contrario, disponemos de los mejores profesionales de Londres en cada campo. ¿Y por qué tenéis tanto miedo? ¿Alguien os ha estado presionando?

Se produjo un silencio.

—Se han presentado quejas extraoficiales —admitió Langton por fin.

—¡Vaya!, ¿de veras? ¿Puedo preguntar de quién? Dudo de que provengan de ese grupo feminista, Desagravio. Se dedican a atacar a las mujeres que, en su opinión, no se esfuerzan por mejorar las oportunidades para su sexo; banqueras, abogadas, editoras, ejecutivas. Han elaborado una lista negra de mujeres que no colaboran lo bastante en la causa feminista. No es de extrañar que me hayan incluido en ella. Supongo que alguien os habrá enviado una copia de su panfleto, *Desagravio*. En el último ejemplar me mencionan. Podría demandarlas. He pedido a Henry Makins que me asesore; si lo considera viable, las demandaré por injurias.

—¿Te parece sensato? —preguntó Laud—. No les sacarás nada, a menos que tengan un seguro. ¿Crees que te compensarán por las molestias y el tiempo perdido?

—Quizá no, pero con la prensa perversa y malintencionada de hoy día no me parece aconsejable difundir la idea de que no vale la pena demandar. Sabes tan bien como yo que quien presenta un pleito casi siempre consigue que lo dejen en paz. Fíjate en Robert Maxwell. A diferencia del grupo Desagravio puedo permitirme el lujo de contratar a Henry Makins. Si os preocupa la reputación de la abogacía, ¿por qué no reflexionáis sobre esas desigualdades? ¿Cuánto cobras por una hora de trabajo, Drysdale? ¿Cuatrocientas libras?, ¿quinientas? Con minutas como ésa la justicia está fuera del alcance de la mayoría de la gente, pero tratar de solucionar esa injusticia resulta más difícil que colocar a algunas mujeres en puestos que no merecen en aras del equilibrio... —Venetia hizo una pausa. Al ver que sus compañeros permanecían en silencio prosiguió—: ¿Y cuál es el otro asunto? Dijiste que había dos. Supongo que se trata de la jubilación de Harry Naughton.

—Harry cumplirá sesenta y cinco a finales de mes —informó Langton—. Su contrato expira entonces, pero le gustaría quedarse otros tres años. Su hijo, Stephen, ha conseguido una plaza en la Universidad de Reading, donde estudiará primer curso. Es importante para ellos. Sin embargo, eso significa que el muchacho no podrá contribuir a la manutención de la casa. Pueden arreglárselas, pero irían más desahogados si Harry continuara trabajando durante un par de años.

—Está en condiciones de seguir tres años más —opinó Laud—. Los sesenta y cinco es una edad prematura para retirarse cuando uno desea seguir en la brecha. No veo inconveniente en prorrogarle el contrato y renovárselo anualmente si cumple con su tarea.

—Es un secretario competente —intervino Venetia—, consciente, metódico, preciso y siempre consigue cobrar a tiempo. No tengo quejas de Harry, pero la situación ha cambiado desde que reemplazó a su padre. No se ha esforzado por adaptarse a la nueva tecnología, a diferencia de sus ayudantes, Terry y Scott. A las nuevas generaciones les resulta más sencillo, y gracias a eso no nos hemos quedado atrás. Harry me cae bien. Hasta me gustan su tablón de anuncios, sus archivos personales y sus banderitas para indicar cuándo nos toca presentarnos en los tribunales. Sin embargo opino que debe marcharse cuando le corresponda. A todos nos ocurrirá lo mismo tarde o temprano. Ya conocéis mi opinión; necesitamos un administrador. Si queremos crecer, y de hecho ya hemos empezado, tendremos que modernizar la oficina y los servicios.

—Se lo tomará mal. Ha consagrado treinta y nueve años de su vida a estas cámaras y su padre fue secretario general antes que él.

—¡Por el amor de Dios, Hubert! —exclamó Venetia—. No estamos hablando de despedirlo. Ha ocupado un buen puesto durante treinta y nueve años y le ha llegado la hora de jubilarse. Cobrará una pensión y sin duda un buen pellizco adicional. Entiendo que desees que se quede, pues de ese modo postergas otra decisión difícil;

hasta dentro de tres años no tendrás que decidir qué necesitan las cámaras para funcionar como es debido.

»Y ahora, si me disculpáis, tengo unos asuntos que resolver. Ya os he dado las respuestas que queríais. Si ejerzo alguna influencia en las cámaras, Jonathan Skollard cubrirá la segunda vacante y no se concederá la prórroga a Harry. Hacedme un favor los dos: ¡demostrad algo de valor! ¿Por qué no basamos la designación en los méritos profesionales, para variar?

La miraron en silencio mientras se dirigía a la puerta. «Vaya día más espantoso», pensó Venetia. Y ahora tendría que vérselas con Simon Costello. Claro que el asunto podía esperar, pero ella no estaba de humor para posponerlo, para demostrar compasión por ningún hombre. Aún le quedaba algo más que decir a los arzobispos. Al llegar a la puerta se volvió hacia Laud:

—Por cierto, si te preocupa que nos consideren un nido de misóginos, tranquilízate. Soy el miembro más antiguo después de Hubert. Mi elección como presidenta de las cámaras nos librará de toda sospecha.

7

Había dicho que se reuniría con ella en Pelham Place a las seis y media, y a las seis Octavia ya lo aguardaba paseándose con nerviosismo por su apartamento del semisótano; iba de la pequeña cocina hasta la salita, desde cuya ventana, situada en lo alto, veía la calle a través de la verja de la escalerilla. Sería la primera comida que preparaba para él; la primera vez que Garry Ashe entraría en su apartamento. Hasta entonces había ido a buscarla y ella lo había invitado a entrar, pero él, de forma misteriosa, siempre contestaba: «Todavía no.» Octavia se preguntaba qué esperaba. ¿Mayor seguridad?, ¿un compromiso más claro?, ¿el momento más oportuno para realizar una entrada simbólica en su vida? Sin embargo ella no podía estar más ligada a él. Lo quería, era su hombre, su amante. Todavía no habían hecho el amor, pero también habría un momento oportuno para eso. Por ahora le bastaba con saber que la quería, y Octavia deseaba que se enterara todo el mundo. Ansiaba llevarlo al convento para exhibirlo, para demostrar a sus despreciables y arrogantes ex compañeras que ella también había conseguido un novio. Quería seguir todas las convenciones: un anillo de compromiso, una boda, una casa que convertiría en un hogar para él. Ashe necesitaba que lo cuidaran, necesitaba amor.

Aunque Octavia no acababa de reconocerlo, el joven ejercía otro ascendiente sobre ella: era peligroso. No sabía de qué manera o hasta qué punto, pero no pertenecía a su mundo. De hecho, no pertenecía a ningún mundo que ella conociera o hubiera previsto conocer. A su lado ella no sólo experimentaba la urgencia y la excitación del deseo, sino también el estremecimiento del peligro que satisfacía su faceta rebelde, que la hacía sentirse viva por primera vez en su vida. No se trataba de una simple aventura amorosa, sino una especie de camaradería, una alianza ofensiva y defensiva contra el mundo conservador de su casa, su madre y todo cuanto ésta representaba. La moto formaba parte de esa imagen de Ashe. Cuando Octavia montaba en ella y rodeaba la cintura de Garry con los brazos, sentía el aire frío de la noche en la cara, veía la calle girar como una cinta gris bajo las ruedas y le entraban ganas de lanzar gritos de alegría y triunfo.

Nunca había conocido a un hombre parecido. Se mostraba prudente con ella, casi formal. Cuando se encontraban, se inclinaba para besarla en la mejilla o se llevaba su mano a los labios. Aparte de eso, nunca la tocaba, y Octavia empezaba a desearlo con una intensidad que le costaba disimular. Aunque sabía que él detestaba que lo acariciaran, debía realizar un esfuerzo sobrehumano para mantener las manos quietas.

Garry nunca le anunciaba adónde iban, y a ella no le importaba. Casi siempre acababan en algún pub de las afueras, pues a él no le gustaban los de Londres. Sin embargo, despreciaba los pequeños pubs de campo donde había ordenadas filas de Porsches y BMW aparcados ante la puerta, cestos colgados, una chimenea encendida frente a la barra, objetos decorativos dispuestos para crear un artificial aire rústico, un restaurante independiente donde se servían comidas predecibles y el rumor de las voces seguras y graves de las clases altas. Siempre elegía locales más tranquilos y menos elegantes, donde acostumbraba beber la gente de campo. La llevaba a un rincón, pedía un jerez o una caña para ella y una cerveza para él, comían tapas de la barra, casi siempre queso o paté y pan francés, y Garry se limitaba a escuchar a Octavia. Apenas si hablaba de sí mismo. Ella intuía que quería contarle cuánto había sufrido en su infancia, pero al mismo tiempo no deseaba que lo compadeciera. Si le preguntaba algo, él respondía con brevedad, a veces con una sola palabra. Daba la impresión de poseer un dominio absoluto de sí mismo, un dominio que había tenido siempre, como si hubiera permanecido con cada familia de acogida el tiempo que él hubiera decidido, ni un solo día más. Octavia había aprendido a detectar los momentos en que pisaba terreno poco firme. Después de comer, daban un paseo por el campo antes de regresar a Londres. Él caminaba delante y ella se apresuraba para seguirle el paso.

De vez en cuando iban a la costa. A Garry le gustaba Brighton, de modo que conducía la moto por la carretera de Rottingdean, con su amplia vista del Canal, se detenían a comer en una pequeña cafetería y reanudaban el viaje. Aunque no le gustaban los sitios de moda, era muy exigente con la comida. No admitía que le sirvieran pan duro, queso demasiado seco o mantequilla con sabor rancio.

—No comas esta basura, Octavia —ordenaba.

—No está tan mal, cariño.

—No comas. Compraremos patatas fritas de camino a casa.

Lo que más le gustaba a Octavia era sentarse en la moto mientras los coches circulaban a toda velocidad junto a ellos, el olor de las patatas fritas y del papel encerado caliente, la excitación de sentirse libre como el viento, moviéndose y al mismo tiempo segura en su mundo particular. La Kawasaki de color púrpura simbolizaba su libertad.

Ese día cocinaría para él por primera vez. Había decidido preparar carne en la creencia de que a todos los hombres les gustaba. Había comprado solomillo por recomendación del carnicero y ahora los dos filetes, gruesos y rojos, estaban en un plato, listos para colocarlos bajo el grill en el último momento. En Marks and Spencer había adquirido verduras limpias y preparadas: guisantes, zanahorias pequeñas, patatas nuevas. De postre tomarían tarta de limón. La mesa estaba puesta. Había comprado velas y cogido dos candelabros de plata del salón. Los había llevado a la cocina de la planta baja, donde la señora Buckley, el ama de llaves de su madre, estaba pelando patatas, y había dicho:

—Si mi madre pregunta por los candelabros, los he cogido prestados.

Sin esperar respuesta, se había dirigido al armario de las bebidas y sacado una botella de vino rosado ante la mirada reprobadora de la señora Buckley. Ésta había abierto la boca para protestar, pero tras pensárselo mejor, volvió a concentrarse en su tarea.

«Vieja arpía —pensó Octavia—, ¿qué le importará a ella? Apuesto a que espía detrás de las cortinas para ver quién viene. Luego se lo contará a Venetia. Pues muy bien, que le cuente lo que quiera. Ya da igual.»

Al llegar a la puerta, con los candelabros en una mano y la botella de vino en la otra, sugirió a la mujer:

—¿Podría abrirme la puerta? ¿No ve que tengo las dos manos ocupadas?

Sin pronunciar una palabra, la señora Buckley abrió la puerta. Octavia salió a toda prisa y oyó un portazo a su espalda.

Abajo, en su salita, observó la mesa con satisfacción. Las velas eran un acierto. Además había recordado comprar flores, un ramillete de crisantemos dorados.

Aquella estancia, que nunca le había gustado, ofrecía un aspecto alegre y acogedor. Quizás aquella noche hicieran el amor.

Cuando Garry llegó, puntual y serio como de costumbre, Octavia le abrió la puerta, pero él se negó a entrar.

—Ponte ropa adecuada para la moto —indicó—. Quiero enseñarte algo.

—Pero, cariño, te dije que cocinaría para ti. He comprado solomillo.

—Tendrá que esperar. Cenaremos a la vuelta. Lo prepararé yo.

Unos minutos después Octavia regresó con el casco en la mano, abrochándose la cazadora de cuero.

—¿Adónde vamos? —inquirió.

—Ya lo verás.

—Parece importante.

—Es importante.

Octavia no formuló más preguntas. Quince minutos más tarde llegaban a Holland Park y giraban hacia Westway. Después de otros cinco minutos de viaje, Garry se detuvo ante una casa y la joven adivinó dónde se hallaban.

Era un lugar desolador, que la luz de las farolas tornaba aún más irreal y grotesco. A cada lado se extendía una larga fila de casas circundadas con planchas de metal de color óxido. Las viviendas eran idénticas, pareadas, con entradas laterales y porches. En la planta baja y en la primera había sendos miradores con tres hojas de cristal y un gablete cruzado por oscuros listones de madera. Las ventanas y las puertas estaban protegidas con tablas. Las vallas de los jardines delanteros habían sido arrancadas, de modo que se accedía sin ninguna dificultad a los pequeños espacios verdes, muchos cubiertos de malezas y restos de rosales marchitos.

Ashe avanzó con la moto hacia la entrada lateral del número 397, seguido de Octavia.

—Espera aquí —indicó él. Se subió al pequeño muro y saltó la verja con agilidad.

Un instante después, la joven oyó que abría el cerrojo. Mantuvo abierta la cancela mientras él llevaba la moto al jardín trasero.

—¿Quién vivía aquí al lado? —preguntó ella.

—Una mujer llamada Scully. Se ha largado. Ésta es la última casa que queda por desocupar.

—¿Es tuya?

—No.

—Pero vives aquí.

—Por ahora, pero no estaré mucho tiempo.

—¿Hay luz?

—Por el momento, sí.

En la oscuridad Octavia distinguió el contorno de un pequeño cobertizo, donde supuso que Ashe guardaba la moto, además de una mesa redonda de plástico blanco, boca abajo, y las siluetas espectrales de unas sillas de jardín rotas que yacían en el suelo. Asimismo vislumbró el tronco negro y astillado de un árbol, cuyas ramas se recostaban contra el tenebroso fondo azul y rojo del cielo del atardecer. Le costaba respirar aquel aire cargado de polvo, que olía a ladrillo, escombros y madera chamuscada.

Ashe extrajo una llave del bolsillo, abrió la puerta trasera y tanteó en busca del interruptor de la luz. La cocina se iluminó con un resplandor artificialmente intenso. Octavia vio un pequeño fregadero de piedra, un aparador barato al que le faltaban la mitad de los ganchos para las tazas, una mesa con el tablero de plástico desconchado y cuatro sillas vulgares. Dentro el olor era diferente: olía a rancio, a años de higiene insuficiente, a comida podrida y platos sin lavar. Notó que Ashe había intentado adecentar un poco el lugar. Sabía que era un maniático del orden. ¡Cuánto debía de disgustarle ese sitio! Dedujo que había usado desinfectante, porque la pieza todavía apestaba a él, pero los demás tufos eran difíciles de eliminar.

Octavia no sabía qué decir, pero como Garry no parecía esperar comentario alguno, calló.

—Ven a ver el pasillo —indicó él.

El corredor estaba iluminado por una bombilla colgada del alto techo y desprovista de pantalla. Cuando Ashe pulsó el interruptor, la muchacha dejó escapar una exclamación de asombro. Las paredes se hallaban cubiertas de fotografías en color recortadas de libros y revistas; un llamativo colage de imágenes brillantes que parecían envolverla en sus tonalidades vibrantes y resplandecientes mientras las observaba con sorpresa. Pegadas sobre las tranquilas vistas de montañas, lagos, catedrales y plazas aparecían mujeres desnudas con las piernas abiertas y los pechos al aire, se veían labios carnosos y torsos masculinos con los genitales enfundados en brillantes tangas negros, todo ello rodeado de guirnaldas de flores, jardines elegantes con esculturas, solares de casas de campo, pájaros y otros animales. Y había caras serias, delicadas y arrogantes, cortadas de reproducciones de los mejores cuadros del mundo; rostros dispuestos de tal modo que parecían mirar las crudas imágenes sexuales con desprecio o aristocrática indiferencia. No había un centímetro de pared a la vista. Al fondo se encontraba la puerta principal, con los cristales entablados por fuera y provista en la parte superior e inferior de dos cerrojos grandes que produjeron a Octavia una momentánea sensación de claustrofobia.

Repuesta de la sorpresa y la impresión, la joven comentó:

—Es una locura, pero queda precioso. ¿Lo has hecho tú?

—Lo hicimos tita y yo.

A Octavia le extrañó que se refiriera a su tía como «tita», sin mencionar el nombre y con un tono de sutil desprecio que denotaba cierta falsedad o una emoción más fuerte cuidadosamente reprimida. Sin embargo había algo más: Ashe había pronunciado esa palabra como si se tratara de una advertencia.

—Me gusta —afirmó Octavia—. Caramba, es muy ingenioso. Sí, muy ingenioso. Podríamos decorar de forma parecida mi apartamento. De todos modos debisteis de tardar varios meses.

—Dos meses y tres días.

—¿Y de dónde sacasteis las fotos?

—Casi todas de las revistas que traían los hombres de tita y de algunas que robé.

—¿De bibliotecas?

Octavia recordó haber leído algo sobre dos hombres, un dramaturgo y su amante, que habían empapelado las paredes de su piso con láminas de libros sacados de bibliotecas y a quienes habían descubierto. ¿No habían acabado en la cárcel?

—Demasiado arriesgado —respondió Ashe—. Robé los libros en los quioscos. Es más seguro, más fácil y lleva menos tiempo.

—Y pensar que pronto derribarán la casa. ¿No te preocupa eso? Después de tanto trabajo...

Imaginó una enorme bola golpeando las paredes, mientras el polvo y la arenisca formaban una nube asfixiante y las fotos se resquebrajaban como las piezas de un puzzle gigante.

—No me preocupa —aseguró—. Nada de esta casa me preocupa. Ya es hora de que la derriben. Mira. Ésa era la habitación de tita.

Abrió una puerta a la derecha y buscó el interruptor. La estancia se inundó de una luz roja que no procedía de una bombilla central, sino de tres lámparas con pantallas de raso escarlata con volantes, distribuidas en tres mesitas bajas. El aire estaba impregnado de rojo; era como respirar sangre. Octavia se miró las manos esperando ver la piel teñida de rosa. Las pesadas cortinas eran de terciopelo encarnado, y el papel de las paredes estaba estampado con pequeñas rosas. Telas indias de algodón de tonos rojizos, púrpura y dorado cubrían el largo y hundido sofá situado contra la ventana y los dos sillones que flanqueaban la estufa de gas, frente a la cual había un diván tapado con una manta gris, la única pieza sobria en medio de la decoración llamativa y extravagante. Octavia se fijó en un mazo de cartas y una bola de cristal colocados sobre una mesita situada ante la estufa.

—Tita adivinaba el futuro —explicó Ashe.

—¿Por dinero?

—Por dinero, por sexo, por diversión.

—¿Practicaba el sexo en esta habitación?

—En ese diván. Era su lugar favorito. Todo ocurría aquí.

—¿Y tú dónde estabas? ¿Qué hacías? ¿Estabas presente cuando ella se acostaba con alguien?

—Sí. A ella le gustaba que mirara. ¿No te lo ha contado tu madre? Se mencionó en el juicio.

Su voz no traslucía emoción alguna. Octavia se estremeció. Deseó preguntar: «¿Y a ti te gustaba? ¿Por qué te quedabas? ¿Le tenías afecto? ¿La amabas?» Sin embargo era incapaz de pronunciar la palabra «amor». Nunca había estado segura de su significado, sólo sabía que hasta ahora no lo había conocido. En todo caso concluyó que, fuera lo que fuese el amor, no guardaba ninguna relación con esa sala.

—¿Fue aquí donde ocurrió? —inquirió en un susurro—. ¿La mataron aquí?

—En el diván.

Octavia lo miró fascinada y observó con asombro:

—Pero parece tan limpio, tan normal.

—Estaba cubierto de sangre, pero se llevaron la funda con el cadáver. Si levantas la manta, observarás las manchas.

—No, gracias —dijo con fingida indiferencia—. ¿Fuiste tú quien lo tapó con la manta?

Ashe no respondió. Octavia advirtió su mirada fija en ella, y quiso acercarse, tocarlo, pero no lo juzgó prudente; más aún, sospechó que él la rechazaría. Era consciente de su propia respiración agitada, de que la invadía una mezcla de miedo, excitación y un deseo tan apasionante como vergonzoso: hubiera querido que él la llevara al diván y le hiciera el amor allí. «Estoy asustada —pensó—, pero al menos siento algo. Estoy viva.»

Sin dejar de mirarla, Ashe dijo:

—Me gustaría enseñarte algo más. Arriba, en el cuarto oscuro. ¿Quieres verlo?

De repente Octavia sintió la necesidad de salir de esa salita. El rojo le lastimaba la vista.

—Claro, ¿por qué no? —replicó con tono despreocupado—. Ésta era tu casa, el sitio donde viviste. Quiero verlo todo.

Ashe la guió a la planta superior. La alfombra de la escalera, con un estampado desvaído por el uso, estaba emplastada de suciedad en algunos sitios y raída en otros. Octavia introdujo por descuido un pie en un roto y tuvo que asirse a la barandilla para no caer. Ashe no miró atrás. La joven lo siguió hasta una habitación de la parte posterior de la casa, tan pequeña que parecía un trastero. La única ventana estaba cubierta con un trapo negro clavado al marco de madera. Debajo había tres estantes, y a la derecha, sobre un tablero montado encima de unos caballetes, una máquina que a Octavia le recordó a un microscopio gigante, además de tres bandejas de plástico llenas de líquido. La muchacha aspiró su olor, una mezcla de amoníaco y vinagre de la que parecían emanar gases.

—¿Habías visto una habitación como ésta antes? —preguntó Ashe.

—No. Es el cuarto oscuro, ¿verdad? No sé para qué sirve.

—¿No sabes nada de fotografía? ¿No tienes una cámara? Las chicas de tu clase social siempre tienen cámaras.

—Mis compañeras de colegio tenían, pero yo no quería una. Allí no había nada que valiera la pena fotografiar.

Siempre había detestado las celebraciones especiales: los actos escolares, la fiesta de fin de curso, el coro de Navidad, la representación anual. Recordó el jardín en primavera, la madre superiora riendo con dos antiguas alumnas que habían enviado a sus hijas al internado, y un montón de crías que saltaban con las cámaras en la mano: «Mire hacia aquí, madre superiora. Vamos, por favor. Mamá, no estás mirando a la cámara.» Venetia no estaba allí. Venetia nunca estaba allí. Siempre había un juicio, una reunión en la cámara, un asunto imposible de posponer. No se contaba entre el público cuando Octavia resultó elegida para interpretar a Pauline en *El cuento de invierno*.

—En el colegio no había cuarto oscuro —explicó—. Revelaban los carretes en Boots u otro sitio parecido. ¿Tu tía te regaló todo esto?

—Sí. Tita pagó la cámara, la reforma de la habitación y el equipo. Quería que yo hiciera fotos.

—¿Qué clase de fotos?

—Fotos de ella en la cama con sus amantes. Le gustaba mirarlas después.

—¿Y qué pasó con esas fotos? —preguntó.

—Mi abogado las presentó como pruebas de la defensa. No sé dónde están ahora. Las usaron para demostrar que tita y yo éramos amantes. La policía las vio y trató de identificar a los hombres para la vista, pero sólo localizaron a uno, y tenía una coartada. No creo que se molestaran en hallar a los demás. Ya me tenían a mí, ¿no? El caso estaba resuelto. ¿Para qué perder el tiempo buscando pruebas que no querían encontrar? Así trabaja la policía. Primero se les mete una idea en la cabeza y luego buscan pruebas para demostrar que han acertado.

Octavia tuvo una súbita visión, clara, indecente, vergonzosa y excitante a la vez, de dos cuerpos desnudos copulando y gimiendo en el diván de la llamativa salita de la planta baja, mientras Ashe los enfocaba desde arriba, caminaba alrededor o se acuclillaba al tiempo que ajustaba el objetivo para realizar las fotos. Estuvo a punto de inquirir «¿por qué lo hacías?, ¿cómo te obligaba?», pero comprendió que no debía formular semejantes preguntas. Advirtió que Ashe la miraba con una expresión seria y concentrada.

—¿Sabes qué es esto? —preguntó él mientras apoyaba una mano sobre el equipo.

—Claro que no. Ya te he dicho que no sé nada de fotografía.

—Es una ampliadora. ¿Te gustaría ver cómo funciona?

—Si tú quieres.

—Estaremos a oscuras unos minutos.

—No me asusta la oscuridad.

Ashe se acercó a la puerta y, tras apagar la luz, regresó junto a Octavia y extendió un brazo. Se encendió una luz roja, un grueso rayo traslúcido y carmesí que tiñó los dedos del joven. La ampliadora emitió otro haz, pequeño y blanco. Ashe sacó un sobre del bolsillo y extrajo del interior una tira corta de película: un solo negativo.

—Treinta y cinco milímetros —explicó—. Lo pondré dentro de un portanegativos que colocaré en la ampliadora.

Una imagen que Octavia no logró distinguir se proyectó en un tablero blanco cruzado por unos listones metálicos negros que semejaban reglas. Ashe la observó por el visor de una especie de telescopio pequeño.

—¿Qué es? —preguntó la muchacha—. No veo nada.

—Ya lo verás.

Apagó la luz de la ampliadora y reinó una oscuridad casi absoluta, salvo por la temblorosa columna de luz roja. Ashe sacó un papel de una caja del estante inferior, la situó en el bastidor y ajustó las reglas negras.

—Dime qué haces —pidió Octavia—. Quiero saberlo.

Ashe volvió a encender la luz de la ampliadora, aunque sólo durante seis o siete segundos. Luego se apresuró a enfundarse unos guantes de plástico, levantó el bastidor, sumergió el papel en la primera bandeja y agitó con suavidad el líquido. La hoja comenzó a moverse como una serpiente, como si estuviera viva. Octavia la observaba con fascinación.

—Ahora mira —ordenó él.

Casi de inmediato una imagen empezó a cobrar forma, un dibujo en nítidos tonos blancos y negros. Apareció el diván, aunque cubierto con una colcha estampada con cuadros y círculos. Encima yacía una mujer tendida de espaldas, medio desnuda, cubierta con una bata transparente que caía a ambos lados dejando al descubierto la mata de vello púbico y unos pechos grandes y pesados como dos gigantescas medusas blancas. El cabello formaba una maraña encrespada sobre la almohada blanca. Por entre los labios asomaba la punta de la lengua, como si hubiera sido estrangulada. Tenía los ojos negros, abiertos y fijos, pero sin vida. Las puñaladas en el pecho y el vientre semejaban bocas abiertas de las que manaba una sangre que parecía saliva oscura. La garganta presentaba un único corte que había sangrado a borbotones —y a Octavia le pareció que continuaba sangrando—, y de donde surgía un reguero de sangre que se derramaba sobre los pechos y el diván y se deslizaba hacia el suelo. El negativo palpitaba en la bandeja, y Octavia llegó a pensar que la sangre que rezumaba teñiría de rojo el líquido de revelado.

La joven oyó los rítmicos latidos de su corazón. Sin duda Ashe también los oiría. Parecían una dinamo que llenaba de energía el pequeño y claustrofóbico cuarto.

—¿Quién tomó esta foto? —susurró.

Ashe tardó unos segundos en contestar. Observaba la imagen como si quisiera evaluar su calidad.

—Yo —respondió sin dejar de agitar con suavidad el líquido—. La hice cuando volví y la encontré.

—¿Antes de llamar a la policía?

—Desde luego.

—Pero ¿para qué la querías?

—Porque yo siempre fotografiaba a tita en el diván. A ella le gustaba.

—¿No temiste que la policía la encontrara?

—Es fácil esconder un negativo, y la poli ya tenía las fotografías que quería. No buscaban más. Sólo les interesaba el cuchillo.

—¿Y lo encontraron? —Ante el silencio de Ashe, la muchacha repitió la pregunta—: ¿Encontraron el cuchillo?

—Sí. El asesino lo arrojó al jardín de una casa, a cuatro puertas más allá, detrás de un seto. Lo cogió de nuestra cocina.

Con las manos enguantadas retiró del líquido el papel, lo introdujo en la segunda bandeja y casi de inmediato en la tercera. Luego encendió la luz. Sacó la fotografía, la dejó gotear un instante sobre una caja y acto seguido salió de la estancia. Octavia lo siguió al cuarto de baño contiguo. En la bañera había otra bandeja sobre la que caía agua fría de una ducha acoplada al grifo con una manguera de goma.

—Tengo que usar el baño —explicó él—. En el cuarto oscuro no hay agua.

—¿Por qué utilizas guantes? ¿El líquido es peligroso?

—Es mejor no tocarlo con las manos.

Mientras observaban juntos cómo la fotografía, con su vívido e inexorable horror, se ondulaba y movía bajo el chorro purificador, Octavia pensó que Ashe lo había planeado todo antes de recogerla. «Seguro que lo hizo. Quería que lo viera. Deseaba ponerme a prueba.»

Desvió la vista y procuró concentrarse en la habitación, en la estrecha, pequeña e incómoda celda, en la bañera con su cerco de mugre y grasa, en la ventana de cristal esmerilado y sin cortina, en el linóleo marrón del suelo, levantado junto a la base del inodoro. Sin embargo su mirada volvía inevitablemente a la imagen que se movía en el agua. «Era vieja —pensó—, vieja, fea, horrible. ¿Cómo podía vivir con esa mujer?» Entonces recordó las palabras de su madre: «Su tía no era una buena mujer, pero algo los mantenía unidos. Es muy probable que fueran amantes. Ashe era uno de tantos, pero sin duda él no pagaba por ello.»

«No es verdad —pensó—. Lo dijo para predisponerme contra él, pero ya no puede hacer nada. Me ha enseñado esta foto, y eso significa que confía en mí, que estamos destinados a seguir juntos.»

De repente se oyeron voces, gritos estridentes y un estampido en la puerta trasera como si alguien intentara derribarla a patadas. Sin pronunciar una palabra, Ashe corrió escaleras abajo. Octavia, presa del pánico, cogió la fotografía y la arrojó al inodoro. Ya en el agua la rompió en dos trozos, luego en otros dos, y bajó la palanca de la cadena. Sonó un gorgoteo, salió un fino hilo de agua y nada más. Con un sollozo de desesperación la joven volvió a accionar la palanca. Al cabo de un segundo el agua salió a borbotones y los fragmentos satinados desaparecieron de la vista. Se dirigió a toda prisa a la planta baja.

En la cocina, Ashe sujetaba a un niño contra la pared, amenazándolo con un cuchillo en la garganta. El crío miró a Octavia con una expresión de súplica y horror en los ojos.

—Si tú o tus amigos volvéis a saltar esa valla, me enteraré —aseguró Ashe—, y la próxima vez te rajaré. Sé de un sitio donde enterraría tu cadáver y nadie lo descubriría. ¿Me has entendido?

La hoja se separó unos milímetros del cuello. El chico asintió muerto de miedo, y en cuanto Ashe lo liberó salió de la cocina tan deprisa como había entrado.

Ashe guardó el cuchillo en un cajón con absoluta tranquilidad.

—Es un crío de la urbanización. Son todos unos delincuentes. —Observó a Octavia—. Vaya, pareces aterrorizada. ¿Quién creías que era?

—La policía. Rompí la foto y la arrojé al inodoro. Temía que la encontraran. Lo lamento.

De repente le tuvo miedo. Le producía pavor que se disgustara o se enfadara. En lugar de eso Ashe se encogió de hombros y soltó una risita exenta de alegría.

—No importa que la vean. Aunque la vendiera a un

periódico, no podrían hacer nada. No pueden juzgarte dos veces por el mismo crimen, ¿no lo sabías?

—Supongo que sí, pero actué sin pensar. Lo lamento.

Ashe se acercó, le cogió la cara con las manos y se inclinó para besarla en la boca. Era la primera vez. Los labios del hombre, fríos y muy suaves, no se separaron. Octavia recordó cuánto había detestado otros besos; el baboso sabor a cerveza y comida, la humedad, la lengua abriéndose camino hacia su garganta. En cambio este beso era una confirmación. Lo sabía. Había superado la prueba.

Ashe sacó algo del bolsillo y le tomó la mano izquierda. Octavia notó la frialdad del anillo antes de verlo: una gruesa banda de oro con una piedra roja rodeada de perlas opacas. Mientras observaba la sortija se estremeció y contuvo el aliento como si el aire se hubiera congelado. Sus músculos y sus venas se tensaron por el miedo, y oyó los latidos desbocados de su corazón. No le cabía duda de que había visto aquella joya antes, en el dedo meñique de la tía. La fotografía apareció ante sus ojos, la mujer con las heridas abiertas, la garganta cortada.

Sabía que su voz saldría entrecortada cuando se obligó a decir:

—No era de ella, ¿no es cierto? ¿No lo llevaba puesto cuando murió?

—¿Crees que haría algo así? Ella tenía uno parecido, pero con la piedra de otro color. Éste lo he comprado para ti. Es un anillo antiguo. Pensé que te gustaría.

—Y me gusta —aseguró. Lo hizo girar en el dedo—. Me queda un poco grande.

—Por ahora llévalo en el dedo corazón. Más adelante lo haremos achicar.

—No. Nunca me lo quitaré y tampoco lo perderé. Está en el dedo adecuado. Demuestra que estamos unidos.

—Sí —concedió él—. Estamos unidos. Estamos a salvo. Ahora podemos volver a casa.

8

Simon Costello comprendió que la compra de la casa de Pembroke Square había constituido un error apenas un año después de mudarse allí con Lois. Una propiedad que exige para su mantenimiento una economía estricta y calculada no merece el sacrificio. Sin embargo en su momento le había parecido un cambio sensato y conveniente. Había gozado de una buena racha profesional, una sucesión de juicios ganados, y cobraba con reconfortante regularidad. Lois había recuperado su empleo en una agencia publicitaria dos meses después del nacimiento de las gemelas y le habían concedido un aumento que elevaba sus ingresos a treinta y cinco mil libras al año. Había sido ella quien con mayor vehemencia había defendido el traslado, y él había opuesto poca resistencia a unos argumentos que entonces parecían apremiantes: el piso no era apropiado para una familia, necesitaban más espacio, un jardín, una habitación independiente para una *au pair*. Claro que podrían haber conseguido todo eso en las afueras, o en un barrio de Londres menos elegante que Pembroke Square, pero Lois aspiraba a algo más que una vivienda amplia. Mornington Mansions no era un lugar adecuado para un joven y prometedor abogado y para una próspera ejecutiva. Lois consideraba que el mero hecho de dar esa dirección era una forma sutil de rebajar su posición social y económica.

Simon sabía que ella había imaginado cómo sería su nueva vida. Darían cenas, sin duda cocinadas por otros o a base de platos preparados de Marks and Spencer, pero elegantes, bien organizadas, con invitados escogidos para mantener conversaciones animadas y divertidas; una celebración culinaria de armonía conyugal y éxito profesional. Sin embargo la realidad era muy distinta. Al final de la jornada, ambos estaban tan cansados que cenaban cualquier cosa en la mesa de la cocina o se sentaban con una bandeja frente al televisor. Por otro lado, ninguno de los dos había anticipado las demandas de las gemelas cuando abandonaran la etapa inicial de conformidad —satisfechas con la leche, confinadas a la cuna, arropadas con las sábanas— para convertirse en dictadoras de dieciocho meses cuyas exigencias de alimento, cambio de pañales y diversión parecían no acabar jamás.

Una sucesión de *au pairs* con diversos grados de competencia dominaba la vida de Lois y Simon, quien a veces tenía la impresión de que se preocupaban más por la comodidad y felicidad de aquéllas que por la suya propia. Puesto que pocos de sus amigos tenían hijos, habían interpretado las ocasionales advertencias sobre la dificultad de conseguir niñeras de confianza como muestras de envidia ante el embarazo de Lois, no como consejos basados en la experiencia. Sin embargo las advertencias habían demostrado ser fundadas. En ocasiones la *au pair*, en lugar de aliviar sus responsabilidades, parecía aumentarlas, pues era una persona más en la casa, a quien había que tener en cuenta, alimentar y aplacar.

Cuando la joven era eficaz, les inquietaba que los dejara, e irremediablemente así sucedía, ya que Lois se mostraba muy exigente. Si era preciso despedirla, discutían sobre quién se lo comunicaría o sufrían pensando en la dificultad de encontrar una sustituta. Cuando se acostaban comentaban los defectos de la muchacha de turno, susurrando en la oscuridad, como si temieran que las críticas se oyeran dos plantas más abajo, donde la joven dormía en la habitación contigua a la de las gemelas. ¿Bebía?

Quedaba descartado marcar el nivel de las botellas. ¿Invitaba a chicos durante el día? Imposible inspeccionar sus sábanas. ¿Dejaba solas a las niñas? Quizás uno de los dos debería regresar de improviso a casa de vez en cuando para comprobarlo. Pero ¿quién? Simon no podía salir de los tribunales ni Lois tomarse tiempo libre, pues debía ganarse el aumento de sueldo a costa de mayor dedicación y más responsabilidades. Además tenía un jefe nuevo a quien no caía bien y le habría encantado demostrar que una mujer casada y con niños pequeños no era digna de confianza.

Lois había decidido que para ahorrar uno de los dos debía usar los transportes públicos, y puesto que su empresa se hallaba en Docklands, tendría que ser Simon. Los viajes en un atestado vagón de metro, que al principio le habían provocado resentimiento y envidia, ahora le proporcionaban treinta minutos diarios para reflexionar sobre su insatisfacción. Recordaba la casa de su abuelo en Hampstead, donde había crecido, la botella de jerez siempre a mano, el olor a comida procedente de la cocina, la insistencia de su abuela en que el hombre que traía el pan a casa, agotado después de un día en los tribunales, merecía tranquilidad, atenciones y que le evitaran las incomodidades de los pequeños problemas domésticos. Había sido la esposa ideal para un abogado, infatigable en la lucha por las buenas causas legales, siempre elegante en los actos oficiales y complacida con el mundo de su marido, que había considerado propio.

Lois, en cambio, ya antes de casarse había dejado claro que su carrera era tan importante como la de Simon; una obviedad, por otra parte, pues formaban un matrimonio moderno. Su trabajo era tan importante para ella como para la pareja. La casa, la *au pair* y su estilo de vida dependían de dos salarios. Y ahora esa zorra entrometida con ínfulas de superioridad moral podía destruir de un plumazo la precaria posición que tanto les costaba mantener.

Venetia debía de haber llegado a las cámaras directamente desde el Tribunal de lo Criminal y estaba de muy mal humor. Algo o alguien la había puesto nerviosa, aunque esta palabra era demasiado débil, demasiado suave, para expresar la intensidad de la ira con que se había enfrentado a él. Alguien la había sacado de las casillas. Simon se maldijo a sí mismo. Si no hubiera estado en su despacho, si se hubiera marchado un minuto antes, el encuentro no se habría producido. Ella habría tenido toda la noche para reflexionar, para pensar qué debía hacer, en caso de que aún quisiera hacer algo. Por la mañana habría recuperado la calma. Simon recordaba cada una de sus furiosas acusaciones.

—Hoy he defendido a Brian Cartwright. He ganado. Me ha dicho que tú lo asesoraste hace cuatro años y que sabías antes del juicio que había sobornado a tres miembros del jurado. No hiciste nada al respecto, continuaste con el caso. ¿Es cierto?

—No lo es. Miente.

—Y ha añadido que transfirió acciones de su compañía a tu novia, también antes del juicio. ¿Es cierto?

—Te repito que miente. Todo es mentira.

La negativa había sido tan automática como un brazo que se levanta para atajar un golpe y había sonado poco convincente incluso a sus propios oídos. Era la reacción de un hombre culpable. La palidez provocada por el gélido espanto fue reemplazada por un ardiente rubor que evocó vergonzosos recuerdos del estudio de su tutor, del miedo a unos azotes inevitables. Se había obligado a mirar a Venetia a los ojos y en ellos sólo había percibido desprecio e incredulidad. Si por lo menos hubiera tenido tiempo para prepararse. Ahora sabía qué debería haber replicado: «Cartwright me lo explicó después del juicio, pero no le creí. Tampoco le creo ahora. Ese hombre es capaz de inventar cualquier cosa para darse importancia.»

Sin embargo, había esgrimido una mentira más directa y peligrosa, y Venetia había advertido que faltaba a la verdad. Aun así, ¿a qué se debía tanta furia? ¿Por qué tanto desprecio? ¿Qué le importaba a ella aquel antiguo desliz? ¿Quién la había nombrado guardiana de la conciencia de las cámaras? O de la de él, llegado el caso. ¿Acaso la suya estaba tan limpia? ¿Su conducta en los tribunales siempre había sido intachable? ¿Qué derecho tenía a destruir su carrera? Porque la destruiría. Simon ignoraba qué acciones podría emprender Venetia, hasta dónde estaba dispuesta a llegar, pero si aquel incidente se hacía público, aunque sólo fuera en forma de rumor, nunca conseguiría la toga de seda.

En cuanto abrió la puerta oyó los gritos. Una joven desconocida bajaba por las escaleras sosteniendo a Daisy en sus inexpertos brazos. Simon la vio —el pelo rojo cortado a cepillo, los tejanos sucios, los pequeños pendientes a un lado de la oreja, el precario equilibrio de sus sandalias de tacón sobre los peldaños alfombrados— y se convenció en el acto de su peligrosa incompetencia. Subió corriendo y le arrebató a la histérica criatura de los brazos.

—¿Quién demonios eres tú? ¿Dónde está Estelle?

—Su novio se cayó de la moto y ella ha ido a verlo al hospital. Está muy mal. Yo cuidaré de las niñas hasta que vuelva la señora Costello.

Un hedor familiar confirmó la causa del llanto: la pequeña necesitaba que le cambiaran los pañales. Simon la sujetó a una distancia prudencial y la llevó a la habitación. Amy, todavía vestida con el mono de la mañana, lloriqueaba en su cuna, de pie y asida de los barrotes.

—¿Han comido? —preguntó como si hablara de animales.

—Les he dado leche. Estelle me dijo que esperara a la señora Costello.

Simon dejó a Daisy en la cuna y al oír que los berridos se intensificaban pensó que estaba más furiosa que afligida. Sus ojitos se habían convertido en dos rendijas a través de las cuales lo miraba con concentrada malevolencia. Amy, que jamás permitiría que su hermana le robara protagonismo, comenzó a sollozar con un tono más lastimero, pero poco después lloraba a voz en cuello.

Simon oyó con alivio que se abría la puerta principal y percibió los pasos de Lois en la escalera. Fue a su encuentro y dijo:

—Por el amor de Dios, ocúpate tú de esto. Estelle ha decidido visitar a un supuesto novio accidentado y ha dejado a las niñas con una retrasada mental. Necesito una copa.

El mueble bar estaba en el salón. Simon arrojó su abrigo sobre una silla y se sirvió un whisky doble. No consiguió aislarse de los ruidos: la voz furiosa de Lois, cada vez más aguda, el llanto de las crías, los pasos en la escalera y más voces en el vestíbulo.

Se abrió la puerta.

—Tengo que pagarle para que se largue. Quiere veinte libras. ¿Tienes un billete?

Sin pronunciar palabra Simon le entregó dos billetes de diez. La puerta de la calle se cerró con un golpe y durante unos minutos reinó un agradable silencio. Sin embargo, Lois no regresó hasta pasados cuarenta minutos.

—Ya están tranquilas. No has sido de mucha ayuda. Por lo menos podrías haberlas cambiado.

—No me dio tiempo. Pensaba hacerlo cuando tú llegaste. ¿Qué ha pasado con Estelle?

—Ni idea. Ni siquiera sabía que tenía novio. Supongo que aparecerá a la hora de la cena. ¡Ésta es la gota que colma el vaso! Tendremos que despedirla. ¡Dios, qué día! Sírveme una copa, por favor. Whisky no. Prefiero ginebra con tónica.

Simon llevó el combinado al extremo del sofá donde Lois se había dejado caer. Vestía lo que él consideraba su uniforme de trabajo, aquella ropa que tanto detestaba: la falda negra con un corte en el centro, la chaqueta elegante que dejaba entrever la camisa de seda, los anodinos zapatos de salón. Representaban a la Lois de la que se sentía cada vez más alejado y a un mundo tan importante para ella como amenazador para él. Un tenue brillo de humedad en la piel y un ligero rubor en la frente constituían los únicos signos visibles de la pequeña batalla que acababa de librar. Simon pensó que era curioso cómo uno acababa por acostumbrarse a la belleza. En un tiempo había pensado que valía la pena pagar cualquier precio por poseerla, por saberla exclusivamente suya, por alimentarse de esa belleza y sentirse consolado, exaltado y hasta santificado por ella. No obstante, resultaba tan imposible adueñarse de la belleza como de otro ser humano.

Lois apuró la copa, se levantó muy despacio y anunció:

—Voy a cambiarme. Cenaremos espaguetis con salsa boloñesa. Si Estelle regresa, prefiero no enfrentarme con ella hasta después de cenar.

—Espera un momento —pidió Simon—. Tengo que explicarte algo.

No era un buen momento para comunicarle la noticia, pero ¿acaso habría un momento oportuno? Mejor contárselo cuanto antes. Fue al grano.

—Venetia Aldridge vino a verme a mi despacho poco antes de salir. Acaba de defender a Brian Cartwright y él le explicó que yo sabía que había sobornado a tres miembros del jurado cuando lo defendí por un caso de agresión en 1992. También le habló de las acciones de su compañía que te transfirió antes del juicio. No creo que Venetia se quede con los brazos cruzados.

—¿Qué insinúas?

—Supongo que lo peor que puede hacer es denunciarme al Colegio de Abogados.

—No puede hacer eso. Ese asunto es agua pasada. Además, no le incumbe en absoluto.

—Por lo visto opina lo contrario.

—Supongo que lo has negado todo. —Su voz se volvió severa—. Lo has negado, ¿verdad?

—Desde luego.

—Entonces no hay problema. No puede probar nada. Es tu palabra contra la de Cartwright.

—No es tan sencillo. Me temo que podría encontrar pruebas de la transferencia de acciones. Y si presiona a Cartwright, él le facilitará los nombres de los miembros del jurado que sobornó.

—No le conviene, ¿no crees? ¿Y por qué demonios se lo contó? —preguntó.

—Él sabrá. Tal vez lo considerara una propina por los servicios prestados. O quizá lo haya hecho por simple vanidad. Habrá querido fanfarronear, demostrar que la última vez salió libre gracias a su astucia, no a la de su abogado. ¿Por qué actúa así la gente? ¿Y qué importan los motivos? El caso es que lo hizo.

—¿Y qué? Aunque le diera los nombres de los jurados, es su palabra contra la tuya. ¿Y qué hay de malo en que me traspasara las acciones? Ya sabes cómo fue. Entré en tu despacho en el momento en que él salía y charlamos un rato. Nos entendimos. Tú te quedaste y yo compartí un taxi con él. Me cayó bastante bien. Hablamos de inversiones. Una semana después me escribió y me traspasó las acciones. No tuvo nada que ver contigo. Ni siquiera estábamos casados.

—Nos casamos una semana después.

—Pero él me entregó las acciones a mí. Supongo que no es un delito que un amigo me regale acciones. No tuvo nada que ver contigo. Me las habría regalado aunque tú y yo no hubiéramos estado prometidos.

—¿De veras?

—Además, diré que nunca te lo conté, que tú no sabías nada al respecto. Y tú dirás que no creíste a Cartwright cuando te confesó lo de los sobornos, que pensaste que era una broma. Nadie puede demostrar nada. ¿No se basa la ley en pruebas? Pues en este caso no existe ninguna. Venetia Aldridge lo comprenderá. Se la considera una abogada brillante, ¿verdad? Así pues, dejemos este asunto. Necesito otra copa.

Lois nunca había entendido las leyes. Disfrutaba del prestigio que le otorgaba ser la mujer de un abogado, y en los primeros años de su matrimonio había asistido a algún que otro juicio de Simon, pero había acabado por aburrirse.

—No es tan sencillo —repitió Simon—. Venetia no necesita pruebas, o por lo menos no la clase de pruebas que exigirían en un juicio. Si esta noticia se difunde, puedo olvidarme de la toga de seda.

Eso sí preocupó a Lois, que se volvió de pronto, con la botella de ginebra en la mano.

—¿Significa eso que Venetia puede impedir que te conviertas en asesor de la Corona? —preguntó con incredulidad.

—Si así lo desea, sí.

—Entonces tienes que detenerla. —Al ver que Simon guardaba silencio añadió—: Alguien tendrá que detenerla. Hablaré con el tío Desmond. Él se ocupará de ella. Siempre has dicho que es el abogado más prestigioso de las cámaras.

—No, Lois —replicó él con severidad—. No debes mencionarle este asunto. ¿No comprendes que Desmond Ulrick jamás toleraría algo así?

—Tal vez no te lo tolerará a ti, pero a mí sí.

—Ya sé que crees que Desmond haría cualquier cosa por ti. Sé que eres su ojito derecho y que le pediste dinero.

—Le pedimos dinero. No viviríamos aquí si él no nos hubiera concedido un préstamo. Y sin intereses. No olvides que gracias a las acciones de Cartwright y el préstamo de Desmond pagamos la entrada de esta casa.

—No lo he olvidado, y me temo que jamás podremos devolvérselo.

—Él no espera que lo hagamos. Dijo que era un préstamo para no herir tu orgullo.

No había evitado herir su orgullo. Incluso en estas circunstancias de intensa preocupación volvieron a embargarlo los antiguos celos, injustificados pero siempre presentes. Ulrick estaba loco por Lois, y Simon lo entendía. ¿Cómo no iba a entenderlo? Lo que le resultaba repulsivo era la forma en que su esposa se regodeaba en ese afecto y lo explotaba.

—No debes mencionarle esta cuestión —repitió—. Te lo prohíbo, Lois. Lo peor que puedes hacer es revelar lo ocurrido, sobre todo a un miembro de las cámaras. Nuestra única esperanza reside en que esto no salga a la luz. Dudo de que Cartwright lo difunda. Ha mantenido la boca cerrada durante cuatro años y le conviene seguir así. Yo hablaré con Venetia.

—Más te vale. No puedes seguir contando con mi sueldo.

—Yo no cuento con tu sueldo; los dos contamos con él. Y tú eras la más interesada en reincorporarte al trabajo.

—De acuerdo, pero ya no estoy tan interesada. Estoy harta de Carl Edgar. No lo soporto. Estoy buscando otro empleo.

—Por ahora será mejor que te conformes con el que tienes. No es el momento más oportuno para dejarlo.

—Me temo que tu consejo llega demasiado tarde. Hoy mismo he presentado la dimisión. —Intercambiaron una mirada de desolación, y ella añadió—: Así pues, te recomiendo que hagas algo con respecto a Venetia Aldridge. Y pronto.

9

El teléfono sonó en la casa de Pimlico de Mark Rawlstone apenas hubo terminado el informativo de las nueve de la BBC. Después de un día rutinario en el Parlamento, Mark había cenado solo mientras redactaba un discurso para el debate de la semana siguiente. Como de costumbre Lucy había viajado a Weybridge para visitar a su madre y pasar la noche allí, y le había dejado la comida preparada: pato a la cazuela, que sólo necesitaba recalentarse, una ensalada sencilla a la que debía añadir el aliño, fruta y queso. Tal vez era la llamada que esperaba. Kenneth Maples le había comentado que después de cenar en la cámara de los Lores tal vez se reuniría con él para tomar un café y charlar un rato; le telefonearía para confirmarlo. Ken formaba parte del gabinete fantasma y la conversación podía ser importante. Cualquier cosa que ocurriera entre ese momento y las elecciones podía ser importante. Sin duda era Ken quien llamaba para anunciar que se dirigía hacia allí.

Sin embargo, Mark oyó, con una mezcla de desencanto e irritación, la voz de Venetia:

—Me alegro de encontrarte. Te he telefoneado al Parlamento. Necesito verte de inmediato. ¿Puedes venir? Sólo te robaré media hora.

—¿No puede esperar? Espero una llamada.

—No, no puede esperar. De lo contrario no te habría llamado. No te entretendré mucho tiempo.

El primer arrebato de cólera cedió paso a la resignación.

—De acuerdo —concedió a regañadientes—. Cogeré un taxi.

Colgó el auricular y pensó que no era propio de Venetia telefonearlo a su casa. De hecho, no recordaba cuándo lo había hecho por última vez. Ella se había mostrado tan precavida como él para mantener su aventura amorosa en secreto; mostraba la misma obsesión por la discreción y la seguridad, no porque tuviera tanto que perder como Mark, sino porque no quería que su vida sexual se convirtiera en la comidilla de las cámaras. Había sido una ventaja que él perteneciera a la asociación Lincoln en lugar de a la de Middle Temple. Además, su labor de parlamentario, con sus horarios imprevistos, sus obligaciones y los viajes hacia y desde los Midlands, le permitían encuentros secretos e incluso alguna noche con Venetia en Pelham Place.

No obstante, en los últimos seis meses las citas se habían hecho más esporádicas, y Venetia tomaba la iniciativa más a menudo que él. La relación comenzaba a adquirir el carácter tedioso de un matrimonio, aunque sin la seguridad y la comodidad características de la vida conyugal. No sólo habían perdido el entusiasmo; a Mark le costaba recordar las primeras semanas de embriaguez, recuperar la mezcla de excitación sexual y peligro, la exaltación de saber que una mujer hermosa y brillante lo encontraba deseable. ¿Aún lo deseaba? ¿No se había convertido esa aventura en un hábito para los dos? Todo, incluso la pasión ilícita, tiene un fin natural. Al menos esta relación, a diferencia de sus imprudentes devaneos anteriores, podía romperse con dignidad.

Se había planteado acabar con ella antes incluso de que Lucy le comunicara que estaba embarazada. Ahora que el término «deslealtad» estaba tan en boga, los flirteos extraconyugales resultaban peligrosos. El público británico, y muy en especial la prensa, con su habitual talento para la hipocresía, había decidido que los deslices sexuales que se toleraban a los propios periodistas eran despreciables e imperdonables en los políticos. Esta casta, que nunca había sido popular, de pronto se veía obligada a aceptar la imposición de una conducta sexual irreprochable. Y Mark no dudaba de que su aventura acapararía los titulares si un aciago día la historia salía a la luz: joven y prometedor parlamentario con posibilidades de convertirse en ministro, casado con una católica devota y amante de una de las abogadas criminalistas más célebres del país. No pensaba interpretar la humillante farsa de rigor: las declaraciones públicas acompañadas de la foto del adúltero arrepentido y de la noble esposa respaldando a su desleal marido. No pondría a Lucy en semejante aprieto. No. Nunca. Venetia se mostraría razonable. No era celosa, vengativa ni exhibicionista. Una de las ventajas de escoger como amante a una mujer brillante e independiente era que la relación podía terminarse con dignidad.

Lucy había esperado a estar segura de que su embarazo se desarrollaría con normalidad antes de revelarle la noticia. Era muy típico de ella, aguardar, decidir qué quería hacer, reflexionar sobre lo que diría. Mark la había abrazado y había sentido resurgir la pasión olvidada, su antiguo afecto protector. La ausencia de hijos había resultado tan dolorosa para ella como penosa para él. En aquel momento, Mark había comprendido que también deseaba un vástago casi con la misma desesperación que su esposa, pero puesto que siempre había considerado intolerable el fracaso, había evitado albergar una esperanza que parecía condenada a no convertirse nunca en realidad. Después de soltarse de sus brazos, Lucy le había dado un ultimátum.

—Mark, esto cambiará las cosas en nuestro matrimonio.

—Cariño, un niño siempre cambia las cosas. Seremos una familia. ¡Dios, es maravilloso! ¡Es una noticia estupenda! No sé cómo has podido mantenerla en secreto durante cuatro meses.

Tan pronto como hubo pronunciado estas palabras comprendió su error; era evidente que Lucy no habría conseguido guardar el secreto en los tiempos en que estaban más unidos. Sin embargo, ella lo dejó pasar.

—Me refiero a que todo será distinto entre nosotros —había matizado Lucy—. Me consta que tienes una aventura. No quiero saber con quién, no deseo saber nada al respecto, pero tiene que terminar. ¿Lo entiendes?

—Ya ha terminado —había asegurado él—. No era nada importante. Nunca he amado a ninguna mujer como te amo a ti.

En su momento lo había creído. Y todavía lo creía. Si él era capaz de amar, Lucy era la dueña de su corazón.

La armonía conyugal se basaba en un acuerdo tácito que ambos respetaban. La cena programada para el viernes formaba parte de ese pacto. Lucy haría lo que se esperaba de ella y lo haría bien. No le interesaba mucho la política. La esfera en la que él se movía, con sus intrigas, sus estrategias de supervivencia, sus camarillas y sus rivalidades, era completamente ajena a la mentalidad quisquillosa de Lucy. Por otro lado ella demostraba un sincero interés por las personas, que siempre reaccionaban bien a su mirada dulce e inquisitiva, se sentían a gusto y seguras en su casa. Mark pensó que el mundo necesitaba a Lucy; él necesitaba a Lucy.

Cuando el taxi se detuvo en Pelham Place, observó que un joven motorista salía de la casa de Venetia; un amigo de Octavia, sin duda. Había olvidado que la muchacha vivía ahora en el sótano, una razón más para romper con Venetia. Al menos cuando la chica se hallaba en el internado tenían la intimidad garantizada durante la mayor parte del año. Octavia no era una chica agradable; no quería ningún trato con ella, aunque fuera indirecto.

Llamó al timbre. Venetia nunca le había entregado una llave, ni siquiera en los momentos más apasionados de su idilio. Mark se dijo, no sin cierto resentimiento, que ella siempre se había negado a hacer ciertas concesiones a su independencia. Le había permitido meterse en su cama, pero no en su vida.

No le abrió el ama de llaves, la señora Buckley, sino la propia Venetia, que lo condujo al salón de la planta alta. La botella de whisky ya estaba preparada en la mesita auxiliar, enfrente de la chimenea. Mark pensó, como en otras muchas ocasiones, aunque en ésta con mayor convicción, que nunca le había gustado el salón de Venetia, como tampoco el resto de la casa. No era acogedora y carecía de personalidad. Daba la impresión de que su propietaria había decidido que una casa georgiana debía amueblarse con formalidad y hubiera acudido a varias subastas para adquirir los objetos apropiados al menor precio posible. Sospechaba que ningún elemento de aquella estancia pertenecía a su pasado y que nada de lo que había comprado le agradaba realmente: ni el mullido sofá, que era bonito pero incómodo, ni la mesa donde exhibía las piezas de plata labrada que había conseguido en una subasta. Al menos el único cuadro de la sala, firmado por Vanessa Bell y colgado sobre la chimenea, reflejaba su gusto personal; Venetia era una aficionada a la pintura del siglo XIX. No había flores. La señora Buckley tenía otras cosas que hacer y Venetia estaba demasiado ocupada para comprarlas.

Más tarde, Mark comprendería que había manejado mal la entrevista desde el primer momento. Olvidando que había sido ella quien lo había llamado, declaró:

—Lo lamento, no puedo quedarme. Estaba esperando a Kenneth Maples. De todos modos tenía pensado visitarte. Mi vida ha cambiado mucho en las últimas semanas y debo comunicarte algo. No creo que debamos seguir viéndonos. Es demasiado peligroso e imprudente para ambos. Además, hace tiempo que intuyo que tú piensas lo mismo.

Venetia, que nunca bebía whisky, tomó una botella de vino tinto de la bandeja de plata y se sirvió una copa con pulso firme. Sus ojos castaños miraron a Mark con un desprecio tan acusador que lo hicieron retroceder. Nunca la había visto así. ¿Qué le ocurría? Jamás había advertido que le costara tanto mantener la compostura.

—De modo que me has hecho el favor de venir, aun a riesgo de no ver a Kenneth Maples, para anunciarme que quieres romper nuestra relación.

—Pensé que estarías de acuerdo —replicó él—. Al fin y al cabo, apenas si nos hemos visto en las últimas semanas. —Mark detectó con espanto el humillante tono de súplica en su propia voz—. Mira —continuó con la imperiosa necesidad de reafirmarse—, hemos tenido una aventura. Ninguno de los dos prometió nada al otro. Nunca fingimos estar enamorados. Nuestra relación no se planteó en esos términos.

—¿Y en qué términos se planteó? Explícamelo, me interesa.

—Suponía que ambos sentíamos lo mismo; atracción sexual, respeto, afecto, y sospecho que al final se convirtió en un hábito.

—Un hábito muy cómodo. Contabas con una pareja sexual a quien tenías cuándo y dónde querías, en quien podías confiar porque arriesgaba tanto como tú, y a quien no debías pagar. Se trata de un hábito que los miembros de tu sexo adquieren con facilidad, sobre todo los políticos.

—Esas palabras son indignas de ti, además de injustas. Siempre pensé que te hacía feliz.

—¿En serio? —La voz de Venetia destiló cierto desprecio que heló la sangre de Mark—. ¿De veras? ¿Tan arrogante eres? Hacerme feliz no resulta tan sencillo. Se precisa algo más que una buena polla y nociones básicas de técnicas sexuales. No me hiciste feliz, nunca me hiciste feliz. Lo que hiciste esporádicamente, cuando te venía bien, cuando tu esposa no te necesitaba para recibir a vuestras amistades o cuando disponías de una noche libre, fue proporcionarme un instante de placer sexual, algo que yo

130

podría haber conseguido sola, aunque tal vez con menos eficacia. No creas que eso significa hacerme feliz.

Mark buscó un punto de apoyo en lo que parecía una ciénaga de insensateces.

—Si te he tratado mal, lo lamento —atinó a decir—. No quería lastimarte. Es lo último que deseaba.

—No entiendes nada, ¿verdad? No me has escuchado. No tienes la capacidad de hacerme daño. No eres tan importante para mí. Ni tú ni ningún otro hombre.

—Entonces ¿de qué te quejas? Hemos tenido una aventura. Los dos la quisimos y resultó cómoda para ambos. Ahora se ha terminado. Si no te importaba, ¿dónde estriba el problema?

—Me quejo de la extraña forma en que tratas a las mujeres. Has engañado a tu esposa porque te apetecía variedad, sexo sazonado con aventura, y porque sabías que yo actuaría con discreción. Ahora necesitas a Lucy, de repente se ha convertido en alguien importante. Necesitas respetabilidad, una mujer sumisa y cariñosa, una buena imagen política. Así pues, Lucy promete perdonar tu infidelidad, apoyarte durante las elecciones, ser la esposa perfecta de un parlamentario, sin duda a cambio de que tú des fin a tu aventura. «No volveré a verla. En realidad, nunca significó nada para mí. Siempre te he querido a ti.» ¿No es así como vosotros, los tenorios, os reconciliáis con vuestras mujercitas?

De repente Mark dio rienda suelta a su ira.

—Deja a Lucy fuera de esto —ordenó—. No le hacen falta tu apoyo ni tu maldita compasión paternalista. Es un poco tarde para erigirte en defensora del sexo femenino. Yo me ocuparé de Lucy. Nuestro matrimonio no es asunto tuyo. Además, no ha sido así. Tu nombre no se mencionó. Lucy no sabe nada de nuestra relación.

—¿De veras? Vamos, Mark, crece de una vez. Aunque no sepa nada de mí, sin duda ha intuido que existe alguien; una esposa siempre lo adivina. Si Lucy no ha dicho nada es porque le convenía callar. Al fin y al cabo, no te proponías romper tu matrimonio. Sólo fue una cana al aire. A los hombres se les consienten estos desliles.

—Lucy está embarazada —anunció Mark sin saber por qué.

Tras un breve silencio Venetia habló con calma:

—Tenía entendido que Lucy no podía tener hijos.

—Eso creíamos. Después de ocho años de matrimonio es natural que hubiéramos perdido la esperanza. Lucy se negó a someterse a pruebas y tratamientos de fertilidad considerando que sería demasiado humillante para mí. Por lo visto, no era necesario. El niño nacerá alrededor del 20 de febrero.

—Qué oportuno. Y todo gracias a sus plegarias y a que habrá encendido algunas velas. ¿O ha sido la Inmaculada Concepción? —Hizo una pausa y le ofreció la botella de whisky. Mark negó con la cabeza. Venetia se sirvió otra copa de vino y preguntó con forzada naturalidad—: ¿Y sabe lo del aborto? Durante vuestra pequeña charla de reconciliación, ¿no mencionaste que hace un año aborté, y el hijo era tuyo?

—No lo sabe.

—Claro que no. Jamás te atreverías a confesárselo. Lucy siempre te perdonará una aventurilla sexual, una pequeña cana al aire, pero ¿la muerte de un niño? No. Si se enterara no se mostraría tan comprensiva. Una devota católica apostólica romana, célebre militante del movimiento Pro-Vida, que además está embarazada... Esa interesante información ensombrecería los meses que faltan hasta febrero, ¿no crees? ¿No imaginaría acaso al silencioso, acusador e invisible hermanastro creciendo junto a vuestro hijo o hija? ¿No la atormentaría el fantasma del niño abortado cada vez que cogiera en brazos a vuestro retoño?

—No le hagas algo así, Venetia. Ten un poco de dignidad. No hables como una chantajista barata.

—Barata no, Mark. El chantaje nunca resulta barato. Deberías saberlo. Eres abogado criminalista.

—Ella nunca te ha causado ningún daño. No te atreverías a hacerle algo así.

—Tal vez no, pero tú nunca estarás seguro del todo, ¿verdad?

Mark debería haber zanjado la conversación en ese punto. Más tarde se maldeciría por su estupidez. Uno debía saber cuándo detenerse, y no sólo durante el interrogatorio de un testigo. Debería haber reprimido su orgullo y pronunciado una última súplica antes de marcharse, pero se sentía indignado ante aquella injusticia. Venetia hablaba como si él hubiera sido el único responsable, como si la hubiera obligado a abortar.

—Se te metió en la cabeza que la píldora era perjudicial y decidiste dejar de tomarla un tiempo. Fuiste tú quien decidió correr el riesgo. Y querías el aborto tanto como yo. Cuando descubriste que estabas embarazada, te entró pánico. Considerabas una catástrofe tener un hijo ilegítimo, o cualquier clase de hijo, según dijiste entonces. Nunca has querido otro hijo. Ni siquiera quieres a la que tienes.

Venetia desvió la mirada y la clavó más allá de la cabeza de Mark; de repente la furia que reflejaba dio paso a la consternación. El hombre se volvió para seguir su mirada. Octavia se hallaba en el umbral con un par de candelabros en la mano. Nadie habló. Madre e hija parecían paralizadas.

—Lo siento, lo siento —murmuró Mark. Pasó junto a Octavia y bajó las escaleras a toda prisa.

No encontró a la señora Buckley, pero por fortuna la llave estaba puesta en la puerta, lo que lo salvó de la humillación de esperar que le abrieran para salir.

Sólo cuando se hubo alejado varias manzanas y echó a correr, desesperado por encontrar un taxi, cayó en la cuenta de que no había preguntado a Venetia para qué lo había llamado.

10

Drysdale Laud sabía que sus amigos pensaban, con un poco de envidia, que tenía la vida muy bien organizada. Compartía esa opinión y se enorgullecía de ello. Como abogado de prestigio, especializado en calumnias, su profesión le ofrecía múltiples oportunidades de observar cómo la gente se complicaba de forma innecesaria la vida, lo que le producía la debida compasión, además de una infinita sorpresa por el hecho de que los seres humanos, ante la alternativa del orden o el caos, la razón o la estulticia, actuaran en ocasiones en contra de sus propios intereses. Si alguien se lo hubiera preguntado, habría admitido que siempre había tenido suerte. Era el consentido hijo único de un matrimonio acomodado. Inteligente y con un extraordinario atractivo, tras acumular los previsibles éxitos en Cambridge, se había licenciado en filología clásica con brillantes calificaciones antes de estudiar derecho. Aunque su padre no era abogado, tenía amigos en la profesión, de modo que no le había resultado difícil encontrar un buen padrino para el joven Drysdale, que se había incorporado a las cámaras en el momento esperado y había conseguido la toga de seda en la primera oportunidad razonable.

Ya hacía diez años que había muerto su padre. Su madre, que había quedado en una posición desahogada, no le imponía pesados deberes filiales y sólo pretendía que pasara un fin de semana al mes en Buckinghamshire, durante el cual celebraba una fiesta. El acuerdo tácito que existía entre ambos establecía que él debía estar presente y ella debía cocinar platos deliciosos y llevar invitados que no lo aburrieran. Estas visitas le brindaban además a Drysdale la ocasión de recibir las atenciones de su antigua niñera, que seguía al servicio de su madre como factótum, de jugar al golf o pasear por el campo. Llevaba una bolsa llena de camisas sucias que le devolvían lavadas y perfectamente planchadas. Resultaba más barato que llevarlas a la lavandería situada frente a su casa y suponía un ahorro de tiempo. Además, su madre era una buena jardinera y Drysdale regresaba a su piso de South Bank, junto al Támesis y cerca de Tower Bridge, con flores, fruta y verdura fresca.

Él y su madre se profesaban un afecto basado en el respeto al egoísmo del otro. La única crítica que ella le planteaba, nunca de forma explícita sino velada, era que todavía no se hubiera casado. Quería nietos, y a su padre le habría gustado mantener el apellido familiar. Una sucesión de candidatas apropiadas acudía a sus fiestas, y de vez en cuando Drysdale la complacía citándose con alguna. Con menor frecuencia iniciaba una breve aventura amorosa, que casi siempre terminaba con recriminaciones. Cuando su última novia le había preguntado con amargura, entre lágrimas de despecho, «¿qué es tu madre?, ¿una especie de Celestina?», Drysdale había concluido que las complicaciones y el torbellino emocional superaban con creces el placer, y había regresado a su antiguo y satisfactorio trato con una señora que, aunque extraordinariamente cara, era selectiva con sus clientes, imaginativa en sus servicios personales y muy discreta. Por supuesto, tenía un precio, pero él nunca había esperado que sus placeres resultaran baratos.

Sabía que su madre, que conservaba unos prejuicios obsoletos contra las mujeres divorciadas, en especial si tenían hijos, no había simpatizado con Venetia en la única ocasión en que se habían visto, temía que Drysdale se casara con ella. De hecho él también había considerado tal posibilidad, aunque sólo durante una hora. Sospechaba que Venetia tenía un amante, aunque nunca había sentido suficiente curiosidad para averiguar su nombre. Le constaba que la amistad entre ambos constituía una fuente de cotilleos en las cámaras, aunque nunca habían mantenido una aventura. Drysdale no se sentía físicamente atraído por las mujeres triunfadoras o poderosas, y de vez en cuando pensaba con cierta ironía que una relación sexual con Venetia sería como un examen y que su rendimiento se juzgaría como en un riguroso interrogatorio.

Una vez al mes su madre, una mujer rebosante de vitalidad y todavía atractiva a sus sesenta y cinco años, viajaba a Londres para reunirse con una amiga, hacer compras, visitar una exposición o someterse a un tratamiento de belleza, y luego pasaba por el piso de Drysdale como había hecho esa misma tarde. Cenaban juntos, por lo general en un restaurante junto al río, y luego ella cogía un taxi hasta la estación de Marylebone, donde tomaba el tren a la hora acostumbrada. Drysdale pensó que era muy típico de su sentido de la independencia que ahora comenzara a cuestionarse si valía la pena visitarlo al final de un día ajetreado. Era complicado llegar a Tower Bridge desde el West End, y a ella no le gustaba regresar tarde a casa, sobre todo en invierno. Drysdale sospechaba que se acercaba el final de estos encuentros y que ambos lo lamentarían sólo a medias.

Cuando volvía a su piso, oyó el teléfono. Descolgó el auricular y oyó la voz de Venetia, que delataba preocupación.

—Necesito verte; esta misma noche, si es posible. ¿Estás solo?

—Sí —respondió él con cautela—. Acabo de acompañar a mi madre a coger un taxi. ¿No puedes esperar? Son más de las once.

—No. Estaré ahí lo antes posible.

Media hora después Drysdale la invitaba a entrar. Era la primera vez que Venetia acudía a su domicilio. Invariablemente puntilloso a este respecto, Drysdale pasaba a buscarla siempre que tenían una cita y luego la acompañaba a su casa. Sin embargo, Venetia entró en el salón sin demostrar el menor interés por la estancia o por el fabuloso panorama que se contemplaba desde las ventanas: la amplia y brillante extensión de agua y la resplandeciente iluminación de Tower Bridge. Drysdale se sintió por un instante irritado ante su evidente desprecio hacia una pieza que había decorado con tanto esfuerzo. Haciendo caso omiso de la espectacular vista que solía atraer a los visitantes a las ventanas, Venetia se quitó el abrigo y se lo entregó a su anfitrión como si fuera un criado.

—¿Qué quieres beber? —preguntó él.

—Nada. Bueno, cualquier cosa. Lo que bebas tú.

—Whisky.

Sabía que a ella no le gustaba.

—Entonces vino tinto —dijo Venetia—. O cualquiera que tengas abierto.

Drysdale no tenía ninguna botella de vino descorchada, pero sacó una de Hermitage de un aparador, le sirvió una copa y la dejó delante de ella, sobre la mesita de centro.

Sin mirar la copa, Venetia dijo sin preámbulos:

—Lamento irrumpir aquí de esta manera, pero necesito tu ayuda. ¿Te acuerdas de Garry Ashe, el joven que defendí hace tres o cuatro semanas?

—Desde luego.

—Bien, lo he visto hoy en los tribunales, después de la sesión. Se ha liado con Octavia. Según ella, están prometidos.

—Vaya, qué rapidez. ¿Cuándo se conocieron?

—Después del juicio, por supuesto, ¿cuándo si no? Es evidente que él lo ha planeado todo y quiero detenerlo.

—Comprendo tu indignación —repuso él con precaución—, pero no veo la manera de interrumpir esa relación. Octavia es mayor de edad, ¿no? Y aunque no lo fuera lo tendrías difícil. ¿Qué puedes alegar en contra de él? Lo absolvieron.

Lo que le faltó añadir era tan obvio que podría haberlo dicho en voz alta: «Gracias a ti.» En cambio preguntó:

—¿Has hablado con Octavia?

—Desde luego, pero sigue en sus trece, lo que no debería sorprenderme. Parte del atractivo de ese joven reside en que le da poder para hacerme daño a mí.

—¿No eres injusta? ¿Por qué había de pretender hacerte daño? Es probable que lo quiera de verdad.

—Por el amor de Dios, Drysdale, sé realista. Tal vez esté fascinada o intrigada. Le gusta coquetear con el peligro... y lo entiendo. Pero ¿qué hay de él? No pensarás que está enamorado de ella, y mucho menos cuando sólo hace tres semanas que se conocen. Esto es un acto deliberado, planeado por uno de ellos o por ambos, y dirigido contra mí.

—¿Por Ashe? ¿Por qué iba a hacer algo semejante? Debería estarte agradecido.

—No lo está, y yo no espero ni deseo su gratitud. Sólo quiero que salga de mi vida.

—¿No crees que está en la vida de Octavia, más que en la tuya? —susurró Drysdale.

—Ya te he dicho que esto no tiene nada que ver con Octavia. Tan sólo la utiliza para fastidiarme a mí. Incluso se han planteado airear su relación en la prensa. ¿Te lo imaginas? Una romántica foto en un periódico dominical en la que Garry le rodea los hombros con un brazo. «Mi madre salvó a mi novio de la prisión. La hija de una célebre abogada narra su historia de amor.»

—Octavia no haría una cosa así.

—No la conoces bien.

—Si no interfieres, probablemente se les pasará —sugirió Drysdale—. Uno de los dos se cansará. Si él la abandona, herirá su orgullo, eso es todo. Conviene que no te enfrentes a ella, que le demuestres que estarás a su lado cuando te necesite. ¿No hay un amigo de la familia, un abogado, un médico o alguien por el estilo que pueda hacerla entrar en razón? Alguna persona mayor a la que respete.

Drysdale no acababa de creer lo que estaba diciendo; parecía una consejera de una revista femenina que soltaba el archiconocido sermón a una hija rebelde y a su negligente madre. Le sorprendió la intensidad de su resentimiento hacia Venetia. Él era la última persona a quien debía haber recurrido con un problema como ése. Por supuesto eran amigos, disfrutaban de su mutua compañía; a él le gustaba que lo vieran en público con una mujer hermosa, y ella nunca lo aburría. Todas las cabezas se volvían hacia ellos cuando entraban en un restaurante, lo que complacía a Drysdale, aunque se despreciaba por transigir ante una vanidad tan fácil y vulgar. Sin embargo, ninguno de los dos se había involucrado nunca en la vida del otro. Drysdale rara vez veía a Octavia, a quien consideraba pasiva, caprichosa y rebelde. La chica tenía un padre en alguna parte, y era éste quien debía asumir la responsabilidad. Era absurdo que Venetia esperara su colaboración.

—Sólo existe una forma de detenerlo —afirmó ella—. Con dinero. El chico pensaba heredar algo de su tía. A ella le gustaba fingir que era rica y derrochaba lo poco que poseía, incluso con él. Le compró un equipo fotográfico, una moto... y nada de eso es barato. Así pues murió endeudada. Había pedido créditos importantes avalados con la compensación que le entregarían por la venta forzosa de la casa. El banco se quedará con la mayor parte, y Ashe no heredará un céntimo. Además, es casi seguro que eran amantes.

—Eso no salió en el juicio, ¿verdad? —preguntó Drysdale—. Me refiero a que Ashe y su tía fueran amantes.

—Hay muchos aspectos oscuros en la vida de Garry Ashe que se silenciaron en el juicio. —Lo miró a la cara—. Se me ocurrió que tal vez accederías a reunirte con él para averiguar cuánto quiere. En una palabra, para comprarlo. Estoy dispuesta a pagar diez mil libras.

Drysdale quedó atónito. Era una idea absurda, además de peligrosa. El mero hecho de que a Venetia se le hubiera cruzado por la cabeza demostraba la magnitud de su desesperación. Y que pensara que él aceptaría involucrarse en un asunto semejante degradaba a ambos. Los amigos no tienen derecho a exigir ciertas cosas.

—Lo siento, Venetia —dijo procurando mantener la calma—. Si quieres comprarlo, tendrás que hacerlo tú misma o pedir a tu abogado que lo haga. De todos modos, yo no sabría hacerlo bien. Y si temes la publicidad, figúrate qué diría la prensa si las cosas se torcieran: «Amigo de una célebre abogada intenta sobornar al amante de la hija de ésta.» Nos comerían vivos.

Venetia dejó la copa en la mesa y se levantó.

—Conque no quieres ayudarme.

—No es que no quiera, es que no puedo.

Incapaz de sostener la mirada de furia y desprecio de Venetia, Drysdale se acercó a la ventana. Abajo, el río corría con rapidez y sus remolinos brillaban coronados con danzantes lenguas de luz plateada. Como cada noche, el puente con sus torres y puntales rodeados de luces parecía tan trémulo e insustancial como un espejismo. Todas las noches, después de un duro día de trabajo, Drysdale encontraba solaz en aquella vista, pero esta vez Venetia le había fastidiado la velada al provocarle una irritación y un resentimiento más propios de un niño.

Sin volverse murmuró:

—¿Cuánto te importa esto en realidad? ¿A qué estarías dispuesta a renunciar a cambio de una solución? ¿A tu trabajo? ¿A tu nombramiento como presidenta de las cámaras?

Tras un breve silencio ella replicó también en un susurro:

—No seas ridículo, Drysdale. No estoy regateando.

—Yo no he dicho eso —repuso él volviéndose para mirarla—. Sólo me preguntaba cuáles son tus prioridades. ¿Qué te preocupa más, ahora que la suerte está echada? ¿Octavia o tu carrera?

—No tengo intención de sacrificar a ninguna de las dos. Sólo pretendo librarme de Ashe. —Hizo una pausa antes de añadir—: ¿De modo que te niegas a ayudarme?

—Lo siento. No puedo involucrarme en este asunto.

—¿No puedes o no quieres?

—Ambas cosas, Venetia.

Ella cogió su abrigo.

—Bueno, al menos tienes el valor de ser sincero. No te molestes. Encontraré la salida sola.

Sin embargo él la siguió hasta la puerta y preguntó:

—¿Cómo has venido hasta aquí? ¿Quieres que te pida un taxi?

—No, gracias. Cruzaré el puente y tomaré uno allí.

Drysdale bajó en el ascensor con ella y observó cómo se alejaba por la orilla, bajo las luces del puente. Venetia no volvió la cabeza. Como de costumbre, su paso era enérgico, seguro. No obstante, mientras la miraba, a él le dio la impresión de que le flaqueaban las piernas, que su cuerpo se encorvaba. Con el primer atisbo de compasión desde que Venetia había llegado a su casa, Drysdale comprendió que estaba contemplando el andar de una vieja.

LIBRO SEGUNDO

MUERTE EN LAS CÁMARAS

11

A las siete y media del jueves 10 de octubre, Harold Naughton salió de su casa en Buckhurst Hill, caminó quinientos metros hasta la estación y poco antes de las 7.45 tomó un tren que lo llevaría por Central Line hasta Chancery Lane. Hacía casi cuarenta años que realizaba el mismo viaje. Sus padres habían vivido siempre en Buckhurst Hill, y cuando él era niño el barrio aún conservaba el carácter autónomo y pintoresco de pequeño pueblo de campo. Ahora era uno más de los muchos distritos dormitorio de la metrópoli, y en sus calles arboladas y flanqueadas con casitas de estilo rústico se respiraba una paz provinciana. Él y Margaret habían iniciado su vida conyugal en lo que entonces era uno de los escasos bloques de pisos modernos.

Harold se había casado con una chica de Essex, para quien Epping Forest representaba su medio natural, Southend Pier la vista y el olor del mar, y Central Line la línea de metro que muy de tarde en tarde la trasladaba a Liverpool Street y más allá, permitiéndole aventurarse en las peligrosas maravillas de Londres. El padre de Harold había muerto un año después de la jubilación, y tras el fallecimiento de su madre, tres años más tarde, él había heredado la pequeña vivienda donde se había criado, en el claustrofóbico y sobreprotegido mundo de un hijo único. Pero su carrera progresaba, Stephen y Sally necesitaban habitaciones propias y Margaret quería un jardín más grande, de modo que vendieron la propiedad paterna y entregaron el dinero como entrada de una casa más espaciosa en la que Margaret había puesto todas sus ambiciones. El jardín era grande y unos años antes lo habían ampliado comprando parte del vecino, cuyo dueño lo encontraba demasiado amplio y necesitaba el dinero.

Margaret había consagrado su vida con alegría al hogar y su acondicionamiento, a la crianza de los niños, al jardín y el invernadero, a la iglesia del barrio y a la confección de colchas de retales. Nunca había querido buscar un empleo y Harold valoraba demasiado la comodidad doméstica para animarla a ello. En una etapa difícil, cuando su salario se había reducido, Margaret había sugerido reanudar sus estudios de administrativa, a lo que él había replicado: «Ya nos apañaremos. Los niños te necesitan en casa.» Y se habían apañado.

Ahora, mientras el tren se internaba en la oscuridad, después de la momentánea iluminación de la estación de Stratford, Harold, sentado en el vagón con el *Daily Telegraph* todavía doblado en su regazo, se preguntó si conseguirían apañarse en el futuro. A fin de mes, después de la reunión de las cámaras, le anunciarían si le prorrogaban el contrato tres años más, si había suerte, o sólo uno, probablemente renovable. Si la respuesta era negativa, ¿qué sería de él? Durante casi cuarenta años las cámaras habían sido su vida. Por propia necesidad, más que por la de sus miembros, había dedicado todo su tiempo, su energía y sus fuerzas al trabajo. No tenía aficiones; no había dispuesto de tiempo para ellas, excepto durante los fines de semana, pero esos días prefería dormir, ver la televisión, pasear por el campo con Margaret, cortar el césped o ayudar en las tareas más pesadas del jardín. ¿Y qué aficiones encontraría ahora? Quizá pudiera colaborar en la iglesia, pero Margaret ya estaba en el consejo parroquial, donde era miembro de la comisión de limpieza y arreglos florales, además de secretaria de la Asociación de Mujeres de los Miércoles. A Harold le horrorizaba la idea de presentarse ante el párroco para suplicarle con vergüenza: «Por favor, encuéntreme un trabajo. Soy viejo y no estoy preparado. No tengo nada que ofrecer. Por favor, deseo sentirme útil de nuevo.»

Siempre habían existido dos mundos: el suyo y el de Margaret. Ella creía o se empeñaba en creer que el de su esposo era un misterioso enclave masculino en el que Harold, después del presidente de las cámaras, ocupaba el puesto más destacado; un mundo que no reclamaba nada de ella, ni siquiera interés. Nunca se quejaba de las exigencias que imponía ese mundo a su marido, de que él se marchara a primera hora de la mañana y regresara a última de la tarde. Harold siempre tenía el detalle de telefonearla cuando se demoraba más de lo previsto, y ella programaba al minuto el momento de calentar el guiso, sacar la carne asada del horno o poner a hervir las verduras para que todo estuviera como a Harold le gustaba. El trabajo de su esposo era importante y debía cuidarlo porque les proporcionaba unos ingresos sin los cuales el mundo de Margaret se derrumbaría.

Pero ¿había un sitio para él en el mundo de su esposa? El único interés que habían compartido era la educación de los niños, aunque esa responsabilidad también había recaído sobre los hombros de Margaret. Sally y Stephen solían estar acostados cuando él regresaba a casa. Era Margaret quien les daba la cena, les leía un cuento antes de dormir y, cuando empezaron a ir al colegio, escuchaba sus historias de pequeños triunfos o dolor. Cuando lo habían necesitado, si alguna vez lo habían necesitado, él no había estado allí. Todavía eran una preocupación compartida; los hijos siempre lo son. Stephen acababa de aprobar los exámenes de ingreso de la Universidad de Reading, y les inquietaba que no superara el primer año. Sally, la mayor, había estudiado fisioterapia y trabajaba en un hospital en Hull. Rara vez los visitaba, pero telefoneaba a su madre dos veces a la semana. Margaret quería nietos y le producía desazón que no existiera un hombre en la vida de Sally, o que quizá lo hubiera y su hija se negara a presentárselo a sus padres. Cuando los jóvenes estaban en casa, Harold se llevaba bien con los dos. Nunca le había resultado difícil entenderse con desconocidos.

Cuando su padre realizaba el mismo viaje desde Buckhurst Hill, se apeaba en Liverpool Street y tomaba un autobús que circulaba por Fleet Street hasta Middle Temple. Harold prefería bajarse tres estaciones más adelante para caminar por Chancery Lane. Le gustaba el fresco de la mañana en la City, los primeros indicios de vida, como si un gigante se despertara y comenzara a estirar los miembros, el reconfortante olor a café de las cafeterías que abrían a primera hora para los que entraban a trabajar temprano o salían del turno de noche. Las familiares fachadas de los comercios y los edificios de Chancery Lane eran como viejos amigos: los London Silver Vaults; Ede and Rovencroft, fabricantes de togas y pelucas, con el escudo real en la puerta y el escaparate dignificado con las ceremoniales togas escarlata o ribeteadas de armiño; el impresionante archivo histórico nacional, junto al cual Harold no podía pasar sin recordar que guardaba la Carta Magna; las oficinas de la Asociación de Abogados, con sus rejas de hierro y las cabezas doradas de los leones.

Solía cruzar Fleet Street para entrar en Middle Temple a través de Wren Gatehouse. Siempre que atravesaba ese portal alzaba la vista hacia la insignia del Cordero de Dios con el estandarte de la inocencia. La mirada fugaz a aquel antiguo símbolo constituía su única superstición; a veces pensaba que era su única plegaria. Sin embargo desde hacía meses la entrada a Middle Temple por Fleet Street se hallaba cerrada por reformas y debía caminar por la estrecha callejuela frente al Palacio de Justicia, hasta la pequeña puerta negra situada junto al pub George.

Al llegar allí esa mañana tuvo la sensación de que no estaba preparado para afrontar la jornada laboral y casi sin detenerse siguió andando a paso rápido hacia Trafalgar Square. Necesitaba tiempo para meditar, necesitaba el desahogo físico de la caminata mientras trataba de despejar la maraña de ansiedad, esperanza, culpa y temores a medio formular. Si le pedían que se quedara, ¿accedería? ¿No sería una cobardía de su parte posponer lo inevitable? ¿Y qué quería Margaret en realidad? Le había dicho: «No sé cómo se arreglarán en las cámaras sin ti, pero haz lo que te parezca mejor. Podemos apañarnos con la pensión y ya es hora de que tengas una vida propia.» Pero ¿qué vida? Amaba a su esposa, siempre la había amado, aunque ahora resultaba difícil creer que eran las mismas personas que en los primeros años de matrimonio esperaban con impaciencia la hora de acostarse para estrecharse en un abrazo. Ahora hasta hacer el amor se había convertido en un hábito cómodo, reconfortante y tranquilo como la cena de cada noche. Llevaban treinta y cinco años casados, pero ¿realmente la conocía tan poco? ¿Creía de verdad que estar en casa con Margaret le resultaría insoportable? Después de la eucaristía del último domingo había oído por casualidad un fragmento de conversación que había sido como una pedrada en la cabeza: «Le dije a George: "Tienes que encontrar algo que hacer. No quiero tenerte en medio todo el día."»

En todo caso Margaret tenía razón; saldrían adelante con su pensión. ¿Había sido deshonesto al decir lo contrario al señor Langton? Nunca antes le había mentido. Habían entrado juntos en las cámaras, Langton como joven abogado, él como ayudante de su padre. Habían envejecido juntos. Harold no imaginaba las cámaras sin el señor Langton. Sin embargo algo no funcionaba. En los últimos meses el presidente de las cámaras parecía haber perdido su entereza, su seguridad, incluso su autoridad. Además no ofrecía buen aspecto. Saltaba a la vista que algo le preocupaba. ¿Acaso padecía una enfermedad mortal? ¿O planeaba jubilarse y afrontaba el mismo problema que

Harold, el de un futuro incierto e inútil? Y si se retiraba, ¿quién lo sustituiría? Si lo reemplazaba la señora Aldridge, ¿valdría la pena quedarse? No; de eso estaba seguro. No le apetecía ser secretario general con la señora Aldridge como presidenta. Y ella tampoco lo querría a él. No dudaba de que si alguna voz se alzaba en contra de él, sería la de esa señora. No era que ésta sintiera una antipatía personal hacia él, de hecho a Harold ella no le caía mal, a pesar de que su voz autoritaria y su exigencia de respuestas inmediatas le inspiraban un ligero temor. En todo caso no deseaba continuar en su puesto durante el mandato de la señora Aldridge. Sin embargo, no la elegirían a ella. Era una idea ridícula. En las cámaras sólo había cuatro abogados criminalistas, y sus miembros preferirían que el presidente fuera un abogado no criminalista. El candidato más adecuado era el señor Laud. Al fin y al cabo, los arzobispos ya dirigían las cámaras en equipo. La cuestión era si el señor Laud, en caso de asumir el mando, tendría la suficiente autoridad para enfrentarse a la señora Aldridge. Cuando el señor Langton se retirara, aquélla se saldría con la suya, intensificaría sus presiones para que contrataran a un administrador y modernizaran los métodos de trabajo y la tecnología. ¿Había un sitio para él en el mundo moderno, donde los sistemas contaban más que las personas?

Su caminata se había prolongado más de media hora. Apenas si recordaba qué camino había tomado; sólo sabía que había paseado con nerviosismo por el Embankment, dejado atrás el Temple Place antes de subir por una calle hasta Aldwych y regresar por el Strand hasta el Palacio de Justicia. Ya era hora de empezar la jornada laboral. Por lo menos había tomado una decisión. Si se lo pedían, se quedaría otro año, nada más, y durante ese período reflexionaría sobre su futuro.

Pawlet Court estaba desierta. Sólo se veía luz en las ventanas de algunas oficinas de la planta baja, donde otros administrativos tan concienzudos como él ya habían comenzado a trabajar. El ambiente era más brumoso que el del Strand, como si el pequeño patio todavía conservara la humedad de la noche de octubre. Las primeras hojas secas yacían esparcidas en lánguido desorden alrededor del castaño de Indias. Harold sacó su llavero, abrió un cerrojo de seguridad, introdujo otra llave en la cerradura más pequeña situada arriba, y al girarla la puerta cedió. De inmediato sonó el agudo pitido de la alarma. Harold entró sin prisas, pues tenía calculado el tiempo que tardaba en encender la luz de la recepción e insertar la llave más pequeña en el panel de mandos para desconectar la alarma. Junto a éste había un tablero de madera con los nombres de los miembros de las cámaras inscritos en tablillas deslizantes para indicar si se hallaban en el interior. En ese momento todos estaban ausentes. Los miembros no siempre se acordaban de usar el tablero pero, en teoría, el último en salir debía colocar su tablilla y conectar la alarma. La señora Carpenter y la señora Watson, las asistentas, empezaban a trabajar a las ocho y media de la noche y solían ser las últimas en salir de las cámaras. Ambas se aseguraban de conectar la alarma antes de marcharse, pasadas las diez.

Harold observó con ojo crítico la recepción, que también hacía las veces de sala de espera. El ordenador de Valerie Caldwell, cubierto con una funda, estaba exactamente en el centro del escritorio. El sofá de dos plazas, los dos sillones y las dos sillas para las visitas se hallaban en su sitio, las revistas bien ordenadas sobre la brillante mesa de caoba. Todo estaba tal como Harold esperaba encontrarlo, salvo por un pequeño detalle: al parecer ni la señora Carpenter ni la señora Watson habían pasado la aspiradora por la alfombra. Este electrodoméstico, comprado seis meses antes y tan potente como ruidoso, solía dejar un rastro de líneas sobre la alfombra. Sin embargo el suelo parecía limpio. Quizás una de las dos lo hubiera barrido con la escoba automática. No era su trabajo controlar a las asistentas, y dada la eficacia de las mujeres de la admirable agencia de la señorita Elkington tampoco era necesario. Sin embargo, a Harold le gustaba supervisar todos los detalles. La sala de recepción era lo primero que veían los visitantes al entrar en las cámaras, y la primera impresión era importante.

A continuación echó un rápido vistazo a la biblioteca y sala de reuniones, situada a la derecha de la puerta principal. Todo estaba en orden. Esa estancia guardaba cierto parecido con un club de caballeros, aunque sin el aire de confortable intimidad. Aun así, tenía su encanto. A ambos lados de la chimenea de mármol, los lomos de piel de los libros brillaban detrás del cristal de las estanterías del siglo XVIII, adornadas con sendos bustos de mármol; Charles Dickens a la derecha, y Henry Fielding a la izquierda, dos antiguos miembros de la Honorable Sociedad de Middle Temple. Los anaqueles sin cristales de la pared opuesta a la puerta contenían una colección más prosaica de informes legales, estatutos encuadernados, *Halsbury's Laws of England* y libros diversos sobre derecho civil y penal. En los estantes inferiores se hallaban los volúmenes encuadernados en rojo de *Punch* desde 1880 a 1930, un regalo de despedida de un antiguo miembro de las cámaras cuya esposa había insistido en que se deshiciera de ellos antes de mudarse a una casa más pequeña.

Los cuatro sillones tapizados en piel estaban distribuidos de forma arbitraria por la sala, como si a los miembros no les interesara mantener conversaciones cara a cara. Dominaba el lugar una gran mesa rectangular de roble antiguo, ennegrecida por el tiempo, con diez sillas a juego. Los integrantes de las cámaras rara vez usaban esa habitación para sus reuniones, pues el señor Langton prefería celebrarlas en su despacho. Si faltaban sillas, los abogados llevaban las suyas y se sentaban en círculo. Con todo, se resistían a ceder la sala de reuniones a un nuevo miembro para rentabilizar el espacio. La mesa, que había pertenecido a John Dickinson, era el orgullo de las cámaras y no cabía en ninguna otra estancia.

Una puerta de dos hojas comunicaba la recepción con la secretaría, pero rara vez se usaba y por lo general se accedía a ésta por el pasillo. Al entrar, Harold oyó los pitidos del fax que recibía la lista de los juicios del día anterior. Se acercó para leer los mensajes, se quitó el abrigo y lo colgó en el perchero de madera situado detrás de la puerta, en el gancho señalado con su nombre. Aquel espacio atestado de muebles pero ordenado era su santuario, su reino, el corazón de las cámaras. Como todas las oficinas administrativas, estaba llena de trastos. Allí se hallaban su escritorio y el de sus dos ayudantes, cada uno con su ordenador. Harold había acabado por acostumbrarse al aparato aunque añoraba los paseos matutinos a los tribunales y las conversaciones con el funcionario encargado del registro. En el tablón de anuncios de la pared apuntaba con letra pequeña y meticulosa las intervenciones en los tribunales de cada miembro de las cámaras de Pawlet Court. En el armario grande se guardaban los rollos de papel con los resúmenes de los pleitos; los de la defensa atados con una cinta roja, los de la acusación con una cinta blanca. Esa habitación, con su particular olor, su organizado desorden, la silla y el escritorio que antes había usado su padre, le resultaba más familiar que su propio dormitorio.

Sonó el teléfono. Era raro que alguien llamara tan temprano. No reconoció la voz al otro lado del hilo; era una voz femenina, aguda y ansiosa, con un dejo de histeria.

—Soy la señora Buckley, el ama de llaves de la señora Aldridge. ¡Cuánto me alegro de encontrar a alguien! He llamado antes. Ella me dijo que en caso de urgencia telefoneara ahí a partir de las ocho y media.

Harold se puso a la defensiva.

—Las cámaras no abren a las ocho y media, pero yo suelo estar aquí a esa hora. ¿Qué puedo hacer por usted?

—Se trata de la señora Aldridge. ¿Está ahí, por favor?

—Todavía no ha llegado nadie. ¿La señora Aldridge le ha dicho que vendría temprano?

—No lo entiende —replicó con creciente histeria—. Estoy muy preocupada porque anoche no volvió a casa.

—Tal vez haya dormido en casa de alguna amiga —aventuró Harold.

—La señora me habría avisado. Ya eran las diez y media cuando terminé mis tareas y subí a mi habitación. No me dijo que pensara pasar la noche fuera. Estuve atenta por si la oía entrar, aunque es tan silenciosa que a veces no me entero. A las siete y media le llevé una taza de té y vi que no había dormido en su cama.

—Opino que aún es pronto para alarmarse —la tranquilizó Harold—. Creo que no está aquí, pues al entrar no he visto luz en su ventana. De todos modos echaré un vistazo. ¿Le importa esperar unos minutos, por favor?

Se dirigió al despacho de la primera planta que ocupaba la señora Aldridge. La pesada puerta de roble estaba cerrada con llave, lo que no le sorprendió, ya que los abogados se aseguraban de que nadie entrara en sus oficinas cuando dejaban papeles importantes. De todos modos, por lo general no cerraban la puerta de roble, sino sólo la interior.

Volvió a la secretaría y levantó el auricular.

—¿Señora Buckley? No creo que esté en su despacho, pero buscaré la llave para abrir la puerta. No tardaré.

Harold tenía copias de todas las llaves del edificio, etiquetadas y guardadas en el último cajón de su escritorio. Cogió la de la señora Aldridge, que abría tanto la puerta de roble como la interior. Volvió a subir las escaleras, esta vez con un incipiente nerviosismo, aunque se dijo que era infundado. Que un miembro de las cámaras hubiera decidido pasar la noche fuera no le incumbía en absoluto.

Era muy probable que en ese mismo momento estuviera entrando en su casa.

Abrió la puerta de roble e introdujo la llave en la cerradura de la interior. De inmediato adivinó que algo había ocurrido. En el despacho había un olor vago y extraño, pero horriblemente familiar. Pulsó el interruptor y se encendieron las cuatro luces de la pared.

Lo que vio entonces fue tan grotesco y pavoroso que durante medio minuto quedó paralizado y su mente se negó a dar crédito a sus ojos. No era cierto. No podía ser cierto. En aquellos segundos de desconcierto e incredulidad fue incapaz incluso de experimentar terror. Enseguida comprendió que era verdad. Le dio un vuelco el corazón y los latidos desbocados sacudieron todo su cuerpo. Oyó un gemido grave y supo que aquel sonido desencarnado era su propia voz.

Avanzó despacio, como si un hilo invisible tirara de él. La señora Aldridge estaba sentada en la silla giratoria, detrás del escritorio situado a la izquierda de la puerta y frente a las altas ventanas. La cabeza le caía sobre el pecho y los brazos inertes colgaban sobre los brazos curvos de la silla. No alcanzaba a verle la cara, pero sabía que estaba muerta.

Tenía la cabeza cubierta con una peluca y los rígidos rizos de crin formaban una masa de sangre roja y marrón. Harold se aproximó y le tocó la mejilla. Estaba gélida como el hielo. Pensó que ni siquiera la carne de un muerto podía estar tan fría. Con ese contacto, y a pesar de su suavidad, se desprendió el coágulo de sangre de la peluca y Harold vio con horror cómo se deslizaba con lentitud por la mejilla hasta quedar colgado, tembloroso, en el borde de la barbilla. Lanzó una pequeña exclamación de espanto. «Dios mío —pensó—, está fría como una muerta, pero su sangre aún está pegajosa.» De manera instintiva se agarró al brazo de la silla, que para su horror giró despacio. Los pies de la mujer se arrastraron sobre la alfombra hasta que ésta quedó de cara a la puerta. Harold contuvo la respiración, retrocedió y se miró la mano con consternación, como si esperara encontrarla empapada en sangre. Luego se inclinó un poco para verle la cara. La frente, las mejillas y un ojo estaban cubiertos de sangre coagulada. Sólo el ojo derecho permanecía intacto. La mirada, fija en alguna monstruosidad lejana, parecía reflejar una maldad inconmensurable.

Harold retrocedió como si se encontrara en trance. De algún modo consiguió atravesar el umbral. Echó la llave a las dos puertas con mano trémula, sigilosamente, como si un mal movimiento pudiera despertar el horror que se ocultaba dentro, y tras guardársela en el bolsillo descendió por las escaleras. Tenía frío y le flaqueaban las piernas, pero consiguió llegar a la planta baja. Por fin su mente recuperó de forma milagrosa la lucidez. Cuando levantó el auricular, ya sabía cómo debía proceder. Sentía la lengua hinchada y entumecida dentro de la boca, súbitamente tensa y seca. Consiguió hablar, aunque apenas si reconoció su voz:

—Sí, está aquí, pero no quiere que la molesten. Todo va bien. —Colgó sin dar tiempo a la mujer a formular alguna pregunta.

No podía revelarle la verdad, o la noticia correría como un reguero de pólvora por todo Londres. La asistenta se enteraría a su debido tiempo. De momento era prioritario llamar a la policía.

Antes de descolgar el auricular vaciló unos segundos, paralizado por la repentina visión de una fila de coches de policía entrando en Middle Temple, de sonoras voces masculinas, de miembros de las cámaras que encontraban la zona acordonada. Antes de telefonear a la policía debía avisar al presidente de las cámaras. Un hombre atendió de inmediato la llamada y le anunció que el señor Langton había salido hacia allí quince minutos antes.

Harold tuvo la impresión de que le quitaban un enorme peso de los hombros. El presidente tardaría veinte minutos en llegar. Sin duda la noticia le provocaría una terrible conmoción. Necesitaría ayuda, apoyo. Le convendría que el señor Laud se hallara a su lado. Harry marcó el número del piso de Shad Thames y reconoció la voz que le contestó.

—Soy Harry Naughton, señor, y llamo desde las cámaras —anunció—. Acabo de telefonear al señor Langton. ¿Podría venir de inmediato, por favor? He encontrado a la señora Aldridge muerta en su despacho. No se trata de una muerte natural, señor. Mucho me temo que la han asesinado. —Le sorprendió que su voz sonara tan firme y enérgica. Se produjo un silencio. Por un instante se preguntó si el señor Laud no lo había oído o si había enmudecido a causa de la impresión—. Señor Laud, soy Harry Naughton —repitió de nuevo.

—Lo sé. Le he oído, Harry —interrumpió Laud—. Diga al señor Langton, cuando llegue, que voy hacia allí.

Harold salió de la recepción para esperar en el vestíbulo. Oyó unos pasos, más fuertes que los del señor Langton. La puerta se abrió y Terry Gledhill, uno de sus ayudantes, entró con su abultado maletín, donde solía llevar bocadillos, un termo y revistas de informática.

—¿Qué ocurre? —preguntó al ver la cara de Harry—. ¿Se encuentra bien, señor Naughton? Está más blanco que esa puerta.

—Se trata de la señora Aldridge. La he encontrado muerta en su despacho.

—¿Muerta? ¿Está seguro?

Terry se encaminó hacia las escaleras, pero Harry le detuvo.

—Claro que lo estoy. Está fría. No hay necesidad de que suba. He cerrado las puertas con llave. —Tras una pausa añadió—: No ha sido de muerte natural, Terry.

—¡Cielos! ¿Quiere decir que la han asesinado? ¿Qué sucedió? ¿Cómo lo sabe?

—Hay sangre, mucha sangre. Y está fría, Terry, fría como el hielo, pero la sangre está pegajosa.

—¿Está seguro de que está muerta?

—Desde luego.

—¿Ha llamado a la policía?

—Todavía no. Estoy esperando al señor Langton.

—¿Y qué va a hacer él? Si se ha cometido un asesinato, hay que avisar a la policía, y cuanto antes. No hay por qué aguardar a que llegue el personal. Podrían alterar el escenario del crimen, destruir pruebas. Les resultará extraño que no los llamara antes. Además, deberíamos avisar también a seguridad.

Esas palabras eran un incómodo eco de los pensamientos de Harry, quien sin embargo consideró que, como secretario general, no tenía por qué explicar sus acciones a sus subalternos, y con un tono de obstinada justificación replicó:

—El señor Langton es el presidente de las cámaras. Él debe ser el primero en enterarse, y ya está de camino. He telefoneado a su casa y a la del señor Laud, que también se dirige hacia aquí. Ya nadie puede ayudar a la señora Aldridge. —Luego añadió con mayor severidad—: Será mejor que vaya a su oficina y cumpla con su deber. No hay necesidad de retrasar el trabajo. Si la policía quiere interrogar al personal, ya se nos informará.

—Lo más probable es que quieran interrogarnos a todos. ¿Le preparo una taza de té? Me parece que le vendría bien. ¡Caray! Un asesinato en las cámaras.

Terry se asió con una mano a la barandilla de la escalera y miró hacia arriba con una mezcla de horror y fascinación.

—Sí, prepare té —indicó Harry—. Al señor Langton le sentará bien cuando llegue, pero para él no use bolsitas.

Ninguno de los dos oyó unos pasos que se acercaban. Se abrió la puerta y entró Valerie Caldwell, la secretaria de las cámaras, que tras cerrarla se apoyó contra ella. Posó la vista en el rostro de Harry, luego en el de Terry, como si aguardara una explicación. Ninguno de los dos habló y Harry tuvo la impresión de que el tiempo se había detenido: su ayudante con la mano en la barandilla, y él con expresión aterrada, como un colegial a quien hubieran sorprendido cometiendo una travesura. Comprendió con desolación que no necesitaba decir nada. Observó cómo la cara de la mujer palidecía y cambiaba, se tornaba vieja y desconocida. Era como verla morir. Se sintió incapaz de comunicarle la noticia.

—Explíquele lo ocurrido —ordenó a Terry—, y después prepare el té. Yo estaré arriba.

Harry no sabía muy bien adónde se dirigía ni qué haría; tan sólo quería marcharse de allí. Antes de llegar al rellano oyó un golpe amortiguado y la voz de Terry:

—Écheme una mano, señor Naughton. Se ha desmayado.

Harry bajó y entre los dos trasladaron a Valerie a la recepción y la sentaron en el sofá. Colocándole la mano en la nuca, Terry le inclinó la cabeza hacia las rodillas, y al cabo de medio minuto, que se hizo interminable, la secretaria dejó escapar un gemido.

Terry, que había asumido el control de la situación, dijo:

—Ya está mejor. Le traeré un vaso de agua, señor Naughton, y luego prepararé el té. Muy dulce.

Casi al instante oyeron que la puerta se abría y, al alzar la vista, vieron a Hubert Langton en el vestíbulo. Sin despegar los labios Harry lo cogió del brazo y lo condujo a la sala de reuniones. El sorprendido presidente se dejó llevar como un niño dócil, y Harry, tras cerrar la puerta, pronunció las palabras que había estado ensayando.

—Lo siento, señor, pero tengo que comunicarle una mala noticia. Se trata de la señora Aldridge. Esta mañana, cuando llegué, su ama de llaves llamó preocupada porque no había pasado la noche en casa. Las dos puertas de su despacho estaban cerradas con llave, de la que yo tengo una copia. Me temo que está muerta, señor. Y parece un asesinato.

Langton permaneció en silencio. Su rostro era una máscara que no delataba ninguna emoción.

—Será mejor que eche un vistazo —dijo por fin—. ¿Ha avisado a la policía?

—Todavía no, señor. Pensé que debía esperarlo a usted. He telefoneado al señor Laud y ha dicho que vendría de inmediato.

Harry siguió a Langton por las escaleras. El presidente de las cámaras se apoyaba en la barandilla, pero sus pasos eran firmes. Esperó con tranquilidad, el rostro aún impasible, mientras Harry sacaba la llave del bolsillo y abría las dos puertas. Por un segundo, mientras la giraba en la cerradura, éste tuvo la absurda convicción de que todo había sido un error, que la cabeza cubierta de sangre había sido un delirio enfermizo y el despacho estaría vacío. Sin embargo la escena le pareció incluso más horrible que la primera vez. Ni siquiera se atrevía a mirar la cara del señor Langton. Por fin éste habló y, aunque su voz conservaba la serenidad, sonó como la de un anciano.

—Esto es monstruoso, Harry.

—Sí, señor.

—¿Está tal como la encontró?

—No exactamente, señor Langton. Estaba de cara al escritorio. Yo toqué la silla sin darme cuenta y se giró.

—¿Ha mencionado a alguien lo de la sangre y la peluca? ¿A Terry o a Valerie?

—No, señor. Sólo he dicho que la había encontrado muerta, que parecía un asesinato. Ah, también expliqué a Terry que había sangre. Eso es todo.

—Bien, ha sido muy sensato. No comente los detalles. Si la prensa se entera, se ensañará con nosotros.

—Se enterarán tarde o temprano, señor Langton.

—Pues ojalá que sea tarde; ahora llamaré a la policía. —Se acercó al teléfono del escritorio, pero luego dijo—: Será mejor que utilice el de mi despacho. No conviene que toquemos nada de esta habitación. Yo guardaré la llave.

Harry se la entregó. Langton apagó la luz y cerró las dos puertas. Harry lo observó y pensó que el viejo actuaba con mucha más serenidad de la que había sospechado. Entonces recordó que era el presidente de las cámaras; autoritario, sereno, dueño de sí, pero al mirarle a la cara descubrió con profunda compasión cuánto le costaba mantener la calma.

—¿Qué hago con el resto del personal, señor? —preguntó—. ¿Y con los miembros de las cámaras? Los jueves el señor Ulrick suele llegar temprano cuando está en la ciudad. Querrán entrar en sus despachos.

—Yo no pienso impedirlo. Si la policía desea que cerremos las cámaras hoy, ya nos lo indicarán. Será mejor que me acompañe a mi oficina y luego espere en la puerta. Informe al personal a medida que llegue, pero no entre en detalles. Procure que no pierdan la calma. Y pida a los miembros de las cámaras que se presenten de inmediato en mi despacho.

—Sí, señor. También hemos de pensar en el ama de llaves, la señora Buckley, que sin duda volverá a llamar. Además alguien tendrá que comunicar la noticia a la hija de la señora Aldridge.

—Ah, la hija. Me había olvidado de ella. Dejemos que se encarguen la policía y el señor Laud, que es amigo de la familia.

—La señora Aldridge debía asistir al tribunal de Snaresbrook a las 10. Esperaba cerrar el caso esta tarde.

—Tendrá que ocuparse de ello su ayudante; es el señor Fleming, ¿verdad? Póngase en contacto con él y explíquele que han encontrado a la señora Aldridge muerta, pero cuéntele lo menos posible.

Ya estaban en el despacho de Langton. Hubert detuvo la mano en el aire, a unos centímetros del teléfono.

—Nunca he hecho esto antes —declaró con cierta sorpresa—. No me parece apropiado llamar al 999. Será mejor que telefonee a la oficina del comisario. No... conozco a alguien de Scotland Yard, no demasiado, pero nos han presentado. Quizás este caso no le corresponda; de todos modos él sabrá cómo actuar. Tiene un nombre fácil de recordar: Adam Dalgliesh.

12

El examen de tiro de los detectives Kate Miskin y Piers Tarrant era a las ocho. Al prever que habría problemas para aparcar, Kate salió de su piso junto al Támesis a las siete y llegó a las siete y cuarenta y cinco. Ya había resuelto los trámites preliminares, entregado la tarjeta rosa donde constaban sus resultados previos y firmado la habitual declaración de que no había ingerido alcohol en las últimas veinticuatro horas ni tomaba ningún fármaco, cuando oyó el ruido del ascensor y Piers Tarrant cruzó con toda tranquilidad la puerta a la hora prevista. No era típico de Piers guardar silencio durante mucho rato, pero un mes antes, en la última práctica de tiro, Kate había notado que no había despegado los labios en ningún momento, excepto al final, para felicitarla lacónicamente. Aprobaba su silencio, pues no era conveniente hablar durante los ejercicios. La galería de tiro no era el sitio más apropiado para charlas o bromas. Allí siempre reinaba un clima de peligro incipiente, de hombres serios enfrascados en una tarea seria. Los agentes del comisario Dalgliesh disparaban en West London gracias a un acuerdo especial. Por lo general, los únicos que usaban ese espacio eran los oficiales encargados de la custodia de personalidades o miembros de la Casa Real. Más de una vida dependía de la rapidez de sus reflejos.

Kate tendía a juzgar a sus colegas masculinos por su conducta durante las prácticas de tiro. Massingham no soportaba que ella lo aventajara, lo que rara vez ocurría.

Las pruebas no pretendían ser una competición, y los agentes debían preocuparse exclusivamente por sus propios logros. Sin embargo Massingham no podía evitar mirar los resultados de Kate, y no se mostraba generoso si superaban los suyos. Había crecido entre armas y no concebía que una mujer, sobre todo si se había educado en la ciudad, como Kate, manejara un arma con eficacia. Daniel Aaron, por el contrario, consideraba las prácticas una parte necesaria de su trabajo, y le resultaba indiferente que Kate se destacara, siempre y cuando él obtuviera las calificaciones reglamentarias. Su sustituto desde hacía tres meses, Piers Tarrant, ya había demostrado ser mejor tirador que sus predecesores. Kate todavía no sabía cuánta importancia concedía a ese hecho y si le molestaría que ella lo aventajara.

Era una de las muchas cosas que aún debía averiguar sobre él. Llevaban trabajando juntos apenas tres meses, y en ese tiempo no se había presentado ningún caso complicado. Kate sentía curiosidad por Piers, que se había incorporado al equipo de Dalgliesh procedente de la Brigada de Arte y Antigüedades, creada para investigar el robo de obras de arte. Aunque esta brigada se consideraba un grupo de elite, él había pedido el traslado. Kate había recabado cierta información. En la policía resultaba difícil proteger la intimidad, pues los rumores y cotilleos pronto desvelaban los secretos que algunos se empeñaban en guardar. Gracias a eso se había enterado de que Piers tenía veintisiete años y vivía en un piso en la City, desde donde se trasladaba a diario en bicicleta hasta New Scotland Yard, lo que justificaba diciendo que no necesitaba ir a trabajar en coche cuando disponía de tantos en el cuerpo. Se rumoreaba que era un experto en las iglesias de Wren en la City. Tarrant se tomaba su profesión bastante a la ligera, con una despreocupación que Kate, tan responsable con su tarea, a veces no juzgaba apropiada. A ella le intrigaban sus ocasionales cambios de humor, que pasaba de la jocosidad sarcástica a un mutismo ausente que no contagiaba tristeza, como la melancolía, pero tenía el efecto de hacerlo inaccesible.

Kate se detuvo en la puerta del cubículo de cristal del encargado de las armas y observó cómo Piers cumplía con los trámites reglamentarios, estudiándolo como si lo viera por primera vez. Medía menos de metro ochenta, de modo que no era alto, y a pesar de su agilidad la corpulencia de sus hombros y largos brazos le otorgaban el aspecto de un boxeador. Su boca, bien perfilada, reflejaba sensibilidad y sentido del humor. Incluso cuando apretaba los labios, como ahora, irradiaba una jovialidad interior difícil de contener. La nariz, algo gruesa, y los ojos hundidos bajo las cejas sesgadas le conferían un ligero aire irónico. Un mechón rebelde de su cabello castaño y grueso caía sobre su frente. Era menos apuesto que Daniel, pero desde su primer encuentro con él Kate había llegado a la conclusión de que era uno de los agentes con mayor atractivo sexual de los que habían trabajado con ella. Había sido un descubrimiento turbador, pero ella jamás permitiría que se convirtiera en un problema. No estaba dispuesta a mezclar su vida sexual con la profesional. Había visto demasiadas carreras, vidas y matrimonios truncados después de que sus protagonistas se aventuraran por la peligrosa senda de la seducción.

Un mes después de que él se uniera a la brigada, no había resistido la tentación de preguntarle:

—¿Por qué decidiste entrar en la policía?

No era propio de Kate arrancar confidencias, pero él no se había mostrado molesto por su curiosidad.

—¿Por qué no?

—¡Venga, Piers! Te licenciaste en teología en Oxford. No eres el típico poli.

—¿Debería serlo? ¿Lo eres tú? Además, ¿quién es un poli típico? ¿Yo? ¿Tú? ¿Adam Dalgliesh? ¿Max Trimlett?

—Las razones de Trimlett están muy claras. Es un

deslenguado y un machista asqueroso. Le gusta el poder y pensó que en la policía lo obtendría. No cabe duda de que carece de la inteligencia necesaria para dedicarse a otra cosa. Deberían haberlo expulsado después de la última queja, pero no estábamos hablando de Trimlett, sino de ti. Si prefieres no contestar, lo comprendo. Es tu vida. No tengo ningún derecho a interrogarte.

—Piensa en las alternativas. ¿La enseñanza? No con los jóvenes de hoy día. Si tengo que aguantar los golpes de unos patanes, prefiero que sean adultos, pues al menos puedo defenderme. ¿El derecho? Demasiada competencia. ¿La medicina? Diez años de esfuerzos para al final pasarte la vida sentado, escribiendo recetas en una consulta llena de neuróticos depresivos. Además, soy demasiado aprensivo. No me importa ver cadáveres, pero no me gusta ver morir a nadie. ¿Un trabajo de administrativo en la City? Demasiado precario, y además no sé sumar. ¿Un puesto de funcionario? Aburrido y respetable, pero dudo de que me aceptaran. ¿Se te ocurre alguna otra opción?

—Sí, podrías ser modelo.

Kate pensó que se había excedido. Sin embargo, él había replicado con toda naturalidad:

—No soy fotogénico. ¿Y qué me dices de ti? ¿Por qué te uniste al cuerpo?

Era una pregunta justa, y Kate podría haber respondido: «Para largarme de un piso en la séptima planta de Ellison Fairweather Buildings. Para disponer de dinero, independencia y la posibilidad de escapar de la pobreza y las complicaciones. Para huir del olor a orina y fracaso. Necesitaba un trabajo que me ofreciera oportunidades y que considerara que valía la pena. Por la seguridad que brindan el orden y las jerarquías.» En cambio, se limitó a contestar:

—Para ganarme la vida honradamente.

—Ah. Sí, así empezamos todos, incluso tal vez Trimlett.

El instructor se aseguró de que utilizaran Smith and Wesson del 38, no Glocks. Les entregó las armas, protectores para los oídos, las primeras balas para cargar a mano, pistoleras con un bolsillo para la munición y un cargador automático. Luego los miró desde su ventana mientras se dirigían a la galería, donde los aguardaba un colega.

Sin hablar, limpiaron las armas con un paño e introdujeron las primeras seis balas.

El oficial dijo:

—¿Listos? ¿Señorita? ¿Señor? Setenta salvas para clasificarse, desde tres a veinticinco metros. Exposición de dos segundos.

Los agentes se colocaron los protectores para los oídos y se situaron a ambos lados del oficial, en la marca de tres metros. Contra la pared de color rosa oscuro había una fila de once dianas negras con forma de persona agachada, con un arma en las manos y un círculo blanco que señalaba el objetivo. Se les dio la vuelta a las siluetas para que sólo se vieran los dorsos blancos y sin marcas, y cuando el oficial dictó la orden se giraron de nuevo. De inmediato el aire vibró con los disparos. A pesar de los protectores, la primera detonación siempre sorprendía a Kate por su ensordecedora intensidad.

Después de las seis primeras salvas, procedieron a examinar las dianas y pegaron círculos adhesivos blancos sobre cada agujero. Kate comprobó con satisfacción que los suyos se agrupaban en el centro del objetivo. Se proponía trazar un limpio dibujo concéntrico, que en más de una ocasión había estado a punto de conseguir. Miró a Piers, que estaba concentrado colocando sus pegatinas, y observó que había realizado un buen trabajo.

Retrocedieron hasta la línea siguiente y, tras repetir varias veces la secuencia de disparar, examinar las dianas, recargar, volver a tirar y a inspeccionar las dianas, llegaron a la línea que señalaba los veinticinco metros. Al final de las setenta salvas, el instructor sumó y apuntó los resultados. Ambos se habían clasificado, y Kate había obtenido una puntuación más alta.

Piers habló por primera vez:

—Enhorabuena. Si sigues así, te llamarán para proteger a la familia real. Piensa en las magníficas fiestas en los jardines del palacio.

Revisaron las armas y el equipo, recibieron las tarjetas de clasificación firmadas y, cuando se dirigían al ascensor, oyeron el teléfono.

El oficial de armas asomó la cabeza fuera de su cubículo y exclamó:

—Es para usted, señorita.

Kate reconoció la voz de Dalgliesh al otro lado de la línea:

—¿Piers está con usted?

—Sí. Acabamos de superar la prueba de tiro.

—Se ha denunciado una muerte extraña en el número 8 de Pawlet Court, en Middle Temple. Cojan su equipo; nos encontraremos allí. La muerta es una abogada criminalista, Venetia Aldridge. La puerta de Tudor Street estará abierta y custodiada. Allí les indicarán dónde aparcar.

—¿El Temple? —preguntó Kate—. ¿No es jurisdicción de la policía de la City, señor?

—En circunstancias normales, sí, pero nos han autorizado a intervenir. Será un acto de cooperación. En realidad, el límite entre Westminster y la City atraviesa el centro del número 8. El juez lord Boothroyd y su esposa viven en un piso en la última planta y se dice que la mitad de su dormitorio está en Westminster y la otra mitad en la City. El matrimonio está fuera de Londres, lo que nos ahorrará complicaciones.

—Muy bien, señor, vamos hacia allí.

Mientras bajaban en el ascensor, Kate informó a Piers.

—De modo que tendremos que trabajar con los gi-

gantes de la City —comentó él—. Vete a saber dónde re-
clutan a esos grandullones. Tal vez los críen especialmente. A propósito, ¿qué se nos ha perdido a nosotros allí?

—Han asesinado a una abogada importante. El juez
y su esposa viven arriba, sobre los sagrados recintos de
Middle Temple. No es precisamente el escenario habitual de un crimen.

—Ni los sospechosos habituales —repuso Piers—. Si
a eso le añades que sin duda el presidente de las cámaras
conoce al comisario, será un trabajo agradable para Adam
Dalgliesh. Entre interrogatorio e interrogatorio a los abogados, tendrá ocasión de contemplar las efigies del siglo XIII de la iglesia. Cabe incluso la posibilidad de que se
inspire para un pequeño libro de poemas. Ya es hora de
que escriba uno.

—¿Por qué no se lo sugieres? Me gustaría ver cómo
reacciona. ¿Quieres conducir o prefieres que lo haga yo?

—Tú, por favor. Quiero llegar allí sano y salvo. Esos
estallidos me han crispado los nervios. Detesto los ruidos
fuertes, sobre todo cuando los provoco yo.

Mientras se abrochaba el cinturón de seguridad, Kate
declaró:

—Ojalá supiera por qué me apasiona disparar. No me
atrae la idea de matar a un animal, y mucho menos a un
hombre, pero me chiflan las armas. Me encanta usarlas,
tener una Smith and Wesson en las manos.

—Te gusta disparar porque lo haces muy bien.

—No creo que sea sólo eso. También tengo otras
habilidades. Empiezo a pensar que las prácticas de tiro
producen adicción.

—A mí no —replicó Piers—, claro que no soy tan
bueno como tú. Las actividades en las que destacamos nos
proporcionan una sensación de poder.

—De modo que crees que todo se reduce a eso, ¿eh?
Al poder.

—Desde luego. Empuñas un objeto capaz de matar.

¿Qué otra cosa puede darte, aparte de una sensación de poder? No me extraña que cree adicción.

No era una conversación agradable. Kate se esforzó por olvidar la práctica de tiro. Estaban a punto de embarcarse en una nueva misión. Como de costumbre, sintió en sus venas el cosquilleo de euforia que experimentaba con cada nuevo caso. Como tantas otras veces, pensó que era afortunada. Tenía un empleo con el que disfrutaba y que desempeñaba bien, un jefe a quien apreciaba y admiraba. Y ahora se presentaba un caso de asesinato que prometía emoción, interés humano, el desafío de la investigación y la satisfacción del éxito final. Por desgracia alguien tenía que morir para que ella se sintiera así. Y ese sentimiento tampoco era agradable.

13

Dalgliesh fue el primero en llegar al número 8 de Pawlet Court. La plazoleta estaba silenciosa y desierta bajo la creciente luz de la mañana. El aire despedía un aroma dulzón y estaba cargado de un ligero rocío que presagiaba otro día demasiado caluroso para la época. Sólo unas pocas hojas se habían marchitado, adquiriendo el tono entre marrón y dorado propio de su declive otoñal. Mientras Dalgliesh enfilaba la plazoleta portando el equipo de investigación de homicidios, que ofrecía la engañosa apariencia de un maletín ortodoxo, se preguntó cómo lo vería un transeúnte cualquiera. Quizá lo confundiera con un abogado que acudía allí para atender una consulta sobre un pleito. Sin embargo no había nadie a la vista. En el lugar reinaba una calma expectante, tan ajena al ruidoso tráfico de Fleet Street y el Embankment que tuvo la impresión de hallarse en el patio de una catedral de provincias.

La puerta del número 8 se abrió en cuanto Dalgliesh se acercó a ella. Naturalmente, lo esperaban. Una mujer joven, cuya cara hinchada y enrojecida evidenciaba que había estado llorando, susurró un saludo casi inaudible antes de desaparecer a la izquierda de la puerta, donde se sentó detrás del mostrador de recepción con la mirada perdida. Tres hombres salieron de una habitación situada a la derecha del vestíbulo y Dalgliesh reconoció con sorpresa al patólogo forense, Miles Kynaston.

Tras estrecharle la mano preguntó:

—¿Qué hace aquí, Miles? ¿Ha tenido una premonición?

—No; simple coincidencia. Me habían citado en las cámaras E. N. Mumford, en Inner Temple. La semana próxima declararé como perito de la defensa en el caso Manning, en el Tribunal Central de lo Criminal de Londres.

Se volvió para presentar a sus acompañantes: Hubert Langton, presidente de las cámaras, y Drysdale Laud, con quienes Dalgliesh había coincidido con anterioridad. Laud le estrechó la mano con la cautela de alguien que duda de la conveniencia de mencionar un encuentro previo.

—Está en su despacho de la primera planta, exactamente encima de donde estamos —explicó Langton—. ¿Quiere que lo acompañe?

—Quizá más tarde. ¿Quién la encontró?

—Nuestro secretario general, Harry Naughton, cuando llegó esta mañana alrededor de las nueve. Ahora está en su despacho con uno de sus ayudantes, Terry Gledhill. De momento, sólo se ha presentado otro empleado, la señorita Caldwell, que le ha abierto la puerta. El resto del personal y los miembros de las cámaras vendrán de un momento a otro. No creo que pueda impedir a los abogados entrar en sus despachos, pero tal vez convendría enviar a los administrativos a casa. —Miró a Laud como si buscara apoyo.

—Por supuesto, todos estamos dispuestos a cooperar —intervino Laud—, pero hemos de realizar nuestro trabajo.

—Sin embargo, la investigación del homicidio, en caso de que lo sea, tendrá prioridad —señaló Dalgliesh con calma—. Tendremos que registrar las cámaras, y cuanta menos gente haya, mejor. No nos gusta perder el tiempo ni hacérselo perder a los demás. ¿Hay algún despacho que podamos usar para los interrogatorios?

—Pueden utilizar el mío —respondió Langton—, que está en la segunda planta, al fondo, o bien la recepción; si cerramos las cámaras por la mañana, quedará libre.

—Gracias, utilizaremos la recepción. Mientras tanto, sería conveniente que ustedes permanecieran juntos hasta que hayamos examinado el cadáver. Los detectives Kate Miskin y Piers Tarrant están en camino con el resto del equipo. Tendremos que restringir el paso a una parte de la plaza, pero espero que no sea por mucho tiempo. Entretanto, me gustaría disponer de una lista de todos los miembros de las cámaras y sus direcciones, además de un mapa de Middle Temple con todas las entradas y, de ser posible, un plano de este edificio, donde se indique quién ocupa cada despacho.

—Harry tiene un mapa de Middle Temple en el que creo están señaladas las entradas —informó Langton—. Pediré a la señorita Caldwell que elabore una lista de los miembros, y también del personal administrativo, por supuesto.

—¿Y quién tiene la llave? —preguntó Dalgliesh.

Langton la sacó de su bolsillo y se la entregó.

—Después de ver el cadáver cerré la puerta exterior y la interior —explicó—. Esta llave abre las dos.

—Gracias. —Dalgliesh se volvió hacia Kynaston—. ¿Subimos, Miles?

Le resultaba curioso, aunque no sorprendente, que Miles lo hubiera esperado para subir a ver el cadáver. Miles reunía todas las virtudes de un buen forense. Acudía con prontitud, trabajaba sin quejas ni remilgos, por incómodo que fuera el escenario del crimen o repugnante el cadáver en descomposición. Hablaba poco, pero siempre iba al grano, y por fortuna no hacía gala del humor negro con que algunos de sus colegas —y no siempre los menos distinguidos— procuraban demostrar su indiferencia ante los detalles más morbosos de las muertes violentas.

Siempre llevaba el mismo atuendo, independientemente de la estación del año en que se encontraran: un traje de *tweed* con chaleco y una camisa fina de lanilla con las puntas del cuello abotonadas. Mientras ascendía por la escalera detrás de él, Dalgliesh observó su andar desgarbado y pensó en el contraste entre su torpe corpulencia y la precisión y delicadeza con que introducía los dedos, revestidos con la segunda piel de los guantes de goma, en las sumisas cavidades de los cuerpos; en la reverencia con que ponía sus experimentadas manos sobre la carne profanada.

Los cuatro despachos de la primera planta tenían puertas exteriores de roble macizo, protegidas con barras de hierro. Detrás de la que conducía a la oficina de Venetia, se alzaba otra puerta con cerradura pero sin cerrojo de seguridad. La llave giró con facilidad, y al entrar Dalgliesh pulsó el interruptor de la izquierda para encender la luz.

La escena que encontró era tan grotesca que parecía salida de un espectáculo de guiñol, creada con el propósito de causar asombro y espanto. La silla se había girado, de modo que la mujer desplomada sobre ella les daba la cara, con la cabeza un poco inclinada y el mentón tocando el cuello. La coronilla de la peluca aparecía cubierta de sangre, con unos pocos rizos grises a la vista. Dalgliesh se acercó al cadáver. La sangre se había deslizado por la mejilla izquierda, había empapado la fina lana de la rebeca negra y manchado de marrón rojizo los bordes de la camisa beige. El ojo izquierdo quedaba oculto tras un coágulo de sangre viscosa que, mientras lo miraban, pareció temblar y solidificarse. El ojo derecho, nublado con la sombría impasibilidad de la muerte, parecía fijar la vista más allá de Dalgliesh, como si su presencia no fuera digna de atención. Los antebrazos de la mujer descansaban sobre los reposabrazos de la silla y las manos colgaban a los lados, con los dos dedos corazón un tanto flexionados, paralizados en un elegante gesto propio de una bailarina de ballet clásico. La falda negra dejaba al descubierto las rodillas, que estaban apretadas y giradas hacia la izquierda en una posición que recordaba a la deliberada coquetería de una modelo. Las finas medias de nailon hacían brillar las rótulas y resaltaban las curvas de las piernas largas y esbeltas. Uno de los zapatos negros de salón había caído al suelo. Las únicas joyas que lucía la mujer eran un estrecho anillo de boda y un elegante reloj de oro con esfera cuadrada, que llevaba en la muñeca izquierda.

A la derecha de la puerta había una mesa pequeña cubierta de papeles y resúmenes de pleitos atados con cinta roja. Dalgliesh dejó su maletín en el único espacio libre y sacó sus guantes de exploración. Kynaston, que como de costumbre guardaba los suyos en el bolsillo de la chaqueta, rasgó el extremo de la bolsa, se los enfundó y se acercó al cadáver, con Dalgliesh a su lado.

—Empezaré por lo más obvio —dijo el forense—. O alguien arrojó la sangre sobre la peluca en las últimas tres horas o contiene un anticoagulante. —Le palpó el cuello, le volvió la cabeza con suavidad y le cogió las manos. A continuación, levantó la peluca con sumo cuidado, se inclinó hacia el cabello, lo olfateó como si fuera un perro y volvió a colocarla con idéntica delicadeza—. El *rigor mortis* está muy avanzado. Probablemente lleva muerta entre doce y catorce horas. No hay ninguna herida visible, de lo que se deduce que la sangre no es suya.

Con extraordinaria delicadeza, sus dedos regordetes desabrocharon los botones de la rebeca negra para dejar la camisa al descubierto. Dalgliesh reparó en un corte pequeño y fino debajo del botón del lado izquierdo. La mujer llevaba sostén y las medias lunas de sus pechos se veían muy blancas en contraste con la brillante seda color crema. Kynaston colocó una mano debajo del seno izquierdo y lo sacó con delicadeza del sujetador. Se apreciaba una herida por punción, una pequeña incisión de dos centímetros, ligeramente hundida y supurante, pero sin sangre.

—Una estocada en el corazón —observó Kynaston—. O el asesino era un experto o tuvo mucha suerte. Lo confirmaré en la mesa de autopsias, pero sospecho que la muerte fue instantánea.

—¿Y el arma? —preguntó Dalgliesh.

—Un instrumento largo, fino, similar a un espadín. Una daga estrecha. Quizás un cuchillo de hoja delgada, pero no lo creo. Los dos bordes estaban afilados. Tal vez fuera un abrecartas de acero bien aguzado y puntiagudo, fuerte y con una hoja de por lo menos ocho centímetros de largo.

De pronto se oyeron unos pasos presurosos y la puerta se abrió. Dalgliesh y el forense se volvieron, ocultando con sus cuerpos el cadáver. El hombre que apareció en el umbral temblaba de rabia y su rostro era una máscara de furia. Sostenía en la mano un recipiente parecido a una bolsa de agua caliente transparente.

—¿Qué ocurre aquí? —les preguntó sacudiendo la bolsa—. ¿Quién se ha llevado mi sangre?

Dalgliesh se hizo a un lado sin responder. En otras circunstancias la escena habría resultado cómica. El recién llegado miró el cadáver con una paródica expresión de incredulidad. Abrió la boca para decir algo, pero se lo pensó mejor y entró en el despacho con sigilo, como si el cadáver fuera un espejismo que desaparecería si se atrevía a mirarlo de cerca.

—Alguien tiene un extraño sentido del humor —añadió con voz serena—. ¿Qué hacen ustedes aquí?

—Creía que era evidente —contestó Dalgliesh—. Éste es el doctor Kynaston, patólogo forense, y yo soy Dalgliesh, de New Scotland Yard. ¿Pertenece usted a las cámaras?

—Sí, me llamo Desmond Ulrick.

—¿Y cuándo ha llegado?

Ulrick mantenía la mirada fija en el cuerpo, con una expresión que Dalgliesh habría calificado de curiosidad más que de horror.

—A la hora habitual —respondió—. Hace diez minutos.

—¿Y nadie lo detuvo?

—¿Por qué habían de hacerlo? Como ya he dicho, soy miembro de estas cámaras. Me extrañó que la puerta estuviera cerrada, pero como tengo llave no me preocupó. La señorita Cadwell estaba en su escritorio, como de costumbre; no vi a nadie más. Bajé a mi despacho, en la parte trasera del sótano. Hace unos minutos abrí el frigorífico para buscar leche y descubrí que la bolsa de sangre había desaparecido. Me extrajeron sangre hace tres días para una operación sin importancia a la que me someterán el sábado.

—¿Cuándo metió la bolsa en el frigorífico, señor Ulrick?

—El lunes al mediodía. Vine aquí directamente desde el hospital.

—¿Y quién sabía que estaba allí?

—La señora Carpenter, la asistenta. Le dejé una nota para advertirle que no limpiara el frigorífico. También se lo comenté a la señorita Caldwell, por si se le ocurría guardar leche en mi nevera. Estoy seguro de que se lo habrá contado a todo el mundo. Es imposible mantener algo en secreto en las cámaras. Será mejor que se lo pregunte a ella. —Tras una pausa, añadió—: Por su presencia y la de su colega, deduzco que la policía sospecha que ésta no es una muerte natural.

—Creemos que es un homicidio, señor Ulrick —indicó Dalgliesh.

Ulrick hizo ademán de dirigirse hacia el cadáver, pero luego se volvió hacia la puerta.

—Como ya sabrá, Venetia Aldridge sabía mucho de crímenes, pero supongo que no esperaba verse personalmente involucrada en uno. La echaremos de menos. Y ahora, si me disculpan, bajaré a mi despacho. Tengo asuntos que resolver.

—El señor Langton y el señor Laud están en la biblioteca —informó Dalgliesh—. Le agradecería que se reuniera con ellos. Tendremos que registrar su despacho para buscar huellas dactilares. Le avisaré en cuanto esté libre.

Por un momento temió que Ulrick protestara. En lugar de eso el abogado levantó la bolsa e inquirió:

—¿Qué hago con esto? Ya no me sirve para nada.

—Yo lo guardaré, gracias —respondió Dalgliesh tendiendo las manos enguantadas.

La llevó hasta la mesa del rincón y la introdujo en una bolsa para pruebas. Ulrick lo miró, de pronto reacio a marcharse.

—Ya que está aquí —agregó Dalgliesh—, quizá pueda decirme algo de la peluca. ¿Es suya?

—No. No aspiro a convertirme en juez.

—¿Cree que pertenece a la señora Aldridge?

—Lo dudo. Pocos abogados poseen el uniforme completo. Supongo que se puso una cuando ascendió a consejera del reino. Quizá sea de Hubert Langton, que conserva la de su abuelo para prestársela a los abogados que obtienen la toga de seda. La guarda en una caja metálica en el despacho de Harry Naughton, el secretario general. Él se lo confirmará.

Kynaston se quitó los guantes y sin prestar atención a Ulrick, se dirigió a Dalgliesh:

—Ya no tengo nada que hacer aquí. Esta noche, a las ocho, practicaré un par de autopsias. Podría hacerle un hueco entonces.

Cuando se disponía a marcharse se topó con Kate Miskin en la puerta.

—Los dactiloscopistas y los fotógrafos ya han llegado, señor.

—Bien, Kate. Quédese aquí, por favor. ¿Piers ha venido con usted?

—Sí, señor. Está con el sargento Robbins; van a acordonar esta parte de la plaza.

Dalgliesh se volvió hacia Ulrick.

—Registraremos su despacho en primer lugar. ¿Sería tan amable de reunirse con sus colegas en la biblioteca?

Ulrick obedeció con mayor docilidad de la que Dalgliesh esperaba y a punto estuvo de chocar en la puerta con Charlie Ferris, apodado el Hurón, uno de los agentes de Homicidios más experimentados de la policía metropolitana. Se decía que era capaz de identificar a primera vista hilos que por lo general sólo se veían con un microscopio, y de oler un cadáver a cien metros de distancia. Lucía el traje de investigador que en los últimos meses había reemplazado a su anterior y excéntrico atuendo de pantalones blancos, cortos casi hasta la entrepierna, y jersey de chándal. Ahora llevaba una estrecha chaqueta de algodón, pantalones largos, zapatillas de deporte blancas y el habitual gorro de natación, encajado hasta las orejas para evitar contaminar el escenario del crimen con sus cabellos. Se detuvo un momento en el umbral, como si pretendiera estudiar la habitación y su potencial antes de iniciar su meticulosa búsqueda a cuatro patas.

—La felpa de la alfombra está levantada en la derecha de la puerta —informó Dalgliesh—. Es posible que la mataran allí y luego la arrastraran hasta la silla. Quiero que protejan y fotografíen esa parte del suelo.

—Sí, señor —murmuró Ferris sin apartar la vista de la parte de la alfombra que estaba examinando. Esas marcas no se le habrían escapado; las habría detectado en su momento. Ferris tenía su método personal de trabajo.

Los dactiloscopistas y los dos fotógrafos entraron en el despacho e iniciaron su labor en silencio. Estos últimos formaban una pareja eficaz, que no perdía el tiempo en nimiedades y acababa pronto su tarea. Cuando era un joven sargento, Dalgliesh solía preguntarse qué sacarían en limpio de su observación casi diaria de la inhumanidad del hombre contra el hombre, y si al realizar fotografías en sus horas libres, inocentes instantáneas de vacaciones o celebraciones familiares, se les aparecerían las imágenes de muertes violentas. Cuidando de no estorbarlos, Dalgliesh comenzó a examinar el despacho, seguido de Kate.

El escritorio era antiguo, de caoba maciza, con el tablero forrado en piel y la pátina de años de encerado en la madera. Los tiradores de bronce de los cajones eran los originales. En el cajón superior de la izquierda había un bolso negro de piel con un cierre dorado y una correa estrecha. Al abrirlo descubrió que contenía un talonario de cheques, una cartera con tarjetas de crédito, un monedero con veinticinco libras en billetes y algunas monedas, un pañuelo limpio y doblado de algodón blanco y varios llaveros.

—Por lo visto llevaba las llaves del coche y las de su casa en un llavero, y las de las cámaras y este despacho en otro —observó Dalgliesh—. Es extraño que el asesino cerrara las dos puertas y se llevara las llaves. Habría sido más lógico que las dejara abiertas para dar la impresión de que el crimen era obra de alguien que no conocía el edificio. Sin embargo, se habrá deshecho con facilidad de las llaves. Es probable que las haya arrojado al Támesis o a una alcantarilla.

No encontró nada interesante en los dos cajones inferiores: había papel de carta, sobres, blocs de notas, una caja de madera con una colección de bolígrafos, dos toallas pequeñas dobladas y un neceser que contenía jabón, un cepillo de dientes y dentífrico; en un estuche más pequeño había maquillaje: un bote pequeño de loción hidratante, una polvera y un lápiz de labios.

—Usaba productos caros, pero sólo los imprescindibles —comentó Kate.

Dalgliesh detectó en la voz de la agente un sentimiento que tantas veces había experimentado él. Eran los pequeños elementos de la vida cotidiana los que creaban el más distintivo *memento mori*.

El único papel interesante en el cajón superior derecho era una copia de un panfleto fino y mal impreso titulado *Desagravio*. Al parecer, lo distribuía una organización preocupada por las oportunidades que se brindaban a las mujeres de acceder a los puestos clave en las profesiones liberales y la industria, y en él figuraban sobre todo listas de cifras comparativas de las corporaciones y compañías más importantes y se indicaba el número total de mujeres empleadas y de aquellas que habían asumido cargos de gerencia o dirección. Dalgliesh no reconoció los cuatro nombres impresos debajo de *Desagravio*.

La secretaria era Trudy Manning, con domicilio en el nordeste de Londres. El folleto constaba sólo de cuatro páginas, la última de las cuales incluía una breve nota:

«Nos sorprende que en las cámaras del señor Hubert Langton, sitas en el número 8 de Pawlet Court, Middle Temple, sólo tres de un total de veinte abogados sean mujeres. Una de ellas es la distinguida letrada criminalista, Venetia Aldridge. Nos atrevemos a sugerir a esta profesional que demuestre un poco más de entusiasmo para garantizar un tratamiento justo a los miembros de su propio sexo.»

Dalgliesh cogió el panfleto y pidió a Ferris:

—Incluya esto entre las pruebas, por favor.

Era evidente que Venetia Aldridge había estado trabajando en el momento del crimen. Sobre su escritorio descansaban un sumario y una pila de papeles. Dalgliesh echó un vistazo al sumario y descubrió que se trataba de un caso de agresión física que se juzgaría en el Tribunal de lo Criminal en un plazo de dos semanas. Los demás papeles eran un ejemplar del boletín interno del Temple y el *Evening Standard* del día anterior. El periódico parecía intacto, pero Dalgliesh reparó en que faltaban las hojas rosas correspondientes a la sección económica. A la derecha del escritorio, en la papelera, había un sobre pulcramente abierto y dirigido a Venetia Aldridge. Dalgliesh supuso que había contenido el boletín interno.

El mobiliario del despacho, de unos cuatro metros de lado, era demasiado austero para pertenecer a un abogado. A la izquierda, una elegante estantería de caoba cubría casi toda la pared opuesta a las dos ventanas georgianas, cada una con sus doce secciones características. La estantería exhibía una pequeña colección de libros de derecho y códigos legales, debajo de los cuales se alineaba una fila de cuadernos azules. Dalgliesh sacó un par al azar y observó con interés que contenían un minucioso historial de todos los casos de Venetia Aldridge. En el mismo estante había un volumen de *Insignes juicios británicos*, donde se transcribía el de Frederick Seddon. Parecía un elemento incongruente en una biblioteca compuesta en su totalidad por tratados legales y estadísticas criminales. Dalgliesh lo abrió y leyó una breve dedicatoria escrita con letra pequeña y apretada: «A VA de su amigo y maestro, EAF.»

A continuación se acercó a la ventana de la izquierda. A la luz de una mañana que prometía ser soleada observó que se había acordonado una parte de la plaza. No vio a nadie, pero intuyó la presencia de ojos curiosos detrás de las ventanas. Examinó con rapidez el resto de los muebles. A la izquierda de la puerta había un archivador metálico con cuatro cajones y un estrecho armario de caoba. Del perchero colgaba un abrigo negro de lana fina. No encontró la toga roja; quizá la abogada se hubiese encargado de un caso y la hubiera dejado junto con su peluca en el vestuario del tribunal. Delante de la ventana había una mesa de reuniones con seis sillas, y frente a la chimenea de mármol dos sillones de piel que creaban un ambiente más acogedor para las consultas. Los únicos cuadros eran unas viñetas enmarcadas de *Spy*, con jueces y abogados del siglo XIX ataviados con togas y pelucas, y sobre la chimenea un óleo de Duncan Grant que representaba un pajar y un carro bajo un impresionista cielo azul estival y con un fondo de granjas y un maizal, todo pintado en colores

182

nítidos e intensos. Dalgliesh se preguntó si las viñetas ya habrían estado allí cuando la señora Aldridge ocupó el despacho. El Duncan Grant reflejaba un gusto más personal.

Mientras que los fotógrafos ya habían terminado y se disponían a marcharse, los dactiloscopistas seguían atareados con el escritorio y la puerta.

Dalgliesh dudaba de que detectaran huellas útiles. Cualquier miembro de las cámaras tendría razones legítimas para entrar en la oficina. Dejó a los expertos enfrascados en su labor para reunirse con los abogados que lo aguardaban en la biblioteca.

Se habían congregado cuatro hombres. El último en llegar, un individuo pelirrojo y corpulento, se hallaba de pie frente a la chimenea.

—Éste es Simon Costello —presentó Langton—. Ha querido quedarse, y como miembro de las cámaras que es no puedo prohibirle que permanezca en el edificio.

—Si no sale de esta habitación, no estorbará —le señaló Dalgliesh—. De todos modos había supuesto que estos caballeros tan ocupados preferirían trabajar en otra parte.

Desmond Ulrick, sentado en un sillón junto a la chimenea, con un libro en el regazo y las delgadas rodillas apretadas, parecía tan dócil y absorto en la lectura como un colegial obediente. Langton se encontraba junto a una ventana, Laud ante la otra, y Costello no había dejado de pasearse con nerviosismo desde la entrada de Dalgliesh. Todos, excepto Ulrick, lo observaban con interés.

—La señora Aldridge recibió una estocada en el corazón. Debo informarles de que estamos casi seguros de que se trata de un asesinato.

—¿Y el arma? —preguntó Costello con cierta agresividad.

—Todavía no se ha encontrado.

—Entonces ¿por qué dice que están casi seguros de

que ha sido un asesinato? ¿Qué otra cosa podría ser si no han hallado el arma? ¿Acaso sugiere que Venetia se apuñaló a sí misma y alguien retiró el arma del cadáver?

Langton se sentó a la mesa, como si de repente le flaquearan las piernas. Miró a Costello, suplicándole en silencio que actuara con tacto.

—En teoría —respondió Dalgliesh—, cabe la posibilidad de que la señora Aldridge se apuñalara y de que el arma se la llevara otra persona, quizá la misma que le puso la peluca. Dudo de que haya sucedido así y de hecho tratamos el caso como si fuera un homicidio. El arma utilizada ha sido una especie de estilete o una daga de hoja estrecha. ¿Alguno de ustedes ha visto un instrumento semejante? Aunque la pregunta les parezca absurda, tengo el deber de formularla.

Después de un silencio, Laud contestó:

—Venetia tenía algo parecido que usaba para abrir cartas, aunque en realidad no era una plegadera, sino una daga de acero con mango y guarnición de bronce. Me la regaló un cliente agradecido, aunque con pésimo gusto, cuando obtuve la toga de seda. Tengo entendido que la mandó fabricar con la intención de que fuera una réplica de la Espada de la Justicia. Un objeto vergonzoso. No sé qué esperaba que hiciera con él. Se lo regalé a Venetia un par de años atrás. Estaba con ella mientras abría unas cartas y se le partió la plegadera de madera. Entonces bajé a mi despacho y le llevé la daga. La había guardado en un cajón de mi escritorio y casi me había olvidado de ella. De hecho, era un abrecartas eficaz.

—¿Era afilada? —inquirió Dalgliesh.

—Ya lo creo. Además tenía una funda de piel con la punta de bronce y una especie de rosa de adorno del mismo metal. Y la daga llevaba mis iniciales grabadas en la hoja.

—No la he visto en el despacho de la señora Aldridge —informó el detective—. ¿Alguno de ustedes recuerda cuándo la vio por última vez?

Nadie respondió.

—Venetia solía guardarla en el cajón superior derecho de su escritorio, a menos que estuviera utilizándola para abrir cartas —explicó Laud—. Yo no recuerdo haberla visto en las últimas semanas.

Sin embargo, la noche anterior Venetia había abierto un sobre grueso y el papel no estaba rasgado.

—Tendremos que encontrarla —concluyó Dalgliesh—, aunque si con ella se cometió el crimen, el asesino se la habrá llevado. Huelga decir que si la hallamos, analizaremos las huellas. Eso significa que necesitaremos las huellas de cualquier persona que estuviera en las cámaras ayer por la noche.

—Con el fin de descartar sospechosos —intervino Costello—. Por supuesto, esas huellas se destruirán después.

—Usted es abogado criminalista, ¿verdad, señor Costello? Ya conoce la ley.

—Sé que hablo en nombre de todos los miembros de las cámaras al decir que cooperaremos en todo cuanto sea menester —terció Langton—. Es lógico que requieran nuestras huellas, así como que registren el edificio. Nos gustaría volver a nuestros despachos cuanto antes, pero comprendemos que hemos de esperar.

—Le aseguro que les haremos esperar lo menos posible —afirmó Dalgliesh—. ¿Quién es el pariente más cercano de la señora Aldridge? ¿Han comunicado la noticia a la familia?

La pregunta se recibió con desconcierto, casi con desolación. Una vez más no hubo respuesta. Langton miró otra vez a Laud.

—Me temo que a causa de la impresión y la urgencia por llamar a la policía nos hemos olvidado de esa cuestión —se disculpó Laud—. Venetia estaba divorciada de Luke Cummins, con quien tuvo una hija, Octavia. Por lo que yo sé, ésa era toda su familia. Llevaba once años divorciada. Su ex marido ha vuelto a casarse y vive en el campo. Si quiere la dirección, supongo que la encontrará entre los papeles de Venetia. Octavia vive en el apartamento del sótano de la casa de su madre. Acaba de cumplir dieciocho años. Nació en el primer minuto del 1 de octubre y por eso la llamaron Octavia. Venetia era una mujer muy racional. Ah, también está el ama de llaves, la señora Buckley, que esta mañana telefoneó a Harry. Me sorprende que no haya vuelto a llamar.

—¿No ha comentado Harry que él le dijo que Venetia estaba aquí? —preguntó Langton—. Supongo que el ama de llaves la esperará para cenar, como de costumbre.

—Deberían informar a la hija lo antes posible —contestó Dalgliesh—. ¿Algún miembro de las cámaras podría ocuparse de comunicarle la noticia? No me gustaría enviar a dos agentes a la casa.

Se produjo otro silencio incómodo, y una vez más los abogados miraron a Laud, que dijo:

—Yo conocía a Venetia mejor que cualquier otro compañero, pero apenas si conozco a su hija. Ninguno de nosotros la conoce. Creo que nunca ha venido por aquí. Cuando me la presentaron, me dio la impresión de que yo no le caía muy bien. Si tuviéramos un colega que fuera mujer, podría encargarse de ello, pero no es así. Creo que sería conveniente que hablara con la muchacha alguien de la policía. Dudo de que a Octavia le guste verme en estos momentos. Desde luego, si puedo servirles de algo, estoy a su disposición. —Miró a sus colegas—. Todos estamos a su disposición.

—¿La señora Aldridge solía trabajar hasta tarde en su despacho? —preguntó Dalgliesh.

Una vez más respondió Laud:

—Sí. En ocasiones se quedaba aquí hasta las diez. No le gustaba trabajar en su casa.

—¿Y quién fue la última persona que la vio ayer?

Langton y Laud intercambiaron una mirada, y tras un breve silencio Laud contestó:

—Probablemente Harry Naughton. Ha comentado que le llevó un sumario a las seis y media. Los demás ya nos habíamos marchado. De todos modos es posible que la viera alguna asistenta, la señora Carpenter o la señora Watson. Las envía la agencia de la señorita Elkington, y ambas trabajan desde las ocho y media hasta las diez los lunes, miércoles y viernes. Los demás días viene sólo la señora Watson.

Dalgliesh, al que sorprendió que Laud estuviera al corriente de esos detalles domésticos, inquirió:

—¿Y alguna de las dos tiene la llave?

Nuevamente respondió Laud:

—¿De la puerta principal? Las dos. Y también la señorita Elkington. Son mujeres de mucha confianza. Conectan la alarma antes de marcharse.

—Yo confío por completo en la integridad y honradez de las señoras de la limpieza —intervino Langton por fin.

Se produjo un incómodo silencio. Por un instante, pareció que Laud iba a hablar, pero cambió de idea y miró a Dalgliesh.

—Creo que tal vez debería mencionar algo. No sugiero que guarde relación con la muerte de Venetia, pero acaso sea un factor importante en la situación. Quizá sus agentes deban saberlo antes de ir a ver a Octavia.

Dalgliesh esperó. Notó que las palabras de Laud habían despertado curiosidad en los presentes, una expectación casi tangible.

—Octavia ha comenzado a salir con Garry Ashe —prosiguió Laud—, un muchacho al que Venetia defendió hace aproximadamente un mes. Lo acusaron de asesinar a su tía en Westway. Supongo que recordará el caso.

—Lo recuerdo.

—Al parecer, inició su relación con Octavia tan pronto

como lo liberaron. Ignoro por qué, pero Venetia sospechaba que era una especie de conspiración contra ella. Por supuesto, se sentía muy preocupada. Me comentó que pensaban prometerse o que ya se habían prometido.

—¿Mencionó si eran amantes? —preguntó Dalgliesh.

—Ella creía que no, pero no estaba segura. Era lo último que quería, desde luego. Bueno, ningún padre desearía algo así para su hija. Nunca había visto tan nerviosa a Venetia. Me pidió que la ayudara.

—¿Cómo?

—Comprando al muchacho. Sé que es una idea absurda, y se lo dije. En fin, ésa era la situación. Y allí estaba él.

—¿En la casa?

—Creo que pasaba mucho tiempo en el apartamento de Octavia.

—Noté a Venetia un tanto extraña cuando volvió de los tribunales el lunes —observó Langton—. Supongo que estaría preocupada por Octavia.

En ese momento Ulrick alzó la vista de su libro y se dirigió a Laud:

—Me gustaría saber por qué has dicho que esto era... ¿cómo lo has descrito? Sí, un factor importante en la situación.

—Garry Ashe fue acusado de asesinato —respondió el interpelado— y estamos ante otro asesinato.

—Un sospechoso muy adecuado, pero me pregunto cómo él u Octavia se enteraron de que yo guardaba sangre en la nevera o de dónde estaba la peluca. Sin duda haces bien al comunicar este hecho a la policía, pero lo cierto es que no entiendo la inquietud de Venetia. Al fin y al cabo, ese joven fue absuelto gracias a ella. Fue una defensa brillante, según me han comentado. Venetia debería haberse alegrado de que quisiera continuar en contacto con la familia. —Tras estas palabras, Ulrick volvió a concentrarse en la lectura del libro.

—Discúlpenme —dijo Dalgliesh al tiempo que salía con Kate de la sala. Una vez en el pasillo, le ordenó—: Explique a Ferris lo que buscamos y luego vaya con Robbins al domicilio de la señora Aldridge. Si puede averiguar qué hicieron la hija y Ashe ayer por la noche sin alterar demasiado a la joven, hágalo. Y pida a las asistentas, las señoras Carpenter y Watson que acudan aquí. Puesto que trabajan por la noche, es muy posible que estén en su casa. Ah, y envíe un par de agentes a la vivienda de la señora Aldridge; es probable que tengan que proteger a la chica de la prensa. Y hable con el ama de llaves, la señora Buckley, a ser posible en privado; quizás aporte algo. No se entretenga demasiado. Ya volveremos allí más adelante, y las preguntas importantes pueden esperar hasta que la hija se recupere de la impresión.

A Kate no le molestó que le diera estas órdenes ni le parecieron una irritante distracción de su trabajo de detective. Tampoco le molestaba que la tarea que le habían asignado se considerara una responsabilidad femenina. Era mejor que una mujer se enterara de una mala noticia por boca de otra, y las mujeres, con algunas excepciones notables, eran más hábiles que los hombres en estos menesteres, quizá porque habían adquirido práctica en el transcurso de los siglos.

Mientras consolaba a la hija, Kate no dejaría de observar, escuchar, pensar, evaluar. Sabía tan bien como cualquier otro agente de policía que en muchos casos la primera entrevista con un pariente de la víctima es la primera entrevista con el asesino.

14

Harry Naughton les facilitó la dirección de Venetia Aldridge. Antes de poner en marcha el coche, Kate buscó en el callejero Pelham Place, consultó el mapa y explicó al sargento Robbins:

—Después de visitar a Octavia Cummins, si la encontramos en casa, iremos a Sedgemoor Crescent, donde vive la señora Carpenter. Está en Earls Court. La otra asistenta, la señora Watson, reside en Bethnal Green. Earls Court nos queda de camino. Necesitamos hablar con una o ambas lo antes posible. Podríamos telefonear para comprobar si están en casa, pero es mejor darles la noticia cara a cara.

Pelham Place era una calle tranquila y bonita, con edificios igualmente bonitos construidos sobre terraplenes: impecables viviendas idénticas con elegantes cornisas, provistas de sótano y rodeadas de jardines cercados con vallas. La perfección de la vía y de las casas resultaba casi intimidatoria. Kate se fijó en que no había malezas; ninguna planta silvestre se atrevería a extender sus prosaicas ramas sobre las pequeñas y cuidadas extensiones de césped y los arriates de flores. La ausencia de vehículos llamaba la atención, y reinaba una paz absoluta. Kate se detuvo delante del domicilio de la señora Aldridge con el mortificante pálpito de que cuando ella y Robbins regresaran, la grúa se habría llevado el automóvil o le habrían puesto el cepo. Robbins contempló la luminosa fachada que tenía dos ventanales en la primera planta y sendos balcones con barandas forjadas y comentó:

—Bonita casa. Y bonita calle. No sabía que los abogados criminalistas ganaran tanto dinero.

—Depende del abogado. Venetia Aldridge no llevaba sólo casos de oficio. Aunque los abogados de oficio tampoco están tan mal pagados como pretenden hacer creer. De todos modos ella siempre tuvo clientes privados ricos. El año pasado se ocupó de dos casos sonados: uno por calumnias y otro por un fraude a Hacienda. El segundo duró meses.

—No lo ganaría, ¿verdad? —inquirió Robbins.

—No, pero eso no significa que no le pagaran.

Kate se preguntó por qué Venetia había escogido esa calle en particular, pero enseguida creyó comprender la razón. La estación de metro de South Kensington se hallaba muy cerca de allí y sólo había seis paradas hasta Middle Temple. Por muy congestionado que estuviera el tráfico, la señora Aldridge podía llegar a su despacho en veinte minutos.

Robbins pulsó el resplandeciente timbre metálico. Oyeron el chirrido de una cadena y una mujer mayor los miró con nerviosismo a través de la puerta entornada.

Kate le mostró su chapa.

—¿Señora Buckley? Soy la detective Miskin y éste es el sargento Robbins. ¿Podemos entrar?

La mujer retiró la cadena y abrió la puerta. La señora Buckley era menuda, con un aire timorato y una boca pequeña y bien formada entre las mejillas regordetas, que le daban la apariencia de un hámster. Tras un breve vistazo, Kate la catalogó como persona insegura, con una falsa imagen de autoritarismo que revelaba una necesidad imperiosa de hacerse respetar.

—La policía —dijo—. Supongo que querrán ver a la señora Aldridge, pero no está aquí, sino en su despacho de Pawlet Court.

—Precisamente hemos venido para hablar de ella —replicó Kate—. Nos gustaría ver a su hija. Me temo que tenemos malas noticias.

El rostro angustiado del ama de llaves palideció en el acto.

—Dios mío —exclamó—. O sea, que es cierto que ha ocurrido algo malo. —Se hizo a un lado, temblando, y señaló en silencio una puerta situada a la derecha. A continuación añadió—: Octavia y su novio están ahí. Su madre ha muerto, ¿verdad? Han venido para darnos la noticia.

—Sí —confirmó Kate—. Me temo que así es.

Curiosamente, la señora Buckley no hizo ademán de enseñarles el camino, sino que dejó que Kate abriera la puerta y entró detrás de Robbins.

Los recibió un fuerte aroma a beicon y café. Una mujer y un hombre jóvenes que estaban sentados a la mesa se levantaron al verlos y los miraron con hostilidad.

Kate tardó un par de segundos en hablar, pero durante ese breve lapso estudió a la chica, a su acompañante y la sala. Era obvio que en un tiempo había habido allí dos piezas y que se había derribado una pared para crear una sala grande con una doble función. La parte delantera era el comedor, amueblado con una mesa ovalada de madera pulida y un aparador a la derecha de la puerta. Enfrente había una chimenea antigua con estanterías a ambos lados y un cuadro al óleo en el centro. En el otro extremo se hallaba la cocina, y Kate advirtió que el fregadero y los fogones se habían instalado a la izquierda para no tapar la vista del jardín. Sus ojos y su mente registraron pequeños detalles: una fila de macetas de terracota con hierbas en el alféizar de la ventana, una colección de estatuillas de porcelana de estilo y tamaños dispares colocadas al azar en los estantes, un cerco de grasa dejado por los platos sucios en la mesa abarrotada de trastos.

Octavia Cummins era una joven esquelética pero con pechos grandes y cara de niña astuta. Sus ojos, castaños, pequeños y ligeramente rasgados bajo unas finas cejas depiladas, conferían un curioso aire de distinción a un rostro que, si no bonito, podría haberse considerado interesante de no ser por las comisuras descendentes de la boca, demasiado grande. Llevaba un vestido largo de algodón con tirantes, con motivos rojos, sobre una camiseta blanca. Ambas prendas necesitaban un buen lavado. La única joya que lucía era un anillo con una piedra roja rodeada de perlas que exhibía en el anular.

En contraste con el desaliño de la chica, el muchacho se veía agresivamente limpio. Parecía el modelo ideal para una fotografía en blanco y negro: cabello oscuro, casi azabache, tejanos negros, cara pálida y una inmaculada camisa blanca con el cuello desabrochado. Sus ojos oscuros observaron a Kate con una expresión entre insolente y apreciativa, aunque de súbito la mirada se tornó ausente, como si la detective hubiera dejado de existir.

—¿La señorita Octavia Cummins? —preguntó Kate—. Soy la detective Kate Miskin, y éste es el sargento Robbins. Me temo que traemos malas noticias, señorita Cummins. Quizá sea mejor que se siente.

La convención de que las malas noticias no debían recibirse de pie siempre resultaba útil, ya que anunciaban un desastre inminente.

—No quiero sentarme —replicó la joven—, pero usted puede hacerlo si lo desea. Éste es mi prometido, Ashe. Ah, y ésta es la señora Buckley, el ama de llaves. No creo que su presencia sea necesaria, ¿verdad?

Su voz tenía un inconfundible dejo de tedioso desdén, aunque Kate pensó que era imposible que no hubiera adivinado el motivo de su visita. La policía no se presentaba en una casa con malas noticias todos los días.

—Debería haberlo supuesto —intervino el ama de llaves—. Debería haber llamado a la policía anoche al ver que no volvía. Nunca había pasado la noche fuera sin avisarme. Esta mañana, cuando telefoneé a las cámaras, el secretario me dijo que estaba en su despacho. Pero ¿cómo iba a estar allí?

Kate no apartó la vista de la joven.

—Estaba allí —afirmó con delicadeza—, pero me temo que ya estaba muerta. El secretario, el señor Naughton, encontró el cadáver cuando llegó al trabajo. Lo lamento mucho, señorita Cummins.

—¿Mi madre ha muerto? No es posible. La vimos el martes y no estaba enferma.

—No fue una muerte natural, señorita Cummins.

—Quiere decir que fue asesinada —dijo Ashe.

No fue una pregunta, sino una afirmación. Su voz sorprendió a Kate. Aunque era corriente, le sonó artificial, como si fuera una de las muchas que podía usar a voluntad. Sin duda no había nacido con esa voz, pero ¿acaso ella sí? Ya no era la Kate Miskin que subía la compra de su abuela por siete tramos de escaleras con hedor a orina en el edificio Ellison Fairweather. No tenía el mismo aspecto. No hablaba igual. Y a veces deseaba no sentirse la misma.

—Me temo que eso parece —dijo—. No conoceremos los detalles hasta después de la autopsia. —Se dirigió otra vez a la joven para añadir—: ¿Puedo hacer algo por usted? ¿Quiere que telefonee a su médico? ¿Le apetece una taza de té?

Una taza de té. El remedio inglés para aliviar el dolor, las impresiones fuertes y la mortalidad humana. Durante su trayectoria profesional había preparado té en muchas cocinas: en pestilentes pocilgas con el fregadero lleno de platos sucios y cubos rebosantes de basura; en pulcras cocinas de barrios residenciales, pequeños templos de vida doméstica; en estancias elegantes en las que resultaba difícil imaginar a alguien guisando.

La señora Buckley miró hacia la cocina y dijo:

—¿Lo preparo?

—No quiero té —afirmó la joven—, ni ninguna otra cosa. Tampoco necesito un médico. Tengo a Ashe. ¿Cuándo murió mi madre?

—Todavía no lo sabemos con exactitud. Creemos que fue anoche.

—De modo que no podrán endilgar el crimen a Ashe, como la última vez. Tenemos una coartada. Estuvimos aquí y la señora Buckley nos sirvió la cena. Pregúntele a ella.

Se trataba de una información que Kate necesitaba, aunque por el momento no tenía intención de pedirla. No era habitual comunicar a una joven la defunción de su madre y preguntar a bocajarro si ella y su novio contaban con una coartada. No obstante no pudo evitar dirigir a la señora Buckley una mirada inquisitiva. Ésta asintió con la cabeza.

—Sí, es cierto. Preparé la cena en la cocina de abajo y estuvimos allí hasta que yo subí a mi habitación, después de fregar los platos. Debían de ser las diez y media. Recuerdo que pensé que pasaba media hora de mi horario habitual de trabajo.

Eso parecía librar a Ashe y a la joven de toda sospecha. Era imposible que hubieran llegado al Temple en menos de quince minutos, ni siquiera en una moto rápida y con las calles desiertas. Podría comprobar la hora, pero ¿para qué molestarse? A las diez y cuarenta y cinco Venetia Aldridge llevaba varias horas muerta.

—De modo que ya lo saben —dijo Octavia—. Mala suerte. Esta vez tendrán que encontrar al verdadero asesino. ¿Por qué no investigan a su amante? ¿Por qué no interrogan a ese cochino parlamentario, el señor Mark Rawlstone? Pregúntenle por qué mi madre y él discutieron el martes por la noche.

Kate se esforzó por mantener la calma.

—Señorita Cummins —dijo con serenidad—, su madre ha sido asesinada. Es nuestro deber detener al culpable, pero por el momento me preocupa más su estado, aunque es evidente que se encuentra bien.

—Eso cree usted, pero no sabe nada de mí. ¿Por qué no se larga?

De repente se derrumbó en una silla y rompió a llorar ruidosamente, de forma tan incontrolada y espontánea como una niña pequeña con una rabieta. De manera instintiva Kate hizo ademán de acercarse, pero Ashe se interpuso entre ambas y, tras situarse detrás de la silla, apoyó las manos sobre los hombros de Octavia. Kate advirtió que la chica hacía un ligero movimiento espasmódico y pensó que lo rechazaría, pero Octavia se sometió a las manos protectoras y después de unos segundos sus berridos se suavizaron hasta convertirse en sollozos.

La joven tenía la cabeza gacha y las lágrimas caían como un torrente sobre sus puños. Los oscuros e inexpresivos ojos de Ashe clavaron la mirada en los de Kate.

—Ya la ha oído. ¿Por qué no se largan? No los necesitamos aquí.

—Cuando la noticia se difunda, es probable que atraiga la atención de la prensa —informó Kate—. Si la señorita Cummins necesita protección, avísenos. Nos gustaría hablar con los dos más tarde. ¿Estará usted aquí?

—Supongo. Aquí o en el apartamento de Octavia, que está en el sótano. Prueben suerte en cualquiera de los dos sitios alrededor de las seis.

—Gracias. Les agradeceríamos que estuvieran aquí. Nos ahorrarán tiempo si no tenemos que volver.

Kate y el sargento Robbins salieron del comedor, seguidos por el ama de llaves. Al llegar a la puerta, Kate se volvió hacia ella.

—También tendremos que hablar con usted más tarde. ¿Dónde podemos encontrarla?

Las manos de la mujer temblaban y sus ojos miraron a Kate con una familiar mezcla de temor y súplica.

—Supongo que aquí. Es decir, siempre estoy aquí a partir de las seis para preparar la cena a la señora Aldridge cuando se encuentra en Londres. Tengo una habitación con lavabo en la planta superior. Claro que no sé qué ocurrirá a partir de ahora. Sospecho que tendré que mudarme. Bueno, sin duda no trabajaré para la señorita Cummins. Me figuro que venderá la casa. Sé que parece egoísta que me preocupe por mí en estas circunstancias, pero no sé qué voy a hacer. Casi todo cuanto poseo se encuentra aquí, aunque son objetos de escaso valor; un escritorio, algunos libros de mi difunto esposo, un aparador con una vajilla de porcelana que aprecio mucho. Cuando la señora Aldridge me contrató, dejé los muebles más grandes en un guardamuebles. Me cuesta creer que haya muerto, sobre todo de ese modo. Es espantoso. Un asesinato lo cambia todo, ¿verdad?

—Sí —coincidió Kate—. Un asesinato lo cambia todo.

Ya había decidido que resultaba inapropiado interrogar a la chica en esos momentos, pero con la señora Buckley era diferente. No podría averiguar gran cosa junto a la puerta, pero el ama de llaves los acompañó hasta el coche, como si no deseara dar por concluida la entrevista.

—¿Cuándo vio a la señora Aldridge por última vez? —preguntó Kate.

—Ayer por la mañana. A ella le gusta... bueno, le gustaba prepararse el desayuno; zumo de naranja, muesli y tostadas. De todos modos yo siempre bajaba para preguntarle qué debía hacer durante el día, si vendría a comer y cosas por el estilo. Se marchó poco antes de las ocho y media hacia los tribunales de Snaresbrook. Siempre me avisaba cuando salía de Londres por si alguien la llamaba aquí en lugar de a su despacho. Pero ésa no fue la última vez que hablé con ella. Anoche la telefoneé a las cámaras a las ocho menos cuarto.

Kate se esforzó por mantener la voz serena.

—¿Está segura de la hora?

—Sí; completamente. Me había propuesto esperar hasta las siete y media antes de molestarla, pero a esa hora levanté el auricular y volví a colgar. Esperé hasta las ocho menos cuarto. Estoy segura. Miré el reloj.

—¿Y habló con la señora Aldridge?

—Sí.

—¿Y qué impresión le causó?

En ese instante se oyeron unos pasos, y los tres se volvieron. Octavia Cummins corría por el sendero del jardín, mirándolos con la expresión de una niña furiosa.

—¡Llamó a mi madre para quejarse de mí! —exclamó—. Y si quiere interrogar al ama de llaves, hágalo dentro, no en la calle.

La señora Buckley ahogó una exclamación de asombro y, sin añadir nada más, dio media vuelta y echó a andar hacia la casa con paso rápido. La joven miró a Kate y a Robbins por última vez antes de seguir al ama de llaves y cerrar con un portazo.

Mientras se abrochaba el cinturón de seguridad, Kate comentó:

—No hemos llevado muy bien este asunto, ¿verdad? Al menos yo. Esa chica es una bestezuela desagradable. Al verla me he preguntado por qué la gente se molesta en tener hijos.

—Las lágrimas eran sinceras —señaló el sargento Robbins. A continuación añadió en voz baja—: Comunicar malas noticias no es la parte más fácil de nuestro trabajo.

—Las lágrimas parecían producto de la impresión más que del dolor. ¿Y de verdad ha sido una mala noticia para la joven? Como hija única lo heredará todo: la casa, el dinero, los muebles y ese cuadro caro colgado sobre la chimenea, y sin duda el salón de la planta alta contiene más objetos de valor.

—No puedes juzgar a la gente por su reacción ante un asesinato —protestó Robbins—. Nunca se sabe qué piensan o sienten. A veces no lo saben ni ellos mismos.

—De acuerdo, sargento —concedió Kate—, todos sabemos que eres la cara humana de la policía, pero no te pases. Octavia Cummins ni siquiera se molestó en preguntar cómo había muerto su madre. Y recuerda su primera reacción; lo único que le preocupaba era que no endilgáramos el crimen a su prometido. Es curioso. Las jóvenes de hoy día no tienen prometidos, sino aventuras amorosas. ¿Y qué crees que busca él?

Robbins reflexionó unos segundos antes de responder:

—Creo que sé quién es Garry Ashe. Hace aproximadamente un mes lo absolvieron de la acusación de matar a su tía. La mujer apareció degollada en su casa de Westway.

»Recuerdo el caso porque un agente amigo participó en la investigación. Y hay otro detalle interesante: Venetia Aldridge se encargó de su defensa.

El coche se había detenido ante un semáforo.

—Sí, lo sé —dijo Kate—. Drysdale Laud nos informó. Debería habértelo contado. Lo siento, sargento.

Kate se reprochó aquel descuido. ¿Por qué demonios no se lo había explicado a Robbins? No era una información fácil de olvidar. Lo cierto era que no esperaba encontrar a Garry Ashe en la casa; de todos modos no tenía excusa.

—Lo siento —repitió.

El automóvil reanudó la marcha y avanzó por Brompton Road. Tras unos minutos de silencio, Robbins inquirió:

—¿Crees que existe alguna posibilidad de que la coartada sea falsa? La señora Buckley me pareció sincera.

—A mí también. Estoy segura de que decía la verdad. Además, ¿cómo iban a entrar Ashe o la chica en las cámaras? ¿Y qué me dices de la peluca y la sangre? No las habrían encontrado. Nos han dicho que Octavia nunca había puesto los pies allí.

—¿Y el supuesto amante de la señora Aldridge? ¿Será verdad o mentira?

—Mitad y mitad, supongo. Desde luego, tendremos que ir a visitarlo, y no creo que le guste. Es un parlamentario con un futuro prometedor. No está en el gabinete fantasma, pero es candidato a asesor de un ministerio. Y puede conseguir ese puesto con facilidad.

—Estás muy bien informada.

—¿Y quién no? Siempre que emiten un debate político en la tele aparece él pontificando. Echa un vistazo al mapa, por favor. Es fácil perderse en estas callejuelas y no quiero pasarme del cruce de Sedgemoor Crescent. Espero que la señora Carpenter esté en casa. Cuanto antes hablemos con esas mujeres, mejor.

15

Dalgliesh y Piers se reunieron con Harry Naughton en su despacho, pues el primero supuso que el secretario se sentiría más cómodo en el lugar donde había trabajado durante cuarenta años. Ya habían interrogado a su ayudante, Terry Gledhill, y le habían pedido que se marchara a casa.

Naughton, que debía quedarse para atender los asuntos más urgentes, estaba sentado ante su escritorio con las manos en las rodillas, y daba la impresión de estar terriblemente cansado. Aunque de estatura y constitución mediana, parecía más menudo, y su rostro, que se veía más avejentado que el resto de su cuerpo, reflejaba angustia. Llevaba el ralo cabello gris peinado hacia atrás, dejando al descubierto una frente prominente. Sus ojos tenían una expresión cansina que, según dedujo Dalgliesh, no se debía a la reciente tragedia. Su porte delataba la dignidad innata de un hombre satisfecho con su trabajo, eficaz y consciente de su valía. Vestía de forma impecable. Saltaba a la vista que su traje era viejo, pero los pantalones estaban bien planchados y la camisa recién lavada.

Dalgliesh y Piers se sentaron en medio del aparente desorden del despacho del secretario, el corazón de las cámaras. Dalgliesh intuía que aquel hombre podía facilitarle más información sobre lo que sucedía en Pawlet Court que cualquier otro miembro del personal, aunque ignoraba si se mostraría dispuesto a hacerlo.

En el suelo reposaba la caja metálica que había contenido la peluca de juez. De unos sesenta centímetros de altura, tenía las iniciales «J. H. L.» grabadas sobre un escudo borroso. Estaba forrada con una tela de seda y del fondo se alzaba una columna donde se apoyaba la peluca. La tapa estaba abierta y la caja vacía.

—Siempre se guardó aquí, al menos desde que yo me incorporé, al mismo tiempo que el señor Langton, hace casi cuarenta años. La peluca pertenecía al abuelo del señor Langton, a quien se la había regalado un amigo con ocasión de su investidura con la toga de seda. Fue en 1907.

En el despacho del señor Langton hay una fotografía de su abuelo con la peluca. Los miembros de las cámaras la tomaban prestada cuando ascendían a asesores de la Corona, como observará en las fotografías, señor.

Las fotos enmarcadas —algunas antiguas y en blanco y negro, la mayoría modernas y en color— estaban colgadas a la izquierda del escritorio de Naughton. Los rostros, todos masculinos excepto uno, solemnes, satisfechos, algunos con una amplia sonrisa y otros más serios, miraban a la cámara por encima de sus vestiduras de seda y encajes.

En algunas fotografías aparecían acompañados de familiares, en otras, tomadas en el edificio, habían sido retratados junto a Harry Naughton, rígido y lleno de orgullo ajeno. Dalgliesh reconoció a Langton, Laud, Ulrick y la señora Aldridge.

—¿La caja estaba cerrada con llave? —preguntó.

—No en los últimos tiempos; no se juzgó necesario. En cambio sí lo estaba en la época del viejo Langton. Hace unos ocho años la cerradura se rompió, y nadie vio la necesidad de repararla. Siempre se mantiene cerrada para que la peluca no se estropee, y no suele abrirse a menos que un miembro sea nombrado asesor de la Corona. En ocasiones, algún asesor la toma prestada para asistir a la ceremonia anual de la magistratura.

—¿Y cuándo se usó por última vez?

—Hace dos años, señor, cuando el señor Montague obtuvo la toga de seda. Trabaja en el anexo de Salisbury. No acude a menudo a las cámaras. Sin embargo ésa no fue la última vez que vi la peluca. El señor Costello vino a mi despacho la semana pasada y se la probó.

—¿Cuándo exactamente?

—El miércoles por la tarde.

—¿Y cómo ocurrió?

—Mientras el señor Costello miraba la fotografía de la señora Aldridge, Terry, mi ayudante, dijo algo así como: «Usted será el siguiente, señor.» Entonces Costello preguntó si la peluca del señor Langton seguía en nuestro despacho. Terry sacó la caja del armario y el señor Costello la abrió y se probó la peluca. Sólo la tuvo en la cabeza un instante. Se la puso y se la quitó casi de inmediato. Creo que fue una especie de broma, señor.

—¿Y nadie abrió la caja después?

—No, que yo sepa. Terry la guardó en el armario y no volvimos a hablar del tema.

—¿No le extrañó que el señor Costello preguntara si la peluca seguía en su oficina? —inquirió Piers—. Tenía entendido que todo el mundo sabía que se hallaba aquí.

—Supongo que así es. Es probable que fuera una pregunta retórica. No recuerdo sus palabras exactas, pero quizá dijera: «La peluca sigue aquí, ¿no?», o algo por el estilo. Supongo que él podrá informarle con mayor precisión.

A continuación repasaron la declaración inicial de Naughton sobre el hallazgo del cadáver. Aunque éste ya se había recuperado de la impresión, Dalgliesh advirtió que levantaba las manos de su regazo y comenzaba a pellizcarse con nerviosismo las rayas del pantalón.

—Usted ha actuado con asombroso aplomo en unas circunstancias terribles —comenzó Dalgliesh—. Supongo que comprenderá que nos preocupa el asunto de la sangre y la peluca, y que las pocas personas que han visto el cuerpo no deberían mencionar estos detalles a nadie.

—No diré una palabra al respecto, señor. —Después de una pausa, agregó—: Lo que más me impresionó fue la sangre. El cuerpo estaba tan frío como una estatua de mármol. Sin embargo, la sangre estaba húmeda y pegajosa. Al reparar en ello estuve a punto de perder la cabeza.

»No debería haber tocado el cuerpo, desde luego, soy consciente de ello, pero me figuro que fue un gesto instintivo para asegurarme de que estaba muerta.

—¿No se le ocurrió pensar que la sangre podía ser del señor Ulrick?

—Entonces no. Y tampoco más tarde. Debería haberme dado cuenta de que no era la sangre de la señora Aldridge. Sé que parece extraño, pero creo que intenté borrar la imagen de mi mente, que quería evitar pensar en ella.

—¿Usted sabía que el señor Ulrick tenía medio litro de sangre en el frigorífico de su despacho?

—Sí. Informó a la señorita Caldwell, y ella me lo contó. Me parece que el lunes por la tarde todo el mundo se había enterado ya; bueno, me refiero a todo el personal. El señor Ulrick se preocupa mucho por su salud. Terry comentó algo así: «Esperemos que nunca le sometan a un trasplante de corazón, o vete a saber qué nos encontraremos en su nevera.»

—¿La gente bromeaba al respecto? —preguntó Piers.

—No, pero nos sorprendía que tuviera que llevar su sangre al hospital.

Dalgliesh pareció despertar de un sueño.

—¿Le caía bien la señora Aldridge? —preguntó.

La pregunta fue tan inesperada como turbadora. La pálida tez de Naughton se ruborizó.

—No me desagradaba. Era una excelente abogada y un miembro respetado de esta cámara.

—Me parece que no le he preguntado eso —dijo Dalgliesh con tacto.

Naughton lo miró a los ojos.

—Mi tarea consiste en asegurarme de que los miembros de las cámaras reciban el servicio que merecen, no en pensar si me caen bien o mal. No conozco a nadie que le deseara ningún mal, señor, yo incluido.

—Hablemos del día de ayer. ¿Se da cuenta de que quizá sea usted la última persona que vio a la señora Aldridge con vida? ¿A qué hora fue?

—Poco antes de las seis y media. Ross y Halliwell, unos procuradores que le envían mucho trabajo, le mandaron un sumario que ella esperaba. Había pedido que se lo subiera en cuanto llegara, de modo que se lo llevé, junto con el *Evening Standard* que Jerry había salido a comprar poco después de la seis.

—¿Y el *Standard* estaba completo? ¿Nadie había cogido una parte?

—No lo creo. Parecía intacto.

—¿Y qué ocurrió?

—Nada, señor. La señora Aldridge estaba sentada a su escritorio, como de costumbre. Me despedí hasta el día siguiente y me marché.

Fui el último del personal administrativo en salir, pero no conecté la alarma, ya que vi luz en el despacho del señor Ulrick, lo que significaba que él se marcharía después que yo. La última persona que se va pone en funcionamiento la alarma, y las señoras de la limpieza la desconectan cuando entran a trabajar.

Dalgliesh lo interrogó sobre los horarios de las asistentas y Naughton confirmó la información de Laud. Las mujeres pertenecían a la agencia de la señorita Elkington, que se especializaba en la limpieza de bufetes y empleaba sólo a personas de confianza. Las asistentas eran las señoras Carpenter y Watson. Debían de haber estado allí la noche anterior a partir de las ocho y media, puesto que los lunes, miércoles y viernes trabajaban de ocho y media a diez.

—Naturalmente, hablaremos con las señoras Carpenter y Watson —explicó Dalgliesh—. De hecho una agente se dirige ahora mismo a sus casas. ¿Limpian todo el edificio?

—Sí, salvo el piso de la última planta, que pertenece al juez Boothroyd y su esposa. A veces no entran en algún despacho si su propietario lo ha cerrado con llave. No es lo habitual, pero lo hacen cuando guardan papeles confidenciales. La señora Aldridge cerraba su puerta en algunas ocasiones.

—Con una llave, según tengo entendido, no con un dispositivo de seguridad.

—No le gustaban esas cerraduras con una combinación de números, porque según decía estropeaban el aspecto de las cámaras. La señora Aldridge tenía su propia llave y yo guardaba una copia, junto con las otras de todas las oficinas, en ese armario.

Durante la conversación, habían oído el pitido intermitente del fax. Naughton miró la máquina con nerviosismo. Debían formularle una última pregunta antes de dejarlo marchar.

—Antes ha descrito con lujo de detalles lo ocurrido esta mañana —declaró Dalgliesh—. Salió de su casa en Buckhurst Hill a las siete y media para tomar el tren de costumbre. Lo lógico sería que hubiera llegado a su despacho alrededor de las ocho y media, pero no telefoneó al señor Langton hasta las nueve. ¿Qué hizo durante esa media hora?

La inesperada pregunta, que sugería que Harold ocultaba información y que había roto la rutina diaria, no podría haber resultado más indiscreta por mucho tacto que hubiera empleado Dalgliesh para plantearla. Sin embargo, la respuesta fue sorprendente.

Por un instante Naughton pareció tan culpable como si fuera responsable del asesinato, pero enseguida recuperó la compostura y dijo:

—No vine directamente a la oficina. Al llegar a Fleet Street, decidí dar un paseo para meditar sobre algunas cuestiones. No recuerdo el recorrido exacto, pero anduve por los alrededores del Embankment y el Strand.

—¿Reflexionando sobre qué?

—Asuntos personales; problemas familiares. Concretamente, me planteaba si debía aceptar una prórroga de mi contrato en caso de que me la ofrecieran.

—¿Y se la ofrecerán?

—No estoy seguro. El señor Langton mencionó tal posibilidad, pero cómo es lógico no puede tomar una decisión sin discutirla antes en la reunión de las cámaras.

—No obstante usted no preveía dificultades.

—No lo sé. Será mejor que hable con el señor Langton al respecto. Creo que algunos miembros de las cámaras opinaban que era un buen momento para un cambio.

—¿Y la señora Aldridge se contaba entre ellos? —inquirió Piers.

Naughton se volvió hacia él.

—Tengo entendido que ella prefería que hubiera un administrador en lugar de un secretario. Un par de miembros de las cámaras ya han contratado uno y están conformes con su trabajo.

—¿Usted deseaba continuar en su puesto? —preguntó Piers.

—Sí, siempre y cuando el señor Langton siguiera como presidente de las cámaras. Los dos llegamos aquí el mismo año. Sin embargo la situación es diferente ahora. Este asesinato lo cambia todo. Me temo que el señor Langton no deseará quedarse. Esto podría hundirlo. Es tan terrible para él como para las cámaras. Terrible.

De pronto pareció cobrar conciencia de la magnitud de la tragedia. Su voz se quebró y Dalgliesh pensó que estaba a punto de llorar.

Se produjo un silencio, que enseguida rompieron los pasos presurosos de Ferris al entrar en el despacho.

—Discúlpeme, señor —dijo con voz contenida—; creo que hemos encontrado el arma.

16

Los cuatro miembros de las cámaras aguardaban en la biblioteca sin apenas hablar. Langton, que había ocupado la silla de la cabecera de la mesa, más por hábito que por deseo de presidir la reunión, se sorprendió observando a sus colegas con tal curiosidad que temió que éstos la detectaran y se sintieran molestos. Los miraba como si los viera por primera vez, no como tres rostros familiares, sino como desconocidos involucrados en una catástrofe, retenidos en la sala de espera de un aeropuerto, preguntándose cómo reaccionarían los demás, extrañados por las circunstancias que los habían unido de forma fortuita. «Soy el presidente de las cámaras —se dijo—. Éstos son mis colegas, mis hermanos en la ley, y ni siquiera los conozco. Nunca los he conocido.» Evocó el día en que cumplió catorce años. Entonces se había mirado en el espejo del cuarto de baño, se había sometido a un concienzudo escrutinio y había pensado: «Éste soy yo; éste es el aspecto que tengo.» Entonces había recordado que las imágenes especulares estaban invertidas, que nunca en su vida vería la misma cara que veían los demás y que quizá sus rasgos físicos no fueran lo único imposible de conocer. Pero ¿qué puede averiguar uno de un rostro? «No hay un arte que descubra en un rostro la construcción de un alma. Fue un caballero en quien depositamos la más absoluta confianza.» *Macbeth*, la obra maldita, o al menos así opinaban los actores. La obra sangrienta. ¿Cuántos años tenía cuando la estudió en el colegio? ¿Quince? ¿Dieciséis?

Qué curioso que aún recordara esa cita cuando había olvidado tantas otras cosas.

Miró a Simon Costello por encima de la mesa. Estaba sentado en el otro extremo y se balanceaba continuamente en la silla, como si eso pudiera ayudarle a encontrar la ecuanimidad. Langton observó la cara pálida y cuadrangular, el cabello rojo dorado que destellaba a la luz del sol, los hombros corpulentos. Se parecía más a un jugador de rugby profesional que a un abogado, excepto cuando llevaba peluca. Entonces su rostro se convertía en una impresionante máscara de solemnidad jurídica. «Al fin y al cabo las pelucas nos cambian a todos —pensó Langton—. Por eso nos mostramos tan reacios a dejarlas.»

Observó a Ulrick, su cara delgada y delicada, el rebelde cabello castaño que caía sobre su frente despejada, los ojos atentos e inquisitivos detrás de las gafas con montura metálica. Sin embargo en ocasiones lo envolvía un aire de suave melancolía, incluso de sufrimiento. Tenía pinta de poeta, pero sus palabras a veces destilaban el veneno de un maestro de escuela desencantado. Permanecía sentado en un sillón cerca de la chimenea, con un libro abierto sobre las rodillas apretadas. No parecía un volumen legal, y Langton sintió una curiosidad irracional por saber qué leía.

Drysdale Laud miraba por la ventana, de modo que el presidente sólo veía la espalda de su impecable traje. De repente se volvió, arqueó un tanto las cejas con expresión interrogante y se encogió de hombros de manera casi imperceptible. Su cara estaba acaso más pálida que de costumbre, pero por lo demás ofrecía el aspecto de siempre: elegante, seguro, sereno. Langton pensó que era el hombre más apuesto de las cámaras y quizás uno de los más atractivos de la profesión, en la que la belleza física fundada en la seguridad personal no era inusual hasta que se convertía en la quisquillosa arrogancia de la vejez. La boca gruesa parecía esculpida bajo la nariz larga y recta, y el cabello rubio oscuro estaba salpicado con hebras de plata por encima de los ojos hundidos. Langton se preguntó qué relación había mantenido con Venetia. ¿Habrían sido amantes? No lo juzgaba probable. ¿No corrían rumores de que Venetia tenía una aventura con otro? ¿Un abogado? ¿Un escritor? ¿Un político? Era un personaje conocido. Sin duda había oído algo más concreto que aquella vaga reminiscencia de viejos chismorreos, quizás incluso un nombre. En tal caso, no lo recordaba, como tantas otras cosas. Se preguntó cuántos otros datos se habrían borrado de su memoria.

Apartó la vista de sus colegas y la posó en sus manos enlazadas. «¿Y qué hay de mí? —pensó—. ¿Cómo me verán? ¿Qué saben o sospechan de mí?» Por fortuna en estas trágicas circunstancias se había comportado como correspondía al presidente de las cámaras. Las palabras habían salido de su boca cuando había sido preciso. El reciente acontecimiento, con su horror y su dramatismo, había impuesto la reacción apropiada. Claro que Drysdale se había hecho cargo de la situación, pero no del todo. Él, Langton, había actuado como el presidente de las cámaras, y Dalgliesh lo había buscado a él.

Costello, el más inquieto de todos, casi derribó la silla al levantarse y comenzó a pasearse junto a la larga mesa.

—No entiendo por qué hemos de quedarnos aquí como si fuéramos sospechosos. Es evidente que el asesino no pertenece a estas cámaras. Eso no significa que sea la misma persona que la adornó con esa peluca sangrienta.

Ulrick levantó la vista y observó:

—Ese acto denota una absoluta insensibilidad. No es agradable que te saquen sangre. Yo detesto las agujas. Además, siempre existe el riesgo de infección, por pequeño que sea. Por eso siempre llevo mis propias agujas. Los donantes de sangre quieren convencernos de que es un procedimiento indoloro, y en realidad lo es; aun así nunca me ha gustado. Ahora tendré que aplazar mi operación y empezar de nuevo.

—Por el amor de Dios, Desmond —protestó Laud entre divertido e irritado—. ¿Qué importancia tiene eso? Lo único que has perdido, por mucho que te moleste, es medio litro de sangre. Venetia está muerta. Se ha cometido un asesinato en las cámaras. Desde luego, hubiera sido más cómodo para todos que la mataran en otra parte.

Costello se detuvo en seco.

—Tal vez no la asesinaron aquí —aventuró—. ¿La policía está segura de que la mataron en el mismo lugar donde la encontraron?

—Es imposible averiguar de qué esta seguro Dalgliesh —replicó Laud—. No es probable que nos confíe sus descubrimientos. Hasta que confirme la hora del fallecimiento y nuestras coartadas, nos considerará sospechosos. En todo caso es casi seguro que la apuñalaron en el lugar donde la encontraron. No imagino al asesino arrastrando el cadáver por Middle Temple hasta las cámaras con el único propósito de incriminarnos. Además, ¿por dónde iba a entrar?

Costello reanudó su paseo con pasos enérgicos.

—Bueno, eso no resulta tan difícil, ¿no? Ninguno de nosotros se preocupa demasiado por la seguridad. Nadie describiría este edificio como un lugar seguro. A menudo encuentro la puerta principal abierta cuando llego. Me he quejado más de una vez, pero todos se lavan las manos. Ni siquiera aquellos que cuentan con un dispositivo de seguridad en la puerta se molestan en usarlo. Venetia y tú, Hubert, os negasteis a instalarlo. Por eso no es de extrañar que anoche un intruso irrumpiera en el edificio y en el despacho de Venetia. Es evidente que alguien lo hizo.

—Es una teoría muy reconfortante —observó Laud—, pero sospecho que Dalgliesh opina que un desconocido no sabría dónde hallar la peluca y la sangre.

—Valerie Caldwell lo sabía —afirmó Costello—. He estado pensando en ella. Se enfadó mucho cuando Venetia se negó a aceptar el caso de su hermano. —Al observar los rostros de sus colegas, súbitamente serios, y el de Laud, con una expresión de disgusto, añadió con tono de arrepentimiento—: Bueno, era sólo una idea.

—Será mejor que te reserves tus ideas para ti —lo amonestó Laud—. Si Valerie desea mencionar ese asunto a la policía, es cosa suya. Yo, desde luego, no pienso hacerlo. La insinuación de que Valerie Caldwell está involucrada en este crimen me parece un disparate. Además, con un poco de suerte, tendrá una coartada. Todos la tendremos.

Desmond Ulrick declaró con tono de satisfacción:

—Yo no, a menos que la asesinaran después de las siete y cuarto. Me marché de aquí a esa hora, fui a casa para lavarme, dejar el maletín y dar de comer al gato, y luego cené en Rules, en Maiden Lane. Ayer fue mi cumpleaños, y desde que era un crío siempre ceno en Rules en esa fecha.

—¿Solo? —preguntó Costello.

—Desde luego. Una cena a solas es el corolario más adecuado para mi cumpleaños.

Costello inició un interrogatorio, como si actuara de fiscal en un juicio:

—¿Y por qué pasaste antes por tu casa? ¿Por qué no fuiste al restaurante desde aquí? ¿Tanto trajín sólo para dar de comer al gato?

—Y para dejar mi maletín. Nunca lo entrego en el guardarropía si llevo documentos importantes y me molesta mucho ponerlo debajo de la silla.

—¿Habías reservado mesa? —continuó Costello.

—No, pero como en Rules me conocen siempre me consiguen una. Llegué allí a las ocho y cuarto, como sin duda comprobará la policía. ¿Y me permites que te sugiera que les dejes los interrogatorios a ellos, Simon?

Ulrick volvió a concentrarse en su libro.

—Yo me marché de las cámaras poco después que tú,

Hubert —explicó Costello—, a las seis. Fui a casa y me quedé allí. Lois lo confirmará. ¿Y tú, Drysdale?

—Todo este interrogatorio es absurdo hasta que conozcamos la hora de la muerte, ¿no? —afirmó Laud con indiferencia—. Yo también me dirigí a casa y luego fui al teatro, al Savoy, para ver *When we are married*.

—Creía que la representaban en Chichester —declaró Costello.

—La han pasado al West End durante ocho semanas, hasta noviembre.

—¿Fuiste solo? ¿No solía acompañarte Venetia al teatro?

—Esta vez no. Fui solo.

—Bueno, ese local está muy cerca de aquí.

Laud se esforzó por mantener la calma.

—¿Qué insinúas, Simon? ¿Acaso sugieres que salí en el descanso, maté a Venetia y regresé a tiempo para el segundo acto? Supongo que la policía lo investigará. Me imagino a uno de los agentes de Dalgliesh saltando del asiento y corriendo por el Strand para determinar cuánto se tarda. Con franqueza, no creo que sea posible.

En ese instante oyeron que un vehículo cruzaba la plaza. Laud se acercó a la ventana.

—¡Qué furgoneta tan siniestra! Han venido para llevársela. Venetia sale de las cámaras por última vez.

Se abrió la puerta principal y sonaron unas voces masculinas procedentes del vestíbulo, seguidas de unos pasos rítmicos en la escalera.

—No me parece bien dejar que salga así —murmuró Langton.

Imaginó lo que ocurría en el despacho de la planta alta; introducirían el cadáver en un saco y lo tenderían en una camilla. ¿Le dejarían la peluca puesta o la transportarían por separado? ¿Y le rodearían la cabeza y las manos con cinta adhesiva? Recordaba haber visto algo semejante en una serie policíaca de la televisión.

—No me parece bien dejar que salga así —repitió—. Creo que deberíamos hacer algo.

Se reunió con Laud junto a la ventana y oyó la voz de Ulrick:

—¿Qué propones? ¿Que busquemos a Harry y Valerie para formar filas como si fuéramos la guardia de honor? Quizá deberíamos ponernos las togas y las pelucas para que la despedida fuera más solemne.

Todos, salvo Ulrick, se asomaron por la ventana. La policía sacó el cuerpo y lo introdujo en el furgón con rapidez y eficacia. Luego cerraron las puertas con suavidad. Los abogados continuaron mirando hasta que el sonido del vehículo se desvaneció.

Langton rompió el silencio.

—¿Conocías a Adam Dalgliesh? —preguntó a Laud.

—No muy bien. No creo que nadie lo conozca bien.

—Creí que os conocíais.

—Nos presentaron en una fiesta del antiguo comisario. Dalgliesh es el rebelde de Scotland Yard. Todas las instituciones necesitan uno, aunque sólo sea para asegurar a los críticos que conceden libertad de pensamiento a sus miembros. La policía metropolitana no quiere que se la considere un bastión de insensibilidad masculina. Un toque de excentricidad controlada siempre viene bien, sobre todo si va acompañada de inteligencia. Y desde luego Dalgliesh les resulta útil. Para empezar, es consejero del jefe de la policía, lo que puede significar mucho o nada. En este caso, creo que significa que tiene más influencia de la que cualquiera de los dos estaría dispuesto a admitir. Además, dirige una pequeña brigada, dignificada con un nombre incongruente y creada para investigar los crímenes más delicados. Por lo visto, el nuestro merece esa calificación. Supongo que es una estratagema para otorgarle cierto poder. También es un negociador hábil. Acaba de participar en un grupo de asesoramiento organizado con el fin de discutir cómo incorporar a los antiguos espías del MI5 a la policía. Parece que en las altas esferas se cuece algo importante.

De repente Ulrick alzó la vista y preguntó:

—¿Te cae simpático?

—No lo conozco lo suficiente para sentir simpatía o antipatía por él. Tengo un prejuicio tan irracional como todos los prejuicios. Me recuerda a un sargento con quien coincidí en las fuerzas territoriales. Estaba perfectamente capacitado para ascender, pero prefería permanecer entre los soldados rasos.

—¿Una especie de esnobismo invertido?

—Más bien orgullo invertido. En su opinión, seguir como sargento le ofrecía más independencia y más oportunidades para estudiar al género humano. En realidad, despreciaba demasiado a los oficiales para querer unirse a ellos. Dalgliesh podría haber ascendido con el último comandante en jefe, ¿por qué no lo hizo?

—Es poeta —apostilló Ulrick.

—Cierto, y podría ser famoso si se lo propusiera y buscara un poco de publicidad.

—Me pregunto si se da cuenta de que nosotros debemos continuar con nuestro trabajo —comentó Costello—. Al fin y al cabo, acaba de comenzar la temporada de San Miguel. Necesitamos entrar en nuestros despachos. No podremos atender a nuestros clientes mientras la policía baja y sube por las escaleras.

—No te preocupes. Dalgliesh nos tratará con consideración. Si ha de esposar a alguno de nosotros, lo hará con estilo.

—Y si el asesino tiene las llaves de Venetia, será mejor que Harry ordene que cambien la cerradura, cuanto antes, mejor.

Estaban demasiado enfrascados en la conversación para oír ruidos al otro lado de la pesada puerta, que se abrió con violencia. Valerie Caldwell entró de forma precipitada, con la cara blanca como un papel.

—Han encontrado el arma —anunció con nerviosismo—. Por lo menos creen que se trata del arma. Es el abrecartas de la señora Aldridge.

—¿Dónde la encontraron, Valerie? —le preguntó Langton.

La mujer rompió a llorar y corrió hacia él. A Langton le costó entender qué decía:

—En el cajón de mi archivador. Estaba en el último cajón de mi archivador.

Hubert Langton lanzó una mirada de impotencia a Laud, que por un segundo vaciló, y aquél temió que Drysdale no reaccionara o espetara: «Tú eres el presidente de las cámaras. Apáñatelas.» En cambio Laud se acercó a la secretaria y le rodeó los hombros con un brazo.

—Basta de tonterías, Valerie —declaró con firmeza—. Deje de llorar y escúcheme. Nadie pensará que usted mató a la señora Aldridge sólo porque hayan encontrado el arma en su archivador. Cualquiera pudo meterlo ahí. Es normal que el asesino lo escondiera antes de salir del edificio. La policía no es tonta. Así pues, conténgase y compórtese como una chica sensata. —La condujo con delicadeza hacia la puerta—. Lo que todos, incluida usted, necesitamos ahora es un buen café, de modo que sea buena y prepárelo. Tenemos café, ¿verdad?

—Sí, señor Laud. Ayer compré un paquete.

—La policía también agradecerá una taza. Traiga el nuestro en cuanto esté listo. Y sin duda tendrá que mecanografiar algún documento. Manténgase ocupada y no se preocupe. Nadie sospechará de usted.

Cuando la puerta se cerró, Costello comentó:

—Supongo que se siente culpable por aquel asunto de su hermano. Fue una estupidez enfadarse por eso. ¿Qué demonios esperaba? ¿Que Venetia se presentara con su ayudante en un pequeño tribunal del nordeste de Londres para defender a un crío acusado de traficar con unos gramos de marihuana? No debería habérselo pedido.

—Me temo que Venetia actuó con demasiada brusquedad —opinó Laud—. Debería haber mostrado un poco más de tacto. La joven se sentía muy preocupada, pues al parecer está muy unida a su hermano. Y si Venetia no podía o no quería ayudarla, alguno de nosotros habría podido echarle una mano. Tengo la impresión de que la dejamos en la estacada.

—¡Vaya por Dios! ¿Qué debíamos haber hecho? —exclamó Costello—. El chico tenía un abogado competente. Si deseaba uno mejor, podría haberse puesto en contacto con Harry para que uno de nosotros llevara el caso. Yo, por ejemplo, estaba libre.

—Me sorprendes, Simon. Pensaba que nunca accederías a presentarte en un tribunal inferior. Es una pena que no lo sugirieras en su momento.

Cuando Costello, furioso, se disponía a protestar, habló Desmond Ulrick. Todos se volvieron hacia él con sorpresa, como si hubieran olvidado su presencia.

Sin levantar la vista del libro, dijo:

—Ahora que la policía ha localizado el arma, ¿nos permitirán entrar en nuestros respectivos despachos? Me molesta que nos prohíban el paso. Ni siquiera estoy seguro de que tengan derecho a hacerlo. Tú, Simon, eres abogado criminalista. Si exijo que me dejen volver a mi despacho, ¿Dalgliesh tiene algún poder legal para impedírmelo?

—Nadie ha sugerido algo semejante, Desmond —le explicó Langton—. Los derechos legales de la policía no se cuestionan. Sólo pretendemos cooperar en la medida de lo posible.

—Desmond tiene razón —terció Costello—. Ya han hallado el abrecartas. Si creen que es el arma del crimen, no hay razón para mantenernos retenidos aquí. ¿Dónde está Dalgliesh? ¿No puedes pedir verlo, Hubert?

Langton se salvó de la necesidad de responder al abrirse la puerta. Dalgliesh entró en la biblioteca con una bolsa de plástico en la mano, la llevó hasta la mesa, extrajo un objeto del interior con las manos enguantadas y desenfundó una daga. Todos lo miraron con fascinación, como si realizara un truco de magia.

—Señor Laud, ¿puede confirmar que éste es el abrecartas que regaló a la señora Aldridge?

—Desde luego —respondió Laud—. No hay dos iguales. Encontrará mis iniciales en la hoja, debajo del nombre del fabricante.

Langton lo miró y lo reconoció. Lo había visto muchas veces en el escritorio de Venetia; incluso en alguna ocasión la había visto usarlo para abrir una carta. Sin embargo, le pareció que lo veía por vez primera. Era un objeto impresionante. La funda era de cuero negro con adornos en bronce, el mango y la guarnición del mismo metal, todo en un diseño elegante y sencillo. La delgada hoja era muy afilada. No se trataba de un juguete. Lo había creado un fabricante de espadas y no cabía duda de que era un arma.

—¿De verdad la mataron con eso? —preguntó con asombro—. Está tan limpio. Tiene el aspecto de siempre.

—Lo han limpiado con mucho cuidado —explicó Dalgliesh—. No hay huellas dactilares; de hecho no esperábamos encontrarlas. Tendremos que aguardar a los resultados de la autopsia para estar seguros, pero parece el arma del crimen. Han sido ustedes muy pacientes y supongo que ahora querrán entrar en sus despachos. Ya no hay necesidad de mantener acordonada una parte de la plaza, lo que supongo que será un alivio para sus vecinos. Les ruego que, antes de marcharse de las cámaras, hablen con un agente para informarle de dónde estuvieron ayer a partir de las seis y media de la tarde. Si tienen la bondad de ponerlo por escrito, nos ahorrarán tiempo.

Langton sintió la necesidad de hablar:

—Creo que nadie tendrá inconveniente en hacerlo. ¿Podemos ayudarle en algo más?

221

—Sí —respondió Dalgliesh—. Antes de retirarse me gustaría que me hablaran de la señora Aldridge. Ustedes cuatro debían de conocerla tan bien como cualquier otro miembro de las cámaras. ¿Cómo era?

—¿Desde el punto de vista profesional? —inquirió Langton.

—No, creo que ya sé qué clase de abogada era. Me refiero al aspecto humano, a cómo era como mujer.

Los cuatro miraron a Langton, que sintió un ataque de aprensión, casi de pánico. Los demás esperaban algo de él. La ocasión requería algo más que tópicos, pero no sabía muy bien qué. Resultaría humillante caer en la sensiblería. Por fin habló:

—Venetia era una abogada excelente. Lo digo en primer lugar porque era su cualidad más relevante para las muchas personas que deben su libertad y su reputación a su habilidad profesional. Creo además que ella también lo habría señalado en primer lugar. No es posible separar a la abogada de la mujer. La ley era lo más importante para ella. Como miembro de las cámaras, en ocasiones era una colega difícil, lo que no tiene nada de particular; todos tenemos fama de difíciles. Las cámaras se componen de un grupo de hombres y mujeres inteligentes, independientes, críticos y muy ocupados cuya profesión consiste básicamente en discutir. Sería muy aburrido si entre nosotros no hubiera excéntricos y personalidades calificables de difíciles. En determinadas circunstancias, Venetia se mostraba intolerante, hipercrítica y agresiva. Como todos nosotros. Con todo, era muy respetada. Creo que no hubiera considerado un cumplido que la describiera como una persona muy apreciada.

—¿De modo que se había granjeado enemigos?

—No he dicho eso —respondió Langton.

Laud juzgó que era el momento de intervenir:

—Ser difícil en las cámaras es casi una forma de arte en el que sin duda Venetia destacaba, pero a ninguno de nosotros se nos catalogaría de pacífico. Venetia habría sobresalido en cualquier rama del derecho, pero por alguna razón el penal le iba como anillo al dedo. Sus interrogatorios eran brillantes... Supongo que habrá tenido ocasión de comprobarlo en alguno de sus juicios.

—A veces muy a mi pesar —admitió Dalgliesh—. ¿No tienen nada más que añadir?

—¿Qué más quiere que le digamos? —preguntó Costello con impaciencia—. Acusaba, defendía, cumplía con su trabajo, y ahora, si no le importa, me gustaría continuar con el mío.

En ese momento se abrió la puerta y Kate asomó la cabeza.

—La señora Carpenter está aquí, señor, esperando que la interrogue.

17

Hacía tiempo que Dalgliesh había aprendido a no precipitarse en sus juicios, lo que valía tanto para las apariencias como para el carácter. Sin embargo, se sintió un tanto desconcertado cuando Janet Carpenter cruzó la recepción con un aire de dignidad y le tendió la mano. Dalgliesh se había puesto de pie al verla entrar y después de estrecharle la mano le presentó a Kate —a quien la mujer hizo un gesto de reconocimiento—, y la invitó a sentarse. La asistenta demostraba una gran calma, pero su rostro delgado y astuto estaba muy pálido y los experimentados ojos de Dalgliesh detectaron los inconfundibles estragos de la impresión y la tristeza.

Mientras la miraba sentarse, tuvo la sensación de que ya la conocía. La había visto muchas veces en distintas versiones y le resultaba tan familiar como los cinco minutos de campanadas dominicales de su Norfolk natal, la tómbola de Navidad o la feria estival en el jardín de la rectoría. Su ropa también le era familiar: el traje de *tweed* con la chaqueta larga y los tres pliegues de la falda, la blusa floreada que no combinaba con el traje, el camafeo en el cuello, las medias vulgares, algo arrugadas alrededor de los finos tobillos, los zapatos cómodos tan pulidos como castañas nuevas, los guantes de lana que ahora sostenía entre las manos, el sombrero de fieltro y ala estrecha. Era una de las excelentes mujeres de la señorita Barbara Pym, una raza en extinción sin duda, incluso en las feligresías de provincia, pero otrora tan características de la Iglesia

Anglicana como las oraciones vespertinas. Irritar de vez en cuando a la esposa del vicario constituía una contribución imprescindible para la parroquia, donde supervisaban la escuela dominical, confeccionaban arreglos florales, abrillantaban los utensilios de cobre, reñían a los niños del coro y consolaban a los asistentes del párroco. Dalgliesh recordaba incluso sus nombres, una triste lista llena de nostalgia: la señorita Moxon, la señorita Nightingale, la señorita Dutton-Smith. Por un instante se divirtió pensando que la señora Carpenter estaba a punto de quejarse por la selección de himnos del domingo pasado.

El sombrero con ala le impedía verle bien la cara, pero luego la mujer alzó la cabeza y su mirada se encontró con la de Dalgliesh. Sus ojos, hundidos bajo unas cejas más oscuras que el cabello gris que asomaba por debajo del sombrero, traslucían ternura e inteligencia. Era mayor de lo que él esperaba; probablemente sesentona. Su rostro sin maquillar estaba arrugado, pero la barbilla se mantenía firme. Dalgliesh pensó que era una cara interesante, aunque un mal modelo para un retrato robot, puesto que resultaría difícil diferenciarla entre un millón de rostros. Era evidente que se esforzaba por conservar el control, por contener el miedo y la angustia que el policía vislumbró fugazmente en sus ojos. También percibió algo más; por un instante detectó un vestigio de vergüenza o aversión.

—Lamento haberla hecho venir con tanta urgencia —dijo Dalgliesh—. ¿Le ha comunicado la detective Miskin la muerte de la señora Aldridge?

—Sí, pero no me ha explicado cómo ocurrió. —La voz, más grave de lo previsible, resultaba agradable.

—Creemos que la asesinaron. Hasta después de la autopsia no sabremos con seguridad cómo murió ni la hora aproximada de su defunción; en todo caso sucedió anoche. ¿Podría contarnos qué ocurrió aquí desde que usted llegó? ¿A qué hora fue?

—A las ocho y media, como siempre. Los lunes, miércoles y viernes trabajo hasta las diez.

—¿Sola?

—No. Casi siempre con la señora Watson. Debería haber venido ayer, pero la señorita Elkington me telefoneó poco después de las seis para avisarme que el hijo casado de la señora Watson había sufrido un accidente de coche y estaba herido de gravedad, de modo que su madre se marchó a Southampton, donde vive su familia.

—Aparte de la señorita Elkington, ¿alguien sabía que sólo vendría usted?

—No lo creo. La señorita Elkington me llamó en cuanto recibió el mensaje. Era demasiado tarde para encontrar una sustituta, de manera que me dijo que hiciera lo que pudiera. Naturalmente, deducirá los gastos de la cuenta mensual de las cámaras.

—Por tanto, llegó a la hora habitual. ¿Y por dónde entró?

—Por la puerta del juez, en Devereux Court. Tengo una llave de la puerta. Tomo el metro en Earls Court y me bajo en la estación Temple.

—¿Vio a alguna persona conocida?

—Sólo al señor Burch, que salía de Middle Temple Lane. Es el secretario general de las cámaras de lord Collingford. A veces trabaja hasta tarde, y cuando nos cruzamos, nos saludamos. Me dio las buenas noches. Después no vi a nadie más.

—¿Y qué ocurrió cuando llegó a Pawlet Court?

Se produjo un silencio. Dalgliesh observaba las manos de la señora Carpenter que, con el cuerpo inmóvil, estiraba con la izquierda los dedos de los guantes, uno tras otro. De pronto se detuvo, alzó la cabeza y miró más allá del policía con la expresión concentrada de alguien que intenta recordar una complicada secuencia de acontecimientos. Dalgliesh aguardó con paciencia, mientras Kate y Piers permanecían sentados a cada lado de la puerta. Al fin y al cabo, todo había sucedido la noche anterior, por lo que había algo histriónico en el aparente esfuerzo de memoria de la mujer.

—Cuando llegué no había luz en ninguno de los despachos —respondió por fin—. Sólo estaba encendida la del vestíbulo, como es habitual. Abrí la puerta principal. La alarma no estaba conectada, pero no me preocupó, porque a veces la última persona en salir olvida conectarla. Todo lo demás parecía normal. Hay un dispositivo de seguridad en la puerta de la recepción y en la del despacho del secretario general. Conozco la combinación, y el señor Naughton me avisa con antelación cada vez que la cambian, lo que sólo ocurre una vez al año. Es más sencillo para todos mantener la misma combinación de números.

Más sencillo, pero menos seguro, pensó Dalgliesh, aunque no se sorprendió. Los sistemas de seguridad se instalaban con un celo que rara vez se prolongaba más de seis meses.

—Hay otras tres puertas con dispositivos parecidos —prosiguió la señora Carpenter—, pero la mayoría de los miembros de las cámaras no se molesta en usarlos. Todos tienen llave de la puerta principal y de las de sus despachos. Al señor Langton no le gusta el aspecto de esos dispositivos y a la señora Aldridge tampoco. Bueno, tampoco le gustaba.

—¿Vio a la señora Aldridge?

—No. No había nadie en las cámaras. Al menos yo no vi ni oí a nadie. A veces algún abogado se queda a trabajar hasta tarde, y entonces dejo su despacho para el final. Pero ayer se habían marchado todos, o eso creí.

—¿Qué me dice de la oficina de la señora Aldridge?

—La puerta exterior estaba cerrada. Pensé que se había ido a casa y echado la llave, como solía hacer siempre que dejaba papeles importantes o personales. En esos casos no puedo limpiar los despachos, pero creo que a los abogados no les molesta ver un poco de polvo. Algunos no son muy ordenados. En este trabajo, una tiene que acostumbrarse a sus peculiaridades.

—¿Y está segura de que no había luz en su despacho?

—Completamente. Me habría fijado al llegar, porque su despacho da a la fachada. La única luz encendida era la del vestíbulo. La apagué antes de marcharme, después de conectar la alarma.

—¿En qué orden limpió los despachos? Me resultaría útil que describiera todo cuanto hizo.

—Cogí el paño para el polvo y la cera del armario del sótano. Como la señora Watson no estaba para ayudarme, decidí utilizar la escoba automática para alfombras en lugar de la aspiradora. Primero me ocupé de la recepción, después del despacho del secretario general. Tardé unos veinte minutos en total. Luego subí para barrer y quitar el polvo en los despachos. Entonces descubrí que el de la señora Aldridge estaba cerrado.

—¿Alguno más no estaba abierto?

—Sólo el de ella y el del señor Costello, que está en la segunda planta.

—¿No oyó ningún ruido procedente de ninguno de los dos?

—Nada. Si había alguien dentro, tenía la luz apagada y no hizo ningún ruido. Por último bajé al sótano y entré en la oficina del señor Ulrick. Siempre dejo el sótano para el final. Allí sólo están el despacho del señor Ulrick, el lavabo de señoras y el almacén.

—¿Limpiar el frigorífico del señor Ulrick forma parte de su trabajo?

—Sí. De vez en cuando me pide que me ocupe de él, y los viernes, que retire todo aquello que pueda pudrirse durante el fin de semana. Lo usa sobre todo para almacenar leche, bocadillos, agua mineral y hielo. Además, si compra comida para la cena, la mete en la nevera hasta la hora de marcharse. El señor Ulrick es muy quisquilloso con la limpieza y le gusta mantener los alimentos frescos. De vez en cuando tiene una botella de vino blanco. Además, guarda sangre para su operación en un recipiente transparente, parecido a una bolsa de agua caliente. Si no me hubiera avisado, me habría llevado un buen susto.

—¿Cuándo vio la sangre por primera vez?

—El lunes. Me dejó una nota que decía: «La sangre que hay en la nevera es para mi operación. Por favor, no la toque.» Fue un detalle por su parte advertirme, pero de todos modos me impresionó. Pensé que estaría en un frasco, no en una bolsa de plástico. Desde luego, no necesitaba pedirme que no la tocara. Yo nunca toco los papeles, por ejemplo, ni siquiera para ordenarlos, salvo las revistas de la recepción, y por supuesto jamás tocaría la sangre de nadie.

Acto seguido Dalgliesh formuló la pregunta crucial, aunque su voz, deliberadamente neutral, no delató su importancia.

—¿La bolsa de sangre estaba en el frigorífico ayer por la noche?

—Supongo que sí, porque el señor Ulrick todavía no se ha operado. Ayer no abrí la nevera. Como la señora Watson no estaba para ayudarme, me limité a hacer sólo lo indispensable. Además, tenía previsto limpiar el frigorífico el viernes. ¿Hay algún problema? ¿Ha desaparecido? ¿Insinúa que alguien la ha robado? No le serviría a nadie más que al señor Ulrick, ¿no es cierto?

En lugar de responder a sus preguntas, Dalgliesh dijo:

—Señora Carpenter, quiero que reflexione un poco antes de contestar. ¿Cree que alguien pudo salir de las cámaras sin que usted se enterara?

La mujer volvió a fruncir el entrecejo en un gesto de concentración.

—Supongo que me habría dado cuenta mientras arreglaba la recepción... la puerta estaba abierta, y aunque alguien hubiera cruzado el vestíbulo sin que lo viera, yo habría oído la puerta principal, porque es muy pesada. En cambio no estoy segura de si habría visto u oído a alguien mientras limpiaba el despacho del secretario general. Supongo que entonces alguien habría podido salir sin que yo me enterara. Por supuesto, si había alguien en el despacho del señor Ulrick o en cualquier otro sitio del sótano, pudo marcharse mientras me ocupaba de las plantas superiores. —Tras una pausa añadió—: Acabo de recordar algo, aunque no sé si será importante. Había una mujer en las cámaras poco antes de que yo llegara.

—¿Por qué está tan segura?

—Porque alguien había usado el lavabo de señoras en el sótano. La pila estaba húmeda, y el jabón, en un pequeño charco de agua. Hace tiempo que pienso en traer una jabonera para ese baño. Si no limpian la pila después de usarla, y por supuesto nunca lo hacen, el jabón se disuelve en un charco de agua junto al grifo, y es un derroche.

—¿La pila estaba muy mojada? —preguntó Dalgliesh—. ¿Le dio la impresión de que acababan de utilizarla?

—Bueno, anoche no hacía calor, de modo que no se secaría rápidamente. Además está algo embozada y el agua tarda un rato en bajar. Pedí a la señorita Caldwell y al señor Naughton que avisaran a un fontanero, pero no lo han hecho. Creo que había un centímetro de agua en la pila. Recuerdo que pensé que la señora Aldridge debía de haberla usado antes de marcharse. Casi siempre trabaja hasta tarde los miércoles, pero ella no se marchó de aquí, ¿no es cierto?

—No —le respondió Dalgliesh—. La señora Aldridge no se marchó.

Se abstuvo de mencionar la peluca. No había tenido más remedio que preguntarle si había abierto la nevera y visto la sangre, pero cuantos menos detalles conociera sobre el asesinato, mejor.

Dalgliesh agradeció la colaboración de la señora Carpenter antes de despedirse de ella. Durante toda la entrevista había permanecido sentada con la docilidad de un candidato a un empleo, y al final salió con la misma dignidad con que había entrado. Sin embargo Dalgliesh advirtió señales de alivio en su andar, más confiado, y en una casi imperceptible relajación de los hombros. Una testigo interesante. Ni siquiera había preguntado cómo había muerto Venetia Aldridge. No había demostrado la curiosidad morbosa, la mezcla de excitación y horror tan común entre los inocentes que se ven involucrados por azar en un asesinato. Las muertes violentas, como casi todas las catástrofes, proporcionaban cierta satisfacción a aquellos que no se contaban ni entre las víctimas ni entre los sospechosos. La señora Carpenter era lo bastante inteligente para comprender que, en esa etapa inicial de la investigación, tal vez figuraría en la lista de sospechosos. Eso bastaba para justificar su nerviosismo. Dalgliesh se preguntó cuál de sus colegas, Kate o Piers, comentaría qué distinta era aquella mujer de las típicas asistentas londinenses; quizá ninguno de los dos, pues ambos sabían cuánto le molestaba que encasillaran a los testigos en estereotipos, una costumbre tan perjudicial para una buena pesquisa policial como inoperante para clasificar la infinita variedad de caracteres humanos.

Piers fue el primero en hablar:

—Se cuida las manos, ¿verdad? Nadie pensaría que se gana la vida limpiando. Supongo que emplea guantes de goma, aunque este dato no nos resulta muy útil, ya que será lógico encontrar sus huellas en cualquier lugar del edificio. ¿Cree que ha dicho la verdad, señor?

—Supongo que la mezcla habitual: alguna verdad y alguna omisión. Oculta algo.

Había aprendido a desconfiar tanto de la intuición como de los juicios superficiales, pero un detective con muchos años de experiencia siempre adivinaba cuándo un testigo mentía. A veces las mentiras no eran sospechosas ni significativas, pues casi todo el mundo tiene algo que ocultar. Y sólo un optimista confiaría en descubrir toda la verdad en una primera entrevista. Un sospechoso listo respondía las preguntas y se reservaba su opinión; sólo los incautos confundían a la policía con asistentes sociales.

—Es una pena que no abriera el frigorífico —observó Kate—, siempre y cuando haya dicho la verdad, claro. Y es extraño que no preguntara por qué teníamos tanto interés por la sangre de Ulrick. Por otro lado, si se la llevó ella, era más prudente decir que no había abierto el frigorífico que decir que lo había abierto y no estaba allí. Si supiéramos que la sangre ya había desaparecido, podríamos asegurar que la señora Aldridge murió antes de la llegada de la señora Carpenter.

—Ésa es una conclusión algo apresurada —repuso Piers—. Tal vez le arrojaron la sangre mucho después de matarla. Sin embargo, contamos con dos certezas: quienquiera que decorara el cadáver de manera tan teatral sabía dónde estaba la peluca y que Ulrick guardaba sangre en el frigorífico. La señora Carpenter debía de estar al corriente del paradero de la peluca y ha admitido que sabía lo de la sangre.

Dalgliesh se volvió hacia Kate.

—¿Cómo reaccionó cuando usted y Robbins le comunicaron la noticia de la muerte? ¿Estaba sola?

—Sí, señor. Vive en un pequeño apartamento, en la última planta. Creo que dispone de una salita y una habitación, aunque no pasamos de la salita. Estaba sola y tenía el abrigo y el sombrero puestos, pues en ese preciso momento pensaba salir de compras. Le enseñé la chapa y le anuncié que se había hallado muerta a la señora Aldridge, probablemente asesinada. Luego le pedí que viniera a las cámaras para responder a algunas preguntas. Quedó muy impresionada. Durante un momento me miró como si yo estuviera loca, luego palideció y se tambaleó. La sujeté y la acompañé a una silla. Permaneció sentada unos minutos, pero enseguida se recuperó. Después se comportó con absoluta entereza.

—¿Cree que la noticia del asesinato la sorprendió?

—Sí, señor. Creo que la sorprendió. Y estoy segura de que Robbins pensó lo mismo.

—¿Y no preguntó nada?

—No, ni en el apartamento ni en el trayecto hasta aquí. Sólo dijo: «Estoy preparada, detective. Puede empezar cuando quiera.» Durante el viaje no hablamos. Bueno, en cierto momento le pregunté si se encontraba bien y respondió que sí. Tenía las manos cruzadas en el regazo y se las miraba todo el tiempo, como si reflexionara.

El sargento Robbins asomó la cabeza por la puerta.

—El señor Langton está impaciente por verlo, señor. Le preocupa la posibilidad de que la prensa se entere de lo ocurrido o de que la noticia se difunda antes de que él tenga tiempo de comunicársela a los demás miembros de las cámaras. Y quiere saber cuánto tiempo permanecerá cerrado el edificio. Por lo visto, esperan a algunos abogados esta misma tarde.

—Dígale que me reuniré con él dentro de diez minutos. Y aconséjele que telefonee al Departamento de Relaciones Públicas. A menos que entre hoy y mañana surja una noticia bomba, ésta acaparará los titulares. Otra cosa, Robbins. ¿Qué impresión le causó la señora Carpenter cuando le explicaron lo ocurrido?

Como de costumbre, Robbins se tomó su tiempo antes de contestar:

—Parecía sorprendida e impresionada, señor, aunque... —Se interrumpió.

—¿Sí, Robbins?

—Me pareció detectar algo más, señor, tal vez culpa, o vergüenza.

18

Aunque a las tres de la tarde Dalgliesh debía asistir a una reunión en Scotland Yard para discutir las posibles consecuencias del Decreto sobre Servicios de Seguridad, él y Kate habían concertado una cita con el abogado de Venetia a las seis, en Pelham Place. Luego irían a Pimlico para entrevistarse con Mark Rawlstone.

Kate había hablado con el abogado, un tal Nicholas Farnham. Su voz era grave y poseía la mesurada autoridad de un hombre de mediana edad, por lo que ella esperaba encontrar un antiguo abogado de familia, prudente, convencional y quizá proclive a vigilar con suspicacia las actividades de la policía en casa de su cliente. Por el contrario, Nicholas Farnham, que subió por los escalones a toda prisa en el mismo momento en que la detective pulsaba el timbre, resultó ser un joven vigoroso y alegre, y no se mostró demasiado apenado por la pérdida de Venetia.

La señora Buckley les abrió la puerta y les comunicó que Octavia se hallaba en el apartamento del sótano y se reuniría con ellos más tarde. Luego los condujo a la primera planta y los invitó a pasar al salón.

Cuando el ama de llaves se hubo marchado, Dalgliesh se dirigió a Nicholas Farnham:

—Si no tiene objeción, nos gustaría echar un vistazo a los papeles de su cliente. Su presencia aquí nos resulta muy útil. Le agradezco que haya venido.

—Naturalmente, acudí aquí a última hora de la mañana —explicó Farnham— para brindar nuestra ayuda a la señorita Cummins y asegurarme de que pudiera tener acceso a la cuenta bancaria de su madre. Es lo primero que preguntan los deudos: «¿Cómo puedo retirar dinero?» Y es natural. La muerte pone fin a una vida, pero no a la necesidad de comer, pagar las cuentas y los salarios de los que quedan.

—¿Cómo la encontró? —preguntó Dalgliesh.

—¿A Octavia? Supongo que la respuesta convencional sería que sobrelleva la desgracia de un modo asombroso.

—¿Más sorprendida que afligida?

—No me parece una pregunta justa. ¿Quién puede asegurar cómo se siente otra persona en un momento así? Su madre sólo llevaba muerta unas horas. Su prometido se encontraba a su lado, lo que en realidad no ayudó mucho. Fue él quien formuló la mayor parte de las preguntas. Quería enterarse de las condiciones del testamento. Supongo que es lógico, pero me pareció una actitud insensible.

—¿La señora Aldridge lo había consultado sobre el compromiso de su hija?

—No. De hecho no tuvo mucho tiempo. Además, ¿para qué? La joven es mayor de edad. ¿Qué podíamos hacer nosotros, o cualquier otro, llegado el caso? En los escasos minutos que estuve a solas con ella esta mañana le sugerí que no era prudente adoptar decisiones importantes en momentos de confusión o dolor, pero me temo que no le gustó mi consejo. No soy un viejo amigo de la familia. Nuestro bufete ha actuado en nombre de la señora Aldridge durante doce años, sobre todo en temas relacionados con su divorcio y la escritura de la casa. Compró esta propiedad poco después de divorciarse.

—¿Y qué hay del testamento? ¿Lo redactaron ustedes?

—Sí. Firmó uno cuando se casó, pero luego decidió

modificarlo y nosotros redactamos el nuevo. Debería haber una copia en su escritorio, pero si no es así les resumiré las disposiciones. Es muy sencillo: una donación para entidades benéficas, cinco mil libras para la señora Buckley, el ama de llaves, siempre y cuando siguiera a su servicio en el momento de su muerte. Lega a Drysdale Laud dos de sus cuadros, el que está en su despacho y el Vanessa Bell que ven aquí. Todo lo demás pasará a su hija Octavia, en fideicomiso hasta su mayoría de edad.

—Tengo entendido que ya es mayor de edad.

—Sí. Cumplió los dieciocho el 1 de octubre. Ah, me olvidaba. También deja ocho mil libras a su ex marido, Luke Cummins. Teniendo en cuenta que el valor total de sus bienes, sin incluir la casa, asciende a tres cuartos de millón, es probable que él opine que podría haberle dejado algo más, o bien nada.

—¿Se mantenía Cummins en contacto con ella o con su hija? —preguntó Dalgliesh.

—Que yo sepa, no, pero como ya le he comentado, no sé mucho sobre la familia. Tengo la impresión de que ella se las ingenió para apartarlo de su vida, o quizá no necesitara apartarlo. Ese legado de ocho mil libras parece fruto del rencor, por más que nunca me pareció una mujer vengativa o mezquina. De todos modos no la conocía bien. Por supuesto, sé que era una abogada excelente.

—Ése parece ser su epitafio.

—Bueno, no es de extrañar —replicó Farnham—. Quizá sea el epitafio que ella misma habría elegido. Su profesión era lo más importante para Venetia. Fíjese en esta casa, por ejemplo. No es muy acogedora, ¿verdad? Estas habitaciones tan frías no parecen decoradas por una mujer. Su vida no estaba aquí, sino en las cámaras y en los tribunales.

Dalgliesh acercó una segunda silla al escritorio y Kate y él iniciaron un meticuloso registro de los cajones y los estantes. Farnham comenzó a pasearse por la sala, inspeccionando cada mueble como un subastador que calcula el precio de salida de sus piezas.

—Drysdale Laud debería alegrarse de que le haya legado este Vanessa Bell. Era una artista irregular, pero ésta es una de sus mejores obras. Es curioso que la señora Aldridge fuera tan aficionada a los pintores de Bloomsbury. Siempre creí que le gustaría el arte más moderno.

A Dalgliesh se le había ocurrido la misma idea. El cuadro era un bonito retrato de una mujer morena, con una larga falda roja, que contemplaba un paisaje campestre desde la ventana de una cocina. Había un aparador con una variedad de jarras y un jarrón con flores de aciano en el alféizar. Se preguntó si Drysdale Laud sabría algo de este legado y por qué Venetia se lo había dejado a él.

Farnham continuó paseándose y al cabo de unos minutos comentó:

—Extraño trabajo el suyo; husmear en los despojos de una vida, aunque supongo que uno acaba acostumbrándose.

—No del todo —replicó Dalgliesh.

Ya casi habían terminado su tarea. Si Venetia Aldridge hubiera podido predecir el momento exacto de su muerte, no habría dejado sus asuntos más ordenados. Un cajón cerrado con llave contenía los balances de sus cuentas bancarias, su testamento y toda la información sobre sus inversiones. Pagaba las cuentas a su debido tiempo, guardaba los recibos durante seis meses y luego los destruía. En un sobre marrón con la inscripción «Seguros» guardaba las pólizas de la casa y sus enseres y del coche.

—No creo que necesitemos llevarnos nada ni que tengamos nada más que hacer aquí —observó Dalgliesh—, pero me gustaría ver a la señora Buckley y a la señorita Cummins antes de marcharnos —concluyó.

—Bien, entonces ya no me necesita, de manera que me voy —dijo Farnham—. Si desean algo más, llámenme. Será mejor que hable con Octavia antes de irme. Ya le he explicado las condiciones del testamento, pero tal vez tenga alguna duda. Además, quizá precise ayuda o asesoramiento para la instrucción preliminar y el funeral. A propósito, ¿cuándo comienza la instrucción?

—Dentro de cuatro días.

—Desde luego, estaremos allí, aunque quizá sea una pérdida de tiempo. Supongo que solicitará usted un aplazamiento. Bien, adiós y buena caza.

Tras estrecharle la mano, Dalgliesh y Kate lo oyeron bajar por la escalera y hablar con la señora Buckley en el vestíbulo. No pasó mucho tiempo con Octavia, porque cinco minutos después la joven entraba en el salón. Estaba pálida, pero muy serena. Se sentó en el borde del sofá, como una niña que ha recibido instrucciones de cómo comportarse en una casa ajena.

—Gracias por su colaboración, señorita Cummins —comenzó Dalgliesh—. Revisar los papeles de su madre ha resultado muy útil. Lamento tener que molestarla en estos momentos, pero si se encuentra en condiciones de hablar con nosotros, me gustaría plantearle una pregunta.

—Estoy bien —afirmó Octavia con sequedad.

—Se trata de la discusión entre su madre y Mark Rawlstone. ¿Recuerda sobre qué conversaban?

—No. No oí lo que dijeron, sólo sus gritos. No quiero pensar en eso ni recordarlo. Y me niego a responder a otra pregunta.

—Lo entiendo. Éste es un momento terrible para usted, y lo lamento. Por favor, si recuerda algo más al respecto, avísenos. ¿Está el señor Ashe? Esperábamos verlo aquí.

—No; no está. A Ashe no le gusta la policía. ¿Le sorprende? Lo acusaron de la muerte de su tía. ¿Por qué iba a querer hablar con ustedes ahora? No tiene por qué hacerlo. Tiene una coartada. Ya lo hemos dicho.

—Si necesitamos hablar con él, llamaré —anunció Dalgliesh—. Me gustaría ver a la señora Buckley antes de marcharme. ¿Sería tan amable de decírselo?

—Vaya a buscarla a su habitación. Está en el último piso, al fondo. Yo en su lugar no le haría mucho caso.

Dalgliesh, que comenzaba a incorporarse, se sentó otra vez y preguntó con sereno interés.

—¿No? ¿Por qué, señorita Cummins?

La joven se ruborizó.

—Es una vieja.

—Y en consecuencia incapaz de pensar con lucidez, ¿acaso insinúa eso?

—Es vieja, ya se lo he dicho. No he insinuado nada.

Kate observó con satisfacción el desconcierto de la joven, pero enseguida se obligó a controlar su animadversión. La antipatía podía empañar el juicio de un policía con la misma facilidad que la parcialidad. Además, apenas hacía unas horas que Octavia se había enterado de la muerte de su madre. Fuera cual fuese la relación que mantenían, aún debía de sufrir las consecuencias de la conmoción.

De forma inesperada, Octavia repitió sus últimas palabras.

—No he insinuado nada.

La voz de Dalgliesh sonó más suave que sus palabras.

—¿No? ¿Me permite que le dé un consejo, señorita Cummins? Cuando hable con un oficial de policía, en especial si es sobre un asesinato, asegúrese de que sus palabras tengan sentido. Tan sólo pretendemos averiguar cómo murió su madre, y estoy convencido de que a usted también le interesará saberlo. No se moleste, encontraremos la habitación de la señora Buckley.

Subieron por la escalera en silencio, Dalgliesh detrás de Kate. Desde el día en que ésta se incorporó a la brigada, él siempre le cedía el paso, excepto cuando preveía algún peligro o una situación desagradable. Kate lo consi-

deraba un gesto amable por su parte, pero se sentía más cómoda con el típico agente machista que siempre se adelantaba. Consciente de la desconcertante proximidad de su jefe, pensó una vez más en la ambigüedad de la relación entre ambos. Dalgliesh le gustaba —nunca habría usado una palabra más fuerte—, lo admiraba y respetaba. Necesitaba desesperadamente su aprobación y a veces se enfadaba consigo misma por ello. Con todo, no se sentía a gusto con él, porque no acababa de entenderlo.

El último tramo de escalera estaba alfombrado, pero la señora Buckley debía de haber oído sus pasos, pues cuando llegaron arriba ya los aguardaba y los invitó a pasar a su habitación como si fueran unos visitantes esperados. Se mostraba más tranquila que la última vez que Kate la había visto, quizá porque se había recuperado de la impresión inicial o tal vez porque se sentía más segura en su propio terreno, lejos de Octavia.

—Me temo que esta habitación está tan llena de trastos que no queda mucho sitio libre. Hay tres sillas. Si a la detective Miskin no le importa sentarse en ésta... Es muy baja. Era la silla de cría de mi madre. Cuando llegué, la señora Aldridge me cedió el apartamento del sótano y me explicó que quizá tuviera que mudarme cuando su hija regresara del instituto, cosa muy natural, desde luego. ¿Puedo ofrecerles un café? La señora Aldridge ordenó instalar una cocina pequeña dentro de un armario, de modo que puedo preparar bebidas calientes e incluso guisar algo ligero en el microondas. Me ahorra la molestia de bajar a la cocina. Si la señora Aldridge tiene... tenía... invitados, yo servía el plato principal y luego subía aquí a cenar. Cuando celebraba una fiesta importante, encargaba la comida fuera. Mi trabajo aquí no es complicado. Sólo me ocupo de la compra, cocinar la cena y realizar las tareas domésticas más ligeras. Una asistenta viene dos veces por semana para hacer los trabajos más pesados.

—¿Cómo empezó a trabajar para la señora Aldridge? —preguntó Dalgliesh.

—Si no le importa, primero terminaré de moler el café. No se oye nada con este ruido. Así está mejor. El aroma es maravilloso, ¿no es cierto? Mi marido y yo jamás ahorramos en café.

Se entretuvo con el agua caliente y la cafetera mientras hablaba de su vida. A grandes rasgos, era una historia corriente, y a Dalgliesh y Kate no les costó imaginar las partes que omitía. Era la esposa de un vicario de un pueblo que había fallecido ocho años antes. Habían heredado la vivienda de la abuela de ella, pero tras la muerte de su marido la señora Buckley la había vendido para entregar una suma importante a su único hijo y se había trasladado a una casita de campo en Hertfordshire, el condado donde se había criado. El hijo había comprado una propiedad sólo para venderla dos años después y marcharse con el dinero a Canadá, de donde al parecer no tenía intención de regresar. Adquirir la casita de campo había sido un error, ya que la señora Buckley se sentía sola entre desconocidos y discrepaba de los métodos del joven vicario de la parroquia, en la que había depositado sus esperanzas.

—Ya sé que la iglesia tiene el deber de atraer a los jóvenes, y el párroco deseaba ganarse la confianza de los habitantes de unos bloques de pisos de las afueras. Poníamos música de rock y cantábamos el *Cumpleaños feliz* cada vez que un miembro de la congregación celebraba su aniversario. La comunión parecía más un concierto que un sacramento, y en realidad, yo podía ayudar muy poco en la parroquia. Por eso se me ocurrió que estaría mejor en Londres y que si alquilaba mi casa obtendría unos ingresos adicionales. Leí un anuncio de trabajo en *The Lady* y la señora Aldridge me entrevistó. Como me permitió traer algunos objetos personales, me sentía aquí como en mi propio hogar.

Kate pensó que la habitación resultaba muy acoge-

dora, a pesar del exceso de muebles. El imponente escritorio donde el esposo de la señora Buckley debía de haber redactado sus sermones, el aparador lleno de marcos plateados con fotos familiares, la estantería con puertas de cristal y volúmenes encuadernados en cuero y las vulgares acuarelas creaban, incluso a sus ojos, una sensación de estabilidad y seguridad, de una vida que había conocido el amor. La cama, que hacía las veces de sofá, estaba situada contra la pared y tenía un pequeño estante y una luz encima. Estaba cubierta con una colcha confeccionada con retales de seda descolorida.

Kate miró el rostro serio de Dalgliesh, sus largos dedos flexionados alrededor de la taza de café, y pensó: «Aquí se encuentra cómodo. Ha conocido muchas mujeres como ésta en su vida. Se entienden.»

—¿Ha sido feliz aquí? —preguntó él.

—Más que feliz, me he sentido a gusto. Tenía la ilusión de asistir a clases nocturnas, pero una mujer mayor no puede salir sola por la noche. Mi marido inició su tarea pastoral en Londres, pero yo no sospechaba que la ciudad hubiera cambiado tanto. De todos modos, de vez en cuando voy al cine, a una galería de arte o a un museo. Además, la iglesia de St. Joseph no está lejos de aquí, y el padre Michael es muy agradable.

—¿Le caía bien la señora Aldridge?

—La respetaba. En ocasiones se mostraba un poco impaciente, se irritaba con facilidad. No le gustaba repetir las cosas. Era muy competente en su trabajo y esperaba lo mismo de los demás. Por otro lado era justa y considerada; algo distante, quizá, pero había pedido un ama de llaves, no una dama de compañía.

—Con respecto a la llamada que le hizo ayer por la noche, ¿está segura de la hora?

—Sí. La telefoneé a las 19.45. Miré mi reloj.

—¿Le importaría explicarnos por qué la llamó y de qué hablaron? —preguntó.

La mujer guardó silencio durante unos instantes, al cabo de los cuales habló con una dignidad patética.

—Octavia dijo la verdad. La telefoneé para quejarme de su comportamiento. A la señora Aldridge no le gustaba que se la molestara cuando estaba en las cámaras a menos que se tratara de algo urgente, por eso titubeé. El caso es que Octavia y ese joven, su prometido, subieron y me exigieron que les preparara la cena. Ella no es vegetariana, pero decidió que quería comida vegetariana. Aunque desde un principio se acordó que Octavia se ocuparía de sus cosas en su apartamento, no me importaba echarle una mano de vez en cuando, pero esa noche se mostró muy autoritaria. Pensé que si cedía luego pretendería que cocinara para ella siempre que se le antojara, de manera que subí al estudio de la señora Aldridge para llamar a las cámaras y le expliqué el problema con la mayor brevedad posible. La señora Aldridge dijo: «Si quiere verduras, sírvaselas. Ya hablaré con ella cuando regrese, supongo que dentro de una hora más o menos. No se preocupe por mi cena. Ahora tengo una visita y no puedo seguir hablando.»

—¿Eso fue todo?

—Sí. Parecía muy impaciente, pero era natural. No le gustaba que la llamara al despacho, y si tenía una visita no era el momento más oportuno. Bajé al sótano y guisé una tarta de cebolla. Es una de las recetas de Delia Smith, y a la señora Aldridge le encantaba ese plato. Primero se elabora la masa y, mientras reposa un rato en el frigorífico, se prepara el relleno, de modo que no es una comida rápida. De postre querían tortitas con mermelada de albaricoque. Las hice cuando terminaron la tarta y las serví directamente de la sartén.

—Por tanto, está segura de que los dos permanecieron en el apartamento desde las ocho menos cuarto, cuando usted realizó la llamada, hasta que subió a acostarse, a las diez y media —intervino Kate.

—En efecto. Yo iba y venía de la cocina a la salita para servir o retirar los platos. Los tuve controlados, por así decirlo, todo ese tiempo. No resultó muy agradable. Después no volví a bajar. Supuse que si la señora Aldridge quería decirme algo, subiría aquí cuando llegara. Por si acaso la esperé con la bata puesta hasta pasadas las once; después me acosté. Por la mañana, cuando fui a su habitación para llevarle una taza de té, vi que no había dormido en su cama. Por eso llamé otra vez a las cámaras.

—Necesitamos saber todo lo posible sobre ella. ¿Invitaba a gente a cenar? ¿Sus amigos la visitaban con frecuencia? —preguntó Dalgliesh.

—No demasiado. Era muy reservada. El señor Laud venía una vez al mes más o menos para acompañarla al teatro o a exposiciones. Yo les preparaba una cena ligera para cuando regresaban, pero por lo general él bebía una copa y se marchaba. A veces cenaban fuera.

—¿Recibía a alguien más? ¿Alguien que se quedara más tiempo del necesario para tomar una copa?

La señora Buckley se ruborizó y pareció reacia a contestar. Por fin declaró:

—La señora Aldridge ha muerto. No está bien hablar de ella, y mucho menos cotillear sobre su vida. Hay que respetar a los muertos.

—En la investigación de un asesinato —replicó Dalgliesh con suavidad—, proteger a los muertos equivale a menudo a poner en peligro a los vivos. No estoy aquí para juzgarla, porque además no tengo ningún derecho. Tan sólo necesito información sobre ella, conocer hechos concretos.

Después de un silencio el ama de llaves explicó:

—La visitaba otro hombre. No solía venir con mucha frecuencia, pero de vez en cuando se quedaba a pasar la noche. Era Mark Rawlstone, miembro del Parlamento.

Dalgliesh le preguntó cuándo lo había visto por última vez.

—Hará dos o tres meses, quizá más. El tiempo pasa tan deprisa... No lo recuerdo con exactitud. Claro que es probable que viniera alguna otra vez después de aquélla, cuando yo ya estaba acostada. Siempre se marchaba a primera hora de la mañana.

Antes de despedirse, Dalgliesh preguntó:

—¿Qué planes tiene, señora Buckley? ¿Piensa quedarse aquí?

—El señor Farnham, ese abogado tan agradable, me aconsejó que no tomara una decisión precipitada. Su bufete y el banco de la señora Aldridge son sus albaceas, de modo que supongo que ellos me pagarán el sueldo por el momento. No creo que Octavia quiera que me quede. Sin embargo alguien debe estar en la casa con ella, y nadie mejor que yo. Ha hablado con su padre, pero se niega a verlo. Considero que no debo abandonarla, por mucho que me deteste. Ha sido todo tan horrible que todavía me resulta imposible pensar con claridad.

—Es lógico. Sin duda fue una impresión muy fuerte para usted —afirmó Dalgliesh—. Nos ha ayudado mucho, señora Buckley. Si recuerda algo más, llámeme, por favor. Éste es mi número. Y si la prensa la molesta, avíseme y le enviaré protección. Me temo que cuando la noticia se difunda, los periodistas sitiarán la casa.

La mujer permaneció en silencio unos segundos antes de decir:

—Espero que no le moleste que le haga una pregunta; no me gustaría que pensara que siento una curiosidad morbosa. ¿Puede decirme cómo murió la señora Aldridge? No me interesan los detalles. Sólo quiero saber si fue rápido o si sufrió.

—Fue rápido y no sufrió —respondió Dalgliesh.

—¿Y no hubo sangre? Ya sé que parece una estupidez, pero no hago más que ver sangre.

—No —contestó Dalgliesh—. No hubo sangre.

Tras darle las gracias, la señora Buckley los acompañó a la puerta y permaneció en la escalinata de la entrada hasta que subieron al coche. Luego, mientras se alejaban, levantó una mano en un patético gesto de despedida, como si dijera adiós a un amigo.

19

Poco después de la una la policía concluyó el interrogatorio de Valerie Caldwell, y el señor Langton le aconsejó que se marchara a casa. Grabarían un mensaje en el contestador automático para informar de que las cámaras permanecerían cerradas ese día. La joven se alegró de salir de ese lugar en el que todo lo que antes le resultaba familiar y cómodo de pronto se le antojaba extraño, amenazador y diferente. Sus compañeros de trabajo, a quienes apreciaba y que parecían apreciarla, se habían convertido de repente en sospechosos desconocidos. Pensó que quizá todos tuvieran la misma impresión. Tal vez era la consecuencia natural de un asesinato, incluso para los inocentes.

Regresar a casa tan temprano le planteaba un problema. Su madre, que padecía agorafobia, complicada con una depresión desde que habían encarcelado a su hijo, se preocuparía al verla llegar antes de la hora; desde luego, se inquietaría aún más cuando se enterara de las razones. De todos modos Valerie juzgó conveniente avisarla con antelación. Sintió un gran alivio cuando su abuela atendió la llamada. Ignoraba cómo reaccionaría ante la noticia, pero no le cabía duda de que mantendría la serenidad. Luego le explicaría lo sucedido a su madre —Valerie esperaba que con tacto— antes de su regreso.

—Di a mamá que llegaré temprano. Anoche alguien entró en las cámaras y asesinó a la señora Aldridge. La apuñaló. Sí, abuela, estoy bien. No tiene nada que ver con el resto de los miembros, pero han cerrado las cámaras por un día.

La anciana guardó silencio mientras asimilaba la noticia, y luego dijo:

—¿Asesinada? Bueno, no me sorprende, siempre mezclada con criminales, intentando liberarlos. Supongo que la mató alguno al que no pudo salvar de la cárcel en cuanto salió en libertad. A tu madre no le gustará. Te pedirá que dejes ese empleo y busques otro cerca de aquí.

—Abuela, convéncela de que no insista con eso. Explícale que estoy bien y que volveré pronto.

Como de costumbre, se había llevado un bocadillo para el almuerzo, pero no quería tomarlo sentada a su escritorio. El mero hecho de que la vieran comer parecía un sacrilegio. Por tanto bajó por Middle Temple Lane, dobló al oeste en dirección a los jardines del Embankment y se sentó de cara al río. No tenía hambre, pero los gorriones sí. Observó sus rápidos movimientos, sus súbitos revoloteos agresivos, y arrojó migas a los pájaros más pequeños e inseguros, que siempre llegaban demasiado tarde para las sobras. Entretanto, se sumió en sus pensamientos.

Había hablado demasiado, y todo por culpa de ese detective apuesto y su compañera, que se habían mostrado tan comprensivos. Sin embargo ahora se daba cuenta de que se trataba de una táctica. Habían intentado ganarse su confianza y lo habían conseguido. Por otra lado había representado un alivio hablar de Kenny con alguien que no guardaba relación con las cámaras, aunque fueran policías. Se lo había contado todo.

Pese a que su hermano había sido arrestado por vender drogas, en realidad no era un camello; no era un traficante de los que salen en los periódicos. Por aquel entonces no tenía trabajo, compartía un piso en el norte de Londres con unos amigos y fumaban porros en las fiestas. Según Kenny, todo el mundo lo hacía, pero había sido él quien había llevado droga suficiente para toda la noche, y los demás le habían pagado su parte. Era lo normal, la forma más barata de comprar marihuana. Lo habían pillado y ella, en su desesperación, había pedido ayuda a la señora Aldridge. Tal vez había acudido a ella en un mal momento. Ahora sabía que no había sido prudente, ni siquiera correcto. Sus mejillas se encendieron cuando evocó la respuesta de la abogada, la frialdad de su voz, el desprecio de su mirada.

—Me niego a alborotar el tribunal del norte de Londres apareciendo en la sala con mi ayudante, para salvar a su hermano por cometer una estupidez. Contrate a un buen abogado.

Kenny había sido declarado culpable y condenado a seis meses de prisión.

La mujer policía, la detective Miskin, había comentado:

—Es curioso que le impusieran una pena tan larga si no tenía antecedentes. Ya lo habían atrapado antes, ¿verdad?

Sí; Valerie admitió que ya lo habían detenido antes, aunque sólo una vez y en las mismas circunstancias. ¿Y de qué servía que lo metieran en la cárcel? Tan sólo habían conseguido que se volviera un resentido. Si la señora Aldridge lo hubiera defendido no habría acabado en prisión, pues había logrado que dejaran en libertad a individuos más peligrosos que Kenny: asesinos, violadores, estafadores. A ésos no les pasaba nada. Kenny no había causado daño a nadie, no había timado a nadie. Era un chico agradable y tranquilo, incapaz de matar a una mosca. Ahora estaba entre rejas y su madre no podía visitarlo debido a su agorafobia. Además, no podían contárselo a la abuela, porque siempre criticaba a su madre por la forma en que había educado a sus hijos.

Los detectives no habían discutido sus opiniones ni la habían censurado. Al contrario, se habían mostrado muy comprensivos. Por eso les había contado otras cosas que no les incumbían ni necesitaban conocer. Les había explicado los rumores que corrían en las cámaras sobre el posible sucesor del señor Langton; les había comentado que a la señora Aldridge le interesaba el puesto y se proponía introducir cambios.

—¿Cómo lo sabe? —le había preguntado la detective Miskin.

Cómo no iba a saberlo. Las cámaras eran un nido de cotillas. La gente hablaba delante de ella. Como por un misterioso proceso de ósmosis, los chismorreos impregnaban el aire que respiraban. Les había hablado de su amistad con los Naughton. Había conseguido el empleo gracias a Harry Naughton, el secretario general. Ella, su madre y su abuela vivían cerca de Harry y su familia y acudían a la misma iglesia. Cuando buscaba empleo había quedado libre una plaza en las cámaras, y Harry la había recomendado. Al principio trabajaba de mecanógrafa y, al retirarse la señorita Justin después de treinta años en las cámaras, la habían ascendido. Una auxiliar administrativa de una empresa de contratación temporal había ocupado su anterior puesto. Como la última mecanógrafa no era eficaz, en las últimas dos semanas Valerie había tenido que arreglárselas sola. Todavía estaba a prueba, y esperaba que en la reunión de las cámaras la confirmaran como secretaria.

Entonces la detective Miskin había preguntado:

—Si la señora Aldridge hubiera asumido la presidencia de las cámaras, ¿la habría mantenido a usted como secretaria?

—Lo dudo, sobre todo después de lo que ocurrió. Tengo entendido que quería reemplazar a Harry por un administrador, y en tal caso es probable que el nuevo administrador cambiara al personal.

Ahora se asombraba de lo mucho que había contado. Sin embargo, había omitido dos cosas.

Al final, mientras trataba de contener las lágrimas, de mantener la dignidad, había declarado:

—La odiaba por haberse negado a ayudar a Kenny, o tal vez por su actitud desdeñosa hacia mi problema, por el desprecio que me mostró. Ahora me siento fatal porque ha muerto y porque yo la detestaba, pero no la maté. Jamás podría hacer algo así.

—Tenemos razones para creer que la señora Aldridge estaba viva a las ocho menos cuarto —había informado la detective Miskin—. Usted afirmó que llegó a su casa a las siete y media. Si su madre o su abuela lo confirman, quedará claro que no pudo matarla usted. No se preocupe.

En ningún momento habían sospechado de ella. Entonces ¿por qué la habían sometido a un interrogatorio tan largo? ¿Por qué se habían tomado la molestia? Valerie comprendió la razón, y sus mejillas se encendieron.

Resultaba extraño volver a casa a primera hora de la tarde. El metro estaba casi vacío, y cuando se apeó en la estación de Buckhurst Hill, sólo vio a una persona en el andén opuesto, esperando un tren hacia Londres. Fuera, la calle estaba tan tranquila y silenciosa como la de un pueblo. Incluso la pequeña vivienda del 32 de Linney Street parecía desconocida y amenazadora, como una casa en duelo. Las cortinas de la sala y de una habitación de la primera planta estaban corridas. Valerie sabía qué significaba. Su madre descansaba arriba, si descansar era permanecer tendida en la cama, rígida, con los ojos abiertos y la mirada perdida, mientas la abuela veía la tele.

Al abrir la puerta oyó una explosión seguida de varios disparos. A su abuela le encantaban las series policíacas, y no le escandalizaban las escenas de sexo o violencia. Al ver a Valerie aparecer en el salón, pulsó un botón del mando a distancia, señal de que veía un vídeo, porque nunca dejaba una película a medias.

Sin demostrar interés por la llegada de su nieta, protestó:

—La mitad del tiempo no entiendo qué dicen. Se pasan el rato cuchicheando. Y encima son estadounidenses.

—Ahora actúan así, abuela, con estilo naturalista, imitando el comportamiento de la vida real.

—Pues vaya estilo si no se entiende una maldita palabra de lo que dicen. No sirve de nada subir el volumen; es aún peor. Y no hacen más que entrar en discotecas donde está todo oscuro y tampoco se ve nada. Las viejas películas de Hitchcock eran mejores. Como *Crimen perfecto*. Me gustaría volver a verla. Se entiende todo lo que dicen. En aquellos tiempos sabían hablar. ¿Y por qué no dejan las cámaras quietas? ¿Qué le ocurre al cámara?, ¿está borracho?

—Es una técnica ingeniosa del director, abuela.

—Conque es eso, ¿eh? Pues es demasiado ingeniosa para mí.

La televisión constituía su pasatiempo, su refugio y su pasión. Si bien no aprobaba casi nada de lo que veía, se pasaba el día delante de la pantalla. Valerie sospechaba que le brindaba un pretexto para expresar su visión combativa de la vida, ya que le permitía censurar las palabras, la conducta, la apariencia y la dicción de los actores, los políticos y los expertos sin que nadie la contradijera. Su nieta a veces se sorprendía de la incapacidad de la anciana para verse a sí misma con ojos críticos. Su cabello, teñido de un rojo inapropiado para su edad, resultaba grotesco alrededor de una cara de setenta y cinco años que las penurias habían envejecido prematuramente y dejado fláccida y cubierta de profundos surcos. Una falda estrecha por encima de las rodillas exhibía las pantorrillas, finas y llenas de manchas. Con todo Valerie admiraba su vitalidad. Sabía que eran aliadas, aunque no podía esperar de ella una palabra de reconocimiento o de amor. Juntas se hacían cargo de la agorafobia y la depresión de la madre, de las compras que no podía realizar la señora Caldwell, de la cocina, la limpieza, el pago de las facturas y las pequeñas crisis de la vida cotidiana. Su madre comía lo que le servían, pero no demostraba el menor interés por saber cómo había llegado allí.

A lo anterior se sumaba ahora el problema de Kenny. Cuando lo habían condenado a prisión, su madre le había arrancado a Valerie la promesa de que no se lo contaría a la abuela, y la joven la había cumplido. Por eso le resultaba difícil visitar a su hermano. Sólo había podido acudir a la cárcel dos veces, y para ello había tenido que inventarse una historia complicada sobre una cita con una antigua compañera de colegio, poco convincente incluso a sus oídos.

—Supongo que estás saliendo con un hombre —había aventurado su abuela—. ¿Y qué hay de la compra?

—Pasaré por el supermercado a la vuelta. Los sábados está abierto hasta las diez.

—Bueno, espero que tengas más suerte con éste que con el anterior. Sabía que te plantaría en cuanto entrara en la universidad. Siempre pasa lo mismo, aunque debo añadir que no hiciste nada para conservarlo. Debes demostrar que tienes carácter, jovencita. A los hombres les gusta.

En su juventud, la abuela había demostrado que tenía carácter de sobra y había aprendido lo que les gustaba a los hombres.

Como era de prever, la abuela reaccionó con indiferencia ante la noticia del asesinato. No manifestaba la menor curiosidad por las personas a quienes no conocía, y hacía tiempo que había decidido que Pawlet Court era el mundo de su nieta, demasiado alejado de su vida para interesarse por él. Un asesinato de verdad, y en particular el de una desconocida, palidecía comparado con las vibrantes y violentas imágenes que animaban su existencia y le proporcionaban toda la emoción que necesitaba. Rara vez preguntaba a Valerie por su trabajo, o qué se hacía o decía en las cámaras. Su desinterés le pareció una bendición cuando por fin oyó los pasos lentos de su madre en la escalera y se dispuso a contarle lo sucedido.

La señora Caldwell tenía un mal día. Preocupada por su propia angustia, apenas si dio muestras de entender las palabras de su hija. La muerte de una desconocida no lograba impresionar a alguien que consideraba su vida un infierno. Valerie intuía qué ocurriría; el ciclo era predecible. El médico aumentaría la dosis de ansiolíticos, su madre saldría por un tiempo del pozo de la depresión, cobraría conciencia de la gravedad de lo sucedido y se sumiría en una fase de ansiedad e inquietud durante la cual repetiría con insistencia que Valerie debería buscar un empleo en el barrio, pues de ese modo se ahorraría los viajes y regresaría a casa más temprano. En cualquier caso, todo eso formaba parte del futuro.

Las lentas horas de la tarde se prolongaron tediosamente hasta el anochecer. A las siete en punto, mientras la abuela y su madre veían la televisión, Valerie abrió un bote de sopa de zanahoria e introdujo una bandeja de canelones en el horno. Sólo después de cenar y lavar los platos, cuando su madre y su abuela se acomodaron de nuevo delante del televisor, decidió que necesitaba ver a los Naughton. Harry ya habría llegado a casa. Le apetecía sentarse con él y Margaret en la cálida y acogedora cocina, como solía hacer en su infancia, a la salida de la escuela dominical, cuando la invitaban a tomar limonada casera con bollos de chocolate. Necesitaba el consuelo y los consejos que no encontraba en casa.

Las mujeres no plantearon ninguna objeción.

—No regreses demasiado tarde —se limitó a decir la abuela, sin apartar la vista de la pantalla.

Su madre ni siquiera se volvió para mirarla.

Recorrió a pie los quinientos metros que separaban su casa de la de Harry. No valía la pena utilizar el coche, ya que la zona estaba bien iluminada. La calle donde vivían los Naughton era muy distinta de Linney Lane a pesar de su proximidad. Harry había conseguido prosperar. Valerie pensaba en él como «Harry», porque todos los miembros de las cámaras lo llamaban así, pero cuando se dirigía a él empleaba el formal «señor Naughton».

Parecía que estaban esperándola. Margaret Naughton le abrió la puerta, la condujo al vestíbulo y la estrechó en un afectuoso abrazo.

—Pobrecilla. Pasa. Ha sido un día horrible para los dos.

—¿Ya ha llegado el señor Naughton?

—Sí; hace dos horas. Estábamos fregando los platos de la cena.

En la cocina se percibía un apetitoso aroma, y los restos de una tarta de manzana casera seguían sobre la mesa. Harry estaba llenando el lavavajillas. Se había quitado el traje y llevaba unos pantalones informales y un jersey de lana, atuendo que, a los ojos de Valerie, le hacía parecer distinto y más viejo. Cuando se incorporó, asiéndose al lavavajillas para mantener el equilibrio, la joven pensó: «Se le ve viejo, mucho más viejo que ayer.» De pronto se compadeció de él. Poco después se acomodaron en el salón, donde Margaret llevó una bandeja con tres copas y una botella del jerez preferido de Valerie, que al sentirse cómoda, aliviada y segura, procedió a confiarle sus preocupaciones.

—Esos detectives me trataron con gran amabilidad, y ahora comprendo que querían que me encontrara a gusto para sonsacarme. No recuerdo ni la mitad de lo que les conté. Les hablé de Kenny, desde luego, y de cuánto odiaba a la señora Aldridge, pero también les aseguré que yo no la había matado, que soy incapaz de hacer algo así. Les expliqué los cotilleos sobre su interés por convertirse en presidenta de las cámaras y lo que eso significaría. No debí mencionar ese tema; no tenía por qué sacarlo a relucir. No es asunto mío. Ahora tengo miedo de que el señor

Langton y el señor Laud se enteren y me despidan, lo que me parecería lógico. No sé cómo ocurrió. Siempre me he considerado una persona de confianza, ya saben, discreta, que no va contando por ahí lo que oye en las cámaras. Cuando empecé a trabajar, la señorita Justin me aconsejó que me comportara de ese modo, y usted también, señor Naughton. Y ahora resulta que me he portado como una bocazas delante de la policía.

—No te preocupes —la consoló Margaret—. Sonsacar a la gente forma parte del trabajo de la policía. Son muy hábiles en ese sentido. Además, sólo has dicho la verdad, y la verdad no hace daño.

Valerie, en cambio, no estaba tan segura de eso. Sabía que a veces la verdad era más peligrosa que una mentira.

—Sin embargo, hay dos cosas que no les dije y quiero explicarles a ustedes.

Miró a Harry y observó en su rostro una súbita expresión de ansiedad que, por un segundo, se convirtió en algo parecido al pánico.

—La primera tiene que ver con el señor Costello —prosiguió la joven—. El martes, cuando la señora Aldridge regresó del Tribunal de lo Criminal, me preguntó si él estaba en las cámaras. Contesté que sí. Más tarde, cuando llevaba unos papeles al señor Laud, vi a la señora Aldridge salir del despacho de Costello. Él debía de estar muy cerca, ya que le oí hablar, bueno, más bien gritar. Decía: «No es cierto. Nada de eso es cierto. Ese hombre es un embustero e intenta impresionarte con una calumnia. No puede probar nada. ¿De qué te serviría a ti, o a cualquier otro, provocar un escándalo en las cámaras?»

»Me apresuré a bajar por las escaleras haciendo tanto ruido como pude. La señora Aldridge cerró la puerta y pasó junto a mí sin saludarme siquiera, pero noté que estaba furiosa. ¿Debería habérselo contado a la policía? ¿Qué les diré si me preguntan algo al respecto?

Harry reflexionó antes de afirmar con serenidad:

—Opino que hiciste bien. Si más adelante te preguntan si oíste discutir a la señora Aldridge y el señor Costello, debes decir la verdad. No te preocupes en exceso. Es probable que no entendieras bien sus palabras. Podrían significar mucho o nada. En todo caso si te interrogan al respecto, debes decir la verdad.

—Has comentado que omitiste dos cosas —le recordó Margaret.

—La otra es muy extraña. No sé por qué le he dado importancia. Me preguntaron si recordaba haber visto entrar al señor Ulrick en las cámaras esta mañana y si portaba su maletín.

—¿Y qué les respondiste?

—Que no estaba segura, porque llevaba la gabardina en el brazo derecho y el maletín podía estar debajo. De todos modos es una pregunta muy extraña, ¿no creen?

—Supongo que tendrían alguna razón para plantearla —replicó Margaret—. Yo en tu lugar no me preocuparía. Les has dicho la verdad.

—Sin embargo ocurrió algo raro. No se lo dije, porque no lo recordé hasta más tarde. Algo me llamó la atención: el señor Ulrick siempre se detiene un momento en la puerta para darme los buenos días. Esta mañana también me saludó, pero entró casi corriendo, como si tuviera mucha prisa, y no me dio tiempo a responder. Es una tontería. No sé por qué me inquieta, pero hay algo más. En los últimos días ha hecho tan buen tiempo que me pregunto por qué llevaba la gabardina.

Después de un silencio, Harry le aconsejó:

—No creo que debas preocuparte por esas pequeñeces. A pesar de lo ocurrido debemos continuar con nuestro trabajo, hacerlo lo mejor posible y responder a las preguntas de la policía con sinceridad. No tenemos por qué ofrecerles información que no reclaman. Considero además que no deberíamos cotillear sobre el asesinato. Si chismorreamos, discutimos entre nosotros y formulamos teorías, podríamos perjudicar a un inocente. ¿Me prometes que te conducirás con discreción cuando se abran las cámaras? Sin duda menudearán los comentarios y las conjeturas, pero nosotros no debemos contribuir a ellos.

—Haré todo lo posible —afirmó Valerie—. Gracias por su amabilidad. Me han ayudado mucho.

Harry y Margaret eran en verdad muy amables. No esperaban que se marchara de inmediato, pero Valerie sabía que no debía prolongar su visita. Margaret la acompañó a la puerta.

—Harry me ha contado que esta mañana te desmayaste al enterarte de lo ocurrido. Sé que fue una impresión muy fuerte, pero eso no es normal en una chica joven como tú. ¿Estás segura de que te encuentras bien?

—Estoy bien, de veras, aunque últimamente me siento muy cansada —reconoció Valerie—. En casa hay mucho que hacer y la abuela no está en condiciones de ocuparse de todo. Para colmo, los fines de semana tengo que escabullirme para visitar a Ken sin que la abuela se entere. Además, creo que despedir a la mecanógrafa no fue una buena idea. Todo esto me crea mucha tensión.

Margaret le rodeó los hombros con un brazo.

—Deberías pedir ayuda a los servicios sociales. Hablaré con tu abuela. Las personas mayores son más fuertes de lo que crees. No me sorprendería que ya supiera lo de Ken. Es difícil ocultar algo a tu abuela. Al menos tienes la suerte de que ella y tu madre se encontraran en casa anoche. Yo no estaba. Asistí a la reunión de la asociación de vecinos, luego acompañé a la señora Marshall a su casa y me quedé un rato charlando. Claro que había dejado la cena de Harry preparada, pero no regresé hasta las nueve y media. Eso significa que tú tienes quien confirme la hora en que llegaste, y él no. Si podemos ayudarte en algo, avísanos, ¿de acuerdo?

Alentada por la voz y los brazos maternales de Margaret, Valerie asintió y se fue a casa reconfortada.

20

Eran las siete y cinco, un poco más tarde de lo habitual, cuando Hubert regresó al que en teoría era su nuevo hogar, pero en el que se sentía tan incómodo como un huésped que sospecha ha prolongado en exceso una visita en casa ajena. El piso estaba tan atestado que recordaba una sala de subastas. Los muebles y cuadros que había resuelto conservar, lejos de inspirarle una reconfortante sensación de estabilidad, parecían aguardar el martillazo final de un subastador.

Después de la muerte de su esposa, sucedida dos años atrás, su hija Helen se había mudado con él para ayudarlo, literal y figuradamente, a reorganizar su vida. Helen se debatía entre una sensibilidad más adquirida que innata y un autoritarismo natural. Hubert, por supuesto, debía participar en todas las decisiones, ya que su hija no deseaba que tuviera la impresión de que otras personas controlaban su vida. Mientras él continuara trabajando, era razonable que permaneciera en Londres, a ser posible lo bastante cerca del Temple para que los viajes no se convirtieran en un problema. Habría sido muy poco práctico, además de un derroche, que un viudo tuviera dos viviendas. Hubert comprendió el mensaje, nada sutil, por cierto: lo que se esperaba de una persona de su generación era que vendiera la elegante casa familiar y entregara una buena parte de su exorbitante valor a sus nietos para que ascendieran al primer peldaño de la escalera de los propietarios. No había planteado ninguna objeción a estas medidas, tomadas en beneficio de otros. Sin embargo, lo que de vez en cuando le molestaba era que consideraran que además debía estar agradecido.

El piso, elegido por Helen, se hallaba en un elegante edificio de los años treinta situado en Bedford's Walk, en el barrio de Kensington. Incluso después de que él aceptara comprarlo, su hija había seguido enumerando sus ventajas con una insistencia molesta.

—Un salón comedor amplio y dos habitaciones dobles. No necesitas más. Servicio de portería durante las veinticuatro horas y un moderno sistema de seguridad. No tiene balcones, lo que es una pena, pero también reduce el riesgo de que entren a robar. Encontrarás todas las tiendas que necesites en Kensington High Street y si tomas el metro en High Street irás directamente a las cámaras por la Circle Line; después sólo hay una pequeña caminata cuesta abajo. Si al regresar bajas en la estación siguiente, en Notting Hill Gate, sal por Church Street y así te evitarás cruzar la calle principal. —Daba la impresión de que Helen había organizado la línea de metro de Londres para la conveniencia de su padre—. Hay un supermercado cerca de las dos estaciones, además del Marks and Spencer de High Street, de modo que en el camino podrás comprar la comida que necesites. A tu edad, no es aconsejable cargar mucho peso.

También había sido Helen quien, a través de su compleja red de colegas y conocidos, había contratado a Erik y Nigel.

—Son homosexuales, pero eso no debería preocuparte.

—No —había concedido él—. ¿Por qué iba a preocuparme?

Pero Helen no había oído su comentario.

—Tienen una tienda de antigüedades al sur de High Street, y no la abren hasta las diez. Están dispuestos a venir a primera hora de la mañana para prepararte el desayuno, hacerte la cama y ordenar un poco el piso. Para los trabajos más pesados, vendrá una asistenta todos los días. Se han ofrecido a pasarse también por la tarde para cocinar la cena. Nada complicado; un plato sencillo, pero apetitoso. Erik, el mayor de los dos, tiene fama de ser un cocinero excelente. Su nombre se escribe con «k», recuérdalo, porque es muy quisquilloso al respecto. No entiendo por qué, ya que no es escandinavo. Creo que nació en Muswell Hill. Según me ha comentado Marjorie, Nigel es un encanto. Es muy rubio, y supongo que a su madre le gustaba ese nombre. Y ahora hemos de discutir el sueldo. Debes tener en cuenta que estarán atados, y esta clase de servicio no resulta barato.

Hubert sintió la tentación de replicar que esperaba que su familia le dejara suficiente dinero de la venta de la casa de Wolvercote para pagar al servicio doméstico.

El acuerdo había funcionado bien desde el principio. Erik y Nigel eran amables, eficaces y responsables. Hubert se preguntaba cómo se las había arreglado antes sin ellos. Erik era un cincuentón regordete y elegante, con una boca demasiado rosa y perfectamente perfilada por encima de su espesa barba. Nigel era delgado, muy rubio y más vivaz que su amigo. Siempre trabajaban en equipo; mientras Erik preparaba la comida, Nigel, su satélite, limpiaba la verdura, fregaba los platos y expresaba de forma efusiva su admiración por los resultados. Cuando se encontraban en el piso, Hubert oía el continuo coro de sus voces antifonales procedentes de la cocina; la de Erik lenta y grave, la de Nigel aguda y entusiasta.

Su alegre cháchara constituía una compañía agradable, y cuando se marchaban de vacaciones Hubert la echaba de menos. La cocina se había convertido en el coto privado de los dos hombres; hasta su olor era exótico y poco familiar para Hubert, que entraba en ella como si fuera un intruso, usaba las ollas y sartenes con cuidado, temeroso de alterar el perfecto orden de los cocineros, y examinaba con curiosidad las etiquetas de la asombrosa variedad de frascos y botellas que Erik consideraba imprescindibles para sus platos «sencillos y apetitosos»: aceite de oliva extra virgen, tomates secados al sol, salsa de soja. Olía con cierto sentimiento de culpabilidad las hierbas aromáticas plantadas en macetas y dispuestas en fila sobre el alféizar de la ventana.

La presentación de los platos era esmerada, con una formalidad que complementaba la calidad de la comida. Siempre era Erik quien servía la cena mientras Nigel espiaba desde la puerta como para asegurarse de que su excelencia recibía el reconocimiento que merecía. Esta noche Erik dejó el plato sobre la mesa y anunció que la cena se componía de hígado de ternera con beicon, puré de patatas, espinacas y guisantes. El hígado estaba cortado en tiras muy finas y tostado, más que cocido, como a él le gustaba. Era uno de los platos favoritos de Hubert, que sin embargo hoy se preguntó si podría comérselo. Aun así pronunció las palabras de costumbre:

—Gracias, Erik. Tiene un aspecto estupendo.

Erik se permitió una breve sonrisa de orgullo y Nigel lo miró con expresión radiante. Hubert pensó que debía añadir algo más. Era evidente que aún no se habían enterado del asesinato. Sin duda se enterarían al día siguiente, y entonces les resultaría extraño, incluso sospechoso, que no les hubiera contado nada de lo ocurrido. Cuando habló, en el instante en que Erik llegaba a la puerta, Hubert se percató de que a pesar de la indiferencia de su voz se había equivocado en la elección de las palabras:

—Erik, ¿recuerda a qué hora llegué ayer?

Fue Nigel quien respondió:

—Tarde, señor Langton. Tres cuartos de hora más tarde que de costumbre. Nos sorprendió que no hubiera telefoneado. ¿No lo recuerda? Dijo que había dado un paseo después de salir de las cámaras. No tiene importancia, porque Erik nunca empieza a cocinar las verduras hasta que usted está bebiendo su copa de jerez.

—Llegó después de las siete y media, señor Langton —concretó Erik.

Tenía que agregar algo más. Cuando se difundiera la noticia del asesinato, sin duda recordarían su pregunta, reflexionarían sobre ella, conjeturarían acerca de su significado. Cuando se disponía a coger la botella de vino rosado advirtió que su mano temblaba, de manera que extendió la servilleta sobre sus rodillas con la vista fija en el plato. Cuando habló de nuevo su voz sonó tranquila. ¿Demasiado tranquila?

—Ese dato podría ser importante. Me temo que ha ocurrido algo horrible. Esta mañana una de mis colegas, Venetia Aldridge, ha sido hallada muerta en las cámaras. La policía aún no está segura de cómo o cuándo murió. Tendrán que practicarle la autopsia, pero es muy probable, casi seguro, que la asesinaran. Si lo confirman, todos cuantos trabajamos en las cámaras tendremos que dar cuenta de nuestros movimientos. Es un trámite policial de rutina, nada más. Quería cerciorarme de la hora en que llegué.

Hubert se obligó a mirarlos. El rostro de Erik era una máscara inexpresiva. Nigel en cambio reaccionó de inmediato.

—¿La señora Aldridge? ¿Se refiere a la abogada que consiguió que dejaran libres a aquellos terroristas del IRA?

—En efecto, defendió a tres hombres acusados de actos terroristas.

—Un asesinato. Es espantoso. ¡Qué terrible! No encontraría el cuerpo usted mismo, ¿verdad?

—No, no. El cuerpo se descubrió a primera hora de la mañana, antes de que yo llegara. Las puertas del Temple no se cierran hasta las ocho de la noche. Es evidente que alguien entró.

—Entonces el asesino tenía una llave. O tal vez la señora Aldridge lo dejara entrar. Es probable que lo conociera.

Era una conclusión muy desagradable, de modo que Hubert dijo con tono de reprobación:

—No me parece correcto conjeturar al respecto. Como he comentado, la policía aún no ha confirmado la causa del fallecimiento. Se trata de una muerte sospechosa, es lo único que sabemos. Es probable que la policía telefonee o envíe a alguien para preguntar a qué hora llegué ayer. En tal caso, tendrán que decir la verdad, naturalmente.

Nigel abrió los ojos como platos.

—Ay, señor Langton. No creo que sea buena idea decir la verdad a la policía.

—Decirles una mentira sería mucho peor.

Su voz debió de sonar más severa de lo que había pretendido, porque los dos hombres se marcharon a la cocina sin añadir nada más. Cinco minutos después entraron en el salón para darle las buenas noches y poco después Hubert oyó que se cerraba la puerta. Esperó unos minutos, llevó el plato al cuarto de baño y arrojó los restos de la comida en el inodoro. Recogió la mesa y dejó los platos sucios en la pila de la cocina para que Erik y Nigel los fregaran a la mañana siguiente, aunque los enjuagó para eliminar los olores. Como cada noche, pensó que bien podía terminar el trabajo, pero eso no formaba parte del trato doméstico que había cerrado Helen.

Se sentó en el impecable salón junto a la falsa chimenea de gas, cuyo aspecto realista producía la reconfortante sensación de que alguien había encendido la leña y retirado las brasas, y dejó que el peso muerto de la ansiedad y la tristeza se asentara en su mente.

Pensó en su mujer. Su matrimonio había durado muchos años, y aunque no lo había colmado de dicha tampoco le había producido grandes sufrimientos. Ambos habían comprendido las profundas preocupaciones del otro, aunque no las compartían. La educación de los niños y el cuidado del jardín habían consumido casi toda la energía de Marigold, mientras que él no había demostrado mayor interés por ninguna de las dos cosas. Sin embargo, ahora que ella estaba muerta, Hubert la echaba de menos y la lloraba más de lo que habría creído posible. Una esposa adorada no le habría dejado semejante legado de desolación y pesadumbre. Hubert pensó que, paradójicamente, una pérdida así habría sido más fácil de aceptar, pues vería la muerte como un corolario natural, como el fin de una hazaña, de algo humano, de una perfección del amor que no dejaba tras de sí remordimientos, esperanzas incumplidas ni cuentas pendientes. El horror, la abominación de esa peluca cubierta de sangre de pronto se le antojó una glosa grotesca, aunque apropiada, de una carrera que había comenzando de forma prometedora pero que, como un río con poco caudal, se había consumido triste e inevitablemente entre los arenosos bajíos de la ambición insatisfecha.

Vislumbró con pavorosa claridad el resto de su vida, el largo futuro de humillante dependencia e inexorable senilidad. Su mente, esa parte de él que siempre había considerado la mejor, la más fiable, comenzaba a traicionarlo. Y ahora en las cámaras se producía ese asesinato sangriento, obsceno, con indicios de locura y venganza, para demostrar la fragilidad del elegante y complejo puente de orden y razón que en el transcurso de los siglos la ley había tendido sobre el abismo del caos social y psicológico. Y de alguna manera él, Hubert Langton, habría de afrontar el problema. Como presidente de las cámaras, tenía la obligación de colaborar con la policía, proteger el lugar de las intrusiones de la prensa, tranquilizar a los asustados, buscar palabras adecuadas para aquellos que padecían o fingían padecer. Horror, espanto, repugnancia, asombro, pesar; ésas eran las emociones normales después de la muerte de un colega. Pero ¿sufrimiento? ¿Quién experimentaría auténtico sufrimiento por la muerte de Venetia Aldridge? ¿Qué sentía él, aparte de un temor que rayaba en el pánico? Se había marchado de las cámaras poco después de las seis. Simon, que había salido con él, lo había visto. Así lo había relatado a Dalgliesh cuando la policía había interrogado por separado a todos los miembros de las cámaras. Debería haber llegado a casa a las 18.45 como muy tarde. ¿Qué había hecho en los cuarenta y cinco minutos restantes? ¿Esa total pérdida de memoria constituía el último síntoma de su supuesta enfermedad? ¿O acaso había visto —o peor aún, hecho— algo tan horrible que su mente se negaba a aceptarlo?

21

Los Rawlstone vivían en una casa estucada de estilo italiano al este de Pimlico. Con el magnífico pórtico, la pintura brillante y la aldaba de cobre en forma de cabeza de león, la residencia ofrecía un aspecto opulento muy cercano a la ostentación.

Abrió la puerta una joven vestida con una falda negra hasta la pantorrilla, una blusa abrochada hasta el cuello y una rebeca. Kate pensó que podía ser secretaria, ama de llaves, investigadora del Parlamento o sencillamente una factótum. Los recibió con expeditiva eficacia, aunque sin sonreír, y con cierto tono de reprobación anunció:

—El señor Rawlstone los espera. ¿Quieren subir, por favor?

En el vestíbulo, amplio, con escasos pero exquisitos muebles y un aire masculino, se exhibía una serie de grabados antiguos de Londres, que cubrían también las paredes de la escalera. La sala de la primera planta podría haber pertenecido a otra vivienda. Era una pieza convencional, donde predominaba un tenue tono azul verdoso. Las cortinas recogidas de los ventanales, las fundas de lino del sofá y los sillones, las pequeñas y elegantes mesas y las suntuosas alfombras sobre el pálido suelo de madera reflejaban una confortable opulencia. Sobre la chimenea colgaba un retrato al óleo de una madre eduardiana que rodeaba con sus brazos los hombros de sus dos hijas, pero la habilidad del pintor conseguía justificar el sentimentalismo del tema. En otra pared se exponían varias acuarelas, y en una tercera una miscelánea de cuadros que, pese a su ingeniosa distribución, denotaban un caprichoso gusto personal sin demasiados miramientos por la calidad artística: escenas religiosas victorianas bordadas en seda, pequeños retratos en marcos ovalados, dibujos y un texto escrito con letras iluminadas que Kate hubiera querido leer, aunque resistió la tentación de acercarse. Sin embargo esa pared atestada salvaba al salón de ser un modelo del buen gusto convencional y le confería un aire singular que resultaba atractivo precisamente por su espontaneidad. Sobre una mesa descansaba una colección de pequeños objetos de plata, y sobre otra un grupo de figuras de porcelana. Había un piano de cola cubierto con un manto de seda en un rincón y también flores, pequeños ramilletes en las mesas bajas y un gran jarrón de cristal tallado con lirios sobre el piano. El aroma de las flores era penetrante, pero en aquel ambiente no generaba reminiscencias fúnebres.

—¿Cómo ha conseguido todo esto con un sueldo de parlamentario? —preguntó Kate.

Dalgliesh se hallaba junto a la ventana, en apariencia absorto en sus pensamientos e indiferente a los detalles del salón.

—No lo ha conseguido con su sueldo. Su esposa es rica —susurró.

Se abrió la puerta y apareció Mark Rawlstone. Lo primero que pensó Kate fue que parecía más bajo y menos apuesto que en la televisión. Poseía esos rasgos angulosos y bien perfilados que resultan tan fotogénicos, y quizá también un egocentrismo que sin duda se acrecentaría ante las cámaras y le otorgaría un aire de seguridad y sofisticación que perdía fuerza en un encuentro cara a cara. Parecía estar en guardia, pero no demasiado preocupado. Estrechó la mano de Dalgliesh con rapidez y sin sonreír, con lo que creó la impresión —intencionada, a juicio de Kate— de que sus pensamientos estaban en otra parte. Dalgliesh la presentó, y el hombre se limitó a saludarla con un breve movimiento de la cabeza.

—Lamento haberles hecho esperar —se disculpó—. No pensaba encontrarlos aquí. La salita de mi esposa no es el sitio más apropiado para la conversación que sin duda vamos a mantener.

Kate encontró ofensivo su tono, más que sus palabras.

—No pretendemos contaminar ninguna parte de la casa —replicó Dalgliesh—. Quizá prefiera acudir a mi despacho en Scotland Yard.

Rawlstone era demasiado listo para no percatarse de su error. Se ruborizó ligeramente y esbozó una sonrisa triste. Ese gesto le confirió un aire más infantil y vulnerable que explicaba, hasta cierto punto, su éxito con las mujeres. Kate se preguntó con cuánta frecuencia lo explotaba.

—Supongo que no les importará acompañarme a la biblioteca —dijo.

La biblioteca se hallaba en la parte posterior de la planta baja. Cuando Rawlstone se apartó para franquearles la entrada, Kate se sorprendió el ver a una mujer que miraba por la única ventana y se volvió al oírlos entrar. Era delgada, con el rostro dulce y el cabello rubio recogido en una intrincada trenza que parecía demasiado pesada para sus facciones delicadas y su largo cuello. Los ojos que observaban a Kate con curiosidad eran firmes, serenos y no reflejaban hostilidad. La detective no se dejó engañar por su aparente fragilidad; sin duda alguna era una persona fuerte.

Una vez realizadas las presentaciones, Rawlstone comentó:

—Sospecho cuál es el motivo de su visita. Poco antes de que usted llamara esta tarde, me telefoneó un colega de las cámaras para comunicarme que Venetia Aldridge había muerto. Como ya supondrá, la noticia se difundió enseguida por el Colegio de Abogados. Es espantoso e increíble. Todas las muertes violentas lo son cuando se conoce a la víctima. Ignoro en qué puedo ayudarle, pero desde luego estoy dispuesto a hacer lo que me pidan. Como no tengo nada que ocultar a mi esposa, puede preguntarme lo que desee delante de ella.

—Por favor, siéntense —intervino la señora Rawlstone—. Comandante, detective Miskin, ¿les apetece tomar algo antes de empezar? ¿Café, tal vez?

Dalgliesh le dio las gracias, miró a Kate y declinó la invitación por los dos. En la biblioteca había cuatro asientos: una butaca detrás del escritorio, un silloncito junto a una lámpara y una mesita, y dos sillas de madera maciza, cuyos asientos sin tapizar y sus respaldos tallados auguraban poca comodidad. Kate pensó que las habían llevado a la biblioteca para la entrevista, que a todas luces habían decidido celebrar allí.

Lucy Rawlstone se sentó en el borde del sillón, con las manos entrelazadas sobre el regazo. Su marido ocupó la butaca del escritorio, de modo que Dalgliesh y a Kate debían acomodarse en las sillas que estaban enfrente. Una vez más la detective se preguntó si se trataba de un plan urdido con antelación. Podrían haber pasado por dos candidatos que solicitaban un empleo, aunque costaba imaginar a Dalgliesh en actitud de súplica. Al mirarlo observó que también se había percatado de la estratagema y que no le importaba lo más mínimo.

—¿Conocía bien a la señora Aldridge? —preguntó Dalgliesh.

Rawlstone cogió una regla del escritorio y comenzó a recorrer el borde con la yema del pulgar sin apartar la vista del policía.

—En cierto sentido, muy bien —respondió con voz serena—. Hace unos cuatro años iniciamos una relación amorosa. Ocurrió mucho después de su divorcio, por supuesto. La aventura terminó hace un año más o menos; me temo que no puedo concretar la fecha. Mi esposa estaba al corriente desde hacía unos dos años. Como es natural, no la aprobaba, y hace uno le prometí que se terminaría. Por fortuna, mis deseos coincidieron con los de Venetia. De hecho, fue ella quien rompió la relación aunque, si no lo hubiera hecho, yo habría tomado la iniciativa. Esa aventura no tiene nada que ver con su muerte, pero usted me ha preguntado si la conocía bien y yo he contestado la verdad.

—¿De modo que su relación concluyó sin rencor por ninguna de las dos partes?

—En efecto. Ambos sabíamos desde hacía meses que lo que habíamos sentido, o creímos sentir, estaba muerto. Los dos éramos demasiado orgullosos para escarbar en ello.

Kate pensó que aquélla era una de las justificaciones más bien meditadas que había oído en su vida. «¿Y por qué no? —se dijo—. Adivinó por qué queríamos verlo y dispuso de tiempo suficiente para montar esta farsa. Y fue muy listo al no pedir a su abogado que estuviera presente. ¿Para qué? Sabe lo suficiente de interrogatorios para no cometer errores.»

Rawlstone dejó la regla y añadió:

—Ahora tengo más claro por qué sucedió todo. Venetia tenía a Drysdale Laud, un joven atractivo que la acompañaba al teatro y a cenar, pero de vez en cuando necesitaba un hombre en su cama. Yo estaba disponible y deseoso de complacerla. Dudo de que eso tenga algo que ver con el amor.

Kate miró de reojo a Lucy Rawlstone. Un rubor casi imperceptible tiñó por un instante su delicado rostro, y Kate detectó un breve movimiento de repugnancia. «¿No comprende que su crudeza resulta degradante y humillante a su esposa?», se preguntó.

—Venetia Aldridge está muerta —afirmó Dalgliesh—. Lo que necesitaba o no en su cama no nos incumbe, a menos que guarde relación con su muerte. —Se volvió hacia Lucy—. ¿Usted la conocía, señora Rawlstone?

—No muy bien. Coincidimos alguna vez, casi siempre en fiestas de abogados, pero dudo de que cruzáramos más de una docena de palabras. Me parecía una mujer atractiva, pero infeliz. Tenía una voz tan preciosa que pensé incluso que había sido cantante. —Se dirigió a su esposo para añadir—: ¿Cantaba, cariño?

—Yo nunca la oí. No creo que tuviera aficiones musicales.

Dalgliesh miró de nuevo a Mark Rawlstone y observó:

—Usted estuvo en su casa el martes por la noche, un día antes de su fallecimiento. Como es lógico, nos interesa todo lo ocurrido en los días inmediatamente anteriores al de autos. ¿Por qué la visitó?

Si la pregunta desconcertó a Rawlstone, no lo demostró. Claro que debía recordar que Octavia lo había visto y había oído parte de la discusión. Negar su presencia allí habría sido absurdo e imprudente.

—Venetia me llamó alrededor de las nueve y media para comentarme que necesitaba hablar conmigo de un asunto urgente. Cuando llegué, la encontré un poco extraña. Me explicó que estaba planteándose presentarse a un puesto en la magistratura y me preguntó si consideraba que sería una buena juez y si reemplazar a Hubert Langton como presidente de las cámaras sería un punto a su favor.

»Desde luego, no necesitaba consultarme sobre eso, pues era evidente que le resultaría muy beneficioso. Le dije que pensaba que sería una buena juez, pero ¿de verdad quería eso? Y más importante aún, ¿estaba en condiciones de conseguirlo?

—¿No le extrañó que le pidiera que se reuniera con ella por la noche para abordar un tema que podría haber comentado con usted, o con otras personas, a una hora más oportuna?

—Sí; me pareció raro. Cuando regresaba a casa se me ocurrió que tal vez pretendía decirme otra cosa y había cambiado de opinión después de llamarme, o que al verme había llegado a la conclusión de que yo no podía ayudarla y no se había molestado en plantear el problema.

—¿Tiene idea de cuál podía ser ese problema?

—No. Como ya he mencionado, Venetia estaba un poco extraña. Salí de allí con la misma información que tenía al llegar.

—Sin embargo se enzarzaron en una discusión.

Rawlstone guardó silencio unos instantes antes de matizar:

—No se trató de una discusión, sino más bien de una pequeña diferencia de opiniones. Supongo que habrán hablado con Octavia. No necesito advertirles cuán poco fiable es la información basada en lo que una persona oye de forma furtiva. No tuvo nada que ver con el fin de nuestra relación, o no de manera directa.

—¿A qué se debió?

—Fundamentalmente a diferencias políticas. A Venetia no le interesaba la política, y nunca me hizo creer que votaba al Partido Laborista. Como ya he mencionado, esa noche estaba de un humor extraño y quizá tuviera ganas de discutir. Vaya a saber por qué. Hacía meses que no nos veíamos. Me acusó de descuidar las relaciones humanas en aras de mi ambición política. Afirmó que lo nuestro habría continuado, que ella jamás habría roto si yo no la hubiera colocado en segundo lugar, después del partido. Desde luego, no tenía razón. Habría resultado imposible mantener la aventura. Le comenté que tal crítica me parecía una ironía procediendo de ella, que había desatendido a su hija para prosperar en su carrera. Creo que eso fue lo que oyó Octavia, porque en ese momento la vimos en la puerta. Es una pena, pero lo que oyó era cierto.

—¿Le importaría explicarme dónde estuvo ayer entre las siete y media y las diez de la noche? —preguntó Dalgliesh.

—Le aseguro que no estaba en el Temple. Salí de mi despacho en Lincon's Inn poco antes de las seis, tomé una copa en el Wig and Pen con un periodista llamado Pete Maguire. Llegué a casa poco después de las siete y media. Me había citado con cuatro de mis electores a las ocho y media en el Parlamento. Son aficionados a la caza y pretendían que impulsara un decreto para garantizar el futuro de ese deporte. Salí de aquí a las ocho y cinco y caminé hasta el Parlamento; bajé por John Slip Street y crucé Smith Square. —Introdujo la mano en un cajón y sacó un papel doblado—. He escrito aquí los nombres de esas personas por si querían comprobarlo. En tal caso, les ruego que actúen con tacto. No he tenido nada que ver con la muerte de Venetia Aldridge, y me molestaría mucho que corrieran rumores que me implicaran en este asunto.

—Los rumores, si los hay, no saldrán de nosotros —le aseguró Dalgliesh.

La señora Rawlstone intervino en ese momento:

—Puedo confirmar que mi marido ayer regresó a casa poco después de las siete y media y se marchó al Parlamento poco antes de las ocho. Volvió para cenar una hora más tarde. Nadie le telefoneó en toda la noche. Hubo un par de llamadas, pero eran para mí.

—¿Y había alguien aquí con usted entre las siete y media y las nueve?

—Nadie. La cocinera, que vive con nosotros, libra los miércoles por la noche y la asistenta externa, que viene a diario, se marcha a las cinco y media. Yo cocino para mi marido los miércoles, a menos que tenga una cita o se quede trabajando en el Parlamento. Preferimos cenar aquí a ir a un restaurante, pues son pocas las veces que tenemos ocasión de hacerlo. Y no salió de casa después que yo me acostara, a las once. Ha de pasar por mi dormitorio para llegar al rellano, y yo tengo un sueño ligero. Lo habría oído. —Miró a Dalgliesh con expresión impasible y añadió—: ¿Alguna pregunta más?

El policía le dio las gracias y se volvió una vez más hacia Mark Rawlstone.

—Como es lógico, usted habrá llegado a conocer muy bien a la señora Aldridge durante los cuatro años que duró su relación. ¿Le ha sorprendido su asesinato?

—Mucho. Sentí todas las emociones comunes; horror, conmoción, pena por la muerte de una persona que había estado unida a mí, y sí, también sorpresa. Supongo que es normal cuando le ocurre algo tan absurdo y espantoso a un conocido.

—¿No tenía enemigos?

—No, o al menos ninguno que la odiara. Tenía un carácter difícil, bueno, como todos, me figuro. La ambición y el éxito en una mujer a menudo provocan envidia y resentimiento. Sin embargo no sé de nadie que pudiera desear su muerte. En todo caso, quizá no sea la persona más indicada para responder a esa pregunta. Sus colegas de las cámaras lo sabrán mejor que yo. Aunque le resulte extraño, lo cierto es que en los últimos tres años no nos vimos con asiduidad, y cuando lo hacíamos, nuestras conversaciones no eran personales; claro que tampoco charlábamos mucho. Ambos teníamos nuestra vida privada y queríamos mantenerla al margen de nuestra relación. En alguna ocasión me habló de su amistad con Drysdale Laud y también sé que tenía problemas con su hija. Pero ¿a quién no le plantean problemas las hijas adolescentes?

No quedaba nada más que decir. Kate y Dalgliesh se despidieron de Lucy Rawlstone y su marido los acompañó a la puerta principal. Mientras la abría, éste añadió:

—Espero que consideren confidencial todo cuanto les he contado. Este asunto sólo nos interesa a mi mujer y a mí; a nadie más.

—Si su relación con la señora Aldridge no tiene nada que ver con la investigación, no habrá necesidad de hacerla pública.

—Ya no existía ninguna relación. Hacía más de un año

que había terminado. Creí que lo había dejado claro. No deseo que enfoquen mis ventanas con objetivos telescópicos ni que persigan a mi esposa cuando sale de compras, sobre todo ahora que algunos sectores de la prensa se han vuelto tan entrometidos y maliciosos. Supongo que pretenden convencernos de que todos los magnates de la prensa han llevado una vida irreprochable y casta antes de casarse, que después se han mantenido fieles a sus esposas y que la lista de gastos de los periodistas superaría el más escrupuloso examen. Debería haber un límite para la hipocresía.

—Yo nunca lo he encontrado —replicó Dalgliesh—. Gracias por su colaboración.

Rawlstone se demoró junto a la puerta.

—¿Cómo murió? Corren algunos rumores, pero nadie parece saberlo a ciencia cierta.

Carecía de sentido ocultarle la verdad, pues la noticia se difundiría muy pronto.

—No se determinará con exactitud hasta después de la autopsia —contestó Dalgliesh—, pero parece que recibió una puñalada en el corazón.

Dio la impresión de que Rawlstone se disponía a hablar, pero cambió de idea y los dejó marchar. Cuando doblaron la esquina, Kate comentó:

—Ninguno de los dos se ha mostrado demasiado apenado, pero al menos no han dicho que era una excelente abogada. Empiezo a cansarme de ese frío epitafio. ¿Qué opina de su coartada, señor?

—No resultará fácil desbaratarla. En cuanto a la posibilidad de que ambos se pusieran de acuerdo para matar a Venetia Aldridge, he de reconocer que me costaría creerlo, y también a un jurado. Lucy Rawlstone es un dechado de virtudes; una católica devota que colabora con una docena de asociaciones benéficas, trabaja un día entero a la semana en un orfanato, es modesta y eficaz. Todo el mundo la considera la esposa perfecta de un parlamentario.

—¿Y también es una madre perfecta?

—No tienen hijos. Supongo que eso será doloroso para ella.

—¿La cree incapaz de mentir?

—No. ¿Acaso alguien lo es? Con todo, Lucy Rawlstone sólo mentiría por una muy buena razón.

—¿Para evitar que su marido vaya a la cárcel, por ejemplo? Su explicación de por qué lo telefoneó la señora Aldridge me ha parecido inverosímil. No es lógico que lo llamara por la noche sólo para consultarle si le convenía convertirse en juez, pero reaccionó con astucia cuando usted le señaló ese punto. Lo justificó de forma muy ingeniosa.

—Y podría ser cierto —repuso Dalgliesh—. Es probable que ella quisiera hablar de algo importante y en el último momento cambiara de opinión.

—De algo como el compromiso de Octavia. Pero ¿por qué Rawlstone no sugirió esa posibilidad? Ah, claro que si ella no se lo comentó, quizá todavía no lo sepa. Supongo que tal vez tuviera intención de abordar ese tema y luego pensara que él no podía ayudarla. Al fin y al cabo, ¿qué podía hacer Rawlstone o cualquier otra persona? Octavia es mayor de edad. Desde luego, su madre estaba desesperada. Pidió ayuda a Drysdale Laud, y no le sirvió de nada.

—Me pregunto cuándo rompieron su relación. ¿Hace más de un año, como asegura él? ¿O el martes por la noche? Sólo dos personas conocen la respuesta, pero una se niega a darla y la otra está muerta.

22

Desmond Ulrick solía trabajar hasta tarde todos los jueves y no vio razón para variar su rutina. La policía había cerrado y precintado el despacho donde se había perpetrado el crimen, y se había llevado la llave. Ulrick trabajó hasta las siete, se puso el abrigo, guardó los papeles que necesitaba en su maletín, conectó la alarma y se marchó después de cerrar la puerta principal con llave.

Residía solo en una casa pequeña situada en Markham Street, en el barrio de Chelsea. La familia se había mudado allí después de que su padre se jubilara de su empleo en Malasia y Japón, y él había vivido con sus progenitores hasta la muerte de ambos, sucedida cinco años antes. A diferencia de la mayoría de los emigrantes, no habían traído consigo recuerdos de su época en el exterior, a excepción de algunas delicadas acuarelas, de las que ahora quedaban unas pocas, ya que Lois se había encaprichado con ellas. Su sobrina poseía una rara habilidad para apropiarse de todos los objetos bonitos que veía en Markham Street.

Los padres de Desmond habían decorado la vivienda con algunos muebles de los abuelos y comprado el resto en las casas de subastas más baratas de Londres, de modo que vivía entre piezas de caoba del siglo XIX, grandes sillones y aparadores con intrincadas tallas y tan pesados que a veces tenía la impresión de que el suelo se desmoronaría bajo su peso. Todo continuaba tal como su madre lo había dejado cuando se la habían llevado en ambulancia para su última y fatal operación. Desmond no pretendía ni deseaba modificar un voluminoso legado en el que ya ni siquiera se fijaba y que de hecho rara vez veía, pues pasaba la mayor parte del tiempo en su estudio de la planta alta. Allí había instalado el escritorio que poseía desde su época de estudiante en Oxford, una silla de respaldo alto y curvo, una de las adquisiciones más acertadas de sus padres, y su biblioteca, meticulosamente catalogada y ordenada en estantes que cubrían tres paredes, desde el suelo hasta el techo.

La señora Jordan, la asistenta que acudía tres veces a la semana, tenía prohibido entrar en el estudio, pero limpiaba a conciencia el resto de la casa. Era una mujer taciturna y corpulenta, con una energía sorprendente. Enceraba y lustraba los muebles hasta que brillaban como espejos y el penetrante aroma de la cera de lavanda recibía a Desmond cada vez que abría la puerta e impregnaba todas las habitaciones. A veces se preguntaba, aunque sin mayor curiosidad, si su ropa también olería a cera. La señora Jordan no cocinaba para él. Una mujer que atacaba a la caoba como si se tratara de un enemigo no podía ser una buena cocinera, y no lo era. Sin embargo eso no suponía una gran preocupación para Desmond, ya que el barrio estaba bien provisto de restaurantes y cenaba fuera la mayoría de las noches. En sus dos establecimientos favoritos lo recibían con deferencia y lo acompañaban a su mesa habitual, aislada del resto.

Cuando Lois cenaba con él, lo que solía suceder dos veces a la semana antes del nacimiento de las gemelas, iban a un restaurante elegido por ella, por lo general situado demasiado lejos, y regresaban a la casa, donde ella preparaba el café. Mientras llevaba la bandeja al salón acostumbraba comentar:

—¡Esa cocina es antediluviana! Aunque hay que reconocer que la señora Jordan la mantiene inmaculada. Y Duncs, cariño, deberías introducir algunos cambios en esta sala; deshacerte de esos muebles de la abuela. Quedaría muy elegante con otro papel pintado, cortinas y unos muebles más apropiados. Conozco un decorador capaz de obrar maravillas. O si lo prefieres te apuntaré algunas ideas, decidiremos la gama de colores y te acompañaré a comprar. Sería divertido.

—No, gracias, Lois. Ni siquiera me fijo en esta habitación.

—Pues deberías fijarte. Sé que te encantaría si la redecoraras.

El jueves era uno de los días en que acudía la señora Jordan, y Desmond tuvo la impresión de que el olor en el vestíbulo era aún más intenso que de costumbre. Había una nota sobre la mesa: «La señora Costello ha telefoneado tres veces. Dice que por favor la llame.» Simon debía de haberla telefoneado a casa o al trabajo para comunicarle lo del asesinato. Naturalmente. No iba a esperar a llegar a casa para contárselo. Y sin duda Lois no había querido llamar a Desmond a su despacho por miedo a que la policía permaneciera allí.

Dio la vuelta al papel, buscó un lápiz en el bolsillo de su americana y escribió con su letra caligráfica: «Señora Jordan: Gracias. La operación programada para el sábado se ha postergado, de modo que no necesitaré que venga fuera de los días acordados para dar de comer a *Tibbles*.» Firmó con sus iniciales y comenzó a subir las escaleras en dirección a su estudio, lentamente y asido a la barandilla, como si fuera un viejo.

En el peldaño superior del primer tramo, *Tibbles* estaba estirada en su posición habitual: con las patas traseras extendidas y las delanteras sobre los ojos, como para protegerlos de la luz. Era una gata blanca de pelo largo heredada de sus padres, que tras algunas excursiones a todas luces insatisfactorias por el vecindario había decidido permanecer junto a Desmond. Abrió su pequeña boca rosada en un mudo maullido sin moverse. La señora

Jordan le había puesto de comer a las cinco, la hora habitual, de manera que ya no necesitaba realizar ninguna demostración de afecto. Ulrick pasó por encima de ella y continuó subiendo hacia su estudio.

El teléfono sonó en cuanto cruzó la puerta. Descolgó el auricular y oyó la voz de su sobrina:

—Duncs, llevo todo el día intentando hablar contigo. No he querido llamar a las cámaras. Supuse que regresarías más temprano. Escucha, no tengo mucho tiempo. Simon está con las gemelas, pero bajará de un momento a otro. Necesito verte. Inventaré cualquier pretexto.

—No; no vengas. Debo trabajar y me apetece estar solo.

—Pero necesito verte. Duncs, cariño, estoy asustada. Tenemos que hablar.

Desmond advirtió que su voz reflejaba una ansiedad rayana en el pánico.

—No —repitió—, no tenemos nada de qué hablar. Ninguno de los dos tiene nada que decir. Si necesitas desahogarte, ahí tienes a Simon.

—¡Se trata de un asesinato, Duncs! Yo no quería que la mataran. Me temo que la policía vendrá a vernos a casa, me interrogará.

—Pues responde a sus preguntas —replicó Ulrick—. Escucha, Lois, tal vez yo haya cometido muchas estupideces, pero ¿me crees capaz de planear un asesinato sólo para ayudarte?

Colgó el auricular y al cabo de unos segundos se agachó para desenchufar el cable del teléfono. «Duncs.» Así lo llamaba Lois desde que era una niña. Duncs. El tío que la invitaba a comer, le hacía regalos, le entregaba un talón de vez en cuando, siempre a espaldas de Simon, o le demostraba su amor mediante gestos más sutiles. Colocó el viejo y abultado maletín sobre el escritorio, escogió un libro de Marco Antonio encuadernado en piel que leería durante la cena y bajó para lavarse las manos en el cuarto de baño, situado en el rellano intermedio. Dos minutos después cerró la puerta de la calle tras de sí y recorrió los cincuenta metros que lo separaban del restaurante de los jueves, donde cenaría solo.

23

Eran más de las diez de la noche. Dalgliesh, todavía sentado ante el escritorio de su despacho, en la séptima planta de New Scotland Yard, cerró el expediente en el que había estado trabajando, se reclinó en la silla y cerró los ojos. Piers y Kate se reunirían con él en unos momentos para analizar los datos de la investigación. A las ocho los había dejado en la sala de autopsias, y Miles Kynaston había prometido enviarle los resultados por fax en cuanto terminara. Por primera vez Dalgliesh tomó conciencia de su cansancio. Ese día, como todos en los que desarrollaba un gran esfuerzo físico y mental, parecía haberse prolongado más de las quince horas que llevaba trabajando. Pensó que, contrariamente a la opinión general, el tiempo transcurre más deprisa cuando se realiza una actividad rutinaria.

Ese día había sido cualquier cosa menos predecible. En la reunión de la tarde entre los oficiales superiores de Yard y sus colegas del Ministerio del Interior, programada para discutir una vez más las derivaciones del Acta de los Servicios de Seguridad, no había existido tensión alguna; ambos bandos habían tratado los aspectos más conflictivos con tacto y una diplomacia casi exagerada, pero todo habría resultado más sencillo si se hubieran atrevido a expresar las palabras que omitían con todo cuidado. La cooperación entre los dos equipos ya había dado frutos en un reciente triunfo sobre el IRA, y nadie pretendía sabotear lo que se había conseguido con tanto esfuerzo;

sin embargo, como dos ejércitos a punto de aliarse, cada uno llevaba consigo algo más que sus insignias. Poseían una historia, una tradición, métodos de trabajo diferentes, una percepción distinta del enemigo e incluso un lenguaje y una jerga profesional diferentes; por no mencionar la eterna cuestión del esnobismo y el estatus, siempre presente en la sociedad inglesa, la tácita convicción de que sólo se alcanzaba el máximo rendimiento trabajando en equipo con miembros de la misma clase social. Dalgliesh pensó que la comisión ya había superado la etapa interesante y ahora se encaminaba con lentitud hacia el yermo terreno del aburrimiento.

Se había alegrado de que se le presentara la ocasión de concentrar sus pensamientos y su energía en los ritos más precisos de la investigación criminal, pero incluso aquí comenzaban a surgir complicaciones imprevistas. En principio todo apuntaba a que se trataba de un caso sencillo: una pequeña comunidad de personas, un edificio relativamente seguro, una investigación relativamente fácil puesto que el grupo de sospechosos era limitado. Sin embargo, ya barruntaba que podía convertirse en uno de esos asuntos que los detectives aborrecen; aquel en el que se conoce la identidad del asesino, pero en opinión del Departamento de Justicia no existen suficientes pruebas que justifiquen abrir una causa. Por otro lado, estaban tratando con abogados que sabían mejor que nadie que lo que condena a un sospechoso es su incapacidad para mantener la boca cerrada.

El despacho de Dalgliesh era funcional, sin demasiados trastos; una habitación en la que un visitante perspicaz habría visto reflejada la personalidad de su propietario, precisamente porque éste no había procurado que fuera así. Tan sólo contenía los muebles que la policía metropolitana consideraba imprescindibles para la oficina de un comandante: un escritorio grande con su butaca, dos sillas cómodas aunque de respaldo rígido para invitados, una mesa de reuniones para seis personas y una estantería donde, además de los habituales libros de consulta, reposaban diversos volúmenes de leyes policiales y derecho penal, manuales de historia, una miscelánea de las publicaciones más recientes del Ministerio del Interior, actas del Parlamento y una colección de informes oficiales. En resumen, una biblioteca de trabajo idónea para la misión y el rango de Dalgliesh. Había tres paredes desnudas, y la cuarta estaba decorada con grabados de la policía londinense del siglo XVIII, que Dalgliesh había encontrado en la segunda planta de una librería de viejo de Charing Cross cuando todavía era sargento y había comprado después de mucho meditar si podía permitírselo. Había constituido una adquisición acertada, ya que ahora los grabados habían multiplicado por diez su valor. Algunos de sus colegas convertían sus oficinas en un ostentoso alarde de camaradería masculina al adornar las paredes con insignias de fuerzas extranjeras, banderines, fotografías de grupos y viñetas de tebeos, y los anaqueles con copas y demás trofeos deportivos.

Dalgliesh opinaba que el resultado era deprimente, como si un director artístico con una mala percepción del espacio disponible se hubiera excedido con la ornamentación. Para él, un despacho no era un sustituto de la vida privada, del hogar o de la identidad. No era el primero que ocupaba en Scotland Yard y con toda probabilidad no sería el último. No necesitaba satisfacer ninguna necesidad más que las estrictamente laborales. Y su trabajo, con toda su variedad, sus estímulos y su fascinación, no requería nada más que lo que él tenía en su despacho. Para Dalgliesh, siempre había existido un mundo en otra parte.

Se acercó a la ventana y contempló la vista de Londres. Ésa era su ciudad; se había enamorado de ella al instante cuando de pequeño su padre lo había llevado a visitarla como regalo de cumpleaños, y aunque su amor por la metrópoli, como todos los amores, había atravesado por momentos de desencanto y amenazas de infidelidad, la fascinación persistía. A pesar del paso del tiempo y de los cambios, la ciudad conservaba el peso de la historia y la tradición, sólido como los cimientos de Londres, que confería autoridad incluso a las calles menos agradables. El panorama desde su ventana continuaba hechizándolo. Lo observaba como si de una obra de arte se tratara; a veces lo veía como una litografía, con las delicadas tonalidades de una mañana primaveral, otra como un dibujo en carboncillo y tinta, con cada torre, cada cúspide, cada árbol amorosamente delineados, y en ocasiones como un cuadro al óleo, imponente y vigoroso. Esa noche era una acuarela psicodélica, con manchas carmesíes y grises sobre el negro azulado del cielo, pinceladas verdes y rojas que se alternaban en las calles a medida que cambiaba la luz de los semáforos, y edificios con cuadradas ventanas blancas pegados como coloridas figuras recortables sobre el manto oscuro de la noche.

Se preguntó por qué tardaban tanto Kate y Piers; la jornada laboral aún no había concluido para ellos. Ambos eran jóvenes, por sus venas corría suficiente adrenalina para hacer lo que se esperaba de ellos cuando había una investigación en curso: trabajar durante quince horas seguidas y comer deprisa y de pie cuando disponían de un minuto libre. Dalgliesh sospechaba que se lo pasaban bien. Sin embargo, le preocupaba Kate. Desde que Daniel Aaron había abandonado el cuerpo y Piers había ocupado su lugar, había advertido un ligero cambio en la joven, una pequeña pérdida de confianza, como si de pronto se cuestionara por qué estaba en la brigada o cuál era su función. Dalgliesh no deseaba conceder importancia a ese cambio; a veces hacía la vista gorda, como si siguiera siendo la Kate segura y obstinada de siempre, que combinaba un ansioso, casi ingenuo entusiasmo por su nuevo puesto con la experiencia y la tolerancia propias de una larga trayectoria profesional. Unos meses atrás, al considerar que quizá Kate necesitara unas vacaciones del trabajo policial, le había sugerido que se presentara a los exámenes de ingreso de la universidad. Tras unos minutos de silencio, ella había preguntado:

—¿Cree que así me convertiría en una agente mejor, señor?

—No me refería a eso. Se me ocurrió que pasar tres años en la universidad tal vez fuera una experiencia interesante para usted.

—¿Y que aumentaría mis posibilidades de conseguir un ascenso?

—Sí; aunque en realidad no me lo había planteado. Un título siempre ayuda.

—He vigilado demasiadas manifestaciones estudiantiles —había replicado ella—. Si quisiera lidiar con críos alborotadores, me enrolaría en la Brigada Juvenil. A los estudiantes les encanta abuchear a cualquiera que no comparta sus opiniones. Y si en la universidad no existe libertad de expresión, ¿para qué sirve, entonces?

Había hablado como acostumbraba: sin resentimiento aparente, pero con una emoción parecida en la voz, en cuyo tono Dalgliesh había creído detectar una rabia contenida que le sorprendió. Su propuesta no sólo no había sido bien recibida; a Kate le había molestado. Dalgliesh se preguntaba si aquel discurso sobre la libertad de expresión y el barbarismo de los más privilegiados era sincero o se basaba en una objeción más sutil y difícil de expresar. Conjeturó que la falta de entusiasmo de la detective podría guardar relación con la marcha de Daniel. La joven le profesaba afecto, aunque Dalgliesh no había juzgado oportuno preguntar hasta dónde llegaba ese afecto. Quizás a la joven no le agradaba su nuevo compañero, aunque lo toleraba a su manera, consciente de que su descontento era infundado. Dalgliesh analizaría la situación, más por el bien de la brigada que por el de Kate. Sin embargo, la apreciaba. Quería que fuera feliz.

En el instante en que se alejaba de la ventana, los dos detectives entraron en el despacho. Piers llevaba la gabardina abierta, y una botella de vino asomaba del bolsillo interior. La sacó y la colocó con cierta ceremonia sobre el escritorio.

—Es parte del regalo de cumpleaños que me ha hecho un tío perspicaz. He pensado que nos la merecíamos, señor.

Dalgliesh miró la etiqueta.

—No es el vino más apropiado para una reunión informal —observó—. Resérvelo para una ocasión más digna de él. Tomaremos café. Lucy ha dejado todo preparado en el despacho contiguo. Por favor, tráigalo, Piers.

Éste miró a Kate con expresión apesadumbrada, devolvió la botella al bolsillo sin hacer ningún comentario y salió del despacho.

—Lamento llegar tarde —se disculpó Kate—. El doctor Kynaston se retrasó un poco, pero enviará su informe dentro de unos minutos.

—¿Alguna sorpresa?

—Ninguna, señor.

No volvieron a hablar hasta que Piers regresó con una bandeja en que llevaba la cafetera, la leche y tres tazas y la depositó sobre la mesa de reuniones. Entonces el fax emitió un pitido y los tres se acercaron al aparato. Miles Kynaston había cumplido su promesa.

El informe comenzaba con los datos de rigor; la hora y el lugar de la autopsia, así como los nombres de los funcionarios presentes —incluidos los agentes de la brigada de investigación—, el fotógrafo, el oficial presente en el escenario del crimen, el técnico de laboratorio y el forense y sus asistentes. A instancias del patólogo forense, se había desnudado a la víctima y se le había quitado la peluca, que se había entregado al funcionario encargado de las pruebas. Más tarde el laboratorio confirmaría lo que ya sabían: que la sangre pertenecía a Desmond

Ulrick. A continuación seguía la parte que estaban esperando:

El cuerpo correspondía a una mujer bien nutrida y madura, de origen caucásico. El *rigor mortis* ya se apreciaba cuando el cadáver se examinó por primera vez, a las 10.00, y se había extendido a todos los grupos musculares. Las uñas de las manos, de una longitud media, estaban limpias e intactas. El cabello natural de la víctima era corto y de color castaño oscuro. Se apreció una pequeña herida por punción en la pared anterior del tórax, situada a unos 5 centímetros a la izquierda de la línea central. La herida era horizontal y medía 1,2 centímetros de anchura. La disección demostraba que el arma había penetrado en línea recta en la cavidad torácica, entre las costillas séptima y octava, y atravesado el pericardio y la pared anterior del ventrículo izquierdo, donde había causado una herida de 0,7 centímetros de profundidad. La herida y el pericardio presentaban una hemorragia mínima. En mi opinión, la herida la causó un abrecartas de acero, clasificado como «prueba A».

No se apreciaban otras lesiones externas, a excepción de un hematoma de aproximadamente 2 centímetros en la parte posterior del cráneo. No se observaron lesiones en las manos ni en los brazos provocadas por una actitud defensiva de la víctima. El hematoma parece indicar que la víctima se golpeó contra una pared o una puerta en el momento en que se la apuñaló.

Seguía un largo catálogo de todos los órganos internos de Venetia Aldridge: el sistema nervioso, los aparatos respiratorio y cardiovascular, el estómago, el esófago y los intestinos. Las palabras se sucedían en un orden casi idéntico, siempre acompañadas del comentario de que el órgano en cuestión presentaba un estado normal.

Tras el informe de los órganos internos, figuraba una lista de las pruebas entregadas al funcionario correspondiente, que incluían frotis y muestras de sangre.

Luego se mencionaba el peso de los órganos. No tenía mayor importancia que el cerebro de Venetia Aldridge pesara 1.350 gramos, su corazón 270 y su riñón derecho 200, pero las cifras, presentadas con tal crudeza, se superponían en la mente de Dalgliesh con la imagen del ayudante de Miles Kynaston llevando los órganos a la báscula con los guantes ensangrentados, como un carnicero que pesa vísceras animales.

Por fin llegaron a las conclusiones:

La occisa era una mujer bien alimentada, sin signos de una enfermedad natural susceptible de haber causado la defunción o contribuido a ella. La herida del pecho parece ocasionada con un arma de hoja fina que provocó lesiones en el tabique cardíaco. La ausencia de sangre en la herida sugiere que la muerte ocurrió rápidamente después de la agresión. No se han observado lesiones ocasionadas por un forcejeo. La causa de la muerte fue una herida por punción en el corazón.

—¿El doctor Kynaston consiguió precisar más la hora de la muerte? —preguntó Dalgliesh.

—Confirmó su hipótesis inicial, señor —respondió Kate—. El fallecimiento se produjo entre las siete y media y las ocho y media. No creo que concrete más en los tribunales, pero extraoficialmente ha comentado que sospecha que ya estaba muerta a las ocho o muy pocos minutos después.

Siempre resultaba difícil determinar la hora exacta de una muerte, pero Dalgliesh estaba convencido de que Kynaston nunca se equivocaba. Ya fuera por intuición o por experiencia, o por una combinación de ambas, parecía capaz de oler el momento del óbito. Se sentaron alrededor de la mesa y Piers sirvió el café. Dalgliesh no pretendía retener mucho tiempo a los detectives. Carecía de sentido convertir la investigación en una prueba de resistencia, pero era importante evaluar los progresos.

—Muy bien, ¿cuál es la situación, Kate? —preguntó.

Kate no perdió tiempo en preliminares.

—La última persona que vio a Venetia Aldridge con vida fue Harry Naughton, el secretario, poco antes de las seis, cuando le llevó el sumario que acababa de entregarle un mensajero y un ejemplar del *Evening Standard*. Estaba viva a las ocho menos cuarto, cuando su ama de llaves, la señora Buckley, le telefoneó para protestar porque Octavia Cummins le había ordenado que cocinara una cena vegetariana. Por tanto, murió después de las ocho menos cuarto, quizás a las ocho o pocos minutos después. Cuando la señora Buckley habló con ella, la abogada tenía una visita; esa persona podría ser el asesino. En tal caso, era un miembro de las cámaras o un hombre o una mujer a quien la señora Aldridge había permitido entrar y a quien no tenía razones para temer. Ningún miembro de las cámaras admite haber estado con ella a las ocho menos cuarto. Todos declararon que ya se habían marchado a esa hora. Desmond Ulrick fue el último en salir del edificio, según él, a las siete y cuarto.

Piers desplegó un mapa del Temple sobre la mesa.

—Si murió alrededor de las ocho —señaló—, el asesino o la asesina debía de encontrarse en el Temple antes de esa hora. Todas las entradas sin guardias de seguridad se cierran con anterioridad, de modo que o bien Venetia Aldridge dejó pasar a esa persona, o ya se hallaba en el Temple cuando se cerraron las puertas. La de Tudor Street dispone de una barrera levadiza que permanece vigilada las veinticuatro horas del día. Nadie pasó por allí después de las ocho. La entrada del Strand, Wren Gate, por donde se accede a Middle Temple Lane, está temporalmente clausurada por reformas. Aún quedan cinco vías de acceso, y lo más probable es que el asesino utilizara la de Devereux Court, la puerta de la magistratura que emplean casi todos los miembros de las cámaras. Hemos comprobado que todas están cerradas a las ocho. Si el asesino o la asesina entró después, debía de tener llave. Me niego a seguir diciendo el «asesino o la asesina». ¿Cómo podemos referirnos al criminal? Propongo que lo bauticemos «AVA»: asesino de Venetia Aldridge.

—¿Qué sabemos en concreto del asesinato? —preguntó Dalgliesh.

Kate respondió:

—El asesino empujó a Venetia Aldridge contra la pared, lo que le produjo el hematoma en la nuca, al tiempo que le clavaba el abrecartas en el corazón. Caben dos posibilidades: tuvo suerte o sabía anatomía. Después arrastró el cadáver por la alfombra, con lo que dejó marcas en la felpa, y la sentó en la silla del escritorio. La mujer debía de tener la rebeca desabrochada en el momento de su muerte, pero el asesino la abotonó para ocultar la herida, como si quisiera que presentara un aspecto impecable. Eso me resulta muy extraño, señor. Era imposible que pretendiera hacer pasar su crimen por una muerte natural. Envolvió la plegadera en las páginas rosadas del *Evening Standard*, luego probablemente la llevó al cuarto de baño del sótano para lavarla, rompió el papel y lo arrojó al inodoro. Antes de marcharse guardó el arma en el último cajón del archivador de Valerie Caldwell. En algún momento él u otra persona cogió la peluca del despacho del secretario y la bolsa de sangre del frigorífico de Ulrick y adornó el cadáver. Si lo hizo el asesino, la lista de sospechosos es limitada, ya que sabía dónde encontrar la plegadera, la peluca y la sangre, y esta última no se introdujo en la nevera hasta el lunes por la mañana.

—Mira —interrumpió Piers con impaciencia—, yo estoy casi convencido de que el asesino y el bromista son la misma persona. De lo contrario, ¿por qué molestarse en arrastrar el cuerpo y sentarlo en la silla? ¿Por qué no lo dejó en el suelo? Al fin y al cabo, el despacho estaba cerrado. No la encontrarían hasta la mañana siguiente. ¿Por qué hacer que pareciera viva? Trasladó el cadáver con la intención de adornarlo con la peluca y la sangre. Fue una especie de declaración; AVA mató a Aldridge por razones profesionales. No odiaba a la mujer, sino a la abogada, lo que debería proporcionarnos alguna pista sobre el móvil del crimen.

—A menos que el asesino quisiera que creyéramos precisamente eso. ¿Por qué la asesinó junto a la puerta?

—Tal vez ella estuviera guardando una carpeta en el archivador, o acompañando al visitante a la puerta. Movido por un impulso, éste coge el abrecartas y se arroja sobre ella. En tal caso, no era un miembro de las cámaras, porque Venetia no conduciría a un colega hasta la puerta.

—Quizá lo hacía en determinadas circunstancias —protestó Kate—. Supón que discutieron y ella exclamó «¡Fuera de mi despacho!» mientras abría la puerta. Ya sé que por lo que nos han contado de ella no era muy proclive a los arrebatos de esa naturaleza, pero cabe esa posibilidad. Después de todo, en los últimos tiempos estaba un poco extraña.

—Bien, si suponemos que el asesino y el bromista son la misma persona, ¿quién es el principal sospechoso?

Kate consultó su cuaderno de notas.

—Aún quedan otros veinte miembros de las cámaras. La policía de la City ha comprobado casi todas las coartadas. Como es lógico, todos tienen llave de la puerta principal, pero parece que dieciséis de ellos están libres de sospecha. Disponemos de los nombres y las direcciones de todos. Tres se han trasladado temporalmente a tribunales de provincias; cuatro trabajan fuera de Londres, en el anexo de Salisbury; los dos abogados internacionales se encuentran en Bruselas, cinco trabajan desde su casa y pueden probar dónde estuvieron a partir de las seis; uno está ingresado en el hospital de St. Thomas, y otro en Canadá, visitando a su hija, que acaba de dar a luz a una niña. Hemos de investigar mejor a otros tres para confirmar sus coartadas. Un estudiante meritorio, Rupert Price-Maskell, acaba de prometerse y lo celebró con una cena que se inició a las siete y media. Puesto que dos de los invitados eran jueces del Tribunal Superior y otro de ellos miembro del Colegio de Abogados, opino que podemos tachar a Price-Maskell de la lista de sospechosos. Otro meritorio, Jonathan Skollard, se halla de visita profesional en otro condado, con su tutor. No he logrado entrevistarme con la tercera, una tal Catherine Beddington, que está enferma. Ah, y los dos auxiliares de secretaría también cuentan con una buena coartada. Un administrativo de las cámaras de lord Collingford celebró su despedida de soltero en un pub de Earls Court Road, donde permanecieron desde las siete y media hasta que terminó la fiesta, después de las once.

—Por consiguiente —intervino Dalgliesh—, si el asesino tenía la llave del edificio, estaba allí el miércoles y conocía el paradero de la peluca y la sangre, el grupo de sospechosos se reduce al secretario general, Harold Naughton; la asistenta, Janet Carpenter, y cuatro abogados: el presidente de las cámaras, Hubert Langton, Drysdale Laud, Simon Costello y Desmond Ulrick. Mañana tendrán que comprobar qué hicieron estas personas a partir de las siete y media. Además convendría que averiguaran a qué hora se produce el descanso en el teatro Savoy, cuánto dura y si Drysdale Laud tuvo tiempo de llegar a las cámaras, matar a la abogada y volver al teatro antes del segundo acto. Averigüen si se sentó en una de las últimas filas y, si es posible, quién estaba junto a él. Ulrick declaró que regresó a su casa para dejar el maletín y cenó en Rules a las ocho y cuarto. Pregunten al personal del restaurante si puede confirmar la hora y si Ulrick llevaba su maletín; tal vez lo dejó en el guardarropía o debajo de la mesa. También tendrán que entrevistar a Catherine Beddington, si se encuentra en condiciones de recibir visitas.

—¿Y qué hay de Mark Rawlstone, señor? —inquirió Kate.

—De momento, carecemos de pruebas que lo incriminen. Creo que es cierto que llegó al Parlamento a las ocho y cuarto. Dudo de que haya conseguido convencer a cuatro electores de que mintieran por él, y si no hubiera estado seguro de que confirmarían su coartada no nos habría facilitado sus nombres. De todos modos hablen con el agente que estaba de guardia en la entrada de los parlamentarios. Sin duda recordará si Rawlstone llegó a pie o en taxi y desde qué dirección. A esos guardias no se les escapa nada. Ah, hay algo más que deberían hacer mañana si les da tiempo. Antes de salir de las cámaras, eché un vistazo a los cuadernos azules de Venetia Aldridge. Sus notas sobre el caso Ashe son muy reveladoras. Es asombroso cuántas molestias se tomó para investigar a su defendido. Se deduce que tenía la convicción, insólita para un abogado, de que la mayoría de los casos se pierden por incompetencia de la defensa. Una idea acertada y poco común. No me sorprende que le mortificara el compromiso de su hija con Ashe; ninguna madre se habría quedado tranquila sabiendo lo que ella había averiguado de él. También he leído las notas de su último caso, el de Brian Cartwright. Al parecer, la señora Aldridge estaba un poco extraña cuando regresó del Tribunal de lo Criminal el lunes. Dudo de que Ashe y su hija se presentaran allí para anunciarle su compromiso, de modo que tal vez tuvo otro incidente. Aunque se trata de una posibilidad remota, vale la pena visitar a Cartwright para preguntarle si sucedió algo al final del juicio. Su dirección figura en el cuaderno azul. También me gustaría saber algo más sobre Janet Carpenter. En la agencia de la señorita Elkington les informarán. Después de todo, ella y sus asistentas tienen llave de las cámaras. Además quiero que interroguen de nuevo a Harry Naughton. Quizá después de una noche de descanso se le haya refrescado la memoria. Pregúntenle si vio algo o a alguien cuando regresaba a casa.

—Me intriga lo de la daga —explicó Kate—. ¿Qué razón había para guardarla en un cajón del archivador? No era el escondite ideal, ¿no? Si no la hubiéramos encontrado nosotros, lo habría hecho Valerie Caldwell.

—Antes de salir, el asesino la introdujo en el sitio que le quedaba más a mano —replicó Dalgliesh—. Tenía dos opciones: dejarla en el edificio o llevársela. Si la dejaba, debía borrar sus huellas; si se la llevaba, quizá con la intención de arrojarla al Támesis, de todos modos habríamos averiguado cuál era el arma. ¿Por qué ocultarla en un sitio más seguro? Eso le habría llevado cierto tiempo del que no disponía. La señora Carpenter llegaría a las ocho y media.

—Entonces ¿sospecha que conocía la hora de entrada de la señora Carpenter?

—Desde luego —respondió Dalgliesh—. Estoy seguro de que AVA, como lo llama Piers, estaba al tanto de ese detalle.

Piers, que llevaba unos minutos sin hablar, opinó:

—Yo creo que Harry Naughton es el principal sospechoso, señor. Sabía dónde estaban la sangre y la peluca, admite que nadie lo vio salir del edificio ni llegar a la estación cercana a su casa. Y a eso se suma su extraña conducta de esta mañana. Hace casi cuarenta años que toma el tren en Buckhurst Hill y camina por Chancery Lane hasta llegar a las cámaras. ¿Por qué dio un rodeo precisamente esta mañana?

—Afirmó que necesitaba reflexionar sobre asuntos personales.

—Vamos, Kate, tuvo todo el viaje desde Buckhurst Hill para meditar sobre sus problemas. ¿No es posible que no se atreviera a regresar a las cámaras? Sabía muy bien lo que le aguardaba allí. Su proceder de esta mañana fue irracional.

—La gente no se comporta siempre de manera racional —protestó Kate—. ¿Y por qué lo has escogido a él? ¿Acaso crees que un distinguido abogado es incapaz de cometer un asesinato?

—Yo no he insinuado tal cosa, Kate. Sería una solemne tontería.

—Bueno, hemos terminado por hoy —terció Dalgliesh—. Mañana por la mañana no estaré en Londres. Iré a Dorset para charlar con el ex marido de Venetia Aldridge y su esposa. La abogada acudió a Drysdale Laud para que le ayudara con lo del compromiso de su hija, pero no tuvo éxito. Quizá probó suerte con su marido. En cualquier caso, es preciso interrogarlo.

—Es una zona bonita —observó Piers—, y parece que el tiempo lo acompañará, señor. En Werham hay una capilla interesante que quizá tenga tiempo de visitar. Y desde luego debería entrar en la catedral de Salisbury. —Parecía haber recuperado su buen humor y lanzó una mirada risueña a Kate.

—Y ustedes podrían visitar la catedral de Westminster cuando se dirijan a la agencia de la señorita Elkington, aunque por desgracia no tendrán tiempo para quedarse a rezar.

—¿Qué deberíamos pedir a Dios, señor?

—Humildad, Piers, humildad. En fin, ¿lo dejamos por hoy?

24

Era poco más de medianoche; para Kate, la hora del último e invariable rito del día. Se arrebujó en la más gruesa de sus dos batas, se sirvió una pequeña cantidad de whisky y abrió la puerta del balcón que daba al Támesis. El río desierto de barcos era una negra y ondulante extensión de agua salpicada por la plateada luz de la luna. Tenía otro balcón desde el que divisaba el Canary Wharf, semejante a un brillante lápiz gigantesco, y los Docklands, la ciudad de cristal y cemento; pero ella prefería la vista del río. Solía saborear este momento; con el vaso en la mano y la cabeza apoyada contra el áspero ladrillo del balcón, aspiraba el fresco aire marino que transportaba la marea, y en las noches despejadas miraba las estrellas, sintiéndose en comunión con el palpitar de la ciudad que nunca dormía y al mismo tiempo ajena y por encima de ella, una espectadora privilegiada, segura en su mundo inviolable.

No obstante esta noche era diferente. Esta noche no se sentía feliz. Sabía que existía un problema que debía resolver porque amenazaba tanto su vida privada como su empleo. No era el trabajo en sí, que todavía la fascinaba y acaparaba todo su interés y su lealtad. Había conocido lo mejor y lo peor de la vida de un policía en Londres y aún conservaba parte del idealismo inicial, mantenía la convicción de que desempeñaba una labor que valía la pena. ¿A qué se debía entonces su inquietud? La lucha no había terminado. Todavía deseaba un ascenso y esperaba que llegara su oportunidad. Ya había conseguido muchas cosas: un rango superior, una tarea prestigiosa con un jefe a quien apreciaba y admiraba, un piso, un coche y más dinero del que había ganado en su vida. Era como si hubiera alcanzado un estadio que le permitía relajarse y observar el camino recorrido, enorgullecerse de los obstáculos salvados y reunir las fuerzas necesarias para los retos del futuro. Sin embargo, experimentaba una persistente intranquilidad, una sensación que en los años más difíciles había logrado negar, pero que ahora debía afrontar y superar.

Por supuesto, echaba de menos a Daniel. No la había llamado desde que había dejado la policía y ella no sabía dónde estaba ni qué hacía. Piers Tarrant, que había ocupado su puesto, tenía que cargar con el resentimiento de Kate, lo que no resultaba fácil, pues hasta ella reconocía que era injusto.

—¿Por qué estudiaste teología? —le había preguntado—. ¿Acaso querías ser sacerdote?

—¡Claro que no! ¿Sacerdote yo?

—¿Y qué sentido tiene estudiar teología si uno no piensa entrar en la Iglesia? ¿Te ha servido de algo?

—Bueno, no estudié para que me sirviera de algo. En realidad, es un buen entrenamiento para un agente de policía porque dejas de sorprenderte por lo increíble. La teología no es muy diferente del derecho penal. Ambos se basan en un complicado sistema filosófico que tiene poco que ver con la realidad. La escogí porque en Oxford era más sencillo entrar en esa facultad que en la de Historia o CP, que eran mis otras dos opciones.

No le preguntó qué significaba CP, pero le molestó que diera por supuesto que lo sabía. Se planteó si tenía celos de Piers; no celos sexuales, que serían degradantes y absurdos, sino de la informal camaradería que mantenía con Dalgliesh y de la que ella se sentía sutilmente excluida por el hecho de ser mujer. Ambos se mostraban muy respetuosos con ella y entre sí. Kate ignoraba por qué, pero la sensación de formar parte de un equipo se había desvanecido. Sospechaba que para Piers nada tenía verdadera importancia, que no se tomaba nada en serio porque para él la vida era una broma; una broma que quizá compartiera sólo con su dios. Intuía que la tradición, las convenciones y la jerarquía policial le parecían graciosas, incluso ridículas. Y presumía que Dalgliesh entendía ese punto de vista, aunque no estuviera del todo de acuerdo. En cambio ella era incapaz de vivir de ese modo, de tomarse su profesión a la ligera. Había invertido demasiado esfuerzo, había sacrificado demasiadas cosas por ella y la había usado para escapar de su antigua existencia de hija ilegítima y huérfana de madre en un bloque de viviendas sociales. ¿Guardaría eso alguna relación con su insatisfacción actual? ¿Empezaba a sentirse en desventaja por su educación y su procedencia social? Se apresuró a apartar esa idea de su mente. Nunca había cedido a los impulsos destructivos de la envidia y el resentimiento. Su vida todavía se regía por aquella antigua cita, que recordaba aunque ignoraba su origen:

¿Qué importa lo que fue o lo que será?
Todo comienza y acaba en mí.

Tres días antes de que se presentara el caso Aldridge, había regresado a su antigua casa, a Ellison Fairweather Buildings, y en lugar de utilizar el ascensor, había subido por la escalera de cemento hasta la séptima planta, como solía hacer en su infancia, cuando el ascensor no funcionaba; entonces seguía a su abuela, que protestaba y resollaba mientras cargaba con la compra. La puerta con el número 78 ahora estaba pintada de azul claro en lugar del verde que Kate recordaba. No llamó. No quería ver el interior del apartamento, aunque sin duda los nuevos inquilinos tampoco se lo habrían permitido. En cambio, después de unos instantes de vacilación, había llamado al número 79. Los Cleghorn debían de estar en casa. George padecía un enfisema y no se arriesgaría a encontrarse con que el ascensor se había averiado.

Enid le abrió la puerta y su cara grande no reflejó ni alegría ni sorpresa.

—Conque has vuelto. George, es Kate. Kate Miskin. —Acto seguido, como si sintiera la obligación de demostrar su hospitalidad, había añadido—: Pondré a calentar agua para el té.

El apartamento era más pequeño de como lo recordaba, pero no podía ser de otra manera. Se había acostumbrado a su amplio salón frente al Támesis. También tenía más trastos. Kate nunca había visto un televisor tan grande. La estantería situada a la izquierda de la chimenea estaba repleta de vídeos y había una moderna cadena musical. El sofá y los dos sillones eran nuevos. George y Enid se las arreglaban bien con sus pensiones y la ayuda de los servicios sociales. Si su vida era un infierno, no era por falta de dinero.

Mientras tomaban el té, Enid había comentado:

—Sabes quién controla esta urbanización, ¿no?

—Sí; los críos.

—Los chavales, los malditos chavales. Si te quejas a la policía o al ayuntamiento, al día siguiente te rompen un cristal de una pedrada. Los riñes y te insultan o meten trapos ardiendo en el buzón de la puerta. ¿Y qué hacen tus colegas al respecto?

—Es complicado, Enid —le dijo—. La ley no puede hacer nada sin pruebas.

—¿La ley? No me hables de la ley. ¿Qué ha hecho la justicia por nosotros? Se gastaron más de treinta millones tratando de empapelar a Kevin Maxwell y los abogados se limitaron a chupar del bote, y el último caso de asesinato en que trabajaste debió de costar una fortuna.

—Costaría lo mismo si mataran a alguien de estos bloques. Los asesinatos tienen prioridad absoluta.

—¿Así que estáis esperando que asesinen a alguien? Pues tal como van las cosas, no tendréis que aguardar mucho.

—¿No hay un policía local encargado de vigilar el barrio? Antes había uno.

—¡Pobre imbécil! Hace lo que puede, pero los críos se ríen de él. Lo que necesitamos aquí son padres que se atrevan a tirar de las orejas y a sacar la correa de vez en cuando para mantener a sus hijos a raya, pero aquí no hay padres. Los jóvenes de hoy día se acuestan con las chicas, las dejan preñadas y desaparecen, aunque ellas tampoco los quieren a su lado, y es lógico. Más vale vivir de la seguridad social que arriesgarte a que te rompan la nariz cada sábado en que pierde el equipo del marido.

—¿Han solicitado el traslado?

—No seas tonta. Todas las familias decentes de este barrio lo han pedido, y hay varias familias decentes.

—Lo sé. Yo viví aquí con mi abuela, ¿no lo recuerda? Nosotras éramos una de esas familias.

—Sí, pero tú conseguiste salir, ¿no? Y nunca volviste. El lunes es el día en que sacamos la basura, de modo que a primera hora los muchachos empiezan a patear los cubos y a desparramar la mierda por las escaleras. La mitad de ellos no sabe para qué sirve el retrete, o no les interesa aprenderlo. ¿No te has dado cuenta del olor que hay en el ascensor?

—Siempre ha apestado.

—Sí, pero antes se limitaban a mear. Y si atrapan a uno de esos cabroncetes y lo llevan ante un tribunal, ¿sabes qué pasa? Nada. Vuelven a casa riendo. Ya a los ocho años forman parte de una pandilla.

«Naturalmente —pensó Kate—. ¿Cómo van a sobrevivir si no?»

—De todos modos ahora nos dejan en paz —prosiguió Enid—. He descubierto la fórmula. Les digo que soy bruja y que si nos molestan a mí o a George, acabarán muertos.

—¿Y eso los asusta? —inquirió Kate con escepticismo.

—Claro que sí; a ellos y a sus madres. Todo empezó con Bobby O'Brian, un chaval de este bloque que sufría leucemia. Cuando se lo llevaron en la ambulancia, yo supe que no regresaría. Cuando se tiene mi edad se reconoce a la muerte en una cara. Bobby era el peor de los críos hasta que enfermó. Dibujé una cruz blanca con tiza en la puerta de su casa y dije a los demás chicos que le había echado una maldición para que muriera. Y falleció tres días después, antes de lo que yo esperaba. Desde entonces no he tenido más problemas. Les digo que si me incordian, dibujaré otra cruz blanca en la puerta del culpable. Y mantengo los ojos bien abiertos. Cuando veo que se avecinan problemas, salgo con la tiza en la mano.

Kate guardó un silencio cargado de impotencia, temiendo que la repulsión que le producía esa perversa explotación del dolor y la muerte de un niño se reflejara en su rostro. Y quizá fuera así. Enid la miró con interés, pero no habló. ¿Qué podía decir? Como cualquier otro habitante de las viviendas sociales, Enid y George bregaban por sobrevivir.

La visita no había ayudado a Kate. ¿Acaso había esperado otra cosa? Resultaba imposible exorcizar el pasado regresando o escapando de él. No podía borrarlo de la mente o de la memoria, porque formaba parte de ambas. De nada servía rechazarlo, porque el pasado la había convertido en lo que era. Tenía que recordarlo, reflexionar sobre él, aceptarlo y quizás incluso darle las gracias porque le había enseñado a sobrevivir.

Kate cerró la puerta al río y a la noche.

De repente tuvo una visión de Venetia Aldridge, de

sus manos caídas con elegante abandono sobre los brazos del sillón, del único ojo abierto, y se preguntó qué equipaje de su privilegiado pasado había llevado consigo la abogada en su próspera vida y en su muerte solitaria.

LIBRO TERCERO

UNA CARTA DESDE EL MUNDO DE LOS MUERTOS

25

Las oficinas de la agencia de servicio doméstico de la señorita Elkington, situadas en una calle corta flanqueada por edificios del siglo XIX, cerca de Vincent Square, tenían una ubicación y un aspecto tan inesperados que, de no ser por la placa de metal situada sobre los dos timbres, Kate habría dudado de que le hubieran facilitado la dirección correcta. Ella y Piers habían recorrido a pie los setecientos metros que los separaban de Scotland Yard, atajando por el bullicioso mercadillo de Strutton Ground. Los colgadores con camisetas y vestidos de colores chillones, el brillo de la fruta y las verduras, el olor a comida, café y la estridente camaradería de un barrio de Londres en plena actividad animaron a Piers, que tarareaba una melodía que Kate no acertaba a identificar.

—¿Qué cantas? —preguntó ella—. ¿Lo que oíste el sábado en Covent Garden?

—No, lo que he oído esta mañana en la emisora de clásicos en frecuencia modulada. —Entonó de nuevo la melodía antes de añadir—: Estoy impaciente por realizar la siguiente entrevista. Me entusiasma la posibilidad de conocer a la señorita Elkington. Para empezar, es sorprendente que todavía exista. Cualquiera diría que la auténtica murió en 1890, y que el lugar que lleva su nombre es la habitual y tediosa agencia de servicio doméstico. Ya sabes, unas oficinas con escaparate de cristal, una calle insalubre, una recepcionista deprimida obligada a someterse ante clientes insatisfechos y la proverbial ama de llaves siniestra que quiere trabajar para un viudo sin familia.

—Estás desperdiciando tu imaginación en la policía. Deberías ser novelista.

El rótulo del timbre superior rezaba «Casa», el del inferior, «Oficinas». Piers pulsó el segundo y la puerta se abrió de inmediato. Una joven con cara risueña, cabello corto, un jersey de rayas multicolores y una minifalda negra ejecutó una pequeña danza de bienvenida y casi se arrojó a los brazos de Piers para enseñarle el camino.

—No se molesten en enseñarme la chapa. Los policías siempre lo hacen, ¿no? Debe de ser aburrido y ya sabemos quiénes son. La señorita Elkington los espera. Debe de haber oído el timbre, como siempre, de manera que bajará en cuanto pueda. Siéntense. ¿Les apetece un café? ¿O mejor una taza de té? Tengo Darjeeling, Earl Grey e infusiones. ¿Nada? Muy bien, entonces seguiré con la correspondencia. A propósito, no les servirá de nada interrogarme. Éste es un empleo temporal y sólo llevo dos semanas aquí. Es un sitio curioso, pero la señorita Elkington no es una mala jefa si una hace pequeñas concesiones. Ay, lo siento; he olvidado presentarme. Soy Alice Eager.

La señorita Eager se sentó ante la máquina de escribir y comenzó a teclear con una confianza y una energía que indicaban que al menos realizaba bien esa parte del trabajo.

Saltaba a la vista que el despacho, con las paredes pintadas de verde claro, había sido en otros tiempos el salón de una casa. Las molduras y los rosetones del techo eran originales. Había estanterías a ambos lados de la elegante chimenea, donde las llamas de gas besaban los falsos carbones. Dos alfombras descoloridas cubrían el suelo de roble. El mobiliario era austero. A la derecha de la puerta había dos archivadores metálicos con cuatro cajones cada uno. Aparte del escritorio de la señorita Elkington y su silla, y de la mesa más pequeña y funcional de la mecanógrafa, sólo había dos sillones y un sofá, en el que se sentaron Kate y Piers. Los objetos más incongruentes eran los cuadros, fotografías enmarcadas y en apariencia originales de paisajes costeros en los años treinta; un jovial pescador con el gorro y las botas correspondientes brincaba por la playa de Skegness, excursionistas con bermudas, mochilas y bastones subían las montañas de Cornualles; trenes de vapor atravesaban campos bucólicos que parecían confeccionados de retales. Kate no recordaba la última vez que había visto imágenes semejantes, pero le resultaban vagamente familiares. Quizá las hubiera visto en una visita escolar a una exposición sobre la vida y el arte en los años treinta. Al mirarlas se sintió transportada a una época remota, desconocida e incognoscible, pero curiosamente reconfortante y llena de nostalgia.

Llevaban cinco minutos esperando cuando se abrió la puerta y la señorita Elkington entró en el despacho. Kate y Piers se pusieron en pie y aguardaron mientras ella examinaba sus tarjetas de identificación y los observaba con atención, como para asegurarse de que no eran unos impostores. Por fin les señaló el sofá y tomó asiento detrás del escritorio.

La mujer tenía un aspecto algo anticuado, como la estancia donde se encontraban. Era alta y delgada, un tanto desgarbada, y su atuendo parecía diseñado para realzar su estatura. Lucía una estrecha falda de lanilla, larga hasta el tobillo, una rebeca de apariencia sedosa encima de una blusa con el cuello alto y lustrosos zapatos de tiras, finos y puntiagudos; todo ello reforzaba la impresión de que vestía para encarnar, y quizá celebrar, una era menos agresiva. Su rostro era un óvalo casi perfecto, de ojos grises, muy separados entre sí. Se peinaba el cabello con la raya al medio y sendas trenzas enrolladas en una intrincada espiral alrededor de cada oreja.

Alice Eager mantenía la vista fija en la máquina de escribir, procurando no distraerse de su tarea. La señorita Elkington sacó un sobre del cajón derecho de su escritorio.

—Señorita Eager —dijo—, ¿sería tan amable de ir a buscar el nuevo papel de cartas a los almacenes John Lewis? Ayer telefonearon para anunciar que el pedido estaba listo. Puede caminar hasta Victoria y coger la Jubilee Line hasta Oxford Circus, pero a la vuelta tendrá que tomar un taxi, porque el paquete será pesado. Tenga, veinte libras para los gastos. Y no olvide reclamar un recibo.

La señorita Eager se marchó tras efusivas muestras de agradecimiento. Sin duda la perspectiva de pasar una hora fuera de la oficina la compensaba por perderse una conversación interesante.

La señorita Elkington fue al grano con admirable rapidez.

—Por teléfono me dijeron que estaban interesados en las llaves de las cámaras y en las características de nuestro trabajo allí. Puesto que este último punto concierne a dos de mis empleadas, las señoras Carpenter y Watson, esta mañana las llamé con el fin de pedirles permiso para darles la información que solicitaran ustedes sobre su trato conmigo. Si desean cualquier dato sobre su vida privada, tendrán que hablar con ellas.

—Ya hemos hablado con la señora Carpenter —replicó Kate—. Tengo entendido que dispone usted de un juego de copias de las llaves de las cámaras.

—Sí, de la entrada principal del edificio y de la puerta de Devereux Court. Tengo las llaves de las diez oficinas que limpiamos. Resulta útil en el caso de que una de las asistentas no pueda acudir al trabajo y haya que buscar una sustituta. En algunos despachos no tienen inconveniente en entregarnos un juego adicional, en otros sí. Guardo todas las llaves en mi caja de seguridad. Como verán, ninguna tiene nombre. Y les aseguro que en el último mes no han salido de aquí.

Se dirigió a la estantería situada a la derecha de la chimenea, se agachó y tocó un dispositivo. La fila de libros, a todas luces falsos, se separó para dejar al descubierto una moderna caja de seguridad. Kate pensó que aquellos volúmenes de pega no engañarían ni a un ladrón aficionado, pero reconoció la marca de la caja, que no era fácil de forzar. La señorita Elkington giró la ruedecilla, abrió la puerta y sacó un cofre metálico.

—Aquí hay diez juegos de llaves —explicó—. Éste pertenece a las cámaras del señor Langton. Nadie, excepto yo, tiene acceso a estas llaves. Como ven, están numeradas, pero no tienen nombre. Guardo el código en mi bolso.

—La mayoría de sus empleadas trabajan en los edificios de los tribunales, ¿verdad? —se interesó Piers.

—Así es. Mi padre era abogado y tengo contactos en ese ámbito. Proporciono un servicio fiable, eficaz y discreto. Es asombroso lo imprudente que es la gente con el personal de limpieza. Hombres y mujeres que no dejarían la llave de su despacho a sus amigos más íntimos se la entregan con toda tranquilidad a una asistenta. Por eso todas mis empleadas deben garantizar su respetabilidad y honradez. Siempre pido referencias y las compruebo a conciencia.

—Como hizo con la señora Carpenter —intervino Kate—. ¿Podría explicarnos cómo empezó a trabajar con usted?

La señorita Elkington se dirigió al archivador más cercano y sacó una carpeta del último cajón. Regresó a su escritorio, la abrió y dijo:

—La señora Janet Carpenter acudió a mí hace dos años y medio, el 7 de febrero de 1994. Telefoneó a la oficina para solicitar una entrevista. En ella me contó que acababa de mudarse al centro de Londres desde Hereford, que era viuda y quería dedicar algunas horas semanales al servicio doméstico. Pensaba que le gustaría trabajar en los tribunales, porque ella y su marido solían ir a la iglesia del

Temple. Al parecer, había llamado a las cámaras del señor Langton para preguntar si había una vacante, y alguien, supongo que la recepcionista, la envió a mí. En ese momento no había una plaza libre en esas cámaras, pero le conseguí un puesto en las de sir Roderick Matthews, donde trabajó durante seis meses. En cuanto surgió una vacante en las cámaras del señor Langton, me pidió que la trasladara.

—¿Le explicó por qué prefería ese edificio?

—No; sólo comentó que allí la habían atendido bien la primera vez que había llamado y que le gustaba el lugar. En las cámaras de sir Roderick la consideraban muy eficaz y lamentaron su marcha. Desde hace dos años se encarga, junto con la señora Watson, de la limpieza de las cámaras del señor Langton, donde ambas trabajan los lunes, miércoles y viernes desde las ocho y media hasta las diez. Los martes y los jueves, la señora Watson realiza las tareas más ligeras sola. Tengo entendido que la señora Carpenter ayuda de vez en cuando en Pelham Place, cuando el ama de llaves de la señora Aldridge está fuera o necesita que le echen una mano. Es un trato privado con el que no tengo nada que ver.

—¿Y qué nos dice de sus referencias? —preguntó Piers.

La señorita Elkington pasó algunas páginas.

—Recibí tres; una del gerente de su banco, otra del sacerdote de su parroquia y otra del juez local. Ninguno entró en detalles personales, pero los tres destacaron la honradez, fiabilidad y discreción de la señora Carpenter. Le pregunté si tenía experiencia en esta clase de trabajo, y ella respondió que cualquier mujer pulcra y capaz de realizar las tareas domésticas con eficacia podía limpiar un despacho. Y es cierto, desde luego. Un mes después de la incorporación de una nueva empleada, siempre pregunto a mis clientes si están satisfechos con la asistenta, y en ambos casos hablaron muy bien de ella. Me ha comentado que quiere dejar de trabajar durante un par de meses, pero espero que después regrese con nosotros. No me sorprende que el asesinato la haya afectado, pero me extraña un poco que una mujer de su carácter e inteligencia haya quedado tan impresionada.

—¿No es raro que se dedique a los trabajos domésticos? —inquirió Kate—. Cuando la entrevistamos, me pareció una mujer más idónea para un empleo administrativo.

—¿De veras? Suponía que, como agente de la policía, usted no llegaría a esa clase de conclusiones. Una mujer madura carece de posibilidades en el campo administrativo. Tendría que competir con chicas jóvenes, y pocas de nosotras dominamos la tecnología moderna. La ventaja de las tareas domésticas es que te permiten elegir las horas de trabajo, ser exigente con la firma que te emplea y no necesita supervisión. Me parece la opción más natural para una mujer como la señora Carpenter. Y ahora, a menos que tengan más preguntas, me gustaría continuar con mi trabajo.

Era casi una orden, y esta vez no se les ofreció té o café.

Kate y Piers caminaron en silencio hasta Horseferry Road. Por fin él habló:

—¿No tienes la impresión de que ese sitio es demasiado bueno para ser real?

—¿Qué quieres decir?

—Que es artificial. La jefa, la oficina, la elegancia del decorado. Parece un escenario propio de los años treinta, de una novela de Agatha Christie.

—Apuesto a que nunca has leído a Agatha Christie, ¿y qué sabes tú de los años treinta?

—No necesitas leer a Agatha Christie para conocer su mundo, y lo cierto es que me interesa mucho esa década. Para empezar, se ha subestimado a los pintores de la época. En todo caso esa mujer no pertenece a los años treinta, ¿verdad? Su ropa parece comprada en 1910. Ignoro en qué mundo vive, pero sin duda no es el nuestro. Ni siquiera tiene un ordenador. La señorita Eager usaba una de las primeras máquinas de escribir eléctricas. La empresa no cuenta con un equipamiento moderno. ¿Cómo demonios consigue sobrevivir? Por no mencionar los beneficios.

—Eso depende de cuántas mujeres tenga en plantilla —repuso Kate—. Cuando abrió el archivador, me pareció que estaba lleno.

—Eso es porque las carpetas son abultadas. Parece que está atenta al más mínimo detalle. ¿Qué directora de una agencia de servicios domésticos se toma tantas molestias? ¿Y con qué fin?

—Para nosotros es una suerte.

Piers guardó silencio, enfrascado en sus conjeturas, y por fin dijo:

—Supón que dispone de treinta asistentas que trabajan una media de veinte horas semanales; o sea, seiscientas horas en total. Como mucho cobrarán seis libras por hora, y si ella se queda con cincuenta centavos, gana trescientas libras a la semana. Con esa suma ha de mantener las oficinas y pagar a su secretaria. No es negocio.

—Estás dando palos de ciego, Piers. Ignoras con cuántas empleadas cuenta y a cuánto asciende su comisión, pero vale, pongamos que sólo le quedan trescientas libras, ¿y qué?

—Me pregunto si la agencia no será una especie de tapadera. Sería una buena estafa, ¿no? Un montón de mujeres respetables, cuidadosamente reclutadas y colocadas en despachos estratégicos para obtener información valiosa. Me gusta... Me refiero a que me gusta mi teoría.

—Si insinúas que tal vez se dedican al chantaje, no lo creo —replicó Kate—. ¿Qué clase de información conseguirían de los bufetes de abogados?

—Ah, ni idea. Todo depende de lo que busque la señorita Elkington. Hay gente dispuesta a pagar mucho dinero por copias de documentos legales; por ejemplo, de los dictámenes de los abogados. Es una posibilidad. Imagina que Venetia Aldridge descubrió el montaje. Sería un buen móvil para un asesinato.

Era imposible determinar si Piers hablaba en serio. Tal vez no. Al mirar su cara risueña y animada, Kate advirtió que, aunque sólo fuera para divertirse, continuaba pergeñando una ingeniosa estratagema, pensando en cómo organizaría él el negocio para obtener los máximos beneficios con el mínimo riesgo.

—Es una teoría demasiado descabellada. En todo caso, quizá deberíamos haber planteado algunas preguntas más. Al fin y al cabo, esa mujer dispone de una copia de la llave. No creo que Dalgliesh nos felicite por nuestro trabajo. La interrogamos sobre Janet Carpenter, pero no sobre su agencia. Deberíamos haberle preguntado dónde estaba el miércoles por la noche.

—Entonces ¿quieres que regresemos?

—Sí. No es conveniente dejar un trabajo a medias. ¿Prefieres hablar tú esta vez?

—Sí; es mi turno.

—Supongo que no se te ocurrirá preguntarle directamente si la agencia Elkington es la tapadera de un grupo de chantajistas, extorsionistas y asesinos.

—Si lo hiciera, estoy seguro de que no se escandalizaría.

En esta ocasión fue la propia señorita Elkington quien abrió la puerta. Sin demostrar sorpresa, los condujo al despacho en silencio y se sentó detrás de su escritorio. Kate y Piers permanecieron en pie.

—Lamentamos molestarla de nuevo —se disculpó Piers—, pero se nos quedó una pregunta en el tintero. La olvidamos porque se trata de una mera formalidad. Queríamos saber dónde estuvo el miércoles por la noche.

—¿Están pidiéndome una coartada?

—Bueno, puede expresarlo así, si lo desea.

—No se me ocurre otra forma de expresarlo. ¿Acaso sugiere que cogí mi llave, fui a las cámaras del señor Langton, encontré a la señora Aldridge sola en su despacho y la maté antes de que llegara la señora Carpenter?

—No hemos sugerido nada semejante, señorita Elkington. Sólo le hemos planteado una pregunta muy sencilla, que estamos obligados a formular a cualquier persona que tenga llaves del edificio.

—Pues da la casualidad de que tengo una coartada para buena parte de la noche del miércoles. Desde luego, no sé si la considerarán satisfactoria; ustedes juzgarán. Todas las coartadas dependen de la confirmación de otra persona. Yo estuve con un amigo, Carl Oliphant, el director de orquesta. Vino a cenar a mi casa a las siete y media y se marchó de madrugada. Puesto que no han mencionado la hora de la muerte, ignoro si sirve de algo. Por supuesto, me pondré en contacto con Carl y, si él está de acuerdo, les facilitaré su número de teléfono. —Miró a Piers—. ¿Sólo han vuelto por eso? ¿Para conocer mi coartada?

Si esperaba intimidar a Piers, no lo consiguió, pues éste respondió sin el menor asomo de vergüenza:

—Hemos regresado por eso, pero ya que estamos aquí me gustaría preguntarle algo más, aunque me temo que sólo me mueve una vulgar curiosidad.

—La vida debe de resultarle muy difícil, detective, si está tan ansioso por saber algo sin ningún motivo de peso. Sospecho que cuando se topa con personas asustadas, vulgares o ignorantes, pregunta lo que se le antoja y les crea problemas si le responden que se meta en sus asuntos. Muy bien. Adelante; pregunte lo que quiera.

—Bien, el caso es que me sorprende que logre mantener un negocio trabajando con métodos tan extravagantes.

—¿Guarda eso alguna relación con su investigación, detective?

—Tal vez. Es posible, aunque de momento no parece probable.

—Bien, al menos me ha dado un motivo convincente para su pregunta. «Vulgar curiosidad.» Es más sincero que la expresión «procedimiento policial de rutina». Heredé este negocio de una tía que tenía mi mismo apellido. Ha pertenecido a la familia desde los años veinte, y en parte lo mantengo por lealtad a ella, pero sobre todo porque me gusta. Me permite relacionarme con personas interesantes, aunque dudo de que la detective Miskin comparta mi opinión, pues la mayoría se dedica a las tareas domésticas. Gano lo suficiente para completar mis rentas personales y pagar a una ayudante. Y ahora, si me disculpan, tengo trabajo. Saluden al comandante Dalgliesh de mi parte. Debería realizar él mismo estos interrogatorios de rutina. Si lo hubiera hecho, le habría expuesto un par de dudas sobre un poema de su último libro. Espero que no caiga en el error del hermetismo, tan en boga en la actualidad. Y asegúrenle que no maté a Venetia Aldridge. No figuraba en la lista de las personas a las que, por el bien de la humanidad, me gustaría ver muertas.

Los detectives caminaron en silencio hacia Horseferry Road. Kate observó que Piers sonreía.

—Una mujer extraordinaria —afirmó él—. Me temo que no tenemos otra excusa para visitarla de nuevo. Uno de los aspectos más frustrantes de este trabajo es que conoces a personas que te intrigan, pero en cuanto las tachas de la lista de sospechosos, no vuelves a verlas.

—Yo me alegro de no volver a ver a la mayoría, incluida la señorita Elkington.

—Sí, saltaba a la vista que sentíais una antipatía mutua. ¿No la encontraste fascinante? Al menos como posible traficante de información.

—No negaré que ha despertado mi curiosidad. Parece interpretar un papel, pero ¿quién no? Sería interesante descubrir por qué ha escogido ese personaje en particular, aunque en realidad carece de importancia. Si desea vivir en los años treinta, suponiendo que así sea, es asunto suyo. Lo que más me intriga es lo que ha comentado de la señora Carpenter. Estaba decidida a trabajar en esas cámaras, ¿no? Le iba muy bien en las de sir Roderick Matthews, de modo que ¿por qué se trasladó? ¿Por qué eligió Pawlet Court?

—Yo no lo encuentro sospechoso. Pasó por allí, le cayó bien la recepcionista, le gustó el lugar y pensó que era un buen sitio. Cuando se presentó la oportunidad, solicitó el traslado. Si se le había metido en la cabeza ocuparse de la limpieza de las cámaras de Langton para matar a Venetia Aldridge, ¿por qué había de esperar más de dos años? No me dirás que el miércoles fue el único día que la señora Watson faltó al trabajo.

—Y al parecer, Venetia Aldridge la contrataba cuando la señora Buckley necesitaba ayuda —prosiguió Kate—. Da la impresión de que hacía todo lo posible por estar cerca de la abogada. ¿Por qué? La respuesta quizá se halle en su pasado.

—¿En Hereford?

—Tal vez. Creo que alguien debería husmear por allí. Es un pueblo pequeño. Si existe algún misterio, no tardaremos mucho en descubrirlo.

—Es una ciudad, no un pueblo —corrigió Piers—. Tiene una catedral. No me importaría pasar un día en el campo, pero supongo que será mejor que acudan allí un sargento y una mujer de la policía de la City. ¿Telefoneamos a Dalgliesh para consultarlo?

—No; organicémoslo ya. Tengo la corazonada de que tal vez averigüemos algo importante. Encárgate tú mientras yo visito a Catherine Beddington, que ha enfermado en un momento tan oportuno.

26

Catherine Beddington vivía en una calle estrecha de casas idénticas, detrás de los jardines de Shepherd's Bush. El barrio, antaño ocupado por la respetable clase trabajadora victoriana, había sido colonizado por jóvenes profesionales atraídos por su proximidad a la estación de metro de la Central Line y, en el caso de los periodistas, por la cercanía del cuartel general de la BBC. Las puertas y ventanas pintadas resplandecían, las macetas de las ventanas ponían la nota alegre, y había tantos coches aparcados en los alrededores que Kate y Robbins tardaron minutos en localizar un sitio disponible.

Una joven obesa vestida con pantalones y una holgada camisa azul les abrió la puerta del número 19. Su cabello, castaño oscuro, crespo y peinado con la raya en el medio, caía como dos arbustos idénticos a ambos lados de su afable rostro. Un par de ojos brillantes detrás de unas gafas con montura de concha estudió a los visitantes. Antes de que Kate terminara con las presentaciones, la muchacha exclamó:

—De acuerdo, no necesito ver sus chapas o lo que sea que enseñen. Reconozco a la policía en cuanto la veo.

—Sobre todo cuando ha telefoneado para anunciar su llegada —bromeó Kate—. ¿La señorita Beddington está en condiciones de recibirnos?

—Dice que sí. Por cierto, me llamo Trudy Manning. Estoy en la mitad de mi contrato de prácticas y soy amiga de Cathy. Espero que no les moleste que esté presente en la entrevista.

—En absoluto —replicó Kate—. Si la señorita Beddington lo desea.

—Lo deseo yo. De todos modos, me necesitarán. Yo soy su coartada, y ella la mía, porque supongo que han venido por eso. Todos sabemos qué quiere decir la policía cuando pide ayuda para una investigación. Catherine está allí.

La casa era cálida y más acogedora que las palabras de Trudy Manning, quien los acompañó a una habitación situada a la izquierda del vestíbulo y se apartó a un lado para franquearles el paso. La estancia se extendía por todo el ancho de la vivienda y estaba inundada de luz. En el fondo habían instalado un pequeño invernadero con estantes blancos, y detrás de las macetas de geranios, hiedras jaspeadas y lirios Kate vislumbró un reducido jardín cercado con un muro. En la chimenea antigua ardía un fuego de gas sobre leños falsos, aunque la intensa luz solar eclipsaba las llamas. El lugar producía una instantánea sensación de comodidad, calor y seguridad.

Kate pensó que era el entorno más apropiado para la joven que se levantó de un sillón situado junto al hogar para recibirlos. Tenía el cabello rubio, recogido con un pañuelo de raso rosa, los ojos de un tono azul violáceo bajo las cejas arqueadas, y unas facciones delicadas y proporcionadas. En opinión de Kate, que se mostraba sensible a la belleza en ambos sexos, le faltaba algo; una chispa de personalidad, un toque de sensualidad. El rostro era demasiado perfecto. Poseía la clase de belleza femenina que se desvanece enseguida para convertirse en encanto y, en la vejez, en un atractivo anodino y convencional. Sin embargo, ni siquiera los nervios o los estragos de la reciente enfermedad empañaban su serena hermosura.

—Lamento que no se encuentre bien —dijo Kate—. ¿Está segura de que está en condiciones de hablar con nosotros? Si lo prefiere, volveremos en otro momento.

—No, por favor. Prefiero que se queden. Estoy bien.

Sólo ha sido un trastorno en el hígado por algo que comí o una infección vírica. Además, quiero saber qué ocurrió. La apuñalaron, ¿no es cierto? El señor Langton me llamó el jueves por la mañana, y los periódicos de la mañana han publicado la noticia, aunque no explicaron gran cosa. Oh, disculpen; siéntense, por favor. El sofá es cómodo.

—Todavía no disponemos de mucha información —replicó Kate—. La señora Aldridge fue apuñalada en el corazón después de las 19.45 del miércoles, probablemente con su abrecartas. ¿Recuerda haberlo visto alguna vez?

—¿La daga? Porque más que un abrecartas era una daga. La guardaba en el cajón superior derecho de su escritorio y la usaba para abrir sobres. Estaba muy afilada. —Tras una pausa murmuró—: Un asesinato. Supongo que no existe ninguna duda al respecto. ¿No pudo tratarse de un accidente? ¿No es posible que se lo hiciera ella misma?

El silencio de los agentes fue lo bastante elocuente. Al cabo de unos minutos la muchacha añadió en un susurro:

—Pobre Harry. Debió de sufrir una verdadera conmoción al encontrarla así. El señor Langton me contó que Harry descubrió el cadáver. Con todo, para él es todavía peor... Me refiero al señor Langton. Tan cerca de su jubilación. Su abuelo presidió las cámaras antes que él. El número 8 de Pawlet Court ha sido toda su vida. —Los ojos violáceos se llenaron de lágrimas—. Esto lo matará.

Quizá para animarla, o por alguna razón que sólo él conocía, Robbins declaró:

—Me gusta esta casa, señorita Beddington. Cuesta creer que estemos a unos pocos kilómetros de Marble Arch. ¿Es de su propiedad?

Era una pregunta que Kate habría querido plantear, pero no se le había ocurrido una excusa razonable; la forma en que viviera la señorita Beddington no concernía a la policía. Sin embargo, la cuestión sonó bien en labios de Robbins que, según creía Kate, había sido reclutado con el único propósito de demostrar a los aprensivos o a los cínicos que en la policía metropolitana también había lugar para el hijo predilecto de cualquier madre. Era un respetable miembro de la Iglesia Metodista, no bebía ni fumaba y en su tiempo libre ejercía de predicador laico. Era además uno de los agentes más escépticos que Kate conocía; su presunto optimismo sobre la capacidad de los humanos para redimirse de sus pecados se combinaba con una manifiesta habilidad para esperar lo peor y aceptarlo con resignación, sin emitir juicios de valor. Muy pocas personas se molestaban por sus preguntas, y él detectaba casi todas las respuestas falsas.

Trudy Manning, que se había sentado frente a su amiga con la evidente intención de protegerla, pareció a punto de protestar, pero cambió de opinión, quizá pensando que debía reservar sus protestas para preguntas más molestas.

—En realidad pertenece a mi padre —respondió Catherine Beddington—. Me la compró cuando ingresé en la universidad. La comparto con Trudy y otras dos amigas. Cada una dispone de una salita-dormitorio, y compartimos el comedor y la cocina del sótano. Mamá y yo la elegimos por su proximidad a la Central Line. Me bajo en la estación de Chancery Lane, que queda muy cerca de las cámaras.

—No tienes por qué contarles tu vida, Cathy —terció Trudy—. ¿No aconsejáis a vuestros clientes que cuanto menos expliquen a la policía, mejor?

«De modo que no me equivocaba», pensó Kate. Después de todo, se trataba de una costumbre bastante extendida entre los estudiantes con padres ricos o bienes personales. La casa se valorizaba, papá obtenía beneficios con la reventa, la hija evitaba las posibles maquinaciones económicas o sexuales del casero, con el alquiler de los huéspedes se costeaban los gastos de calefacción y mantenimiento, y mamá se aseguraba de que la niña de sus ojos viviera con jóvenes de su clase social. Era un arreglo muy adecuado si una tenía suerte, y Catherine Beddington era una chica afortunada. Kate lo había adivinado tan pronto como entró en la casa. Los muebles eran antiguos, sin duda desechados de la vivienda de los padres, pero estaban cuidadosamente escogidos para las proporciones de la estancia. Y el sofá, a todas luces nuevo, no era barato. El suelo de roble encerado estaba cubierto de alfombras; las fotografías familiares tenían marcos de plata, y el diván situado contra la pared y tapado con una colcha de lino beige estaba lleno de cojines bordados.

Kate observó que en una instantánea Catherine aparecía junto a un joven con sotana. Supuso que sería su hermano. ¿O acaso su novio? Había reparado en que la joven lucía un anillo de prometida con un engarce antiguo de granates rodeados de pequeños diamantes.

Ya era hora de ir al grano, y Kate dijo:

—¿Le importaría explicarnos dónde estuvo y qué hizo el miércoles a partir de las siete y media de la tarde? Estamos obligados a plantear esta pregunta a todas las personas que tienen llave de las cámaras.

—Estuve en el tribunal de Snaresbrook con la señora Aldridge y su ayudante. Terminamos antes de lo previsto porque el juez decidió que oiría a los testigos a la mañana siguiente. La señora Aldridge regresó al centro en su automóvil y yo tomé el metro en la estación de Snaresbrook y me bajé en Chancery Lane. Mi padre no quiere que conduzca en Londres, por eso no tengo coche.

—¿Por qué no regresó con la señora Aldridge? ¿No habría sido lo más lógico?

Catherine se ruborizó y miró a Trudy Manning antes de responder:

—Supongo que sí. Me figuro que ella daba por sentado que volvería con ella, pero me apetecía estar sola y le dije que me había citado con una amiga en la estación de Liverpool Street.

—¿Y era verdad?

—Me temo que no.

—¿Ocurrió algo en los tribunales que alterara a la señora Aldridge? ¿O a usted?

—No. Bueno, nada fuera de lo normal. —Volvió a sonrojarse.

Entonces intervino Trudy:

—Será mejor que sepan la verdad. Venetia Aldridge había apadrinado a Cathy. Es... bueno, era una excelente abogada, todo el mundo se lo dirá. Yo no la conocía personalmente, de modo que tal vez no deba opinar, pero tenía muy buena reputación. Sin embargo, eso no significa que se llevara bien con la gente, y mucho menos con los jóvenes. Se irritaba con facilidad, tenía una lengua viperina y unas exigencias ridículas y desproporcionadas.

Catherine Beddington se volvió hacia ella para protestar:

—Eso no es justo, Trudy. Era una profesora extraordinaria, aunque no para mí. A mí me intimidaba, y cuanto más me asustaba, más errores cometía. En realidad era culpa mía. Como me había apadrinado, ella creía que debía demostrar un interés especial por mí, aunque mi verdadero tutor es Simon Costello. Los consejeros de la Corona no tienen pupilos. Todo el mundo aseguraba que era muy afortunada por contar con su apoyo. Se habría entendido mejor con un estudiante más brillante y capaz de enfrentarse a ella.

—Y sobre todo del sexo masculino —añadió Trudy—. No le gustaban las mujeres. Tú eres brillante. Obtenías unas notas excelentes, ¿no? ¿Por qué las mujeres siempre nos subestimamos?

—Eso tampoco es justo —replicó Catherine—. No digas que no le gustaban las mujeres. Que yo no le cayera

330

bien no significa que fuera una misógina. Se mostraba igual de exigente con los hombres.

—Sin embargo, no hacía nada para apoyar a su propio sexo.

—Opinaba que debíamos competir en las mismas condiciones.

—¿Ah, sí? ¿Y desde cuándo las mujeres disfrutamos de las mismas condiciones que los hombres? Vamos, Cathy, ya hemos discutido este asunto antes. Habría hecho todo lo posible para que te negaran la plaza de meritoria.

—Tenía razón. No soy tan lista como los otros dos candidatos.

—Eres lista. Sólo te falta seguridad.

—Bueno, eso también cuenta, ¿no? Para ser un buen abogado es preciso tener seguridad en uno mismo.

Kate se volvió hacia Trudy:

—*Usted es una de las organizadoras de Desagravio,* ¿verdad?

Si esperaba desconcertar a la joven con su pregunta, se llevó una decepción. La chica rió.

—Ah, supongo que encontraría una copia de nuestro boletín en el escritorio de Venetia Aldridge. Pues sí, formé el grupo con unas amigas, una de las cuales nos permite usar su dirección como domicilio social. Hemos tenido un gran éxito, mucho más del que esperábamos. Supongo que no debería extrañarme, pues este país está prácticamente gobernado por los grupos de presión, ¿no? El nuestro es uno de ellos y yo defiendo su ideología. Lo más indignante es que las mujeres no somos minoría. Nos hemos trazado el objetivo de animar a los grandes empresarios a ceder los puestos de dirección a las mujeres y convencer a las que lo han conseguido de que tienen la responsabilidad de apoyar a su propio sexo, como hacen los hombres. De vez en cuando, escribimos a las compañías, que en lugar de respondernos que su sistema de ascensos es totalmente justo y que nos metamos en nuestros asuntos, nos envían largas listas donde enumeran sus acciones en pro de la igualdad de oportunidades. Aun así, no olvidarán nuestras palabras. La próxima vez que tengan que conceder un ascenso, se lo pensarán dos veces antes de descalificar a una mujer perfectamente apta para el cargo y dar prioridad a un hombre.

—En el último boletín, incluían una referencia directa a Venetia Aldridge —recordó Kate—. ¿Cómo reaccionó ella?

Trudy volvió a reír.

—No le hizo mucha gracia. Habló con Catherine, porque sabía que éramos amigas, y amenazó con denunciarnos por calumnias, pero no nos preocupó. Era demasiado inteligente para jugar esa carta. Habría sido una forma de rebajarse. Sin embargo, mencionar su nombre en el folleto constituyó un error. Ya no hacemos esas cosas. Es peligroso y contraproducente. Resulta más eficaz enviar cartas personales.

—Volvamos al miércoles por la tarde —dijo Kate a Catherine—. ¿Dice que tomó el metro en la estación de Snaresbrook?

—Sí. Esa línea me lleva directamente a los tribunales. Alrededor de las cuatro y media ya estaba en las cámaras. Trabajé en la biblioteca hasta las seis y media, cuando Trudy pasó a buscarme. Me llevó el oboe y las dos fuimos a ensayar a la iglesia del Temple. Pertenezco a la orquesta, formada por gente del Temple. En teoría, debíamos permanecer allí desde las seis hasta las ocho, pero acabamos un poco antes. Supongo que salimos del Temple a las ocho y cinco.

—¿Por qué puerta?

—Por la de siempre. La de los jueces, en Devereux Court.

—¿Y las dos estuvieron en la iglesia durante el ensayo?

—Sí —contestó Trudy—. Yo no pertenezco a la orquesta, pero fui porque me divierte ver a Malcom Beeston. Se cree Thomas Beecham con un toque de la excentricidad de Malcom Sargent. Y tocan una música que soy capaz de soportar.

—La orquesta no es mala —señaló Catherine—, pero somos un grupo de aficionados. Esa vez interpretamos sólo obras inglesas; *El primer cuclillo de primavera*, de Delius; *Serenata para cuerdas*, de Elgar, y *la Suite folclórica*, de Vaughan Williams.

—Me senté en el fondo para no molestar —explicó Trudy—. Supongo que pude escabullirme sin que nadie se percatara, cruzar Pump Court y Middle Temple Lane corriendo, apuñalar a Venetia Aldridge y regresar a la iglesia, pero no lo hice.

—Estabas sentada cerca del señor Langton, ¿no? Él confirmará que estuviste allí, al menos durante la primera parte del ensayo.

—De modo que el señor Langton también asistió —dijo Kate—. ¿No le sorprendió?

—Un poco. Nunca lo había hecho, aunque suele acudir a nuestras funciones. Tal vez este año no pueda asistir al concierto y por eso fue al ensayo. En realidad, no se quedó mucho tiempo. Cuando llevábamos más o menos una hora tocando lo busqué con la mirada y no lo vi.

Kate se volvió hacia Trudy.

—¿Habló con usted?

—No. Sólo nos conocemos de vista. Parecía ensimismado, o quizás estuviera enfrascado en la música. Hubo un momento en que creí que se había quedado dormido. En fin, una hora después de que comenzara el ensayo, se marchó.

—Y después del ensayo ¿fueron a cenar? —preguntó Robbins.

—Eso habíamos planeado, pero al final no fue posible. Cathy había tenido náuseas durante toda la tarde. Pensábamos comer en el bufé libre del hotel Strand Palace, pero cuando llegamos allí me dijo que era incapaz de probar bocado. Sugirió que pediría una sopa para acompañarme, pero el objetivo del bufé es atiborrarse de proteínas para toda la semana. Es una estupidez pagar un precio fijo y no tomar nada. Lo más sensato era volver a casa, y así lo hicimos. Como se trataba de una emergencia y nos habíamos ahorrado el dinero de la cena, tomamos un taxi. Había mucho tráfico, pero llegamos a tiempo para ver el informativo de las nueve. Bueno, al menos lo vi yo. Cathy no pudo. Vomitó y se acostó. Yo me preparé unos huevos revueltos y me pasé el resto de la noche sujetándole la cabeza y llevándole bolsas de agua caliente.

—¿En qué orden ensayaron las piezas musicales? —preguntó Robbins.

—Primero Delius, después Vaughan Williams y por último Elgar. ¿Por qué?

—Me sorprende que no se marchara antes si no se encontraba bien. En la obra de Elgar no participan instrumentos de viento de madera. No era preciso que se quedara hasta el final del ensayo.

Kate quedó asombrada por el comentario, y supuso que avergonzaría a las jóvenes o provocaría una reacción airada de Trudy. En lugar de eso, las chicas intercambiaron una mirada y sonrieron.

—Es evidente que nunca ha visto ensayar a Malcom Beeston —le dijo Catherine—. Cuando él ensaya, ensaya. Nunca se sabe si alterará el orden de las piezas. —Miró a Trudy—. ¿Recuerdas que una vez el pobre Solly salió a beber una cerveza pensando que durante un rato no necesitarían a los percusionistas? —Imitó una voz masculina, aflautada y furiosa, para añadir—: «Cuando hay ensayo, señor Solly, espero que todos los músicos tengan la bondad de permanecer en su sitio hasta que finalice. ¡Un solo acto de insubordinación más, y no volverá a tocar en mi orquesta!»

A continuación, Kate interrogó a Catherine sobre la

peluca y la sangre. La joven admitió conocer dónde se encontraban ambas cosas. Según sus palabras, se hallaba en el vestíbulo cuando el señor Ulrick había informado a la señorita Caldwell de que había guardado la bolsa en el frigorífico. A las jóvenes les sorprendió la pregunta, pero no hicieron comentarios. Kate había vacilado antes de plantear la cuestión. La policía, al igual que los abogados de Pawlet Court, no deseaba que la espectacular profanación del cadáver se hiciera pública. Sin embargo, era importante averiguar si Catherine sabía dónde se hallaba la sangre.

Formuló una última pregunta:

—Cuando salieron por Devereux Court, alrededor de las ocho y cinco, ¿vieron a alguien en Pawlet Court o entrando en Middle Temple?

—No —respondió Catherine—. No había nadie en Devereux Court ni en la callejuela que conduce al Strand.

—¿Alguna de las dos se fijó en si había luces en el número 8 de Pawlet Court?

Las amigas se miraron y negaron con la cabeza.

—Me temo que no —respondió Catherine.

No había nada más que hacer allí y el tiempo apremiaba. Trudy les ofreció café, pero Kate y Robbins declinaron la invitación y se despidieron. No hablaron hasta que subieron al coche, cuando Kate observó:

—Ignoraba que fueras un entendido en música.

—No hace falta ser un experto para saber que en la *Serenata para cuerdas* de Elgar no tocan oboes.

—Es extraño que no se fueran antes. Nadie lo habría notado. El director debía de estar de cara a la orquesta y sin duda los músicos estarían pendientes de él, no del público. Trudy Manning tuvo ocasión de escabullirse durante diez minutos sin que nadie lo advirtiera. ¿Qué habría ocurrido si se hubieran marchado en cuanto empezaron a interpretar la pieza de Elgar? Aun cuando Beeston hubiera reparado en la ausencia de Catherine, ésta tenía la excusa de su enfermedad. Al fin y al cabo, se trataba sólo de un ensayo, y ella había estado presente mientras la habían necesitado. Además, sólo se tarda un par de minutos en cruzar el arco de Pump Court, que separa las dos partes del Temple, y llegar a Pawlet Court. Catherine Beddington tiene llave del edificio. Sabía que Aldridge trabajaba hasta tarde, así como dónde encontrar la peluca y la sangre, y que la daga era muy afilada. En todo caso, estoy segura de que si se marcharon antes, juntas o por separado, nunca conseguiremos que Trudy Manning lo admita. —Al cabo de unos segundos, añadió—: Supongo que vas a decirme que la hermosa señorita Beddington no es la clase de mujer capaz de cometer un asesinato.

—No. Iba a decir que es la clase de mujer por la cual asesinan otros.

27

Era otro perfecto día otoñal y Dalgliesh se sintió liberado al escapar de los tentáculos del oeste de Londres. En cuanto vio campos verdes a ambos lados de la carretera, aceleró y bajó la capota del Jaguar. Mientras conducía el suave viento alborotó su cabello y pareció purificar algo más que sus pulmones. En el cielo translúcido blancos jirones de nubes se desvanecían como la bruma. Algunos de los ondulados terrenos estaban sin cultivar, mientras que otros aparecían cubiertos del delicado verde del trigo en invierno. No le habían molestado los consejos de Piers de que visitara la catedral de Salisbury, lo que de hecho tenía previsto hacer e hizo, a pesar de la dificultad para encontrar un sitio donde aparcar el Jaguar. Una hora después cruzó Blandford Forum y continuó hacia el sur, pasando Winterborne Kingston y Bovington Camp en dirección a Wareham.

De repente le asaltó la irresistible tentación de ver el mar. Atravesó la calle principal y condujo hacia Lulworth Cove. Detuvo el coche junto a una colina y trepó por una cuesta de tierra donde unas ovejas se apartaron torpemente a su paso. Se sentó sobre unas rocas y contempló la vista de colinas, campos verdes y pequeños oteros, detrás de los cuales se extendía la línea azul del Canal. Portaba consigo pan, queso y paté. Destapó el termo de café y no se arrepintió de no haber llevado vino. Nada conseguiría empañar su alegría. Sentía un hormigueo de placer en las venas, casi preocupante por su intensidad física, y una profunda dicha que rara vez se experimenta pasada la juventud. Después de comer, permaneció sentado diez minutos en medio del silencio, y por fin se puso en pie para marcharse. Había satisfecho una necesidad y se sentía agradecido. Después de recorrer unos pocos kilómetros hacia Wareham, llegó a su destino.

En un poste clavado en la hierba vio una flecha blanca con la inscripción CERÁMICAS PERIGOLD en letras negras. Siguió la dirección indicada por el cartel y circuló despacio por un estrecho sendero entre altos setos hasta vislumbrar el taller de cerámica. Era un edificio blanco con cubierta de tejas situado a unos cincuenta metros del camino, sobre una pequeña cuesta. El Jaguar se detuvo sin hacer ruido en el terreno escarpado. Dalgliesh cerró la portezuela con llave y echó a andar hacia la casa.

Parecía tranquila, acogedora y desierta bajo el sol vespertino. En la parte delantera se extendía un patio de piedra cubierto de macetas de cerámica, las más pequeñas arracimadas. Flanqueaban la entrada dos tiestos grandes, con algunos pimpollos tardíos de rosas. Las azucenas se habían marchitado y sus hojas ribeteadas de marrón caían lacias, mientras que algunas fucsias seguían en flor y los geranios sobrevivían, a pesar de su tono macilento. A la derecha había un huerto, y Dalgliesh percibió el olor del abono. Los rodrigones para las judías verdes habían sido en parte arrancados, pero detrás de un macizo de margaritas se alineaban filas de espinacas, nabos y zanahorias. Al fondo del jardín, tras la alambrada de un gallinero, unas cuantas gallinas picoteaban afanosamente la tierra.

No vio a nadie en los alrededores. Observó que a la izquierda de la casa había un granero convertido en vivienda, y por la ancha puerta abierta escapaba el rumor de un torno de alfarero. Alzó la mano para golpear la aldaba —no había timbre—, pero cambió de idea y cruzó el patio hacia lo que supuso era el taller.

La habitación era muy luminosa. La luz bañaba el

suelo rojo de cerámica y llenaba cada resquicio de las macetas con su tenue resplandor. Aunque la mujer que se hallaba detrás del torno debió de advertir su llegada, no se movió. Vestía unos tejanos manchados de arcilla y una bata de pintor. Se cubría la cabeza con un pañuelo de algodón verde, atado sobre la frente, y una larga trenza de color dorado rojizo le caía sobre la espalda. Junto a ella, sentada ante una mesa baja, una niña de cabello muy claro y sedoso y rostro delicado amasaba un trozo de arcilla mientras murmuraba para sí.

La mujer acababa de terminar una pieza. Cuando la alta figura de Dalgliesh oscureció la puerta, levantó el pie del pedal y el torno se detuvo. La mujer retiró el tiesto y lo depositó con cuidado sobre una mesa. Sólo entonces se volvió y miró largo rato al policía. A pesar de su holgada camisa, Dalgliesh notó que estaba embarazada.

Era más joven de lo que había supuesto. Sus ojos serenos y penetrantes estaban muy separados entre sí. Tenía unos pómulos altos y prominentes, la piel pecosa y ligeramente bronceada y una boca preciosa sobre la barbilla con un pequeño hoyuelo. De pronto la niña se levantó de la silla y corrió hacia Dalgliesh. Le tiró de los pantalones y le enseñó el trozo de arcilla que había estado moldeando, una figurilla casi informe. Era evidente que esperaba un comentario o un gesto de aprobación.

—Eres mañosa —comentó Dalgliesh—. ¿Qué es?

—Un perro. Se llama Peter, y yo Marie.

—Yo soy Adam. Al perro le faltan las patas.

—Porque está sentado.

—¿Y el rabo?

—No tiene.

La pequeña regresó a la mesa, defraudada por la estupidez de los adultos.

—Usted debe de ser el comandante Dalgliesh —dijo la mujer—. Yo soy Anna Cummins. Lo esperaba. Por cierto, ¿la policía no suele realizar sus visitas en pareja?

—Casi siempre. Quizá debí traer un colega, pero me dejé tentar por el día de otoño y el deseo de estar solo. Lamento llegar antes de lo previsto y lo lamentaré aún más si le he estropeado una pieza. Debería haber llamado a la puerta de la casa, pero oí el ruido del torno y vine hacia aquí.

—No ha estropeado nada y no llega demasiado pronto. Yo estaba ocupada y me olvidé de la hora. ¿Le apetece un café? —Su voz era grave y agradable, con un ligero acento galés.

—Sí; si no es molestia. —No tenía sed, pero juzgó más cortés aceptar que negarse.

Anna Cummins se acercó a una pila y comentó:

—Supongo que querrá hablar con Luke. Ha ido a Poole para entregar unas vasijas. Allí hay un comercio que nos encarga algunas cada mes. Debería regresar pronto, pero a veces se entretiene charlando o tomando café. Además, debía hacer algunas compras. Siéntese, por favor.

Señaló un sillón de mimbre con el respaldo alto y oval y cojines mullidos.

—Si quiere continuar con su trabajo, saldré a dar un paseo y regresaré cuando vuelva su marido.

—No vale la pena. No tardará. Entretanto, quizá yo pueda ayudarle.

Por primera vez, Dalgliesh se preguntó si la ausencia del esposo formaba parte de un plan. Los Cummins habían reaccionado ante el anuncio de su visita con extraordinaria tranquilidad. La mayoría de las personas que se citan con un oficial de la policía procuran ser puntuales, sobre todo cuando ellas mismas han escogido la hora del encuentro. ¿Acaso la mujer quería estar sola cuando él llegara?

Dalgliesh se sentó y la observó mientras preparaba el café. Al otro lado del fregadero había dos armarios bajos, uno con una tetera eléctrica y otro con una cocina de gas de dos fuegos.

La mujer llenó la tetera y la enchufó, cogió dos tazas y una lechera fabricadas por ella de un estante, y luego se inclinó para sacar azúcar, leche y café molido del interior de la alacena. Nunca había visto a una mujer moverse con semejante gracia natural. Sus gestos no eran ni apresurados ni estudiados, sino totalmente espontáneos. Lejos de molestarle su distancia, Dalgliesh la encontró reconfortante. La habitación era un remanso de paz, y el sillón de mimbre, con su alto respaldo y sus brazos, lo envolvía en una agradable comodidad.

Mientras Anna Cummins abría el frasco de café, el policía desvió la vista de su brazo desnudo y pecoso y se fijó en la decoración del taller. El elemento más llamativo, además del torno, era el gran horno de leña, cuya puerta abierta dejaba ver la madera preparada para combatir el frío del otoño. Enfrente había un escritorio con tapa corredera, y encima de él, tres anaqueles con listines telefónicos y unos libros que parecían de consulta. En la pared más larga, frente a la puerta, había una estantería donde la mujer exponía sus obras: tazas, cuencos pequeños, jarras y floreros. El diseño era bonito pero convencional, y el color dominante, un azul verdoso. Debajo se hallaba una mesa que mostraba las piezas más grandes, como platos, fruteras y bandejas; éstos reflejaban una creatividad más experimental.

La anfitriona le llevó la taza de café, la colocó sobre la mesita auxiliar y se sentó en una mecedora de cara a su hija. Marie había destruido su figurita y ahora elaboraba pequeños cuencos y platos. Los tres guardaron silencio. Sólo la niña estaba ocupada.

Era evidente que la mujer no pensaba proporcionar información de manera voluntaria, de modo que Dalgliesh comentó:

—Deseo hablar con su marido de su ex esposa. Sé que hace once años que se divorciaron, pero quizás él pueda facilitarme algún dato útil sobre ella, sus amigos, su vida o incluso sus enemigos. Cuando se investiga un asesinato, es importante averiguar lo máximo posible sobre la víctima.

Podría haber añadido: «Ésa fue mi excusa para huir de Londres en este maravilloso día de otoño.»

Como si hubiera leído sus pensamientos, la mujer afirmó:

—Y usted decidió venir solo.

—En efecto.

—Supongo que recabar información sobre personas, aun cuando estén muertas, debe de ser fascinante para un escritor o un biógrafo, pero siempre son datos de segunda mano, ¿no? Es imposible descubrir toda la verdad sobre alguien. A veces uno no entiende a sus padres o abuelos hasta que han fallecido, y entonces ya es demasiado tarde. Algunos seres, una vez muertos, adquieren más personalidad de la que parecían tener cuando estaban vivos.

Hablaba sin énfasis, como si comunicara un descubrimiento reciente y personal. Dalgliesh decidió abordar el tema que lo había llevado allí.

—¿Cuándo vio por última vez a la señora Aldridge?

—Hace tres años, cuando trajo a Octavia para que pasara una semana con su padre. Sólo estuvo aquí una hora y no regresó a buscarla. Luke la acompañó a la estación de tren de Wareham.

—¿Y no ha vuelto desde entonces? Me refiero a Octavia.

—No. Yo pensaba... bueno, los dos pensábamos que debía pasar más tiempo con su padre. Venetia Aldridge tenía la custodia, pero los hijos necesitan a su padre y a su madre. El caso es que la visita no salió bien. La chica se aburría en el campo y se mostraba brusca y desagradable con la niña. Marie sólo tenía dos meses, y Octavia llegó a pegarle. No fue un golpe fuerte, pero sí deliberado. Después de eso, tuvo que irse.

Así de sencillo. El último rechazo. Tuvo que irse.

—¿Y su padre estuvo de acuerdo? —preguntó Dalgliesh.

—¿Después de que pegara a Marie? Desde luego. Como le he dicho, la visita no fue un éxito. Mi marido no tuvo ocasión de ser un padre para Octavia cuando ella era pequeña. A los ocho años ya estaba en un internado y después del divorcio apenas se vieron. Creo que ella nunca lo ha querido.

«Ni él a ella», pensó Dalgliesh. Avanzaban por un terreno peligroso y personal; él era un oficial de policía, no un psicólogo familiar. Con todo, era un dato más para el dibujo en blanco y negro de Venetia Aldridge, que necesitaba pintar con colores vivos.

—¿Y ni usted ni su marido volvieron a ver a Venetia Aldridge?

—No. Por supuesto, la habría visto la misma noche de su muerte si ella hubiera acudido a nuestra cita.

Hablaba con voz serena, inexpresiva, con la misma naturalidad con que haría un comentario banal. Dalgliesh estaba entrenado para no demostrar sorpresa cuando un sospechoso actuaba de forma inesperada. Claro que no consideraba sospechosa a Anna Cummins.

Dejó la taza en la mesa y preguntó:

—¿Debo entender que esa noche usted se encontraba en Londres? Hablamos del miércoles pasado, el 9 de octubre.

—Sí. Nos habíamos citado en las cámaras; ella lo sugirió. En teoría, debía bajar para abrirme la puerta de Devereux Court, pero no se presentó.

Esas palabras turbaron el ánimo casi indolente que habían transmitido a Dalgliesh esa estancia tranquila y la compañía de una mujer de fecunda y discreta femineidad. No había esperado gran cosa de aquella visita, aparte de información general y la comprobación rutinaria de una coartada que nunca había puesto en duda. Sin embargo de pronto su caprichosa excursión a la paz rural parecía prometedora. ¿Era posible que Anna Cummins fuera tan ingenua como aparentaba? Confió en ser capaz de imprimir a su vez la misma calma y despreocupación que ella demostraba:

—Señora Cummins, ¿comprende que esta información es muy importante? Debería haber hablado conmigo antes.

Si la mujer interpretó las palabras como un reproche, no lo manifestó.

—Pero ya sabía que iba a venir. Usted me telefoneó para avisarme y pensé que ya se lo contaría cuando lo viera. Sólo ha pasado un día. ¿He hecho mal?

—Mal no, pero no nos ha ayudado mucho.

—Lo lamento. De todos modos estamos hablando ahora, ¿no?

En ese momento la niña se levantó, se acercó a su madre y tendió su mano regordeta para enseñarle una pieza que semejaba una tarta cubierta de bolitas que quizá representaran cerezas o arándanos. Esperó la aprobación de Anna Cummins, que se inclinó y le susurró algo al oído. Marie asintió en silencio, regresó a su silla y volvió a concentrarse en el modelado.

—Por favor, explíqueme los hechos desde el principio —instó Dalgliesh, que enseguida reconsideró su petición. ¿Qué principio? ¿Hasta cuándo se remontaba la historia? ¿Hasta su boda o el divorcio? Entonces añadió—: Cuénteme por qué fue a Londres y qué ocurrió allí.

—Venetia telefoneó el miércoles por la mañana muy temprano, antes de las ocho. Yo todavía no había empezado a trabajar, y Luke acababa de subir a la furgoneta para ir a una granja de las afueras de Bere Regis, donde le habían prometido abono para el huerto. Además debía realizar compras en Ware a su regreso. Supongo que podría haber corrido a buscarlo, pero decidí no hacerlo. Dije a Venetia que Luke había salido, de modo que ella dejó un

344

mensaje. Era sobre Octavia. Estaba preocupada porque se había prometido con un joven, alguien a quien había defendido en un juicio. Quería que Luke interviniera.

—¿Qué impresión le causó?

—Parecía más enfadada que afligida, y tenía prisa. Comentó que debía ir a los tribunales. Si no se hubiera tratado de Venetia, habría pensado que estaba aterrorizada, pero ella no se permitía emociones como el miedo. Afirmó que era muy urgente, que no podía esperar a que Luke regresara y quería que yo le transmitiera el mensaje.

—¿Qué pretendía que hiciera su esposo?

—Obligarlos a romper la relación. Dijo: «Él es su padre. Que asuma su responsabilidad, para variar. Que compre a Ashe y lleve a Octavia al extranjero por un tiempo. Yo correré con todos los gastos.» —A continuación agregó—: El muchacho se llama Ashe, aunque supongo que ya lo sabrá.

—Sí —confirmó Dalgliesh—, lo sabemos.

—Venetia me pidió: «Di a Luke que tenemos que discutir este asunto con urgencia. Quiero verlo en mi despacho esta noche a las ocho y cuarto. La puerta de Middle Temple Lane está cerrada, pero puede entrar por la de Devereux Court.» Me indicó con toda claridad dónde se encontraba. Se recorre un pasaje situado frente al tribunal, al fondo del cual hay un pub llamado George, luego se gira a la izquierda, después a la derecha, y enfrente de otro pub llamado Devereux hay una verja negra que conduce a una puerta pequeña. Venetia añadió que la verja estaría cerrada, pero que se encargaría de abrir a Luke cuando llegara. Dijo: «No le haré esperar y tampoco pienso esperarlo yo.»

—¿No le extrañó que lo citara en las cámaras en lugar de en su casa? ¿Y además a las ocho y cuarto, después de que cerraran las puertas?

—Ella no quería recibir a Luke en Pelham Place y él

tampoco habría aceptado ir allí. Supongo que deseaba evitar que Octavia se enterara de que lo había telefoneado hasta que hubieran urdido un plan. La hora la fijé yo. No podía coger un tren anterior al de las 17.22, que llega a la estación de Waterloo a las 19.29.

—Por tanto, ya había decidido acudir usted en lugar de su marido —dedujo el policía.

—Lo decidí antes de que acabáramos de hablar, y cuando Luke regresó estuvo de acuerdo conmigo. Temía que Venetia lo convenciera de que hiciera algo que él no quería. Además, ¿de qué serviría su intervención? Ella nunca le había permitido actuar como padre cuando Octavia era pequeña y resultaba absurdo que le pidiera ayuda a estas alturas. Octavia no le habría hecho el menor caso. ¿Por qué iba a hacérselo? Además, Luke no pensaba llevar a Octavia al extranjero aunque ella hubiera aceptado. El lugar de mi marido está aquí, con su familia.

—También es el padre de Octavia —señaló Dalgliesh.

El comentario no pretendía ser reprobador. Los asuntos matrimoniales de Venetia no le atañían, a menos que guardaran relación con su muerte. En todo caso, desde el punto de vista legal, el divorcio separa a la mujer del esposo, no al padre de sus hijos. Era curioso que una persona tan maternal como la señora Cummins negara con tanta ligereza el derecho de Venetia a reclamar la colaboración de su ex marido para garantizar el bienestar de la hija de ambos. La mujer parecía decir: «Así son las cosas y no hay nada que hacer al respecto. Esto ya no nos incumbe.»

—Por otro lado, nos resultaba imposible ir juntos a Londres porque no teníamos con quién dejar a Marie y el taller debe permanecer abierto; eso esperan nuestros clientes. Supongo que Venetia ni siquiera se planteó estos problemas cuando llamó.

—¿Y cómo reaccionó la señora Aldridge cuando se enteró de que su marido no acudiría a la cita?

—No lo mencioné. Juzgué más oportuno que creyera que se presentaría. Desde luego, cabía la posibilidad de que se negara a recibirme, pero supuse que no lo haría. Yo estaría allí, Luke no. No le quedaría más remedio que hablar conmigo, lo que me brindaría la oportunidad de explicarle lo que pensaba... mejor dicho, lo que pensábamos mi marido y yo.

—¿Y qué pensaban, señora Cummins?

—Que no debíamos dar órdenes a Octavia ni entrometernos en su vida. Si ella nos pedía ayuda, procuraríamos proporcionársela, pero era demasiado tarde para que Venetia pretendiera que Luke asumiera su papel de padre de la chica. Octavia tiene dieciocho años. Desde el punto de vista legal es mayor de edad.

—Así pues, viajó a Londres. Cuénteme qué ocurrió.

—Nada. Como ya le he comentado, ella no se presentó. Tomé el tren de las 17.22 en Wareham. Luke me acompañó a la estación con Marie. Decidimos que no regresaría a casa esa noche, ya que Luke no podía dejar sola a Marie para recogerme y tampoco sacarla de la cama para llevarla consigo. Londres es muy caro y yo no quería gastar dinero en un hotel, pero una antigua compañera de colegio me cede su piso de Waterloo cuando se ausenta de la ciudad. Viaja mucho al extranjero. Rara vez lo uso, pero cuando lo hago telefoneo a su vecino para comunicarle que me alojaré allí con el fin de que no crea que han entrado ladrones si oye ruido. Tengo la llave de la casa.

—¿El vecino la vio llegar?

—No, pero al día siguiente, poco antes de las ocho y media, llamé al timbre para anunciarle que me iba y que había puesto las sábanas en la lavadora. Él también tiene llave y dijo que más tarde pasaría para introducirlas en la secadora. Es un viejo solterón muy servicial, que aprecia mucho a Alice y echa un vistazo al piso cuando ella está fuera. También le expliqué que había dejado leche en la nevera y una jarrita que había fabricado para Alice.

Por tanto, alguien podía confirmar su presencia en la vivienda la mañana del jueves. Eso no significaba que estuviera sola. Su marido podría haberse escabullido con sigilo antes de las ocho y media. La posibilidad de que el vecino servicial hubiera oído a una o más personas en el piso dependía del grosor de las paredes. Por otro lado, debía tener en cuenta a Marie. No podían dejarla sola. Si los dos habían marchado a Londres, alguien habría tenido que ocuparse de la niña, y sería fácil averiguar quién. ¿O la habrían llevado consigo? Por muy silenciosa que fuera la pequeña, difícilmente su presencia habría pasado inadvertida. ¿Acaso la señora Cummins se había quedado en casa mientras su marido acudía a la cita y mataba a su ex mujer? Era posible que conociera el paradero de la peluca, pero ¿cómo iba a enterarse de que había sangre en la nevera de Ulrick? Eso suponiendo que el asesino hubiera profanado el cadáver. ¿Y el móvil? Dalgliesh aún no conocía a Luke Cummins, pero daba por sentado que era un hombre cuerdo. ¿Cabía la posibilidad de que un hombre cuerdo matara a su ex esposa sólo para ahorrarse algunas molestias? ¿Después de once años divorciados? ¿O lo había hecho por las ocho mil libras? Ése era otro detalle curioso. Considerando los bienes que poseía Venetia, la suma resultaba casi insultante. ¿Era la forma de Venetia Aldridge de decir: «Me procuraste placer. Nuestra relación no fue un completo desastre. La valoro en mil libras al año.»? Una mujer considerada le habría dejado bastante más o nada. ¿Y qué sugería ese legado sobre la relación entre ambos?

La secuencia de teorías desfiló vertiginosamente por la mente de Dalgliesh en cuestión de segundos, mientras Anna Cummins se relajaba meciéndose con suavidad en su silla antes de reanudar el relato. De pronto la estancia había perdido su inocencia y Dalgliesh veía a la mujer con ojos diferentes, más críticos. La reconfortante imagen maternal y serena se desvaneció para ceder paso a otra más pertinaz: la del cuerpo de Venetia Aldridge, las manos flác-

348

cidas, frágiles e inertes, la cabeza inclinada con su casco de sangre. Naturalmente, podía preguntar a Marie si había viajado a Londres con sus padres, pero no debía hacerlo y no lo haría. La idea de un crimen en equipo ahora se le antojaba grotesca.

La voz cantarina prosiguió:

—Me llevé un trozo de tarta y un yogur para comer en el tren; así no tendría que preocuparme por la cena. En cuanto llegué a Londres me dirigí al piso para dejar la bolsa y me marché hacia el Temple. Quería ser puntual. Por suerte enseguida encontré un taxi en el puente de Waterloo. Pedí al conductor que me dejara frente a los tribunales, crucé la calle y encontré el pasaje, Devereux Court. Fue muy sencillo. Ah, lo olvidaba. Antes de salir del piso llamé a Venetia a las cámaras para asegurarme de que estaba allí, le anuncié que íbamos de camino y colgué. Eran las siete y media pasadas, y estaba esperándome.

Dalgliesh formuló la pregunta de rigor:

—¿Está segura de la hora?

—Desde luego. Estaba pendiente del reloj porque no quería llegar tarde. De hecho, llegué pronto. Para no llamar la atención, en lugar de aguardar en la puerta, di un paseo de cinco minutos por el Strand. Regresé a las ocho y diez y permanecí allí hasta las nueve menos veinte. Pero Venetia no apareció.

—¿Vio a alguna persona salir por la puerta? —preguntó Dalgliesh.

—Sí, a tres o cuatro hombres. Creo que eran músicos porque llevaban fundas de instrumentos. Dudo de que sea capaz de reconocerlos, aunque a las ocho y cuarto vi a otro individuo a quien quizás identificaría. Era corpulento y pelirrojo. Me fijé en él porque abrió la puerta pequeña. Tenía llave. Sólo permaneció en el Temple un minuto, salió y se marchó por el pasaje. Me resultó extraño que entrara y saliera con tal rapidez.

—¿De verdad lo reconocería si volviera a verlo?

349

—Creo que sí. Hay una farola junto a la verja y la luz destellaba en su cabello rojo.

—Ojalá me hubiera informado de esto antes —observó Dalgliesh—. Cuando le comunicaron que la señora Aldridge había muerto asesinada, ¿no se le ocurrió pensar que su declaración podía ser importante?

—Sospechaba que les interesaría, pero supuse que ya estaban al corriente. ¿No se lo contó Octavia? Creí que había venido para confirmar su versión.

—¿Octavia estaba enterada de su visita? —De nada servía ocultar su sorpresa; con todo, el policía procuró mantener la voz serena.

—Sí. Cuando regresé al piso de Alice pensé que quizá Venetia no se había presentado porque se encontraba mal. No me parecía muy probable, pero juzgué conveniente avisar a alguien. Venetia había hecho tanto hincapié en la urgencia de la cita... Por eso llamé a Pelham Place, y me atendió un hombre, según deduje joven, y luego hablé con Octavia. Le expliqué lo ocurrido; no la razón que me había llevado a Londres, sino que su madre no había acudido a la cita. Le sugerí que, si aún no había llegado a casa, la telefoneara para comprobar que se encontraba bien. Pero Octavia replicó: «Supongo que habrá decidido que no quería veros. Ninguno de nosotros quiere veros. Y no os metáis en mi vida.»

—Eso parece indicar que conocía el motivo de la cita —concluyó Dalgliesh.

—Me temo que no era difícil de adivinar. En fin, me dije que había obrado como debía y me acosté. A la mañana siguiente regresé a casa. Luke y Marie me esperaban en la estación. Cuando llegamos, recibimos una llamada de Drysdale Laud, que había estado intentando comunicarse con nosotros para informarnos de la muerte de Venetia.

—¿Y ustedes no hicieron nada? ¿No mencionaron su viaje a nadie?

—¿Qué íbamos a hacer? Octavia estaba al corriente. Suponíamos que la policía se pondría en contacto con nosotros para confirmar su versión, y de hecho ustedes telefonearon para anunciar que venían. Preferí no contárselo por teléfono.

En ese momento sonó el ruido de un vehículo. La niña se levantó en el acto y aguardó en el umbral, riendo y dando saltos de alegría. En cuanto el motor se apagó, la pequeña corrió como en respuesta a una señal acordada. Oyeron la portezuela de la furgoneta, una voz masculina, y un segundo después Luke Cummins apareció con su hija sobre los hombros.

Su esposa se puso en pie y esperó en silencio mientras Cummins dejaba a Marie en el suelo. Luego él se acercó a su mujer para abrazarla al tiempo que la niña le rodeaba las piernas. Permanecieron unos instantes inmóviles en su escena familiar, de la que Dalgliesh se sintió excluido. Estudió a Luke Cummins procurando imaginarlo como el marido de Venetia Aldridge, verlo como parte del mundo de la abogada y de su vida llena de ambiciones obsesivas.

Era un hombre muy alto, de brazos largos y de cabello rubio decolorado por el sol; en su rostro juvenil y bronceado, de facciones delicadas y dulces, su boca parecía reflejar una ligera debilidad. Los gruesos pantalones de pana y el jersey irlandés de cuello alto conferían corpulencia a un cuerpo que recordaba el de un adolescente después de dar un estirón. Miró a Dalgliesh por encima del hombro de su esposa y esbozó una breve sonrisa antes de inclinarse de nuevo hacia su mujer y su hija. El policía pensó que lo había confundido con un cliente. Se puso en pie y se aproximó a la exposición de vasijas, sin saber si lo hacía para interpretar el papel que por error le habían otorgado o porque no deseaba inmiscuirse en la intimidad de la familia. Entonces oyó la voz suave de Cummins:

—Buenas noticias, cariño. Quieren otras tres bandejas para queso antes de la Navidad.

—¿La escena del jardín con los geranios y la ventana abierta?

—Una parecida. Las otras dos son encargos especiales. Los clientes hablarán contigo para explicarte lo que desean. Acordamos que los llamarías para concertar una cita.

—En la tienda no las expondrán juntas, ¿verdad? —observó la mujer con cierta preocupación—. De ese modo parecen fabricadas en serie.

—Ya lo saben. Expondrán sólo una y tomarán pedidos.

Dalgliesh se volvió y Anna Cummins dijo:

—Cariño, éste es el señor Dalgliesh, de la policía metropolitana. ¿Recuerdas? Nos avisaron que vendría.

Cummins se acercó al oficial y le tendió la mano como si saludara a un cliente o a un amigo. El apretón sorprendió a Dalgliesh por su vigor; tenía la mano de un jardinero, encallecida y fuerte.

—Lamento no haber estado aquí cuando llegó. Supongo que Anna le habrá contado todo cuanto sabemos, aunque no es gran cosa. No manteníamos contacto alguno con mi ex esposa desde hacía tres años, hasta que telefoneó el miércoles.

—Y usted no se encontraba aquí para atenderla.

—Así es. Venetia no volvió a llamar.

Ese detalle intrigaba a Dalgliesh. Si la cita era tan importante para la señora Aldridge, ¿por qué no había telefoneado para confirmarla y hablar con Cummins? Sin duda había tenido algún momento libre durante el día. Tal vez más tarde se arrepintiera de su acción. Parecía más un impulso —acaso motivado por el pánico— que una medida meditada para solucionar el problema de Octavia, aunque por lo visto la abogada no se asustaba con facilidad. Quizá pensara que no debía humillarse insistiendo, que si él acudía a la cita plantearía el tema, y si no, no habría perdido nada.

—Hace un rato el señor Dalgliesh comentó que le apetecía dar un paseo —dijo Anna Cummins—. ¿Por qué no lo acompañas al campo y le enseñas la vista? Luego, si lo desea, tomará el té con nosotros antes de marcharse.

Pese a la serenidad de su voz, la sugerencia encerraba la fuerza de una orden. Dalgliesh aceptó dar un paseo, pero declinó la invitación a tomar el té. Los dos hombres salieron al jardín, pasaron junto al gallinero, donde las aves se acercaron a ellos cacareando, cruzaron una alambrada y llegaron a un terreno con una suave pendiente. Acababan de plantar trigo, y el policía se maravilló, como de costumbre, de que unos tallos tan delicados brotaran de un suelo tan duro. Entre altos y enmarañados setos de arbustos espinosos, tojos y matorrales, discurría un sendero lo bastante ancho para que anduvieran lado a lado. Las moras estaban maduras y de vez en cuando Cummins arrancaba una y se la comía.

—Su esposa me ha hablado de su visita a Londres —dijo Dalgliesh—. Si la reunión se hubiera celebrado, no habría sido agradable. Me sorprendió que la dejara ir sola.

—Le faltó añadir «y embarazada».

Luke Cummings cogió una rama alta y la dobló hacia sí.

—Anna consideró que era lo mejor. Temía que Venetia me intimidara, para lo que poseía una rara habilidad. —Sonrió, como si la idea le hiciera gracia, y agregó—: No podíamos ir juntos a causa de la niña y los clientes. Tal vez Anna no debería haber ido tampoco, pero creía que debíamos dejar claro de una vez por todas que no queríamos interferir en la vida de Octavia. Ya tiene dieciocho años, es mayor de edad. Si no me hacía el menor caso cuando era una niña, ¿por qué había de obedecerme ahora?

Hablaba sin resentimiento. Tampoco intentaba disculparse, justificarse o excusarse; tan sólo se limitaba a constatar un hecho.

—¿Dónde conoció a su primera mujer? —inquirió Dalgliesh.

Aunque la pregunta no venía al caso, Cummins no se mostró molesto.

—En la cafetería de la National Gallery. Había mucha gente y Venetia estaba sentada a una mesa de dos. Le pregunté si le importaba compartirla y, sin apenas mirarme, respondió que no. Supongo que ninguno de los dos habría abierto la boca si un hombre no hubiera chocado contra la mesa y derramado la copa de vino de Venetia. El tipo no se disculpó. Ella se enfureció por la grosería, y yo la ayudé a secar el vino y fui a buscar otra copa. Después conversamos.

»En esa época yo impartía clases en un colegio de Londres y hablamos de mi trabajo, de los problemas con la disciplina. No me contó que era abogada, pero sí mencionó que su padre también había sido maestro. Además charlamos de pintura, pero no nos hicimos confidencias personales. Fue ella quien propuso que volviéramos a vernos; yo no me habría atrevido. Seis meses después contrajimos matrimonio.

—¿Sabe que le ha legado ocho mil libras? —le preguntó Dalgliesh.

—Su abogado me telefoneó para comunicármelo. No me lo esperaba. No sé si considerarlo un premio por haberme casado con ella o un insulto por haberla dejado. Se alegró cuando nos separamos, pero sospecho que hubiera preferido tomar la iniciativa. —Guardó silencio unos instantes antes de agregar—: Nos planteamos la posibilidad de rechazar el dinero. ¿Sería posible?

—Representaría una complicación para los albaceas. Si tienen escrúpulos, les aconsejo que lo donen.

—Eso mismo sugirió Anna, pero aún hemos de discutirlo. Todos abrigamos ideas nobles, pero después casi siempre nos arrepentimos, ¿verdad? Anna necesita un horno nuevo.

Caminaron en silencio durante unos minutos hasta que Cummins inquirió:

—¿Cree que podrían involucrar a mi esposa en este asunto? No quiero que la molesten ni la pongan nerviosa, sobre todo estando embarazada.

—Espero que no sea preciso molestarla. Probablemente sólo necesitaremos una declaración.

—¿De modo que usted volverá por aquí?

—Bien, quizá yo no, pero es posible que vengan dos colegas.

Llegaron a la linde del campo y se detuvieron para contemplar el paisaje, que parecía confeccionado con retales. Dalgliesh se preguntó si Anna Cummins les observaría desde la ventana. Entonces Cummins respondió a la pregunta que el policía no había formulado.

—Me alegré de abandonar la enseñanza en Londres, de librarme del ruido, la violencia, el politiqueo del personal y la lucha constante para imponer orden. Nunca he tenido autoridad. Aquí realizo una sustitución de vez en cuando, pero en los pueblos las cosas son muy diferentes. La mayor parte del tiempo me dedico a cuidar el jardín y llevar las cuentas del taller. —Después de una pausa susurró—: Nunca hubiera creído que podría ser tan feliz.

Regresaron por el sendero, esta vez en un silencio curiosamente cargado de camaradería. Al acercarse al taller, oyeron el ruido del torno. Anna Cummins estaba inclinada sobre una vasija. La arcilla giraba, se elevaba y se curvaba entre sus manos, y mientras la miraban sus dedos formaron con delicadeza el reborde superior del florero. De súbito, y en apariencia sin razón alguna, juntó las manos y la pieza, como un ser vivo, se retorció y se desplomó convertida en un bulto blando al tiempo que el torno se detenía. Alzó la vista hacia su marido y tras una carcajada exclamó:

—¡Cariño, tienes la boca manchada de rojo y violeta! Pareces Drácula.

Unos minutos después, Dalgliesh se despidió. El matrimonio Cummins y su hija, lo observaron marchar desde la puerta con expresión muy seria. El policía tuvo la impresión de que se alegraban de que se fuera. Al mirar hacia atrás los vio entrar en el estudio y experimentó una fugaz melancolía teñida de compasión. El tranquilo taller, las vasijas tan poco amenazadoras en su diseño y ejecución, el modesto intento de autosuficiencia que representaban el jardín y el gallinero... ¿Acaso todo eso no representaba una evasión, una paz tan ilusoria como el elegante orden de los edificios del siglo XVIII del Temple? ¿Tan ilusoria como toda aspiración humana a una vida tranquila y armoniosa?

Ya no le apetecía visitar los pueblos cercanos. Enfiló la carretera principal en cuanto pudo y aceleró al máximo. El placer que le había proporcionado la belleza del día cedió paso a un descontento causado en parte por los Cummins, pero también por sí mismo, lo que lo irritaba por su irracionalidad. Si Anna Cummins había dicho la verdad, y creía que sí, al menos tenía un motivo de satisfacción. Había dado un gran paso en la investigación. La hora de la muerte podía precisarse entre las ocho menos cuarto, cuando la señora Buckley había telefoneado a las cámaras, y las ocho y cuarto, cuando Venetia Aldridge no había acudido a abrir la puerta de Devereux Court.

Podía comprobar parte del testimonio de la señora Cummins. Antes de marcharse, había apuntado el nombre y la dirección de la propietaria del piso de Waterloo y de su vecino. Luke Cummins, por su parte, no podía demostrar su presencia en el taller, pues no había atendido a ningún cliente. También estaba el hombre pelirrojo que Anna Cummins había visto salir del Temple. Si identificaba a Simon Costello, sería interesante oír la explicación del abogado.

Había un detalle que lo intrigaba por encima de todo: ni Luke Cummins ni su esposa habían preguntado si la policía tenía alguna pista y tampoco habían demostrado interés alguno por la identidad del asesino. ¿Acaso su actitud obedecía al deseo de distanciarse de la infelicidad del pasado y la violencia del presente, de todo cuanto amenazaba su pequeño mundo? ¿O tal vez no necesitaban preguntar porque ya lo sabían?

Después de una hora de viaje se detuvo en un área de servicio para telefonear a Scotland Yard. Como Kate no estaba allí, habló con Piers e intercambiaron información.

—Si Costello es el hombre que la señora Cummins vio entrar en el Temple y salir un minuto después, entonces queda libre de sospecha. No tuvo tiempo de entrar en el número 8 y menos aún de cometer un asesinato. Y si la hubiera matado un rato antes, no habría cometido la estupidez de regresar al escenario del crimen. ¿Citará a la señora Cummins para una identificación oficial?

—Todavía no. Primero hablaré con Costello. También me entrevistaré con Langton. Me llama la atención que no mencionara que había asistido al ensayo. ¿Qué han contado los hombres que se ocupan de las tareas domésticas de su casa?

—Los interrogamos en su tienda de antigüedades, señor. Ambos afirmaron que el miércoles el señor Langton llegó algo más tarde de lo habitual, pero no saben cuánto. Aseguran que no lo recuerdan. Resulta increíble, porque lo esperaban con la cena, de modo que deberían conocer la hora exacta de su llegada. Sin embargo, es poco probable que sea el asesino, señor.

—Muy poco probable. Langton parece preocupado por motivos personales, pero si le remuerde la conciencia, no creo que sea por la muerte de Venetia Aldridge. ¿Hablaron con Brian Cartwright?

—Sí, señor. Se dignó concedernos cinco minutos después de comer, en su club. Me temo que no ha habido suerte. Explicó que después del juicio en el Tribunal de lo Criminal no sucedió nada y que la señora Aldridge estaba como siempre.

—¿Y usted le creyó?

—No del todo. Me dio la impresión de que ocultaba algo, pero podría ser un prejuicio. No me cayó bien. Coqueteó con Kate y se mostró agresivo conmigo. Al principio de la entrevista tuve la sensación de que se debatía entre la conveniencia de ofrecer información a la policía o de actuar con prudencia y no involucrarse. Ganó la prudencia. Dudo de que consigamos sonsacarle algo, señor, aunque si lo considera importante podríamos intentarlo de nuevo y presionarlo más.

—No hay prisa —replicó Dalgliesh—. La entrevista con la señorita Elkington parece interesante. Han hecho bien en enviar un par de agentes a Hereford. Avísenme en cuanto reciban noticias de ellos. ¿Alguna novedad sobre la coartada de Drysdale Laud?

—Parece cierta, señor. En el teatro nos dijeron que la obra comenzó a las siete y media y que el descanso se produjo a las 20.50. No pudo llegar a las cámaras antes de las nueve. El vestíbulo permaneció vigilado todo el tiempo, y tanto el taquillero como el portero afirman que nadie salió del local antes del descanso. Creo que es una buena coartada, señor.

—Eso si fue al teatro. ¿Recordaba su número de butaca?

—Sí; la última de la quinta fila. Estudié el plano de la noche del miércoles y la localidad estuvo ocupada, aunque la chica que la vendió no recuerda si fue a un hombre o a una mujer. Supongo que podríamos enseñarle una fotografía de Laud, pero dudo de que sirviera de algo. Sin embargo, es curioso que fuera a ver una obra de teatro solo, ¿no?

—No podemos arrestar a un hombre porque sienta la excéntrica necesidad de disfrutar de su propia compañía. ¿Y qué hay de la coartada de Desmond Ulrick?

—Acudimos a Rules, señor, y nos confirmaron que llegó allí a las ocho y cuarto. No había reservado mesa, pero es cliente habitual y le consiguieron una en cinco minutos. Dejó su abrigo y un par de ejemplares del *Standard* en el guardarropía, pero no el maletín. El encargado está muy seguro de ello. Conoce bien a Ulrick y conversaron mientras esperaba mesa.

—Muy bien, Piers. Nos veremos dentro de un par de horas.

—Hay algo más. Un hombrecillo muy curioso preguntó por usted hace cosa de una hora. Al parecer, conoció a la señora Aldridge cuando era una niña. Trabajaba de maestro en la escuela del padre de la abogada. Llegó con un paquete apretado contra el pecho, como un niño temeroso de que le roben un regalo. Le propuse que hablara con Kate o conmigo, pero se negó en redondo alegando que deseaba verlo a usted. Le recuerdo que el lunes por la mañana tiene una reunión con el Alto Comisionado y el Ministerio del Interior y la instrucción preliminar está prevista para la tarde. Sé que es una formalidad y que pediremos un aplazamiento, pero no sabía si pensaba acudir. En fin, pedí al hombrecillo que volviera el lunes a las seis. Quizá sea una pérdida de tiempo, pero supuse que usted querría verlo. Se llama Froggett, Edmund Froggett.

28

La brigada había trabajado dieciséis horas diarias desde el inicio de la investigación. El sábado fue más tranquilo, pues la mayoría de los sospechosos se marcharon para pasar el fin de semana fuera de Londres. El domingo, Dalgliesh, Kate y Piers decidieron tomarse el día libre.

Ninguno de los tres comentó sus planes con los demás. Era como si también necesitaran un respiro de la curiosidad y el interés de sus colegas. El lunes acabó la paz. Después de una mañana de reuniones, se convocó una conferencia de prensa para primera hora de la tarde. Dalgliesh, que detestaba esos actos públicos, asistió por obligación. La celebridad de la víctima y el hecho de que el homicidio se hubiera cometido en el seno del sistema legal dotaban al caso de un toque morboso que garantizaba el interés de los medios de comunicación. Para sorpresa y satisfacción de Dalgliesh, la presencia de la sangre y la peluca no se había filtrado a la prensa. La policía se limitó a explicar que la víctima había sido apuñalada y que no se produciría un arresto inminente. Cualquier otra información obstaculizaría las pesquisas, pero en cuanto hubiera alguna novedad se emitiría el correspondiente comunicado.

Al final de la tarde, tras cumplir con las formalidades para aplazar el inicio de la instrucción preliminar, Dalgliesh había olvidado que tenía una cita a las seis. A la hora prevista, Piers acompañó a Edmund Froggett al despacho del jefe, en lugar de conducirlo a la pequeña sala de interrogatorios.

El hombrecillo se sentó en la silla que le indicó Dalgliesh, depositó con sumo cuidado sobre el escritorio un paquete grande y plano, envuelto en papel y atado con una cuerda, se quitó los guantes de lana y comenzó a desenrollar su larga bufanda de punto. Tenía unas manos blancas y pulcras, tan delicadas como las de una mujer joven. Era un individuo poco atractivo, pero no resultaba feo ni repulsivo, quizá por su aire de serena dignidad, propio de quien espera poco del mundo pero cuya resignación carece de servilismo. Llevaba un pesado abrigo de *tweed*, de corte elegante y excelente calidad, demasiado grande para su cuerpo enjuto. Los zapatos brillaban bajo los pantalones de gabardina, impecablemente planchados. El abrigo, demasiado grueso, los pantalones, de tejido más fino, y los calcetines claros de verano formaban una combinación incongruente, como si el hombre se vistiera con las prendas desechadas por otros. Después de doblar con esmero su bufanda y colocarla sobre el respaldo de la silla, observó a Dalgliesh.

Detrás de las gafas, sus ojos reflejaban inteligencia y suspicacia. Cuando por fin habló, Dalgliesh notó que tenía una voz aflautada, con ocasionales tartamudeos, desagradable al oído. El hombrecillo no se disculpó ni se excusó por su visita. Era obvio que consideraba que su insistencia en ver a un oficial de rango superior estaba plenamente justificada.

—Comandante, supongo que ya le habrán comentado que lo que me ha traído aquí es la muerte de la abogada Venetia Aldridge. Le explicaré mi interés por este caso, pero supongo que antes necesitará mi nombre y mi dirección.

—Gracias. Sería de gran ayuda.

Era evidente que el hombrecillo esperaba que el oficial apuntara estos datos. Dalgliesh tomó nota mientras su visitante se inclinaba para comprobar que no cometía ningún error.

—Edmund Albert Froggett, 14 Melrose Court, Melrose Road, Goodmayes, Essex.

El apellido resultaba cómicamente apropiado para esa boca larga, con las comisuras caídas, y los ojos saltones. Con toda seguridad en su infancia había sido objeto de las burlas crueles de sus compañeros y por eso había desarrollado una coraza protectora de decoro y solemnidad. «¿De qué otro modo conseguirían sobrevivir los desgraciados del mundo? —se preguntó Dalgliesh—. Nadie se enfrenta a los golpes de la vida psicológicamente desnudo.»

—¿Tiene alguna información sobre la muerte de la señora Aldridge? —preguntó.

—No sobre su muerte, pero sí sobre su vida. En un caso de asesinato, ambas guardan una estrecha relación. Pensé que tenía la obligación hacia Venetia Aldridge y la causa de la justicia de proporcionar datos que quizá no lograrían obtener de otro modo o que les llevaría mucho tiempo descubrir. Usted juzgará si la información de que dispongo resulta de alguna utilidad.

Tal como se desarrollaba la conversación, todo apuntaba a que tardaría mucho tiempo en conseguir esos datos del señor Froggett, pero la paciencia de Dalgliesh a menudo sorprendía a sus subordinados, excepto cuando se enfrentaba con personas altivas, incompetentes u obstinadas. Ahora experimentó una familiar punzada de compasión, una compasión incómoda que le molestaba y nunca había aprendido a controlar, pero que formaba parte de su carácter y consideraba un escudo contra la arrogancia del poder.

Era obvio que la entrevista se prolongaría más de lo que hubiera deseado, pero se sentía incapaz de mostrarse grosero con su visitante.

—Quizá deba contármelo todo desde el principio, señor Froggett. ¿Qué información tiene y cómo la ha obtenido?

—Desde luego. No pretendo robarle mucho tiempo. Como ya he comentado, conocí a la señora Aldridge cuando era una niña. Quizá ya sepa que su padre dirigía una escuela primaria para niños; Danesford, en Berkshire. Fui vicedirector durante cinco años, y en ese período enseñé literatura inglesa e historia a los muchachos de los últimos cursos. Era de prever que con el tiempo yo asumiría la dirección del centro, pero los acontecimientos tomaron otro curso. Siempre me ha interesado la ley, en concreto el derecho penal, pero me temo que carezco de los atributos físicos y orales esenciales para ejercer con éxito la profesión de abogado. Sin embargo, el estudio del derecho penal ha constituido mi principal afición y solía discutir casos de particular interés humano y forense con Venetia. Ella contaba catorce años cuando comencé con mis clases, y ya entonces demostraba una extraordinaria capacidad para analizar las pruebas y comprender los elementos clave de cada proceso. Manteníamos fascinantes charlas en el salón de sus padres después de la cena. Ellos se sentaban a escucharnos, sin participar en la discusión. En cambio Venetia intervenía en los debates con entusiasmo y haciendo gala de una notable imaginación. Por descontado, yo debía proceder con delicadeza, ya que ella aún no tenía edad para escuchar los detalles de algunos casos; como el de Rouse, por ejemplo. Con todo, nunca he visto una mente tan dotada para el derecho en una persona joven. Creo no pecar de presumido, señor Dalgliesh, si afirmo que yo fui el principal responsable de que Venetia se convirtiera en abogada criminalista.

—¿Era hija única? —preguntó Dalgliesh—. No nos consta que tenga parientes, y su hija asegura que no los tiene, pero los hijos no siempre están enterados.

—La joven no se equivoca. Venetia era hija única, y por lo que sé sus padres tampoco tenían hermanos.

—Entonces su infancia debió de ser solitaria, ¿no?

—Mucho. Estudiaba en el instituto local, pero daba

la impresión de que sus amigos, si es que los tenía, no eran bien recibidos en Danesford. Quizá su padre pensara que ya veía demasiados niños durante su jornada laboral. Sí, puede decirse que era una niña solitaria. Tal vez por eso nuestras conversaciones significaban tanto para ella.

—Hemos encontrado en su despacho de las cámaras un volumen de *Insignes juicios británicos*, el correspondiente al caso Seddon. En la primera página aparecían las iniciales de la señora Aldridge y las suyas.

El efecto que ese dato produjo en Froggett fue extraordinario; sus ojos brillaron y su rostro enrojeció de satisfacción.

—De modo que lo conservó, y en las cámaras. Es una noticia grata, muy grata. Le entregué el libro como regalo de despedida cuando me marché. Solíamos discutir ese caso con mucha frecuencia. Supongo que usted recordará las palabras del alguacil Hall: «Es el caso más misterioso que he investigado en mi vida.»

—¿Se mantuvo en contacto con ella después de abandonar el colegio?

—No; nunca volvimos a vernos. Por una parte, no se presentó la ocasión, y por otra, no habría sido apropiado. En todo caso, sería más correcto decir que ella no se mantuvo en contacto, pero yo sí. Como es lógico, sentía un gran interés por su carrera y seguí sus progresos con atención. Conocer la trayectoria profesional de Venetia Aldridge ha constituido mi principal afición durante los últimos veinte años. Eso explica el motivo de mi visita. Este paquete contiene un cuaderno en el que he pegado recortes con información sobre sus casos más importantes. He llegado a la conclusión de que el misterio de su muerte se oculta en su vida profesional: un cliente defraudado, alguien a quien había enviado a la cárcel, un ex convicto que le guardaba rencor. ¿Me permite que se lo enseñe?

Dalgliesh accedió ante la mirada entre ansiosa y emocionada de su visitante. No se atrevía a decir que la policía podía obtener esa información de los registros de las cámaras, ya que sospechaba que el señor Froggett siempre había sentido la necesidad de enseñar su cuaderno a alguien que mostrara auténtico interés, y el asesinato de Venetia Aldridge le proporcionaba la excusa perfecta para hacerlo. Dalgliesh observó cómo los pequeños y delicados dedos desataban un innecesario número de nudos. El hombrecillo enrolló la cuerda con esmero y presentó su tesoro.

Sin duda era un historial admirable. Pulcramente pegados bajo la fecha y el nombre de cada caso, había recortes y fotografías de periódicos, informes legales y artículos de revistas sobre los procesos más importantes en que había intervenido Venetia Aldridge. Froggett había incluido además páginas de un cuaderno de taquigrafía que había usado para escribir sus comentarios personales sobre la forma en que se había conducido el caso; unos comentarios que a veces resaltaba con subrayados y signos de exclamación. No cabía duda de que había escuchado los testimonios con la disciplinada atención de un estudiante de derecho. Al pasar las páginas, Dalgliesh descubrió que los primeros casos se ilustraban sobre todo con recortes de prensa, mientras que los de los últimos dos años estaban explicados con todo lujo de detalle, de lo que se deducía que Froggett había asistido a las vistas.

—Sin duda le resultaría difícil averiguar la fecha de las apariciones de la señora Aldridge en los tribunales —observó Dalgliesh—, pero parece que en los últimos años tuvo más suerte.

El policía advirtió que Froggett se molestaba ante la pregunta implícita en su observación. Después de un breve silencio, el hombrecillo explicó:

—Últimamente he tenido suerte. Conozco a alguien de la oficina de registros que me ha facilitado información sobre los casos pendientes. Puesto que las sesiones están abiertas al público, no consideré que fuera confidencial. Sin embargo, preferiría no dar su nombre.

—Le agradezco que haya traído este cuaderno. ¿Le importaría dejármelo durante unos días? Desde luego, le firmaré un recibo.

El hombrecillo aceptó con manifiesta satisfacción y miró a Dalgliesh mientras éste le extendía el recibo.

—Antes ha mencionado que cabía suponer que usted dirigiría la escuela del padre de la señora Aldridge, pero que al final no pudo hacerlo. ¿Qué ocurrió?

—¿No está al corriente? Bueno, eso ya es agua pasada. Me temo que Clarence Aldridge era una especie de sádico. Yo protesté varias veces por la frecuencia y la severidad con que castigaba a los niños, pero a pesar del alto cargo que yo desempeñaba entonces, ejercía escasa influencia sobre él. De hecho, nadie la tenía. Al final decidí que no deseaba seguir colaborando con un hombre que no merecía mi respeto y presenté la dimisión. Un año después de mi partida se produjo una tragedia. Un alumno, el joven Marcus Ulrick, se ahorcó con el cinturón de su pijama porque el director iba a azotarlo a la mañana siguiente.

Por fin un dato valioso, que Dalgliesh había obtenido gracias a su infinita paciencia. Sin embargo, no demostró que conocía ese apellido.

—¿Y no volvió a ver a la señora Aldridge desde entonces? —preguntó.

—No desde que me marché de la escuela. No juzgué apropiado llamarla o visitarla. Era sencillo asistir a los juicios sin que me viera, ya que por fortuna nunca miraba al público, y yo tomaba la precaución de no sentarme en las primeras filas. No quería que pensara que la perseguía, pues podría haberlo interpretado como una especie de acoso. No; no pretendía entrometerme en su vida ni aprovecharme de la amistad que nos había unido en el pasado. Supongo que no necesito decirle que le deseaba lo mejor, aunque, por descontado, sólo puedo darle mi palabra al respecto. Si cree que necesito una coartada para la noche del crimen, no tengo dificultad en proporcionársela. Asistí a unas clases nocturnas en el instituto Wallington de la City, donde permanecí desde las seis y media hasta las nueve y media. Acudo todas las semanas. Estudio arquitectura de Londres de seis y media a ocho, y luego italiano de ocho a nueve. Abrigo la esperanza de viajar a Roma el año próximo. Por supuesto, le facilitaré el nombre de los profesores de las dos clases si lo considera oportuno. Ellos o cualquier alumno confirmarán mi presencia. Habría tardado por lo menos media hora en ir desde el instituto al Temple, de modo que si la señora Aldridge estaba muerta a las nueve y media, supongo que quedo libre de sospecha.

Hablaba casi con pesar, como si lamentara no figurar como el principal sospechoso. Dalgliesh le dio las gracias y se puso en pie.

No obstante, el visitante no se marchó de inmediato. Colocó el recibo del cuaderno en un compartimiento de su gastada cartera, que introdujo en el bolsillo interior de la americana, se palpó el pecho como para asegurarse de que estaba correctamente guardada y por último estrechó las manos de Dalgliesh y Piers con solemnidad, como si los tres acabaran de resolver un asunto complejo y confidencial. Echó una última ojeada al libro de recortes depositado sobre el escritorio de Dalgliesh y pareció a punto de añadir algo, aunque al final se abstuvo, quizá para ahorrarse el bochorno de pedir al policía que cuidara del cuaderno.

Piers lo acompañó a la puerta, regresó con el paso vigoroso que lo caracterizaba y comentó:

—Es un hombrecillo extraordinario, un bicho raro. Nunca había visto a nadie seguir con tanto interés la vida de otra persona. ¿Cómo cree que comenzó, señor?

—Se enamoró de ella cuando era una colegiala y ese amor se convirtió en obsesión; una obsesión por ella, por el derecho penal, o por ambos.

—Extraña afición. No está claro qué obtenía de ella. Es evidente que consideraba a la señora Aldridge su protegida. Me pregunto qué pensaría ella al respecto. Aunque por lo que sabemos de la abogada, no creo que le gustara mucho.

—No le causaba ningún daño —señaló Dalgliesh—. Tomaba precauciones para que ella no descubriera que la seguía. No se trata del típico acosador, pues éstos suelen molestar a sus víctimas. Yo he encontrado su actitud simpática incluso.

—Pues yo no. Con franqueza, creo que es un parásito. ¿Por qué no vivía su propia vida en lugar de alimentarse de la de la abogada, como si fuera un mosquito gigante? Su comportamiento podría tacharse de patético, pero a mí me parece obsceno. Además, apuesto a que esas sesiones no se celebraban en el salón de los padres.

A Dalgliesh le sorprendió la vehemencia de Piers, que solía mostrarse más tolerante. Sin embargo, la reacción del joven no distaba mucho de la suya. Cualquier persona que valorara su intimidad encontraría extraordinariamente ofensivo que otro individuo se inmiscuyera en sus asuntos privados. Si la idea de un acosador corriente ya resultaba turbadora, la de un acosador secreto se revelaba abominable. No obstante, Froggett no había causado ni deseado infligir daño al objeto de sus desvelos. Aunque Piers tenía razón al calificar su conducta de obsesiva, el hombrecillo no había cometido ningún delito.

—En fin, al menos nos ha proporcionado un dato que habría sido muy difícil obtener por otros medios —concluyó el joven—. Es un apellido poco corriente. Si Marcus Ulrick era el hermano menor de Desmond Ulrick, ya tenemos un buen móvil. Eso siempre y cuando estuvieran emparentados.

—¿De verdad lo cree así, Piers? ¿Después de tantos años? Si Ulrick quería matar a la señora Aldridge para vengarse de su padre, ¿por qué esperó más de veinte años?

¿Y por qué la consideró culpable? La abogada no era responsable de los actos de su padre. De todos modos, hemos de investigar este punto. Ulrick suele trabajar hasta tarde. Llame a su despacho para averiguar si sigue allí. En caso afirmativo, dígale que quiero verlo. Y también a Langton y Costello, si aún permanecen en las cámaras.

—¿Esta tarde, señor?

—Esta tarde.

Dalgliesh comenzó a envolver el cuaderno de Froggett. Antes de que Piers saliera de su oficina, preguntó:

—¿Y qué han averiguado sobre la señora Carpenter? —Piers lo miró con sorpresa—. El viernes les pedí que me comunicaran cualquier dato sobre su pasado. A propósito, ¿quién fue a Hereford? ¿Quién se ocupa de ese asunto?

—El sargento Pratt y otra agente de la policía de la City. Lo lamento, señor, creí que ya estaba informado. La mujer carece de antecedentes criminales. Impartía clases de lengua y literatura inglesas antes de retirarse. Es viuda y su único hijo murió de leucemia hace cinco años. Vivía en las afueras de la ciudad con su nuera y su nieta. Esta última fue asesinada en 1993, y la nuera se suicidó poco después. La señora Carpenter quiso alejarse de su antiguo mundo. No sé si lo recuerda: el asesino, un tal Beale, cumple cadena perpetua. El juicio se celebró en los juzgados de Shrewsbury, y Archie Curtis defendió a Beale. El caso no tuvo ninguna relación con los tribunales de Londres ni con la señora Aldridge.

Esa tragedia explicaba algo que Dalgliesh había intuido en la señora Carpenter; una resignación y una serenidad que no reflejaban una paz interior, sino un sufrimiento llevado con estoicismo.

—¿Cuándo se enteraron de eso? —preguntó Dalgliesh.

—Esta mañana a las nueve, señor.

—Cuando pido información sobre un sospechoso

—replicó Dalgliesh sin modificar su tono de voz—, quiero que me la transmitan en cuanto esté disponible, no cuando formulo una pregunta al respecto.

—Lo lamento, señor. Pensamos que había otras cosas más urgentes. La señora Carpenter no tiene antecedentes, y el asesinato de su nieta no tuvo nada que ver con la abogada ni con Londres. Es una tragedia antigua y no nos pareció relevante. —Tras una pausa, añadió—: Lo siento; no tenemos excusa.

—Entonces ¿por qué se la inventa?

Piers guardó silencio unos instantes antes de inquirir:

—¿Quiere que lo acompañe a las cámaras?

—No, Piers. Prefiero ver a Ulrick a solas.

Cuando el detective se hubo marchado, Dalgliesh permaneció inmóvil unos segundos, luego abrió un cajón, sacó una lupa y se la guardó en el bolsillo. La puerta se abrió y Piers asomó la cabeza.

—Ulrick está en su despacho, señor. Ha dicho que estará encantado de recibirlo, aunque me parece que hablaba con sarcasmo. Se disponía a marcharse, pero asegura que lo esperará. Los señores Langton y Costello permanecerán en las cámaras hasta las ocho.

29

—¿Sabía usted que Venetia Aldridge era hija de Clarence Aldridge, el director de la escuela Danesford? —inquirió Dalgliesh.

Ulrick no respondió enseguida, y el policía aguardó con paciencia. En el despacho del sótano había una estufa eléctrica con las tres barras encendidas y hacía demasiado calor para esa tarde otoñal. Al cruzar la plazoleta bajo la suave luz de las farolas de gas, Dalgliesh, que llevaba consigo el cuaderno de Froggett, había tenido la impresión de que el viejo suelo de piedra todavía irradiaba el calor de los últimos días del verano. El despacho de Ulrick era el refugio de un académico. El oficial se sintió encajonado entre las cuatro paredes con estanterías abarrotadas de libros. El escritorio estaba lleno de papeles, y Ulrick tuvo que desocupar para su visitante un sillón de orejas, peligrosamente situado cerca del fuego; a Dalgliesh le pareció percibir el olor a quemado del tapizado de cuero.

Como si advirtiera la incomodidad del policía, Ulrick se agachó para apagar la estufa. Procedió con tanta meticulosidad y atención como si fuera una tarea complicada que requería precisión para evitar un desastre. Tras asegurarse de que el resplandor de las barras se desvanecía, se incorporó y volvió a sentarse, girando su silla hacia Dalgliesh.

—Sí —respondió—, sabía que Aldridge tenía una hija llamada Venetia, y la edad coincidía. Como es lógico, sentí curiosidad cuando ingresó en las cámaras y la interrogué al respecto, aunque la cuestión no me interesaba en exceso.

—¿Recuerda la conversación?

—Sí. No fue larga. Estábamos solos en su despacho cuando le pregunté: «¿Eres la hija de Clarence Aldridge, de Danesford?» Ella contestó que sí. Me miró con suspicacia, pero no se mostró preocupada. Entonces le conté que yo era el hermano mayor de Marcus Ulrick. Guardó silencio unos segundos y comentó: «Supuse que estaríais emparentados. No es un apellido corriente, y él me había dicho que tenía un hermano mayor.» Entonces repliqué que no era preciso hablar del pasado.

—¿Cómo reaccionó ella?

—No lo sé. Salí del despacho tras esas palabras. No volvimos a hablar de Danesford, lo que no resultó difícil, pues rara vez nos veíamos. Ella tenía fama de ser una mujer difícil, y yo apenas si trato con los personajes importantes de las cámaras. El derecho penal no me interesa. La ley debería ser una disciplina intelectual, no una representación pública.

—¿Le molesta que le pregunte qué le ocurrió a su hermano?

—¿Es necesario? —Al cabo de unos segundos añadió—: ¿Guarda alguna relación con su investigación?

Aunque la voz de Ulrick no delató ninguna emoción, sus ojos grises reflejaron la severidad propia de un fiscal en un interrogatorio judicial.

—No lo sé —respondió el policía—. Tal vez no. En un caso de homicidio nunca se sabe qué datos resultarán relevantes. Es la insuficiencia de preguntas, no el exceso, lo que provoca la mayoría de nuestros fracasos. Siempre he sentido la necesidad de averiguar todo lo posible sobre una víctima, y eso incluye su pasado.

—Debe de ser agradable ejercer una profesión que justifique lo que podría tildarse de curiosidad malsana. —Tras una breve pausa, prosiguió—: Marcus era once años menor que yo. Nunca estudié en Danesford, porque cuando yo era pequeño mi padre poseía suficiente dinero para enviarme al colegio donde había asistido él. Sin embargo cuando Marcus cumplió ocho años, las cosas cambiaron. Mi padre trabajaba en el extranjero, yo estaba en Oxford y mi hermano quedó al cuidado de un tío paterno durante las vacaciones. Nuestro padre había perdido dinero y éramos relativamente pobres. Papá no era un diplomático ni trabajaba para una compañía extranjera. Su empresa no costeaba nuestros gastos escolares, aunque creo que le entregaban una pequeña suma compensatoria. Danesford era una escuela barata y se hallaba cerca de la casa de mis tíos. Tenía buena reputación y los ex alumnos solían obtener becas para institutos privados. El historial sanitario también era satisfactorio. Mis padres quedaron impresionados cuando visitaron las instalaciones, aunque, dadas las circunstancias, habría sido inoportuno que el colegio no les gustara. Habría sido inoportuno descubrir que Aldridge era un sádico.

»Su perversión es tan común que no acostumbra calificarse de tal. Le gustaba pegar a los niños, y había depurado su técnica hasta el punto de que quizá podría atribuírsele el mérito de la originalidad. Condenaba a sus alumnos a recibir un número determinado de azotes diarios durante una semana, en público y a una hora fija, por lo general después del desayuno. Marcus no soportó esa perspectiva de humillación y dolor diarios. Era un niño tímido y sensible. Se colgó de la barandilla de la escalera con el cinto del pijama. No fue una muerte rápida; se asfixió. El escándalo posterior significó el fin de Aldridge y su escuela. Ignoro qué fue de Aldridge. En fin; creo que he expuesto con brevedad, aunque con precisión, los hechos.

—Aldridge y su esposa murieron —dijo Dalgliesh y añadió para sus adentros: dejando una hija a la que no le gustaban los hombres, aunque competía con éxito en el mundo masculino; una mujer cuyo matrimonio acabó en divorcio y cuya hija la detestaba. Más para sí que para Ulrick, agregó—: No fue culpa de Venetia Aldridge.

—¿Culpa? Yo nunca uso esa palabra, ya que implica que ejercemos un control sobre nuestras acciones, lo que considero falso. Usted es policía, de modo que sin duda creerá en el libre albedrío. El derecho penal se basa en la premisa de que los seres humanos somos responsables de nuestros actos. No; no fue culpa de ella, aunque quizá fue su desgracia. Como ya le he dicho, nunca hablamos de ese asunto. Es conveniente dejar las cuestiones personales fuera de las cámaras. Alguien carga con la grave responsabilidad de la muerte de mi hermano, pero esa persona no fue, no es, Venetia Aldridge. Y ahora, si me lo permite, me gustaría marcharme a casa.

30

Simon Costello ocupaba un reducido despacho en la parte delantera de la segunda planta; una estancia acogedora, a pesar del desorden, donde el único objeto personal era una fotografía con marco de plata de la esposa del abogado. Cuando Dalgliesh entró, Costello se puso en pie y le señaló uno de los dos sillones de la habitación, que esta vez no estaban situados frente al fuego, sino alrededor de una mesa pequeña, junto a la ventana. Las hojas del majestuoso castaño de Indias que se erguía en el exterior, iluminado desde abajo, formaban un dibujo negro y plateado en el cristal de la ventana.

Mientras tomaba asiento, Costello comentó:

—Aunque ha venido solo, presumo que se trata de una visita oficial. Al fin y al cabo todas sus visitas lo son, ¿no es cierto? ¿En qué puedo servirle?

—El viernes fui a Wareham para hablar con el ex marido de Venetia Aldridge y su esposa —explicó el policía—. Esta última se había citado con Venetia Aldridge en la puerta de Devereux Court a las ocho y cuarto del miércoles, pero la abogada no se presentó para abrirle la puerta. Sin embargo, la señora Cummins afirma haber visto a un hombre corpulento y pelirrojo. Creo que es muy posible que si la traemos a Londres lo identifique a usted como ese hombre.

Dalgliesh ignoraba cómo reaccionaría Costello, que desde un principio se había mostrado más alterado que nadie por la muerte de la señora Aldridge, y sin duda alguna había sido el menos dispuesto a cooperar. Ante este nuevo testimonio, era probable que montara en cólera, desmintiera la acusación o se negara a hablar a menos que su abogado se hallara presente. Todo era posible. Dalgliesh sabía que corría un riesgo al plantear la cuestión sin corroboración previa. Con todo, la reacción de Costello le sorprendió:

—Sí, es cierto —murmuró—. Vi a una mujer en el pasaje, aunque desde luego no sabía quién era. Estaba allí cuando entré y cuando salí. Sin duda confirmará que permanecí en el Temple menos de un minuto.

—Así es.

—Fui allí porque de repente decidí reunirme con Venetia. Necesitaba hablar con ella de una cuestión importante, relacionada con la posibilidad de que asumiera la presidencia de las cámaras e introdujera ciertos cambios, y me constaba que los miércoles trabajaba hasta tarde. Como ya he mencionado, fue una decisión súbita. Fui hasta Pawlet Court y observé que no había luz en su despacho, por lo que deduje que ya se había ido, de modo que no me entretuve.

—Cuando lo interrogamos por primera vez, usted afirmó que se había marchado a casa a las seis y que su esposa confirmaría que había permanecido allí toda la noche.

—En efecto. Lo cierto es que mi mujer no se encontraba bien y pasó la mayor parte del tiempo en nuestra habitación y en la de las niñas. El agente que nos visitó, que según creo pertenecía a la policía de la City, no le preguntó si había permanecido a mi lado toda la noche. Ella cree que no me moví de casa. Debo añadir que a mí tampoco me preguntaron si había salido en algún momento. Uno de los dos, mi esposa, se equivocó, pero ninguno de los dos mintió de forma deliberada.

—Usted debería haber comprendido la importancia de su testimonio para concretar la hora de la muerte —señaló Dalgliesh.

—Sabía que ustedes ya la habían fijado, al menos de forma aproximada. Olvida que soy abogado criminalista. Aconsejo a mis clientes que respondan a todas las cuestiones de la policía con sinceridad, pero que nunca ofrezcan información que no se les reclame. Bien, resolví seguir mi propio consejo. Si les hubiera dicho que había estado en Pawlet Court después de las ocho, ustedes habrían malgastado su valioso tiempo considerándome el principal sospechoso; habrían husmeado en mi vida para descubrir algún acto ruin en mi pasado, molestado a mi esposa, dañado mi matrimonio y, con toda probabilidad, mancillado mi reputación profesional. Entretanto, estas pesquisas les habrían alejado del verdadero asesino de Venetia. Preferí no correr ese riesgo. Al fin y al cabo, en mi vida profesional he observado en diversas ocasiones lo que les ocurre a los inocentes cuando hacen confidencias a la policía. ¿Piensa seguir investigando este asunto? Si lo hace, perderá el tiempo, y en tal caso sólo hablaré en presencia de mi abogado.

—No será necesario por el momento —repuso Dalgliesh—. Sin embargo, le recuerdo que si ha mentido, ocultado u omitido algún otro dato, el delito de obstrucción a la labor de la policía en un caso de homicidio es tan imputable a un miembro del Colegio de Abogados como a cualquier ciudadano corriente.

—Algunos de sus colegas consideran mi trabajo de defensor una obstrucción a la labor policial —replicó Costello con calma.

Estaba claro que, al menos por el momento, Dalgliesh no obtendría ninguna información útil de Costello. Mientras bajaba las escaleras en dirección al despacho de Langton, se preguntó quién más habría faltado a la verdad, y de nuevo le asaltó la incómoda sensación de que jamás conseguiría resolver el caso.

Hubert Langton, que trabajaba sentado a su escritorio, se puso en pie y estrechó la mano del oficial como si fuera la primera vez que lo veía. Luego lo condujo a un sillón de piel situado frente a la chimenea. Al observar el rostro de Langton, Dalgliesh advirtió cuánto había envejecido desde el asesinato. Sus rasgos, antes marcados y angulosos, parecían haberse desdibujado. El mentón aparecía menos firme, las bolsas bajo los ojos más fláccidas, la piel más moteada. Pero los cambios no eran sólo físicos. El hombre había perdido vitalidad. Dalgliesh le refirió lo que habían descubierto durante la entrevista con Catherine Beddington.

—De modo que estuve allí —comentó Langton—, en el ensayo. Lamento no habérselo dicho, pero lo cierto es que lo ignoraba. En mi recuerdo de la tarde del miércoles existe una laguna de casi una hora. Si usted asegura que me vieron, supongo que estuve allí.

Dalgliesh comprendió que esa confesión había resultado tan difícil al anciano como admitir una verdad más terrible.

Langton prosiguió con voz cansina:

—Recuerdo que llegué a casa unos tres cuartos de hora tarde, nada más. No sé qué sucedió ni por qué. Supongo que tarde o temprano tendré que reunir el valor necesario para acudir al médico, pero dudo mucho de que él pueda ayudarme. No parece una forma de amnesia. —Sonrió antes de añadir—: Tal vez esté enamorado de manera inconsciente de Catherine y por eso fui incapaz de admitir que había pasado gran parte de esa hora mirándola... si así ocurrió. ¿No es la clase de explicación que daría un psiquiatra?

—¿Recuerda si fue directamente a su domicilio al salir de la iglesia? —preguntó Dalgliesh.

—Me temo que no. El caso es que llegué a casa antes de las ocho; sin duda mis asistentes domésticos lo confirmarán. Venetia habló con su ama de llaves a las ocho menos cuarto, ¿verdad? Así pues, supongo que quedo libre de sospecha.

380

—Nunca lo he considerado un sospechoso —le aseguró Dalgliesh—. Sólo me preguntaba si al salir habría visto a alguna persona conocida en la iglesia o en Pawlet Court, pero si no lo recuerda, no vale la pena insistir.

—Lamento no poder ayudarle. —Hizo una pausa—. La vejez es aterradora, comandante. Mi hijo murió joven, y entonces me pareció lo más terrible que podía sucederle a una persona, pero quizá fuera afortunado. A finales de año abandonaré mi cargo de presidente de estas cámaras y me retiraré de la profesión. Un abogado con lagunas de memoria no sólo es ineficaz, sino también peligroso.

31

Dalgliesh no salió del edificio de inmediato. Aún le quedaba algo por hacer. Subió a la primera planta y abrió la puerta del despacho de Venetia Aldridge. Se sentó en la cómoda silla del escritorio y la hizo girar para ajustarla a su altura de un metro noventa. De repente recordó la descripción de Naughton del momento en que había descubierto el cuerpo: la silla se había girado al tocarla, de modo que la mujer había quedado de cara a él. La habitación ya no evocaba aquel escalofriante horror; no era más que una oficina elegante, proporcionada, funcional y vacía, a la espera de que, como tantas veces en los últimos dos siglos, el siguiente ocupante temporal se mudara a ella, pasara unos años trabajando allí y por último cerrara la puerta detrás de su éxito o su fracaso.

Encendió la lámpara del escritorio, desenvolvió y abrió el cuaderno de Edmund Froggett y comenzó a pasar las páginas con un interés creciente. Un historial asombroso. No cabía duda de que en los dos últimos años el hombrecillo había asistido a todos los juicios en que había intervenido Venetia Aldridge, en ocasiones como fiscal, como defensora las más de las veces. Debajo de la jurisdicción y los nombres del acusado, los abogados de la acusación y la defensa, Froggett había resumido los pormenores del caso tal como los presentaba el fiscal. También había reseñado los argumentos de las dos partes y añadido comentarios personales.

La letra era muy pequeña y no siempre legible a pesar de la meticulosidad de los trazos. Las observaciones demostraban un notable conocimiento de las complejidades de la ley. Froggett se había concentrado en las actuaciones del objeto de su obsesión. A veces los comentarios delataban su profesión de maestro, pues parecían propios de un letrado que supervisaba con atención la labor de un ayudante o un alumno. Sin duda llevaba una libreta más pequeña consigo y transcribía sus apuntes en cuanto regresaba a casa. Dalgliesh imaginó al hombrecillo solo en su apartamento, añadiendo unas páginas de análisis, apostillas y críticas a su registro de una trayectoria profesional.

Saltaba a la vista que le gustaba decorar su cuaderno con fotografías, algunas publicadas en los periódicos una vez dictado el veredicto. Había fotografías de jueces en la ceremonia de apertura del año judicial, con un círculo alrededor del rostro del que había presidido el caso en cuestión. Incluso figuraban algunas fotos originales, seguramente tomadas por el propio Froggett, del exterior del tribunal correspondiente.

Estas ilustraciones, pegadas con sumo esmero y explicadas con letra manuscrita, inspiraron a Dalgliesh una familiar e incómoda mezcla de pena e irritación. ¿Qué sería de la vida de Froggett ahora que le habían arrebatado brutalmente su pasión y que su cuaderno se había convertido en un simple *memento mori*? Algunos recortes comenzaban a amarillear debido al paso del tiempo y a la exposición a la luz. ¿Hasta qué punto sufría? Froggett había hablado con una aflicción contenida que podría ocultar un padecimiento más personal, pero Dalgliesh sospechaba que todavía no había acusado el golpe de la muerte de Venetia Aldridge. Aún lo embargaba el entusiasmo por la posibilidad de colaborar con la policía, la sensación de que podía desempeñar un papel en la resolución del caso. ¿O acaso le interesaba más el derecho penal que la abogada? ¿Seguiría asistiendo a las sesiones del Tribunal de lo Criminal en busca de una tragedia que dotara de sentido a su vida? ¿Y qué sabían de su pasado? ¿Qué había ocurrido en la escuela? Le costaba creer que Froggett hubiera sido vicedirector. ¿Cuánto había sufrido Venetia Aldridge con un padre sádico a cuyas víctimas no podía ayudar, creciendo en un mundo claustrofóbico de terror y vergüenza?

Mientras se planteaba estos interrogantes, Dalgliesh pasó una página del cuaderno y se fijó en una fotografía: «Público esperando entrar en el Tribunal de lo Criminal para el juicio de Matthew Price, 20 de octubre de 1994.» En la instantánea, tomada desde la acera de enfrente, aparecían unos veinte o treinta hombres y mujeres en fila, y cerca de la cabecera creyó distinguir a Janet Carpenter. Dalgliesh sacó la lupa para examinar la imagen con atención; no se había equivocado. La fotografía era tan clara que parecía que Froggett hubiera enfocado a propósito la cara de la mujer, no al público en general. No parecía que ella hubiera advertido la presencia del fotógrafo. Tenía el rostro vuelto hacia la cámara mientras miraba por encima del hombro, como si algo —un grito, un ruido repentino— hubiera atraído su atención. Vestía con elegancia y no había hecho nada para ocultar su identidad.

Quizá se tratara de una coincidencia, desde luego. Quizá la señora Carpenter había querido vivir la experiencia de un juicio o se había interesado por el caso. Dalgliesh se acercó a la estantería, buscó con rapidez entre los cuadernos azules y enseguida encontró el correspondiente a ese juicio. Venetia Aldridge había defendido a un ladrón de medio pelo que había cometido la imprudencia de unirse a una banda más peligrosa y participar en un robo a mano armada en una joyería de Stanmore. El único disparo había herido al propietario, que sin embargo había salvado la vida. Las pruebas eran abrumadoras. Venetia Aldridge no había podido hacer gran cosa por su cliente, aparte de discurrir un ingenioso alegato que con toda probabilidad había reducido la condena, inevitablemente larga, en unos tres años. Dalgliesh leyó el informe, sin lograr descubrir una conexión entre el caso y Janet Carpenter. Entonces, ¿por qué había esperado ésta a las puertas del tribunal? ¿Se habría celebrado otra vista ese mismo día? ¿O también ella sentía un interés especial por la señora Aldridge?

Reanudó su atento examen del cuaderno de recortes. Cuando iba por la mitad, pasó la página y esta vez no vio un rostro, sino un nombre conocido: Dermot Beale, condenado el 7 de octubre de 1993 en el tribunal de Shrewsbury por el asesinato de la nieta de la señora Carpenter. Por un instante el nombre impreso con toda claridad pareció crecer ante sus ojos al tiempo que las letras se oscurecían en el papel. Se dirigió a la estantería y extrajo el cuaderno correspondiente. El mismo nombre, pero un juicio anterior. No era la primera vez que Dermot Beale había sido acusado de la violación y el asesinato de una menor. En octubre de 1992, Venetia Aldridge lo había defendido con éxito en el Tribunal de lo Criminal de Londres. Dermot Beale, un viajante de comercio de cuarenta y tres años, había quedado libre para volver a matar. Los dos homicidios guardaban una asombrosa semejanza. En ambos casos había atropellado a las niñas cuando montaban en bicicleta, las había secuestrado, violado y asesinado. Los dos cadáveres se habían encontrado pocas semanas después, enterrados en una fosa poco profunda. Incluso el descubrimiento fortuito coincidía: una familia que paseaba a sus perros un domingo por la mañana, la súbita excitación de los animales que habían escarbado la tierra, el hallazgo de ropas y luego de una mano pequeña.

Sentado ante el escritorio, absolutamente inmóvil, Dalgliesh imaginó lo ocurrido: el asesino había simulado los accidentes, se había apeado del coche con la aparente intención de ayudar y había convencido a las criaturas, aturdidas y asustadas, de que las llevaría a casa. Imaginó la bicicleta a un lado del camino, las ruedas que giraban y se detenían poco a poco. En el cuaderno de la señora Aldridge se exponía con claridad la estrategia de la defensa: «¿Identificación? Principal testigo de la acusación confundido. ¿Hora? ¿Pudo Beale conducir hasta Potters Lane en treinta minutos, desde la última vez que lo vieron en el aparcamiento del supermercado? Insatisfactoria identificación del vehículo. Falta de pruebas forenses que relacionen a Beale con la víctima.» Sin embargo, ni el cuaderno de Froggett ni el de la señora Aldridge incluían anotaciones sobre el segundo proceso, celebrado en 1993, después del asesinato de la nieta de la señora Carpenter; el caso se había juzgado en Shrewsbury. El mismo crimen, pero otra jurisdicción y otra defensa, como era natural. Dalgliesh había averiguado que la señora Aldridge nunca defendía dos veces a un cliente al que se le imputaban los mismos cargos.

¿Qué habría pensado al enterarse del segundo homicidio? ¿Se había sentido responsable? ¿Sería ésa la peor pesadilla de un abogado defensor? ¿Había sido la de la señora Aldridge? ¿O se consolaba con la idea de que sólo había cumplido con su deber?

Devolvió el cuaderno azul a su lugar y llamó a Scotland Yard. Piers no estaba allí, de modo que habló con Kate y le contó de forma sucinta lo que acababa de descubrir.

Tras unos segundos de silencio, Kate comentó:

—Es el móvil perfecto, señor. Lo tenemos todo: el móvil, los medios, la oportunidad. Sin embargo, es extraño. Habría jurado que cuando la interrogué por primera vez en su apartamento, la señora Carpenter no estaba al tanto del crimen.

—Es posible. Con todo, sospecho que estamos a punto de resolver una parte del caso. Mañana a primera hora iremos al apartamento de la señora Carpenter. Me gustaría que me acompañara, Kate.

—¿No prefiere ir esta noche, señor? Ha dejado su empleo en las cámaras. Es probable que la encontremos en casa.

—Es tarde. Llegaríamos allí a las diez, y la señora Carpenter no es joven. Quiero que descanse. La interrogaremos mañana temprano. Le resultará más fácil encontrar un abogado, porque esta vez lo necesitará. —Dalgliesh advirtió que el silencio de Kate estaba cargado de impaciencia y, al no prever un peligro inminente, añadió—: No hay prisa. Esa mujer no sabe nada de Edmund Froggett. No se nos escapará.

32

Dalgliesh, que había pasado sus primeros meses como policía en South Kensington, recordaba que Sedgemoor Crescent era una calle bulliciosa con edificios de muchos vecinos, cuya característica principal era la dificultad para encontrarla en el laberinto urbano situado entre Earls Court Road y Gloucester Road. Entre las casas estucadas de majestuosidad victoriana se intercalaban anodinos bloques de cemento con pisos modernos, construidos para reemplazar las viviendas destruidas durante la guerra. Al fondo de la callejuela, añadiendo un toque de elegancia a la zona, se elevaba el fino chapitel de la iglesia de St. James, un gigantesco monumento de mosaico y ladrillo a la piedad cristiana, muy apreciado por los amantes de la arquitectura victoriana.

El lugar parecía haber resucitado desde la última visita de Dalgliesh. Habían restaurado la mayoría de las residencias, donde el estucado blanco y las puertas recién pintadas resplandecían con una respetabilidad casi agresiva, mientras que otras, con andamios montados contra las paredes descoloridas y en estado ruinoso, exhibían carteles que anunciaban su futura reconversión en pisos de lujo. Incluso los edificios modernos, en cuyos balcones antes se veía ropa tendida y se oía el alboroto de llantos infantiles y estridentes gritos de los padres, ahora ofrecían un aspecto de aburrida tranquilidad.

También habían levantado un bloque de apartamentos en el número 16 de la ahora llamada Coulston Court.

Había un portero automático con diez timbres, y junto al de la puerta número 10, en la última planta, vio una tarjeta con el nombre «Carpenter». Dalgliesh, que desconfiaba de estos aparatos, aguardó con paciencia y después de insistir durante unos tres minutos comentó a Kate:

—Probaremos en todos los pisos; siempre hay alguien que contesta. No deberían dejarnos entrar sin comprobar nuestra identidad, pero tal vez tengamos suerte. Claro que la mayoría de los inquilinos deben de haberse marchado a trabajar.

Pulsó todos los timbres por orden y sólo respondió una voz, grave y femenina. Tras un zumbido la puerta se abrió. Junto a ella había una pesada mesa de roble, a todas luces destinada a la correspondencia.

—En mi primer apartamento establecimos el mismo acuerdo —explicó Kate—; el primero que salía por la mañana recogía las cartas y las dejaba sobre la mesa. Los inquilinos más ordenados o curiosos las clasificaban por el nombre del destinatario, pero por lo general las dejaban en un montón para que cada uno buscara las suyas. Nadie se molestaba en devolver las que llevaban una dirección equivocada y las circulares se acumulaban. Yo detestaba que los demás vieran mi correspondencia. Quien quería intimidad tenía que levantarse temprano.

Dalgliesh miró las pocas cartas que quedaban en el vestíbulo. Una de ellas, en un sobre con ventanilla y las palabras «privado y confidencial» mecanografiadas, iba dirigida a la señora Carpenter.

—Parece una carta del banco —observó—. Todavía no ha recogido el correo, de modo que es probable que el timbre no funcione. Subamos.

La última planta tenía en el techo una claraboya que le proporcionaba una luz sorprendentemente intensa. En una pared del rellano cuadrangular había un saliente en forma de armario con cuatro puertas numeradas. Kate se disponía a pulsar el timbre del apartamento número 10 cuando oyó pasos. Miró hacia abajo y vio en la planta inferior a una joven que los observaba con inquietud. Era evidente que acababa de levantarse de la cama. Su pelo enmarañado enmarcaba un rostro todavía soñoliento, y lucía una holgada bata masculina. Su cara adquirió una súbita expresión de alivio.

—¿Han llamado ustedes? Estaba medio dormida cuando abrí la puerta pensando que sería mi novio. Trabaja por la noche. Los pesados de la comunidad siempre nos dan la lata con que no debemos abrir a ninguna persona que no se identifique, pero el portero automático no funciona muy bien, y cuando uno espera a alguien no se para a pensar. Yo no soy la única. La señorita Kemp abre siempre que suena el timbre. ¿Han venido para ver a la señora Carpenter? Debería estar en casa. La vi ayer por la tarde sobre las seis y media cuando iba a echar una carta al correo... Bueno, al menos llevaba un sobre en la mano, y más tarde oí la tele con el volumen muy alto.

—¿A qué hora? —preguntó Dalgliesh.

—¿La tele? Alrededor de las siete y media. No debió de estar mucho tiempo fuera. Por lo general no la oigo. Las paredes son bastante gruesas, y ella es muy silenciosa. ¿Ocurre algo?

—No lo creo. Sólo deseábamos visitarla.

La joven titubeó un momento, pero al parecer la voz de Dalgliesh la tranquilizó. O quizás interpretara sus palabras como una despedida.

—De acuerdo —dijo, y unos segundos después oyeron la puerta que se cerraba.

Nadie acudió a los timbrazos. Ni Dalgliesh ni Kate hablaron, aunque ambos pensaban lo mismo. La señora Carpenter podría haber salido temprano, antes de que llegara el cartero, o la noche anterior después de las siete y media, quizá para visitar a una amiga. Era demasiado pronto para plantearse derribar la puerta. Aun así Dalgliesh sabía que sus presentimientos, que ya había experimentado en otros casos y eran aparentemente intuitivos, siempre tenían una base racional.

Junto al apartamento número 9 había varias macetas con plantas. Dalgliesh se acercó y entre las hojas de las azucenas encontró una nota doblada. El recado rezaba: «Señorita Kemp, las plantas son para usted; no sólo para que las riegue por mí. La provinciana real y el helecho necesitan mucha humedad. Estarán mejor en la cocina o en el cuarto de baño. Le dejaré las llaves antes de marcharme por si hay una inundación o entran ladrones. Estaré fuera una semana. Muchas gracias. Janet Carpenter.»

—Por suerte siempre hay alguien que se queda con la llave —comentó Dalgliesh—. Esperemos que la señorita Kemp esté en casa.

Estaba, pero tuvieron que llamar tres veces antes de oír el cerrojo. La puerta se abrió despacio y una anciana los miró por encima de la cadena.

—¿Señorita Kemp? Sentimos tener que molestarla —dijo Dalgliesh—. Somos agentes de policía. Ésta es la detective Miskin, y yo me llamo Dalgliesh. Queríamos hablar con la señora Carpenter, pero no responde a nuestras llamadas y nos gustaría comprobar que se encuentra bien.

Kate le enseñó su tarjeta de identificación. La señorita Kemp la cogió y la leyó con atención, esbozando las palabras con los labios. Entonces vio las plantas.

—Conque me las ha dejado. Me las había prometido. Es muy amable de su parte. De modo que son agentes de la policía, ¿eh? Entonces supongo que puedo hablar. La señora Carpenter no está en casa. Me dijo que pensaba tomarse unas cortas vacaciones y que me dejaría las plantas. Siempre las riego y abono cuando se ausenta, lo que no ocurre con frecuencia; sólo pasa un fin de semana en la playa de vez en cuando. Será mejor que entre los tiestos. No conviene que se queden ahí.

Retiró la cadena y cogió la maceta más cercana entre

sus manos huesudas y temblorosas. Kate se agachó para ayudarla.

—Veo que ha dejado una nota. Será para despedirse y hablarme de las plantas. Sabe que están en buenas manos.

—¿Le importaría entregarnos la llave del apartamento de la señora Carpenter, señorita Kemp? —preguntó Dalgliesh.

—Ya le he dicho que no está en casa. Se ha marchado de vacaciones.

—Nos gustaría asegurarnos.

Después de mirar largo rato a Kate, que sujetaba dos tiestos, la señorita Kemp les franqueó la entrada a su casa, y los policías la siguieron al pequeño vestíbulo.

—Póngalas sobre la mesa del recibidor. Los platos de la base están secos, ¿verdad? Ella nunca las riega en exceso. Esperen aquí.

Regresó enseguida con dos llaves. Dalgliesh le dio las gracias y se preguntó cómo la convencería de que no los acompañara. Sin embargo la señorita Kemp no volvió a demostrar interés por ellos o sus asuntos, aunque repitió:

—Seguro que no la encontrarán. No está en casa. Se ha marchado de vacaciones.

Kate entró las dos últimas plantas, volvió a salir y oyó un portazo a su espalda.

Dalgliesh adivinó qué encontraría en cuanto giró la llave en la cerradura y se adentró en el piso. Detrás del pequeño recibidor, la puerta de la sala estaba abierta. Los malos presagios no se restringen a las muertes violentas; siempre hay un instante de conciencia, por breve que sea, antes de una caída, un choque o una escalera que se desploma. Una parte de su mente había anticipado lo que ahora confirmaban su vista y su olfato. Aun así no había imaginado semejante horror. Degollada. Era curioso que esas cuatro sílabas bastaran para describir tal efusión de sangre.

Janet Carpenter yacía de espaldas, con la cabeza hacia la puerta. Sus piernas abiertas y rígidas ofrecían un aspecto decrépito que resultaba casi obsceno. La izquierda estaba flexionada de un modo grotesco, con el talón levantado y los dedos contra el suelo. Junto a su mano derecha descansaba un cuchillo de cocina, con la hoja y el mango cubiertos de sangre. Vestía una falda marrón con jaspeado azul y un suéter de cuello de cisne con una rebeca a juego. Ambos jerseys estaban remangados hasta el codo en el brazo izquierdo; la muñeca presentaba un corte, y en el antebrazo aparecían unas letras escritas en sangre.

Los policías se arrodillaron junto al cuerpo. La sangre se había secado y adquirido una tonalidad marrón; las iniciales y la fecha se leían con claridad: «R v Beale 1992.»

Kate constató lo evidente:

—Dermot Beale, el asesino a quien Aldridge defendió en 1992 y quedó en libertad. El mismo que un año después volvió a violar y asesinar a una niña, Emily Carpenter.

Al igual que Dalgliesh, Kate se movía con cuidado para no pisar la sangre, que como un surtidor había salpicado el techo, la pared y el lustroso suelo de madera, además de empapar la única alfombra de la sala, sobre la cual yacía la mujer. El jersey estaba manchado del líquido viscoso. Hasta el aire olía a sangre.

Quizá no fuera la más terrible de las muertes violentas. Había sido rápida, y el método era misericordioso si uno poseía la fuerza y la voluntad para practicar la primera incisión profunda y certera, algo que pocos suicidas conseguían. Por lo general, se producían unos cuantos tajos vacilantes en la garganta o en la muñeca. Sin embargo este caso era diferente. El primer corte en la muñeca, que había proporcionado la sangre para el mensaje, era superficial pero preciso; un único surco borroso, bordeado de sangre seca.

Dalgliesh miró a Kate, que permanecía de pie junto al cadáver. Su cara estaba pálida pero tranquila, y no temió que se desmayara. Era una oficial, y Dalgliesh confiaba en que se comportaría como tal. Sospechaba que, a diferencia de sus colegas masculinos, que mantenían una frialdad profesional fruto de años de experiencia —una insensibilidad adquirida y una estoica resignación ante los inevitables gajes del oficio—, Kate debía realizar un doloroso esfuerzo de disciplina para controlarse. Ninguno de sus agentes, hombre o mujer, era insensible. Dalgliesh rechazaba a los duros, a los aprendices de sádicos, a quienes necesitaban recurrir a un morboso humor negro para anestesiar el horror. Al igual que los médicos, enfermeras o guardias urbanos que extraen los cuerpos destrozados de entre amasijos de hierro, un policía no podía cumplir con su trabajo si se dejaba arrastrar por las emociones. Para conservar la cordura y actuar con eficacia, era preciso desarrollar una coraza, por frágil que fuera. Aunque el horror la atravesara, no debían permitir que se alojara en la mente. Dalgliesh percibía los esfuerzos de voluntad de Kate y a veces se preguntaba cuánto le costaban.

Por un instante, con esa parte de su mente formada en la primera infancia, deseó que ella no estuviera allí. Su padre había sentido un gran respeto por las mujeres, había deseado con toda el alma tener hijas, persuadido de que ellas eran capaces de las mismas cosas que los hombres, con la única excepción de las acciones que requerían fuerza física. Las consideraba una influencia edificante, sin cuya peculiar sensibilidad y compasión el mundo habría sido un sitio más cruel. El joven Dalgliesh había crecido con la convicción de que estas cualidades debían protegerse con caballerosidad y deferencia. En este aspecto, como en tantos otros, su padre, un clérigo, no podía haber sido menos políticamente correcto. Sin embargo, pese a vivir en una era muy diferente y más agresiva, a Dalgliesh le resultaba difícil desprenderse de estas enseñanzas tan arraigadas, y en el fondo de su corazón no deseaba hacerlo.

—Una incisión precisa en la yugular —dijo Kate—. Tenía más fuerza en las manos de lo que cabía esperar. No parecen fuertes, pero las manos de los difuntos siempre tienen un aspecto frágil, como si estuvieran más muertas que el resto del cuerpo —añadió y se ruborizó ligeramente, quizá pensando que el último comentario era una tontería.

—Más muertas y más tristes, tal vez porque son la parte más activa de una persona.

Todavía acuclillado y sin tocar el cuerpo, Dalgliesh examinó las manos con atención. La derecha estaba cubierta de sangre; la izquierda semicerrada, con la palma hacia arriba. Apretó con suavidad el pulpejo en la base de cada dedo y luego palpó los dedos uno a uno. Al cabo de unos instantes, se levantó de pronto y propuso:

—Echemos un vistazo en la cocina.

Si Kate se sorprendió, no lo demostró. La cocina se hallaba al fondo de la sala, de la que en un tiempo había formado parte. La ventana en forma de arco, idéntica a las dos de la estancia más grande, tenía también vistas al frondoso jardín. La cocina era pequeña, pero estaba bien equipada e inmaculadamente limpia. Debajo de la ventana había un fregadero doble junto a una encimera de falsa madera que se extendía a lo largo de la habitación, flanqueada por armarios arriba y abajo. A la izquierda de una cocina de vitrocerámica empotrada en la encimera había una tabla para picar y un soporte de madera con cuchillos. Una ranura del soporte —la de la izquierda, que correspondía al cuchillo más grande— estaba vacía.

Dalgliesh y Kate permanecieron en el umbral.

—¿Hay algo que le llame la atención? —preguntó él.

—No, señor. —Kate se interrumpió, observó el lugar con atención y añadió—: Todo parece normal, salvo que yo habría puesto el lavavajillas a la izquierda del fregadero. Y esa tabla para picar y los cuchillos están en un sitio curioso, incómodo para la cocinera. —Tras otra pausa preguntó—: ¿Cree que era zurda, señor?

Dalgliesh no respondió. Abrió tres cajones, miró en el interior y los cerró con expresión contrariada. Luego regresaron al salón.

—Examine su mano izquierda, Kate, y recuerde que se dedicaba a las tareas domésticas.

—Solamente tres noches a la semana, señor, y usaba guantes.

—En la parte interior del dedo corazón tiene la piel más áspera, casi encallecida. Creo que escribía con esa mano.

Kate se acuclilló y observó la mano sin tocarla. Al cabo de unos segundos comentó:

—¿Quién iba a saber que era zurda? Empezaba a trabajar cuando casi todos se habían marchado de las cámaras. No tenían ocasión de verla escribir.

—Quizá lo supiera la señora Watson, su compañera. La señorita Elkington es la más indicada para confirmarlo, ya que sin duda la vería firmar los recibos de pago. Llámela desde el coche, Kate, y si corrobora nuestras sospechas, reclame la presencia del doctor Kynaston, los dactiloscopistas, todo el equipo, y Piers, por descontado. Además, dada la distribución de las manchas de sangre, convendría que el laboratorio enviara un biólogo forense. Quédese abajo hasta que lleguen refuerzos. Quiero que vigilen la puerta por si alguien sale del edificio. Actúe con discreción. Diga que la señora Carpenter ha sido atacada, no que está muerta. Pronto se enterarán, pero de momento mantengamos alejados a los buitres.

En cuanto Kate salió del apartamento, Dalgliesh se acercó a la ventana y contempló el jardín. Había acostumbrado a su mente a no plantear conjeturas; las especulaciones previas al conocimiento de los hechos eran inútiles y en ocasiones peligrosas.

Estos pocos minutos en compañía del cadáver se le antojaron un tiempo precioso, tranquilo e inviolable, en el que no se le exigía nada más que esperar. No tanto por un esfuerzo de voluntad como por un sencillo ejercicio de relajación física y mental, se retiraba a ese sitio íntimo y esencial de sí mismo del que dependían su vida y su arte. No era la primera vez que se quedaba solo con un cadáver. La sensación, familiar pero siempre olvidada, regresó y se apoderó de él, permitiéndole experimentar una soledad única y absoluta. Una habitación vacía no le habría resultado más solitaria. La personalidad de Janet Carpenter no había sido tan notable en vida como su ausencia en la muerte.

Todo el edificio compartía su paz. En aquellos habitáculos independientes se desarrollaban los actos triviales de la vida cotidiana. Se descorrían cortinas, se preparaba té, se regaban las plantas y los más dormilones se dirigían con paso torpe al cuarto de baño para ducharse. Nadie conocía lo ocurrido en el apartamento de la última planta. Cuando se difundiera la noticia, las reacciones serían tan variadas como de costumbre: miedo, compasión, curiosidad morbosa, presunción; una mayor satisfacción por estar vivos, el placer de contar la noticia en el trabajo, el vergonzoso entusiasmo ante el derramamiento de sangre ajena. Si se trataba de un asesinato, el bloque no escaparía a su contaminación, pero allí se viviría con menos intensidad que en las profanadas cámaras de Middle Temple, donde habían perdido algo más que una amiga o colega.

El timbre del teléfono móvil rompió el silencio y Dalgliesh oyó la voz de Kate:

—Janet Carpenter era zurda. No cabe la menor duda.

Por tanto, era un asesinato. En cierto modo Dalgliesh lo había sospechado desde el principio.

—¿Le ha preguntado la señorita Elkington por qué quería saberlo?

—No; no, señor, y no se lo he dicho. El doctor Kynaston debe acudir al hospital esta mañana, pero aún no ha llegado. Le he dejado un mensaje. Piers y el resto del equipo están de camino. El laboratorio no puede enviar a nadie hasta esta tarde, ya que un empleado está enfermo y otros dos se ocupan en estos momentos de un caso.

—Tendremos que esperar hasta la tarde —le respondió Dalgliesh—. Quiero que echen un vistazo a las manchas de sangre. No permitan que nadie salga del edificio sin tomarle declaración. Es probable que muchos de los inquilinos estén trabajando, pero anotaremos los nombres de los timbres. Me gustaría que usted y Piers se encargaran de los interrogatorios. Sin duda la señorita Kemp nos ofrecerá cumplida información sobre su vecina. Hablen también con la joven que nos abrió la puerta; averigüen entre qué horas oyó la televisión. Ah, y avíseme cuando vaya a subir. Quiero hacer un experimento.

Cinco minutos después, Kate volvió a llamar:

—Robbins y el agente Meadows están en la puerta, señor. Voy a subir.

Dalgliesh salió al rellano y se colocó contra la pared, a un lado del saliente que formaban las cuatro puertas. Oyó los pasos rápidos de Kate y, cuando ésta llegó al rellano y se acercó a la puerta, salió de su escondite y se abalanzó sobre ella. La joven se sobresaltó al sentir en la nuca una mano que la empujaba hacia el umbral.

—Es probable que el asesino entrara así —aventuró al tiempo que se volvía hacia su jefe.

—Sí. En tal caso sabía cuándo iba a regresar la señora Carpenter.

—Estaba menos preocupada por su seguridad que la mayoría de las personas de su edad —observó Kate—. Tenía dos cerraduras, pero ninguna cadena.

Miles Kynaston fue el primero en presentarse en el escenario del crimen, seguido casi de inmediato por Piers y los fotógrafos. El forense debía de haber llegado al laboratorio del hospital poco después de la llamada de Kate. Se detuvo en el umbral para observar la habitación con calma y luego fijó la vista en la víctima. Su mirada era siempre igual: un momentáneo brillo de compasión, tan fugaz que habría pasado inadvertido a cualquiera que no lo conociera, acompañado del intenso y cuidadoso escrutinio de quien se enfrenta una vez más con una fascinante prueba de la depravación humana.

—Janet Carpenter —informó Dalgliesh—, una de las sospechosas del asesinato de Venetia Aldridge. La descubrimos Kate y yo hace cuarenta minutos, cuando acudimos para interrogarla.

Kynaston asintió en silencio y dejó paso a los fotógrafos que, con aire taciturno, saludaron con un gesto a Dalgliesh y se dispusieron a realizar su trabajo. En ese homicidio, la posición del cuerpo y la distribución de las manchas de sangre constituían pruebas importantes, de manera que el objetivo de la cámara tenía precedencia para fijar la realidad antes de que Dalgliesh o el forense alteraran en lo más mínimo el escenario del crimen. Para Dalgliesh estos preliminares de la investigación, los cuidadosos movimientos de los fotógrafos alrededor del cuerpo, el impersonal objetivo enfocado en los ojos vidriosos, exentos de reproche, y en la brutal carnicería representaban el primer paso de la violación del muerto indefenso. No obstante, ¿acaso eran peores que los degradantes ritos que seguían a un fallecimiento natural? La tradición casi supersticiosa de que los difuntos debían ser tratados con reverencia siempre fracasaba en algún punto del viaje final, meticulosamente documentado, hacia el crematorio o la tumba.

Ferris y los dactiloscopistas subieron por las escaleras con tal sigilo que la primera indicación de su presencia fue un golpe en la puerta. Ferris observó la habitación desde el umbral, con el entrecejo fruncido, mientras los fotógrafos caminaban alrededor del cadáver, impacientes por realizar su tarea antes de que contaminaran el escenario del crimen. Ferris tendría que esperar. Cuando aquéllos recogieron su equipo con la misma eficacia con que habían desempeñado su trabajo, Miles Kynaston se quitó la americana y se acuclilló para iniciar su examen.

—Era zurda —explicó Dalgliesh—; de todos modos el suicidio resultaba muy poco verosímil. Hay manchas de sangre en el techo y en la mitad superior de la pared. Debía de estar de pie cuando la degollaron.

Las manos enguantadas de Kynaston recorrieron el cadáver con extrema delicadeza, como si los nervios muertos aún pudieran sentir algo.

—Un corte limpio de izquierda a derecha que seccionó la yugular —afirmó—. Una incisión superficial en la muñeca izquierda. Con toda probabilidad el asesino la sujetó por la espalda, le echó la cabeza hacia atrás, le cortó el cuello con rapidez y la dejó caer. Fíjese en la pierna flexionada. Ya estaba muerta cuando cayó al suelo.

—El cuerpo de la mujer protegió al asesino del primer chorro de sangre. ¿Qué me dice del brazo derecho?

—Es difícil asegurarlo, pues fue un corte rápido y seguro. Aun así, me inclino a pensar que la sangre le manchó al asesino el brazo derecho. Sospecho que tuvo que lavarse antes de salir. Si llevaba una cazadora, debió de ensuciarse el puño y la parte inferior de la manga. No creo que la mujer esperara pacientemente a que él se remangara.

—Tal vez encontremos manchas de sangre en la pila de la cocina o del lavabo, pero lo dudo —comentó Dalgliesh—. El asesino sabía lo que hacía. Cogió ese cuchillo de la cocina, pero no creo que sea el arma del crimen. Fue un homicidio premeditado, y presumo que el asesino trajo su propio cuchillo.

—Si no utilizó éste, empleó uno similar —aseguró Kynaston—. La mató, lavó el cuchillo y se lavó a sí mismo, cogió otro cuchillo de la cocina, lo manchó con la sangre y lo colocó en la mano a la mujer. ¿Ésa es su teoría?

—Sólo una primera hipótesis de trabajo. Supongo que un asesinato de estas características requiere mucha fuerza. ¿Podría haberlo cometido una mujer?

—Sí, siempre que tuviera determinación y un cuchillo lo bastante afilado. No obstante, no me parece obra de una mujer.

—A mí tampoco.

—¿Cómo entró?

—Cuando llegamos, la puerta estaba cerrada. Creo que la esperó escondido en el rellano, junto al saliente. Cuando la víctima abrió la puerta, la empujó hacia el interior. Resulta fácil entrar en el edificio. Debió de pulsar todos los timbres hasta que alguien le abrió. Siempre hay alguien que lo hace.

—Y luego aguardó. Un hombre paciente.

—O paciente cuando es necesario. Cabe la posibilidad de que conociera los horarios de la señora Carpenter y supiera cuándo iba a regresar.

—Si sabía eso, me extraña que ignorara que era zurda —señaló Kynaston—. Esas letras escritas con sangre... Me figuro que tendrán algún significado.

Dalgliesh se lo explicó y añadió:

—Era la principal sospechosa del asesinato de la señora Aldridge. Contaba con los medios y la oportunidad, y el juicio de 1992, cuando la abogada defendió con éxito a Beale, le proporcionó el móvil. El asesino pretendió hacer pasar su crimen por un suicidio, y si la mujer hubiera sido diestra, dudo de que hubiéramos podido demostrar lo contrario. Aun así desde el principio encontré sospechoso que se cortara la garganta de pie, cuando lo lógico habría sido hallarla inclinada sobre la pila o la bañera. Era una mujer muy pulcra y sin duda le habría preocupado la suciedad. Es curioso cuántos suicidas piensan en ese detalle. ¿Y por qué iba a dejar un mensaje escrito con su sangre, en lugar de utilizar papel y lápiz? Además, no se habría cortado el cuello. Existen métodos menos violentos y brutales.

Con todo, por extrañas que fueran las circunstancias de la muerte, las sospechas no constituyen una prueba legal. Una vez que los miembros del jurado aceptan que es posible cometer un acto tan increíble, creen que los suicidas son capaces de cualquier excentricidad.

—Un error único y fatal —declaró Kynaston—. Y casi siempre son los más listos quienes lo cometen. —Concluido el examen preliminar, limpió el termómetro y lo guardó con cuidado en su estuche, antes de agregar—: A juzgar por la temperatura del cuerpo y la extensión del *rigor mortis*, la hora de la muerte fue entre las siete y las ocho de la tarde de ayer. Es probable que logre concretarla más después de la autopsia. Supongo que será urgente, ¿no? Para usted siempre lo es. Podría hacerle un hueco esta noche, a las ocho o las ocho y media. Lo telefonearé. —Echó un último vistazo al cuerpo—. Pobre mujer, pero al menos fue rápido. El asesino sabía lo que hacía. Espero que lo atrape, Adam.

Era la primera vez que Dalgliesh oía a Kynaston expresar el deseo de que resolviera un caso.

En cuanto el forense se hubo marchado, los dactiloscopistas se pusieron manos a la obra. Dalgliesh se apartó del cadáver y dejó libre la zona alrededor de éste, la cocina y el baño. Entretanto, Kate y Piers interrogaban a los vecinos. Habían comenzado por la señorita Kemp, pero hacía cuarenta minutos que Dalgliesh había oído cerrarse la puerta y los pasos de los agentes que bajaban por las escaleras. Tardaban más de lo previsto, y confiaba en que eso significara que sus pesquisas obtenían resultados. El policía se concentró en los detalles del apartamento.

El objeto más llamativo era el escritorio situado contra la pared de la derecha, un mueble de roble macizo, desproporcionado para el tamaño de la habitación, que sin duda la señora Carpenter había llevado consigo al mudarse al apartamento. Era el único mueble antiguo. El sofá de dos plazas, la mesa redonda con un ala abatible y cuatro sillas a juego, el sillón situado frente al televisor, colocado entre las ventanas, parecían tan nuevos como si acabaran de entregarlos. Eran modernos, convencionales e impersonales; la clase de mobiliario que uno espera ver en un hotel de tres estrellas. No había cuadros, fotografías ni objetos decorativos. Era la habitación de una mujer que había roto con su pasado, contenía los elementos esenciales para proporcionar comodidad física, pero dejaba el alma libre para habitar un mundo propio. La pequeña estantería instalada a la derecha del escritorio contenía ediciones modernas de los principales poetas y novelistas clásicos; una biblioteca personal, cuidadosamente seleccionada para obtener un buen sustento literario en caso necesario.

Dalgliesh entró en el dormitorio, de menos de tres metros cuadrados y con una única ventana. Aquí la comodidad había cedido paso a la austeridad: una cama individual cubierta con una colcha fina, una mesita de noche de roble, con un estante y una lámpara, una silla y un armario empotrado. En el suelo, junto al lecho, yacía un bolso marrón, cuyo contenido estaba tan ordenado como cabía esperar de la señora Carpenter, pero a Dalgliesh le sorprendió encontrar en la cartera doscientas cincuenta libras en billetes nuevos de diez y veinte libras. Una bata de lanilla estampada colgaba del único gancho de la puerta. No había tocador. Sin duda la mujer se peinaba y arreglaba ante el espejo del baño, que Dalgliesh no podría examinar hasta que Ferris concluyera su trabajo. De no ser por la moqueta del suelo, la habitación podría haber pertenecido a una monja. Casi echó a faltar un crucifijo sobre la cama.

Se dirigió de nuevo al escritorio, abrió la tapa y se sentó para registrarlo sin una idea concreta de lo que buscaba. Hurgar entre los despojos de una vida formaba parte esencial de la investigación. La muerte de una persona siempre guardaba relación con quién era, dónde estaba, qué había hecho y qué sabía. Y las pistas de un asesinato eran siempre las pistas de una vida. Sin embargo, Dalgliesh tenía en ocasiones la sensación de que su registro constituía una insolente violación de la intimidad de una persona incapaz de protestar, de que sus manos enguantadas tocaban las pertenencias de la víctima como si de ese modo pudieran atrapar la esencia de su personalidad.

Sin duda la señora Carpenter se habría arreglado con un escritorio mucho más pequeño; cuatro estantes se hallaban vacíos y los otros dos contenían cada uno un sobre; uno con pagos pendientes y otro, más abultado, con la inscripción «facturas liquidadas», escrita en una caligrafía esmerada. Era evidente que la mujer saldaba sus cuentas a tiempo y guardaba los recibos durante seis meses. No había cartas personales. La semejanza con el escritorio de Venetia Aldridge era casi sobrenatural.

Debajo de los estantes había dos cajones pequeños. El de la derecha contenía carpetas de plástico negro con etiquetas del banco; una con los balances de la cuenta corriente y la otra, más fina, con los movimientos de una cartilla de ahorro que mostraba un saldo de ciento cuarenta y seis mil libras. En la segunda se observaba la acumulación de unos intereses relativamente bajos, y no figuraban ingresos y extracciones posteriores al 9 de septiembre de ese año, cuando la señora Carpenter había transferido cincuenta mil libras a su cuenta corriente. Dalgliesh volvió a examinar los balances de esta última libreta y observó que dos días más tarde se habían retirado en efectivo diez mil libras.

A continuación, abrió la portezuela situada a la izquierda del hueco para las piernas y los tres cajones principales de la derecha. El armario estaba vacío. En el cajón superior había tres listines telefónicos, y en el inferior una caja con papel de carta blanco y sobres a juego. Sólo en el tercero encontró algo de interés.

Sacó un archivador y descubrió, en documentos dispuestos en orden cronológico, la procedencia de las ciento cuarenta y seis mil libras de la cuenta de ahorros. En diciembre de 1993 Janet Carpenter había vendido su casa de Hereford y comprado el apartamento de Londres. La historia de la transacción aparecía registrada en cartas de los agentes inmobiliarios y de un abogado, en tasaciones y presupuestos de una empresa de mudanzas. La señora Carpenter había aceptado enseguida una oferta en efectivo por la casa de Hereford, que era cinco mil libras inferior a la suma solicitada en un principio. No había dejado sus muebles, cuadros y objetos decorativos en un guardamuebles, sino que los había vendido. Los objetos menos valiosos los había donado al Ejército de Salvación. También había una copia de una misiva en la que daba instrucciones a su abogado para que el nuevo propietario le enviara la correspondencia que llegara a su antiguo domicilio. Nadie debía conocer su dirección de Londres. La señora Carpenter se había alejado de su antiguo mundo con un máximo de eficacia y un mínimo de complicaciones, como si las muertes de su nieta y su nuera hubieran segado más de dos vidas.

Además del escritorio, la mujer había llevado consigo otra cosa. El último cajón contenía un abultado sobre marrón sin inscripciones y con la solapa pegada. A falta de abrecartas, Dalgliesh introdujo el dedo debajo de la solapa y sintió un momentáneo arrebato de ira y culpabilidad cuando el papel se desgarró. Dentro había una carta doblada de una sola página, un montón de fotografías y varias tarjetas de cumpleaños y postales navideñas sujetas con una banda de goma. Todas las fotografías eran de la nieta fallecida; algunas en poses formales, otras instantáneas de aficionado que mostraban su vida desde la primera infancia, en brazos de su madre, hasta la celebración de su decimosegundo cumpleaños. Su rostro, confiado y de ojos brillantes, sonreía obedientemente al objetivo en una rutilante secuencia de ritos de transición infantiles: el primer día de colegio, con el uniforme impecable y una sonrisa que reflejaba una mezcla de ansiedad y aprensión; vestida de dama de honor en la boda de una amiga de la familia, con el cabello oscuro coronado con un círculo de rosas; la primera comunión, con los ojos serios bajo el tul blanco. Las felicitaciones de cumpleaños y Navidad eran todas las que había enviado a su abuela desde los cuatro años hasta su muerte; escritas con esmero y muy espontáneas, contenían una mezcla de preocupaciones infantiles, pequeños triunfos escolares y mensajes de amor.

Por último, Dalgliesh cogió la carta manuscrita, sin dirección ni fecha.

Queridísima Janet:
Por favor, perdóname. Sé que lo que voy a hacer es un acto egoísta. No debería abandonarte. Ralph y Emily han muerto y ahora sólo me tienes a mí, pero no te serviría de nada. Me consta que tú también sufres, pero no puedo ayudarte. No me queda amor para ofrecer; no soy capaz de sentir nada, aparte de dolor. Sólo deseo que llegue la noche, cuando tomo las píldoras y consigo dormir. Dormir es como una pequeña muerte, pero también tengo sueños en los que ella me llama y yo sé que no puedo acudir en su ayuda, que nunca podré alcanzarla. Aunque rezo para no despertar, siempre despierto, y el dolor me sobrecoge como un peso tenebroso. Sé que nunca se aliviará y no lo soporto más. Podía recordar a Ralph con amor, aun cuando su recuerdo me hacía daño, porque estuve allí cuando él murió, cogiéndole la mano. Ralph sabía que lo amaba y ambos habíamos conocido la felicidad. Sin embargo, no puedo pensar en la muerte de Emily sin que me asalten la culpa y la angustia. Soy incapaz de seguir viviendo con ese ho-

407

rror, con ese sufrimiento. Perdóname. Perdóname y procura entenderme. No pude haber tenido una suegra mejor. Emily te quería mucho.

Dalgliesh ignoraba cuánto tiempo había permanecido sentado, mirando fijamente las fotografías que tenía ante sí, cuando advirtió la presencia de Piers a su espalda y oyó su voz.

—Kate está hablando otra vez con la señorita Kemp. Ha pensado que quizá confíe más en otra mujer si yo no estoy delante, aunque dudo de que añada algo de interés. Y ha llegado el furgón fúnebre. ¿Podemos llevarnos el cadáver?

En lugar de responder, Dalgliesh entregó la carta a Piers e inquirió a su vez:

—¿El cadáver? Ah, sí. Ya pueden llevárselo.

De repente, la habitación se llenó de figuras masculinas, y apagadas voces varoniles. Piers hizo una seña y observó cómo el cuerpo, con la cabeza y las manos envueltas en plásticos, era introducido en un saco con cremallera. Piers y Dalgliesh oyeron pasos cada vez más lejanos mientras los hombres transportaban el cuerpo por las escaleras; luego una risa súbita, similar a un ladrido, enseguida contenida. Ya no quedaba ningún testimonio del horror, aparte de la alfombra manchada de sangre, bajo las láminas del plástico protector, y las salpicaduras de la pared y el techo. Ferris y sus colegas seguían en el cuarto de baño, aunque su presencia allí más que oírse se presentía. Dalgliesh y Piers quedaron solos.

Piers leyó la carta y se la devolvió.

—¿Se la enseñará a Kate, señor?

—Creo que no.

Tras un breve silencio, Piers preguntó con estudiada inexpresividad:

—¿Me la ha enseñado a mí porque soy menos sensible o porque cree que necesito una lección?

—¿Una lección de qué, Piers?

—De cómo afecta un asesinato a un inocente.

Sus palabras parecían cuestionar la acción de un superior, y si esperaba una respuesta directa, no la obtuvo.

—Si todavía no ha aprendido eso —replicó Dalgliesh—, ¿cree que lo aprenderá algún día? Esta carta no estaba destinada a nosotros. —Guardó la misiva en el sobre y comenzó a recoger las fotografías y las tarjetas de felicitación—. Desde luego, tiene razón. La única forma de inmortalidad posible es nuestro recuerdo de los muertos, y si éste está teñido de horror y perversión, entonces no cabe duda de que están muertos. Por el momento nos interesan más los balances del banco y una carpeta sobre la compra y venta de sus propiedades.

Mientras Piers leía esos documentos, Dalgliesh se reunió con Ferris. Éste había terminado el registro que, a juzgar por su expresión, había resultado infructuoso. No había manchas de sangre entre el cuerpo y la pila de la cocina o del cuarto de baño, ni marcas de pisadas en la alfombra, ni señales de aceite, grasa o suciedad de los zapatos del intruso. ¿Acaso el asesino había llevado consigo un trapo para limpiárselos mientras aguardaba en la oscuridad del rellano? ¿Tan prudente había sido?

Cuando Ferris y los dactiloscopistas salieron del apartamento con sus escasos hallazgos, Kate entró y cerró la puerta a su espalda. Ella, Dalgliesh y Piers se quedaron solos.

33

Antes de que Kate y Piers le informaran del resultado de sus interrogatorios, Dalgliesh dijo:

—Por favor, Piers, mire si hay café en la cocina.

Había café en grano, un molinillo eléctrico y una cafetera. Mientras el agente se ocupaba de la preparación, Dalgliesh puso en antecedentes a Kate. Al cabo de unos minutos Piers llevó una bandeja con el café, solo y cargado, y tres tazas verdes.

—No parece que escatimara en café. Por desgracia no hay whisky, porque me habría tomado uno de buena gana.

Dalgliesh se sentó en el sillón y Kate y Piers en el sofá. Acercaron una mesita auxiliar, y bebieron el humeante líquido relajadamente, como si hubieran tomado posesión del apartamento y se tratara de una reunión de amigos. Después de tanto trajín, el silencio que reinaba ahora parecía sobrenatural. Dos policías uniformados hacían guardia en la puerta. El sargento Robbins y otro agente interrogarían a cualquier vecino que entrara en el edificio, aunque no esperaban mucha actividad hasta que la gente comenzara a regresar del trabajo y la noticia del asesinato saliera de Coulston Court. Los tres policías tuvieron la sensación de que este breve momento de paz, entre rachas de frenética actividad, les permitiría analizar los hechos con calma.

—Muy bien —comentó Dalgliesh—, ¿qué tenemos hasta el momento?

Kate bebía un sorbo de café, de modo que Piers tomó la palabra.

—La señora Janet Carpenter es una viuda que vive con su nuera y su nieta en las afueras de Hereford. Hace tres años, la niña es violada y asesinada. El criminal, Dermot Beale, declarado culpable, cumple ahora una condena a cadena perpetua. Lo habían juzgado con anterioridad, en 1992, por un delito de violación y asesinato prácticamente idéntico a este último. Las pruebas eran menos concluyentes y quedó en libertad. Lo defendió Venetia Aldridge. La madre de Emily, destrozada por el dolor, se suicida. Después de eso, Janet Carpenter vende su casa, se muda a Londres y corta todos los vínculos con su antigua vida.

»Urde un plan para introducirse como asistenta en las cámaras de Venetia Aldridge. No le resulta difícil. Es respetable, competente y cuenta con buenas referencias. Comienza trabajando en otro edificio, pero luego pide un traslado, que le conceden. También se ofrece para realizar tareas domésticas en casa de la señora Aldridge y compra un piso situado a dos estaciones de metro de allí. Sólo acude a las cámaras tres noches a la semana, lo que resulta extraño, ya que a alguien que desea ganarse la vida limpiando no le bastan tres noches de trabajo, pero ella no necesita más. Sólo desea tener acceso a las cámaras.

»El miércoles 9 de octubre, Venetia Aldridge es asesinada. La apuñalan en el corazón con una daga decorativa que utiliza como abrecartas. Le ponen una peluca en la cabeza y derraman sobre ella la sangre encontrada en el frigorífico del sótano. La señora Carpenter limpiaba el despacho de Venetia Aldridge, conocía la daga, estaba al tanto de la sangre que guardaba el señor Ulrick, sabía dónde hallar la peluca. Tenía los medios, el móvil y la oportunidad. Continúa siendo la principal sospechosa por el asesinato de la abogada.

—Sin embargo, ahora la han asesinado —interrumpió Kate—. Eso lo cambia todo. El asesino escribió esas iniciales con su sangre en un intento evidente por achacarle el crimen. ¿Por qué hacerlo si ella era la principal sospechosa? Admito que lo era, pero las cosas no están tan claras como tú las pintas. Si buscó un empleo en las cámaras para matar a Venetia Aldridge, ¿por qué esperó dos años? Apuesto a que hubo otras noches en que la señora Watson no estuvo con ella. Además, puesto que tenía las llaves del edificio, podría haber entrado en cualquier momento. ¿Y por qué escogió un método que la convertiría en sospechosa? No está nada claro. Si lo hizo la señora Carpenter, se comportó como una tonta, y no creo que lo fuera. Por otro lado, yo fui la primera en interrogarla después del asesinato y juraría que se sorprendió. Más aún, quedó profundamente impresionada.

—Eso no prueba nada —replicó Piers—. No dejo de admirarme de las facultades de la gente para la interpretación. Tú también lo has visto muchas veces, Kate. Aparecen en televisión con los ojos llenos de lágrimas, la voz quebrada, suplicando que regrese el amor de su vida, cuando saben muy bien que el amor de su vida está debajo del parqué, donde ellos lo enterraron. Además, ¿qué me dices del dinero? ¿Cómo explicas esa extracción de diez mil libras en efectivo?

—El chantaje sería la explicación más obvia, pero retiró el dinero antes del asesinato, no después, de modo que debemos descartar esa hipótesis. Quizá pagara a alguien para que cometiera el asesinato, pero tampoco es muy probable. ¿Dónde iba a encontrar una mujer como ella a un sicario? Además, los asesinos profesionales utilizan pistolas y escapan en coche. Quien mató a Venetia Aldridge era alguien de su entorno, y hemos de tener presente que este segundo asesinato es un intento por endilgar el primero a la señora Carpenter. Si no hubiera sido zurda, el plan habría funcionado.

Ahora que habían retirado el cadáver y que los expertos se habían marchado después de concluir su trabajo, el apartamento parecía menos claustrofóbico, pero el aire inerte, contaminado, todavía era opresivo, como si los vi-

413

vos lo hubieran aspirado todo. Dalgliesh se acercó a la ventana y levantó la hoja superior para que entrara la fresca y purificante brisa otoñal. Le pareció oler la hierba y los árboles. No se sentían intrusos en aquel apartamento, quizá porque en aquel espacio despejado, de mobiliario austero, había muy pocas cosas que evocaran a la muerta.

—¿Ha habido suerte con los vecinos? —preguntó Dalgliesh.

Piers dejó que respondiera Kate.

—No mucha, señor. La señorita Kemp no sabe gran cosa. Anoche no oyó nada, pero lo cierto es que está como una tapia. La última vez que vio a la señora Carpenter fue ayer por la tarde, cuando pasó por su casa para anunciarle que se marchaba y que le dejaría las plantas y las llaves. Asegura que no la conocía muy bien. Por ejemplo, nunca ha estado en su apartamento, ni la señora Carpenter en el de ella. Cuando se cruzaban en la escalera, conversaban. Así es como Janet Carpenter se enteró de que a su vecina le gustaban las plantas. Se dejaban una copia de las llaves cuando una de las dos se marchaba. Era un acuerdo de la comunidad de vecinos. Por lo visto, el año pasado alguien se ausentó dejando un grifo abierto, y nadie pudo entrar para detener la inundación. La señorita Kemp sólo sale cuando su sobrino viene a buscarla para llevarla a su casa o de paseo, y la señora Carpenter tenía siempre una copia de su llave. Dos veces a la semana va a la tienda de la esquina y tiene miedo de que alguien le robe el bolso, de modo que para ella era una tranquilidad saber que su vecina tenía sus llaves. Ahora que cree que la señora Carpenter está en el hospital, desea recuperarlas. Se mostró más preocupada por sus llaves que por el accidente. Ni siquiera me preguntó qué había sucedido. Creo que da por sentado que la señora Carpenter se cayó. Las caídas y los robos son sus principales temores. Parece que considera que son desgracias inevitables.

—¿Sabía que la señora Carpenter le había pasado las llaves por el buzón de la puerta? —preguntó Dalgliesh.

—No estaban allí ayer, cuando se aseguró de que la puerta estaba bien cerrada, pero eso fue temprano, antes de que se sentara a ver un programa a las seis. Las encontró esta mañana, cuando fue a mirar si había llegado el correo. La señora Carpenter solía recoger su correspondencia y se la dejaba en el buzón. El vestíbulo está alfombrado, de modo que es imposible que oyera caer las llaves.

—¿Solía la señora Carpenter echar las llaves en el buzón sin dejarle una nota?

—No. Acostumbraba guardarlas en un sobre cerrado con su nombre, el número de apartamento y la fecha en que pensaba regresar. Si las necesitaban para una emergencia, era conveniente que pudieran identificarlas con facilidad.

—Sin embargo esta vez no fue así —señaló Piers—. Dios, el asesino lo tuvo todo servido en bandeja. La señora Carpenter había escrito una nota para anunciar a la señorita Kemp que le dejaba las plantas. El tipo la leyó, dejó las macetas en el rellano e introdujo las llaves en el buzón del apartamento número 9. No pudo tener más suerte.

—¿Y qué hay del resto de los vecinos? —preguntó Dalgliesh.

—Un apartamento del sótano está vacío, y no encontramos a nadie en otros cuatro —respondió Piers—. Supongo que sus propietarios estarán trabajando. La joven que les abrió la puerta esta mañana no ha sido de gran ayuda. A su novio, que por fin ha llegado, no le gusta la policía. No creen que nuestra presencia se deba a un robo. En cuanto cruzamos la puerta dijo: «Ha habido un asesinato, ¿verdad? Por eso han venido. La señora Carpenter está muerta.» Era una estupidez negarlo, pero tampoco lo confirmamos. Después, los dos hablaron con mucha cautela, pero no creo que oculten algo, o por lo menos algo relacionado con el homicidio. Sencillamente, no quieren verse involucrados. La joven, que se llama Hicks, ni siquiera repitió su versión de que había oído la tele a todo volumen a las siete y media. Ahora asegura que no sabe si era la televisión o la radio ni de dónde venía el ruido. Cuando nos marchábamos insistía en que su novio saliera para comprar un cerrojo al tiempo que le suplicaba que no la dejara sola.

—¿Abrió la puerta principal a alguien anoche?

—Jura que no, pero tal vez mienta. Por otra parte, aún no hemos hablado con los vecinos que están trabajando. Uno de ellos podría haberlo hecho. La pareja del apartamento del sótano está en paro. Ella acaba de terminar la carrera de magisterio y busca empleo, y a él lo despidieron de un bufete de abogados. Todavía estaban en la cama y no se alegraron de vernos. Según explicaron, estuvieron en una fiesta hasta la madrugada. Me temo que no nos han ayudado mucho. Compraron el apartamento hace apenas dos meses y ni siquiera conocían a la señora Carpenter. Aseguran que anoche no abrieron la puerta a nadie y que se marcharon a la fiesta alrededor de las ocho y media.

—Sí, hemos sacado algo en limpio del interrogatorio a Maud Capstick, una viuda que vive sola —afirmó Kate—. Sólo conocía a la señora Carpenter de una reunión de vecinos en la que se discutieron los gastos para pintar la fachada. Fue la única reunión a la que asistió la señora Carpenter. Se sentaron juntas y a la señora Capstick le cayó bien, pensó que tenían cosas en común. Sin embargo, no trabaron amistad, pues aunque la invitó a tomar café en varias ocasiones, la señora Carpenter siempre se excusó. No la culpa, porque a ella también le gusta mantener su intimidad. Dice que la señora Carpenter siempre se mostraba agradable cuando se encontraban, lo que no sucedía a menudo, ya que el apartamento de Maud Capstick se encuentra en la planta baja, de modo que no se cruzaban en las escaleras.

—Debería conocer a Maud Capstick, señor —le interrumpió Piers—. Trabaja como experta en jardinería en una revista mensual. Mi tía la compra y la reconocí por la foto. Se considera la Elizabeth David del periodismo especializado: consejos útiles y escritura elegante y original. Mi tía la adora. La señora Capstick escribe sobre su magnífico jardín en Kent, aunque me ha confiado que no tiene, y nunca ha tenido, un jardín en Kent. Se trata de un espacio imaginario. Asegura que de esa forma sus lectores cuentan con un jardín ideal y ella también.

Un oyente desconocido se habría sorprendido del tono jocoso y despreocupado de este comentario, pero los colegas de Piers agradecieron la excentricidad de Maud Capstick, que por un momento alivió la tensión.

—¿Y qué me dice de las fotografías? —preguntó Dalgliesh, intrigado—. ¿Los artículos no están ilustrados?

—Sí. Ella misma hace fotos de los jardines que visita o de plantas de parques públicos de Londres. Asegura que encontrar una buena toma, que nadie reconozca, forma parte de la diversión. Nunca dice expresamente que las imágenes sean de su jardín. El que tiene aquí es de unos dos metros por dos metros y medio; un terreno bastante árido visitado por los perros de los alrededores, con un seto donde los gatos se afilan las uñas y tres arbustos de especie indeterminada que los niños del barrio han destrozado.

—Me sorprende que haya admitido todo eso.

Con más tolerancia de la que Dalgliesh habría esperado, Kate afirmó:

—Con esa carita de niño simpático, Piers siempre consigue lo que quiere.

—Bueno, lo cierto es que la reconocí por la foto y le pregunté cuándo viajaba a Kent. Creo que ha guardado su secreto durante años y le apetecía compartirlo. Ése es uno de los aspectos más fascinantes del trabajo de un policía. La gente duda entre esconder celosamente sus secretos y desahogarse. Ojalá hubiera estado allí, señor. La mujer me aconsejó: «No debería apegarse demasiado al mundo real, joven. No conduce a la felicidad.»

—Espero que tenga suficiente noción del mundo real para responder a las preguntas con veracidad. ¿Les informó de algo interesante para la investigación cuando terminaron de intercambiar filosofía casera o de hablar de setos?

—Sólo que está segura de que anoche no dejó entrar a nadie. El timbre sonó poco después de las siete, pero ella estaba en la ducha y cuando llegó al telefonillo del portero automático nadie respondió. No esperaba visitas. Comentó que con frecuencia llaman y no contestan. En ocasiones los niños del barrio pulsan los timbres para divertirse y otras veces la gente se equivoca de puerta.

—Tal vez fuera el asesino —observó Kate—. Y es probable que cuando ella respondió, otra persona ya hubiera abierto la puerta.

—Es evidente que alguien lo hizo —concluyó Dalgliesh—. Si conseguimos que alguna persona lo admita, al menos sabremos a qué hora llegó, siempre y cuando entrara de ese modo, por descontado. ¿Eso es todo?

—Preguntamos a Maud Capstick cuándo había visto a la señora Carpenter por última vez. Fue el domingo, a las tres y media. La señora Capstick regresaba a casa después de comer con una amiga, y Janet Carpenter se dirigía a St. James, la iglesia que está al final de la calle. Por consiguiente, entonces estaba viva. De todas formas eso no tiene importancia, porque ya lo sabíamos.

Dalgliesh pensó que no habría tenido importancia de no ser porque era un dato sorprendente. Nada en el apartamento sugería que Janet Carpenter fuera religiosa, aunque de hecho nada reflejaba sus intereses o personalidad. Ninguna vida podía estar tan vacía como ese apartamento. Por otro lado, el domingo por la tarde no era una hora habitual para acudir a la iglesia, a menos que se oficiara alguna ceremonia a esa hora, algo poco probable. Cabía la posibilidad de que la señora Carpenter utilizara el templo como lugar de encuentro. No sería la primera vez que un sitio tan tranquilo y silencioso se empleaba para encargar una tarea o transmitir un mensaje. Si Janet Carpenter deseaba hablar en privado sin arriesgarse a invitar a alguien a su apartamento, la iglesia era el lugar ideal.

—¿Quiere que pasemos por allí, señor? Es probable que la iglesia esté abierta.

Dalgliesh se acercó al escritorio y cogió una foto de la señora Carpenter con su nieta. La observó durante unos segundos con expresión indescifrable y luego se la guardó en la cartera.

—Es muy probable. Casi siempre está abierta. Conozco al párroco, el padre Presteign. Si está involucrado en esto, tendremos complicaciones.

Kate lo miró y reparó en su sonrisa entre triste y divertida. Le habría gustado interrogarlo al respecto, pero se sintió en tierras movedizas. Se preguntó si habría algún mundo que Dalgliesh no conociera. Bueno, al fin y al cabo era hijo de un clérigo, lo que le proporcionaba una familiaridad con ese ámbito tan desconocido para ella como una mezquita. La religión, ya fuera como guía práctica para la vida, en forma de leyenda o mito o como concepto filosófico, nunca había entrado en el piso de la séptima planta de Fairweather Buildings. Su formación moral presentaba al menos la ventaja de la sencillez. Ciertos actos —leer cuando debía limpiar la casa, olvidar algún artículo de la lista de la compra— eran inconvenientes o inconcebibles para su tía, y en consecuencia estaban mal; otros se consideraban ilegales y por consiguiente peligrosos. En términos generales, la ley siempre le había parecido una guía más razonable y coherente que el excéntrico egoísmo de su abuela. La masificada escuela a la que había asistido, que procuraba armonizar los credos de diecisiete nacionalidades, se había contentado con inculcarle la idea de que el racismo constituía el mayor pecado del mundo, quizás el único imperdonable, y que todas las religiones eran válidas... o inválidas, según lo que uno prefiriera creer. Las ceremonias y fiestas de las minorías tenían prioridad, tal vez porque se creía que el cristianismo siempre había contado con una ventaja injusta y no necesitaba apoyo.

El código ético de Kate, que nunca había discutido con su abuela, había sido intuitivo en la infancia, mientras que en la adolescencia se había desarrollado sin referencia alguna a un poder superior. A veces se le antojaba endeble, pero era el único que tenía.

Ahora se preguntaba por qué había acudido la señora Carpenter a la iglesia. ¿Para rezar? En teoría, orar en un templo era más virtuoso y en consecuencia aumentaba las probabilidades de obtener lo que se pedía. ¿Para dar un paseo? No; estaba a sólo ochenta metros de su casa. ¿Para reunirse con alguien? Era posible; una iglesia era un buen lugar de encuentro. Sin embargo, no esperaba sacar nada en claro de la visita a St. James.

El joven agente apostado en el vestíbulo los saludó y bajó corriendo la escalinata de la entrada en dirección al coche.

—Gracias, Price, preferimos caminar —afirmó Dalgliesh, que se volvió hacia Piers para añadir—: Regrese a Scotland Yard y realice los trámites preliminares para la vista. Luego comunique la noticia en Pawlet Court. Cuénteles lo imprescindible. Será un duro golpe para Langton.

Piers no estaba de acuerdo.

—No veo por qué, señor. No son unos carniceros. Este asesinato es muy distinto.

—No tan elegante —replicó Kate con cierta irritación—, pero es evidente que están relacionados. Si no nos equivocamos al sospechar que el móvil fue endilgar a la señora Carpenter el asesinato de Venetia Aldridge, Pawlet Court se convierte de nuevo en el principal objetivo de la investigación.

—Sólo si el primer asesinato lo cometió alguien del edificio. Comienzo a dudarlo. Si separamos el homicidio del asunto de la peluca y la sangre...

—En mi opinión lo cometió algún empleado de las cámaras —interrumpió Kate—, y Janet Carpenter era y continúa siendo la principal sospechosa. Tenía los medios, la oportunidad y el móvil.

—Lo que está claro —terció Dalgliesh— es que tres miembros de las cámaras disponen de una coartada para el asesinato de la señora Carpenter: Ulrick, Costello y Langton. Hablé con ellos ayer por la tarde y no pudieron llegar a Sedgemoor Crescent a las siete y media. Kate y yo pasaremos por la iglesia aprovechando que estamos tan cerca y luego nos dirigiremos a las cámaras.

La calle estaba casi desierta. Los vecinos aún no se habían enterado del crimen. Cuando lo hicieran, a una distancia prudencial del edificio se congregarían los habituales grupos de curiosos con aire indiferente, como si se hubieran reunido allí por pura casualidad.

—El padre Presteign es un hombre excepcional —comentó Dalgliesh como si hablara para sí—. Tiene fama de conocer más secretos, oídos dentro y fuera del confesionario, que cualquier otro habitante de Londres. Se ha convertido en una especie de párroco personal de los escritores de la rama conservadora de la Iglesia Anglicana, tanto novelistas como poetas y ensayistas. Ninguno de ellos se consideraría debidamente bautizado, casado, confesado o enterrado sin la asistencia del padre Presteign. Es una pena que no escriba una autobiografía.

La iglesia estaba abierta. La monumental puerta de roble se abrió con facilidad cuando Dalgliesh la empujó, y entraron en una cavernosa oscuridad salpicada por las llamas de las velas que destellaban como estrellas lejanas. Cuando los ojos de Kate se adaptaron a la falta de luz, el templo cobró forma y la joven se detuvo un momento para contemplarlo con embeleso. Ocho finas columnas de mármol se elevaban hasta el techo ornado con rosetones rojos y azules y flanqueado por tallas de ángeles con cabello rizado y alas desplegadas. Detrás del altar se exhibía un retablo dorado, y bajo el suave resplandor de una lámpara roja distinguió los halos de los santos y las mitras de los obispos. Un fresco en tonos azules y rosados cubría por completo la pared sur. Parecía una ilustración del *Ivanhoe* de Scott. El muro opuesto presentaba una decoración similar, aunque incompleta, como si se hubieran quedado sin fondos a mitad de la obra.

—Uno de los últimos esfuerzos de Butterfield —explicó Dalgliesh—, aunque creo que esta vez fue demasiado lejos. ¿Qué le parece?

La pregunta, inesperada e impropia de Dalgliesh, sorprendió a la joven. Tras reflexionar un momento, contestó:

—Supongo que es impresionante, pero no me siento a gusto aquí.

Era una respuesta sincera y Kate esperaba que adecuada.

—Me pregunto si la señora Carpenter se sentía a gusto aquí.

En el interior sólo había una mujer de mediana edad y rostro risueño que enceraba el atril donde estaban los devocionarios y las guías de la iglesia. Esbozó una breve sonrisa a los recién llegados como para darles la bienvenida y asegurarles que no interferiría en sus oraciones. Kate pensó que los ingleses consideraban la oración como una función fisiológica que requería intimidad.

Dalgliesh se disculpó por interrumpir las tareas de la mujer.

—Somos agentes de policía y me temo que estamos aquí por motivos profesionales. ¿Se encontraba usted aquí la tarde del domingo, cuando vino la señora Carpenter?

—¿La señora Carpenter? Lo siento, pero no la conozco. No debe de asistir con regularidad a los oficios. Estuve aquí el domingo entre misa y misa, de modo que tal vez la vi. Procuramos mantener siempre abierta la iglesia, de manera que hemos de organizar turnos y pasar varias horas al día aquí. Esta semana me han tocado dos días porque la señorita Black está en el hospital. ¿Le ha ocurrido algo a la señora Carpenter?

—Me temo que la han atacado.

—¿Y herido? Lo lamento. —Su gesto risueño reflejó sincera preocupación—. Supongo que le habrán robado. ¿Sucedió poco después de que se marchara de aquí? Es terrible.

Dalgliesh sacó la fotografía de Janet Carpenter y se la tendió a la mujer.

—Ah, se refiere a ella. Sí. Estuvo aquí el domingo por la tarde. La recuerdo muy bien. Sólo vinieron tres personas a confesarse, y esta mujer era una de ellas. Los domingos la confesión se realiza de tres a cinco. El padre Presteign lamentará mucho saber que está herida. Si quieren verlo, lo encontrarán en la sacristía.

Dalgliesh le dio las gracias y guardó la fotografía. Mientras él y Kate caminaban por el pasillo lateral, ésta se volvió y advirtió que la mujer los observaba, inmóvil y con el trapo en una mano. Cuando su mirada se encontró con la de la detective, se inclinó de nuevo y comenzó a limpiar con renovada energía, como si la hubieran sorprendido en un imperdonable acto de curiosidad.

La sacristía era una estancia grande situada a la derecha del altar. La puerta estaba abierta, y cuando se detuvieron en el umbral un hombre mayor, de pie junto a un armario, con un pesado libro encuadernado en piel en la mano, se volvió hacia ellos. Dejó el tomo en un estante, cerró la puerta del armario y sin un ápice de asombro exclamó:

—Adam Dalgliesh. Entre, por favor. Deben de haber pasado por lo menos seis años desde la última vez que nos vimos. Me alegro de verlo. Espero que se encuentre bien.

No tenía el aspecto imponente que había imaginado Kate. Esperaba ver a un hombre más alto, con el rostro enjuto y ascético de un teólogo erudito. El padre Presteign mediría apenas un metro sesenta y cinco. Era viejo, pero no parecía frágil. Lucía una abundante cabellera que llevaba muy corta y enmarcaba una cara redonda que la joven consideró más propia de un cómico que de un sacerdote. Su boca era grande y de expresión alegre, pero detrás de las gafas con montura de concha, los ojos parecían tan astutos como benevolentes, y cuando habló Kate pensó que nunca había oído una voz tan bonita.

—Estoy bien, gracias, padre. Le presento a la detective Kate Miskin. Me temo que venimos en misión oficial.

—Lo suponía. ¿En qué puedo ayudarles?

Dalgliesh volvió a sacar la fotografía.

—Tengo entendido que esta mujer, la señora Janet Carpenter, se confesó el domingo por la tarde. Vivía en el número 10 de Coulston Road. Esta mañana la encontramos degollada en el salón de su casa. Estamos casi seguros de que fue un asesinato.

El padre Presteign observó la fotografía sin cogerla, se santiguó y permaneció unos segundos en silencio, con los ojos cerrados.

—Necesitamos cualquier información que pueda proporcionarnos para descubrir quién la mató y por qué. —La voz de Dalgliesh era serena.

El sacerdote, que no había demostrado horror ni sorpresa, declaró:

—Si puedo ayudarles, lo haré, desde luego. Es mi deber, además de un deseo personal. Sin embargo, no había visto a la señora Carpenter antes del domingo, y todo cuanto me explicó entonces es secreto de confesión. Lo lamento, Adam.

—Lo sospechaba o, mejor dicho, lo temía.

No protestó. ¿Acaso iban a conformarse con eso?,

424

pensó Kate, que procuró disimular su frustración y un sentimiento más cercano a la furia que a la decepción cuando habló:

—Supongo que sabrá que también han asesinado a la abogada Venetia Aldridge. Es muy probable que ambos crímenes estén relacionados. Al menos podría decirnos si debemos seguir buscando al asesino de la señora Aldridge.

El párroco la miró, y Kate percibió en sus ojos compasión no sólo por las difuntas, sino también por ella, lo que la molestó tanto como la implacable determinación del hombre.

—Se trata de un homicidio, padre —añadió con mayor brusquedad—. Al menos podría decirnos si Janet Carpenter mató a Venetia Aldridge, si perdemos el tiempo buscando a otra persona. La señora Carpenter está muerta; ya no le importará que falte a su palabra. ¿No cree que le gustaría colaborar? ¿Que querría que detuviéramos a su asesino?

—Jovencita —replicó el padre Presteign—, si revelara lo que me explicó, no faltaría sólo a mi palabra con la señora Carpenter. —Se volvió hacia Dalgliesh—. ¿Dónde está ahora?

—La han trasladado al depósito de cadáveres. La autopsia se practicará hoy a última hora, pero la causa de la muerte está muy clara. Como le he comentado, fue degollada.

—¿Desea que hable con alguien? Tengo entendido que vivía sola.

—Por lo que sabemos, vivía sola y no tenía familia. Desde luego, quizás usted sepa más acerca de ella que yo, padre.

—Si no hay nadie que se encargue del entierro, me gustaría ayudar a organizarlo —se ofreció el sacerdote—. Creo que le habría gustado que oficiáramos un réquiem. ¿Se mantendrá en contacto conmigo, Adam?

—Desde luego. Mientras tanto continuaremos con nuestras pesquisas.

El padre Presteign los acompañó hasta la puerta y, una vez allí, comentó a Dalgliesh:

—Quizá pueda ayudarles. Antes de salir de la iglesia, la señora Carpenter aseguró que me escribiría una carta, y que después de leerla hiciera con ella lo que quisiera, incluso enseñársela a la policía. Es probable que cambiara de opinión y que finalmente no la redactara, pero si lo hizo, y si tal como anunció en ella me autoriza a transmitir su contenido, lo haré.

—Ayer por la tarde envió una carta, o al menos salió de su casa con un sobre en la mano.

—Entonces quizá se trate de la misiva que me prometió. Si la mandó por correo urgente, llegará mañana a primera hora, aunque nunca se sabe. Es curioso que viviendo tan cerca de aquí no la pasara por debajo de la puerta, pero tal vez pensara que el correo era un medio más seguro. Suelen traer la correspondencia poco después de las nueve. Yo estaré aquí a las ocho y media para la primera misa. Si quiere volver entonces, la iglesia estará abierta.

Le dieron las gracias y le estrecharon la mano. Kate pensó que no quedaba nada más que añadir.

34

A las seis de la tarde, Hubert Langton contemplaba el patio iluminado por las farolas de gas desde la ventana de su despacho.

—Dos días antes de la muerte de Venetia —comentó a Laud— yo estaba en este mismo sitio y hablamos de la posibilidad de que asumiera la presidencia de las cámaras. Parece que ha pasado una eternidad, pero sólo han transcurrido ocho días. Y ahora un segundo asesinato. Una desgracia tras otra. Quizá Venetia estuviera familiarizada con ese mundo, pero yo no.

—Esta vez no tiene nada que ver con las cámaras —replicó Laud.

—El inspector Tarrant opina que sí.

—También parece creer, aunque no lo admitiera, que Janet Carpenter murió entre las siete y las ocho. En tal caso, casi todos nosotros contamos con la mejor coartada posible: Adam Dalgliesh en persona. Ya ha pasado todo, Hubert, o por lo menos lo peor.

—¿De veras?

—Por supuesto. Janet Carpenter mató a Venetia.

—La policía no parece convencida.

—Quizá se nieguen a creerlo, pero nunca conseguirán probar otra cosa. Tenía un móvil. Tarrant casi lo reconoció cuando nos explicó quién era la señora Carpenter. Me imagino qué sucedió. La señora Watson faltó de forma inesperada al trabajo y Janet Carpenter se encontró a solas con Venetia en el edificio. No resistió la tentación de enfrentarse con ella, de responsabilizarla de la muerte de su nieta, y me figuro cómo reaccionó Venetia. Había estado abriendo cartas. Tenía la plegadera sobre el escritorio. Janet Carpenter la cogió y la apuñaló. Quizá no quisiera matarla, pero lo hizo. Si se hubiera celebrado un juicio, con toda probabilidad le habrían aplicado el atenuante de falta de premeditación.

—¿Y qué me dices de este segundo homicidio?

—¿Crees que algún miembro de estas cámaras es capaz de degollar a una mujer? Deja que la policía se ocupe de la muerte de Janet Carpenter, Hubert. Resolver crímenes es su trabajo, no el nuestro.

Langton guardó silencio unos minutos antes de preguntar:

—¿Cómo se lo ha tomado Simon?

—¿Simon? Supongo que se sentirá aliviado, como todos. Resulta molesto saber que te consideran sospechoso. Al principio la experiencia tuvo cierto interés, aunque sólo fuera por la novedad, pero luego se volvió una lata. A propósito, Simon está indignado con Dalgliesh. Ignoro el motivo, porque el policía se comportó de forma muy civilizada. —Hizo una pausa, con la mirada perdida, y luego agregó en voz más baja—: ¿No convendría repasar el orden del día para la reunión del 31? ¿Estás conforme con los temas y el orden de discusión? Ofreceremos las dos vacantes a Rupert y Catherine, prolongaremos el contrato de Harry por un año, que será prorrogable; confirmaremos a Valerie en el puesto de secretaria y publicaremos un anuncio para buscarle una ayudante. Harry me ha comentado que está agobiada con tanto trabajo. Tú comunicarás tu retiro para fin de año y yo te reemplazaré. Sugiero que, para poner en antecedentes al grupo de Salisbury, pronuncies al principio una breve declaración sobre la muerte de Venetia. No hay mucho que decir, puesto que la policía no nos tiene suficiente confianza para informarnos de sus pesquisas, pero creo que los miembros esperan un informe. No permitas que se te vaya de las manos; no se aceptarán preguntas ni conjeturas. Prepara un breve resumen de los hechos. ¿Y estás seguro de que quieres anunciar tu retiro al final, no al comienzo, de la reunión?

—Sí. No deseo perder el tiempo con fórmulas de pesar, por poco sinceras que sean.

—No subestimes tu labor en las cámaras. En todo caso ya habrá un momento más oportuno para una despedida formal. Por cierto, he recibido una llamada de Salisbury. Creen que deberíamos empezar la reunión con un minuto de silencio. Se lo he sugerido a Desmond. Afirmó que estaría dispuesto a dejar de lado sus principios y aparecer debidamente vestido para una ceremonia religiosa en la iglesia del Temple, pero que hasta los miembros de las cámaras deberían abstenerse de ciertas hipocresías.

Langton no sonrió. Se acercó al escritorio y cogió el borrador del orden del día escrito en la elegante caligrafía de Laud.

—Ni siquiera hemos pensado en la ceremonia fúnebre —dijo—. Venetia aún no ha sido cremada y en la reunión de la semana próxima se acordará todo aquello a lo que ella se oponía. ¿Es que no queda nada de una persona después de la muerte?

—Para los afortunados, quizá quede amor, o influencia, pero nunca poder. Los muertos carecen de él. Tú eres un hombre religioso, Hubert. ¿Recuerdas aquella frase del *Eclesiastés* en que se afirma que es mejor un perro vivo que un león muerto?

Langton murmuró:

—«Los vivos saben al menos que han de morir, pero los muertos no saben nada; no perciben ya salario alguno, porque su memoria yace en el olvido. Perecieron sus amores, sus odios, sus envidias; jamás tomarán parte en cuanto acaece bajo el sol.»

—Y eso incluye las decisiones de las cámaras. Si estás

conforme, Hubert, me llevaré el orden del día y me encargaré de que lo mecanografíen y fotocopien. Supongo que algunos se quejarán de que no lo hayamos hecho antes, pero teníamos otras preocupaciones.

Al llegar a la puerta, se volvió hacia Langton, que se preguntó: «¿Lo sabe? ¿Va a decírmelo o a interrogarme al respecto?» De pronto comprendió que Laud pensaba exactamente lo mismo de él. Ninguno de los dos habló. Drysdale salió y cerró la puerta a su espalda.

35

A la mañana siguiente, Dalgliesh pidió a Kate que lo acompañara a la iglesia mientras Piers se ocupaba de los interrogatorios en Middle Temple. La detective pensó que este segundo asesinato había eclipsado al primero y que, comparado con el de Venetia Aldridge, había producido una sensación de urgencia más acusada, de un riesgo más inminente. Si el responsable era el mismo hombre —y ella no tenía duda alguna de que el homicidio de la señora Carpenter lo había cometido un hombre—, parecía evidente que se trataba de un individuo peligroso, de los que no vacilan en volver a matar.

El padre Presteign ya estaba en la iglesia y abrió la puerta lateral en cuanto Kate llamó al timbre. Mientras los guiaba por el corto pasillo hacia la sacristía, preguntó:

—¿Les apetece un café?

—Si no es molestia, padre.

El sacerdote abrió un armario y sacó un frasco grande de café soluble, un paquete de azúcar y dos tazas. Llenó la tetera eléctrica y la enchufó.

—Pronto llegará la leche —anunció—. Joe Pollard la trae consigo. Me ayuda en la misa de los miércoles. Él y yo tomaremos café más tarde. Ése debe de ser él. Me ha parecido oír su moto.

Un joven de aspecto corpulento debido a un atuendo de motorista más apropiado para una excursión a la Antártida que para un día otoñal en Inglaterra entró en la sacristía y se quitó el casco.

—Buenos días, padre. Lamento haberme retrasado un poco. Hoy me tocaba preparar el desayuno de los niños, y el tráfico en Ken High Street es un infierno.

Después de las presentaciones, el padre Presteign comentó:

—Joe siempre se queja del tráfico, pero nunca parece un obstáculo cuando me lleva en su moto. Esquivamos a los autobuses y nos abrimos paso entre los coches de la forma más emocionante, aunque debo admitir que no conseguimos eludir los insultos.

Después de quitarse la cazadora de piel, las bufandas y los jerseys con sorprendente rapidez, Joe se puso una sotana y se pasó una sobrepelliz corta por la cabeza con la facilidad que otorga la experiencia.

El padre Presteign se vistió para la ceremonia y dijo:

—Lo veré después de misa, Adam.

La puerta se cerró tras ellos. Era de roble macizo con herrajes y no permitía oír nada de lo que ocurría al otro lado. Kate supuso que la congregación ya estaba reunida e imaginó a los fieles de primera hora de la mañana: unas cuantas mujeres mayores, unos pocos hombres y quizás algún vagabundo que había entrado para resguardarse del frío. ¿La señora Carpenter habría sido uno de ellos? No. ¿No había comentado el padre Presteign que no era un miembro regular de la congregación? En tal caso, ¿por qué había ido a la iglesia para pedir consejo, confesarse y recibir la absolución? ¿Absolución de qué? Bueno, con un poco de suerte lo averiguarían antes de salir del templo, eso suponiendo que la señora Carpenter hubiera escrito la carta, desde luego. Tal vez hubieran depositado demasiadas esperanzas en las palabras del padre Presteign. La habían visto salir de su casa con una carta en la mano, pero quizás iba dirigida a cualquier otra persona.

Kate se esforzó por controlar su impaciencia. Era evidente que a Dalgliesh no le apetecía hablar, y hacía tiempo que ella había aprendido a amoldarse a su estado de ánimo y respetar sus silencios que, a diferencia de los de otras personas, no causaban incomodidad, sino una sensación de paz. Aun así habría agradecido un poco de conversación, una señal de que él compartía su ansiedad e impaciencia. Dalgliesh permanecía sentado, con la cabeza morena inclinada sobre la taza y las manos alrededor de ella, aunque sin tocarla. Quizás aguardara a que el café se enfriara o simplemente se había olvidado de él.

Por fin Kate se levantó y dijo:

—No oiremos al cartero desde aquí. Esperaré fuera.

Dalgliesh no habló. Con la taza en la mano, Kate recorrió el estrecho pasillo que conducía a la puerta lateral. Los minutos transcurrían con irritante lentitud, pero lejos de su jefe por lo menos podía mitigar su impaciencia con un paseo vigoroso y continuas miradas al reloj. Las nueve. ¿No había dicho el padre Presteign que el correo llegaba poco después de las nueve? Aunque «poco después» podía significar cualquier cosa. Las nueve y cinco. Las nueve y siete. Por fin llegó. No oyó pasos al otro lado de la gruesa puerta, pero el buzón se abrió y la correspondencia cayó al suelo con un ruido seco. Dos sobres marrones grandes, un par de facturas y un sobre blanco y abultado, a nombre del padre Presteign con la inscripción «Personal» en letra de una persona instruida, de alguien que escribía con seguridad. Kate había visto sobres parecidos en el apartamento de la señora Carpenter. Sin duda alguna, se trataba de la misiva que esperaban. Se la llevó a Dalgliesh.

—Ha llegado, señor.

Dalgliesh la cogió, la colocó sobre la mesa y apiló el resto de la correspondencia a un lado.

—Parece que es la carta que aguardábamos, Kate.

La joven procuró ocultar su inquietud. La carta, cuya blancura se acentuaba sobre el roble oscuro de la mesa, parecía un prodigio.

—¿Cuánto dura la misa, señor?

—Una misa rezada, sin sermón ni homilía, suele durar media hora.

Kate consultó con disimulo el reloj; faltaban quince minutos.

Antes de la media hora prevista, se abrió la puerta y reaparecieron Joe y el padre Presteign. El primero se quitó las ropas ceremoniales, se enfundó sus múltiples prendas de motorista y quedó convertido en un gigantesco insecto metálico.

—Esta mañana no me quedaré a tomar café, padre. Ah, lo olvidaba; Mary me ha comentado que como la señorita Pritchard está en el hospital, se ocupará de las flores para Nuestra Señora el domingo. Sabe que la han operado, ¿verdad, padre?

—Sí, Joe. La veré esta tarde, si ya está en condiciones de recibir visitas. Da las gracias a Mary de mi parte.

Salieron juntos, Joe sin dejar de hablar. La puerta exterior se cerró con un ruido. Kate tuvo la sensación de que el mundo normal, el que ella comprendía y en el que vivía, se había marchado con Joe y ella había quedado aislada y presa de la inquietud. De súbito el olor a incienso le resultó sofocante, la sacristía claustrofóbica y curiosamente amenazadora. Sintió el irracional impulso de coger la misiva, salir con ella a la calle y leerla por lo que era: una carta importante, tal vez vital para sus investigaciones, pero una carta al fin.

El padre Presteign regresó, tomó el sobre y dijo:

—Los dejaré solos un momento, Adam. —Se dirigió de nuevo a la iglesia con la carta.

—No la destruirá, ¿verdad? —Kate se arrepintió de sus palabras en cuanto salieron de su boca.

—No, desde luego —aseguró Dalgliesh—, aunque el que nos permita o no leerla dependerá de su contenido.

Aguardaron. Fue una larga espera, durante la cual Kate pensó: «Tiene que entregárnosla. Es una prueba y no puede ocultar una prueba. Debe existir una forma de obligarlo. Una carta no es un secreto de confesión. ¿Y por qué tarda tanto? Es imposible que emplee más de diez minutos en leerla. ¿Qué estará haciendo? Quizás esté frente al altar, rezando a su Dios.»

Entonces, sin razón aparente, evocó la conversación que había mantenido con Piers acerca de la extraña carrera que éste había escogido en la universidad. Se preguntó por qué habría soportado su interrogatorio con tanta paciencia.

—¿En qué ayuda la teología a una persona? Al fin y al cabo, pasaste tres años estudiándola. ¿Te enseña a vivir? ¿Responde a algunas de las preguntas?

—¿Qué preguntas?

—Las grandes preguntas, las que de nada sirve formularse. ¿Por qué estamos aquí? ¿Qué ocurre después de la muerte? ¿Gozamos en realidad del libre albedrío? ¿Existe Dios?

—No. No responde a esos interrogantes. Es como la filosofía; te indica qué preguntas debes hacer.

—Yo sé qué preguntas quiero hacer, lo que busco son respuestas. Entonces ¿no te enseña a vivir? ¿No es otra clase de filosofía? ¿Cuál es la tuya?

Piers había contestado sin titubear y, según creía Kate, con sinceridad:

—Ser lo más feliz que pueda. No causar daño a los demás. No quejarme. En ese orden.

Era una pauta de vida tan razonable como cualquier otra. De hecho, Kate la compartía. No era preciso estudiar en Oxford para aprender eso. Pero ¿de qué servía ante un niño torturado y asesinado, o ante el cadáver de la señora Carpenter, destrozado como un animal en el matadero, con la garganta seccionada hasta el hueso? Tal vez el padre Presteign creyera tener la respuesta. ¿Era posible hallarla en aquel ambiente sombrío, impregnado de incienso? En algún momento de la existencia había que decirse: «Esto es lo que elijo creer y me mantendré fiel a esa creencia.» En el caso de Kate, había sido el trabajo de policía. El padre Presteign había escogido un compromiso más esotérico. Si sus respectivas lealtades chocaban, se plantearía un problema para ambos.

Se abrió la puerta y entró el padre Presteign, muy pálido. Tendió la carta a Dalgliesh y afirmó:

—Me ha autorizado a entregársela. Los dejaré solos para que la lean con tranquilidad. Supongo que tendrán que llevársela.

—Sí, padre Presteign. Desde luego, le extenderé un recibo. —Dalgliesh observó que el sacerdote no la había introducido en el sobre y añadió—: Es más larga de lo que esperaba. Supongo que por eso no la envió el lunes. Debió de tardar al menos un día en redactarla.

—Era profesora de lengua y literatura inglesa —replicó el párroco—. Tenía tanta facilidad para escribir como para hablar, y sospecho que necesitaba escribir esa carta, dejar constancia de la verdad, tanto para nosotros como para ella misma. Regresaré antes de que se vayan.

Se dirigió de nuevo a la iglesia y cerró la puerta.

Dalgliesh desplegó el papel sobre la mesa. Kate acercó una silla y comenzaron a leer.

36

Janet Carpenter no había perdido el tiempo con preámbulos. Su misiva se basaba en una necesidad que trascendía su promesa al padre Presteign:

Querido padre:

El suicidio de Rosie casi representó un alivio para mí. Sé que es terrible, que es una verdad horrible de confesar, pero creo que de haber continuado presenciando su dolor habría perdido la cordura. Me necesitaba y jamás la habría abandonado. Estábamos encadenadas por el dolor —el dolor por mi hijo y por su hija—, pero lo que la mató fue la desaparición de Emily. Si no hubiera tomado barbitúricos con vino tinto, habría muerto de pena, aunque más lentamente. Deambulaba por la casa como una muerta en vida, con la mirada perdida, cumpliendo con las pequeñas tareas domésticas como si la hubieran programado para llevarlas a cabo. Sus contadas sonrisas eran más bien una crispación de la boca. Su silencio dócil, impasible, resultaba casi más angustioso que sus ataques de llanto incontrolado. Cuando intentaba consolarla estrechándola entre mis brazos, no se resistía ni me rechazaba. No hablábamos. Las dos nos habíamos quedado sin palabras. Quizás ése fuera el problema. Yo sólo sabía que Rosie tenía el corazón roto, y ahora sé que esta expresión no es exagerada; todo cuanto la había convertido en lo que era se había roto. Cada hora de vigilia ella revivía el tenebroso espanto del asesinato de Emily. Tan sólo me sorprende que, tal como estaba, desolada y sin identidad, reuniera la fuerza suficiente para terminar con su tormento y escribir con lucidez su nota de despedida.

Sufrí con ella y por ella, como es natural, porque yo también amaba a Emily. Lloré por Emily, por la Emily que había conocido, y por todos los niños asesinados y violados, pero en mi caso el sufrimiento estaba dominado por la ira, por una ira terrible y todopoderosa que desde el principio se centró en la persona de Venetia Aldridge.

Si no hubieran declarado culpable a Dermot Beale, yo habría hallado la forma de hacerle pagar su crimen, pero Beale estaba en prisión, cumpliendo una condena mínima de veinte años. Yo moriría antes de que él recuperara la libertad. Entonces mi odio encontró su objetivo, su necesaria fuente de alivio, en la mujer que lo había defendido en el primer juicio de forma brillante. Para ella había constituido un gran triunfo legal, un ejemplar interrogatorio de los testigos de la acusación, una nueva victoria personal. Así pues, Dermot Beale quedó libre para volver a matar. Emily regresaba del pueblo, situado a menos de un kilómetro de casa, con la cesta de la bicicleta llena de alimentos, cuando oyó el coche de Beale en el camino solitario. Esta vez la señora Aldridge se negó a defenderlo. He oído que nunca representaba dos veces al mismo cliente. Quizá le faltaba la arrogancia suficiente para eso. En esta ocasión, Beale no quedó libre.

No creo que mi odio por Venetia Aldridge fuera irracional. Conozco los argumentos que sus colegas esgrimirían para defenderla: cumplía con su obligación; todo acusado tiene derecho a una defensa, por muy evidente que sea su culpabilidad, por horrendo que sea su crimen, por impresentable que sea su apariencia o repulsivo su carácter; su abogado no necesita creer en su inocencia, sino que debe verificar las pruebas que lo incriminan y, si existe cualquier fallo en la argumentación de la acusación, exagerarlo para que su defendido quede en libertad. Venetia Aldridge practicaba un juego lucrativo basado en unas reglas complejas y creadas, en mi opinión, para derrotar a sus contrincantes; un juego que muchas veces se gana a costa de una vida humana. Yo tan sólo pretendía que, por una vez, pagara el precio de su victoria. La mayoría de nosotros hemos de cargar con las consecuencias de nuestros actos. Es una de las primeras lecciones que debemos aprender en la infancia, por más que algunos no la aprendan nunca. Ella ganaba sus casos y no se preocupaba de nada más, mientras que otros tenían que vivir con las consecuencias, pagar el precio. Y yo quería que esta vez pagara ella.

Después de la muerte de Rosie, mi resentimiento y mi furia crecieron hasta convertirse en, debo admitirlo, una obsesión. Quizá se debiera a que, una vez aliviada de la tarea de cuidar y confortar a Rosie, mi mente y mi corazón quedaron libres para reflexionar sobre los acontecimientos. O tal vez después de la muerte de Rosie acabara de perder mi fe; no me refiero a la fe cristiana, a las tradiciones de la Iglesia Anglicana que me inculcaron y en las que siempre encontraba refugio. Hacía tiempo que no creía en Dios. No estaba enfadada con Él, lo que habría sido comprensible. Dios debe de estar acostumbrado a la ira humana, pues después de todo Él la provoca.

El caso es que una mañana desperté al mismo dolor de siempre, a las tediosas tareas cotidianas, y tuve la certeza de que Dios había muerto. Fue como si de repente se hubiera parado para siempre un corazón invisible cuyos latidos había oído durante toda mi vida.

No experimenté angustia, sino una inmensa, inconmensurable soledad. Tuve la impresión de que todo el mundo había muerto con Dios. Comenzó a asaltarme una y otra vez el mismo sueño, del que no despertaba aterrorizada o llorando, como Rosie de sus pesadillas sobre la muerte de Emily, sino sumida en una profunda tristeza. En el sueño me encontraba en una playa solitaria al atardecer, y las aguas turbulentas bañaban mis tobillos y arrastraban la arena bajo mis pies. No había pájaros y yo sabía que el mar no tenía vida, que no había nada con vida en todo el planeta. Entonces, el gran ejército de los muertos emergía del mar y pasaba a mi lado sin hablarme ni mirarme. Entre ellos estaban Ralph, Emily y Rosie. No me veían ni oían y, cuando yo los llamaba e intentaba tocarlos, se transformaban en fría bruma marina entre mis manos. Corría escaleras abajo y sintonizaba la emisora internacional de la BBC para escuchar una voz humana que me tranquilizara. A tal extremo llegaron mi vacío, mi soledad, mi obsesión.

Al principio sólo ansiaba que alguien matara a la hija de Venetia Aldridge y quedara en libertad, pero no era más que una fantasía. Jamás habría tramado un acto semejante, y en el fondo de mi corazón ni siquiera lo deseaba. No me había convertido en un monstruo. Sin embargo, de esa fantasía surgió un plan más realista. ¿Y si un joven acusado de un crimen grave —asesinato, violación y robo— fuera defendido con éxito por Venetia Aldridge y, después de la absolución, decidiera seducir a su hija, quizás incluso casarse con ella? Yo sabía que tenía una hija. Después de uno de sus casos más sonados, publicaron una foto de ambas en un suplemento dominical para ilustrar uno de esos reportajes sobre madres e hijas que estuvieron tan en boga hace un tiempo. En la fotografía, nada sentimental pero con poses estudiadas, la hija, Octavia, miraba a la cámara con una expresión que delataba su incomodidad. Esa imagen resultaba más elocuente que el artículo, escrito con sumo cuidado y sin duda aprobado por la abogada. Allí, ante el implacable objetivo de la cámara, se repetía la historia de siempre: la madre hermosa y triunfadora; la hija fea y resentida.

Para llevar a cabo mi plan, necesitaba dinero, ya que tendría que sobornar al joven con una importante suma en efectivo que fuera incapaz de rechazar. Tendría que mudarme a Londres para conocer la vida de Venetia Aldridge, su rutina, el lugar en que vivían ella y su hija, los tribunales en los que intervendría, así como asistir al mayor número posible de juicios, siempre que el crimen fuera grave y el acusado un hombre joven. Todo parecía factible. Ya había decidido vender la casa que había compartido con Rosie y con Emily. La hipoteca ya estaba pagada. La venta me proporcionaría dinero suficiente para comprarme un apartamento pequeño y bien situado en Londres, además de para el soborno. Procuraría conseguir un empleo de asistenta en Middle Temple, con la intención de llegar a trabajar en las mismas cámaras que Venetia Aldridge. Tardaría algún tiempo, pero no tenía prisa. La chica, Octavia, aún contaba dieciséis años, y para que mi plan funcionara debía ser mayor de edad. No quería que su madre la pusiera bajo la tutela de un tribunal con el fin de evitar una boda inoportuna. Además debía escoger al hombre adecuado, pues el éxito de mi empresa dependía de la elección. No debía equivocarme en ese punto. Disfrutaba de una gran ventaja: había sido profesora durante más de treinta años, la mayor parte de los cuales me había dedicado a enseñar a adolescentes. Pensé que no me costaría reconocer a una persona con las cualidades que buscaba: resentimiento, dotes para la interpretación, avaricia y falta de escrúpulos. Y una vez que hubiera conseguido un empleo en las cámaras, tendría acceso a los documentos de Venetia Aldridge, lo que significaba que sabría mucho más sobre la vida y el pasado del joven de lo que él podría averiguar de mí.

Todo salió a pedir de boca. Los detalles carecen de importancia; la policía ya los conocerá. Me consta que han hablado con la señorita Elkington. Acabé donde deseaba acabar, con un apartamento en Londres que me permitía mantener mi intimidad, un trabajo en las cámaras de Venetia Aldridge y acceso ocasional a su casa. Todo marchó tan bien que, de haber sido supersticiosa, habría creído que mi venganza estaba predestinada, que mi pequeña nave avanzaba empujada por propicias nubes de incienso. Entonces no empleaba la palabra «venganza». Me adjudicaba un papel menos ruin, el de la persona escogida para subsanar una injusticia, para enseñar una lección. Ahora sé que sólo me movía el deseo de venganza, que necesitaba la satisfacción de una revancha, que mi odio hacia Venetia Aldridge era más personal y complejo de lo que estaba dispuesta a admitir. Sé que estaba mal, que era una vileza, pero lo cierto es que me ayudó a conservar la cordura.

Desde el principio comprendí que mi éxito dependería en gran parte del azar. Quizá nunca hallara al joven apropiado o, si lo encontraba, tal vez él no lograra conquistar a Octavia. Paradójicamente, esta idea de que los acontecimientos escapaban en cierta medida a mi control parecía hacer mi empresa más racional y viable. Además, no iba a cambiar toda mi vida por un simple capricho; necesitaba vender mi casa, huir de las miradas curiosas de los desconocidos y de la incómoda compasión de los amigos, esa palabra trillada que abarca cualquier sentimiento, desde el amor hasta la tolerancia mutua entre los seres humanos. Cuando les dije: «no me escribáis; necesito pasar unos meses sola, libre de las ataduras del pasado», advertí alivio en sus ojos. Les había resultado difícil afrontar mi pena sobrecogedora. Algunos amigos, sobre todo los que tenían hijos, ni siquiera lo intentaron y, después de una carta o una visita, se distanciaron de mí como si padeciera una enfermedad contagiosa. Algunas tragedias (entre ellas el asesinato de una criatura) sacan a relucir nuestros miedos más profundos, que no nos atrevemos a reconocer por si un destino maligno percibe la magnitud de nuestro horror imaginario y nos golpea triunfalmente convirtiéndolo en realidad. Los seres más desafortunados siempre han sido los leprosos del mundo.

Entonces conocí al señor Froggett. Ignoro su nombre de pila; siempre será el señor Froggett para mí, del mismo modo que yo soy para él la señora Hamilton. Usé mi apellido de soltera convencida de que su vulgaridad me ayudaría a mantener el anonimato. No le confié mi nombre, mi pasado, ni el sitio donde vivía o trabajaba. Nos conocimos en la Sala Segunda del Tribunal de lo Criminal. Hay personas que asisten a casi todos los juicios importantes, sobre todo a los que se celebran en dicho tribunal, y después de nuestro primer encuentro coincidimos en todas las vistas. Es un hombrecillo tímido, de aproximadamente mi edad, que viste con pulcritud y que, como yo, permanecía sentado durante los procesos cuando los espectadores ávidos de sensaciones fuertes se marchaban en busca de pasatiempos más emocionantes. De vez en cuando, tomaba notas con sus manos pequeñas y delicadas, como si le hubieran encomendado la misión de analizar la actuación de los actores principales, porque lo que presenciábamos era en verdad una actuación; de ahí su inmenso atractivo. Era una obra teatral en la que algunos personajes se sabían el texto y el argumento de memoria, mientras que los aficionados, más torpes, efectuaban su primera y aterradora aparición en un escenario desconocido, pero donde todos tenían un papel asignado para proporcionar al público la gran satisfacción: nadie conocía el final.

Después de vernos una docena de veces, el señor Froggett comenzó a saludarme con timidez, pero no me habló hasta el día en que sufrí una lipotimia durante el discurso de apertura de la acusación en un horrible caso de abuso sexual y crueldad contra unos niños. Era el primer juicio de esa clase al que asistía. Sabía desde el principio que habría ocasiones en que me resultaría difícil seguir adelante, pero nunca había imaginado un caso como aquél: el fiscal, vestido con toga y peluca, relató con voz monocorde, sin florituras ni indicios de emoción, la tortura y degradación de un grupo de niños en un orfanato. Ese caso no me sirvió de nada. Pronto descubrí que los procesos relacionados con abusos sexuales no me serían de utilidad. Los hombres implicados eran repulsivos o criaturas patéticas, y en cuanto los veía sentados en el banquillo sabía que no servirían para mis fines. Puse la cabeza entre las piernas y conseguí controlar el mareo. Necesitaba salir de allí, y procuré hacerlo sin molestar, pero estaba en un banco abarrotado de gente y no pude evitar causar cierto revuelo.

Cuando llegué al pasillo, el hombrecillo estaba a mi lado.

—Perdone que la moleste, pero he notado que se encuentra mal y que está sola. ¿Puedo ayudarla? Si me lo permite, la acompañaré a tomar una taza de té. Hay una pequeña y respetable cafetería cerca de aquí. Es muy limpia.

Sus palabras, su tono, su pudorosa formalidad

estaban anticuadas. Recuerdo que me cruzó por la cabeza una absurda imagen de los dos en la cubierta del *Titanic*: «Por favor, *madame*, permítame que le ofrezca mi protección y ayuda en el bote salvavidas.» Miré sus ojos detrás de los gruesos cristales de sus gafas y no vi razones para desconfiar de él. Las personas de mi generación sabemos de manera instintiva algo que las jóvenes de hoy en día ignoran: cuándo es posible confiar en un hombre. Así pues, nos encaminamos hacia la pequeña y respetable cafetería, uno de los innumerables restaurantes para oficinistas y turistas donde preparan bocadillos con una amplia gama de productos expuestos en platos en una vitrina —huevos, sardinas, atún, jamón— junto con buen café y té fuerte. Me condujo a una mesa situada en un rincón y cubierta con un mantel de cuadros rojos y blancos y enseguida apareció con una bandeja con dos tazas de té y dos pasteles de chocolate. Después me acompañó hasta la estación de metro y nos despedimos. Nos presentamos, nada más. No me preguntó hacia dónde me dirigía ni dónde vivía, e intuí en él una reticencia natural a mostrarse indiscreto, una preocupación por que yo no sintiera que se entrometía en mi vida y aprovechaba su acto de cortesía para obligarme a unas confidencias que quizá yo no quisiera hacer.

Así comenzó nuestra relación. No fue una amistad —¿cómo iba a serlo, cuando yo hablaba tan poco?—, pero ofrecía algunas de sus ventajas sin el compromiso que supone. Después de un juicio, tomábamos el té juntos en la misma cafetería o en otra parecida. En nuestro primer encuentro no me inquietó que quisiera inmiscuirse en mis asuntos, sino la posibilidad de que se extrañara de mi falta de locuacidad o, peor aún, de verme sentada entre el público, semana tras semana, escuchando el predecible recital de las debilidades y vilezas humanas. Sin embargo, eso era lo último que le preocupaba. Le obsesionaba el derecho penal y le parecía natural que yo compartiera su interés. Hablaba mucho de sí mismo y por lo visto no le sorprendía que yo dijera tan poco. La tercera vez que coincidimos me contó algo que al principio me aterrorizó, hasta que me di cuenta de que no representaba ninguna amenaza e incluso podía ser una ventaja para el éxito de mi misión. Había impartido clases en una escuela propiedad del padre de Venetia Aldridge. Aseguraba —y ésta fue la primera vez que advertí en él cierta presunción, que más tarde se reveló como un rasgo de su personalidad— que había sido él quien había inculcado a la abogada la afición por las leyes y quien la había ayudado a dar los primeros pasos en su brillante carrera. Cuando levanté la taza, me temblaba la mano y derramé un poco de té en el plato. Aguardé unos segundos, hasta que cesaron los temblores, y vertí el té en la taza con tranquilidad. Sin mirarlo, me obligué a mantener la voz serena para preguntar con toda naturalidad:

—¿Se mantiene en contacto con ella? Supongo que le agradecerá que siga interesado por su carrera. Sin duda le reservará un asiento en la sala.

—No. Ya no la veo. Tomo la precaución de sentarme en un sitio donde no me vea, no porque crea que podría molestarla, sino para evitar que se sienta acosada. Ha pasado mucho tiempo y es probable que me haya olvidado. Procuro no perderme ninguno de sus casos. Su carrera se ha convertido en mi afición, aunque no siempre resulta fácil saber cuándo intervendrá en un juicio.

Movida por un impulso, afirmé:

—Quizá pueda ayudarlo. Una amiga mía trabaja en las cámaras. Por supuesto, ella no lo preguntará directamente, porque tiene un puesto muy humilde, pero debe de haber listas de los juicios. Tal vez pueda averiguar cuándo tiene un caso la señora Aldridge y en qué sala.

El señor Froggett se marchó sincera y patéticamente agradecido.

—Necesitará mi dirección —dijo. Sacó su libreta y la anotó manteniendo sus pequeñas manos juntas, como si fueran las patas de un animal.

Luego arrancó la página y me la tendió. Si le extrañó que yo no correspondiera a su gesto de confianza entregándole mi dirección, no lo demostró. Vi que vivía —y sin duda sigue viviendo— en un piso de Goodmayes, Essex, supongo que uno de esos edificios modernos de apartamentos anodinos e idénticos. A partir de ese momento, le enviaba de vez en cuando una postal, donde escribía tan sólo el lugar y la fecha (Tribunal de Winchester, 3 de octubre) y firmaba con mis iniciales, «J. H.». Como es lógico, no me veía en todos los juicios. Si el acusado era mujer o inapropiado para mis planes, yo no asistía.

Debo admitir que esas horas compartidas en una camaradería sin exigencias se convirtieron en los momentos más felices de mi atormentada vida. Quizá «felices» sea una palabra demasiado positiva. No soy ni espero volver a ser feliz. Aun así, experimentaba una satisfacción, una tranquilidad y una sensación de pertenecer otra vez al mundo real que encontraba reconfortantes. Cualquier espectador curioso nos habría considerado una pareja extraña, pero no había nadie interesado por nosotros. Estábamos en Londres, entre compañeros de oficina que charlaban un rato antes de marchar a casa, turistas con sus mapas, sus cámaras fotográficas y su jerigonza, y algún que otro solitario bebedor de té. Todos entraban en la cafetería sin mirar siquiera en nuestra dirección. Aunque ha transcurrido poco tiempo, todo esto ya me parece un recuerdo lejano; el rugido rítmico de la ciu-

447

dad detrás de las ventanas como el rumor de un mar lejano, el zumbido de la máquina de café, el olor a emparedados tostados y el tintineo de tazas y jarras. Con estos sonidos de fondo hablábamos de los pormenores de la última vista, comparábamos nuestras opiniones sobre los testigos, evaluábamos su sinceridad, analizábamos la conducta de los abogados, el posible veredicto, la probable hostilidad del juez.

Creo que una vez, una sola vez, me acerqué de forma peligrosa a mi obsesión. Ese día Venetia Aldridge había desbaratado las pruebas de la acusación.

—Ella debe de saber que es culpable —afirmé.

—Eso carece de importancia. Tiene la obligación de defenderlo, tanto si cree que es inocente como si no.

—Lo sé, pero sin duda ayudará saber que un cliente es inocente.

—Es probable, pero no es imprescindible para que un abogado acepte un caso. —A continuación añadió—: Suponga que me acusan injustamente de un delito, por ejemplo, de un acto indecente contra una jovencita. Vivo solo, soy un hombre solitario y no muy atractivo. Imagine que mi abogado ha de ir de unas cámaras a otras, suplicando desesperadamente que alguien crea en mi inocencia para organizar mi defensa. Nuestro sistema legal se basa en la presunción de inocencia. En algunas naciones un arresto policial se interpreta como una señal de culpabilidad, y los consiguientes procedimientos legales son casi un recital del caso por parte de la acusación. Deberíamos alegrarnos de no vivir en un país así.

Hablaba con una convicción extraordinaria. Por primera vez comprendí que poseía unas creencias personales profundas y firmes. Hasta entonces había considerado que su obsesión por la ley obedecía a un poderoso interés intelectual, pero entonces noté indicios de un compromiso vehemente con un ideal.

Aunque el señor Froggett acudía a cualquier tribunal donde estuviera prevista la aparición de Venetia Aldridge, prefería los casos en los que actuaba como fiscal o defensora en el Tribunal Central de lo Criminal. Para él, ningún otro lugar tenía el significado romántico de la Sala Primera de ese juzgado. Sé que el término «romántico» parece inadecuado para calificar a un sitio cuyos orígenes se remontan a Newgate, los horrores de esas primeras prisiones, las ejecuciones públicas y los patios donde los reos soportaban el martirio de morir en un potro de tortura para que sus familias salvaguardaran su herencia. El señor Froggett conocía todo esto; la historia del derecho penal le fascinaba, pero no parecía turbarlo. Acaso su interés poseyera cierto cariz morboso —al fin y al cabo, su principal afición guardaba relación con el delito—, pero nunca detecté en él un gusto por lo truculento, pues de lo contrario su compañía no me habría resultado agradable. Su obsesión era esencialmente de carácter intelectual. Aunque la mía era muy distinta, a medida que transcurrían los meses comencé a comprender su pasión, incluso a compartirla.

En algunas ocasiones, cuando se celebraba un juicio de especial interés en la Sala Primera, me reunía con él aunque Venetia Aldridge no actuara en la defensa, pues debía evitar que sospechara que sólo me interesaban sus intervenciones. Por tanto, una y otra vez me sumé a la cola frente a la entrada, crucé la puerta de seguridad, subí las interminables escaleras del vestíbulo hasta la tribuna destinada al público, tomé asiento y aguardé la aparición del señor Froggett. A menudo estaba allí antes que yo. Le gustaba sentarse en la segunda fila, y le extrañaba que yo no compartiera esa preferencia, hasta que comprendí que había pocas posibilidades de que Venetia Aldridge mirara hacia arriba y muchas menos de que me reconociera.

Yo siempre llevaba un sombrero de ala ancha y mi mejor abrigo, y ella sólo me había visto con la bata de asistenta. No corría ningún riesgo, y sin embargo pasaron varias semanas hasta que empecé a sentirme cómoda sentada en las primeras filas.

Desde la tribuna disfrutaba de una vista de la sala casi tan buena como la del juez. Abajo, a la izquierda, se hallaba el amplio banquillo con pantalla de cristal en el fondo y en los costados; frente a nosotros, el jurado; a la derecha, el juez, y exactamente debajo, los abogados. El señor Froggett me comentó que la primera fila era el único sitio desde donde se había tomado una fotografía de un acusado condenado a muerte. En esa ocasión se sentaban en el banquillo Crippen y su amante, Ethel Le Neve. Tras la publicación de la instantánea en un periódico, se había dictado una ley que prohibía las cámaras fotográficas en la sala.

Froggett era una fuente inagotable de anécdotas e información. Cuando mencioné que el estrado de los testigos —con el dosel que le daba el aspecto de un púlpito en miniatura— me parecía muy pequeño, me explicó que era una reliquia de los tiempos en que los juicios se celebraban al aire libre y los testigos necesitaban protección. Cierto día en que me pregunté en voz alta por qué el juez, majestuoso con su atuendo rojo, nunca se sentaba en el asiento central, me contó que éste estaba reservado para el alcalde de Londres, el principal magistrado de la ciudad. Aunque en la actualidad no preside los juicios, acude al tribunal cuatro veces al año y cruza el vestíbulo principal en dirección a la Sala Primera en una procesión encabezada por el mariscal general, los alguaciles, el portador del estoque real y el pregonero, que llevan la espada y la maza ceremoniales. El señor Froggett hablaba con añoranza, pues siempre había querido presenciar ese desfile.

También me reveló que en aquella sala se habían celebrado los principales juicios de este siglo: el de Seddon, declarado culpable de envenenar con arsénico a su inquilina, la señorita Barrow; el de Rouse, el del asesinato del coche en llamas; el de Haigh, que había disuelto los cuerpos de sus víctimas con ácido. Todos habían sido condenados a muerte en aquel banquillo. Los peldaños que conducían a él habían sido transitados por hombres y mujeres que se esforzaban por mantener la esperanza o atormentados por el pánico a la muerte; algunos habían bajado a rastras, llorando o gritando con desesperación. Por alguna razón, yo esperaba que el aire de aquella sala estuviera contaminado por una vaga e imaginaria sensación de horror, pero lo respiraba sin notar diferencia alguna. Quizá fuera por la ordenada dignidad de la estancia, más pequeña, elegante e íntima de lo que había supuesto, con la espléndida talla del escudo de armas detrás del estrado, la espada de la ciudad que databa del siglo XVI, las togas y las pelucas, la amable formalidad, las voces mesuradas; todo eso producía una sensación de orden y razón, e incluso inspiraba fe en la viabilidad de la justicia. Sin embargo era una palestra; tanto como si el suelo hubiera aparecido cubierto de paja empapada en sangre, y los contrincantes hubieran entrado al son de las trompetas, medio desnudos con sus escudos y espadas, para rendir su tributo al César.

Fue en la Sala Primera del Tribunal de lo Criminal donde concluyó mi búsqueda. Allí vi a Ashe por primera vez. El tercer día del juicio supe que había encontrado a mi hombre. Si no hubiera perdido la costumbre de la oración, habría rezado para que lo absolvieran. Con todo, no me sentía impaciente. También aquello estaba predestinado. Día tras día lo observé sentado en el banquillo, inmóvil, con la espalda erguida y la vista clavada en el juez. Intuí su poder, inteligencia, crueldad y avaricia. Lo observaba con tal atención que la única vez que alzó la mirada hacia la tribuna del público y nos miró con desprecio, sentí el súbito temor de que hubiera adivinado mi propósito y buscara mi rostro.

Salí de los tribunales en cuanto se anunció el veredicto. Sé que el señor Froggett esperaba que tomáramos una taza de té mientras discutíamos las tácticas de la defensa. Cuando me abría paso para marcharme, me comentó:

—Sabe en qué momento ganó, ¿verdad? ¿Ha identificado la pregunta crucial?

Le dije que tenía prisa, que esperaba invitados y que debía llegar a casa cuanto antes para preparar la cena. Anduvimos juntos hasta la estación de St. Paul, de la Central Line. Él se dirigía hacia el este; yo hacia el oeste. Lo tenía todo planeado. Primero tomaría el tren hasta Notting Hill Gate, luego iría por la District o Circle Line hasta Earls Court, pasaría por casa para escribir dos notas a Ashe y se las llevaría de inmediato a su domicilio. Tardé apenas unos minutos en redactar los mensajes; uno para la puerta principal, el otro para la trasera. Hacía varias semanas que había decidido qué incluiría en las misivas: un halago sutil, un señuelo para su curiosidad, un soborno que quizá no lo indujera a cooperar pero que sin duda le animaría a abrirme la puerta. Las escribí a mano, no a máquina, pues eran personales. Las leí y pensé que no podía haberlo hecho mejor:

«Estimado señor Ashe:

»Perdone que me inmiscuya en su vida de este modo, pero deseo hacerle una propuesta. No soy periodista ni tengo relación alguna con órganos oficiales, la policía, los servicios sociales, ni ninguna otra institución. Necesito encargar un trabajo y usted es la única persona capaz de realizarlo con éxito. Si lo consigue, le pagaré veinticinco mil libras en efectivo. No se trata de una operación ilegal ni peligrosa, pero requiere habilidad e inteligencia. Desde luego, es confidencial. Le ruego que por favor me reciba. Si no desea hablar conmigo, no volveré a molestarlo. Le espero fuera.»

Había decidido que, si veía luces en la vivienda, echaría la carta en el buzón de la puerta principal, llamaría al timbre o con los nudillos y me ocultaría con rapidez. Ashe debía leer la carta antes de verme. Si se había ausentado, dejaría sendas notas en la puerta principal y en la trasera y aguardaría su regreso, si era posible, en el jardín.

Tenía su dirección, pero no me atreví a ir a su casa hasta que terminó el juicio, pues habría sido tentar a la suerte. Sabía que vivía en Westway, una vez pasado Shepherd's Bush. No conocía esa calle. Si algún autobús circulaba por allí, nunca lo había tomado. Así pues, para ahorrar energía y tiempo, decidí subir a un taxi y apearme antes de llegar al domicilio de Ashe con la intención de recorrer los últimos cien metros a pie para no llamar la atención de los vecinos. Contaba con la ventaja de que empezaba a anochecer.

Cuando el taxista se desvió de la calle principal, enfiló una lateral y detuvo el automóvil, pensé que algún problema con el motor lo había obligado a pararse. ¿Quién viviría en aquel desierto? A derecha e izquierda, iluminado por las farolas como si se tratara de un decorado de cine, se extendía un barrio desolado de viviendas con ventanas y puertas protegidas por tablas, pintura desconchada y muros en ruinas. A la casa ante la cual nos detuvimos, en proceso de demolición, le faltaba parte del techo; al otro lado, la destrucción se había completado y no se veían techos detrás de las altas tapias, que junto al cartel oficial que anunciaba la ampliación de la carretera, exhibían las habituales expresiones de protesta y las pintadas obscenas de furia irracional, que parecían exigir: «¡Miradme! ¡Escuchadme! ¡Tomad nota! ¡Estoy aquí!» Mientras caminaba bajo el intenso resplandor entre los edificios deshabitados y tapiados, en medio del incesante rugido del indiferente tráfico, tuve la impresión de que atravesaba un infierno urbano.

Al llegar al número 397 noté que era uno de los pocos inmuebles que aún mostraban señales de estar ocupados. Se hallaba en una esquina; la última de una larga fila de casas idénticas. A la derecha del porche, las tres hojas del mirador estaban protegidas con lo que parecía una plancha de metal marrón rojizo, y otro tanto ocurría con la ventana de la izquierda. En cambio la puerta parecía seguir en uso y en la ventana de la planta alta todavía había cortinas. El pequeño jardín delantero aparecía poblado de maleza. Al amparo de las sombras del porche, abrí el buzón de la puerta y apliqué la oreja a la ranura. No oí nada. Introduje una nota y me pareció oírla caer.

A continuación intenté abrir la verja situada en un costado. Estaba cerrada con un candado y era demasiado alta. No podía acceder al interior por allí. Prefería esperar detrás de la casa a deambular por la calle, de modo que caminé hasta la esquina y doblé a la izquierda. Esta vez tuve más suerte. Me acerqué a la valla del jardín y al agacharme descubrí una tabla rota. Le di un vigoroso puntapié aprovechando un momento en que el ruido del tráfico se hacía más alto. La madera se partió con un crujido que por un momento temí alertara a todo el vecindario, pero no hubo reacción alguna. Me apoyé contra los listones contiguos con todas mis fuerzas y oí cómo cedían los clavos. La valla era vieja y los soportes transversales se balancearon con mi peso. Se formó un hueco por el que pasé. Ya estaba donde quería; en el jardín posterior.

No necesitaba ocultarme; nadie miraría esas ventanas cegadas, condenadas con tablas. A ambos lados de la calle, las viviendas permanecían a oscuras desde el primer golpe de la bola de la grúa de demolición. Los hierbajos del reducido jardín me llegaban casi hasta la cintura. Me alegré de estar fuera de la vista y me acuclillé entre la pared negra del cobertizo y la ventana entablada de la cocina.

Iba bien preparada, con un abrigo grueso, un gorro de lana que me cubría por completo el cabello, una linterna y una antología en rústica de poesía del siglo XX. Sabía que la espera podía ser larga. Era probable que Ashe decidiera celebrar su triunfo con sus amigos, aunque dudaba de que tuviera alguno. Quizás estuviera bebiendo, pero confiaba en que no fuera así. Nuestras negociaciones serían delicadas, y lo necesitaba sobrio. También cabía la posibilidad de que hubiera ido en busca de sexo, después de meses de forzada abstinencia, pero lo juzgaba improbable. Sólo lo había visto unas pocas veces en las últimas semanas, pero tenía la impresión de que lo conocía bien y estábamos predestinados a encontrarnos. En otro tiempo, habría rechazado esa idea por irracional, pero ahora al menos una parte de mí pensaba que el destino o el azar me había conducido hasta allí. Sabía que de un momento a otro regresaría a casa. ¿A qué otro sitio podía ir?

Me senté, no para leer, sino para esperar y reflexionar en un silencio y un aislamiento que parecían absolutos. Experimentaba la agradable sensación de que me hallaba completamente sola porque nadie en el mundo sabía dónde me encontraba. Sin embargo el silencio era interior, porque a mi alrededor el mundo estaba poblado de ruidos. Oía el continuo rugido del tráfico de Westway, que a veces se me antojaba tan cercano y furioso como un mar amenazador, y otras casi una reminiscencia reconfortante del mundo corriente y seguro del que antaño había formado parte.

Supe cuándo regresó. La ventana de la cocina, como todas las demás, estaba protegida con tablas, aunque sólo en parte, como medida de seguridad. Había una estrecha rendija en cada extremo. Cuando la luz se filtró por ellas, deduje que estaba en la cocina. Me puse en pie despacio, con los músculos doloridos, y clavé la vista en la puerta, esperando que la abriera. La curiosidad, si no otra cosa, lo empujaría a hacerlo. Por fin la abrió y vi su oscura silueta recortada contra el fondo iluminado. No habló. Encendí la linterna y la proyecté hacia arriba para alumbrar mi cara. Tampoco entonces despegó los labios.

—Veo que ha recibido mi nota.

—Desde luego, ¿cómo no iba a recibirla?

Ya había oído su voz antes; su firme declaración al comienzo del juicio —«No culpable»—, sus respuestas en los interrogatorios de la acusación y la defensa. No era una voz desagradable, pero sí artificial, como si la hubiera adquirido con la práctica y aún no estuviera convencido de querer conservarla.

—Será mejor que pase —me invitó apartándose hacia un lado.

Olí la cocina antes de verla. Despedía una mezcla de olores viejos, rancios, impregnados en la madera, las paredes, los resquicios de los armarios, que no desaparecerían hasta que la casa se convirtiera en escombros. Observé que había intentado limpiarla, lo que me pareció desconcertante. Lo que hizo a continuación también me sorprendió. Sacó un pañuelo blanco del bolsillo —todavía recuerdo su tamaño y su blancura— y lo pasó por una silla antes de invitarme a sentar. Tomó asiento frente a mí y nos miramos por encima del manchado y roto mantel de hule que cubría la mesa.

Había pensado en todas las artimañas que necesitaría para acicatear su vanidad y su codicia sin que resultara evidente que lo consideraba vanidoso y codicioso; para halagarlo sin parecer sospechosamente lisonjera; para ofrecerle dinero sin sugerir que era fácil de manipular o comprar. Había supuesto que sentiría miedo; al fin y al cabo, estaría a solas con un asesino. Había asistido a todas las sesiones del juicio, sabía que había matado a su tía a pocos metros de donde me encontraba sentada. Me había preguntado cómo actuaría si se mostraba violento. Si advertía algún peligro, diría que alguien en quien confiaba sabía dónde estaba y enviaría a la policía a menos que regresara en una hora. Sin embargo, mientras estaba sentada frente a él, me sorprendió mi tranquilidad. Al principio no habló, y permanecimos en un silencio que no era tenso ni incómodo. Lo había imaginado más impulsivo y astuto de lo que demostraba ser.

Le planteé mi propuesta con sencillez y sin emoción.

—Venetia Aldridge tiene una hija, Octavia, que acaba de cumplir dieciocho años. Estoy dispuesta a pagarle diez mil libras por seducirla y otras quince mil si accede a casarse con usted. La he visto. No es demasiado bonita y tampoco feliz. Eso le facilitará la tarea. Es hija única y tiene dinero. Para mí es una cuestión de venganza.

Ashe no pronunció palabra, y sus ojos cobraron una expresión ausente, como si se hubiera retirado a un mundo interior de conjeturas y cálculos.

Al cabo de un minuto se levantó, llenó y enchufó una tetera eléctrica y sacó de un armario dos tazas y un frasco de café soluble. Junto al fregadero había una bolsa de plástico: antes de llegar a casa había pasado por el supermercado para comprar comida y leche. Cuando el agua hirvió, la vertió en las tazas, añadió una cucharadita de café en cada una y me tendió la mía junto con el azúcar y la leche.

Por fin habló:

—Diez de los grandes por follármela y otros quince para que me comprometa con ella. La venganza le saldrá cara. Podría ordenar que asesinaran a Venetia Aldridge por menos pasta.

—Lo haría si supiera a quién contratar y no me importara arriesgarme a que me chantajearan. De hecho no quiero que la maten; quiero que sufra.

—Si secuestrara a su hija, también sufriría.

—Demasiado complicado y arriesgado. ¿Cómo lo haría? ¿Dónde la escondería? No tengo contacto con personas que realicen esa clase de trabajos. Lo mejor de mi venganza es que nadie podrá hacerme nada, aunque descubran mi plan. No podrán acusarnos de nada a ninguno de los dos, y le dolerá más que un secuestro, que al fin y al cabo le proporcionaría la compasión pública y una buena publicidad. Esto en cambio herirá su orgullo.

En cuanto pronuncié estas palabras, comprendí que había cometido un error. No debería haber sugerido que su compromiso con Octavia sería una deshonra. Lo advertí al mirar sus ojos, cuyas pupilas se dilataron ligeramente. Noté que sus músculos se tensaban mientras se inclinaba hacia mí. Por primera vez olí su virilidad, como si oliera a un animal peligroso. No debía hablar de inmediato; Ashe no debía percatarse de que reconocía mi equivocación. Dejé que las palabras cayeran como piedras en el silencio:

—A Venetia Aldridge le encanta controlarlo todo. No quiere a su hija, pero pretende que respete ciertas convenciones, que sea motivo de orgullo, que se comporte como una persona respetable. Desea que se case con un abogado próspero a quien aprueba y ha elegido ella misma. Y cuida mucho su intimidad. Si usted y Octavia se prometieran, sería una buena historia para la prensa sensacionalista. Les pagarían bien. Imagine los titulares. No es la clase de publicidad que conviene a la abogada.

No bastó. Ashe murmuró:

—Veinticinco de los grandes a cambio de un poco de vergüenza social. No me lo creo.

Exigía saber la verdad. Ya la conocía, pero quería que yo la expresara sin tapujos. De lo contrario, no habría trato. Entonces le conté lo de Dermot Beale y lo de mi nieta, sin pronunciar en ningún momento el nombre de Emily; no podía hacerlo en aquella casa.

—Venetia Aldridge está convencida de que usted mató a su tía —proseguí—; cree que es un asesino. Defender a alguien a quien considera culpable constituye su principal fuente de placer. No se siente triunfadora defendiendo a un inocente. No quiere a su hija y le remuerde la conciencia por ello. ¿Cómo cree que se sentiría si Octavia se prometiera con alguien a quien considera un asesino, alguien a quien ella misma ha defendido? Tendrá que vivir con esa certeza y no podrá hacer nada al respecto. Pues bien, deseo que pase por esa experiencia y estoy dispuesta a pagar por ello.

—¿Y qué opina usted? —preguntó Ashe—. Ha asistido al juicio. ¿Cree que soy culpable?

—No lo sé ni me importa.

Ashe se echó hacia atrás y me pareció que exhalaba un suspiro de alivio.

—Piensa que estoy libre gracias a ella, ¿verdad? ¿Usted también lo cree?

Ahora debía correr el riesgo de alabarlo.

—No. Usted consiguió la libertad gracias a su

testimonio. Si ella no lo hubiera hecho subir al estrado, ahora estaría en prisión.

—Ella quería impedir que hablara en el juicio, pero yo le dije que de eso nada.

—Hizo bien, pero ella se llevará los laureles. Es su victoria, su triunfo.

Se produjo un silencio exento de tensión. Luego Ashe inquirió:

—¿Qué espera que haga exactamente?

—Que se acueste con su hija, la seduzca y por último se case con ella.

—¿Y qué quiere que haga con ella después de la boda?

Sólo cuando formuló esa pregunta comprendí con quién estaba tratando. Sus palabras no encerraban ironía o sarcasmo. Habría hablado de un animal o un mueble en los mismos términos. Si hubiera podido echarme atrás, lo habría hecho entonces.

—Haga lo que quiera —respondí—. Llévela al Caribe o a un crucero, váyase al Extremo Oriente y abandónela allí, cómprese una casa y siente la cabeza. Podrá divorciarse cuando le apetezca; después de cinco años sin el consentimiento de la muchacha. Es probable que su madre intente comprarlo para que se largue. Acepte, si lo desea. Después de que le haya pagado, no volveré a ponerme en contacto con usted.

A estas alturas ya me había percatado de que Ashe era más perspicaz y listo de lo que sospechaba. Eso lo convertía en un hombre más peligroso, pero también, paradójicamente, más fácil de tratar. Me había calado, sabía que no era una vieja loca y que la oferta no era un engaño; que el dinero estaba a su disposición. Cuando lo comprendió, acabó de decidirse.

Así fue como cerramos el trato; dos personas sin escrúpulos en una cocina hedionda, en torno a una mesa manchada, regateando la compra de un cuerpo y un alma, aunque entonces yo no creía que Octavia tuviera alma ni que en aquella estancia hubiera nada, salvo nosotros dos, o que existiera algún poder capaz de alterar lo que decíamos, hacíamos o planeábamos. Discutimos las condiciones de forma amigable, pero sabía que debía dejar que Ashe ganara, ya que jamás permitiría que lo humillaran ni admitiría una derrota, por pequeña que fuera; por otra parte, me despreciaría si me daba por vencida con excesiva facilidad. Al final acepté entregarle mil libras adicionales en el primer pago y dos mil en el segundo.

—Necesito algo para empezar —explicó—. Podría conseguir pasta, como siempre lo hago, pero de momento no tengo nada. La tendré cuando quiera, pero me llevará algún tiempo.

Volví a advertir en su voz una jactancia infantil, una peligrosa mezcla de desprecio e inseguridad.

—Claro —concedí—, la necesitará para invitarla a salir, para ganarse su atención. Está acostumbrada al dinero, porque siempre lo ha tenido. He traído dos mil libras en efectivo. Si las coge ahora, las descontaré del primer pago.

—No. Esto es un extra.

—De acuerdo —acepté.

No temí que me robara el dinero y me matara. ¿Por qué había Ashe de actuar así? Tenía ocasión de conseguir mucho más que dos mil libras. Abrí el bolso y saqué la suma acordada, en billetes de veinte libras.

—Habría sido más sencillo traer billetes de cincuenta —expliqué—, pero en los últimos tiempos ha habido muchas falsificaciones y podría resultar sospechoso. Los de veinte son más seguros.

No los conté; me limité a tenderle los cuatro fajos de quinientas libras sujetos con gomas. Ashe tampoco los contó. Los dejó sobre la mesa e inquirió:

—¿Cómo le informaré de mis progresos? ¿Dónde nos encontraremos para que me entregue las primeras once mil libras?

Yo me preguntaba lo mismo desde el primer día del juicio. Pensé en la iglesia situada al final de Sedgemoor Crescent, St. James, que permanece abierta la mayor parte del día. Al principio supuse que sería un buen lugar de encuentro, pero luego lo deseché por dos motivos. Un joven que entrara solo en el templo, y en particular Ashe, podría llamar la atención de cualquier persona que estuviera vigilando. Por otra parte, a pesar de haber perdido la fe, me resistía a utilizar un lugar sagrado con esos fines. Me planteé la posibilidad de citarnos en un lugar público, por ejemplo, junto a una estatua de Hyde Park, pero dudaba de que a Ashe le gustara la idea y no quería arriesgarme a que no se presentara. Sabía que tendría que darle mi número de teléfono. Lo consideré un riesgo pequeño. Al fin y al cabo, no le serviría para averiguar mi dirección, y siempre podía cambiarlo si lo juzgaba oportuno. Por tanto, lo anoté en un papel y se lo entregué. Le pedí que llamara a las ocho de la mañana siempre que fuera necesario, pero, para empezar, en días alternos.

—Necesito saber algo sobre la chica para encontrarla.

Le facilité la dirección de Pelham Place.

—Vive en la casa de su madre, aunque en un apartamento independiente en el sótano. Tienen un ama de llaves, pero no le creará problemas. Por lo que sé, Octavia no trabaja, de modo que estará aburrida. Cuando establezcan una relación, necesitaré verlos. ¿Dónde la llevará? ¿Tiene algún pub favorito?

—Nunca voy a pubs. La telefonearé para avisarla cuando vayamos a salir de la casa, probablemente en mi moto. Podrá vernos entonces.

—Debo ser muy discreta. No puedo rondar por allí. Octavia me conoce porque de vez en cuando trabajo en su casa. ¿Cuánto tiempo cree que tardará en seducirla?

—El tiempo que haga falta. Le avisaré en cuanto tenga alguna novedad. Quizá necesite más dinero para ir tirando.

—Ya le he entregado las primeras dos mil libras. Si lo prefiere, cobrará el resto del primer pago a plazos y el segundo en cuanto se hayan casado.

Me miró con los ojos entornados y preguntó:

—¿Y si me caso y usted se niega a pagar?

—Ni usted ni yo somos tontos, señor Ashe. Estimo demasiado mi seguridad personal para arriesgarme a hacer algo así.

Dichas estas palabras me marché. Recuerdo su silueta oscura contra el fondo iluminado del umbral mientras me miraba partir. Anduve hasta Shepherd's Bush sin importarme la distancia ni el cansancio, ajena a las luces y el ruido de los coches que circulaban a mi lado. Sólo era consciente de una embriagadora exaltación, como si volviera a ser joven y estuviera enamorada.

Tal como esperaba, Ashe no perdió el tiempo. Según lo acordado, me telefoneó dos días después, a las ocho de la mañana, para anunciarme que había establecido contacto. No me contó cómo lo había conseguido, ni yo lo interrogué sobre el particular. Más tarde me llamó para explicarme que Octavia y él acudirían al Tribunal Central de lo Criminal el 8 de octubre, día en que Venetia Aldridge tenía un juicio, y que una vez concluida la sesión le comunicarían su compromiso. Si quería comprobarlo, no tenía más que pasar por los tribunales. Sin embargo, yo sabía que eso resultaría demasiado arriesgado. Además, ya tenía la prueba que necesitaba. El día anterior Ashe me había informado de que a las diez de la mañana saldrían juntos de Pelham Place en su moto. Fui allí y los vi. Además telefoneé a la señora Buckley, con la excusa de charlar, y le pregunté por Octavia. El ama de llaves no me contó gran cosa, pero lo que me dijo me bastó. Ashe se había introducido en la vida de Octavia.

Por fin llego al punto de la carta que más interesará a la policía: la muerte de Venetia Aldridge.

La noche del 9 de octubre llegué a las cámaras a la hora habitual. Estaba sola por casualidad, ya que la señora Watson faltó debido a que su hijo había sufrido un accidente. Si ella hubiera estado conmigo, al menos una cosa habría sido diferente. Me ocupé de la limpieza, aunque con menor meticulosidad que cuando estábamos las dos. Después de acabar con las oficinas de la planta baja, subí a la primera. La puerta exterior del despacho de la señora Aldridge estaba cerrada, pero no con llave. La interior se hallaba entornada, con la llave puesta en la cerradura de dentro. La sala estaba a oscuras, como todas a la hora a que yo acudía a las cámaras. Encendí la luz.

Al principio creí que se había quedado dormida en la silla.

—Lo lamento —me disculpé, y retrocedí pensando que la había molestado.

Al ver que no decía nada, comprendí que algo extraño sucedía y me acerqué. Estaba muerta, lo supe de inmediato. Le rocé la mejilla con un dedo, y noté que todavía estaba caliente. Sus ojos, abiertos como platos, estaban opacos como piedras secas. Le busqué el pulso en vano. No necesitaba más confirmación. Sé distinguir a los vivos de los muertos.

En ningún momento se me ocurrió que su muerte no fuera natural. ¿Por qué iba a pensarlo? No había sangre, armas, señales de violencia, ni la más mínima alteración en el despacho o en sus ropas. Estaba tranquilamente sentada en la silla, con la cabeza inclinada sobre el pecho, y parecía en paz. Supuse que había sufrido un infarto. Entonces caí en la cuenta de una cosa: me había privado de mi gran venganza. Después de tantos planes, gastos y esfuerzos, se me había escapado para siempre. Me consolaba pensar que al menos se había enterado de la presencia de Ashe en la vida de su hija, pero lo había sabido durante tan poco tiempo que la revancha se me antojaba insuficiente.

Fui a buscar la sangre y la peluca y preparé mi última manifestación de odio. Sabía que la peluca se guardaba en el armario del señor Naughton, quien nunca lo cerraba con llave. No me preocupé por las huellas digitales, pues todavía llevaba los guantes de goma que utilizo para limpiar. Creo que era consciente —seguro que lo era— de que esa acción crearía problemas a los miembros de las cámaras, pero eso no me inquietó. Deseaba que así fuera. Salí, cerré las dos puertas con llave, me puse el sombrero y el abrigo y me marché del edificio. Me llevé el llavero de Venetia Aldridge y cuando me dirigía a casa lo lancé al Támesis frente a la estación de Temple.

Sólo cuando la detective Miskin se presentó el día siguiente para acompañarme a las cámaras me enteré de que había sido un asesinato. Mi primer impulso fue protegerme, y hasta que regresé a casa esa mañana no empecé a pensar en la magnitud de lo que había hecho. Di por sentado que era obra de Ashe, pero cuando llamé a la señora Buckley descubrí que tenía una coartada. Entonces comprendí que mi farsa debía concluir. Al verter la sangre sobre la cabeza de Venetia Aldridge en cierto modo arrojé también todo mi odio. Ese pavoroso acto de profanación se convirtió en una liberación. Venetia se hallaba fuera de mi alcance para siempre. Por fin podía descansar, y al librarme de mi obsesión afronté la verdad. Había conspirado con el demonio para hacer el mal. Yo, que había sufrido el asesinato de una nieta, había puesto deliberadamente a otra criatura en manos de un criminal. Fue preciso que mataran a su madre para que cobrara conciencia del horrible pecado al que me había empujado mi obsesión. Fue entonces cuando decidí confesarme, padre. Era el primer paso. El segundo no sería más sencillo. Usted me indicó qué debía hacer, y lo haré, aunque a mi manera. Me aconsejó que acudiera de inmediato a la policía. En lugar de eso, cuando Ashe me telefonee el martes por la mañana, le pediré que traiga a Octavia esa misma tarde a las siete y media. Si se niega, iré a hablar con ella, por más que preferiría mantener esa conversación en mi apartamento, un lugar al que Octavia no tendrá que acudir más. De ese modo, su casa no quedará mancillada con el recuerdo de mi vileza. Luego me marcharé durante una semana. Sé que es una cobardía, pero necesito estar sola.

Le autorizo a enseñar esta carta a la policía. Me temo que ya sospechan que profané el cuerpo de Venetia Aldridge. Sin duda querrán interrogarme, pero podrán esperar una semana. Regresaré dentro de siete días, pero ahora debo alejarme de aquí para reflexionar sobre mi futuro.

Usted me hizo prometer que hablaría con la policía, y lo haré. Afirmó que Octavia debía conocer la verdad, y la conocerá, pero necesito revelársela yo misma. No quiero que la descubra por boca de un agente de policía, por más tacto que éste demuestre. Sé que me resultará difícil, y eso forma parte de mi castigo. Quizás Octavia esté tan enamorada de Ashe que no haya nada capaz de quebrantar su confianza en él. Es posible que no me crea y siga empeñada en casarse, pero en tal caso lo hará sabiendo quién es él y lo que hemos urdido juntos.

No había nada más, aparte de la firma.

Dalgliesh, que leía un poco más deprisa que Kate, aguardaba unos segundos hasta que ella le hacía una seña para que pasara la página.

La letra, recta y firme, era fácil de leer. Cuando terminaron, Dalgliesh dobló la carta y guardó silencio.

37

Kate rompió el silencio.

—Pedirle eso fue una locura. ¿De verdad creía que Ashe llevaría a Octavia a su apartamento?

—Quizás. Ignoramos de qué hablaron cuando él la llamó. Incluso cabe la posibilidad que él dijera que se alegraba de que Octavia se enterara de la verdad. Tal vez le comentara que convencería a Octavia de que, aunque todo había comenzado como un engaño, había acabado por enamorarse de ella. Recuerde que aún tenían cuentas pendientes.

—Janet Carpenter sabía que era un asesino.

—Sí; sabía que había asesinado a su tía, pero no a Venetia Aldridge. Es posible que, aunque se presentara solo, lo dejara pasar tranquilamente. Eso explicaría el alto volumen del televisor. Si se hubiera abalanzado sobre ella al entrar, no habría tenido tiempo de subirlo.

—Eso si lo subió él, de lo que no podemos estar seguros.

—No podemos estar seguros de nada, aparte de que Janet Carpenter está muerta y de que él la mató. Quizás en el fondo a Janet Carpenter le daba lo mismo que Ashe, en lugar de venir con Octavia, trajera consigo la muerte.

—Se presentó antes de la hora concertada —conjeturó Kate—, esperó detrás del armario, sabiendo cuándo regresaría. O tal vez llamara al timbre y la empujara cuando ella le abrió la puerta. ¿Es posible que Octavia estuviera con él? ¿Que lo planearan juntos?

—No lo creo. Él es el principal interesado en el matrimonio. Al fin y al cabo, la muchacha es una rica heredera. Aunque esté enamorada, debe de mantener el instinto de conservación. Dudo de que Ashe cometiera un asesinato en presencia de ella, y no olvide que fue una carnicería. En todo caso, cabe la posibilidad de que le pida una coartada y ella esté tan loca por él como para proporcionársela.

»Quiero que vigilen la casa de Pelham Place, pero con discreción. Telefonee a la señora Buckley para averiguar si los dos jóvenes están en casa. Dígale que acudiremos allí dentro de media hora, pero no dé más explicaciones.

—Es probable que Ashe matara también a la señora Aldridge. ¿No podemos destruir su coartada?

—No; el asesino de Venetia Aldridge es alguien de las cámaras, como siempre hemos sospechado.

—Si ese sacerdote nos hubiera contado todo cuanto sabía el domingo, Janet Carpenter seguiría viva.

—También seguiría viva si la hubiéramos visitado el lunes por la tarde. Debía haber comprendido que la muerte de su nieta era importante. Nosotros pudimos actuar de otra forma; el padre Presteign, no.

Dejó a Kate a cargo de las llamadas y entró en la iglesia. Al principio pensó que no quedaba nadie. Los fieles se habían marchado y la gigantesca puerta estaba cerrada. Al salir del calor y la luz de la sacristía, el aire impregnado de incienso le resultó frío. Las columnas de mármol se elevaban hacia un oscuro vacío. Dalgliesh pensó que era curioso cómo los sitios construidos para albergar mucha gente, como los teatros y los templos, cuando se hallaban vacíos adquirían un aspecto misterioso y expectante, al tiempo que evocaban el patetismo de años irrecuperables, de voces calladas para siempre y pasos detenidos mucho tiempo atrás. Vio que a su derecha alguien había encendido dos velas ante la estatua de la Virgen y se preguntó qué esperanza o desesperación habían depositado en esas llamas. La figura, a

470

pesar del azul prístino de la túnica, de los rizos dorados y de la mano regordeta del niño, tendida para dar la bendición, era menos sentimental que la mayoría. El rostro serio representaba a la perfección el ideal occidental de la femineidad intangible. Pensó que aquella desconocida joven del Oriente Próximo sin duda no había tenido ese aspecto.

Una silueta se movió entre las sombras y salió de la capilla de la Virgen, momento en que Dalgliesh reconoció al padre Presteign.

—Si la hubiera convencido de que acudiera a la policía de inmediato, cuando salió de la iglesia, todavía estaría viva —afirmó el sacerdote.

—Si yo la hubiera interrogado en cuanto me enteré del asesinato de su nieta, seguiría viva —replicó Dalgliesh.

—Es posible, pero entonces usted ignoraba que Ashe estaba implicado. Tomó una decisión razonable, mientras que yo cometí un error de juicio. Es curioso, pero las consecuencias de una apreciación equivocada pueden ser más destructivas que un pecado mortal.

—Usted es un experto en estos asuntos, padre Presteign, pero si un error de juicio es equiparable a un pecado, todos estamos en peligro. Debo conservar la carta por el momento. Gracias por entregármela. Le aseguro que la leerá el menor número de personas posible.

—Gracias. Así lo hubiera deseado ella —aseguró el sacerdote mientras se dirigían a la sacristía.

Dalgliesh esperaba que el padre Presteign le dijera que rezaría por ellos, pero no lo hizo. Por supuesto que rezaría por ellos; era su trabajo.

Antes de que llegaran a la puerta de la sacristía, Kate entró corriendo. Sus miradas se encontraron.

—No está allí —anunció procurando mantener la voz serena—. Se marchó anoche en su moto sin decir adónde iba. Octavia lo acompañaba.

En Pelham Place, la señora Buckley los recibió con alivio, como si fueran unos amigos a quienes esperaba desde hacía tiempo.

—Me alegro tanto de verlo, comandante. Esperaba que encontrara un momento para visitarme, pues Octavia no me cuenta nada y ha sido una semana horrible.

—¿Cuándo se marcharon, señora Buckley?

—Ayer por la noche, alrededor de las diez. Fue una decisión muy intempestiva. Ashe afirmó que necesitaban estar solos por un tiempo y escapar de la prensa. Lo entiendo, porque los últimos dos días han sido horrorosos. No abríamos la puerta, y aunque ese agente que nos enviaron se mostró muy amable teníamos la impresión de estar sitiados. Por suerte, la señora Aldridge tenía cuenta en Harrods, de modo que yo encargaba la comida por teléfono para no salir a comprar. Aunque Ashe y Octavia no parecían muy preocupados, de pronto decidieron que tenían que escapar.

Habían bajado del vestíbulo al apartamento del sótano. La señora Buckley accionó el picaporte, pero la puerta no se abrió.

—La han cerrado por dentro —observó—. Tendremos que entrar por el jardín. Tengo una copia de la llave. La señora Aldridge insistió en que me la quedara por si había una inundación o un incendio. No tardaré.

Esperaron en silencio. Kate procuró dominar su impaciencia. Cada hora que pasaba, Ashe y Octavia se alejaban; tal vez dejarían la moto, lo que dificultaría la investigación. Sin embargo, sabía que Dalgliesh tenía razones para no apremiar a la señora Buckley. La mujer disponía de información que ellos necesitaban, y muchas pesquisas se frustraban porque la policía se adelantaba a los hechos.

El ama de llaves regresó enseguida. Los tres salieron al jardín y bajaron la escalera que conducía al sótano. La mujer abrió la puerta y los hizo pasar a un pequeño vestíbulo. Estaba oscuro, y cuando la señora Buckley encendió la luz Kate vio con sorpresa que la mitad de una pared estaba cubierta con un colage de fotografías de libros y revistas. Predominaban los tonos marrón y dorado, y el resultado, aunque en un principio pareció desconcertante, no era desagradable.

La señora Buckley los acompañó al salón, situado a la derecha del vestíbulo.

A Kate le asombró el orden de la estancia, que por lo demás, como ya esperaba, tenía el aspecto típico de los sótanos que los miembros de las clases altas convertían en apartamento para sus hijos adolescentes; muebles prácticos, no demasiado caros, paredes desnudas para que el ocupante las decorara a su gusto. Octavia había colgado una colección de carteles. El diván situado contra la pared izquierda sin duda hacía las veces de cama adicional.

Al ver que la detective lo observaba, la señora Buckley comentó:

—Ashe solía dormir aquí. Lo sé porque ahora también limpio el apartamento. Supuse que se acostaba con Octavia. Los jóvenes de hoy día lo hacen, aunque no estén prometidos. —Tras una pausa añadió—: Lo siento. Eso no me incumbe.

Kate pensó: «Ashe es muy listo. Ha optado por desconcertar a Octavia, por hacerle esperar para demostrarle que es diferente.»

La mesa estaba cubierta de periódicos, y era evidente que habían preparado el colage allí, pues había además un bote grande de cola y una pila de revistas, algunas ya recortadas, otras todavía intactas. Algunas ilustraciones pertenecían a libros, y Kate se preguntó si habrían salido de las estanterías de la biblioteca de la señora Aldridge.

—¿Qué sucedió el martes por la noche? ¿Se marcharon de improviso? —preguntó Dalgliesh.

—Sí, fue muy extraño. Estaban aquí abajo recortando fotografías para pegarlas en la pared y Ashe subió a la cocina y me pidió otras tijeras. Eso ocurrió alrededor de las nueve. Le di las que estaban en el cajón, y volvió a subir unos minutos después, muy enfadado. Se quejó de que no podía usarlas. Entonces reparé en que le había entregado las que se dejó la señora Carpenter cuando me sustituyó durante mis vacaciones. Tenía intención de dárselas a la señora Aldridge para que se las llevara a las cámaras. Ya saben, es complicado enviar unas tijeras por correo. Sin embargo, como la veía tan ocupada, nunca me atreví a pedírselo. Me temo que había olvidado que las teníamos. Es lógico que el chico no pudiera utilizarlas, porque eran especiales. La señora Carpenter era zurda.

—¿Cómo reaccionó Ashe cuando se lo explicó? —preguntó Dalgliesh con calma.

—Fue increíble. De pronto palideció, quedó paralizado un momento y soltó un gemido, como si le doliera algo. Cogió las tijeras e intentó romperlas. No pudo, porque son muy fuertes, de manera que las cerró y las clavó en la mesa. Cuando subamos, le enseñaré la marca; es muy profunda. Su comportamiento me asustó; en realidad siempre le he tenido miedo.

—¿Por qué, señora Buckley? ¿Se mostraba agresivo? ¿La amenazaba?

—No; era muy cortés. Frío, pero no amenazador. Sin embargo, siempre estaba observándome, como si calculara, como si me odiara, y Octavia hacía lo mismo. Por supuesto, él influía en la muchacha. No es agradable vivir en una casa donde una se siente odiada. Esa jovencita necesita ayuda y afecto, pero yo no puedo dárselos. Es imposible ofrecer amor cuando te detestan. Me alegro de que se marcharan.

—¿No sabe adónde se dirigían? ¿Nunca hablaron de tomarse unas vacaciones? ¿No mencionaron adónde iban?

—No. Ashe afirmó que estarían fuera unos días. No me dejaron ninguna dirección. Ignoro si habían decidido adónde iban. Antes nunca habían hablado de tomarse vacaciones, aunque lo cierto es que no me explicaban gran cosa. La única que me dirigía la palabra era Octavia, y siempre para darme órdenes.

—¿Los vio salir?

—Los observé desde la ventana del salón. Salieron alrededor de las diez. Después bajé aquí para ver si habían dejado una nota, pero no encontré nada. Supongo que irían de acampada, porque cogieron casi todas las latas del armario de la cocina. Vi que Octavia llevaba la mochila que su madre le compró hace unos años para un campamento escolar, además del saco de dormir.

Subieron a la cocina. Una vez allí, Dalgliesh pidió a la señora Buckley que se sentara y con mucho tacto le comunicó la noticia del asesinato de Janet Carpenter. El ama de llaves quedó paralizada y al cabo de unos segundos exclamó:

—Oh, no. Otra vez no. ¿Qué está pasando con el mundo? Era una mujer tan simpática, amable, sensata, normal. ¿Quién iba a querer matarla? Y en su propio apartamento, de modo que no fue un asalto.

—No; no fue un asalto, señora Buckley. Sospechamos de Ashe.

La señora Buckley bajó la cabeza y susurró:

—Y Octavia está con él.

Levantó la cabeza y miró a Dalgliesh a los ojos. «No piensa sólo en sí misma», reflexionó Kate, y su respeto hacia la mujer creció.

—¿Estaba Ashe aquí a primera hora de la noche del lunes? —preguntó Dalgliesh.

—No lo sé. Por la tarde, los dos se marcharon en la moto, como hacían a menudo. Como ya le he comentado, a las nueve estaban trabajando en el colage, pero ignoro a qué hora regresaron al apartamento del sótano. Creo que Octavia debía de estar, porque me pareció oler a espaguetis con salsa de tomate. Sin embargo no los oí.

Claro que no oigo si alguien entra en el apartamento, pero sí el ruido de la moto.

Dalgliesh le explicó que la casa seguiría vigilada y que enviaría a una mujer policía para que pasara la noche con ella. Por primera vez la señora Buckley cobró conciencia del peligro.

—No se preocupe —la tranquilizó Dalgliesh—; usted es su coartada para el asesinato de la señora Aldridge. La necesita viva, pero prefiero que no se quede sola.

Cuando salieron de la vivienda, Kate preguntó:

—¿Dictará orden de busca y captura, señor?

—No hay más remedio, Kate. Ya ha matado una vez, quizá dos, y parece asustado, lo que lo hace aún más peligroso. Además, tiene a la chica, aunque creo que por el momento no corre ningún riesgo. Continúa siendo su mejor coartada para el lunes por la tarde, y no dejará escapar la oportunidad de casarse y apoderarse de su dinero. No mencionaremos el nombre de Octavia. Explicaremos que queremos a Ashe para interrogarlo y que es probable que lo acompañe una joven. Con todo, si Ashe llegara a pensar que está mejor solo, ¿cree que vacilaría en matarla? Hemos de ponernos en contacto con la policía de Suffolk y los servicios sociales, averiguar la dirección de todas las familias de acogida con las que vivió y de todos los orfanatos en los que estuvo. Si está huyendo, lo más probable es que se dirija a un sitio que conoce. Necesitamos encontrar al asistente social que pasó más tiempo con él. Su nombre aparece en uno de los cuadernos azules de Venetia Aldridge. Debemos encontrar a Michael Cole. Ashe lo llamaba Coley.

LIBRO CUARTO

EL CAÑAVERAL

38

Ashe no habló ni se detuvo hasta que llegaron a la casa de Westway. A Octavia le sorprendió que fueran allí. Bajaron de la moto y él empujó la Kawasaki por el jardín trasero, la dejó apoyada sobre el caballete y abrió la puerta de la cocina.

—Espera aquí —ordenó—. No tardaré.

Octavia no tenía intención de seguirlo. No habían vuelto allí desde la ocasión en que él le había enseñado la foto. El olor de la cocina, más penetrante de lo que recordaba, era como una enfermedad contagiosa, y más allá la oscuridad presagiaba un horror que la asombró por su inminencia y su poder. Sólo una delgada pared la separaba del diván que había visto y que ahora, en su imaginación, no estaba decentemente cubierto, no era vulgar ni inocente, sino que aparecía empapado en sangre; le pareció oírla gotear. Después de unos segundos de terror advirtió que salía un hilo de agua del grifo y lo cerró con manos trémulas. La imagen del cuerpo pálido y herido, con la boca y los ojos abiertos, esa imagen que había conseguido borrar de su mente o recordar con un fugaz escalofrío de espanto autoinducido, de pronto adquirió más visos de realidad que cuando la había visto. La fotografía en blanco y negro surgió de nuevo ante sus ojos, esta vez con los espantosos tonos de la sangre roja y la pálida carne en estado de descomposición. Deseaba salir de esa casa y no regresar jamás. Una vez estuviera en la carretera viajando a toda velocidad en el aire puro de la noche, todas las imágenes siniestras se desvanecerían. ¿Por qué no regresaba Ashe? Se preguntó qué haría en la planta alta. Pero la espera fue breve. Oyó sus pasos y segundos después el chico se reunió con ella.

Llevaba una mochila grande de lona colgada al hombro y en la mano derecha sostenía en alto una peluca rubia como si fuera un trofeo. La sacudió con suavidad, los rizos temblaron a la luz de la bombilla sin pantalla, y por un instante pareció cobrar vida.

—Póntela. No quiero que nos reconozcan. —La repulsión de la joven fue inmediata e instintiva, pero antes de que protestara el muchacho agregó:

»Es nueva. No la usó nunca. Compruébalo.

—Seguro que se la puso alguna vez, que al menos se la probó cuando la compró.

—No la compró ella. Se la regalé yo. Te repito que nunca la utilizó.

Octavia la cogió con una mezcla de curiosidad y repugnancia y examinó el interior. El forro de malla fina estaba impecable. Se disponía a afirmar «no quiero usar nada que le perteneciera» cuando miró a Ashe a los ojos y comprendió que él era más fuerte. Se había quitado el casco y lo había dejado en la mesa de la cocina. Con un movimiento rápido, como si la presteza pudiera ayudarle a superar el asco, Octavia se colocó la peluca e introdujo debajo los mechones de cabello oscuro.

—Mírate —indicó él cogiéndola con firmeza por los hombros y volviéndola hacia unos azulejos de espejo pegados sobre la puerta de un armario.

La joven que la miraba desde el espejo era una desconocida, aunque de habérsela encontrado en la calle Octavia se habría vuelto para observarla con la sensación de reconocerla. Costaba creer que aquel artificio de rizos rubios consiguiera anular una personalidad. De pronto la asaltó un temor fugaz, como si algo ya de por sí endeble y nebuloso acabara de desvanecerse por completo. Por encima de su hombro vio el reflejo de Ashe, que sonreía con expresión crítica, especulativa, como si la metamorfosis fuera una ingeniosa creación suya.

—¿Qué te parece? —preguntó.

Octavia se tocó el pelo artificial, más grueso y áspero que el suyo.

—Nunca me había puesto una peluca. Es una sensación rara. Tendré calor cuando me ponga el casco.

—No con este tiempo. Vamos, hemos de recorrer un largo trecho antes de medianoche.

—¿Regresaremos aquí? —inquirió Octavia procurando disimular su repulsión.

—No. No regresaremos nunca. No volveremos a poner los pies en este sitio.

—¿Adónde vamos?

—A un sitio que conozco, un escondite secreto donde estaremos solos. Ya lo verás cuando lleguemos. Te gustará.

Octavia no formuló más preguntas, y no hablaron más. Ashe salió de Londres en dirección oeste y enfiló la M25. La joven ignoraba adónde iban, aunque tuvo la impresión de que se dirigían hacia el nordeste. Una vez que se hubieron alejado de Londres, Ashe se internó por las carreteras secundarias. Para Octavia fue un viaje sin cavilaciones, sin ansiedad, un viaje fuera del tiempo en el que no era consciente de nada más que de la emoción y el poder de la velocidad, el viento fresco que le quitaba de los hombros el peso de su propia nada. Sentada en la parte posterior del sillín, con las manos enguantadas sobre la cintura de su compañero, olvidó todo salvo la sensación del momento; el aire de la noche, el sonido palpitante de la moto, la oscuridad de las carreteras rurales en las que los setos parecían cerrarse sobre ellos, los árboles sacudidos por el viento que tan pronto como aparecían se desvanecían en un negro limbo, las interminables rayas blancas que se esfumaban bajo las ruedas.

Por fin llegaron a las afueras de un pueblo. Los setos y los campos dieron paso a hileras de casitas, pubs, pequeños comercios —cerrados, pero con los escaparates iluminados—, alguna que otra residencia más grande rodeada de rejas. Ashe tomó una calle lateral y detuvo la moto. Allí no había viviendas. Se hallaban ante un parque infantil, con columpios y un tobogán. Enfrente se alzaba un edificio comercial, quizás una pequeña fábrica. En el muro desnudo, sin ventanas, había escrito un nombre que a Octavia no le decía nada. Ashe se apeó de la moto y se quitó el casco, y ella lo imitó.

—¿Dónde estamos? —preguntó la joven.

—En las afueras de Ipswich. Pasarás la noche en un hotel que conozco. Está a la vuelta de la esquina. Te recogeré por la mañana.

—¿Por qué no seguimos juntos?

—Porque corremos el riesgo de que nos reconozcan. Quiero que estemos solos. Nos buscarán a los dos juntos.

—¿Por qué iban a buscarnos?

—Tal vez me equivoque, pero no pienso arriesgarme. ¿Tienes dinero?

—Claro. Me dijiste que trajera una cantidad en efectivo. También tengo mis tarjetas de crédito.

—El hotel está a la vuelta de la esquina, a unos cincuenta metros. Te lo enseñaré. Entra y pide una habitación individual sólo para esta noche. Diles que pagarás ahora porque has de salir temprano para tomar el primer tren hacia Londres, y paga en efectivo. Inscríbete con un nombre y una dirección falsos. ¿De acuerdo?

—Es muy tarde. ¿Y si no hay ninguna habitación libre?

—La habrá, pero por si acaso te esperaré aquí durante diez minutos. Si vuelves, te llevaré a otro sitio. En cuanto te hayan tomado los datos, ve a tu habitación. No cenes en el comedor ni en la cafetería. De todos modos estarán cerrados. Pide que te suban unos bocadillos. Nos encontraremos aquí mañana a las siete. Si no he llegado, paséate hasta que aparezca. No quiero que nadie me vea esperando.

—¿Adónde irás?

—Conozco varios lugares, aunque no me importaría dormir al aire libre. No te preocupes por mí.

—No quiero que nos separemos. No entiendo por qué no podemos seguir juntos.

Octavia advirtió que hablaba con voz suplicante y que, aunque a Ashe no le gustaba, éste se esforzaba por no perder la paciencia.

—Estaremos juntos —le aseguró—, y nadie nos molestará. Nadie en el mundo conocerá nuestro paradero. Necesito estar a solas contigo unos días. Debemos hablar de algunas cosas. —Se interrumpió un momento y acto seguido, con una mezcla de rudeza y vehemencia, como si alguien le forzara a hablar, añadió—: Te quiero y vamos a casarnos. Quiero hacerte el amor, pero no en la casa de mi tía ni en la de tu madre. Necesitamos estar solos.

Conque se trataba de eso. Octavia experimentó una súbita sensación de calma y felicidad. Se acercó a él, le rodeó la cintura con los brazos y alzó la cabeza. Ashe no se inclinó para besarla, pero la estrechó con fuerza en algo que más que un abrazo parecía una violenta forma de contenerla. Octavia aspiró el olor de su cuerpo, de su aliento, más intensos aún que el de la cazadora de cuero.

—De acuerdo, cariño. Hasta mañana.

Era la primera vez que la llamaba «cariño». La palabra sonó extraña en sus labios y la joven se sintió por un momento desconcertada, como si él se hubiera dirigido a otra persona.

Mientras caminaban hacia la esquina, le tendió la mano. Ya no le importaba nada. Se sentía amada, permanecerían siempre juntos, todo saldría bien.

39

Ashe había sacado algunos objetos de la mochila de Octavia para que abultara menos y le había indicado que la llevara consigo, pues el personal del hotel sospecharía de un huésped sin equipaje, aun cuando pagara por adelantado.

—Supón que se niegan a alojarme.

—Imposible. Se tranquilizarán en cuanto abras la boca. ¿Nunca te has oído hablar?

La muchacha percibió de nuevo ese leve dejo de resentimiento, como un alfilerazo, tan sutil y fugaz que resultaba fácil fingir que era imaginario.

No había nadie detrás del mostrador cuando Octavia entró en el pequeño vestíbulo, con una miserable chimenea ocupada por un jarrón grande con flores secas. Encima de la repisa había un cuadro al óleo que representaba una batalla naval del siglo XVIII, tan ennegrecido que apenas si se distinguían los barcos y las pequeñas columnas de humo de los cañones. Los demás cuadros eran ilustraciones repulsivamente sentimentales de niños y perros. Sobre una larga estantería que cubría las dos paredes se exponía una colección de platos que semejaban reliquias salvadas de juegos de vajilla rota.

Mientras Octavia se preguntaba si debía utilizar la campanilla, una joven apenas algo mayor que ella apareció por una puerta con el rótulo de «Bar» y empujó la trampilla del mostrador. Octavia repitió las palabras que Ashe le había indicado:

—¿Tienen una habitación individual para una noche? En tal caso, preferiría pagar ahora. Debo levantarme temprano para tomar el primer tren hacia Londres.

Sin despegar los labios, la recepcionista se volvió hacia un armario abierto y cogió una llave.

—La número 4, primer piso al fondo.

—¿Tiene cuarto de baño?

—Dentro no. Sólo hay tres habitaciones con baño y están ocupadas. Si quiere pagar ahora, son cuarenta y cinco libras, pero habrá alguien en recepción a partir de las seis.

—¿Las cuarenta y cinco libras incluyen el desayuno? —preguntó Octavia.

—Desayuno continental. El inglés es aparte.

—¿Puedo tomar unos emparedados ahora en mi habitación? No creo que desayune.

—¿De qué los quiere? Hay de jamón, queso, atún o ternera.

—De jamón, por favor, y un vaso de leche semidesnatada.

—La leche es desnatada o normal.

—Entonces normal. Pagaré la habitación y la comida ahora.

Fue así de sencillo. La joven demostró tan poco interés por la transacción como por Octavia. Le entregó la llave, el recibo de la caja registradora, levantó la trampilla, la dejó caer y entró en el bar dejando la puerta abierta. Octavia oyó voces masculinas. El bar debía de estar cerrado, y dedujo que dentro jugaban al billar, pues se oía el ruido de las bolas al chocar.

La habitación era pequeña, pero estaba limpia. Tocó el colchón y le pareció cómodo. La lámpara de la mesilla de noche funcionaba, el armario se mantenía en pie y tenía una puerta que cerraba bien. El baño, situado al final del pasillo, no era lujoso, pero estaba en condiciones. Cuando abrió el grifo, después de unos pocos chorros entrecortados y poco prometedores, el agua salió caliente.

Diez minutos después regresó a su dormitorio y encontró un plato con emparedados y un vaso de leche en la mesita, todo cubierto con servilletas de papel. Los bocadillos, además de ser muy baratos, estaban recién hechos y generosamente rellenos. Le sorprendió tener tanto apetito y por un momento sintió la tentación de bajar para pedir un segundo plato, hasta que recordó las instrucciones de Ashe: «Compórtate de forma natural. Quieres una habitación y ése es su negocio. Eres mayor de edad y tienes dinero para pagar. No te harán preguntas; en los hoteles nunca te interrogan, al menos no en los de esta clase. No actúes de manera sospechosa ni te dejes ver demasiado. No bajes al bar ni al restaurante.»

Llevaba consigo un pijama, pero no una bata. Ashe le había ordenado que dejara espacio para las latas de comida y las botellas de agua. Habían vaciado los armarios de su apartamento y de la cocina de su madre, además de detenerse en un supermercado en el camino. De repente sintió frío. Había una estufa de gas con un contador que sólo admitía monedas de una libra, y Octavia no tenía dinero suelto. Se introdujo entre las sábanas con cierto recelo, como la primera noche en el internado, cuando había temido que con el simple hecho de deshacer la cama podía merecer la desaprobación de un ser omnisciente, aunque misterioso, que a partir de entonces dominaría su vida.

A pesar de encontrarse en la parte trasera del edificio, la habitación no era silenciosa. Octavia permaneció inmóvil entre las sábanas, que olían a detergente, e identificó los sonidos lejanos: las voces, unas veces suaves, otras estridentes, de los últimos parroquianos, el motor de los coches, las portezuelas que se cerraban, el distante ladrido de un perro, el tráfico en la carretera. Poco a poco entró en calor y se relajó, pero estaba demasiado alterada para dormir. Le embargaba una mezcla de exaltación y ansiedad, así como la extraña y turbadora sensación de que había salido del mundo familiar para aventurarse en un espacio atemporal donde no existía nada reconocible, nada real, aparte de Ashe, que ahora no estaba con ella. «Nadie sabe dónde estoy —pensó—, ni siquiera lo sé yo.» Imaginó que al día siguiente salía del hotel a la tenue luz de la mañana de octubre para descubrir que Ashe no se encontraba donde habían acordado, tampoco la moto, y que ella lo esperaba, pero él no acudía a la cita.

Esa idea le produjo una punzada de dolor en el estómago y, pasado el espasmo, sintió frío y náuseas. Sin embargo aún le quedaba un ápice de sentido común y se aferró a él. Se convenció de que no sería el fin del mundo. Tenía dinero, no corría peligro y podía regresar a casa en tren. Con todo, perder a Ashe representaría el fin de su mundo, porque ya no se sentía segura sin él, y su casa nunca sería la misma sin Ashe. No debía pensar en eso, pues sin duda él estaría allí, esperándola, porque la amaba; los dos se amaban. La llevaría a un sitio íntimo, especial, un lugar que sólo él conocía y donde estarían solos, lejos de las miradas preocupadas y acusadoras de la señora Buckley, lejos del apartamento del sótano que nunca había sentido suyo, que le habían entregado como una limosna; lejos de la muerte, el asesinato, la investigación policial, las falsas condolencias y sus abrumadores remordimientos, porque tenía la sensación de que todo, incluso la muerte de su madre, era culpa suya.

Por supuesto, tarde o temprano tendrían que regresar a Londres. No podían estar fuera eternamente, pero cuando volvieran todo sería distinto. Ella y Ashe habrían hecho el amor, se pertenecerían el uno al otro, se casarían y romperían con el pasado en busca de una vida y un hogar propios. Nunca más se sentiría sola.

Se alegraba de que no hubieran hecho el amor en Londres, de que él hubiera preferido aguardar. No recordaba cuándo su interés por él, por su misterio, sus silencios y su fuerza, se había convertido en fascinación, pero recordaba el momento exacto en que la fascinación se había transformado en deseo. El cambio se había producido cuando la fotografía a medio revelar, cuyas figuras flotaban en el líquido como si cobraran vida, se había definido de pronto y habían contemplado juntos los contornos del horror.

Sabía que Ashe había tomado la foto antes de llamar a la policía porque ya entonces era consciente de que algún día tendría que enfrentarse de nuevo a ese horror con el fin de exorcizarlo y borrarlo para siempre de su memoria. La había escogido para compartir ese momento con el propósito de que su peor pesadilla fuera también una pesadilla para ella. No existía ningún secreto entre los dos. Después de aquella certeza, le había costado reprimir el impulso de tocarlo; le había acuciado la imperiosa necesidad de acariciarle el rostro, de alzar el suyo para recibir un beso que, cuando por fin llegó, había sido formal y breve. Lo quería y necesitaba saber que su amor era correspondido. Ashe la amaba. Se aferró a esa idea como si pudiera liberarla de todos los años de rechazo para conducirla a una vida en común. Bajo las mantas, apretó con fuerza el anillo contra el dedo como si fuera un talismán.

Comenzaba a sentirse mejor, los ruidos se acallaban, y se deslizó lentamente hacia el territorio del sueño. Cuando por fin se durmió, no soñó nada.

40

Se despertó temprano, mucho antes de que amaneciera, y permaneció inmóvil en el lecho, consultando el reloj cada diez minutos a la espera de que fueran las seis, una hora razonable para levantarse y prepararse una taza de té. En la habitación había una bandeja con dos tazas grandes, bolsitas de té, café, azúcar y un par de galletas, además de un hervidor eléctrico, pero ninguna tetera. No tenía más remedio que preparar el té directamente en la taza. Las galletitas, envueltas en plástico, sabían a rancio. Sin embargo, se obligó a comerlas porque ignoraba cuándo desayunarían. Ashe le había ordenado: «No llames la atención bajando a desayunar. De todos modos, será demasiado temprano. Nos detendremos en el camino para tomar algo.»

Octavia comprendía la necesidad de alejarse de Londres, de las caras preocupadas y los ojos inquisitivos, de la manifiesta hostilidad de la señora Buckley. En cambio no acertaba a entender por qué Ashe no quería que los vieran juntos, por qué temía que los reconocieran en aquel hotelucho. Había colocado la peluca rubia sobre el respaldo de la única silla. Tenía un aspecto ridículo con ella, y la idea de ponérsela otra vez le repugnaba, pero había entrado allí como una jovencita rubia y tendría que salir igual. Cuando llegaran al escondite secreto de Ashe, se la quitaría para siempre y volvería a ser ella misma.

A las siete menos cuarto estaba vestida y lista para marcharse. Se había contagiado tanto de la cautela de Ashe que bajó las escaleras con sumo sigilo, como si no hubiera pagado la cuenta. Con todo, no había de qué preocuparse, nadie la miraba excepto un portero viejo, con un largo delantal de rayas que cruzaba el vestíbulo arrastrando los pies mientras ella se dirigía a la puerta. Dejó la llave sobre el mostrador y anunció:

—Me marcho. Ya he pagado.

El hombre no le prestó la menor atención y cruzó la puerta basculante que conducía al bar.

Con el casco en la mano y la mochila colgada al hombro, Octavia dobló a la izquierda para enfilar la calle donde se había citado con Ashe. Al no verlo el corazón le dio un vuelco. La decepción fue tan amarga como una bocanada de bilis. Entonces lo distinguió.

Surgió de entre la oscuridad y la niebla de la mañana y condujo la moto hacia ella. La joven sintió renacer en su interior la exaltación, la seguridad de que todo se hallaba en orden, de que la noche anterior sería la última que pasarían separados. Ashe detuvo la moto, atrajo a Octavia hacia sí y le dio un beso en la mejilla. Ella subió al sillín trasero sin pronunciar palabra.

—¿Estaba bien el hotel? ¿Era cómodo? —inquirió Ashe.

A Octavia le sorprendió su tono de preocupación.

—Estaba bien —respondió.

—¿No te preguntaron adónde ibas?

—No. ¿Por qué iban a hacerlo? Además, no habría sabido qué contestar. Ignoro adónde vamos.

Ashe puso el motor en marcha y exclamó por encima del ruido:

—Pronto lo descubrirás. No está muy lejos.

Circularon por la A12 en dirección al mar. Hacia el este el alba despuntaba con distintos tonos de rojo y rosa, sólida como una cordillera de brillantes montañas por cuyas laderas y grietas descendía y se filtraba la luz amarilla. Había poco tráfico, pero Ashe no excedió el límite de velocidad. Octavia deseaba que acelerara, que condujera como solía hacer por las colinas del sur de Londres, cuando el motor rugía con fuerza y el viento la empujaba y le quemaba la cara. Sin embargo aquella mañana Ashe se mostraba más prudente. Pasaron por pueblos dormidos bajo el cielo cada vez más claro, entre los arbustos achaparrados mecidos por la brisa y el paisaje llano del este. Luego giraron hacia el sur y se internaron en el oscuro verdor de un bosque de altos pinos. Una vez que lo hubieron atravesado se hallaron ante un brezal salpicado de sotos de abedules plateados. La carretera se volvió tan estrecha como un sendero. La luz aumentaba, y la muchacha creyó oler el aroma salobre del mar. De repente sintió hambre. Habían dejado atrás varias cafeterías iluminadas, pero o bien Ashe no tenía apetito, o no quería parar. Sin duda, estarían a punto de llegar a su destino y llevaban mucha comida consigo. Tendrían tiempo de desayunar en el campo.

A la derecha del camino se extendía un terreno arbolado. Ashe conducía muy despacio, mirando a ambos lados de la senda como si buscara una señal. Después de diez minutos se detuvo. A un lado del sendero había un acebo y, al otro lado, un muro de piedra medio desmoronado.

Ashe se apeó de la moto y anunció:

—Es aquí. Hemos de atravesar el bosque.

Empujó la Kawasaki por debajo de las ramas del acebo y de los árboles. Octavia supuso que en otros tiempos había existido un camino, pero ahora estaba invadido de maleza y arbustos espinosos. De vez en cuando tenían que agacharse para pasar bajo las ramas, y en ocasiones Ashe le indicaba que se adelantara y las apartara para que él pudiera avanzar con la moto. Parecía conocer el terreno. Octavia estaba atenta a sus órdenes, que obedecía con prontitud, contenta de la protección que le ofrecían los guantes y las prendas de cuero. De repente la floresta se hizo menos densa y el suelo más arenoso. Como por milagro, pasada una fila de abedules el bosque terminó y la joven contempló un verde mar de cañas que silbaban, susurraban y se mecían con suavidad hasta donde alcanzaba la vista. Se detuvieron un momento, jadeando por la caminata, para admirar la trémula extensión verde. Era un paraje totalmente solitario.

—¿Es aquí? —preguntó Octavia con entusiasmo—. ¿Éste es el lugar del que me hablaste?

—No exactamente. Es allí.

Señaló hacia el cañaveral. A unos cien metros y un poco a la derecha, la muchacha distinguió las copas de una arboleda, apenas visibles por encima de las cañas.

—Allí hay una casa abandonada. Está en una especie de isla y nadie la visita.

Ashe habló con el rostro radiante de felicidad. Octavia nunca lo había visto así. Era como un niño que por fin consigue un regalo largamente deseado. La joven intuyó que era el lugar, y no su compañía, lo que lo hacía feliz.

—¿Cómo llegaremos allí? —preguntó—. ¿Hay un camino? ¿Y la moto? —No pretendía desalentarlo ni estropear el momento planteando objeciones.

—Hay un sendero, aunque muy estrecho. Tendremos que empujar la moto en el último tramo.

Se alejó para recorrer el borde del cañaveral en busca del sitio que recordaba. Cuando regresó, dijo:

—Sigue ahí. Sube a la moto. De momento el terreno parece bastante firme.

—¿Puedo quitarme ya la peluca? —inquirió Octavia—. La detesto.

—¿Por qué no? —Casi se la arrancó de la cabeza y la arrojó a su espalda. La peluca cayó sobre la rama de un pino joven y quedó allí colgada; los brillantes rizos amarillos creaban un fuerte contraste con el verde oscuro del árbol. Ashe se volvió hacia su compañera y le sonrió—. Ya casi hemos llegado

Empujó la moto hasta el principio del camino y Octavia se sentó en el sillín trasero. Era un sendero arenoso de menos de un metro de anchura flanqueado por cañas tan altas que los extremos se mecían a más de quince centímetros de sus cabezas. Era como atravesar despacio un impenetrable bosque de verde susurrante y oro pálido. Ashe conducía con precaución, pero sin temor. Octavia se preguntó qué sucedería si se salía del camino, qué profundidad tendría el agua, si deberían chapotear entre las cañas para volver a trepar al angosto sendero. En ocasiones, cuando el terreno estaba más mojado o los bordes se habían desmoronado, Ashe desmontaba y decía:

—Será mejor que por aquí empuje la moto. Tú camina detrás.

A veces la trocha se estrechaba hasta el punto de que las cañas les rozaban los hombros. Octavia tuvo la sensación de que se cerraban sobre ellos, de que pronto se alzaría un muro impenetrable de tallos verdes y dorados. El sendero parecía interminable. Era imposible creer que se acercaban a su destino, que pronto llegarían a esa isla lejana. Sin embargo ya oía el rumor del mar, un vago y rítmico rugido que le resultó reconfortante. Pensó que quizás al final del viaje las cañas se abrirían para mostrarles la temblorosa y vasta extensión del mar del Norte.

Dudaba si preguntar a Ashe cuánto faltaba cuando por fin vislumbró la isla. Salieron del cañaveral y a lo lejos, más allá de la arboleda, distinguió la casa abandonada. Unos diez metros de agua separaban la isla del sendero. Había un puente desvencijado construido con dos tablas y apoyado en el centro sobre un poste ennegrecido por el paso del tiempo. Antaño había dispuesto de un pasamanos a la derecha, pero se había podrido y ahora sólo quedaban unos treinta centímetros de barandilla y algunos soportes verticales. De la antigua cancela para cerrar el paso sólo se conservaba un poste con tres bisagras oxidadas incrustadas en la madera.

Octavia se estremeció: aquel tramo de aguas quietas

y verdes y el puente derruido tenían un aire opresivo, incluso siniestro.

—Conque éste es el fin —dijo, y sus palabras sonaron tan frías como un mal presagio.

Ashe dejó la moto apoyada en el soporte lateral y se dirigió al puente. Caminó con cautela hasta el centro y probó su resistencia dando saltos. Las tablas cedieron un poco y crujieron, pero permanecieron firmes.

Sin dejar de brincar, abrió los brazos y Octavia reparó de nuevo en su sonrisa de alegría.

—Llevaremos nuestras cosas al otro lado. Luego volveré por la moto. El puente aguantará.

Regresó y retiró el equipaje del vehículo. Cogió los sacos de dormir y las bolsas de cuero y pasó una mochila a Octavia. Cargada con ésta y con la suya propia, la joven lo siguió por el puente, luego por debajo de unas ramas bajas y por fin distinguió la casa con claridad. Hacía mucho tiempo que estaba abandonada. En el tejado, casi todas las tejas seguían en su sitio, pero la puerta principal colgaba de las bisagras y la parte inferior estaba enterrada en el suelo. Entraron en una de las dos habitaciones de la planta baja. Una ventana carecía de cristales, y la puerta que comunicaba las dos estancias había desaparecido. Un fregadero profundo, manchado y desconchado bajo un grifo arrancado de la pared era la única indicación de que aquello había sido una cocina. La puerta posterior también faltaba y Octavia se detuvo en el umbral para mirar por encima de las cañas en dirección al mar, todavía fuera de la vista.

Desilusionada, preguntó:

—¿Por qué no podemos ir al mar? Lo oigo. No debe de estar muy lejos.

—Está a un kilómetro y medio de aquí, pero no se ve desde el cañaveral. Más allá, detrás de un banco de grava, está el mar. No es muy interesante. Sólo hay una playa llena de piedras.

Le hubiera gustado ir allí, alejarse de ese claustrofóbico verdor. Sin embargo enseguida se dijo que no debía demostrar su decepción porque aquél era el lugar preferido de Ashe. Además, no estaba decepcionada; lo que le sucedía era que todo aquello le resultaba extraño. De pronto le asaltó el recuerdo de los cuidados jardines del convento, los macizos de flores, la glorieta con vistas a un prado donde se sentaba en verano... Era la clase de paisaje al que estaba acostumbrada; ordenado, familiar, inglés. Pensó que no pasarían mucho tiempo allí; quizá sólo una noche. Ashe la había llevado a su lugar favorito, sin duda para hacerle el amor.

Como un niño, Ashe preguntó:

—¿Qué te parece? Es bonito, ¿verdad?

—Está muy aislado. ¿Cómo lo descubriste?

—Solía venir aquí cuando vivía en las afueras de Ipswich. No lo conoce nadie, salvo yo.

—¿Venías siempre solo? —inquirió Octavia—. ¿No tenías amigos?

El joven eludió la respuesta.

—Iré a buscar la moto —dijo—. Luego desharemos el equipaje y prepararemos el desayuno.

La propuesta animó de inmediato a Octavia, que había olvidado cuán hambrienta y sedienta estaba. Desde la orilla del agua observó a Ashe cruzar el puente y empujar la Kawasaki hacia atrás.

—No se te ocurrirá montarte, ¿verdad?

—Es la forma más sencilla. Apártate.

El chico se subió al vehículo, arrancó el motor y condujo a toda velocidad hacia el puente. Las ruedas delanteras estaban casi en tierra firme cuando, con un estampido parecido a una explosión, el poste central cedió, las dos tablas más cercanas se abrieron y cayeron, y los soportes laterales volaron por el aire. Al oír el primer crujido Ashe se había puesto en pie y saltado hacia la isla, donde resbaló sobre el terreno arenoso. Octavia corrió en su auxilio. Juntos se volvieron para contemplar cómo la Kawasaki violeta se hundía con lentitud en el agua lodosa. La mitad del puente se había desmoronado; sólo quedaban las dos tablas con los extremos astillados sumergidos en el agua.

Octavia miró a su compañero, temiendo un arrebato de ira. Sabía que era un hombre iracundo. Nunca se lo había demostrado abiertamente, pero ella siempre había sido consciente de la intensidad de ese sentimiento reprimido con mucho esfuerzo. Sin embargo, Ashe soltó una carcajada ronca, casi triunfal.

—Ahora estamos atrapados aquí —observó la muchacha, incapaz de disimular su desolación—. ¿Cómo volveremos a casa?

A casa. Pronunció la palabra sin darse cuenta, y sólo entonces comprendió que la casa donde durante tantos años se había sentido incómoda y rechazada era su hogar.

—Podemos desnudarnos y nadar sosteniendo las ropas por encima del agua. Luego nos vestiremos y caminaremos hasta la carretera. Tenemos dinero. Podemos hacer autoestop hasta Ipswich o Saxmundham y luego tomar un tren. Al fin y al cabo, tenemos el Porsche de tu madre, que ahora es tuyo. Todas sus posesiones te pertenecen. Te lo explicó el abogado.

—Ya sé lo que me dijo —replicó ella con tristeza.

Ashe habló con alegre vehemencia, en un tono que ella nunca le había oído.

—Hay un retrete en el jardín. Mira. Allí está.

Octavia había conjeturado al respecto. Nunca le había gustado hacer sus necesidades acuclillada entre los arbustos. Ashe señaló un cobertizo de madera ennegrecida por el tiempo, con la puerta semiencallada. Dentro había una letrina. Olía a limpio, a tierra, a madera vieja y al agradable aire del mar. Detrás se alzaban un bosquecillo de arbustos viejos y marchitos y un árbol retorcido en medio de hierbajos muy altos. Octavia continuó andando y atisbó otro brillante cañaveral, otro sendero firme cubierto de matojos.

—¿Adónde conduce ese camino? —preguntó—. ¿Al mar?

—A ninguna parte. Después de unos cien metros desaparece. Voy allí cuando quiero estar solo.

«Sin mí», pensó ella. De nuevo experimentó una opresión en el pecho. Estaba allí con Ashe, de modo que debería sentirse contenta, exultante, compartir el placer que a él le proporcionaban la paz y el silencio de aquella isla aislada, su lugar favorito. En cambio sentía una incómoda sensación de claustrofobia. ¿Cuánto tiempo permanecerían allí? Era fácil decir que cruzarían a nado los diez metros que los separaban del sendero, pero ¿qué harían después?

En la casa, Ashe vaciaba los bolsos, sacudía los sacos de dormir, colocaba las provisiones en un estante situado a la derecha de la chimenea. Octavia decidió ayudarlo y de inmediato se sintió mejor. El joven había pensado en todo: latas de zumos de fruta, alubias, sopa, guisos y verduras; media docena de botellas de agua, azúcar, té en bolsitas, café y cacao solubles. Había llevado incluso un pequeño hornillo de petróleo, una botella de combustible y dos ollas. Ashe hirvió agua para el café, cortó el pan, lo untó con mantequilla y preparó dos gruesos bocadillos de jamón.

Salieron a comer al exterior y se sentaron juntos, con la espalda apoyada contra la pared, de cara al cañaveral. El sol era más fuerte y Octavia notó su calor en el rostro. Era la comida más maravillosa de su vida. No le extrañaba que hubiera experimentado una breve depresión; se debía al hambre y la sed. Todo marcharía bien. Estaban juntos, y eso era lo único que importaba. Esa noche harían el amor, por eso Ashe la había llevado allí.

Por fin se atrevió a interrogarlo:

—¿Cuánto tiempo nos quedaremos aquí?

—Un día, tal vez dos. ¿Por qué? ¿No te gusta?

—Me encanta. Sólo me preguntaba... Bueno, sin la moto, tardaremos más en volver a casa.

—Ésta es nuestra casa —replicó él.

41

Kate temía que en el expediente de los servicios sociales faltaran datos o no constaran todas las familias de acogida con las que había vivido Ashe. Pero un tal Pender, un empleado del Departamento de Asistencia Social sorprendentemente joven y con expresión de prematuro nerviosismo, sacó una ajada y voluminosa carpeta.

—No es la primera vez que alguien solicita el historial de Ashe. La señora Aldridge quiso echarle un vistazo cuando lo defendió. Como es lógico, le pedimos su consentimiento, y él nos lo concedió. No sé si serviría de algo.

—A la abogada le gustaba informarse sobre la gente a la que representaba —explicó Kate—. En este caso el pasado era importante, ya que despertó la compasión del jurado.

Con la vista fija en la carpeta cerrada, Pender comentó:

—Supongo que hay razones para compadecerlo. No ha tenido demasiadas oportunidades en la vida. Cuando una madre abandona a un niño antes de los ocho años, los servicios sociales no pueden hacer gran cosa para que supere la sensación de rechazo. Celebramos muchas reuniones para discutir su caso, pero resultaba difícil encontrarle un hogar. Nadie aceptaba tenerlo durante mucho tiempo.

—¿Por qué no lo entregaron en adopción? —preguntó Piers—. Su madre lo había abandonado, ¿no?

—Se lo sugerimos a ella en diversas ocasiones, pero nunca dio su autorización. Supongo que tenía la intención de llevarse a su hijo algún día. Esas mujeres son extrañas. No saben apañárselas y anteponen los deseos de su amante al interés del niño, pero al mismo tiempo se niegan a perder a la criatura para siempre. Cuando su madre murió, Ashe era demasiado mayor para que lo adoptaran.

—Necesitamos una lista de las familias que lo acogieron. ¿Podemos llevarnos el expediente?

—No creo que me esté permitido entregárselo. Contiene documentos confidenciales.

—Ashe es un prófugo —declaró Piers—. Sospechamos que ha matado a una mujer y sabemos que va armado. Se ha llevado a Octavia Cummins consigo. Si quiere tener un segundo asesinato sobre su conciencia, allá usted, pero dudo de que los servicios sociales necesiten esa clase de publicidad. Debemos encontrar a Ashe y necesitamos información. Hemos de hablar con personas que conozcan los sitios que frecuentaba para tratar de averiguar dónde se esconde ahora.

El rostro de Pender delataba indecisión y nerviosismo. Por fin dijo con tono vacilante:

—Podría conseguir una autorización del juez del condado para entregarle el expediente, pero llevará tiempo.

—No podemos esperar —protestó Kate al tiempo que tendía la mano. Al ver que Pender no le entregaba la carpeta, añadió—: Muy bien. Entonces déme una lista de los nombres y direcciones de las familias de acogida, así como de los orfanatos. La quiero de inmediato.

—No hay inconveniente. Pediré que mecanografíen esos datos. ¿Les apetece un café?

Hablaba casi con desesperación, pues anhelaba poder ofrecerles algo sin necesidad de consultar a sus superiores.

—No, gracias —respondió Kate—. Sólo queremos los nombres y las direcciones. Además, sabemos que un tal Cole o Coley pasaba mucho tiempo con Ashe porque la señora Aldridge lo menciona en sus notas. Es importante que lo localicemos. Trabajaba en un orfanato, Banyard Court. Empezaremos por ahí. ¿Quién dirige ahora ese centro?

—Me temo que esa pista no les ayudará —dijo Pender—. Banyard Court se cerró hace tres años, después de un incendio, provocado, por desgracia. Ahora instalamos a los niños con familias siempre que es posible. Banyard Court era un centro para jóvenes problemáticos que requerían un alojamiento provisional. Por desgracia, no funcionó. No creo que dispongamos de datos de los antiguos miembros del personal, excepto de aquellos que fueron trasladados.

—En algún lugar figurará el domicilio de Coley. Ashe lo acusó de abuso sexual. En un caso así, ¿no tienen la obligación de informar a los futuros empleadores?

—Volveré a revisar el expediente, pero si no recuerdo mal lo exculparon después de una investigación, de modo que ahí acabó nuestra responsabilidad. Podría facilitarles su dirección sólo si él se mostrara conforme. Es un asunto delicado.

—Lo será si le ocurre algo a Octavia Cummins —repuso Piers.

Pender guardó silencio con cara de preocupación.

—Después de que ustedes me llamaran, revisé los documentos. Es una lectura deprimente. No realizamos un gran trabajo con el muchacho, pero dudo de que hubiéramos podido hacer algo más. Lo alojamos con un maestro y permaneció en su hogar dieciocho meses; nunca había aguantado tanto en ningún otro lugar. Lo matricularon en el instituto local y abrigaban la esperanza de que aprobara los exámenes finales, pero al final lo expulsaron. Consiguió lo que quería y decidió que había llegado el momento de marcharse.

—¿Qué hizo? —preguntó Kate.

—Abusó sexualmente de la hija del matrimonio, que tenía catorce años.

—¿Lo juzgaron por ese delito?

—No. El padre de la chica temía que el juicio fuera traumático para ella. No llegó a violarla, pero fue un incidente muy desagradable y la joven estaba muy afectada. Como comprenderán, Ashe tuvo que marcharse de la casa. Fue entonces cuando lo admitieron en Banyard Court.

—¿Y allí conoció a Michael Cole? —preguntó Piers.

—Supongo. No creo que se conocieran de antes. Llamaré al antiguo director del orfanato. Aunque está jubilado, quizá nos informe del paradero de Cole. Si es así, le telefonearé y le pediré autorización para facilitarles su dirección. —Cuando llegó a la puerta se volvió y añadió—: La madre de acogida que más comprendió a Ashe fue Mary McBain. Aloja en su casa a cinco niños de distintas edades y los cuida muy bien. Cree que necesitan amor y abrazos. Sin embargo, también ella tuvo que deshacerse de Ashe. Él le robaba. Primero le sisaba pequeñas cantidades del monedero, lo que al final se convirtió en un hábito. Además, comenzó a maltratar a los otros niños. Cuando Ashe se fue, la señora McBain dijo algo interesante; por lo visto el muchacho no soporta que nadie se acerque a él. Cuando le demuestran cariño, se siente obligado a realizar un acto imperdonable. Supongo que se explica por la necesidad de rechazar antes de ser rechazado. Mary McBain fue la única persona que podría haberle ayudado.

La puerta se cerró a su espalda. Los minutos transcurrían con lentitud. Kate se levantó y comenzó a pasearse por el despacho.

—Supongo que estará llamando al juez del condado para sacudirse cualquier responsabilidad.

—Bueno, no lo culpes —replicó Piers—. Tiene un trabajo muy desagradable. Yo no lo aceptaría ni por un millón de libras al año. Nadie te agradece nada cuando las cosas salen bien, pero pobre de ti si salen mal.

—Y eso último es lo más frecuente —repuso Kate—. Por mucho que te esfuerces por convencerme, no me compadeceré de los asistentes sociales. He conocido a demasiados y no soy objetiva. ¿Dónde demonios se ha metido Pender? Es imposible que tarde más de diez minutos en mecanografiar una docena de nombres.

Al cabo de un cuarto de hora Pender regresó.

—Lamento haber tardado tanto, pero estaba tratando de encontrar la dirección de Michael Cole. Me temo que no ha habido suerte. Han pasado muchos años, y no indicó su domicilio cuando se marchó de Banyard Court. En realidad, no tenía por qué hacerlo. No lo despidieron, sino que dimitió. Como ya he comentado, el orfanato está cerrado, pero les he apuntado la dirección del último director. Quizás él pueda ayudarlos.

Una vez en el coche, Kate sugirió:

—Será mejor que telefoneemos a la policía de Suffolk y le pasemos la mitad de estos nombres. Nos entrevistaremos con el director. Tengo el presentimiento que Cole es el único que puede ayudarnos.

El resto del día, así como la mañana y la tarde del siguiente, resultaron frustrantes. Visitaron a las diversas familias de acogida, siguiendo con creciente desesperación el rastro autodestructivo de Ashe. Algunas personas se mostraron dispuestas a colaborar, mientras que otras al oír el nombre de Ashe afirmaban que no querían tratos con la policía. Varias familias se habían mudado y no lograron localizarlas.

El maestro estaba trabajando, de modo que interrogaron a su esposa, quien se negó a hablar de Ashe, salvo para decir que había abusado sexualmente de su hija Angela y que desde entonces jamás lo mencionaban. Añadió que les agradecería que no regresaran por la noche. Angela estaría en casa y, si oía el nombre de Ashe, reviviría todo el asunto. Ignoraba dónde podía haberse ocultado Ashe. Cuando vivía con ellos, habían salido en algunas ocasiones, pero siempre a sitios de interés educativo. Ashe no podría haberse escondido en ninguno de ellos.

El antiguo director de Banyard Court residía en las afueras de Ipswich. Habían acudido allí en primer lugar, no obstante nadie había respondido a sus llamadas. Regresaron varias veces, pero sólo a las seis de la tarde encontraron a alguien en casa. Era la viuda del director, que había pasado el día en Londres. Esa mujer madura, de aspecto cansado y atormentado, les explicó que su marido había fallecido dos años atrás de un infarto, los invitó a pasar —era la primera persona que lo hacía— y les ofreció té y pastel. Sin embargo el tiempo apremiaba y no podían entretenerse; necesitaban información, no comida.

—Yo también trabajaba en Banyard Court, de celadora. No soy asistenta social. Claro que conocía a Michael Cole. Era un buen hombre, estupendo con los chavales. Nunca nos contó que él y Ashe salían juntos en sus días libres, pero estoy segura de que eran salidas inocentes. Coley jamás habría causado daño a un muchacho; jamás. Apreciaba mucho a Ashe.

—¿Sabe adónde iban?

—No. Supongo que no se alejarían demasiado de Banyard Court, porque iban en bicicleta y Ashe siempre regresaba antes del anochecer.

—¿Tampoco sabe qué fue de Michael Cole cuando se marchó de Banyard Court?

—Creo que fue a vivir con su hermana. Me parece que ella se llamaba Page... Sí, estoy segura. Era enfermera. Si todavía trabaja, quizá consigan localizarla a través del hospital; eso suponiendo que aún resida en esta zona.

Era una posibilidad remota. Tras dar las gracias a la mujer, los policías siguieron su camino. Ya eran las 6.30.

Esta vez tuvieron suerte. Llamaron a tres hospitales del distrito, y en el cuarto, una pequeña clínica geriátrica, les informaron de que allí trabajaba una enfermera llamada Page; la mujer había pedido una baja de una semana porque uno de sus hijos estaba enfermo. No tuvieron inconveniente en facilitarles la dirección.

42

Visitaron a la señora Page, que vivía en una casa pareada situada en una moderna urbanización de edificaciones de ladrillo y cemento en las afueras de Framsdown, la típica intrusión urbana en lo que otrora había sido un paisaje rural. Las farolas iluminaban un pequeño y desierto parque infantil con columpios, un tobogán y una de esas estructuras de hierro donde suelen trepar los niños. No había garajes, de modo que los propietarios de las viviendas estacionaban sus vehículos en una zona pavimentada del jardín delantero. Detrás de las cortinas del domicilio de la señora Page había luz, pero no vieron ninguna otra señal de vida.

El timbre del número 11 sonó con un tintineo y de inmediato una mujer negra con un bebé apoyado en la cadera abrió la puerta.

—Ya sé quiénes son. Me han llamado de la clínica. Pasen.

Se apartó hacia un lado, y Kate y Piers entraron en el vestíbulo. La señora Page vestía unas mallas negras y una camiseta gris corta. Kate reparó en su belleza. Su delicado cuello sostenía una cabeza orgullosamente erguida, con el cabello muy corto. Tenía la nariz recta y fina, los labios carnosos, y sus ojos, muy grandes, reflejaban inquietud.

Los condujo a una sala limpia, pero desordenada. Los muebles nuevos ya presentaban señales de pequeñas manos pegajosas y juegos violentos. En un extremo de la habitación había un parque, donde una niña muy pequeña se afanaba por alcanzar los cascabeles de plástico atados al riel superior. Al verlos entrar, la pequeña se sentó, los observó con sus enormes ojos y sonrió. Kate se acercó e introdujo un dedo entre los barrotes. La niña lo cogió de inmediato con sorprendente fuerza.

Las dos mujeres —la señora Page todavía con el niño en brazos— se sentaron en el sofá, mientras que Piers tomó asiento en un sillón situado enfrente.

—Nos gustaría hablar con su hermano, Michael Cole —comenzó Piers—. Supongo que ya sabrá que estamos buscando a Garry Ashe para interrogarlo. Confiamos en que el señor Cole nos proporcione alguna pista de dónde podemos encontrarlo.

—Michael no está aquí. —Los dos policías percibieron nerviosismo en su voz—. Se marchó esta mañana temprano en su bicicleta. Al menos la bicicleta no está en el cobertizo. No explicó adónde iba, pero dejó una nota. Aquí está.

Se levantó con esfuerzo y retiró una hoja de debajo de un pequeño jarrón colocado encima del televisor. Kate la leyó: «Estaré fuera todo el día. No te preocupes, volveré a las seis para cenar. Por favor, llama al supermercado y diles que haré el turno de noche.»

—¿Sabe cuándo se marchó?

—Después de las noticias de las ocho. Yo ya estaba despierta y lo oí desde mi habitación.

—¿Y no ha llamado?

—No. Lo esperé con la cena lista hasta las siete; luego comí sola.

—¿Cuándo empezó a inquietarse? —le preguntó Piers.

—Poco después de las seis. Michael es muy puntual. Decidí que por la mañana telefonearía a los hospitales y la policía si no había regresado. No es un niño, de modo que pensé que no me tomarían en serio si denunciaba su desaparición demasiado pronto. Estoy muy preocupada.

508

Me alegré cuando desde la clínica me avisaron que ustedes lo buscaban.

—¿Tiene idea de dónde puede haber ido?

La señora Page negó con la cabeza.

Kate la interrogó sobre la relación de su hermano con Ashe.

—Nos consta que Ashe mintió al respecto, pero ignoramos por qué. ¿Sabe algo sobre su amistad? Por ejemplo, qué solían hacer cuando salían juntos. Sospechamos que Ashe se esconde en un sitio que conoce bien.

La señora Page desplazó al niño en su regazo y por un instante apoyó la cara sobre la cabecita de cabello ensortijado en un gesto maternal y protector.

—Michael trabajaba de ayudante en Banyard Court cuando Ashe ingresó y enseguida le tomó cariño. Me contó algunas cosas de su pasado; de la madre que lo había abandonado y del hombre que vivía con ella. Antes de que los servicios sociales les retiraran la tutela, lo maltrataban. La policía abrió una investigación, pero los dos miembros de la pareja se acusaban mutuamente y no había pruebas concluyentes. Michael pensaba que podía ayudar a Ashe, pero no pudo. Quizá Dios consiga redimirlo, pero ningún ser humano lo hará. Es imposible ayudar a una persona que nace malvada.

—No estoy seguro del significado de esa palabra —admitió Piers.

Los grandes ojos lo miraron con fijeza.

—¿De veras? ¿Y es policía?

—Piense un poco, señora Page —pidió Kate con tono persuasivo—. Usted conoce a su hermano. ¿Dónde cree que ha podido ir? ¿Qué les gustaba hacer a él y a Ashe?

La mujer reflexionó unos instantes antes de responder:

—Solían salir cuando Michael libraba. Mi hermano salía en bicicleta y se reunía con Ashe. Ignoro adónde iban, pero Michael siempre regresaba antes del anochecer. Solía llevar comida y el hornillo de campamento, además de agua, desde luego. Supongo que pasarían el día en el campo. A Michael no le gusta el bosque, sino los espacios abiertos, donde se ve el cielo en toda su extensión.

—¿Y nunca le explicaba nada?

—Sólo que lo había pasado bien. Creo que había prometido a Ashe que su lugar de encuentro sería un secreto entre los dos. Volvía muy contento, lleno de esperanza. Quería a Ashe, pero no de la forma en que lo acusaron. Se abrió una investigación y lo exculparon porque no había ninguna prueba y sabían que Ashe era un embustero. Por desgracia incidentes como ése no se olvidan. Nunca conseguirá otro empleo con niños. En realidad tampoco lo desea. Ha perdido la confianza. Después de la conducta de Ashe, de las acusaciones y la investigación, fue como si algo muriera en su interior. Ahora trabaja por las noches en un supermercado de Ipswich, donde se encarga de reponer productos en los estantes. Con su sueldo y el mío nos arreglamos bien. No somos desdichados. Espero que no le haya ocurrido nada malo. Necesitamos que vuelva. Mi marido murió el año pasado en un accidente de tráfico. Los niños necesitan a Michael. Es maravilloso con ellos.

De repente rompió a llorar. Su hermoso rostro no se alteró mientras las lágrimas escapaban de sus ojos y se deslizaban por sus mejillas. Kate reprimió el impulso de acercarse para abrazar a la señora Page y su hijo. Tal vez ese gesto le molestara, o incluso le repugnara. Pensó en lo difícil que resultaba reaccionar ante la aflicción ajena.

—No se preocupe. Lo encontraremos —aseguró.

—Ustedes sospechan que está con Ashe, creen que ha salido en su busca.

—No lo sabemos. Es probable. En todo caso lo encontraremos.

La mujer los acompañó hasta la puerta.

—No quiero ver a Ashe por aquí. No quiero que se acerque a mis hijos.

—No lo hará —la tranquilizó Kate—. ¿Por qué iba a venir? De todos modos mantenga la puerta cerrada y utilice la cadena de seguridad; si aparece, llámenos de inmediato. Aquí tiene el número.

La señora Page, aún con el niño en brazos, los observó alejarse en el coche.

—¿Crees que Cole decidió ir a buscar a Ashe sin decírselo a nadie ni avisar a la policía? —preguntó Piers en el automóvil.

—Sí, estoy segura. Oyó las noticias de las ocho, se enteró de que íbamos tras él y se marchó; otro pequeño esfuerzo personal para redimirlo. Que Dios lo ayude.

Se detuvieron en las afueras del pueblo y Kate telefoneó a Dalgliesh para ponerlo al corriente.

—Un momento —dijo éste, y Kate lo oyó desplegar un mapa—. Banyard Court estaba al norte de Ottley, ¿verdad? Por tanto Cole y Ashe se citaban en los alrededores. Supongamos que recorrían entre treinta y cuarenta kilómetros en bicicleta hasta llegar a su escondite; unas cuatro horas de viaje, entre ida y vuelta. Un ejercicio duro, pero posible. Concentrémonos en un radio de cuarenta kilómetros a la redonda. El terreno arbolado se restringe a los bosques de Rendlesham y Tunstall. Si, como afirma su hermana, a Cole le gustaban los espacios abiertos, es probable que prefiera la costa, donde hay terrenos yermos. Comenzaremos la búsqueda en helicóptero en cuanto amanezca, prestando especial atención a la zona costera. Nos veremos esta noche a las diez en el hotel.

—Viene hacia aquí —informó Kate a Piers.

—¿Por qué? La policía de Suffolk está cooperando. Lo tenemos todo organizado.

—Supongo que querrá estar presente al final.

—Si hay un final.

—Claro que lo habrá. La cuestión es cuál y dónde.

43

Durmieron acurrucados en sendos sacos de dormir, uno junto al otro, pero sin tocarse. Ashe despertó primero y enseguida se despabiló. Oyó la respiración regular de Octavia, rota sólo por pequeños gemidos y ronquidos. Le pareció oler su cuerpo, su aliento. Pensó que podía extender el brazo, cubrirle la boca entreabierta con la mano y silenciarla para siempre. Se recreó en esta fantasía mientras permanecía tendido, inmóvil, esperando el alba. Cuando por fin amaneció, Octavia despertó y se volvió hacia él.

—¿Ya es de día?

—Sí. Prepararé el desayuno.

La muchacha salió del saco de dormir y se estiró.

—Tengo hambre. ¿No crees que la mañana aquí huele de maravilla? Nunca huele así en Londres. Yo prepararé el desayuno. Tú ya has hecho bastante.

Procuraba aparentar felicidad, pero su voz animosa sonaba falsa.

—No, me encargaré yo —replicó él, con determinación, de modo que Octavia no insistió.

Ashe encendió dos velas y el hornillo antes de abrir una lata de salsa de tomate y otra de salchichas. Era consciente de la mirada ansiosa e inquisitiva de la joven, pendiente de todos sus movimientos. Después de desayunar, se alejaría de ella. Se dirigiría a su escondite secreto entre las cañas. Ni siquiera Coley lo seguía allí. Necesitaba estar solo para meditar. Durante el desayuno hablaron poco; después, ella le ayudó a lavar los platos y las tazas en el agua.

—No me sigas. No tardaré —anunció Ashe al tiempo que salía por la puerta de la cocina.

Se abrió paso entre los arbustos hacia el camino que conducía al mar. Era un sendero aún más angosto que el que llevaba a la isla, y casi andaba a tientas, apartando las cañas frías y rígidas al tacto. Recordó que la trocha era sinuosa, a veces seca y escarpada, otras verde con alguna mata de margaritas silvestres, y en ocasiones tan húmeda, que temía que no aguantara su peso. Cuando llegó al final del camino, contempló la pequeña loma cubierta de hierba que recordaba. Apenas si había sitio para sentarse y lo hizo encogiendo las rodillas contra el pecho y abrazándolas con fuerza, convertido en un ovillo. Cerró los ojos y oyó los sonidos familiares: su propia respiración, el eterno susurro de las cañas, el lejano y rítmico rumor del mar. Durante unos minutos permaneció inmóvil, dejando que la confusión que dominaba su mente y su cuerpo se desvaneciera hasta alcanzar un estado que él calificaba de paz. Necesitaba reflexionar.

Había cometido un error, el primero desde que matara a su tía. No debería haberse marchado de Londres. Había sido una equivocación, aunque no necesariamente fatal. ¿Qué otra cosa, sino pánico, había demostrado con su decisión de partir, con los preparativos de última hora, con su insistencia en convencer a Octavia y con el propio viaje? Nunca antes se había dejado arrastrar por el pánico. Sin embargo, había posibilidades de enmendar el error. La policía ya habría descubierto el cadáver y averiguado que se trataba de un asesinato. Alguien les habría explicado que Janet Carpenter era zurda... Esa zorra de la señora Buckley, por ejemplo. Sin embargo, él no era la única persona que lo había ignorado. La policía pensaría que la habían matado para endilgar a la señora Carpenter el crimen de Venetia Aldridge y para hacerles creer que se había suicidado movida por los remordimientos, o porque era incapaz de seguir viviendo después de lo que había hecho. Eso bastaría para librarlo a él de toda sospecha. Tenía una coartada para el asesinato de la abogada. ¿Por qué había de matar a Janet Carpenter? No necesitaba buscar una segunda víctima para desviar la atención de la policía, porque nunca habían sospechado de él. Fuera quien fuese el asesino de la abogada, él estaba libre de sospechas.

Por consiguiente, debían regresar. Lo harían con naturalidad. Una vez en la carretera, llamaría a Pelham Place para anunciar que se hallaban en camino, pero que como habían perdido la moto tardarían un poco más en volver. Era cierto; podían verificarlo. Además, no se habían marchado de Londres sin dar explicaciones. Habían comentado a la señora Buckley que necesitaban escapar de allí, del trauma de la desaparición de Venetia Aldridge. Por lo menos ahí había actuado con inteligencia. Era una historia verosímil.

Sin embargo, había algo más. Necesitaba una coartada para la muerte de Janet Carpenter. Si lograba persuadir a Octavia de que afirmara que habían estado juntos en el apartamento, quedaría a salvo. La muchacha haría lo que él le ordenara, diría lo que él quisiera. Lo que había pasado entre ellos la noche anterior, ese coito que tanto temía pero que sabía era preciso, la había unido a él para siempre. Conseguiría una coartada. Octavia no renegaría de él ahora. Además, la necesitaba para otros fines. Sin ella, nunca tendría el dinero. La boda debía celebrarse lo antes posible. Tres cuartos de millón y la casa, que valdría medio millón, como mínimo. ¿Y no había mencionado el abogado un seguro de vida? ¿Cómo había podido fantasear con matarla? Claro que nunca se lo había propuesto en serio, ni lo haría hasta dentro de unos meses, quizás incluso años. Aun así, mientras yacían uno junto al otro sin tocarse, la había imaginado muerta, con el cuerpo lastrado con latas viejas llenas de piedras, hundiéndose para siempre entre las cañas. Nadie la encontraría en ese lugar desierto. No obstante pronto había encontrado un defecto a sus planes. Si la hallaban, las latas atadas alrededor del cuerpo probarían que se trataba de un asesinato. Era más sencillo ahogarla manteniéndole la cabeza debajo del agua y luego empujarla, boca abajo, entre las cañas. Aun cuando la descubrieran. ¿qué tendría la policía, aparte del cadáver de una mujer ahogada? Podía ser un accidente, incluso un suicidio. Él regresaría a Londres, contaría que se habían peleado y que ella se había marchado con la moto.

Sin embargo no eran más que fantasías. La necesitaba viva. Debía casarse con ella. Necesitaba el dinero, con el que conseguiría más dinero; riquezas que compensarían las humillaciones del pasado y lo harían libre. Regresarían de inmediato.

Entonces vio las manos. Se movían como unos peces pálidos que surgían en dirección a él entre las cañas, pero quedaban enredados y detenidos en los tallos. Eran unas manos olvidadas que sin embargo recordaba muy bien. Manos que empujaban, golpeaban y azotaban, enrollándose amorosamente un cinturón en los dedos; manos que procuraban ser tiernas y le crispaban los nervios; manos que exploraban —suaves, húmedas o duras como palos—, que se deslizaban por debajo de las sábanas por las noches; manos sobre su boca, sobre su cuerpo rígido; manos de médicos, de asistentes sociales; las manos del maestro, con sus uñas blancas y cuadradas y vello como hilos de seda en el dorso de los dedos. Así es como pensaba en el hombre con quien más tiempo había permanecido; como el «maestro», un ser sin otro nombre.

«Firma aquí, chico, es tu libreta de ahorros. Debes ingresar aquí la mitad del dinero que te paga la Seguridad Social, para no derrocharlo. —Mientras escribía su nombre con cuidado, consciente de la mirada crítica fija en él, oía—: ¿Garry? Eso no es un nombre. Se escribe con una sola "r" y es la abreviatura de Gareth.»

«Así está en mi partida de nacimiento», había replicado.

Su partida de nacimiento. Un documento breve, sin el nombre del padre; uno de los papeles oficiales en su expediente, que engordaba año tras año, y constituía la prueba de su existencia.

«Me gusta que me llamen Ashe», había afirmado, y siempre lo habían llamado así. No necesitaba otro nombre.

Con los nombres llegaron las voces. El tío Mackie, que no era su tío, gritaba a su madre mientras él miraba y escuchaba acurrucado en un rincón, esperando los golpes. «Si ese maldito crío no se larga, me largo yo. Tú misma. Él o yo.»

Había peleado con el tío Mackie como un gato salvaje, arañando, pataleando, escupiendo, tirándole del pelo. Había dejado sus marcas en aquel cabrón.

Ahora las voces llenaban el aire hasta acallar incluso el rumor de las cañas. Las voces preocupadas de los asistentes sociales. La voz resuelta y alegre de un nuevo padre de acogida, convencido de que podría con él. El maestro, por ejemplo, estaba seguro de que podría con él. A Ashe le interesaban algunos aspectos de su familia; quería copiar la forma en que hablaban, comían y vivían. Recordaba el olor de las sábanas y las camisas limpias. Algún día él también sería rico y poderoso, y para ello necesitaba aprender algunas cosas.

Quizá debería haber permanecido más tiempo en el hogar del maestro y realizar esos exámenes tan importantes para todos. No habría sido difícil superarlos; el trabajo escolar nunca le había parecido arduo. Oyó una vez más la voz del maestro:

«No cabe duda de que el chico es inteligente. Tiene un coeficiente intelectual superior a la media. Por supuesto, necesita disciplina, pero creo que podré sacar algo bueno de él.»

Sin embargo, la casa del maestro había sido la peor de las prisiones. Al final la necesidad de salir de allí se volvió imperiosa y no le había costado conseguir que lo echaran. No sonrió, pero se regodeó con el recuerdo de los chillidos de Angela, el rostro angustiado de su madre. ¿De verdad habían pensado que quería follarse a su estúpida y repulsiva hija? Había tenido que robar jerez del salón y bebérselo antes de intentarlo. Entonces recurría al alcohol, pero ya no. Aquel episodio le había demostrado que beber era peligroso. La necesidad de alcohol era tan peligrosa como la necesidad de compañía. Evocó las furiosas conversaciones telefónicas, los asistentes sociales que preguntaban por qué lo había hecho, las sesiones con el psiquiatra, el llanto de la madre de Angela.

Luego lo habían mandado a Banyard Court y había conocido a Coley, quien lo llevó por primera vez a los cañaverales. Coley, que al principio hablaba poco y no le exigía nada, que recorría cuarenta kilómetros en bicicleta sin cansarse y que sabía preparar un fuego y cocinar con latas.

Pero al final había resultado igual que todos los demás. Recordó una conversación que habían mantenido junto a la casa abandonada, mientras contemplaban el cañaveral.

«Dentro de tres meses cumplirás los dieciséis y dejarás de estar bajo la tutela del Estado. He pensado en alquilar un apartamento cerca de Ipswich, o quizás una casita. Tú buscarás un trabajo y viviremos juntos, como amigos, igual que ahora. Y podrás empezar una nueva vida.»

Pero él ya tenía una vida. Decidió librarse de Coley, y lo había conseguido. De repente lo embargó un sentimiento de autocompasión. Si lo hubieran dejado en paz... No habría hecho nada de lo que había hecho, si lo hubieran dejado en paz.

Debía regresar a la casa abandonada para reunirse con Octavia y partir hacia Londres. Ella le serviría de coartada para el asesinato de Janet Carpenter, se casarían y él sería rico. Con dos millones de libras —sin duda dispondría de una suma semejante— todo era posible.

De pronto oyó la última voz, la de su tía, que exclamaba por encima de las cañas.

«¿Que te vas? ¿Qué demonios quieres decir? ¿Adónde vas a ir? ¿Quién te aceptará, aparte de mí? Estás loco, loco de atar. ¿Todavía no lo sabes? Por eso todo el mundo te ponía de patitas en la calle después de dos semanas. ¿Y qué tiene de malo este sitio? Te doy comida, ropa, un techo. Te he hecho regalos, como la cámara y esa puñetera Kawasaki, que me costó una fortuna, y lo único que te pido a cambio es lo que cualquier hombre de verdad estaría dispuesto a dar. Muchos pagan por eso.»

La voz continuó, lisonjera, insinuante, estridente. Se tapó los oídos con las manos y se encogió aún más haciéndose un ovillo. Después de unos minutos, la voz calló como él había querido acallarla con aquel último tajo, pero la ira permanecía intacta. La alimentaba pensando en su tía, obligándose a recordar, de modo que cuando se levantó para regresar a la casa abandonada llevaba consigo esa ira como un carbón ardiente en su pecho.

44

Octavia lo observó hasta que desapareció de su vista, devorado por las cañas. Luego rodeó la casa y contempló los diez metros de agua que la separaban del sendero hacia el bosque. Atisbó los árboles en la distancia, y cuando el sol salió de detrás de una nube creyó vislumbrar incluso la peluca dorada, como un pájaro exótico posado sobre una rama. El bosque parecía muy lejano, y por primera vez añoró sentir la pujanza de las ramas encima y alrededor de ella, deseó liberarse de aquella susurrante selva verde. El viento que soplaba en caprichosas ráfagas hacía ondular las aguas. La moto debía de haber perdido combustible o aceite, porque sobre la superficie se extendían manchas iridiscentes. La brisa arreció. El rumor sibilante de las cañas aumentó su intensidad, y Octavia las vio doblarse y mecerse en grandes círculos de luz cambiante. Pensó en la noche pasada, en la gélida mañana.

¿A eso se reducía lo que tanto había ansiado? ¿De verdad había habido amor? No sabía con certeza qué había esperado de su primera relación sexual, pero había imaginado sus miembros entrelazados, cada centímetro de piel ávida del contacto con el cuerpo del otro. Sin embargo, la experiencia había sido tan fría como un examen médico.

«Hace demasiado frío para desnudarse», había dicho él.

Así pues, se habían quitado las prendas imprescindibles, sin ayudarse ni mirarse, sin un preludio amoroso.

Ashe no la había besado en ningún momento de aquel encuentro breve, casi brutal. Era como si no soportara el contacto de sus labios; cualquier intimidad o acto lujurioso era posible, salvo ése. Con todo, se convenció de que la próxima vez todo iría mejor. Ashe estaba preocupado, y se hallaban en un sitio incómodo. No dejaría de amarlo sólo porque la primera noche juntos no había resultado tan maravillosa como suponía. Además, había sido agradable pasar el día juntos, explorando la casa, colocando las provisiones en los estantes, jugando a crear su propio hogar. Lo quería, por supuesto. Si lo abandonaba ahora —por primera vez se planteaba tal posibilidad—, ¿qué sería de ella?

De pronto oyó un ruido. Alguien se acercaba por el sendero. En cuanto percibió el primer paso, un hombre apareció entre las cañas como por arte de magia.

Era un individuo de raza negra, alto y delgado, no muy joven, pero tampoco maduro. Llevaba una chaqueta con cinturón y entre las solapas asomaba un jersey grueso de cuello de cisne. Octavia lo miró con fijeza, pero no se asustó, pues intuyó de inmediato que no pretendía causarle daño.

El hombre preguntó en un susurro:

—¿Dónde está? ¿Dónde está Ashe?

—En su escondite secreto, entre las cañas. —Señaló hacia el mar con un movimiento de la barbilla.

—¿Cuánto hace que se marchó?

—Unos diez minutos. ¿Quién es usted?

—Me llamo Cole. Tienes que venir conmigo antes de que vuelva. No debes quedarte con él. ¿Sabes que la policía lo busca por asesinato?

—Si se refiere al de mi madre, ya hemos hablado con la policía. Ashe no ha hecho nada.

De repente Cole se quitó la chaqueta y el jersey y se lanzó al agua. Octavia lo observó con perplejidad, mientras nadaba hacia ella. El hombre se detuvo en la orilla, jadeando, y la joven se acercó y de manera instintiva le tendió la mano.

—Cruza a nado conmigo. Puedes hacerlo. Son apenas diez metros. Yo te ayudaré. No tengas miedo. He dejado mi bicicleta escondida junto a la carretera. Puedes montar conmigo y llegaremos al pueblo más cercano antes de que él se dé cuenta. Te mojarás y pasarás un poco de frío, pero cualquier cosa es preferible a quedarse aquí.

—Está loco —exclamó la joven—. ¿Por qué iba a querer irme?, ¿por qué?

Cole se aproximó más, como para animarla con la fuerza de su presencia. Temblaba, y su cabello y su rostro chorreaban agua. La camiseta blanca, adherida a su cuerpo, se alzaba al compás de los latidos de su corazón. Continuaron hablando con vehemencia y sin alzar la voz.

—Janet Carpenter está muerta —murmuró él—. La ha matado Ashe. Por favor, debes escapar ahora mismo. Es peligroso.

—Miente. No es verdad. La policía lo ha enviado para tenderle una trampa.

—La policía ignora que estoy aquí. No se lo he dicho a nadie.

—¿Cómo ha sabido dónde encontrarnos?

—Yo lo traje a este lugar hace mucho tiempo. Era nuestro escondite favorito.

—Usted es Coley —susurró la chica.

—Sí, pero no importa quién sea. Ya hablaremos más tarde. Ahora debes venir conmigo. No puedes quedarte con él. Necesita ayuda, y tú no puedes ofrecérsela. Ninguno de nosotros puede darle lo que necesita.

—No, no, no —exclamó ella tratando más de persuadirse a sí misma que de convencerle a él. El poder de ese hombre, el apremio de su cuerpo empapado, sus ojos suplicantes la atraían hacia él.

Entonces sonó la voz de Ashe.

—Ya la has oído. Ella se queda aquí.

Se había acercado con sigilo. Salió de la oscuridad de la casa a la luz del sol, y Octavia reparó en el brillo de un cuchillo que llevaba en la mano.

A continuación, todo fue confusión y horror. Coley avanzó para proteger a Octavia y luego se abalanzó sobre Ashe, pero reaccionó demasiado tarde. Ashe movió la mano y le clavó el cuchillo en el estómago. Paralizada por el pánico, con los ojos desorbitados, la joven oyó el grito de Coley, un grito grave y trémulo, una mezcla de gruñido y gemido. Ante sus ojos, una mancha roja se extendió por la camiseta y el hombre se desplomó de rodillas casi con elegancia y se dobló hacia delante. Ashe se inclinó sobre él y le colocó el cuchillo en la garganta. Octavia vio la efusión de sangre y tuvo la impresión de que los ojos negros de Cole continuaban mirándola con expresión suplicante hasta tornarse opacos mientras su vida se consumía sobre la tierra arenosa.

La muchacha fue incapaz de chillar, pero oyó un gemido agudo y comprendió que era su voz. Entró en la casa con paso vacilante y se dejó caer sobre el saco de dormir, donde se retorció tratando de taparse y tirando de la tela de algodón. Le costaba respirar. Emitió sollozos entrecortados que le desgarraban el corazón, pero el aire se negaba a entrar en sus pulmones. Por fin, agotada por aquel paroxismo de emoción, permaneció tendida, jadeando y llorando. Oyó la voz de Ashe y supo que estaba de pie junto a ella.

—Él se lo ha buscado. No debería haber venido. Debió dejarme en paz. Ven y ayúdame a levantarlo. Es más pesado de lo que creía.

—No; no puedo. No quiero —replicó ella con un hilo de voz.

Lo oyó moverse por la habitación, volvió la cabeza y observó que estaba recogiendo latas.

—Las necesito como lastre —explicó—. Utilizaré las más pesadas. Lo llevaré lejos de aquí y lo arrojaré en el cañaveral. Más tarde cogeré su ropa. No te preocupes; nos quedará suficiente comida.

Comenzó a arrastrar el cuerpo por la casa. Octavia cerró los ojos y oyó los resuellos de Ashe y el ruido del cuerpo sobre el suelo. Entonces reunió el valor suficiente para actuar.

Se levantó trabajosamente y echó a correr hacia el agua. Pero apenas había dado unos pasos adentrándose en aquel líquido helado cuando Ashe, veloz como el rayo, le dio alcance y la agarró por detrás con un brazo. La joven no tuvo fuerzas para resistirse, y él la sacó del agua y la arrastró por la casa sobre la sangre de Coley. La empujó contra la pared, se quitó el cinturón y le ató las manos a la espalda. A continuación se inclinó sobre el cadáver de Coley, le arrancó el cinturón e inmovilizó también los tobillos de Octavia.

—No has debido hacer eso —observó con curiosa serenidad, casi con tristeza.

Octavia lloraba como una criatura. Oyó la respiración entrecortada de Ashe, que arrastraba el cadáver por la casa en dirección al sendero bordeado de cañas. Luego se hizo el silencio.

«Volverá y me matará —pensó—. No me perdonará que haya intentado escapar. No puedo apelar a su compasión ni a su amor. No me quiere; nunca me ha querido.»

Ashe le había sujetado la muñeca izquierda sobre la derecha, pero podía menear los dedos. Sin dejar de llorar, comenzó a mover el meñique y el corazón haciendo girar el anillo del anular hasta que consiguió quitárselo. Era curioso que desembarazarse de un objeto tan pequeño le produjera tanto alivio. Se había deshecho de algo más que de una sortija.

El miedo era como un dolor físico. Le recorría el cuerpo, remitía durante unos segundos de bendita paz y enseguida regresaba con mayor intensidad. Trató de reflexionar, de urdir un plan, una táctica. ¿Lograría convencerlo de que su intento de fuga había sido instintivo?, ¿de que en realidad no deseaba abandonarlo, de que lo amaba y no volvería a traicionarlo? Sabía que era inútil. La escena que había presenciado había matado su amor para siempre. Había vivido en un mundo de fantasía y engaño, y por fin veía la realidad. Era imposible fingir.

«Ni siquiera seré capaz de morir con valentía —pensó—. Lloraré y suplicaré, pero será inútil. Me matará como a Coley. Arrojará también mi cuerpo al cañaveral, y nadie nos encontrará. Permaneceré allí hasta que me hinche y apeste, y nadie vendrá, nadie se preocupará por mí. Dejaré de existir. En realidad, nunca he existido. Por eso consiguió engañarme.»

De vez en cuando se sumía por unos instantes en la inconsciencia. Más tarde lo oyó regresar. Se hallaba de pie a su lado y la miraba en silencio.

—Por favor, méteme en el saco de dormir —rogó—. Tengo frío.

Sin pronunciar palabra, Ashe la levantó en brazos, la depositó junto a la chimenea vacía y, tras cubrirla con el saco de dormir, volvió a marcharse. «No soporta estar a mi lado —reflexionó la joven—. Tal vez esté decidiendo qué debe hacer conmigo, si matarme o dejarme vivir.»

Quiso rezar, pero las plegarias aprendidas en el convento surgieron en un caos sin sentido. Sin embargo, consiguió orar por Coley: «Concédele el descanso eterno, Señor, y permite que la luz brille para siempre sobre él.» Sonaba bien, aunque Coley no deseaba el descanso eterno. Coley quería vivir, y ella también.

Ignoraba cuánto tiempo llevaba tendida allí. Pasaron las horas, comenzó a oscurecer, y Ashe regresó. Entró en silencio, y aunque no abrió los ojos Octavia intuyó su presencia. El joven encendió tres velas y el hornillo, preparó café y calentó una lata de alubias. Se acercó a la muchacha, la incorporó y la alimentó con una cuchara. Ella quiso decir que no tenía hambre, pero optó por aceptar la comida. Quizá de ese modo Ashe se compadecería de ella. Sin embargo, él no le hablaba. Cuando las velas se consumieron, se metió en su saco de dormir y poco después Octavia oyó su respiración regular. Durante la primera hora, Ashe se rebulló con inquietud, murmurando, y en una ocasión gritó. En el transcurso de la noche Octavia se sumía de vez en cuando en un breve sueño intranquilo, pero de repente el frío y el dolor de los brazos la despertaban, y ahogaba los sollozos. Volvía a tener ocho años y se encontraba en la cama del primer internado, llorando por su madre. El llanto le proporcionaba un extraño alivio.

La despertaron las primeras luces del alba. Lo primero que sintió fue un frío terrible, la presión helada de los pantalones mojados, el dolor en los brazos extendidos. Ashe ya se había levantado y encendido una vela, pero sólo cuando se inclinó sobre ella le vio la cara. Era el rostro de siempre, serio y decidido, el rostro que había creído amar.

Quizá debido a la tenue luz de la vela, ese semblante pareció reflejar fugazmente una profunda tristeza. Pero Ashe siguió guardando silencio.

La voz de Octavia surgió suplicante, entre un sollozo y un gemido:

—Enciende el fuego, por favor, Ashe. Tengo tanto frío...

Él no respondió. Prendió dos velas más y se sentó con la espalda apoyada contra la pared para contemplar las llamas.

—Por favor, Ashe. Tengo tanto frío —repitió la joven al cabo de diez minutos.

Ashe se levantó. Octavia observó cómo cogía las latas del estante, les arrancaba las etiquetas y las arrugaba antes de colocarlas en la chimenea. Luego salió de la casa. Lo oyó andar entre los arbustos, y minutos después regresó con ramitas, hojas y leños. Se acercó a lo que antes

527

había sido la ventana y tiró de la madera podrida del marco. Una varilla crujió y se desprendió. Se dirigió a la chimenea y procedió a preparar el fuego con amoroso cuidado, como debía de haber hecho cuando iba allí con Coley. Dispuso las ramitas más pequeñas alrededor del papel y construyó una pirámide con las cortezas y los leños más gruesos. Por último encendió una cerilla, y el papel ardió y prendió las ramas. El humo llenó la habitación y la impregnó con su dulce aroma otoñal antes de elevarse por la campana como un ser vivo que encuentra una vía de escape. La madera inflamada llenó la estancia con sus crujidos y silbidos. El glorioso calor envolvió a Octavia como una esperanza de vida, y se acercó con doloroso esfuerzo hacia él, sintiendo su caricia en las mejillas.

Ashe se aproximó a la ventana para arrancar otra astilla del marco. Regresó junto al hogar y, tras acuclillarse, atizó las llamas casi con reverencia, como si se tratara de una pira sagrada o ceremonial. Algunos leños estaban húmedos, y los ojos de Octavia lagrimeaban a causa del humo. A medida que la hoguera cobraba intensidad, la habitación se caldeaba. La joven permaneció quieta, sollozando de alivio. Ahora se sentía segura. Ashe había encendido el fuego para ella. Sin duda, eso significaba que no tenía intención de matarla. Tendida allí, con el calor de la lumbre, perdió la noción del tiempo. Fuera, el viento arreciaba y el caprichoso sol otoñal dibujaba franjas de luz sobre el suelo de piedra.

Entonces oyó un ruido, al principio vago, luego tan fuerte que pareció sacudir la casa mientras lo que lo producía giraba en círculos sobre ellos. Un helicóptero sobrevolaba el lugar.

45

Ashe lo oyó antes que ella. Se acercó a Octavia y la levantó.

—Ve saltando hasta la puerta —ordenó.

La joven lo intentó, pero no podía moverse. El calor del fuego no había llegado a sus pies, entumecidos por la correa. Sin fuerza en los músculos, se tambaleó hacia Ashe, que, mientras empuñaba el cuchillo en la mano derecha la estrechó con el brazo izquierdo, la levantó, y la sacó en andas al aire de la radiante mañana.

Entonces ambos vieron y oyeron lo que ocurría. Octavia estaba demasiado confusa para calcular cuántos hombres había, pero eran muchos: tipos corpulentos con botas altas, otros con cazadoras gruesas y gorros de lana, un individuo alto con el cabello moreno alborotado por el viento y una mujer. Estos dos últimos tenían un aspecto diferente del que recordaba, pero los reconoció: eran el comandante Dalgliesh y la detective Miskin. Algo distanciados el uno del otro, como si cada uno de ellos hubiera escogido a conciencia su posición, miraban a Ashe. Éste apretó a Octavia contra su cuerpo cogiéndola por el cinturón que le rodeaba las muñecas. La joven notó en la espalda los latidos del corazón de Ashe. No sentía ni miedo ni alivio. Lo que estaba sucediendo era entre Ashe y esos ojos vigilantes, esas silenciosas figuras expectantes. Ella no tenía nada que ver. Percibió la frialdad del acero en su barbilla, cerró los ojos y oyó una voz masculina —¿la de Dalgliesh?—, clara y autoritaria:

—Arroje el cuchillo, Ashe. Ya es suficiente.

Ashe susurró al oído de Octavia con ese tono tierno que rara vez usaba:

—No te asustes. Será rápido y no te dolerá.

Como si hubiera oído esas palabras, Dalgliesh exclamó:

—Muy bien, Ashe. ¿Qué quiere?

La respuesta fue un grito de desafío:

—Nada que usted pueda darme.

Octavia abrió los ojos, como si necesitara ver por última vez la luz del día. La asaltó un pánico fugaz al sentir el frío de la hoja y un dolor lacerante. Entonces el mundo estalló a alrededor con un estampido; la casa, el cañaveral, la tierra manchada de sangre se desintegraron en el estruendo de un aleteo salvaje. Mientras el ruido resonaba en sus oídos, se desplomó de bruces bajo el cuerpo de Ashe y sintió el palpitante torrente de su sangre en el cuello. Luego el aire vibró con unas voces masculinas. Unas manos la liberaron del peso de Ashe. Podía respirar otra vez. Vio un rostro de mujer y oyó su voz:

—Ya está, Octavia. Todo ha terminado.

Alguien apretaba un pañuelo contra su garganta al tiempo que afirmaba:

—Te recuperarás.

Acto seguido la tendieron en una camilla, la arroparon con una manta y la sujetaron con correas. Le pareció ver un bote pequeño. Oyó órdenes estridentes, advertencias, y notó que la embarcación se inclinaba mientras cargaban la camilla. Ahora la barca la transportaba entre las cañas. Encima de ella, sus temblorosos tallos formaban un cambiante dibujo verde que dejaba entrever las nubes vaporosas y el límpido azul del cielo.

46

Tres días después, Kate entró en el despacho de Dalgliesh. Éste, que leía sentado a su escritorio, se levantó a medias al verla, una costumbre que siempre desconcertaba a la joven. Kate se plantó ante el escritorio, como si la hubieran mandado llamar, y explicó:

—He recibido un mensaje del hospital, señor. Octavia quiere verme. No en calidad de agente de policía.

—Kate, la única relación que ha mantenido con ella ha sido en calidad de agente de policía.

«Lo sé, y conozco las reglas —pensó Kate—. Nos las enseñaron en los primeros años en la academia: "No sois sacerdotes, ni psiquiatras ni mucho menos asistentes sociales. No debéis establecer vínculos sentimentales."» Sin embargo, pensó que si Piers expresaba con libertad sus opiniones, no había razón alguna para que ella se abstuviera de hacerlo.

—Señor, le he oído hablar con personas inocentes que se han visto involucradas en casos de homicidio. Le he oído pronunciar palabras que las reconfortaron. Usted tampoco actuaba como agente de policía en esos momentos.

Reprimió el impulso de añadir: «Una vez lo hizo conmigo.» Recordaba con claridad el día de la muerte de su abuela, cuando mientras lloraba desconsoladamente había apoyado la cabeza en la chaqueta de Dalgliesh, que había manchado con sus manos ensangrentadas, y él la había abrazado entre los gritos, las órdenes, el tumulto.

—Es fácil pronunciar las palabras reconfortantes que

necesitan oír —replicó él, y Kate creyó detectar cierta frialdad en su voz—. Lo difícil es comprometerse a largo plazo, y eso nos está vedado.

«¿Lo haría usted si pudiera?», habría querido preguntar Kate, pero sabía que ni siquiera Piers se habría atrevido a formular ese interrogante.

—Lo tendré presente, señor —afirmó al tiempo que se dirigía a la puerta. Antes de abrirla se volvió, movida por un impulso—. ¿Por qué ordenó a Piers que disparara, señor?

—¿En lugar de ordenárselo a usted? —La observó con expresión seria—. Vamos, Kate, no me dirá que le habría gustado matar a un hombre.

—No, pero pensé que podría haberlo detenido sin matarlo.

—No desde la posición en que se encontraba, desde su línea de tiro. Ya resultó bastante difícil para Piers. Fue un disparo excelente.

—Pero no me prohíbe que vea a Octavia, ¿verdad?

—No, Kate, no se lo prohíbo.

El hospital al que habían trasladado a Octavia desde la clínica de urgencias de Ipswich era uno de los más nuevos de Londres y estaba diseñado como un hotel. En el amplio vestíbulo de la entrada, un árbol con la corteza plateada y un brillante verdor que le concedía un aspecto artificial, extendía sus gruesas ramas hacia el techo del atrio. Había un puesto de frutas y flores, un quiosco de periódicos y una cafetería grande, cuyos clientes, que a Kate no le parecieron enfermos, conversaban mientras tomaban café y bocadillos. Las dos mujeres apostadas tras el mostrador de recepción semejaban recepcionistas del Ritz.

La detective pasó de largo, pues conocía el nombre de la sala que buscaba y confiaba en guiarse por los letreros. Subió con otros visitantes y médicos por una de las escaleras mecánicas situadas a ambos lados de los ascensores. De repente reparó por primera vez en el olor a desinfectante característico de los hospitales. Nunca había ingresado en ninguno, pero había estado junto a la cabecera de demasiados enfermos —sospechosos y víctimas a quienes había interrogado, prisioneros en tratamiento— para sentirse incómoda o intimidada. Hasta las salas le resultaban familiares, con su aire de serena actividad y dócil resignación, el suave sonido de mamparas que se desplegaban junto a las camas y los misteriosos ritos celebrados tras ellos. Octavia estaba en una habitación individual al final del pasillo y el personal sanitario comprobó prudentemente la identidad de Kate antes de permitirle entrar.

Como cabía prever, la historia había salido a la luz. Pese a los esfuerzos del Departamento de Relaciones Públicas de la policía metropolitana, no habían conseguido evitar que la prensa sensacionalista se cebara con la tragedia. Titulares como «La policía dispara y mata a un sospechoso» proporcionaban la clase de publicidad que menos necesitaban las fuerzas del orden. Además la noticia se había difundido en un mal momento, pues no había surgido ningún escándalo público, ningún cotilleo fresco sobre la familia real, que distrajera la atención de los periodistas. Para colmo, tampoco habían arrestado al asesino de Venetia Aldridge. Hasta que el caso se resolviera o se olvidara, Octavia acapararía el interés de los medios de comunicación. Kate sabía que la madre superiora del convento donde había estudiado la muchacha había escrito para ofrecerle su hospitalidad en cuanto hubiera terminado la vista por la muerte de Ashe. Parecía una solución sensata, si Octavia estaba dispuesta a aceptarla. En el convento se hallaría a salvo de los periodistas sin escrúpulos.

La pequeña habitación parecía un cenador florido; la cómoda, el alféizar de la ventana y la mesita de noche estaban cubiertos de flores. Hasta había un ramo espectacular en el suelo, en un jarrón grande. Sobre la pared opuesta al lecho se extendía un largo cordón del que colgaba una ristra de tarjetas de felicitación. Octavia, que estaba viendo la televisión, la apagó en cuanto Kate entró. Sentada en la cama, parecía tan frágil y vulnerable como una niña enferma. Habían reemplazado el vendaje del cuello por una gasa y una tirita.

La detective acercó una silla y tomó asiento a su lado. Después de un momento de silencio, Octavia dijo:

—Gracias por venir. Pensé que no se lo permitirían.

—Como ves, te equivocabas. ¿Cómo te encuentras?

—Mejor. Mañana me darán el alta. Debería haberme marchado hoy, pero quieren que me examine un psicólogo. ¿Tengo que hablar con él?

—No, si no lo deseas, pero a veces ayuda. Supongo que todo depende de la clase de profesional que te toque en suerte.

—Bueno, estoy segura de que quienquiera que sea no sabrá nada sobre asesinatos, ni habrá presenciado cómo mataban a su amante, de modo que no creo que me sirva de mucho. —Tras una pausa, Octavia preguntó—: ¿El detective Tarrant tendrá problemas por haber disparado a Ashe?

—No lo creo. Se abrirá una investigación, claro, pero él obedecía órdenes. Supongo que todo irá bien.

—Para él. A Ashe no le ha ido bien.

—Quizá sí —replicó Kate con calma—. No se enteró de nada, y le esperaba un futuro horrible; muchos, muchos años en prisión. ¿Crees que habría podido soportarlo? ¿Habría preferido eso a cambio de conservar la vida?

—No le permitieron elegir, ¿no? Además, Ashe no me habría matado.

—No podíamos correr ese riesgo.

—Yo pensaba que me amaba. Fue una tontería tan grande como creer que mi madre me quería. O mi padre. Él ha venido a verme, pero no ha servido de nada. Nada ha cambiado. Bueno, esas cosas no cambian, ¿verdad?

Vino solo. En realidad no me quiere; sólo quiere a esa mujer y a Marie.

«El amor, siempre el amor —pensó Kate—. Quizá sea lo único que perseguimos todos, y si no lo obtenemos en la infancia nos aterra la posibilidad de no encontrarlo jamás.» Habría sido fácil decir a Octavia: «Deja de desear el amor, ámate a ti misma, preocúpate de tu vida. Si el amor llega, será una bendición adicional. Tienes juventud, salud, dinero, una casa. Deja de compadecerte, de buscar amor y afecto en los demás. Cúrate.» Sin embargo la joven tenía derecho a compadecerse de sí misma. Tal vez pudiera decirle algo para ayudarla; en tal caso debía ser sincera. Octavia merecía franqueza.

—Mi madre murió al darme a luz y nunca conocí a mi padre —explicó—. Me crió mi abuela. Siempre creí que no me quería, pero después, cuando ya era demasiado tarde, descubrí que sí, que ambas nos queríamos, pero éramos incapaces de expresarlo con palabras. Cuando falleció comprendí que me había quedado sola, que en realidad todos estamos solos. No permitas que lo ocurrido te amargue la vida. Si te ofrecen ayuda, acéptala siempre y cuando la desees, pero debes hallar la fuerza necesaria para tomar las riendas de tu vida y hacer con ella lo que decidas. Incluso las peores pesadillas se olvidan con el tiempo.

«No tenía que haber dicho eso —pensó al instante—. Tal vez no posea esa clase de fuerza y nunca la tenga. ¿Estaré imponiéndole un peso con el que jamás será capaz de cargar?»

Después de unos minutos de silencio, Octavia comentó:

—La señora Buckley ha sido muy amable desde que estoy aquí. Me visita con frecuencia. He pensado en cederle el apartamento del sótano. Le gustaría. Supongo que por eso viene, porque quiere el apartamento.

—Es posible, pero dudo que sea el único motivo. Es

una buena mujer y parece competente. Te conviene que alguien atienda la casa cuanto tú no estás. Ella necesita un hogar, y tú una persona de confianza. Lo considero un buen intercambio.

—Es probable que no esté allí todo el tiempo. Quiero buscar un empleo. Ya sé que he heredado el dinero de mi madre, pero no podré vivir de él toda mi vida. Como no tengo ningún título, he pensado que quizá debería examinarme en el instituto. Sería una forma de empezar.

—Me parece buena idea —afirmó Kate con cautela—, pero no tienes por qué apresurarte a tomar una decisión. En Londres hay muchas academias donde te prepararían para los exámenes, pero primero debes decidir qué te interesa estudiar. Supongo que en el convento te orientarán; porque irás allí cuando salgas del hospital, ¿verdad?

—Sólo me quedaré una temporada. La madre superiora ha escrito para invitarme: «Ven a casa, pasa un tiempo con tus amigas.» Quizá la considere de verdad mi casa cuando esté allí.

—Sí —respondió Kate—, es posible.

«Allí te ofrecerán la clase de amor que brinda el padre Presteign —pensó—, y si lo que deseas es amor, será mejor que lo busques en un sitio donde no te decepcionen.»

Cuando Kate se levantó para marcharse, Octavia comentó:

—Me gustaría volver a hablar con usted, ¿le importaría visitarme? No quiero ser una carga; la primera vez que nos vimos me mostré muy grosera con usted, y ahora lo lamento.

—Si puedo, iré a verte —afirmó Kate—. Los policías nunca sabemos cuándo estaremos libres, pero si puedo, me reuniré contigo para charlar.

Cuando Kate llegó a la puerta, Octavia preguntó:

—¿Y qué se sabe de mi mamá?

Era la primera vez que Kate la oía llamar a Venetia Aldridge «mamá», y al pronunciar esa palabra Octavia pareció una niña. La detective se acercó de nuevo a la cama.

—Creo —añadió la muchacha— que resultará más sencillo descubrir al asesino ahora que saben que la señora Carpenter le puso la peluca y derramó la sangre. Lo atraparán, ¿verdad?

Kate consideró que tenía derecho a saber la verdad, o al menos una parte. Al fin y al cabo, Venetia era su madre.

—Se ha conseguido separar el asesinato de lo que ocurrió después con el cuerpo de tu madre, lo que constituye un progreso, pero al mismo tiempo amplía el campo de sospechosos. Pudo matarla cualquiera que tuviera llave de las cámaras, o cualquiera a quien tu madre dejara entrar sin desconfiar.

—No se darán por vencidos, ¿verdad?

—No. Nunca nos damos por vencidos en un homicidio.

—Ya sospechan de alguien, ¿no es cierto?

—No basta con sospechar —respondió Kate con prudencia—. Necesitamos pruebas concluyentes para el juicio. La policía no acusa. Esa decisión queda en manos de la Presidencia de la Fiscalía Pública, que ha de creer que existe por lo menos un cincuenta por ciento de posibilidades de condenar al acusado. Presentar casos sin fundamento ante un tribunal representa una pérdida de tiempo y de dinero.

—¿Por eso a veces, aunque la policía esté segura de quién es el culpable, no lo juzgan?

—Ocurre a menudo y resulta muy frustrante. Sin embargo, determinar la inocencia o la culpabilidad de un sospechoso no es misión de la policía, sino de los tribunales de justicia.

—Si arrestan al asesino, conseguirá que lo defienda alguien como mamá, ¿verdad?

—Por supuesto. Está en su derecho, y si su defensor es tan listo como tu madre, es posible que lo absuelvan.

Se produjo un silencio hasta que Octavia comentó:

—Es un sistema extraño, ¿verdad? Mamá intentó explicarme cómo funciona, pero no me interesaba. Nunca quise ir al tribunal para verla, salvo cuando acudí con Ashe. Ella no decía nada, pero creo que le dolía. Me porté muy mal con ella. Mamá creía que salía con Ashe sólo para molestarla, pero se equivocaba. Yo estaba segura de quererlo.

Ashe y Octavia. Ashe y Venetia Aldridge. Octavia y su madre. Era un campo de minas sentimental, y Kate no deseaba aventurarse en un terreno explosivo. Volvió sobre la observación inicial de la joven y habló de lo que sabía:

—Es un sistema extraño, pero es el único que tenemos. No podemos esperar que la justicia sea perfecta. Contamos con un sistema que en ocasiones permite que los culpables salgan en libertad para que los inocentes puedan vivir bajo la protección de la ley.

—Creí que estaban tan empeñados en cazar a Ashe que se habían olvidado del asesinato de mi madre.

—No nos hemos olvidado. Mientras nosotros os buscábamos, otros agentes trabajaban en el caso de tu madre.

Octavia tendió sus finas manos y comenzó a tocar las flores de la mesita de noche. Los pétalos cayeron como gotas de sangre.

—Ahora sé que él no me quería —murmuró—, pero al menos le importaba. Prendió el fuego porque se lo pedí. Yo tenía mucho frío y le rogué que lo encendiera. Sabía que era peligroso, porque podían ver el humo, pero lo encendió. Lo hizo por mí.

Si quería creerlo, ¿por qué no permitírselo? Ashe había accedido a su petición porque comprendió que había llegado su fin. Había muerto como había deseado. Sabía que la policía no se presentaría desarmada. El único enigma era si había planeado llevarse a Octavia consigo, aunque ¿había alguna duda al respecto? El primer corte había sido lo bastante profundo.

Como si adivinara sus pensamientos, Octavia aseguró:

—No me habría matado. No me habría cortado el cuello.

—Te lo cortó. Si el detective Tarrant no hubiera disparado, ahora estarías muerta.

—Eso no lo sabemos. Usted no lo conocía. Nunca tuvo una oportunidad en su vida.

Kate deseó exclamar: «Por el amor de Dios, Octavia. Tenía salud, fuerza, inteligencia y comida en el estómago, más de lo que tienen las tres cuartas partes de la población mundial. Tuvo su oportunidad.»

Sin embargo no resultaba tan sencillo y Kate era consciente de ello. ¿Cómo aplicar la lógica a un psicópata, esa palabra tan útil con que la ley explica, clasifica y define el misterio de la maldad humana? De repente recordó su visita el año anterior al Museo de los Horrores de Scotland Yard, el estante superior con las filas de las mascarillas —que en realidad eran cabezas de cadáveres— de criminales ejecutados. Evocó las cabezas negras, la marca circular de la soga y la señal más profunda de la gruesa arandela de cuero detrás de la oreja. Las máscaras se habían confeccionado para probar la hipótesis de Cesare Lombroso, según la cual existía un criminal tipo al que era posible identificar estudiando fisonomía. Aunque esa teoría del siglo XIX había perdido crédito, ¿estaban más cerca de la verdad? Quizás algunos la hallaran en el aire impregnado de incienso de la iglesia de St. James. En tal caso, Kate no tendría acceso a ella. Al fin y al cabo, el altar no era más que una mesa cubierta con un mantel lujoso; las velas, de cera corriente; la estatua de la Virgen la habían tallado manos humanas; y debajo de su sotana y sus ropas ceremoniales el padre Presteign no era más que un hombre. ¿Acaso lo que él ofrecía no formaba parte de un complicado sistema de creencias, embellecido con los rituales y la música, los cuadros y las vidrieras, todo diseñado, como el propio sistema legal, para proporcionar a hombres y mujeres la reconfortante ilusión de que la justicia existía y de que tenían la posibilidad de elegir?

Advirtió que Octavia seguía hablando.

—Usted no sabe dónde se crió. Ashe me lo contó todo. Soy la única que lo sabe. Fue en uno de esos barrios de viviendas sociales del nordeste de Londres. Es un lugar horrible, sin árboles ni jardines; sólo bloques de cemento, gritos, basura, apartamentos hediondos, cristales rotos. Se llamaba Ellison Fairweather Buildings.

El corazón de Kate dio un vuelco y se puso a palpitar tan fuerte que temió que Octavia pudiera oír sus latidos. Por un instante fue incapaz de hablar, sólo su mente seguía funcionando. ¿Había sido un comentario deliberado? ¿Acaso Octavia estaba enterada? Por supuesto que no. No había percibido malicia en su voz. La joven ni siquiera la miraba mientras pellizcaba las sábanas. En cambio Dalgliesh sí lo sabía, por supuesto. Había averiguado casi todo de la vida de Garry Ashe leyendo el cuaderno de Venetia Aldridge. Sin embargo, no se lo había enseñado, no le había contado que Ashe y ella compartían un pasado, separado por los años, pero marcado por los mismos recuerdos infantiles. ¿Qué pretendía Adam Dalgliesh? ¿Ahorrarle la vergüenza? ¿Así de sencillo? ¿O no había querido hacerle revivir un pasado doloroso ni obligarla a rememorar otra experiencia traumática? Entonces recordó. No olvidaría tan fácilmente la resolución que había tomado mientras contemplaba el Támesis. El pasado estaba ahí, formaba parte de ella, ahora y para siempre. ¿Acaso su infancia había sido mucho peor que la de otros millones de niños? Tenía salud, inteligencia, comida en el estómago. Había tenido su oportunidad en la vida.

Se estrecharon la mano en una despedida curiosamente formal. Por un instante Kate se preguntó si Octavia necesitaba un abrazo, pero ella no podía dárselo. Mientras bajaba por la escalera mecánica la asaltó un fugaz sentimiento de furia, aunque ignoraba si era contra sí misma o, por irracional que pareciera, contra Adam Dalgliesh.

Al día siguiente Dalgliesh visitó por última vez el número 8 de Pawlet Court. Cuando accedió al Temple por la entrada del Embankment, comenzaba a anochecer, y la brisa ligera que soplaba desde el río transportaba consigo el primer aliento gélido del invierno. Al llegar a la puerta de las cámaras vio salir a Simon Costello y a Drysdale Laud.

El primero le dirigió una fría mirada de manifiesta hostilidad y dijo:

—Ha sido una chapuza, comandante. Creía que la policía era capaz de arrestar a un hombre sin necesidad de volarle la tapa de los sesos. Pero supongo que deberíamos sentirnos agradecidos, ya que han ahorrado al país los gastos de manutención de un criminal durante los próximos veinte años.

—Y a usted o a alguno de sus colegas la dura tarea de defenderlo. Era un cliente con pocas posibilidades y nada rentable.

Laud sonrió, como si en el fondo disfrutara del antagonismo entre los dos hombres.

—¿Alguna novedad? —preguntó—. Supongo que no habrá venido para arrestar a alguien. Claro que no; habrían acudido por lo menos dos agentes. Hay una frase latina muy apropiada para el caso: *Vigiles non timendi sunt nisi complures adveniunt*. Le dejo la traducción a usted.

—No. No he venido para arrestar a nadie —repuso Dalgliesh al tiempo que se apartaba para franquearles el paso.

En el interior del edificio encontró a Valerie Caldwell en la recepción, y a Harry Naughton inclinado hacia ella con una carpeta abierta. Ambos se mostraban más alegres que la última vez que los había visto. La joven le sonrió. Dalgliesh saludó y le preguntó por su hermano.

—Comienza a adaptarse, gracias. Sé que es una forma curiosa de referirse a la cárcel, pero usted ya me entiende. Está pendiente de una solicitud de reducción de pena. No creo que pase mucho más tiempo dentro. Mi abuela ya sabe la verdad, de modo que ahora no necesito mentir cuando quiero visitarlo.

—A la señorita Caldwell le han concedido un ascenso —explicó Naughton—. Ahora es de manera oficial la secretaria de las cámaras.

Dalgliesh la felicitó y preguntó si Langton y Ulrick se encontraban en el edificio.

—Sí, están los dos, aunque el señor Langton comentó que se marcharía temprano.

—¿Puede avisar al señor Ulrick que deseo hablar con él, por favor?

Aguardó a que la secretaria colgara el auricular para bajar por las escaleras. El despacho del sótano estaba tan caldeado y resultaba tan claustrofóbico como en su primera visita, pero como la tarde era más fría el calor parecía menos sofocante. Sin levantarse del escritorio, Ulrick le indicó con una seña que se sentara en el mismo sillón que había ocupado en su anterior reunión. Dalgliesh volvió a sentir el cuero pegajoso y caliente. Entre los muebles viejos, los libros y documentos apilados en todas las superficies disponibles y la arcaica estufa de gas, el frigorífico blanco parecía una incongruente intrusión del mundo moderno. Ulrick giró su silla y lo miró con seriedad.

—La última vez que nos encontramos en este despacho, hablamos de la muerte de su hermano —dijo el policía—. Afirmó que alguien era responsable de ella, pero no

Venetia Aldridge. Después se me ocurrió que se refería a usted mismo.

—Muy perspicaz, comandante.

—Usted le llevaba once años y estaba en Oxford, a pocos kilómetros de distancia. A un hermano mayor, sobre todo cuando la diferencia de edad es tan grande, casi siempre se le considera un héroe o cuando menos un ser superior. Sus padres se hallaban en el extranjero. ¿Le escribió Marcus para contarle lo que ocurría en la escuela?

Ulrick guardó unos instantes de silencio antes de responder con voz serena y despreocupada:

—Sí, me escribió. Debí acudir allí de inmediato, pero la carta llegó en un momento inoportuno. Yo jugaba al cricket en el equipo de mi facultad. Ese día había partido y más tarde se celebraba una fiesta en Londres.

»Los tres días siguientes pasaron con rapidez, como suele suceder cuando uno es joven, feliz y está muy ocupado. Tenía intención de ir al colegio, pero al cuarto día me telefoneó mi tío para anunciarme que Marcus se había suicidado.

—¿Destruyó la carta?

—¿Lo habría hecho usted? Quizá no seamos tan diferentes. Supuse que en la escuela nadie sabría de su existencia y la quemé, creo que sin pensarlo, movido por el pánico. Al fin y al cabo, ya había suficientes pruebas contra el director. Una vez que el dique se rompe, es imposible volver a encauzar las aguas.

Se produjo un silencio, no incómodo, sino curiosamente amistoso.

—¿Por qué ha venido? —preguntó Ulrick por fin.

—Porque creo que sé cómo y por qué murió Venetia Aldridge —contestó.

—Lo sabe, pero no puede probarlo ni lo conseguirá jamás. Lo que le estoy contando es en parte para saciar su curiosidad, pero sobre todo para mi propia complacencia. Piense en ello como en una historia de ficción. Imagine que el protagonista es un hombre, razonablemente satisfecho pero no feliz, que sólo ha amado a dos personas en su vida: su hermano y su sobrina. ¿Alguna vez ha sentido un amor obsesivo?

Tras un instante de reflexión, Dalgliesh contestó:

—No, pero una vez estuve cerca, muy cerca, de modo que creo poder entenderlo.

—Lo bastante cerca para sentir su poder y retirarse, ¿eh? Como es lógico, usted cuenta con la protección de todo artista: una astilla de hielo en el corazón. Yo carecía de esa defensa. El amor obsesivo es abrumador, la más destructiva de las tiranías amorosas. Además es humillante. Nuestro protagonista (si lo desea, usemos mi nombre y llamémosle Desmond) sabía que su sobrina, a pesar de su belleza, era egoísta, avariciosa e incluso un poco estúpida, pero esa certeza no lo ayudaba. No había nada capaz de ayudarlo. Quizá prefiera seguir usted con la historia, ahora que conoce a los personajes y el comienzo de la trama.

—Aunque no tengo pruebas —declaró Dalgliesh—, supongo que la sobrina telefoneó a su tío para comunicarle que la carrera de su marido estaba en peligro, que Venetia Aldridge disponía de cierta información que impediría que se convirtiera en asesor de la Corona, o incluso destruiría su reputación de abogado. Rogó a su tío que la detuviera utilizando su influencia. Después de todo, solía recurrir a él siempre que necesitaba consejo, dinero, ayuda, apoyo... lo que quisiera. Él siempre había accedido a todos sus deseos. Por tanto, presumo que él decidió hablar con Venetia Aldridge, lo que sin duda no le resultó fácil. Verá, me lo imagino como un hombre orgulloso y retraído. Venetia Aldridge y él se hallaban solos en las cámaras. La abogada conversaba por teléfono cuando él entró. Enseguida comprendió que no había elegido un buen momento. La señora Aldridge acababa de descubrir que su hija estaba prometida con un joven al que había defendido de la acusación de asesinato. Venetia había pedido ayuda y consejo a dos hombres que conocía, pero le habían denegado todo apoyo. Ignoro de qué hablaron Desmond y la abogada, pero sospecho que ella rechazó la petición de clemencia de nuestro protagonista. Además, salió a relucir algo que la letrada sabía de él y que le echó en cara. Creo que fue Venetia Aldridge quien envió la carta de Marcus Ulrick. En los internados, siempre se censura la correspondencia. ¿Cómo pudo enviarla Marcus, a menos que pidiera a Venetia que la echara al correo cuando se dirigía al instituto?

—Por supuesto, estamos creando una historia ficticia —observó Ulrick—, inventando un argumento novelesco. Esto no es una confesión y no admitiré nada de lo que se diga entre nosotros. Lo que acaba de plantear es una ingeniosa sofisticación del guión. Supongamos que es cierto; ¿qué ocurrió entonces?

—Creo que es su turno —sugirió Dalgliesh.

—Mi turno para proseguir esta interesante trama. Bien, imaginemos que de súbito estallan todas las emociones reprimidas de un hombre esencialmente retraído; largos años de culpa, autorreproches, furia al ver que esa mujer, cuya familia ya le había causado tanto daño, seguía urdiendo planes para destrozar su vida. El abrecartas estaba sobre el escritorio. Ella se había acercado a la puerta para guardar una carpeta en el archivador; era su manera de dar a entender que tenía trabajo y zanjaba la conversación. Él cogió la daga, se abalanzó sobre ella y se la clavó. Creo que debió de sentirse sorprendido al verse capaz de una acción semejante, de que la hoja penetrara con tal facilidad, de que en efecto pudiera matar a un ser humano. Su primera emoción debió de ser de asombro, más que de horror o miedo.

»Después supongo que se apresuró a arrastrar el cuerpo hasta la silla giratoria. Recuerdo haber leído que los esfuerzos para hacer que el cadáver parezca normal, incluso cómodo, son típicos de los asesinatos sin premeditación. Decidió dejar la puerta abierta, con la llave en su sitio, para crear la impresión de que el crimen era obra de alguien ajeno a las cámaras. Para gran alivio de nuestro protagonista, la herida no sangró, y la plegadera salió notablemente limpia. Pero como sabía que buscarían huellas digitales, envolvió con cuidado el arma en las páginas centrales del periódico de la tarde, la llevó al lavabo del sótano y después de limpiarla enrolló un trozo de papel higiénico en torno a la empuñadura. A continuación hizo trizas el papel de periódico y lo arrojó al inodoro. Luego regresó a su despacho y apagó la estufa. ¿Le parece una hipótesis convincente, comandante?

—Sí. Creo que sucedió tal como lo ha relatado.

—Nuestro imaginario Desmond tiene la dicha de ignorar los pormenores del derecho penal, pero sabe que los sospechosos deben proporcionar una coartada a la policía. Esto entrañaba cierta dificultad para un hombre que vive solo y actuó sin cómplices. Por lo tanto, decidió ir al restaurante Rules, situado en Maiden Lane, no muy lejos de las cámaras, después de dejar su maletín en el despacho. La señora Carpenter no debía verlo al entrar a limpiar, de manera que lo guardó en el último cajón de su escritorio. Planeó contar a la policía que salió a las siete y cuarto, en lugar de después de las ocho, como así ocurrió, y que pasó por su casa para lavarse y dejar el maletín. Comprendió que esta explicación podía presentar algún problema a la mañana siguiente, problema que solucionó llevando una gabardina en el brazo y entrando con mayor rapidez que de costumbre.

»Creo que se sentía satisfecho de su coartada. Por supuesto, era fundamental asegurarse de que no había nadie en Pawlet Court antes de salir del número 8. No había inconveniente alguno en que regresara a su domicilio después de cenar. Si interrogaban a algún vecino, éste podía testificar que había llegado a casa a la hora habitual, pero no que no lo había hecho. Introdujo la daga en el archivador de Valerie Caldwell, se guardó el papel higiénico en el bolsillo para deshacerse de él en la primera papelera y recordó que no debía conectar la alarma. No obstante cometió un error, algo típico, según creo, de los criminales. Cuando uno actúa bajo la influencia de la tensión, es difícil pensar en todo. Al marcharse, quizá por hábito, cerró la puerta del edificio con dos vueltas de llave. Como es lógico, habría sido más inteligente dejarla abierta para que las sospechas se centraran en una persona ajena a las cámaras. Sin embargo, creo que su posterior arrebato de cólera interesaría a un estudioso de la naturaleza humana. Su repugnancia e indignación al ver el cuerpo al día siguiente no fueron fingidas y, al parecer, sí convincentes. Él no le había puesto la peluca ni había derrochado en ella su propia sangre.

—Lo hizo Janet Carpenter —explicó Dalgliesh.

—Lo sospechaba. En fin, comandante. Hemos inventado una solución factible para su problema. Es una pena que no pueda demostrarla. No existe una sola prueba forense que vincule a nuestro protagonista con el crimen. Se consideraría mucho más probable que la señora Carpenter hubiera apuñalado a Venetia Aldridge antes de decorarla con la peluca, símbolo de su profesión, y con la sangre que había derramado metafóricamente. Me han comentado que sólo se confesó autora de la profanación del cadáver, pero ¿acaso una mujer como Janet Carpenter se habría acusado de asesinato? Si no lo hizo ella, ¿por qué iba a hacerlo Desmond? Sería mucho más lógico que una persona ajena a las cámaras hubiera conseguido entrar y matar a Venetia por venganza o por odio, y más probable aún que fuera Ashe. Tenía una coartada, pero toda coartada puede destruirse, y Ashe, como Janet Carpenter, está muerto.

»No tiene nada que reprocharse, comandante. Consuélese con la idea de que la justicia humana es imperfecta y que es mejor que un hombre útil continúe sirviendo a la sociedad en lugar de pasar varios años en la cárcel. De todos modos no me juzgarían, ¿verdad? La Fiscalía del Estado nunca presentaría un caso con tan poco fundamento y, aunque lo hiciera, no se necesitaría una abogada del talento de Venetia Aldridge para defenderlo con éxito. Desde luego, usted está acostumbrado al éxito. El fracaso, aunque sea parcial, debe de resultar exasperante para usted, pero quizá también sea saludable. Conviene recordar de vez en cuando que nuestro sistema legal es humano y, en consecuencia, falible, y que a lo máximo a que podemos aspirar es a cierto grado de justicia. Ahora, si me disculpa, tengo que redactar un informe.

Se separaron sin añadir nada más. Dalgliesh subió a la recepción y entregó las llaves de las cámaras a Harry Naughton, que lo acompañó a la puerta. Mientras cruzaba la plazoleta, vio a Hubert Langton, que caminaba sin bastón, pero arrastraba los pies como un viejo. Al oír los pasos de Dalgliesh, el presidente se detuvo e hizo ademán de mirar hacia atrás. Sin embargo, enseguida apuró el paso y continuó su camino. «No quiere hablar conmigo —pensó Dalgliesh—. Ni siquiera quiere verme. ¿Lo sabe todo?» El policía permitió que Langton se adelantara y luego reanudó la marcha. Siempre a una distancia prudencial, ambos atravesaron la plazoleta iluminada por las farolas de gas y doblaron por Middle Temple en dirección al río.

Índice

OTROS TÍTULOS DE LA COLECCIÓN

Las trincheras del odio

ANNE PERRY

En julio de 1917, tras cuatro años de guerra, el agotamiento se está adueñando del capellán Joseph Reavley y de su hermana Judith, miembro del Cuerpo de Ambulancias. En el frente occidental ha comenzado la batalla de Passchendaele, y la paz aún parece muy lejana. La arrogancia y la incompetencia del oficial Northrop, comandante a cargo del regimiento de Joseph, auguran la muerte innecesaria de muchos soldados. Pero pronto es el propio Northrop el que cae, aunque a manos de sus subordinados. Judith, angustiada ante la perspectiva de que un tribunal militar ordene la ejecución de los doce hombres arrestados por el crimen, arriesga su propia vida para ayudarlos a escapar. Entretanto, Matthew Reavley, agente de los servicios de inteligencia británicos, continúa la desesperada búsqueda del Pacificador, un obsesivo genio que utiliza métodos muy poco ortodoxos para tratar de acabar con la guerra, y a quien considera responsable de la muerte de sus padres. Las distintas búsquedas de los tres hermanos les llevarán a oponer la valentía y el honor a la ciega maquinaria de la justicia militar...

El don de Anne Perry para cautivar al lector a la vez que construye personajes llenos de vida, con sus luces y sombras, brilla con especial intensidad en esta serie sobre la Primera Guerra Mundial.

La Cruz del Sur

PATRICIA CORNWELL

Judy Hammer, ex jefa de policía de Charlotte, ha sido traslada-
da a Richmond (Virginia) con el propósito de reorganizar las fuerzas
de seguridad. Aturdida todavía por la reciente muerte de su esposo,
y recibida con cierto escepticismo por el cuerpo local de policía,
Hammer vuelve a contar con la ayuda de Virginia West y Andy Brazil.
Los tres tratarán de crear una red eficiente de patrullas para reducir
los altos índices de criminalidad y, al mismo tiempo, lidiarán con el
caso más difícil de su carrera: descubrir la relación que puede haber
entre la profanación de una estatua de Jefferson Davis y el brutal
asesinato de una anciana. Una trepidante historia de corrupción,
escándalo, robos y asesinos, ambientada en una ciudad del sur profundo de Estados Unidos.

Muerte de un forense

P. D. JAMES

Tras la muerte violenta de un forense mientras trabaja en su laboratorio, Adam Dalgliesh —el detective, poeta y protagonista de las novelas más celebradas de P. D. James— debe hurgar en la intimidad de los científicos vinculados a la víctima por sus tareas, problemas, satisfacciones e incluso celos profesionales. Todos son especialistas en el comportamiento de la muerte: gente preparada para hallar en un cadáver indicios sobre las causas del deceso, para averiguar cuándo y cómo se produjo éste, y para desenmascarar a un criminal con un microscopio o un tubo de ensayo. En este caso, sin embargo, el asesino podría hallarse en el mismo laboratorio.

Una cierta justicia

P. D. JAMES

Título original: *A Certain Justice*
Traducción: M.ª Eugenia Ciocchini
1.ª edición: junio 2012

© P. D. James, 1997
© Ediciones B, S. A., 2012
 para el sello B de Bolsillo
 Consell de Cent, 425-427 - 08009 Barcelona (España)
 www.edicionesb.com

Printed in Spain
ISBN: 978-84-9872-674-9
Depósito legal: B. 15.230-2012

Impreso por NEGRO GRAPHIC, S.L.
Comte de Salvatierra, 3-5, despacho 309
08006 BARCELONA